SHERRYL WOODS

Süße Magnolien

Momente des Glücks

SHERRYL WOODS

Süße Magnolien

Momente des Glücks

ROMAN

Ins Deutsche übertragen von Michael Krug

blanvalet

Die Originalausgabe erschien unter dem Titel »Welcome to Serenity«
bei Mira Books, Toronto 2008.

FSC www.fsc.org MIX Papier | Fördert gute Waldnutzung FSC® C014496

Klimaneutral* Druckprodukt ClimatePartner.com/14044-1912-1001

Penguin Random House Verlagsgruppe FSC® N001967

1. Auflage 2023

Redaktion: Daniela Bühl
Umschlaggestaltung: © bürosüd, München
Umschlagillustration:www.buerosued.de
LO · Herstellung: sam
Satz: GGP Media GmbH, Pößneck
Druck und Einband: GGP Media GmbH, Pößneck
Printed in Germany
ISBN: 978-3-7341-1227-0

www.blanvalet.de

Liebe Freunde,

ursprünglich war die Reihe der süßen Magnolien nur auf drei Bücher ausgelegt. Aber die Resonanz darauf war überwältigend, und mir hat es solche Freude bereitet, über diese Frauen zu schreiben, dass ich die Reihe einfach fortsetzen musste! *Welcome to Serenity*, Jeanettes Geschichte, ließ mir keine Ruhe. Und da das Buch ursprünglich zur Weihnachtszeit veröffentlicht werden sollte, war es sinnvoll, das in die Erzählung einzubauen.

Aber während ich Weihnachten uneingeschränkt liebe, hat Jeanette offensichtlich seit geraumer Zeit ihre Probleme damit. Ihre Vergangenheit zu erforschen und sie mit einem Mann zusammenzubringen, der eigene schlechte Erinnerungen in der Hinsicht hat, schien mir genau das Richtige zu sein, um Konflikte in Serenity in South Carolina zu schüren, einer Gemeinde, die ihre Feiertage liebt, vor allem Weihnachten.

Wenn Sie diese Geschichte zum ersten Mal lesen, während Ihr eigener Baum entsteht, hoffe ich, dass sie ein paar schöne Weihnachtserinnerungen aufleben lässt!

Also willkommen zurück in Serenity und bei den süßen Magnolien. Ich hoffe, Ihre eigenen Freundschaften sind so tief und lohnend wie jene auf diesen Seiten.

Alles Gute
Sherryl

KAPITEL 1

Der entspannende Lavendelduft in der Handcreme, die Jeanette Brioche in ihre verkrampften Finger einmassierte, trug nicht das Geringste dazu bei, ihre blankliegenden Nerven zu beruhigen. Vor wenigen Stunden hatte Maddie Maddox, ihre Chefin im *Corner Spa*, eine Besprechung für sechs Uhr angesetzt. Unmittelbar nach Jeanettes letztem Termin mit einer Kundin. Maddie hatte nicht gesagt, worum es ging. Allerdings legte ihre verkniffene Miene nahe, dass es keine Feier sein würde, wie sie und ihre Freundinnen Dana Sue und Helen sie oft spontan organisierten.

Da Jeanette von Natur aus zu Besorgnis neigte und hinter jeder Ecke eine Katastrophe lauern sah, beschloss sie, es hinter sich zu bringen, obwohl es noch nicht ganz sechs war. Ihr Magen krampfte sich beklommen zusammen, als sie durch den Flur zu Maddies Büro ging.

Nachdem Jeanette an die nur angelehnte Tür geklopft hatte, trat sie mitten hinein in ein heilloses Chaos. Maddie hielt völlig zerzaust den zappelnden sechs Monate alten Cole im Arm und versuchte, ihn zu füttern. Gleichzeitig tobte die zweijährige Jessica Lynn ungestüm durchs Zimmer und warf alles in Sicht zu Boden. Maddies sonst so sortierte Ordner bildeten ein wildes Gewirr, Muster von ihren Lieferanten lagen überall verstreut. Eine Flasche Handlotion ohne Deckel war umgekippt.

»Hilf mir!«, sagte Maddie zu Jeanette, die sich prompt Jessica Lynn schnappte und die Kleine kitzelte, bis sie unkontrolliert lachte.

»Schlechter Tag?«, erkundigte sich Jeanette. Sie spürte, wie sich der Krampf in ihrem Magen lockerte, als ihr Jessica Lynn mit klebrigen, nach Handlotion mit Rosenduft riechenden Fingern die Wange tätschelte. Nur schien Jeanettes biologische Uhr umso lauter zu ticken, je mehr Zeit sie mit Jessica Lynn und Cole sowie Helens kleinem Mädchen verbrachte. Noch hatte der Wecker nicht geklingelt, aber sie spürte, dass er es bald würde, weil sie den Geruch von Babypuder allmählich ansprechender fand als die Kräuterdüfte im Spa.

»Schlechter Tag, schlechte Woche und höchstwahrscheinlich ein schlechter Monat«, antwortete Maddie.

Die müde Erwiderung bestätigte so ziemlich den Grund für ihre verdrossene Miene vorhin. Maddie hatte bereits drei Kinder gehabt, als sie vor wenigen Jahren Cal Maddox geheiratet hatte. Mittlerweile waren zwei weitere hinzugekommen. Ihr ältester Sohn Ty studierte an der Duke University und galt dort als der Star des Baseballteams. Kyle fand an der Highschool nach Maddies Scheidung von seinem Vater endlich sein inneres Gleichgewicht wieder. Und Katie war gerade neun Jahre alt geworden und hielt bislang wenig davon, eine große Schwester statt das Nesthäkchen der Familie zu sein.

Es stand außer Frage, dass Maddie schon im Privatleben alle Hände voll zu tun hatte. Quasi nebenher leitete sie auch noch das *Corner Spa*, einen florierenden Fitnessclub mit Wellnessangeboten für Frauen aus Serenity, South Carolina und darüber hinaus. Jeanette hatte keine Ahnung, wie ihre Chefin das alles stemmte. An den meisten Tagen gelang es ihr mit Bravour. An diesem hingegen sah sie völlig überfordert aus.

»Soll ich dem Wonneproppen hier eine Schönheitsbehandlung verpassen?«, fragte sie Maddie, während sich Jessica Lynn zu befreien versuchte.

»Eigentlich müsste Cal jeden Moment hier sein, um die beiden abzuholen«, antwortete Maddie. »Dann können wir zwei reden.«

Kaum hatte sie zu Ende gesprochen, trat ihr Ehemann ein, erfasste die Lage mit einem grinsenden Blick und nahm Jeanette die sich windende Jessica Lynn ab.

»Wie geht's meinem Lieblingsmädchen?«, fragte er, warf die Kleine hoch, fing sie auf und drückte ihr einen lauten Schmatz auf die Wange, der sie freudig quieken ließ.

»Ich dachte, *ich* wäre dein Lieblingsmädchen«, brummelte Maddie gespielt verärgert.

Cal schien weder das zerzauste Haar seiner Frau noch ihr fehlendes Make-up oder die Flecken von Babynahrung auf ihrer Bluse zu bemerken. Er setzte seine zweijährige Tochter ab, beugte sich zu Maddie und küsste sie lang und innig. »Du bist meine *Lieblingsfrau*«, sagte er schließlich zu ihr. »Und das ist viel, viel besser.«

Neidisch beobachtete Jeanette, wie Maddie statt einer Antwort die Hand auf seine Wange legte und ihm in die Augen sah. Es war, als fühlten sich die beiden völlig allein im Raum. Dana Sue und Ronnie Sullivan sowie Helen Decatur und Erik Whitney waren genauso vernarrt ineinander. In ihren zweiunddreißig Jahren hatte Jeanette noch nie eine Liebe wie jene zwischen diesen Paaren erlebt. Kein Wunder, dass sich ihr jedes Mal in ihrer Nähe beinah ein sehnsüchtiges Seufzen entrang.

Tatsächlich wirkten sie alle so glücklich, dass sie Jeanette in Versuchung führten, noch einmal einer festen Beziehung eine Chance zu geben. Dem hatte sie seit mittlerweile drei Jahren abgeschworen – seit sie sich von dem Mann getrennt hatte, der eifersüchtig auf ihr Engagement für das *Corner Spa* gewesen war. Da Cal, Ronnie und Erik allesamt ihre Frauen nicht nur vergötterten, sondern auch deren jeweilige Karriere unterstützten, wusste Jeanette, dass es solche Männer sehr wohl zu finden gab. Sie hatte bisher nur noch nicht genug Glück gehabt.

Endlich löste Maddie mit rosigen Wangen den Blick von ihrem Ehemann. »Gerade noch die Kurve gekriegt, Coach Maddox«, sagte sie. Damit spielte sie auf Cals Job als Baseballtrainer der Highschool an. In jener Eigenschaft war er früher auch der Mentor ihres ältesten Sohns gewesen. »Würdest du jetzt die zwei Krümelmonster hier wegschaffen, damit ich ein vernünftiges Gespräch mit Jeanette führen kann?«

»Gern doch«, erwiderte Cal, setzte den kleinen Cole in seinen Kinderwagen und hob sich Jessica Lynn wieder in die Arme. »Soll ich vom *Sullivan's* was zum Abendessen holen?«

Maddie nickte. »Ich hab schon angerufen. Dana Sue richtet die Bestellung für dich her. Du brauchst nur kurz in der Gasse zu parken und den Kopf in die Küche zu stecken. Sie oder Erik reichen dir das Essen raus.«

»Alles klar.« Grinsend salutierte Cal verspielt. »Bis später. Schönen Abend noch, Jeanette. Lass dich von ihr bloß zu nichts überreden.«

»Still und raus«, befahl Maddie, warf ihm einen strengen Blick zu und scheuchte ihn aus dem Büro.

Jeanette beäugte Maddie misstrauisch, als sie die Tür hinter ihrem Mann schloss. »Wozu willst du mich denn überreden?«

»Ach, hör nicht auf ihn«, gab Maddie zurück, obwohl ihre Miene ein wenig schuldbewusst blieb. »Ist keine große Sache.«

Was bedeutete, dass es sehr wohl eine war, folgerte Jeanette. Sie arbeitete bereits seit der Eröffnung des Betriebs mit Maddie zusammen und kannte sie inzwischen ziemlich gut. Mittlerweile lief der Laden wie geschmiert – nicht zuletzt dank Maddies Gabe, die Schwierigkeiten der ans Personal verteilten Aufgaben kleinzureden. Schönreden beherrschte sie meisterlich. Jeanette hatte gelernt, sich vor diesem abwiegelnden Ton in Acht zu nehmen.

»Raus mit der Sprache«, verlangte Jeanette.

»Wenn ich's mir recht überlege, ist es eigentlich viel zu schön draußen, um drinnen zu bleiben. Was hältst du davon, wenn wir uns süßen Tee holen und uns auf der Terrasse unterhalten?«, schlug Maddie vor und verließ das Büro bereits in Richtung des kleinen Cafés, das zum Spa gehörte.

Als Jeanette hinter ihr hertrabte, zog sich der beklommene Knoten in ihrem Magen wieder zusammen.

Nachdem sie sich im Schatten einer riesigen Sumpfeiche niedergelassen hatten, die sie vor dem Großteil der untergehenden Sonne abschirmte, trank Maddie einen ausgiebigen Schluck von ihrem Tee, seufzte zufrieden und schenkte Jeanette ein strahlendes Lächeln, das jedoch ein wenig gezwungen wirkte. »Wie läuft das Geschäft?«

Um ein Haar hätte Jeanette laut aufgelacht. »Die Antwort darauf kennst du wohl besser als ich. Komm schon,

Maddie. Rück einfach raus damit. Was hast du auf dem Herzen?«

Maddie stellte ihren Tee behutsam auf dem Tisch ab und beugte sich mit ernster Miene vor. »Du weißt doch, dass ich in letzter Zeit alle Hände voll zu tun habe, oder?«

»Klar weiß ich das«, erwiderte Jeanette. Kaum hatte sie die Worte ausgesprochen, erschrak sie unverhofft. »Du kündigst doch nicht etwa, oder?«

»Himmel, nein«, entgegnete Maddie. »Das *Corner Spa* ist für mich genauso wichtig wie für Helen und Dana Sue. Ich bin stolz darauf, was wir hier geschaffen haben, und mit *wir* meine ich auch dich. Du hast großartige Arbeit bei den Wellnessangeboten geleistet. Ich hab nicht vor, von Bord zu gehen.«

»Gott sei Dank.« Mit einem erleichterten Seufzen lehnte sich Jeanette zurück. Sie hatte den Betrieb beide Male geleitet, während Maddie im Mutterschaftsurlaub gewesen war. Daher wusste sie, dass sie mit dem Tagesgeschäft zurechtkam, nur wollte sie es nicht. Die Verantwortung für den Wellnessbereich genügte ihr vollauf. Massagen, Gesichtsbehandlungen, Pediküre, Maniküre – dafür war sie ausgebildet worden, davon verstand sie etwas. Das Fitnessstudio, das sie persönlich als bessere Folterkammer betrachtete, überließ sie lieber den hervorragenden hauseigenen Personal Trainern. Und der Papierkram und das Marketing, die nötig waren, damit der Laden in der Region führend blieb, überstiegen ihren Horizont. Außerdem gefiel ihr der tägliche Umgang mit den Kundinnen. Maddie kam selten dazu, ihr Büro zu verlassen.

»Okay, zurück zum eigentlichen Thema«, sagte Maddie. »Was ich sagen wollte, ist, dass Jessica Lynn und

Cole gerade sehr viel Aufmerksamkeit brauchen. Ganz zu schweigen davon, dass ich Kyle und Katie in der Spur halten muss. Außerdem bin ich immer noch mehr oder weniger frisch verheiratet.« Sie grinste. »Zumindest gibt Cal mir nach wie vor das Gefühl.«

»Ist nicht zu übersehen«, merkte Jeanette ironisch an.

»Kurzum, ich kann nicht frei über meine Zeit verfügen.«

»Okay«, sagte Jeanette verhalten.

»Das *Corner Spa* gehört inzwischen zu den erfolgreichsten Betrieben der Stadt. Damit geht eine gewisse Verantwortung einher«, fuhr Maddie fort. »Wir müssen uns quasi als Gemeindevertreter hervortun.«

Jeanette nickte.

»Was bedeutet, dass sich jemand von uns bei Aktivitäten und Veranstaltungen der Stadt engagieren muss.« Sie sah Jeanette mit ernster Miene an. »Dabei reicht es nicht, nur einen Scheck auszustellen oder mitzumachen. Wir müssen eine führende Rolle einnehmen, in Ausschüssen und dergleichen.«

Jeanettes Augen weiteten sich, als ihr allmählich ein Licht aufging. »Oh, nein«, entfuhr es ihr. Der Knoten in ihrem Magen krampfte sich fester zusammen. »Du willst doch nicht etwa andeuten, was ich *denke*, oder?«

Maddie setzte eine Unschuldsmiene auf. »Keine Ahnung. Was denkst du denn?«

»Weihnachten.« Jeanette brachte das Wort kaum heraus, ohne dabei zu erschaudern.

Wie alle Feiertage wurde auch Weihnachten in Serenity mit großem Pomp begangen – Dekoration, die es mit jeder Inszenierung des *Nussknackers* aufnehmen konnte, die Ankunft des Weihnachtsmanns, Auftritte der örtlichen Chöre, Zuckerstangen und kleine Geschenke für jedes Kind im Ort. Die gesamte Stadt erstrahlte vor Lichtern, die Gartendekorationen reichten von geschmackvoll bis kitschig. Die Einwohner von Serenity liebten es. Alle begrüßten die Weihnachtszeit mit der kindlichen Begeisterung Fünfjähriger.

Alle außer Jeanette. Sie betrachtete Weihnachten als etwas, das sie über sich ergehen lassen musste, und die Feiertage als etwas, das es zu überleben galt. Nicht als eine Zeit der Freude, in der man feierte und sich gesellig mit Nachbarn traf. So war es bereits seit Jahren. Tatsächlich versuchte sie meistens, über die Feiertage Urlaub zu nehmen. Dann verbrachte sie die Zeit abgekapselt mit DVDs aller Filme, die sie im vergangenen Jahr verpasst hatte.

»Auf keinen Fall«, teilte sie Maddie mit. »Keine Chance. Ich lasse mich nicht für das Weihnachtsfest einspannen.«

»Komm schon, Jeanette. Bitte«, flehte Maddie. »Es sind nur ein paar Treffen, um sicherzustellen, dass die Lichterketten aufgehängt, die Bäume beleuchtet und die Kirchenchöre zum Singen eingeladen werden. Du lebst lang genug hier, um den Ablauf zu kennen. Und du gehörst zu den am besten organisierten Menschen, die ich kenne.«

»Und zu den wohl unwilligsten Menschen auf dem Planeten, die es machen wollen«, gab Jeanette mit ernster Miene zurück. »Glaub mir, Maddie, du willst mich nicht in der Nähe der Pläne der Stadt für die Weihnachtsfeiertage haben. Der Grinch ist nichts im Vergleich zu mir. Wenn's nach mir ginge, würde Weihnachten gestrichen.«

Maddie wirkte aufrichtig erschüttert. »Warum? Wie kann man Weihnachten nicht lieben?«

»Ist bei mir einfach so, okay?«, erwiderte Jeanette verkniffen. »Das kann ich nicht für dich machen, Maddie. Geht einfach nicht. Alles andere, aber nicht das. Ich passe auf deine Kinder auf, übernehme hier zusätzliche Aufgaben, was immer du brauchst. Aber ich lasse mich nicht für das Fest einspannen.«

»Aber ...«

»Ich mach's nicht, Maddie. Basta.«

Und damit stand Jeanette zum ersten Mal in ihren drei Jahren im *Corner Spa* auf, kehrte ihrer Chefin den Rücken zu und ging davon. Maddie blieb mit fassungslos aufgeklapptem Mund zurück.

* * *

Tom McDonald war seit einer Stunde und fünfzehn Minuten Gemeindedirektor von Serenity, als Bürgermeister Howard Lewis sein Büro betrat. Der Mann ließ den fülligen Körper auf einen Stuhl plumpsen und sagte: »Reden wir über Weihnachten.«

Tom bedachte ihn mit einem vernichtenden Blick, der die Idee im Keim ersticken sollte. »Meinen Sie nicht, wir sollten uns eher auf das Budget konzentrieren, Howard? Darüber wird bei der nächsten Gemeinderatssitzung abgestimmt. Bis dahin muss ich Bescheid darüber wissen, wo die Prioritäten in Serenity liegen.«

»Ich kann Ihnen sagen, was oberste Priorität hat«, erwiderte Howard unbeirrt und entschlossen. »Weihnachten. Das begehen wir in Serenity ganz groß. Und es muss richtig gemacht werden, also müssen Sie sofort ein Treffen einberufen. Holen Sie die Leute von der Handelskammer und ein paar Unternehmer ins Boot. Ich gebe Ihnen Namen dafür.«

Während Tom überlegte, wie er am besten ablehnen könnte, wurde Howards Miene nachdenklich.

»Wissen Sie«, meinte der Bürgermeister schließlich, »wir könnten neue Dekoration für den Hauptplatz gebrauchen, weil wir inzwischen ein paar neue Geschäfte in der Stadt haben. Vielleicht diese großen beleuchteten Schneeflocken. Ich finde, dieses Jahr sollten die Feierlichkeiten wie in alten Zeiten im Zentrum stattfinden. Der Park ist zwar auch toll, aber der Hauptplatz vermittelt eher was von guter, altmodischer Weihnachtsstimmung, finden Sie nicht?«

Tom ignorierte die Frage. »Ist neue Dekoration im aktuellen Budget vorgesehen?«, fragte er, um sich mit einem praktischen Vorwand die Verlegenheit zu ersparen, seine Abneigung gegen Weihnachten zuzugeben.

»Glaub ich kaum«, antwortete Howard schulterzuckend. »Aber es lassen sich immer ein paar Dollar für Notfälle abzweigen. Ermessensfonds. Nennt man das nicht so?«

»Beleuchtete Schneeflocken qualifizieren sich wohl kaum als Notkauf.« Unwillkürlich fragte sich Tom, ob er während seiner Amtszeit in Serenity viele Diskussionen dieser Art führen würde. Falls ja, würde es eine frustrierende Erfahrung werden.

Howard wischte seine Einwände weg. »Sie finden bestimmt einen Weg. Hauptsache, Sie fangen gleich damit an.«

»Wir haben September, Howard«, merkte Tom an, dessen Unbehagen direkt proportional zur unerschütterlichen Entschlossenheit des Bürgermeisters wuchs.

Auch diese Erinnerung wischte Howard weg. »Und es dauert seine Zeit, alles zu organisieren, vor allem, wenn man auf Freiwillige angewiesen ist. Wissen Sie ja bestimmt. In Ihrem Lebenslauf steht alle mögliche Organisationserfahrung. Nutzen Sie die.«

»Da Sie so begeistert von dem Projekt zu sein scheinen, finde ich, Sie sollten es leiten«, sagte Tom und schaffte es nicht, einen verzweifelten Unterton aus der Stimme herauszuhalten. Wenn er noch eine Minute lang auch nur daran *denken* müsste, eine Weihnachtsfeier zu organisieren, würde ihm der Schweiß ausbrechen.

Er war in einem Haushalt aufgewachsen, in dem die Weihnachtsvorbereitungen kaum später begannen. Eigens beauftragte Dekorateure gestalteten jedes Zimmer im Erdgeschoss der Familienvilla in Charleston in ein durchgestyltes Weihnachtswunderland, bevor der Reigen der gesellschaftlichen Empfänge unmittelbar nach Thanksgiving begann. Und wehe, seine Schwestern oder er wollten eines der Päckchen unter den verschwenderisch geschmückten Bäumen auswickeln. Bei den meisten handelte es sich ohnehin nur um leere Kartons. Wie so vieles im Hause McDonald war auch das mehr Schein als Sein.

Ihm wurde bewusst, dass Howard ihn mit skeptischem Blick musterte. »Haben Sie was gegen Weihnachten?«, erkundigte sich der Bürgermeister.

»In religiöser Hinsicht nicht das Geringste«, antwortete Tom schnell. »Mir geht es nur darum, dass es keine effektive Nutzung meiner Zeit ist, Dekoration und dergleichen zu organisieren. Dann ist da noch das heikle Thema religiöser Darstellungen auf öffentlichem Gelände. Trennung von Kirche und Staat und so. Damit müssen wir vorsichtig sein. Dagegen gehen die Gerichte heutzutage streng vor.«

»Unsinn«, widersprach Howard. »Wir sind hier in Serenity. Niemand hat Einwände gegen Weihnachten.« Er stand auf. »Ich will vor der Ratssitzung nächsten Donnerstag einen Fortschrittsbericht darüber von Ihnen sehen. Verstanden?«

Tom konnte kaum dem Drang widerstehen, die Augen zu schließen und um Geduld zu beten. »Verstanden«, gab er kurz angebunden zurück.

Ihn die Feier organisieren zu lassen, dachte er mürrisch, war ungefähr so, als betraute man den Grinch damit.

* * *

Wäre Jeanette dem Alkohol zugetan gewesen, hätte ihr Gespräch mit Maddie sie direkt in die nächstgelegene Kneipe gejagt. Stattdessen flüchtete sie zu *Sullivan's* und einer doppelten Portion von Dana Sues berühmtem Apfel-Brotpudding mit Zimteis. Die Bestellung – oder eine Meldung der Kellnerin über ihre miese Stimmung – lockte prompt Dana Sue aus der Küche.

Die Besitzerin des erfolgreichsten gehobenen Restaurants von Serenity, gleichzeitig Miteigentümerin des *Corner Spa*, stellte eine große Dessertschale vor Jeanette ab und nahm ihr gegenüber Platz.

»Was ist los?«, fragte sie mit besorgter Miene.

Jeanette zuckte zusammen. Sie hätte wissen müssen, dass es ein Fehler war herzukommen. Alle süßen Magnolien – so nannten sich Maddie, Dana Sue und Helen – waren entschieden zu intuitiv, ganz zu schweigen von neugierig und zudringlich. »Wie kommst du drauf, dass irgendwas nicht stimmt?«, gab sie zurück und machte sich über den Brotpudding her.

»Zunächst mal bestellst du so gut wie nie ein Dessert, und schon gar keine doppelte Portion. Und dann ist da noch der grimmige Ausdruck in deinem Gesicht.« Dana Sue musterte sie. »Außerdem hat Maddie angerufen und mir erzählt, dass du aufgebracht über ein Gespräch zwischen euch beiden bist. Sie hatte so eine Ahnung, dass du hier aufschlagen könntest.«

»Gibt's eigentlich irgendwas, worüber ihr drei euch nicht austauscht?«, fragte Jeanette gereizt, bevor sie sich einen weiteren Löffel hausgemachtes Zimteis einverleibte, das auf dem warmen Dessert schmolz. Wäre sie in normalerer Stimmung gewesen, die Kombination von zarten Äpfeln und cremigem Speiseeis hätte sie in Verzückung versetzt.

»Wir haben auch unsere Geheimnisse«, versicherte Dana Sue ihr. »Aber wir sind immer prompt zur Stelle, wenn eine von uns Unterstützung braucht. Und du bist mittlerweile eine von uns. Das weißt du schon, oder?«

»Nein, bin ich nicht«, widersprach Jeanette, obwohl ihre Augen dabei leicht feucht wurden. »Ich bin nicht hier aufgewachsen. Ihr drei kennt euch schon ein Leben lang. Ihr macht praktisch seit einer Ewigkeit alles zusammen. Als Außenseiterin kann ich keine süße Magnolie sein.«

»Um Himmels willen, es ist ja nicht so, als hätten wir irgendwelche Statuten darüber. Du bist eine, wenn wir es sagen«, entgegnete Dana Sue. »Das bedeutet, dass es uns zusteht, uns um dich zu sorgen und uns in dein Leben einzumischen. Also erzähl mir, was mit Maddie passiert ist.«

»Sie hat's dir nicht gesagt?«

»Sie hat nur erwähnt, dass es irgendwas mit Weihnachten zu tun hat. Hat offen gestanden nicht viel Sinn für mich ergeben. Niemand kriegt Stress wegen Weihnachten.« Ihr Gesichtsausdruck wurde nachdenklich. »Außer, man schiebt die Einkäufe bis Heiligabend vor sich her. Aber daran kann's auch nicht liegen. Wir haben erst September.«

»Mit Weihnachtseinkäufen hat es definitiv nichts zu tun«, bestätigte Jeanette. Wenn es nur möglich gewesen wäre, hätte sie das Thema an der Stelle abgewürgt. Doch Dana Sues bohrender Blick teilt ihr mit, dass es dazu nicht kommen würde. Jeanette seufzte resigniert. »Sie will mich im Weihnachtskomitee der Stadt haben.«

»Okay«, sagte Dana Sue langsam. »Ich sehe das Problem nicht. Hast du keine Zeit dafür?«

»Die könnte ich mir nehmen, wenn ich wollte«, räumte Jeanette widerwillig ein. »Aber ich will eben nicht.«

»Wieso nicht?«

»Ist einfach so. Reicht das nicht als Grund?« Sie stopfte sich einen weiteren Löffel Brotpudding in den Mund. Damit hatte sie bereits mehr gegessen, als sie sollte. Von dem ganzen Zucker wurde ihr allmählich ein wenig flau.

»Wenn's dir so widerstrebt, in dem Ausschuss mitzuarbeiten, weiß ich genau, dass Maddie dich nicht zwingen wird«, beruhigte Dana Sue. »Aber vielleicht solltest du ihr erklären, warum.«

Jeanette schüttelte den Kopf. Für eine Erklärung müsste sie entschieden zu viele schmerzhafte Erinnerungen ans Licht zerren. »Darüber will ich nicht reden. Können wir es dabei belassen?«

Dana Sue musterte sie mitfühlend. »Du weißt, dass Maddie eine Glucke ist. Wenn sie die Geschichte dahinter nicht kennt, wird sie sich Sorgen machen und dich so lange nerven, bis sie weiß, was los ist. Mein Rat wäre, es einfach hinter dich zu bringen und damit herauszurücken.«

»Nein«, entgegnete Jeanette rundheraus. »Ihr habt mich für das Spa eingestellt. Von Weihnachten war dabei nie die Rede. Wenn das ein so großes Problem ist, gehöre ich vielleicht nicht hierher.«

»Das ist doch lächerlich!«, stieß Dana Sue mit entsetzter Miene hervor. »Natürlich gehörst du hierher. Wir lieben dich wie eine Schwester. Du wirst sicher nicht gehen, nur weil du nicht im Ausschuss fürs Weihnachtsfest der Stadt mitarbeiten willst. Maddie wird schon was einfallen. Vielleicht kann Elliot es übernehmen. Oder irgendjemand sonst im Spa.«

Bei der Erwähnung des erstklassigen Personal Trainers hellten sich Jeanettes Züge auf. »Elliot wäre gut. Seit er mit Karen zusammen ist, wird er bei praktisch jedem Feiertag im Kalender total rührselig.« Die Idee gefiel ihr. »Außerdem würde er sich bestens für die anfallenden körperlichen Tätigkeiten eignen. Auf Leitern klettern, Sachen aufhängen, so was alles. Ganz zu schweigen davon, was für eine Augenweide er ist. Wenn er dabei ist, werden sich sämtliche Frauen in der Stadt sofort freiwillig für den Ausschuss melden.«

»Gute Argumente«, meinte Dana Sue grinsend. »Solltest du bei Maddie unbedingt anbringen. Also, was hältst du davon, wenn ich dir jetzt was Richtiges zu essen bringe? Der Wels ist heute Abend besonders gut.«

Jeanette schüttelte den Kopf und schob die halb leere Schale mit Brotpudding von sich. »Ich bin voll.«

»Und fühlst du dich besser?«, fragte Dana Sue.

»Hundert Prozent besser«, bestätigte Jeanette. »Danke, Dana Sue.«

»Jederzeit«, erwiderte sie und erhob sich vom Tisch. »Aber bevor du eine endgültige Entscheidung über die Sache mit dem Ausschuss triffst, solltest du vielleicht noch etwas bedenken.«

Jeanette erstarrte. Sie hatte gedacht, die Sache wäre abgehakt. Sie würde zu Maddie gehen, Elliot für die Aufgabe vorschlagen, und damit hätte es sich. Argwöhnisch beäugte sie Dana Sue. »Ach ja?«

»Der neue Gemeindedirektor leitet den Ausschuss.«

»Und?«

»Er war neulich Abend mit dem Bürgermeister hier«, sagte Dana Sue. »Der Mann ist ein richtiger Schnuckel.« Sie grinste. »Und wie ich höre, ist er Single.«

Sofort verengte Jeanette die Augen zu Schlitzen. »Darum geht's also? Du und Maddie wollen mich verkuppeln?«

»Fiele uns nicht im Traum ein«, entgegnete Dana Sue mit einer Unschuldsmiene. »Ich berichte dir nur, was ich weiß, damit du eine fundierte Entscheidung treffen kannst.«

»Die hab ich schon getroffen«, gab Jeanette mit Nachdruck zurück. »Und ich suche keinen Mann. Du hast mir damit bloß einen Grund mehr geliefert, die Finger davon zu lassen.«

Dana Sue lächelte wissend. »Ich meine, mich zu erinnern, dass Maddie haargenau dasselbe gesagt hat, kurz bevor sie mit Cal vor den Traualtar getreten ist. Und Helen hat vor der Hochzeit mit Erik sogar noch heftiger protestiert. Und ich erst – oh Mann, was hab ich wild entschlossen behauptet, keinerlei Interesse mehr an Ronnie zu haben. Und sieh uns jetzt an.«

Jeanette erbleichte. »Aber mir ist es ernst.«

Dana Sue schmunzelte. »War es uns auch, Süße. War es uns auch.«

Nach all den Fehlern, die Jeanette bei der Wahl ihrer Männer schon begangen hatte, war ihr Leben in letzter Zeit erfrischend ruhig verlaufen. Friedlich. Und so gefiel es ihr. Tat es wirklich. Gut, vielleicht beneidete sie Maddie, Dana Sue und Helen um ihre grundsoliden Beziehungen. Aber Männer wie ihre waren rar gesät. Und Jeanette wusste aus Erfahrung, dass sie diese Sorte leider nicht anzog.

Sie bedachte Dana Sue mit einem strengen Blick. »Halt dich aus meinem Liebesleben raus.«

»Ich wusste gar nicht, dass du eines *hast*«, gab Dana Sue zurück.

»Genau das meine ich. Und so soll es auch bleiben.«

»Berühmte letzte Worte«, kommentierte Dana Sue, als sie ging.

»Ich mein's ernst«, rief Jeanette ihr nach. »Wirklich.«

Dana Sue winkte nur. Obwohl Jeanette ihr Gesicht nicht sehen konnte, wusste sie, dass die Frau grinste. In dem Moment beschloss sie, damit anzufangen, Margaritas zu trinken wie der Rest der süßen Magnolien. So könnte sie bei der nächsten Krise schnurstracks in eine Bar steuern, statt in ein Hornissennest aus weisen Ratschlägen und gutgemeinter Einmischung zu stechen.

KAPITEL 2

In Tom brodelte es noch wegen der Besprechung mit dem Bürgermeister, als er das Büro verließ und den Weg zum *Serenity Inn* antrat. Die Aussicht auf einen langen, sinnentleerten Abend in seinem Hotelzimmer empfand er als wenig verlockend. Er brauchte Bewegung, genug Anstrengung, um sämtliche Gedanken an das lächerliche Gespräch aus dem Kopf zu vertreiben.

Auf dem Weg zu seinem Zimmer erkundigte er sich an der Rezeption bei Maybelle Hawkins, ob es in der Stadt ein Fitnessstudio gab. Sie runzelte die Stirn über die Frage.

»Na ja, da wäre *Dexter's Gym*, aber um ehrlich zu sein, ist der Laden ein ziemliches Loch. Ich hab zwar gehört, dass Dexter recht gute Geräte hat. Aber mehr, als hin und wieder einen neuen Anstrich an die Wände zu klatschen, hat er in den letzten dreißig Jahren nicht gemacht. Männer scheint das nicht zu stören, aber die Frauen haben sich jahrelang vergeblich darüber beschwert.«

»Also ist *Dexter's Gym* die einzige Möglichkeit?« Schweißgeruch störte Tom ebenso wenig wie heruntergekommenes Dekor. Allerdings bezweifelte er, dass ein solcher Laden die Geräte in Schuss hielt, auch wenn Maybelle meinte, sie wären gut. »Ich bilde mir ein, ich hätte mal in einer Regionalzeitschrift was über einen Laden namens *Corner Spa* gelesen.«

Maybelles Augen leuchteten auf. »Das ist 'ne völlig andere Geschichte«, sagte sie. »Schon das Eintreten ist ein beruhigendes Erlebnis. Die Besitzerinnen haben ein altes viktorianisches Haus an der Ecke Main Street und Palmetto Lane in etwas ganz Besonderes verwandelt. Ich hab dort zwar keines der schicken Geräte benutzt, aber ich hatte eine Gesichtsbehandlung und ein Schlammbad. Schlamm! Können Sie sich das vorstellen? Und ganz ehrlich, ich hab mich danach besser als je zuvor gefühlt.«

Tom nickte. »Klingt perfekt«, befand er. Vage hatte er in Erinnerung, dass der Artikel eine ähnliche Lobeshymne gewesen war.

»Ja, nur das können Sie vergessen«, erwiderte Maybelle mit einem seltsam triumphierenden Funkeln in den Augen.

»Wieso das?«

»Nur Frauen haben Zugang. Nachdem sie Dexter so viele Jahre angefleht haben zu renovieren, haben sie jetzt endlich einen eigenen Platz.«

»Soll das heißen, das *Corner Spa* diskriminiert?« Verärgerung regte sich in ihm. »Und es hat noch niemand dagegen geklagt?«

Maybelle sah ihn mit verständnisloser Miene an. »Warum sollte das jemand? Es ist einfach ein Spa für Frauen. Ihr Männer habt doch seit Jahren eure Privatclubs und Golfplätze. Jetzt tun sich ein paar Frauen zusammen und eröffnen etwas nur für Frauen, und Sie wollen klagen? Oh bitte.«

Innerlich zuckte Tom leicht zusammen. Tatsächlich war sein Vater Mitglied in mehreren solchen exklusiven, nur für Männer zugänglichen Privatclubs. Aber darum ging es nicht. Bei diesem Spa handelte es sich offenbar um ein öffentliches Geschäft.

»Jetzt hören Sie aber auf«, sagte er. »Sie müssen doch wissen, dass es moralisch falsch und wahrscheinlich sogar illegal ist.« Das würde er recherchieren müssen. Dafür könnte er in den juristischen Fachbüchern nachschlagen, die sein Vater in der Hoffnung gekauft hatte, Tom würde eines Tages eine eigene Kanzlei in Charleston eröffnen und seinen Abschluss in Jura tatsächlich nutzen.

Maybelle wirkte von seinem Argument völlig unbeeindruckt. »Das müssten Sie schon mit einer der Eigentümerinnen klären. Wovon ich aber abrate. Helen Decatur ist die scharfsinnigste Anwältin der Stadt. Niemand bei klarem Verstand legt sich mit ihr an.«

Langsam nickte Tom. So verärgert, wie er über den Verlauf seines ersten Arbeitstags gerade war, fand er es durchaus reizvoll, einem offenkundig geschlechterdiskriminierenden Betrieb auf die Zehen zu steigen. Er könnte seine üble Laune an *diesem* Kampf abreagieren, statt einen vergeblichen gegen Howard wegen der Weihnachtsfeierlichkeiten anzuzetteln.

Andererseits könnte es der Anfang vom Ende seiner Karriere als Gemeindedirektor werden, wenn er gleich nach seiner Ankunft in der Stadt eine beliebte Anwältin und Geschäftsinhaberin verklagte. Er würde darüber nachdenken müssen.

Vorerst schenkte er Maybelle ein zerstreuendes Lächeln. »Danke für die Informationen.«

Nach einem kurzen Abstecher in sein Zimmer, wo er sich umzog – in Jeans, ein altes T-Shirt der University of South Carolina und Turnschuhe –, trat er mit forschen Schritten den Weg in die Innenstadt an. Wahrscheinlich würde er bei *Dexter's* landen, aber erst wollte er sich dieses schicke Spa ansehen.

Er bog mehrmals falsch ab, doch schließlich fand er es. Das alte viktorianische Haus strahlte etwas Klassisches und Einladendes aus.

Er stieg die Stufen zur Veranda hinauf und spähte durch ein Fenster. Die Ausstattung drinnen sah erstklassig aus. Um die zehn Frauen rackerten auf Laufbändern und Crosstrainern. Allerdings sichtete er auch ein paar Männer. In der Hoffnung, dass sich Maybelle bei den Mitgliedschaftsbeschränkungen geirrt hatte, wollte er gerade die Tür öffnen und reingehen, um sich zu vergewissern, als er Schritte hinter sich hörte.

»Kann ich Ihnen helfen?«, erkundigte sich eine Frau und ließ ihn abrupt innehalten. Trotz des freundlichen Südstaatentonfalls in ihrer Stimme klang die Frage eher herausfordernd als hilfsbereit.

Er drehte sich um und erblickte eine Fee von einer Frau mit sehr kurzem dunklem Haar und großen, dunklen Augen. Ohne den Akzent in ihrer Stimme hätte er sie für eine Europäerin gehalten. Ihre Kleidung vermittelte französisches Flair. Obwohl das Outfit selbst – eigentlich nur Jeans und ein T-Shirt – ohne Weiteres vom örtlichen Discounter stammen konnte. Trotzdem erinnerten ihn die flachen Schuhe und das kunstvoll umgelegte Halstuch an das angeborene Modebewusstsein, das er in einem nach dem College in Paris verbrachten Sommer, am linken Ufer der Seine erlebt hatte. An jene Tage dachte er gern zurück – und an die Frauen, die er dort kennengelernt hatte.

Tom schenkte ihr sein gewinnendstes Lächeln. »Kommt drauf an. Haben Sie hier zufällig was zu sagen?«

»Ich bin keine der Eigentümerinnen, falls Sie das wissen wollen. Maddie trifft sich mit allen potenziellen Lieferanten. Ich kann Ihnen ihre Karte geben.«

»Ich bin kein Lieferant. Ich will beitreten.«

»Tut mir leid. Nur für Frauen.«

»Aber ich sehe da drin ein paar Männer«, protestierte Tom.

»Personal Trainer. Die einzigen Männer, die während der Geschäftszeiten drinnen gestattet sind. Ich beschreibe Ihnen gern den Weg zu *Dexter's*, wenn Sie sich in der Stadt nicht auskennen.«

»Das finde ich schon«, gab er knapp zurück. »Wissen Sie, diese Exklusivität für Frauen ist wahrscheinlich illegal.«

Die Andeutung beunruhigte sie nicht im Geringsten.

»Das bezweifle ich schwer«, sagte sie nur und wirkte belustigt. »Ich bin mir ziemlich sicher, dass Helen Decatur – eine der Eigentümerinnen – das bei der Gründung berücksichtigt hat. Ihre Karte kann ich Ihnen auch geben, wenn Sie wollen.«

Tom verdrängte die rechtlichen Fragen vorerst, musterte die Frau abwägend und ließ den Blick dabei so lang auf ihr ruhen, dass es sie verunsichern sollte. »Und wann bieten Sie mir *Ihre* Karte an?«

»Gar nicht, wenn Sie nicht zufällig Hautcremes, Produkte für Aromatherapien oder Wellness-Kleidung zu verkaufen haben. Und leider haben wir ja bereits festgestellt, dass dem nicht so ist.«

In ihrer Stimme schwang eine Häme mit, die ihn irritierte. Doch statt es sich anmerken zu lassen, ließ er seinen Charme spielen. »Jammerschade, oder? Vielleicht finden wir ja eine andere Gemeinsamkeit.«

Abrupt verschwand das belustigte Funkeln aus ihren bemerkenswerten Augen. »Wohl kaum«, erwiderte sie frostig. »Schönen Abend noch.«

Damit öffnete sie die Tür, trat ein und knallte sie ihm vor der Nase zu. Irgendwie ahnte er, dass sie auch noch abgeschlossen hätte, wenn das Spa nicht noch eine Stunde geöffnet gewesen wäre.

Tom starrte ihr nach. Plötzlich trat seine Verärgerung über die Diskriminierung gegen Männer hinter seine Faszination von dieser temperamentvollen Frau zurück, die ihm gerade die kalte Schulter gezeigt hatte. Als angehender Erbe des Vermögens der McDonalds hatte er wenig Erfahrung mit Zurückweisung, vor allem nicht in den gehobenen gesellschaftlichen Kreisen von Charleston. Und er stellte fest, dass ihm Zurückweisung nicht gefiel. Da sich die Erfahrung obendrein auf die eben erst verlorene Schlacht gegen den Bürgermeister türmte, trübte sie seine Stimmung umso mehr.

Sein Vater würde sagen, dass er diesen miesen Tag, den er in Serenity hatte, dafür verdiente, dass er nicht den illustren, schon bei seiner Geburt für ihn geplanten Karriereweg eingeschlagen hatte. Die Vorstellung der Häme im Gesicht seines Vaters ließ ihn den Rücken straffen und den Entschluss fassen, den nächsten Tag besser werden zu lassen. Er hatte eine Menge zu beweisen, nicht nur seinem Vater, sondern auch sich selbst.

Tom war nach Serenity gekommen, weil er solche Kleinstädte mochte. Und weil er fand, dass er ihnen etwas zu bieten hatte. Seine Jahre als Planer und Finanzleiter einer anderen Gemeinde hatten ihn auf Serenity und darauf vorbereitet, alle etwaig anfallenden Probleme zu bewältigen. Wenn er sich mit einem anspruchsvollen Bürgermeister herumschlagen und eine harmlose Zurückweisung von einer faszinierenden Frau wegstecken musste, dann konnte er das.

Nach einem letzten, sehnsüchtigen Blick durchs Fenster des *Corner Spa* beschloss er, auf Training bei *Dexter's* zu verzichten. Stattdessen joggte er zurück zum *Serenity Inn* für eine wenig ansprechende Mahlzeit aus irgendetwas zum Mitnehmen und einem Bier.

* * *

Nach der beunruhigenden Begegnung mit dem Mann auf der Veranda zog sich Jeanette in ihr Büro zurück, um den auf ihrem Schreibtisch angesammelten Papierberg wenigstens ein bisschen zu verringern. Der Zeitpunkt erschien ihr so gut wie jeder andere, um sich mit diesem unangenehmen Aspekt ihrer Arbeit herumzuschlagen.

Leider stellte sie fest, dass sie sich nicht darauf konzentrieren konnte. Immer wieder drängten sich ihr ungebetene Bilder des Mannes auf, den sie gerade kennengelernt hatte. Der Gedanke, dass er sich mit Helen anlegen könnte, brachte sie zum Lächeln. Er hatte so selbstsicher geklungen. Es wäre ein Heidenspaß zu beobachten, wie Helen ihm das eine oder andere über das Gesetz beibringen würde.

Und obwohl sie Männern abgeschworen hatte, es hatte ein leichtes Kribbeln in ihrer Magengrube ausgelöst, unverhohlen bewundernde Blicke von einem attraktiven Mann zu erhalten, wenn auch nur für wenige Minuten. Es war lange her, dass ein Mann sie so angesehen hatte. Oder vielleicht war es nur lange her, dass sie es bewusst wahrgenommen und dabei etwas empfunden hatte.

Natürlich würde sie deswegen nichts unternehmen, ermahnte sie sich streng und wandte sich mit neuer Entschlossenheit dem Papierkram auf ihrem Schreibtisch zu.

Sie hatte gerade den Monatsbericht für August fertiggestellt, als Elliot an ihre Tür klopfte und eintrat. Mit seinem glänzenden schwarzen Haar, dem olivfarbenen Teint und dem durchtrainierten Körper verkörperte er wandelnde Werbung für Fitness. Außerdem war er einer der nettesten Kerle weit und breit. Er stammte aus einer lebensfrohen Großfamilie und stand kurz davor, eine alleinerziehende Mutter zu heiraten, die sehr harte Jahre hinter sich hatte. Er und Karen hatten eigene stürmische Zeiten zu überstehen gehabt, da seine streng katholische Familie anfangs kategorisch dagegen gewesen war, dass er eine geschiedene Frau heiraten wollte. Letztlich jedoch hatte Karen sie für sich gewonnen.

»Es ist ziemlich spät«, stellte er fest.

»Musste Papierkram nachholen«, erwiderte Jeanette mit verzogenem Gesicht. »Ist schon Feierabend? Ich hab die Zeit aus den Augen verloren.«

»Hab vor fünf Minuten die letzten Kundinnen nach Hause geschickt und die Türen verriegelt. Wenn du so weit bist, fahre ich dich nach Hause.«

Jeanette bedachte ihn mit einem eigenartigen Blick. »Passt schon. Ich kann laufen. So weit ist es nicht.«

Elliot schüttelte sofort den Kopf. »Heute Abend nicht. Vorhin hat ein Typ durchs Fenster hereingelinst. Ich hab ihn vorher noch nie gesehen. Einige der Frauen sind nervös geworden. Sie wollten schon den Sheriff rufen. Aber als ich draußen nachgesehen habe, war er weg.«

Jeanette lächelte und schüttelte den Kopf. »Auf dem Weg herein hab ich mit ihm geredet. Der ist harmlos. Er wollte sich in den Fitnessclub einschreiben. Ich hab ihm erklärt, dass er das nicht kann. Schätze, er ist neu in der Stadt. Nach unserem Gespräch ist er gegangen.«

Elliots Stirn blieb gerunzelt. »Gefällt mir trotzdem nicht. Hat er dir seinen Namen genannt?«

»Nein, aber ich hab auch nicht danach gefragt. Hör auf, dir Sorgen zu machen. Ich bin eine halbwegs gute Menschenkennerin.« Gut, nicht unbedingt bei Männern, aber das war was anderes. »Der Kerl hatte ein adrettes Auftreten und eine gewählte Ausdrucksweise. Der ist für niemanden eine Bedrohung.«

Noch während Jeanette es aussprach, fragte sie sich, ob es auch wirklich stimmte. Der Mann mochte nicht gefährlich auf die Weise sein, an die Elliot dachte, für sie jedoch konnte er sehr wohl eine Bedrohung darstellen. Bevor sie ihn so frostig hatte abblitzen lassen, hatte sie durchaus auf seinen flüchtigen Flirtversuch angesprochen. Obwohl sie es gar nicht gewollt hatte.

Er war attraktiv. Okay, sehr attraktiv sogar. Sexy. Nicht so muskulös wie Elliot, aber auf schlanke, drahtige Weise fit. Seine mehr grauen als blauen Augen hatten verschmitzt gefunkelt. Sein adrett gestutztes braunes Haar wies goldene Highlights auf, die von viel im Freien verbrachter Zeit herrührten. Und wenn er lächelte, zeigte sich ein Grübchen. Der Anblick hätte sie beinah aus den Socken gehauen, was sie völlig verblüfft hatte. Sie hatte sich für immun gegen so etwas gehalten.

Obwohl er leger gekleidet gewesen war, konnte sie sich ihn mühelos mit Hemd und Krawatte vorstellen. In einem maßgeschneiderten Anzug. Sie schätzte ihn als Karrieremenschen ein.

Elliot wirkte nicht überzeugt. Er entfernte einen Stapel Papier vom Stuhl für Gäste, ließ sich darauf nieder, hievte die Füße auf den Schreibtisch und holte ein Handy heraus.

»Was hast du vor?«, fragte Jeanette.

»Karen anrufen und ihr sagen, dass ich mich verspäte.«

»Warum?«

Er grinste. »Weil ich hier nicht ohne dich weggehe. Das würde an meinem guten Ruf als netter Kerl kratzen. Als ich das letzte Mal eine der süßen Magnolien aus den Augen gelassen habe, obwohl mir mein Bauchgefühl davon abgeraten hat, wäre sie deswegen um ein Haar umgekommen.«

Jeanette zuckte zusammen. Sie erinnerte sich an den Vorfall. »Du warst nicht verantwortlich dafür, was mit Helen passiert ist. Der Ehemann ihrer Mandantin war fest entschlossen, sich an ihr zu rächen. Niemand hätte ihn davon abhalten können.«

»Mag sein«, gab er ihr vergnügt recht. »Trotzdem gehe ich kein Risiko ein.«

Nach einem Blick auf seine sture Kieferpartie gab sich Jeanette geschlagen. »Oh, Herrgott noch mal. Ich will nicht dafür verantwortlich sein, dass du zu spät bei Karen auftauchst.« Sie stand auf. »Gehen wir.«

Er bedachte sie mit einem selbstgefälligen Blick. »Gute Entscheidung. Willst du mit uns essen? Ich koche Mamas berühmte Paella mit Meeresfrüchten.«

»Du kochst?«, fragte Jeanette ungläubig, als sie nach draußen gingen. »Deine Frau arbeitet in einem Restaurant.«

»Genau deshalb sollte sie nicht auch noch an ihrem freien Tag zu Hause kochen müssen.«

Staunend sah Jeanette ihn an. »Warum kannst du keine Brüder statt lauter Schwestern haben?«

Elliot schmunzelte. »Ich habe Cousins. Willst du einen kennenlernen? Natürlich kann mir keiner das Wasser reichen, aber der eine oder andere ist zumindest nah dran.«

»Sind ihre Egos so groß wie deins?«

»Doppelt so groß«, erwiderte er.

»Dann nicht. Ich denke, ich bleibe lieber solo.«

Elliot schüttelte den Kopf. »Jammerschade. Du bist eine wunderschöne Frau und hast ein gutes Herz. Du solltest dein Leben mit jemand Besonderem teilen.«

Jeanette seufzte. »Hab ich früher auch mal gedacht.«

»Sag so was nicht«, mahnte Elliot, als er sie in sein Auto steigen ließ. »Der Richtige könnte gleich um die Ecke warten.«

Unwillkürlich dachte Jeanette daran, wie sie sich vorhin unter dem Blick jenes Fremden gefühlt hatte. Vielleicht hatte Elliot recht. Vielleicht war es *wirklich* ein wenig verfrüht, die Hoffnung auf Liebe fahren zu lassen.

* * *

Mary Vaughn Lewis hatte ihren prall gefüllten Tagesplaner auf dem Schreibtisch ausgebreitet und versuchte, sämtliche Daten darin auf ihr neues Smartphone zu übertragen. Ihre Tochter, die mittlerweile im zweiten Jahr in Clemson studierte, hatte darauf bestanden, dass sie eines brauchte. Mary Vaughn war davon weniger überzeugt, weil sie von Computern ungefähr so viel verstand wie ihre Perserkatze zu Hause. Andererseits konnte sie es sich nicht leisten, der modernen Zeit hinterherzuhinken. Die Menschen hatten bestimmte Erwartungen an die erfolgreichste Immobilienmaklerin von Serenity. Hinzu kam ihre Rolle als Präsidentin der Handelskammer der Stadt. Und sie brauchte wirklich dringend etwas, um den Überblick über ihre Termine zu behalten. Rory Sue hatte geschworen, dieses Gerät wäre die Lösung.

Als es unverhofft klingelte, erschrak sie so heftig, dass sie es um ein Haar zu Boden fallen gelassen hätte. Es dauerte einen Moment, bis sie herausfand, wie man einen Anruf entgegennahm.

»Ja, hallo, Mary Vaughn Lewis am Apparat«, murmelte sie unsicher.

»Mama, ich bin's. Bin ich der erste Anruf auf deinem neuen Smartphone?«

»Bist du tatsächlich«, sagte Mary Vaughn zu ihrer Tochter und strahlte beim Klang von Rory Sues Stimme.

»Kein Wunder, dass du dich so komisch anhörst. Aber du wirst begeistert davon sein, sobald du dich damit auskennst. Versprochen.«

»Tja, wir werden sehen. Was gibt's, Schatz?« Mary Vaughn glaubte kaum, dass der Anruf mitten in der Woche etwas damit zu tun hatte, dass ihre Tochter wissen wollte, wie sie mit der neuen Technik zurechtkam. Wohl eher mit einer Bitte um Geld zum Shoppen. Rory Sue würde selbst dann weiter einkaufen, wenn ein Laden um sie herum in Flammen stünde. Und irgendwie würde es ihr dabei noch gelingen, der Verkäuferin einen speziellen Brandrabatt abzuschwatzen. Eine Fähigkeit, die sie sich von ihrer Mutter abgeschaut hatte, obwohl es Mary Vaughn lieber gewesen wäre, wenn sie stattdessen ein paar typische Südstaaten-Tugenden gelernt hätte.

»Ich wollte mit dir über Weihnachten reden«, sagte Rory Sue.

»Über Weihnachten? Im September?«

»Ja. Ich dachte mir, ich spreche es lieber gleich an, statt dich auf den letzten Drücker damit zu überrumpeln.«

Sofort wurde Mary Vaughn hellhörig. »Mich womit überrumpeln?«

»Na ja, ich dachte mir, weil wir eh keine wirklich traditionelle Feier haben, also nicht so wie früher, als ich klein war …«

Mit anderen Worten, vor Mary Vaughns Scheidung von Sonny, mit der sie das Leben ihrer Tochter ruiniert hatte, dachte sie verdrossen und wartete auf die nächste Breitseite.

»Also, da dachte ich mir, vielleicht lässt du mich über die Feiertage wegfahren«, fügte Rory Sue hastig hinzu. »Nach Aspen. Jills Familie fährt jedes Jahr zum Skifahren hin. Sie hat mich eingeladen mitzukommen. Nur müsste ich ihr sofort Bescheid sagen. Wenn ich nicht kann, fragt sie nämlich jemand anders.«

»Nein«, erwiderte Mary Vaughn, ohne auch nur eine Sekunde darüber nachzudenken. »Weihnachten verbringt man mit der Familie. Da gondelt man nicht mit Fremden durch die Gegend.«

»Jill ist keine Fremde. Sie ist seit zwei Jahren meine Mitbewohnerin.«

Mary Vaughn hätte ihre Tochter mit dem Hinweis korrigieren können, dass sie das zweite Jahr gerade erst begonnen hatte, doch sie sparte sich den Atem. Stattdessen sagte sie: »Du kennst ihre Familie kaum, und ich kenne sie überhaupt nicht.«

»Du machst dir doch nur Sorgen darüber, wie es aussieht, wenn ich zu Weihnachten nicht nach Hause komme«, warf Rory Sue ihr vor. »Du hast Angst, dass die Leute dich dann für eine Versagerin als Mutter halten. Darum geht's in Wirklichkeit, nicht wahr? Dich interessiert nur dein Image in dieser bescheuerten Kleinstadt.«

Zu Mary Vaughns Bedauern stimmte das teilweise. Ihr widerstrebte zutiefst, dass ihr eigenes Kind, das sie mehr als alles andere liebte, nicht mal Weihnachten mit ihr verbringen wollte. Wie erbärmlich war das? Mary Vaughn wollte einfach nicht wie früher von den Bewohnern der Stadt bemitleidet werden. Sie hatte ihr gesamtes Erwachsenenleben daran gearbeitet zu ändern, wie die Leute sie sahen.

Der zweite Teil der Wahrheit jedoch, der wichtigste Teil, war der, wie einsam sie sich fühlen würde. Was sollte sie tun, wenn Rory Sue nicht nach Hause käme? In ihrem großen Haus sitzen und die Wände anstarren? Den kleinen Keramikbaum anmachen, den sie von ihrer Mutter geerbt hatte, und Eierlikör trinken, bis sie vergessen würde, dass sie völlig allein war? Nein, das trostlose Bild, das sie vor Augen hatte, durfte sich nicht einstellen.

Schon in wenigen Jahren könnte Rory Sue allein in einer weit entfernten Stadt leben. Dann würde sie über die Feiertage womöglich nicht nach Hause kommen können. Oder vielleicht würde sie sogar eine eigene Familie haben, und Mary Vaughn müsste zum Feiern in irgendeine fremde Stadt reisen. Aber noch nicht dieses Jahr. Dieses Jahr wollte Mary Vaughn ihre Tochter hier in Serenity haben. Sie wollte traditionelle Weihnachten, und sie würde sie bekommen, auch wenn Rory Sue ihr übelnahm, dass sie darauf bestand.

»Nein«, sagte sie erneut rundheraus.

»Du willst nicht mal darüber nachdenken?«, hakte Rory Sue flehentlich nach.

»Nein, kommt nicht in Frage. Und versuch erst gar nicht, deinen Vater anzurufen, um ihn auf deine Seite zu ziehen. Du kannst uns nicht mehr gegeneinander ausspielen. Das hat vielleicht funktioniert, als du zehn warst, aber jetzt nicht mehr. Wir sind beide älter und klüger.«

Zu ihrer Erleichterung kicherte Rory Sue. »Glaubst du wirklich?«

»Ich *weiß* es«, betonte Mary Vaughn mit Nachdruck. »Ich hab dich lieb und verspreche dir, dass wir hier in Serenity das schönste Weihnachten aller Zeiten haben werden.«

»Das ist *so was* von nicht möglich«, erwiderte Rory Sue. »Bis dann, Mama.«

»Bis dann, Schatz.«

Mary Vaughn beendete den Anruf fest entschlossen, ihr Versprechen zu halten, selbst wenn sie dafür mit Rory Sues geliebtem Vater reden müsste – ihrem sehr von ihr entfremdeten Ex-Mann.

* * *

Jeanette war Maddie den ganzen Vormittag aus dem Weg gegangen. Das Thema ihrer Mitarbeit im Planungsausschuss für das Weihnachtsfest der Stadt war noch längst nicht vom Tisch, das wusste sie. Zwangsläufig würde sich daraus außerdem ein Gespräch darüber ergeben, warum Jeanette alles im Zusammenhang mit Weihnachten so sehr widerstrebte. Sie rechnete sogar damit, dass Maddie die großen Geschütze – Dana Sue und Helen – auffahren würde, bevor es ausgestanden wäre.

Wenn es um etwas wie das ging, bildeten die süßen Magnolien ein eingeschworenes Team. Jeanette mag mittlerweile ein Mitglied darin sein, aber die anderen waren länger dabei und standen daher im Rang über ihr. Und wenn eine aus irgendeinem Grund aus der Spur geriet, taten sich die anderen gegen sie zusammen. Das hatte sie bereits mehr als einmal erlebt. Und ihr graute davor. Die Begegnung mit Dana Sue am vergangenen Abend war lediglich ein Vorgeschmack darauf gewesen, was Jeanette heute erwartete. Und je mehr sie darüber nachgedacht hatte, Maddie zu überreden, das Projekt an Elliot zu übergeben, desto weniger glaubte sie, dass ihre Chefin den Vorschlag ernst nehmen würde – schon gar nicht, wenn Maddie sie verkuppeln wollte.

»Du wirkst mir nicht ganz so aufgeweckt wie sonst«, sagte Mary Vaughn Lewis, während Jeanette ihr den Hals und das Gesicht mit Feuchtigkeitscreme einschmierte. Die Frau zählte schon so lange zu ihren Stammkundinnen, dass sie sich angefreundet hatten und gegenseitig duzten.

»Tut mir leid«, erwiderte Jeanette und rang sich ein Lächeln ab. »Mir gehen schon den ganzen Tag andere Dinge durch den Kopf.« Dann wechselte sie bewusst das Thema. »Wie geht's deiner Tochter? Freut sie sich darüber, wieder an der Uni zu sein? Sie ist an der Clemson, richtig?«

Normalerweise genügte eine Frage über Rory Sue, und schon redete Mary Vaughn drauflos. Das tat sie zwar auch diesmal, doch Jeanette spürte eine unterschwellige Anspannung in ihrer Kundin, während sie schilderte, wie gut sich ihre Tochter beim Studium machte.

»Die Worte klingen zwar alle schön und gut«, merkte Jeanette nach einer Minute an. »Aber irgendwas bedrückt dich. Glaubst du, sie ist unglücklich?«

»Das ist sie meinetwegen«, gestand Mary Vaughn. »Ich lasse sie über Weihnachten nicht zum Skifahren nach Aspen fahren.«

»Warum nicht?«

»Weil man die Feiertage nun mal im Kreis der Familie verbringt«, sagte Mary Vaughn, als wäre es ein Gesetz.

»Nicht unbedingt«, entgegnete Jeanette vorsichtig. »Ich meine, es kann toll sein, wenn sich alle gut miteinander verstehen. Aber die Hälfte der Familien, die ich kenne, sind total zerrüttet. Da wären alle viel glücklicher, wenn sie über die Feiertage keine zehn Minuten miteinander verbringen müssten.«

»Und gehört deine Familie dazu?«

»Du hast ja keine Ahnung«, erwiderte Jeanette, bevor sie schnell den Mund schloss. Sie hatte bereits zu viel preisgegeben. Also musste sie das Thema rasch wieder auf Mary Vaughn und ihre Tochter lenken. »Vielleicht könntest du ja auch nach Aspen fahren. Dann hättet ihr beide, was ihr wollt. Du wärst mit Rory Sue zusammen, und sie könnte mit ihrer Freundin Ski fahren. Was hält dich denn in Serenity?«

»Tradition«, beharrte Mary Vaughn. »Außerdem würde es ihrem Vater das Herz brechen, sie über die Feiertage nicht zu Hause zu haben. Zu Weihnachten dreht sich bei Sonny alles um die Familie. Genau wie bei seinem Vater.«

»Du meinst Bürgermeister Lewis«, sagte Jeanette.

Mary Vaughn nickte. »Ich kann dir sagen, der Mann denkt das ganze Jahr an kaum was anderes als daran, den Weihnachtsmann für die Kinder zu spielen. Serenitys Weihnachtsfest ist ihm das Liebste auf der Welt. Als Präsidentin der Handelskammer kann ich nicht daran vorbei, im Ausschuss für die Feierlichkeiten mitzumachen. Du kannst mir glauben, dass ich mich alles andere als darauf freu. Howard und ich sind selbst an guten Tagen bestenfalls wie Katz und Hund. Und die guten Tage sind eher selten.«

Jeanette bedachte sie mit einem aufrichtig mitfühlenden Blick. »Schon mal dran gedacht, es zu delegieren?«

»Du meinst, ich soll eine Vertretung hinschicken und damit andeuten, der Ausschuss für das Weihnachtsfest wäre nicht das Allerwichtigste in meinem Leben? Das kann nicht dein Ernst sein. Das würde Howard mir ewig vorhalten.«

»Maddie will mich als Vertreterin für das *Corner Spa* in den Ausschuss stecken«, plauderte Jeanette aus. »Ich hab abgelehnt.«

Mary Vaughns Augen leuchteten auf. »Hast du nicht!«, protestierte sie. »Du *musst* es machen. Damit rettest du mir den Verstand. Bitte, Jeanette, versprich mir, dass du's dir anders überlegst. Wenn wir zusammen in dem Ausschuss sind, kann es lustig werden.«

Jeanette hatte keine Ahnung, wie Mary Vaughn darauf kam, zumal sie sich trotzdem mit ihrem ehemaligen Schwiegervater herumschlagen müsste, einem der aufgeblasensten Bewohner von Serenity.

»Maddie lässt dich vielleicht vom Haken«, fügte Mary Vaughn hinzu. »Aber ich akzeptiere kein Nein als Antwort. Ich will, dass du sofort zusagst. Bitte. Wir machen uns einen Heidenspaß daraus. Du und ich können diesen verknöcherten alten Männern ein bisschen Feuer unter dem Hintern machen. Ich weiß, dass du Herausforderungen genauso toll findest wie ich. Sag ja.« Hoffnungsvoll wartend sah sie Jeanette an.

Jeanette seufzte. »Vielleicht«, knickte sie schließlich ein. Zu mehr wollte sie sich vorerst nicht hinreißen lassen. Leider wurde ein klares, unmissverständliches Nein schwieriger und schwieriger.

KAPITEL 3

Tom hatte für Freitag noch einen weiteren Termin im Kalender. Danach wollte er nach Charleston für einen Pflichtauftritt bei einer Wohltätigkeitsveranstaltung seiner Mutter. Er hatte versprochen, über Nacht zu bleiben. Gleich am Samstagmorgen jedoch wollte er wieder in Serenity sein, um sich nach einer Wohnung oder einem Haus umzusehen.

Sein Telefon klingelte. »Cal Maddox ist für Sie hier«, trällerte die unermüdlich fröhliche Teresa.

»Sollte ich wissen, wer das ist?«

Sie seufzte. »Bin gleich da.«

»Darum habe ich Sie nicht gebeten«, murmelte er, sprach jedoch bereits mit der toten Leitung. Seine Bürotür öffnete sich … und schloss sich wieder.

Mit ihrem kurzen, stahlgrauen Haar, ihrer molligen Figur und ihrer Vorliebe für geblümte Blusen und pastellfarbene Hosen wirkte Teresa, als sollte sie zu Hause sein und Kekse backen. Aber sie leitete das Büro mit der Effizienz eines militärischen Ausbilders. Im Augenblick betrachtete sie ihn mit mütterlichem Unmut.

»Wenn wir miteinander auskommen wollen, müssen Sie mir schon zuhören, wenn ich mit Ihnen rede«, schimpfte sie. »Oder zumindest lesen, was ich in den Kalender schreibe, den ich Ihnen jeden Morgen gebe.«

Tom zuckte zusammen. »Tut mir leid«, murmelte er

und wühlte in Papier, bis er den fein säuberlich erstellten Tagesplan fand, den er kaum eines Blickes gewürdigt hatte. Stattdessen hatte er eigene Notizen auf einen Übersichtskalender gekritzelt. Dieser Termin stand nicht darauf.

»Okay, hab ihn«, bestätigte er, als er ihn auf Teresas Aufstellung entdeckte. »Cal Maddox, Baseballtrainer der Highschool.« Mit ausdruckslosem Blick sah Teresa ihn an. »Warum will er zu mir? Mit dem Schulwesen hab ich nichts zu tun.«

Sie bedachte ihn mit einem ungeduldigen Blick und deutete auf den Zettel mit ihrem Kalender.

»Betreff: Start eines Programms für die Little League in der Stadt«, las er laut vor.

Sie nickte. »Ich mache meine Arbeit. Sie werden sich an mein System gewöhnen müssen.«

Tom konnte sich ein Grinsen kaum verkneifen. So gut wie überall, wo er bisher gearbeitet hatte, stand es dem Chef zu, das System vorzugeben. »Ich werd mich bemühen«, versprach er pflichtbewusst.

Sie musterte ihn unverhohlen skeptisch. »Na, mal sehen«, erwiderte sie mit einem leisen Schnauben. »Soll ich Cal jetzt reinschicken?«

»Bitte.«

Eine Minute später trat der Coach mit einem Grinsen im Gesicht ein. »Was haben Sie gemacht, um Teresa so zu verärgern?«

Tom zögerte kurz, dann zuckte er mit den Schultern. »Praktisch alles, was ich mache, verärgert Teresa. Zuletzt hab ich's versäumt, ihre Notizen zu lesen.«

Cal streckte eine schwielige Hand aus und schlug mit Tom ein, bevor er sagte: »Nur, damit Sie's verstehen –

Teresa hat Serenity die letzten fünfzehn Jahre lang praktisch geleitet. Für sie sind Sie ein Eindringling.«

»Sie war Gemeindedirektorin?« Die Information verblüffte Tom. »Das hat niemand erwähnt.«

»Nein, das nicht«, erwiderte Cal lachend. »Aber Ihre Vorgänger haben ihr den Betrieb so ziemlich überlassen. Wenn Sie den Job auf Ihre Weise machen wollen, sollten Sie Teresa nach und nach daran gewöhnen.«

»Werd ich mir merken«, sagte Tom und war dankbar für den Tipp. Die Erkenntnis rückte die von Anfang an gespannte Beziehung zu seiner Sekretärin in ein neues Licht. Tom deutete auf einen Stuhl. »Setzen Sie sich. Was kann ich für Sie tun? In Teresas Notiz steht etwas davon, dass sie ein Programm für die Little League starten wollen.«

Cal reichte ihm eine Mappe. »Da steht alles drin. Die Vorteile für die Stadt, die Kosten, Betriebe, die bereits zugesagt haben, die Teams zu sponsern, und andere Gemeinden mit ähnlichen Sommerprogrammen.«

»Und was brauchen Sie von mir?«

»Die Startfinanzierung«, erwiderte Cal. »Der Betrag ist auch da drin. Und ich brauche noch einen Trainer. Wir haben nämlich genug Kinder und Jugendliche für mindestens zwei Mannschaften. Ein Trainer betreut die jüngeren, einer die älteren Jungs.«

Tom bedachte ihn mit einem fragenden Blick. »Schlagen Sie gerade vor, dass ich Trainer werden soll?«

Cal nickte. »Sie haben doch für die Clemson gespielt, oder? First Base, wenn ich mich recht erinnere.«

Tom staunte. »Wie um alles in der Welt können Sie das wissen? Ich hab nur ein Jahr fürs College gespielt, bevor ich mich verletzt habe und es bleiben lassen musste.«

Dann weiteten sich seine Augen. »Cal Maddox?«, sagte er, als ihm der Name endlich ins Bewusstsein sickerte. »Sie haben für die Atlanta Braves gespielt?«

Cal nickte. »Kurz. Mir hat auch eine Verletzung einen Strich durch die Rechnung gemacht. Aber ich war dabei, als die Berichte der Scouts über Sie eingegangen sind. Sie waren als heißer Anwärter für eine Profilaufbahn eingestuft. Was Sie in meinen Augen als Coach für die Little League in Serenity qualifiziert. Denken Sie darüber nach?«

»Zuerst muss das Programm unter Dach und Fach sein«, erwiderte Tom. Er deutete auf die Mappe. »Ich gehe Ihren Vorschlag am Wochenende durch und sehe mal, ob er ins Budget passt, das demnächst beschlossen wird. Danach reden wir weiter.«

»In Ordnung.« Cal stand auf und wandte sich zum Gehen.

»Eine Frage noch. Sie sind doch Sportler. Wo kann man in der Stadt anständig trainieren?«

Der selbstbewusste Mann vor ihm wirkte durch die Frage seltsam verunsichert. »Wenn Sie schwören, es niemandem weiterzuerzählen, verrate ich es Ihnen«, sagte er schließlich.

»Vertraulichkeit ist mein zweiter Vorname«, versicherte Tom ihm.

Cal beugte sich näher, als fürchtete er, Teresa oder sonst jemand könnte etwas mitbekommen. »Ich schleiche mich nach den Öffnungszeiten ins *Corner Spa*.«

Ungläubig starrte Tom ihn an. »Sie nehmen mich auf den Arm! Mir hat man unmissverständlich gesagt, dass der Laden für Männer tabu ist.«

»Das ist er auch«, bestätigte Cal. »Aber ich bin mit

einer der Eigentümerinnen verheiratet. Sie tut so, als würde sie es nicht merken, wenn ich mir von Zeit zu Zeit ihren Schlüssel leihe. Sollte mich da drin jemals jemand erwischen, würde meine Frau mich natürlich den Wölfen zum Fraß vorwerfen und leugnen, mich zu kennen. Und erst recht würde sie nie zugeben, dass sie mir stillschweigend erlaubt, mich dort reinzuschleichen.«

Tom lachte. »Klingt nach einer interessanten Beziehung.«

»Sie haben ja keine Ahnung«, erwiderte Cal. »Maddie ist eine faszinierende Frau und das Beste, was mir je passiert ist. Sie beide laufen sich bestimmt bald über den Weg, erst recht, wenn aus der Sache mit der Little League etwas wird.«

»Ich freue mich schon darauf«, erwiderte Tom. »Und ich melde mich innerhalb der nächsten Woche wegen Ihres Vorschlags.«

»Danke. Schönes Wochenende.«

Tom dachte an die förmliche Veranstaltung, die ihn an diesem Abend erwartete, und an die unvermeidliche Belehrung durch seinen Vater, die ihm wohl morgen blühen würde.

Keine guten Voraussetzungen für ein schönes Wochenende.

* * *

Jeanette hatte einen weiteren Tag überstanden, ohne Maddie über den Weg zu laufen. Sie hoffte, es würde so bleiben. Als sie ihre Tragetasche und Handtasche ergriff und durch den Nebeneingang verschwinden wollte, tauchte Maddie auf.

»Willst du dich davonschleichen?«, fragte sie unbekümmert.

Jeanette grinste. »Hab ich zumindest versucht, ja.«

»Kannst du noch eine Minute bleiben?«

»Ist das eine Bitte oder ein Befehl?«

»Eine Bitte natürlich«, betonte Maddie. Sie hielt zwei Gläser mit Tee und eine transparente Schachtel mit zwei Stücken von Jeanettes Lieblingsgebäck, Milchbrötchen mit Preiselbeer-Orange-Füllung. »Ich hab Bestechung dabei.«

Seufzend steuerte Jeanette auf die Terrasse zu. Maddie folgte ihr.

Nachdem sie Platz genommen hatten, nahm Jeanette einen Bissen von dem fluffigen Gebäck. Sie runzelte die Stirn. Es war noch warm. »Wo kommt das her? Ich weiß, dass wir heute nichts davon im Café hatten. Hab nämlich nachgesehen.«

»Ich hab Dana Sue gebeten, einen Schwung davon zu backen und herzuschicken«, gab Maddie zu. »Sie sind erst vor ein paar Minuten eingetroffen, frisch aus dem Ofen.«

»Du willst echt unbedingt, dass ich in dem Weihnachtsausschuss mitarbeite, oder?«, sagte Jeanette und genoss einen weiteren Bissen. Vor lauter Trostessen und Maddies Bestechung würde sie noch aufgehen wie ein Hefeteig.

»Im Moment interessiert mich eigentlich mehr, warum du so dagegen bist. Ich habe dir Zeit und Freiraum gelassen, um über unser Gespräch nachzudenken. Und ich glaube nicht, dass deine Reaktion etwas mit ein paar zusätzlichen Pflichten für wenige Monate zu tun hatte. Hab ich recht?«

Als Jeanette nichts erwiderte, bohrte Maddie nach: »Also, was steckt dahinter?«

Weil sich Jeanette auf die Diskussion unter keinen Umständen einlassen wollte, sah sie ihrer Chefin in die Augen. »Ich mach's.«

Maddie wirkte baff. »Was machst du?«

»Na, in dem blöden Ausschuss mitarbeiten«, grummelte Jeanette. »Reden wir nicht gerade davon?«

Maddie schien nicht annähernd so erfreut über ihre Kapitulation zu sein, wie Jeanette es erwartet hatte.

»Vergiss den Ausschuss mal kurz. Sag mir, warum dich Weihnachten so nervt«, verlangte Maddie. »Mir ist eben erst klar geworden, dass du um die Zeit immer Urlaub nimmst. Aber du fährst weder nach Hause zu deiner Familie noch verreist du sonst irgendwohin. Du verkriechst dich nur in deiner Wohnung. Ich hab bei Helen und Dana Sue nachgefragt. Wir können uns alle nicht daran erinnern, dass du je auch nur eine einzige Einladung zu einer Weihnachtsfeier von uns angenommen hättest. Dahinter muss ein Grund stecken.«

»Ich bin menschenscheu«, behauptete Jeanette.

»Nein, bist du nicht«, wischte Maddie die Antwort kurzerhand weg. »Zu vielen anderen Anlässen bist du sehr wohl aufgekreuzt – Grillfeiern zum vierten Juli, Margarita-Abende, Essen an Thanksgiving. Nein, hier geht's eindeutig um Weihnachten. Du hast eine Abneigung gegen diesen speziellen Feiertag, und ich will wissen, warum.«

»Das geht nur mich was an«, erwiderte Jeanette stur. »Ich weiß, du willst bloß helfen, aber es gibt gar kein Problem. Ich kann die Weihnachtsfeiertage einfach nicht leiden.« Mit finsterer Miene sah sie Maddie an. »Und wag es ja nicht zu behaupten, *jeder* würde Weihnachten lieben.«

»Na ja, ist aber so. Zumindest hier in der Gegend.«

»Dann bin ich eben die Ausnahme von der Regel. Schau, ich hab doch schon gesagt, dass ich in dem Ausschuss mitarbeite. Das sollte wohl reichen.«

»Was hat deine Meinung geändert?«, hakte Maddie nach.

»Oh Mann, du weißt wirklich nicht, wann man's gut sein lassen sollte, oder?«

Maddie zog nur eine Augenbraue hoch.

»Nein, natürlich nicht«, brummelte Jeanette. »Teilweise, damit du endlich Ruhe gibst, teilweise für Mary Vaughn. Sie hat mich förmlich angebettelt mitzumachen, weil sie es auch muss.«

Maddie starrte sie ungläubig an. »Du machst es für Mary Vaughn? Obwohl sie versucht hat, sich Ronnie von Dana Sue zu krallen?«

»Dana Sue und er waren damals getrennt«, argumentierte Jeanette, die das Bedürfnis verspürte, ihre Kundin zu verteidigen. »Außerdem hatte sie bei Ronnie nie eine Chance, was alle außer Mary Vaughn gewusst haben. Unter dem Strich ist sie eine sehr gute Kundin und hat mich darum gebeten.«

»Ich bin deine *Chefin* und hab dich darum gebeten. Bei mir hattest du keine Hemmungen, einfach abzulehnen«, grummelte Maddie, bevor sie den Kopf schüttelte. »Du machst es für Mary Vaughn. Warte, bis ich das Dana Sue und Helen erzähle.«

»Hauptsächlich mache ich es, damit du mir von der Pelle rückst«, stellte Jeanette richtig. »Was nicht annähernd so gut wie erwartet funktioniert hat. Also geh ich jetzt lieber nach Hause, bevor ich's mir noch anders überlege.«

Maddie öffnete den Mund, doch Jeanette hob die Hand. »Lass es gut sein, okay?«

»Ich wollte nur sagen, dass wir alle für dich da sind, falls du je über irgendwas reden willst, verstanden?«

Zu ihrem Verdruss wurden Jeanettes Augen feucht. »Verstanden«, flüsterte sie, dann machte sie sich schleunigst aus dem Staub, bevor sie wie eine völlige Idiotin dastehen würde, indem sie in Tränen ausbräche.

* * *

Am Samstagmorgen konnte es Tom kaum erwarten, nach Serenity zurückzufahren. Die Wohltätigkeitsveranstaltung hatte mit allem aufgewartet, was er an der gesellschaftlichen Szene von Charleston verachtete. Er wollte sich gar nicht ausmalen, wie hoch das Budget für die formelle Gala sein mochte, die seine Mutter seit Jahren organisierte. Höchstwahrscheinlich kam das Geld den Spendeneinnahmen gleich, man könnte es also genauso gut direkt dem guten Zweck zuführen. Jedes Mal, wenn er den Gedanken erwähnte, sah seine Mutter ihn an, als hätte er verwerfliche Blasphemie begangen.

»Das wird nun mal erwartet«, hatte sie ihn bereits mehr als einmal aufgeklärt. So auch diesmal. »Hat man in der Gesellschaft einen gewissen Rang, ist man verpflichtet, sich wohltätig zu engagieren.«

»Ich will damit ja nur sagen, dass es kostengünstiger wäre, einfach einen Scheck auszustellen«, hielt er dem stets entgegen.

»Eine Veranstaltung macht auf die Sache aufmerksam.

Und sie unterstützt örtliche Betriebe. Wo blieben die Caterer, die Floristen, die Druckereien und so weiter, wenn es keine solchen Spendenaktionen mehr gäbe?«

»Also geht's dabei nur darum, die Wirtschaft in Charleston zu fördern?«

Sie sah ihn mit einem missbilligenden Stirnrunzeln an. »Ach, um Himmels willen, du weißt genau, dass es um mehr geht. Ich weiß, dass du für albern und unnötig hältst, was ich mache. Irgendwann mal rechne ich es dir auf Dollar und Cent genau vor, um dir meinen Standpunkt so zu beweisen, wie du es verstehen kannst.«

Er grinste sie an. »Das wüsste ich echt zu schätzen.«

»Du bist unverbesserlich«, erklärte sie.

»Trotzdem hast du mich lieb.«

»Meistens«, gab sie ihm eingeschränkt recht. »Wenn du nur einfach heiratest und uns einen Erben für das McDonald-Vermächtnis schenkst, kann ich dir glatt all die dummen Diskussionen verzeihen.«

»Mutter, du hast schon sechs bezaubernde Enkeltöchter, die du verhätscheln kannst. Die nächste Generation steht für einen guten Start bereit.«

»Keines der Mädchen wird den Namen McDonald weiterführen«, hielt sie ihm vor Augen. »Selbst, wenn eine deiner Schwestern noch einen Sohn bekommt, wird er kein McDonald sein.«

»Also soll ich heiraten und einen Sohn zeugen? Ist das der Plan?«

Sie bedachte ihn mit einem strengen Blick, hatte dabei jedoch ein unverkennbares Funkeln in den Augen. »Das wüsste ich echt zu schätzen«, sagte sie.

Während seine Mutter ihre Marschbefehle mit sanfter Überredung erteilte, trat sein Vater geradezu diktatorisch auf, ging Tom durch den Kopf, während er das von der Köchin zubereitete Frühstück aus Eiern, Schinken, Maisgrütze und Redeye-Soße beendete. Jedes einzelne Gespräch mit Thomas Barlow McDonald schien damit zu enden, dass einer von ihnen verärgert schnaubend davonstapfte. Das hätte sich Tom an diesem Morgen gern erspart. Aber sich davonzuschleichen, ohne seinem Vater die Ehre zu erweisen, würde nur später einen tränenreichen Anruf seiner Mutter nach sich ziehen. So mühsam die Diskussionen mit seinem Vater sein mochten, die vorwurfsvollen Vorträge seiner Mutter fand Tom noch schlimmer.

Außerdem war es für eine Flucht ohnehin zu spät. Sein Vater schlenderte bereits herein, fertig angezogen für seine allsamstäglichen Golfausflüge zum privaten Country-Club, dem die McDonalds schon angehörten, seit man der Landschaft den Platz mit achtzehn Löchern abgerungen hatte.

»Ich dachte, du würdest gleich heute Morgen abreisen«, sagte sein Vater, während er sich aus den Speisenwärmern auf der antiken Anrichte einen Teller füllte.

Tom schluckte den Drang hinunter, ehrlich zu antworten und zu gestehen, dass er mit dem Gedanken gespielt hatte. »Wir hatten gestern Abend kaum Gelegenheit zu reden«, erwiderte er stattdessen. »Ich dachte, wir könnten das heute Morgen nachholen. Wie läuft's beim Golfen?«

»Nach wie vor besser als bei dir, vermute ich«, antwortete sein Vater. »Spielst du eigentlich noch? Gibt es dort, wo du jetzt wohnst, überhaupt einen Golfplatz?«

Toms Geduld hing am seidenen Faden. »Die Stadt heißt Serenity, Vater. Und ja, ganz in der Nähe liegt ein hervorragender Golfplatz. Ein weiterer entsteht gerade wenige Kilometer entfernt. Wenn du und Mutter vielleicht irgendwann hinfahrt, würdet ihr feststellen, dass die große weite Welt nicht nur aus Charleston besteht.«

»Du spielst also noch«, verbiss sich sein Vater hartnäckig in sein Lieblingsthema.

»Bisher hatte ich keine Zeit«, entgegnete Tom. Oder Lust, wenn er ehrlich sein wollte. Golf war ihm nicht aktiv genug. Vielleicht spielte er auch einfach nur schlecht. Jedenfalls fand er es wesentlich ansprechender, ein Team in der Little League zu trainieren.

»Bist du fest entschlossen, dich von allem abzuwenden, was ich mache?«, erkundigte sich sein Vater. Sein Lieblingsvorwurf gegen Tom.

Dabei war Tom längst darüber hinaus, gegen alles rebellieren zu wollen, wofür seine Eltern standen. »Ich treffe bloß Entscheidungen, die sich für mich richtig anfühlen, Vater. Ich wünschte, du könntest das einsehen.«

»Ich sehe nur, dass du Chancen vergeudest. Du hättest hier in Charleston etwas aus deinem Jurastudium machen können. Im Club würdest du dafür die richtigen Kontakte knüpfen. In nur ein, zwei Jahren könntest du dich perfekt dafür in Stellung bringen, als Gouverneur oder sogar für den Kongress zu kandidieren. Das ist deine Bestimmung, Tom, nicht Erbsenzählen in der Gemeindeverwaltung irgendeiner belanglosen Kleinstadt.«

»Ich persönliche finde ja, die Leute in Washington könnten ein paar Lektionen im Erbsenzählen vertragen«, kommentierte Tom trocken. Sein Vater quittierte den Konter mit einer finsteren Miene.

»Du weißt genau, was ich meine«, brummte Thomas McDonald. »Du bist für die Aufgabe hoffnungslos überqualifiziert. Du hast einen Abschluss in Betriebswirtschaft, einen in Jura und die richtigen Verbindungen, um etwas aus dir zu machen. In Serenity wird das nicht passieren.«

Tom schob seinen Teller von sich und lehnte sich seufzend zurück. »Tut mir leid, dass ich nicht ehrgeizig genug für deinen Geschmack bin. Mir gefällt es, die Menschen in meiner Gemeinde zu kennen. Ich sehe gern die Ergebnisse meiner Entscheidungen, wenn ich mein Büro verlasse. Es bereitet mir Freude, Probleme für Einzelne und für die Gemeinde zu lösen.«

»Was glaubst du denn, worum es in der Politik geht?«, blaffte sein Vater. »Genau darum, nur in viel größerem Maßstab.«

»Mag sein«, räumte Tom ein. »Wenn's nicht gerade darum geht, Geld für einen Wahlkampf aufzutreiben, die aktuell populärste Haltung für den Sieg bei der nächsten Wahl einzunehmen oder zu tun, was immer nötig ist, um sich die Unterstützung der einen oder anderen Organisation zu sichern. Das soll nicht heißen, dass es keine anständigen, tüchtigen Politiker gibt, die viel Gutes bewirken können, aber mir fehlt die Geduld, mich mit dem Rest herumzuschlagen. Tut mir leid. Darin werden wir offensichtlich nie einer Meinung sein. Ich hoffe, wir müssen die ewig gleiche Diskussion nicht jedes Mal führen, wenn wir uns sehen.«

»Das kann ich dir nicht versprechen«, erwiderte sein Vater mürrisch. »Ich werde nie den Versuch aufgeben, dich zur Vernunft zu bringen.«

Tom seufzte schwer und wünschte, er könnte nachvollziehen, warum das seinem Vater so viel bedeutete. Aber da er wohl kaum kurzerhand herausfinden würde, wie sein Vater tickte, versuchte er es stattdessen mit einem Friedensangebot.

»Hättest du Lust, mal an einem Samstag nach Serenity zu fahren, dort mit mir Golf zu spielen und dich ein bisschen umzusehen? Wir haben auch ein erstklassiges Restaurant. Ich glaube, du und Mama würdet es mögen.«

Sein Vater sah aus, als wollte er den Vorschlag kurzerhand verwerfen, doch seine Mutter kam gerade rechtzeitig ins Zimmer, um die Einladung zu hören.

»Das würden wir gern, nicht wahr, Thomas?«, sagte sie und bedachte ihren Ehemann mit einem stechenden Blick.

»Wie du willst«, murmelte er. »Jetzt muss ich los. Ich habe eine frühe Abschlagzeit.«

»Kann ich zum Mittagessen mit dir rechnen?«, erkundigte sich Toms Mutter.

»Nein, ich esse im Club.« Als er schon halb zur Tür hinaus war, drehte er sich um und sagte: »War schön, dich zu sehen, Sohn.«

»Gleichfalls, Vater.«

Nachdem er gegangen war, wandte sich Tom an seine Mutter. »Tja, kein Blutvergießen. Ich würde sagen, das ist ein Fortschritt.«

Sie schüttelte den Kopf und setzte sich ihm gegenüber. »Mir ist unbegreiflich, warum ihr beide euch bei nichts einig sein könnt.«

»Weil ich mich nicht seinem Willen unterordne. Ich weiß, er will für mich nur, was er für das Beste hält. Aber irgendwann sollte er auch mal darauf hören, was *ich* will.«

Clarisse McDonald bedachte ihn mit einem belustigten Blick. »Oh, ich finde, das hast du oft genug klar und deutlich zum Ausdruck gebracht. Er ist damit bloß nicht einverstanden. Weil er solche Hoffnungen in dich gesetzt hat.«

»Das weiß ich. Und ich finde es auch normal, dass sich ein Vater bestimmte Dinge für seinen Sohn wünscht. Aber er ist anscheinend davon besessen, seinen Willen durchzusetzen, ganz gleich, wie oft ich ihm erkläre, dass ich mit dem von mir gewählten Weg glücklich bin.«

»Du weißt, woran das liegt, oder?«

»Daran, dass er ein sturer alter Kauz ist?«, riet Tom.

Seine Mutter runzelte die Stirn. »Respektlosigkeit von dir hat er nicht verdient. Irgendwann wirst du von deinem hohen Ross steigen und richtig mit ihm reden müssen, Tom. Für ihn war das Leben nicht so einfach wie für dich.«

Damit verdutzte sie Tom. »Die McDonalds sind seit Generationen reich und eine feste Größe in der besseren Gesellschaft von Charleston.«

»Was nicht deinem Großvater zu verdanken ist«, erwiderte seine Mutter hörbar abschätzig.

Tom sah sie überrascht an. »Wie meinst du das?« An seinen Großvater erinnerte er sich kaum. Er wusste nur noch, dass der Mann ihm oft eine Vierteldollarmünze in die Hand gedrückt und schmunzelnd gemeint hatte: »Gib nicht alles auf einmal aus.«

»Frag deinen Vater nach ihm«, schlug seine Mutter vor. »Vielleicht verstehst du ihn dann ein bisschen besser.«

»Kannst *du* es mir nicht einfach sagen?«

»Könnte ich, aber ihr zwei müsst lernen, miteinander zu kommunizieren«, ließ sie ihn wissen. »Jetzt erzähl mir von dieser Kleinstadt, die du leitest. Bist du dort glücklich?«

»Ich bin noch dabei, ein Gespür dafür zu entwickeln«, gestand er. »Aber ich denke, es wird mir dort gefallen.«

Dabei dachte er an die Frau, die er vor dem *Corner Spa* kennengelernt hatte. »Jedenfalls gibt's dort interessante Einwohner.«

Die Züge seiner Mutter hellten sich auf. »Eine Frau? Eine bestimmte?«

»Möglicherweise.«

»Erzähl«, verlangte sie und beugte sich neugierig vor.

»Da gibt's nicht viel zu erzählen. Ich weiß nicht mal, wie sie heißt. Ich bin ihr vor einem Spa für Frauen über den Weg gelaufen. Wir haben ein paar Worte gewechselt, dann hat sie mir die Tür vor der Nase zugeknallt.«

Mit empörter Miene lehnte sich seine Mutter zurück. »Na, das klingt ja nicht sehr erfreulich. Dann hat sie wohl keine besonders gute Erziehung genossen.«

Tom grinste. »Nach ihrem Stammbaum hab ich sie nicht gefragt, Mutter. Sie war so schon verärgert genug.«

»Ich will damit nur sagen, dass eine Dame nicht einfach den Leuten die Tür vor der Nase zuschlägt.«

»Ich kläre sie darüber auf, wenn wir uns das nächste Mal über den Weg laufen.« Und das *würden* sie. Er hatte die Absicht, dafür zu sorgen. Cal Maddox würde dabei vielleicht hilfreich sein, zumal die Unbekannte mit seiner Ehefrau zusammenarbeiten musste.

Beim Gedanken an Cal fiel ihm der Vorschlag mit der Little League ein. Da er das Thema wechseln wollte, beschloss er, ihn zu erwähnen. Seine Mutter hatte sein Interesse an Baseball immer gefördert. Obwohl es ihm jedes Mal entsetzlich peinlich gewesen war, dass sie seine Spiele in einer Aufmachung wie für ein Teekränzchen mit der Königin von England besucht hatte.

»Warte, bis du das hörst«, leitete er seine Schilderung des Treffens mit Cal Maddox ein.

»In Serenity lebt ein ehemaliger Profi?« Sie klang aufrichtig verblüfft. »Ich hatte ja keine Ahnung.«

Tom lachte über ihren Gesichtsausdruck. »Wahrscheinlich würden dich noch mehr Leute überraschen, denen man dort über den Weg läuft. Schon mal von Paula Vreeland gehört?«

»Der Künstlerin? Natürlich. Ihre Werke werden in einigen der besseren Galerien hier in Charleston ausgestellt.«

»Sie lebt auch in Serenity.«

Seine Mutter schüttelte den Kopf. »Du musst dich irren. Ich bin mir ziemlich sicher, dass sie hier zu Hause ist.«

»Nein. Der Bürgermeister hat mir bei unserer Rundfahrt durch die Stadt ihr Haus und ihr Studio gezeigt. Und dieses Spa, das ich erwähnt habe, findet offenbar in der gesamten Region großen Anklang. Genau wie das *Sullivan's* für seine Gourmetinterpretation guter alter Südstaatenküche.«

»Das will ich mit eigenen Augen sehen. Bleib hier, während ich meinen Kalender hole. Wir vereinbaren sofort ein Datum, dann komme ich dich besuchen.«

»Mit Vater?«

Sie warf ihm einen ironischen Blick zu. »Vielleicht komme ich das erste Mal lieber allein. Zum Auskundschaften sozusagen.«

»Gefällt mir«, sagte Tom. Wenn seine aufgeschlossenere Mutter die Stadt mit einem positiven Eindruck verließe, könnte sie vielleicht zu seinem Vater durchdringen. Ein interessantes Kräfteverhältnis mit überraschend klaren Vorteilen für seine Mutter prägte die Jahre ihrer Ehe.

Energiegeladen verließ sie das Zimmer und kam bald darauf mit einem dicken Terminplaner zurück, prall gefüllt mit Visitenkarten ihrer bevorzugten Floristen, Drucker, Schneider und Caterer, wie Tom wusste. Und mit solchen von neuen Betrieben, die um ihre Aufmerksamkeit buhlten. Sie blätterte durch die Seiten und murmelte dabei vor sich hin.

»Heute in zwei Wochen«, sagte sie schließlich. »Früher schaffe ich es nicht. Dafür muss ich zwar meiner Mittagsrunde mit anschließender Partie Bridge absagen, aber so bleibt den anderen genug Zeit, eine vierte Spielerin zu finden.«

»Heute in zwei Wochen ist perfekt.« Tom stand auf und bückte sich, um sie auf die Wange zu küssen. »Danke, Mutter. Ich freue mich schon darauf.«

Das meinte er aufrichtig. Er wollte, dass sie Serenity so sah wie er – als bezaubernde, lebenswerte Kleinstadt mit einer vielversprechenden Zukunft. Und obwohl er es kaum sich selbst gegenüber auszusprechen wagte, vielleicht auch ein Sprungbrett zu einem noch besseren Job. Im Gegensatz dazu, was sein Vater glaubte, hatte Tom durchaus Ambitionen. Er wollte sie lediglich auf einem anderen Weg als dem verwirklichen, den Thomas McDonald für ihn vorgezeichnet hatte.

KAPITEL 4

Da viele von Jeanettes besten Kundinnen berufstätig waren und nur samstags zu Behandlungen kommen konnten, hatte sie selbst selten ein ganzes Wochenende für sich. Und so gefiel es ihr. Die Sonntage kamen ihr endlos vor, vor allem, wenn sie nicht in die Kirche ging. Dann zog sich der Tag mit zu vielen leeren Stunden hin.

Wie lang dauerte es schon, die Wäsche zu erledigen oder den Kühlschrank für die wenigen Mahlzeiten zu bevorraten, die sie zu Hause aß? In Serenity gab es kein Kino. Golf, Kajakfahren und andere Aktivitäten in der Stadt interessierten Jeanette nicht. Der einzige Nachteil am Leben in einer kleinen Gemeinde, nachdem sie davor mehrere Jahre in Charleston gewohnt hatte. Trotz aller anderen Reize und der wunderbaren Menschen gingen ihr die Ruhe und Beschaulichkeit von Serenity gelegentlich auf die Nerven. Vor allem, weil sie niemanden an der Seite hatte, mit dem sie ihr Leben teilen konnte.

Diesen Sonntag fand sie schlimmer als die meisten. Sie hatte entschieden zu viel Zeit, um über Weihnachten, ihre Familie und all die Gründe nachzudenken, warum der Feiertag für sie seine Bedeutung verloren hatte.

Gegen drei Uhr nachmittags wurde sie rastlos. Ihr Blick fiel auf das Telefon neben ihr. Unwillkürlich ging ihr durch den Kopf, wie lange sie schon nicht mehr mit ihren Eltern geredet hatte. Sie lebten keine zwei Stunden entfernt, trotzdem hatte Jeanette sie seit Monaten weder gesehen noch gesprochen. Nachdem sie von zu Hause ausgezogen war, hatte sie festgestellt, dass es keine Anrufe gab, wenn sie nicht von ihr ausgingen. Beinah so, als würden ihre Eltern sie vergessen, wenn Jeanette sie nicht daran erinnerte, dass es sie noch gab.

Impulsiv ergriff sie das Telefon und wählte, bevor sie es sich ausreden konnte. Es klingelte mehrmals, bis ihre Mutter ranging.

»Hi, Mama.«

»Jeanette, bist du das?«

Es überraschte sie nicht, dass sich ihre Mutter nicht sicher zu sein schien. »Ja, Mama, ich bin's. Wie geht's dir?«

»Ganz gut«, erwiderte sie, fügte jedoch nichts hinzu.

Trotz der kurz angebundenen Antwort bohrte Jeanette weiter. »Und Papa? Wie geht's ihm?« Ihr Vater ging auf die siebzig zu, wirkte jedoch älter. Die Arbeit im Freien sah man ihm an der verwitterten Haut an. Und das von ihren Eltern stets »die Tragödie« genannte Ereignis hatte ihn vorzeitig altern lassen.

»Wie immer arbeitet er zu hart«, antwortete ihre Mutter. »Die Farm ist eigentlich zu viel für ihn, aber er kennt halt nichts anderes.«

»Hat er dieses Jahr jemanden als Hilfe eingestellt?« Jeanette war fest entschlossen, das Telefonat am Laufen zu halten, und hoffte, vielleicht sogar eine annähernd richtige Unterhaltung anzufachen.

»Für das Gemüse hatte er mehrere Tagelöhner, aber die meisten hat er inzwischen weggeschickt, weil nur noch die Kürbisse zu ernten sind. Die lädt er selbst auf und bringt sie samstags zum Markt.«

»Ist er da? Ich würde gern ein paar Worte mit ihm reden«, sagte Jeanette. Früher mal hatte ihr Vater sie so abgöttisch geliebt wie Cal die kleine Jessica Lynn. Das hatte sich innerhalb eines Wimpernschlags geändert. Und obwohl Jeanette den Grund auf intellektueller Ebene verstand, schmerzte die zwischen ihnen entstandene Kluft deshalb nicht weniger.

»Er ist draußen und arbeitet am Traktor.« Ihre Mutter bot nicht an, ihn zu holen. Mit leichter Verzögerung setzten ihre guten Manieren ein, und sie fügte hinzu: »Aber ich sage ihm, dass du angerufen hast.«

Jeanette konnte sich nur mühsam ein Seufzen verkneifen. Sie konnte sich nicht mal mehr erinnern, wann ihr Vater zuletzt mit ihr gesprochen hatte. Ihre Mutter hatte immer eine Ausrede dafür parat, warum er nicht ans Telefon kommen konnte. Einige, wie diese, hörten sich wahr an. Andere nicht. Manchmal hatte sie den Eindruck, dass er nach dem Tod ihres Bruders einfach mit überhaupt niemandem mehr reden wollte.

Sie zwang sich zu einem fröhlichen Ton. »Erzähl mir, was du so treibst, Mama. Backst du immer noch jede Woche für die Kirchenveranstaltungen?«

»Heute hab ich einen Kokosnusskuchen hingebracht«, sagte ihre Mutter. »Nächste Woche Schokolade. Den mögen alle am liebsten.«

»Ich auch«, sagte Jeanette. »Vielleicht komme ich bald mal zu Besuch, dann könntest du ja einen für mich backen.«

Ein weiteres unverkennbares Zögern folgte, bevor ihre Mutter erwiderte: »Gib uns einfach Bescheid, wann du kommst, Jeanette.«

Diesmal versuchte Jeanette gar nicht erst, ihr Seufzen zu unterdrücken. Sie hatte ausnahmsweise auf ein bisschen Herzlichkeit gehofft, auf irgendein Anzeichen, dass ihre Eltern sie vermissten und sehen wollten. Stattdessen klang ihre Mutter eher, als müsste sie *gewarnt* werden, bevor ihre Tochter bei ihr vor der Tür stehen würde. Oder vielleicht reagierte Jeanette auch nur zu sensibel auf die Nuancen in der Stimme ihrer Mutter. Mittlerweile rechnete sie mit Ablehnung und spürte sie in praktisch jedem Wort.

»Ich gebe rechtzeitig Bescheid, Mama«, versprach sie und fand sich damit ab, einen weiteren enttäuschenden Anruf zu beenden. »War schön, mit dir zu reden.«

»Gleichfalls«, gab ihre Mutter zurück.

Erst nach dem Auflegen wurde ihr klar, dass ihre Mutter keine einzige Frage darüber gestellt hatte, wie es ihr ging oder was sich in ihrem Leben abspielte. Das Desinteresse schmerzte, selbst nach all den Jahren. Sie erinnerte sich noch gut an die Zeit, als sie nach der Schule durch die Hintertür ins Haus gelaufen war, strotzend vor Neuigkeiten über ihren Tag. Damals hatte ihre Mutter stets Kekse und Milch auf den Tisch gestellt, bevor sie jedem einzelnen Wort gelauscht hatte. Sie schien diese Nachmittagsgespräche genauso zu genießen wie Jeanette. Mittlerweile brachten sie kaum noch ein fünfminütiges Gespräch zustande, das überwiegend einseitig verlief.

»Wenn ich noch eine Minute länger hier sitze, fange ich an, mich in Selbstmitleid zu suhlen«, murmelte Jeanette. Spontan schnappte sie sich ihre Handtasche und ging zur Tür.

Zwei Stunden später saß sie mit einem riesigen Eimer Popcorn, zuckerfreier Limonade und einer Packung M&Ms in einem Multiplexkino in Charleston. Der Film, ein stark beworbener Actionstreifen, traf ihren Geschmack nicht wirklich. Trotzdem besser, als an einem Sonntagnachmittag allein zu Hause zu sitzen und über ihre gestörte Beziehung zu ihren Eltern nachzudenken, ohne die geringsten Ahnung, wie sie sich kitten ließe.

Beim Verlassen des Kinos hörte sie eine vertraute Stimme. Als sie sich umdrehte, erblickte sie Maddies Sohn Kyle und einige seiner Freunde in Begleitung von Cal.

»War der Film nicht der totale Kracher?«, fragte Kyle sie enthusiastisch.

Cal ergriff das Wort und rettete sie davor, antworten zu müssen. »Irgendwie glaub ich, Jeanette wäre eine romantische Komödie lieber gewesen.«

Kyle schaute verwirrt drein. »Warum hat sie sich dann den Film angesehen?«

Cal sah ihr in die Augen. »Weiß nicht. Warum eigentlich, Jeanette?«

Sie zuckte mit den Schultern. »Ich dachte mir halt, es würde temporeich und aufregend sein.«

Er bedachte sie mit einem wissenden Blick. »Was dich angesprochen hat, weil du dich von irgendwas ablenken wolltest?«

Jeanette sah ihn stirnrunzelnd an. »Du weißt schon, dass deine intuitiven Fragen manchmal fast genauso nervig sind wie die deiner Frau, oder?«

Cal lachte. »Was soll ich sagen? Maddie färbt auf mich ab. Übrigens, wir schauen unterwegs nach Hause zum Pizzaessen bei *Rosalina's* vorbei. Maddie trifft sich dort mit uns. Willst du mitkommen? Würde noch ein bisschen Zeit totschlagen, falls dir danach ist.«

Der Vorschlag hatte durchaus einen gewissen Reiz, allerdings überwogen die Nachteile die Vorteile. »Und mich noch einem Verhör unterziehen? Lieber nicht.«

»He, soll das ein Scherz sein? Bei der Truppe hier plus Jessica Lynn und Cole können die Erwachsenen schon froh sein, wenn sie sich überhaupt gegenseitig hören. Komm schon, Jeanette. Ganz ohne Fragen. Ich sorge dafür.«

Sie grinste. »Wenn sich Maddie was in den Kopf gesetzt hat, lässt sie sich nicht aufhalten. Und in letzter Zeit scheint sie fest entschlossen zu sein, sich in mein Leben einzumischen.«

»Offensichtlich bist du nicht mit dem Knirpseffekt vertraut. Maddie ist ständig damit beschäftigt, Jessica Lynn hinterherzujagen. Da bleibt kaum Zeit für irgendwas anderes. Beim Essen geht's nicht mehr annähernd so ruhig zu, wie du es vielleicht in Erinnerung hast. Schon gar nicht, wenn Kyles Freunde dabei sind.« Jeanette fiel auf, dass Cal damit rundum zufrieden, ja geradezu glücklich zu sein schien. Er hatte sich nahtlos in die Rolle des Stiefvaters für Maddies Kinder und des Vaters von zwei eigenen kleinen Wonneproppen gefügt.

Sein Versprechen und die Erinnerung an Jessica Lynns chaotischen letzten Besuch im Spa bewogen Jeanette zum Einlenken. Zum einen, weil man Popcorn wohl kaum als vollwertige Mahlzeit betrachten konnte. Zum anderen, weil sie die Aussicht auf gute Gesellschaft viel besser fand, als zerstreut in den Fernseher zu glotzen und dabei unablässig über das frustrierende Gespräch mit ihrer Mutter zu grübeln.

»Wenn das so ist, treffen wir uns dort. Pizza klingt gut.«

Cal bedachte sie mit einem nachdenklichen Blick. »Ist

’ne lange Fahrt. Da bleibt viel Zeit, es sich anders zu überlegen. Muss ich Kyle und einen seiner Kumpel mit dir mitschicken, damit du auch wirklich kommst? Ich will nicht, dass du kneifst, sobald ich Maddie erst gesagt habe, dass du dabei bist.«

Sie runzelte die Stirn. »Ich werd’s mir nicht anders überlegen. Du musst mir keine Eskorte mitschicken.«

Zufrieden nickte er. »Dann bis bald.«

Jeanette sah ihm nach, als er mit den Jungs davonging, bevor sie den Weg zu ihrem Auto antrat. Sobald sie aus dem Parkhaus gerollt war, öffnete sie das Verdeck des Cabrios, legte eine CD ein und drehte die Musik voll auf. Als sie den Stadtrand von Serenity erreichte, hatte der Fahrtwind sie völlig zerzaust, aber ihre Stimmung hatte sich sprunghaft gebessert.

Zum Glück, denn der Erste, den sie beim Betreten von *Rosalina’s* sah, war der attraktive Fremde von der Veranda des *Corner Spa* … und er saß bei Maddie.

* * *

Tom hielt noch die Puppe, die Jessica Lynn Maddox ihm in den Arm gedrückt hatte. Als er aufschaute, sah er seine geheimnisvolle Fremde an der Tür stehen. Sie starrte durch den Raum direkt zu ihm, und einen Moment lang hatte er den Eindruck, sie würde die Flucht ergreifen.

Stattdessen stand Maddie Maddox auf, die ihm gegenübersaß, und eilte in die Richtung der Frau, dicht gefolgt von Jessica Lynn, die dabei »Jeanette, Jeanette« rief. Demnach schienen sie sich zu kennen. Er blieb allein am Tisch zurück und behielt nervös den in seiner Babyschale schlafenden Säugling im Auge. Zwar besaß er reichlich Erfahrung mit den Kindern seiner Schwestern, aber überwiegend, nachdem sie bereits aus den Windeln waren. Den Spruch, dass Säuglinge nicht so zerbrechlich waren, wie sie aussahen, hatte er nie geglaubt.

Als Maddie zum Tisch zurückkehrte und das Handgelenk der anderen Frau ziemlich fest zu halten schien, hatte sich Tom bereits erhoben.

»Jeanette, das ist Tom McDonald, der neue Gemeindedirektor von Serenity«, stellte Maddie vor und drückte Jeanettes Hand praktisch in seine. Instinktiv ergriff er sie. »Tom, das ist Jeanette Brioche. Sie leitet den Wellnessbereich im *Corner Spa*.«

»Hallo«, grüßte er und hielt ihre zarte Hand eine Spur zu lange. Mit ihrer weichen Haut verkörperte sie wandelnde Werbung für die Behandlungen des *Corner Spa*.

Obwohl leichter Argwohn in ihren dunklen Augen lag, lächelte sie und sagte: »Schön zu wissen, dass mein erster Eindruck nicht total daneben war.«

Er blinzelte. »Ach ja?«

»Ich hab zu Elliot, unserem Personal Trainer, gesagt, dass Sie vertrauenswürdig aussehen«, erklärte sie. »Obwohl Sie durch die Fenster gelinst und damit die Frauen erschreckt haben.«

Maddie sah ihn schockiert an. »Sie haben was?«

Tom zuckte zusammen. »Das hat anders gewirkt, als es war. Ich war auf der Suche nach einem Studio, in dem man vernünftig trainieren kann. Man hatte mir zwar gesagt, dass im *Corner Spa* nur Frauen Zutritt haben, aber ich wollte mich selbst davon überzeugen. Jeanette hat mich vor der Tür abgefangen und es mir unmissverständlich bestätigt.«

»Tut mir leid«, sagte Jeanette ohne Bedauern in der Stimme. »Hab nur die Regeln durchgesetzt.«

»Vielleicht können Sie und Cal sich ja zusammentun und was Ähnliches für die Männer in der Stadt auf die Beine stellen«, schlug Maddie vor. »Dann müsste ich nicht mehr so tun, als wüsste ich nicht, dass er sich spätabends reinschleicht.«

»Ob Sie mir das wohl auch erlauben würden?«, fragte Tom wehmütig.

»Auf keinen Fall«, ergriff Jeanette in so scharfem Ton das Wort, dass sie einen überraschten Blick von Maddie erntete. »Ich meine, Cal ist eine Sache. Er ist mit einer der Eigentümerinnen verheiratet. Aber wenn wir es Ihnen erlauben, dauert's nicht lang, bis der Nächste fragt, und bevor wir wissen, wie uns geschieht, haben wir keinen exklusiven Ort für Frauen mehr.«

Er schmunzelte über ihre forsch vorgetragene Erklärung. »Einen Moment lang dachte ich, Sie hätten was gegen mich persönlich.«

»Wie könnte ich?«, gab sie zurück. »Ich kenne Sie ja gar nicht.«

»Das ließe sich ändern«, schlug er vor und bekam die Genugtuung, dass sie errötete.

»Eher nicht«, entgegnete sie knapp, obwohl sie bei einem weiteren scharfen Blick von Maddie hinzufügte: »Aber danke.«

Kurz musterte Tom sie noch, dann zog er den Stuhl neben seinem heraus. Bevor sich Jeanette setzen konnte, worauf er gehofft hatte, kletterte Jessica Lynn darauf und zupfte an seinem Ärmel. »Ich hab Hunger«, verkündete sie. »Wo ist meine Puppe?«

»Hier«, sagte er, hob sie vom Sitz seines Stuhls auf und

reichte sie ihr. Er fand sich damit ab, dass Jeanette woanders sitzen würde – wahrscheinlich so weit weg von ihm wie möglich –, bückte sich und vertraute Jessica Lynn an: »Ich bin auch am Verhungern.«

»Geht mir genauso«, steuerte Jeanette bei und überraschte ihn damit.

»Dann sollten wir schon mal bestellen«, schlug Maddie vor. »Cal wird jeden Moment mit den Jungs hier sein.«

»Wo ist Katie?«, fragte Jeanette.

»Bei einer Freundin. Theoretisch machen sie zusammen Hausaufgaben. Aber da die Grahams einen Pool haben, bin ich skeptisch.«

Tom musterte Maddie neugierig. Den merklichen Altersunterschied zwischen ihr und ihrem Mann – wahrscheinlich gut und gern zehn Jahre – hatte Tom bereits verdaut. Aber es klang so, als hätten die beiden zudem eine große Familie. Und Cal war etwa in seinem Alter – Anfang bis Mitte dreißig. »Wie viele Kinder haben Sie?«

»Fünf«, antwortete Maddie. Sie deutete auf Jessica Lynn und Cole. »Die beiden von Cal, drei weitere aus meiner ersten Ehe. Ty studiert im zweiten Jahr an der Duke. Katie ist wie erwähnt heute Abend bei einer Freundin, und Kyle wird jeden Moment mit Cal hier sein.«

»Und Sie leiten das Spa in Vollzeit?«, fragte Tom beeindruckt.

»Noch dazu hervorragend«, fügte Jeanette hinzu. »Frauen sind spitze im Multitasking.«

Tom runzelte die Stirn über den herausfordernden Ton in ihrer Stimme. »Ist mir bewusst. Ich versuche nur herauszufinden, wer in Serenity was macht.«

Nach einem verwirrten Blick zu Jeanette, der spätere

Fragen erahnen ließ, sagte Maddie: »Tja, es dürfte Sie freuen zu hören, dass Jeanette selbst ein Organisationstalent ist. Sie wird uns im Ausschuss für die Weihnachtsfeierlichkeiten vertreten. Haben Sie den Vorsitz?«

»Ja«, bestätigte Tom. Plötzlich erschien ihm die Aufgabe, die Weihnachtsfeier der Stadt zu planen, nicht mehr so abstoßend wie zuvor. Zwar fand er nach wie vor, er könnte seine Zeit effektiver nutzen, aber wenn er dadurch mit Jeanette zusammenarbeitete, konnte es so schlimm nicht werden. Vorläufig jedoch musterte sie ihn unverhohlen argwöhnisch.

»Da Sie und Maddie einander offensichtlich nicht wirklich kennen, was machen Sie hier?«, fragte Jeanette, als hätte er sich aufgedrängt.

Maddies verwirrte Miene schlug in Bestürzung über Jeanettes Unhöflichkeit um. »Ich habe ihn eingeladen«, erklärte sie. »Und bevor du fragst, Cal hat es vorgeschlagen. Er hat unterwegs angerufen und mir erzählt, dass er dich im Kino getroffen und eingeladen hat, mit uns zu essen. Da dachte er, es wäre eine gute Gelegenheit für Tom, ein paar Leute in der Stadt kennenzulernen.«

Jeanette wirkte mit der Antwort zwar nicht völlig zufrieden, aber sie lehnte sich zurück und versteckte sich hinter ihrer Speisekarte. Nur die anhaltende Röte ihrer Wangen verriet ihre Verlegenheit.

Als Cal mit den Jungs eintraf, löste sich die Spannung am Tisch, vor allem, weil für Tom und Jeanette keinerlei Möglichkeit bestand, sich miteinander zu unterhalten. Erst auf dem Weg zum Parkplatz bot sich ihm die Gelegenheit, unter vier Augen mit ihr zu reden. Als die anderen davonfuhren, verharrte er absichtlich neben ihr.

»Tut mir leid, wenn meine Anwesenheit heute Abend

Sie gestört hat«, sagte er und musterte sie dabei aufmerksam. »Habe ich Sie irgendwie beleidigt? Als Maddie mich angerufen hat, wusste ich nicht, wer sonst noch kommen würde. Ich hatte es einfach satt, in meinem Zimmer im *Serenity Inn* die Wände anzuglotzen. Deshalb habe ich mich auf die Gelegenheit gestürzt, zum Essen und Plaudern auszugehen.«

Sie seufzte schwer. »Nein, mir tut's leid. Ich weiß, ich hab mich unpassend verhalten. Aber Sie kennen Maddie und Ihre Geschäftspartnerinnen noch nicht so gut. Sie … mischen sich gern ein.«

Allmählich wurde das Bild klarer. »Unverbesserliche Kupplerinnen?«

»Können Sie laut sagen. Das war recht unterhaltsam, als sie es untereinander gemacht haben, aber jetzt scheinen sie sich auf mich zu konzentrieren. Das ist demütigend, um nicht zu sagen unerwünscht. Und es ist echt peinlich, wie Sie dafür heute Abend eingespannt worden sind.«

»Mir war's nicht unangenehm. Ich hab mich aufrichtig gefreut, als ich aufgeschaut und Sie am Eingang gesehen habe. Tatsächlich hatte ich gehofft, wir würden uns wieder über den Weg laufen.«

Seine Erwiderung schien sie nur noch mehr zu verstimmen. »Ich lasse mich nicht auf Verabredungen ein«, erklärte sie mit Nachdruck.

Womit sie Tom nicht halb so sehr vor den Kopf stieß, wie sie es offensichtlich beabsichtigte. Im Gegenteil, sie schuf damit versehentlich eine faszinierende Herausforderung für ihn. Er war schon immer zu Hochform aufgelaufen, wenn es hieß, dass etwas unerreichbar für ihn wäre.

»Ich könnte mir denken, dass es dafür einen Grund gibt«, sagte er und sah ihr in die Augen, bis sie den Blick abwandte.

»Leider sogar mehrere.«

Als sie sich in Bewegung setzte, reihte er sich neben ihr ein. »Wir müssen uns mal treffen, damit Sie mir davon erzählen können.«

Ihre Lippen zuckten. »Wäre das dann nicht eine Verabredung?«

»Nicht, wenn wir es nicht wollen«, entgegnete er in ernstem Ton. »Freunde, die sich bei einem guten Essen und einer Flasche Wein gegenseitig ihr Leid klagen, wären völlig harmlos.«

»Nicht, wenn einer dieser ›Freunde‹ Sie sind«, widersprach sie. »Ich mag mich irren, aber irgendwie kommt mir so gar nichts an Ihnen unschuldig und harmlos vor.«

Tom versuchte gar nicht erst, es zu leugnen. »Es liegt an meinem Grübchen, stimmt's?«, fragte er gespielt zerknirscht.

»Sie, mein lieber Mr. McDonald, sind ganz schön eingebildet. Ich werde den Eindruck nicht los, dass Sie ein Casanova sind.«

»Mir hat man immer gesagt, Selbstvertrauen wäre eine gute Eigenschaft. Hab ich das falsch verstanden?«, fragte er besorgt.

»Sie nennen es Selbstvertrauen«, stichelte sie. »Ich Arroganz.«

»Daran werd ich arbeiten«, versprach er.

»Wir werden sehen.«

»Ehrlich, ich bin total offen für Selbstverbesserung. Vor allem, wenn ich dadurch die Chance bekomme, dass Sie doch irgendwann mit mir essen gehen.«

»Selbstverbesserung an sich ist Lohn genug«, sagte sie. »Gute Nacht.«

»Brauchen Sie eine Mitfahrgelegenheit?«, fragte er hoffnungsvoll.

»Nein, danke. Ich bin mit dem Auto hier.«

»Können Sie mich dann mitnehmen?«

»Wollten Sie nicht gerade anbieten, mich nach Hause zu fahren?«

Er zuckte mit den Schultern. »Ich kann mein Auto morgen holen.«

Zum ersten Mal an jenem Abend lachte Jeanette. »Sie sind unverbesserlich.«

Reuelos zuckte er mit den Schultern. »Sie sind nicht die Erste, die mir das dieses Wochenende sagt.«

»Offenbar kommen Ihnen die Frauen in Ihrem Leben alle auf die Schliche.«

»Die andere war meine Mutter«, gestand er.

»Tja, dem ist wohl nichts hinzuzufügen. Sie muss es schließlich wissen.«

Damit stieg sie in ihr sportliches kleines Cabrio, winkte ihm vergnügt, brauste davon und ließ ihn auf dem staubigen Parkplatz stehen. Die Abfuhr von Jeanette Brioche kratzte zwar ein wenig an seinem Ego, ließ ihn aber natürlich nur umso entschlossener werden, sie zu erobern. Er hatte so das Gefühl, die Regeln bei dem Spiel besser zu kennen als sie. Und am Ende verlor er nie. Nicht, wenn ihm etwas am Herzen lag.

* * *

Obwohl Tom wusste, dass er durch den Weihnachtsausschuss in Kontakt mit der so ausweichenden Jeanette kommen würde, hoffte Tom, Howard würde damit noch eine Weile warten. Aber als er am Montagmorgen zur Arbeit kam, wurde leider schnell offensichtlich, dass der Bürgermeister dieses Thema besonders effizient in Angriff nahm. Toms Sekretärin strahlte ihn an.

»Der Ausschuss erwartet Sie im Besprechungsraum«, verkündete Teresa. »Ich habe Kaffee und Donuts reinbringen lassen.«

Tom sah sie stirnrunzelnd an. »Welcher Ausschuss? Ich hab heute Vormittag keinen Termin im Kalender.«

Ihr Lächeln blieb unverändert. »Ach herrje, dann hab ich wohl vergessen, es in den Kalender einzutragen, den Sie ja unbedingt selbst führen wollen. Er steht in dem, den *ich* führe.«

»Welcher Ausschuss, Teresa?«, wiederholte Tom ungeduldig.

»Den für die Weihnachtsfeierlichkeiten natürlich. Ich weiß, dass Howard mit Ihnen darüber gesprochen hat. Er hat mich gebeten, den Termin zu arrangieren.«

Hinterhältiger Mistkerl, ging es Tom verdrossen durch den Kopf. Und obwohl Teresa die lästige Neigung hatte, Anweisungen von Leuten wie Howard Lewis entgegenzunehmen, wusste sie mehr als irgendjemand sonst darüber, wie es hier lief. Er brauchte sie. Ohne sie würde seine Karriere im öffentlichen Dienst von Serenity von kurzer Dauer sein. Was seine Eltern vermutlich freuen würde, aber er wollte nicht darüber stolpern, dass er es sich in seinen ersten zwei Wochen im Amt mit einer kundigen Sekretärin verscherzte.

»Okay, geben Sie mir einen kurzen Überblick über die Ausschussmitglieder«, ersuchte er sie, fest entschlossen, es durchzuziehen. Wenn er es hinter sich hätte, könnte er vielleicht neu beurteilen, ob er sich überhaupt für ein Leben im öffentlichen Dienst eignete. Früher hatte sich das für ihn so nobel angehört. Allerdings war das, bevor er mit Entscheidungen darüber konfrontiert wurde, welche beleuchteten Schneeflocken über dem Grün in der Stadt aufgehängt werden sollten oder ob der Stuhl des Weihnachtsmanns in Gold gestrichen und mit Glitter verziert werden sollte. Und über sonstige Belanglosigkeiten, die sich dieser Ausschuss ausdenken würde, um seine Zeit zu verschwenden. Er konnte sich nicht daran erinnern, dass irgendetwas in der Art je in einem seiner Kurse über öffentliche Verwaltung erwähnt worden war. Und ganz sicher war ihm nichts Vergleichbares in den Planungs- und Finanzabteilungen der anderen Gemeinden untergekommen, in denen er schon gearbeitet hatte.

Er lauschte, während Teresa die Ausschussmitglieder herunterratterte. Die anderen beiden Mitglieder neben Howard und Jeanette waren Ronnie Sullivan, Besitzer des Eisenwarenladens in der Hauptstraße, und Mary Vaughn Lewis, Präsidentin der Handelskammer.

»Vor Mary Vaughn sollten Sie sich in Acht nehmen«, fügte Teresa hinzu. »Bestimmt wird sie versuchen, Sie anzumachen. Das liegt ihr im Blut.«

Tom wusste die Warnung zu schätzen. Gleichzeitig fragte er sich, ob das Interesse einer anderen Frau vielleicht der nötige Funke für eine von ihm erhoffte Beziehung mit Jeanette sein könnte. Andererseits konnten solche Pläne allzu leicht nach hinten losgehen, dachte er, während er sich für die Besprechung wappnete.

* * *

Jeanette saß am Konferenztisch und tippte ungeduldig mit ihrem Stift auf die Mahagoniplatte. Es ärgerte sie maßlos, dass sie ihren gesamten Zeitplan im Spa umstellen musste, um hier sein zu können. Und nun fehlte auch noch jede Spur von Tom.

Nicht dass sie ihn unbedingt wiedersehen wollte. Das Essen am vergangenen Abend war ja recht peinlich verlaufen. Sie hatte sich unhöflich verhalten, was Maddie sie wohl nicht so bald vergessen lassen würde. Ebenso wenig freute sie sich auf weitere Avancen von Tom. Irgendwie ahnte sie, dass er hartnäckig sein würde.

Sie wandte sich an Mary Vaughn. »Das ist Zeitverschwendung«, grummelte sie. »Du hättest heute Morgen ein weiteres Haus verkaufen können, ich hätte locker zwei oder drei Behandlungen machen können. Wenn der Gemeindedirektor nicht in fünf Minuten auftaucht, bin ich weg.«

Von der anderen Seite des Tisches zwinkerte Ronnie Sullivan ihr zu, Dana Sues Ehemann. »Ganz ruhig, Süße. In Serenity geht halt alles etwas gemütlicher.«

»Sag das mal Maddie«, erwiderte sie.

Er grinste. »Soweit ich weiß, hat Madelyn dich hergeschickt. Und ich bin sicher, sie hat davon gewusst.«

Ronnie im Ausschuss anzutreffen hatte Jeanette überrascht. Dana Sue hatte nie etwas davon erwähnt. Sie fragte sich, ob Dana Sue wusste, dass auch Mary Vaughn dabei war. Bestimmt nicht, schloss sie. Sonst wäre Dana Sue hier gewesen, um zu schützen, was ihr gehörte: Ronnie.

Jeanette warf einen verstohlenen Blick zu Mary Vaughn. Die Frau trug einen ihrer teuren Designeranzüge, klobigen Goldschmuck und eine diamantenbesetzte Uhr, die mehr kostete, als Jeanette in einem Monat verdiente. Plötzlich kam ihr der Gedanke, dass Mary Vaughn ideal zu Tom McDonald passen würde. Beide waren Karrieremenschen. Beide tatkräftig. Und beide offenbar auf der Jagd. Tatsächlich wäre das die Lösung für ihr Problem. Sobald die beiden sich kennenlernten, würde Tom von Jeanette ablassen und sich freudig auf leichtere Beute stürzen.

Zu ihrem Erstaunen fand sie den Gedanken nicht annähernd so reizvoll, wie er sein sollte.

Endlich betrat Tom den Raum. Er wirkte genauso unglücklich wie sie darüber, hier zu sein. Jeanette musste zugeben, dass ihr sein Anblick in Arbeitsaufmachung – ordentlich gebügelte marineblaue Hose, blaugraues Hemd der Farbe seiner Augen, goldene Manschettenknöpfe, bereits gelockerte Krawatte – einen knisternden Ruck versetzte, obwohl er überhaupt nicht ihrem Typ entsprach. Sie bevorzugte sexy Handwerkertypen, die einem nichts vorgaukelten. Natürlich musste man ihren Geschmack angesichts der bisherigen Erfahrungen in Frage stellen.

»Guten Morgen miteinander«, grüßte Tom in einem gedehnten Ton, auf den Jeanettes Körper erneut ansprach. *Verflixt noch mal.* Lächelnd stellte er sich vor und schüttelte allen am Tisch die Hand. Bei allen wirkte er freundlich, nur beim Bürgermeister wurde er etwas frostiger. »Howard«, sagte er knapp.

»Guten Morgen«, erwiderte Howard, der sich nicht anmerken ließ, ob er den Unterton registriert hatte. Nur er und Ronnie schienen sich hundertprozentig darüber zu freuen, hier zu sein.

Wie erwartet musterte Mary Vaughn neben ihr Tom

mit einem Blick, der erahnen ließ, dass er ihr nächster romantischer Zeitvertreib werden könnte. Jeanette bemerkte, wie Mary Vaughns Blick auf Toms Hand fiel und das Fehlen eines Eherings registrierte. Plötzlich wurde sie munterer und rückte ihr Jackett so zurecht, dass sie ein wenig Dekolleté zeigte. Jeanette seufzte. Ging es eigentlich noch offensichtlicher?

»Howard, da Sie diese Besprechung einberufen haben, schlage ich vor, Sie fangen an«, sagte Tom. »Bestimmt haben Sie dafür eine Tagesordnung. Da ich die Traditionen hier noch nicht kenne, mache ich mir heute eher Notizen und melde mich, wenn mir ein Vorschlag einfällt.«

Sein Tonfall ließ erahnen, dass jegliche Vorschläge, die ihm derzeit durch den Kopf gingen, nicht der Gesinnung von Weihnachten entsprächen. Was Jeanette vollkommen nachvollziehen konnte.

Howard jedoch nahm den Ball nahtlos an und legte los. Keine Stunde später hatte er Mary Vaughn dazu eingeteilt, mit sämtlichen Chören der Stadt zu sprechen. Ronnie hatte die Aufgabe, über neues Dekor zu recherchieren. An Jeanette blieb es hängen, sich mit möglichen Verkaufsstandbetreibern auseinanderzusetzen.

»Tom, dabei arbeiten Sie mit ihr zusammen, ja?«, sagte der Bürgermeister zu Mary Vaughns unübersehbarer Enttäuschung.

»Natürlich«, erwiderte der Gemeindedirektor und zwinkerte Jeanette schamlos zu.

»Dann würde ich sagen, wir sind auf dem besten Weg zu den schönsten Weihnachtsfeierlichkeiten, die Serenity je erlebt hat«, meinte Howard vergnügt. »Gute Arbeit, alle miteinander. Wir sehen uns nächste Woche um dieselbe Zeit.«

»Wir treffen uns wöchentlich?«, fragte Jeanette entsetzt.

»Aber natürlich. Wir müssen schließlich am Ball bleiben, nicht wahr?«, antwortete Howard. »Ich mag in der Stadt der Weihnachtsmann sein, aber alles schaffe ich nicht ohne meine kleinen Elfen.«

Tom sah aus, als würde er dem Bürgermeister am liebsten die Spitze seines Kugelschreibers ins Herz rammen. Jeanette konnte es nachempfinden.

»Er ist es nicht wert, für ihn in den Knast zu wandern«, murmelte sie Tom im Vorbeigehen zu.

Zu ihrer Überraschung zuckten seine Lippen. »Ganz sicher?«

»Wenn ich's mir recht überlege, nein. Fragen Sie mich nächste Woche noch mal. Vielleicht bringe ich ein paar Kugelschreiber mit.«

KAPITEL 5

Als Jeanette endlich im *Corner Spa* eintraf, war sie aufgekratzt und verärgerter denn je über Maddie, weil sie ihr den Weihnachtsausschuss aufgehalst hatte. Von September an jede Woche zwei vergeudete Stunden bis zum Beginn der Feierlichkeiten Anfang Dezember! Lächerlich. Obendrein wurde sie prompt von Maddie für ihr Verhalten gegenüber Tom am Sonntagabend gescholten, wenn auch dezent. Obwohl Jeanette damit gerechnet hatte, trug es nur zusätzlich zu ihrem Verdruss bei. Sie grummelte noch immer darüber, als sie Helen im Café begegnete.

»Ah, da bist du ja«, sagte Helen fröhlich. »Wie war die Ausschussitzung? Hab gehört, der neue Gemeindedirektor ist ein heißer Typ.«

Jeanette bedachte sie mit einem finsteren Blick. »Nicht du auch noch«, brummte sie, machte auf dem Absatz kehrt und marschierte in ihr Büro. »Ich hab von Dana Sue und Maddie schon mehr Lobhudelei über ihn gehört, als ich ertragen kann.« Zusätzlich zu einer demütigenden Belehrung über ihre unangebrachte Unhöflichkeit gegenüber dem neuen Gemeindedirektor am Sonntagabend.

Bevor sie die Tür schließen konnte, trat Helen hinter ihr ein. »Okay, offensichtlich hab ich was Falsches gesagt. Klärst du mich auf, warum?«

»Du kriegst die Kurzfassung«, sagte Jeanette und redete sich wieder in Rage. »Ich will nicht verkuppelt werden. Ich will nicht, dass Maddie, Dana Sue und du auf komische Ideen über mich und Tom McDonald kommen. Falls und wenn ich entscheide, wieder mit jemandem zu gehen, suche ich mir den Mann dafür schon selbst aus.«

In Helens gerissenen Augen funkelte Belustigung. »Verstanden«, sagte sie.

Jeanette schaute nur noch finsterer drein. »Du nimmst mich nicht ernst. Warum nimmt mich keine von euch ernst?«

Schlagartig ernüchterte Helens Gesichtsausdruck. »Ach, Süße, das tun wir doch. Glaub mir, was immer du über den Betrieb im Wellnessbereich zu sagen hast, nehmen wir sogar sehr ernst.«

»Aber nicht dabei«, warf Jeanette ihr vor. »Nicht, wenn's um mein Liebesleben geht.«

»Das liegt nur daran, dass du so sehr wie wir klingst, kurz bevor wir im seligen Hafen der Ehe gelandet sind«, erwiderte Helen.

Jeanette seufzte schwer. »Ja, das hat Dana Sue auch gesagt.«

»Das haben wir alle erlebt.«

»Was?«

»Die Verleugnung.«

»Wie kann ich irgendwas verleugnen? Ich bin Tom McDonald bisher dreimal begegnet. Und er ist nicht mein Typ. Zu vornehm, zu spießig.« Die Äußerung lag weit von der Wahrheit entfernt, aber sie wollte auf keinen Fall zugeben, dass er ein süßes Grübchen und eine charmante Art besaß. Damit würde sie nur Öl ins Feuer gießen.

»So hat Maddie ihn nicht beschrieben. Dana Sue auch nicht.«

»Wie haben sie ihn denn beschrieben?«, regte sich Jeanettes Neugier.

»Groß, gutaussehend, intelligent, sexy. Und er hat ein Grübchen. Ich glaube, das ist Maddie aufgefallen.«

»Mir nicht«, log Jeanette. »Aber so oder so reicht das wohl kaum als Grundlage für eine lebenslange Verpflichtung.«

»Wahrscheinlich nicht«, räumte Helen ein. »Habe ich reich schon erwähnt? Angeblich stinkt seine Familie vor Geld. Ich glaube, ich bin seinen Eltern mal bei Wohltätigkeitsveranstaltungen in Charleston begegnet.«

»Das ist jetzt keine Empfehlung«, entgegnete Jeanette. »Wenn's mir um Geld ginge, wäre ich im *Chez Bella* in Charleston geblieben. Und wenn er wirklich so reich ist, warum arbeitet er dann hier in Serenity für einen Hungerlohn? Haben sie ihn enterbt? Oder soll das seine gute Tat des Jahrhunderts sein? Und was sollte ein reicher Pinkel von einer Frau wollen, die anderen Gesichtsbehandlungen verpasst?«

»Und Massagen«, fügte Helen hinzu und kämpfte sichtlich damit, sich ein Grinsen zu verkneifen. »Vergiss nicht deine hervorragenden Massagen, die mit Sicherheit ihren Reiz haben. Erik hat schon mehr als einmal vorgeschlagen, ich soll bei dir Unterricht nehmen.«

»Ach, Herrgott noch mal, du weißt schon, was ich meine. Ein reicher Kerl, vor allem einer, der von altem Geldadel abstammt, würde eine Gesellschaftsdame wollen, eine Frau mit Verbindungen, die ich eindeutig nicht habe.«

»Gut«, sagte Helen. »Ich habe keine Ahnung über Tom

McDonalds Beweggründe. Wir sind uns noch nie begegnet. Warum fragst du nicht ihn?«

»Weil das ein Interesse an ihm andeuten würde, das ich nicht habe«, erwiderte Jeanette stur. »Wenn's dir nichts ausmacht, ich brauche jetzt Kaffee mit Koffein, nicht den Kräutertee, den wir hier servieren. Und den muss ich hinter verschlossener Tür kochen. Außerdem warten Kundinnen auf mich.«

Helen grinste. »Bin schon weg. Niemand soll behaupten, ich stünde dabei im Weg, dass hier Geld verdient wird.« Damit wandte sie sich zum Gehen, drehte sich jedoch noch einmal um. »Du, komm doch nächste Woche zum Sonntagsessen vorbei. Alle werden da sein.«

Argwöhnisch verengte Jeanette die Augen zu Schlitzen. »Alle?«

»Maddie, Cal und die Kinder. Dana Sue und Ronnie. Laut Maddie ist Ty vielleicht auch zu Hause, und Dana Sue fragt nach, ob Annie übers Wochenende vom College kommen kann. Und nur, falls du Zweifel hast, Erik wird kochen, nicht ich. Es muss also niemand eine Lebensmittelvergiftung befürchten.«

»Gut zu wissen.« Jeanette überlegte, ob es sinnvoll wäre, an einem Essen teilzunehmen, bei dem ihr Liebesleben erneut auf den Prüfstand gestellt werden könnte. Der Vorteil wäre natürlich, dass sie ihre Haltung verteidigen und irgendwelchen hinterhältigen Aktionen einen Riegel vorschieben könnte. »Danke, gern«, nahm sie die Einladung schließlich an. »Kann ich was mitbringen? Wein? Mineralwasser? Limonade? Einen Kuchen?«

»Vergiss den Kuchen. Erik ist Patissier. Ihm kommt nichts Süßes ins Haus, was er nicht selbst gemacht hat. Einmal hab ich einen Tiefkühlkuchen mitgebracht, das hat er mir einen Monat lang vorgehalten. Wie wär's mit Tequila? Ich mache Margaritas.«

»Oh Mann.« Jeanette stöhnte. »Die verheerenden?«

Helen grinste. »Gibt's auch andere? Außerdem ist ja gerade keine von uns schwanger oder stillt. Dann also gegen vier, okay?«

»Passt«, sagte Jeanette, obwohl sie insgeheim Zweifel an Helens Aufzählung der Gäste hegte. Sie traute es der Frau durchaus zu, dass sie auch Tom einladen würde, um zu sehen, ob die Gerüchte über sein gutes Aussehen stimmten – und um sich vielleicht selbst als Kupplerin zu versuchen.

* * *

Kurz vor der Mittagszeit fegte Mary Vaughn ohne Termin an der empörten Teresa vorbei in Tom McDonalds Büro.

Ihr Plan sah vor, ihn zuerst auf etwas über die Weihnachtsfeierlichkeiten anzusprechen und dann unscheinbar die Frage einzubauen, ob er schon Pläne fürs Mittagessen hatte.

Kaum war sie eingetreten, bremste sie abrupt ab. Er war nicht in seinem Büro. Sie wirbelte herum und schleuderte Teresa einen finsteren Blick zu.

»Er ist nicht da.«

»Das hätte ich dir sagen können, wenn du wenigstens einen Schritt langsamer geworden wärst«, erwiderte Teresa mit einem befriedigten Funkeln in den Augen.

»Wo ist er?«

»Bei einer Besprechung außer Haus.«

»Wann kommt er zurück?«

»Schwer zu sagen. Soll ich ihm ausrichten, dass du hier warst?«

Mary Vaughn überlegte. Wenn sie nicht erklärte, was sie hergeführt hatte, wäre für jeden mit einem Funken Verstand offensichtlich, dass es an persönlichen Motiven lag. Sie wusste haargenau, dass alle in der Stadt sie für mannstoll hielten. In Wahrheit hatte es in ihrem gesamten Leben nur einen Mann gegeben, nach dem sie ein wenig verrückt gewesen war, und zwar Ronnie Sullivan. Nachdem sie ihn inzwischen zweimal an Dana Sue verloren hatte, war es höchste Zeit, diesen speziellen Traum abzuhaken. Er hatte ihr nur Kummer bereitet.

Ihre Ehe mit Sonny Lewis war eine reine Notlösung gewesen, die sie jeden Tag ihres Lebens bereute. Es hatte sie kein bisschen überrascht, dass ihre Ehe kaum zehn Jahre gehalten hatte. Überrascht hatte sie nur, dass er, der so liebenswerte, entspannte Sonny, sie beendet hatte. Mary Vaughn hatte eine Tochter, die sie abgöttisch liebte, und eine erfolgreiche Karriere, die ihr finanzielle Unabhängigkeit sicherte. Die Ehe mit Sonny hatte ihr das Ansehen verschafft, nach dem sie sich seit ihrer Kindheit gesehnt hatte. Wahrscheinlich hätte sie noch viel länger zufrieden neben Sonny vor sich hin gelebt, wenn er das Ende nicht erzwungen hätte.

»Hast du dich schon entschieden?«, fragte Teresa und holte sie damit abrupt in die Gegenwart zurück.

»Worüber?«, fragte Mary Vaughn verständnislos.

»Soll ich Tom sagen oder nicht, dass du vorbeigeschaut hast?«

»Nein«, antwortete sie. »Danke, Teresa. Ich erwische ihn schon früher oder später.«

Teresa murmelte etwas vor sich hin, und es klang verdächtig nach: »Dann werd ich ihn davor warnen.« Aber sie hatte eine Unschuldsmiene aufgesetzt, als sich Mary Vaughn zu ihr umdrehte und sie mit einem bohrenden Blick bedachte.

»Schönen Tag noch«, sagte die Sekretärin.

»Gleichfalls«, erwiderte Mary Vaughn genauso unaufrichtig wie Teresa.

Vor dem Rathaus wollte sie gerade die Hauptstraße überqueren, als sie Tom aus seinem Auto aussteigen sah. Sofort hellte sich ihre Miene auf.

»Hallo«, rief sie ihm zu. »Ich hab gerade nach Ihnen gesucht.«

Einen Moment lang wirkte er verwirrt, dann trat Erkennen in seine Züge. »Mary Vaughn, richtig?«

»Sie haben ein wunderbares Gedächtnis«, lobte sie. »Bestimmt ist alles ziemlich viel auf einmal, wenn man in eine neue Stadt zieht. Obwohl ich da natürlich nicht mitreden kann. Ich bin schon mein Leben lang hier. Es gibt keinen Winkel von Serenity, den ich nicht wie meine Westentasche kenne. Und genauso gut weiß ich über die Menschen hier Bescheid. Ich kenne alle ihre kleinen schmutzigen Geheimnisse.«

»Ach ja?«

Sie errötete unter seinem leicht missbilligenden Blick. »Natürlich gibt's davon nicht viele. Ich meine damit nur, dass ich alle sehr gut kenne. Wenn Sie wollen, gebe ich Ihnen einen Schnellkurs. Falls Sie Zeit haben, lade ich Sie gern zum Mittagessen bei *Wharton's* oder im *Sullivan's* ein. Das *Sullivan's* ist das beste Restaurant der Stadt. Haben Sie dort schon gegessen?«

»Ja«, antwortete er. »Es ist spitze. Danke auch für die

Einladung, aber ich hab einen mit Terminen gespickten Vormittag hinter mir, und der Nachmittag sieht kaum besser aus. Ich werd nur ein Sandwich am Schreibtisch essen. Teresa müsste es schon bestellt haben.«

Mary Vaughn gab sich sofort geschlagen. »Dann ein anderes Mal. Übrigens, haben Sie schon eine Bleibe gefunden? Howard hat mir erzählt, dass Sie etwas suchen. Ich kann Ihnen gern ein paar Objekte zeigen. Wenn Sie wollen, schicke ich Ihnen Unterlagen über meine Empfehlungen für Sie.«

»Gern«, sagte er. »Bin nur nicht sicher, wann ich dazu komme, sie mir anzusehen. Ich würde mich dann melden, ja?«

Mary Vaughn unterdrückte ein Seufzen. An diesem Tag hatte sie rundum versagt, aber sie würde es erneut versuchen. Wie immer. Sie setzte ein fröhliches Lächeln auf und überlebte. So hielt sie es schon ihr Leben lang. Niemand in der Stadt ahnte auch nur, wie gut sie darin war, ihre Probleme zu überspielen.

»Sie können jederzeit anrufen«, ließ sie ihm mit ihrem gewinnendsten Lächeln wissen.

Dann ging sie mit gestrafftem Rücken und weitgehend unversehrtem Stolz davon.

* * *

»Hat Mary Vaughn schon ihre Krallen in Sie geschlagen?«, fragte Teresa, kaum dass Tom das Büro betreten hatte.

»Was?«, hakte er zerstreut nach. »Mary Vaughn? Der bin ich gerade auf der Straße über den Weg gelaufen. Ich bin mir nicht mal sicher, was sie eigentlich wollte.«

»Sie«, antwortete Teresa, die ihm in sein Büro folgte. »Die Frau will Sie. Hab ich Sie nicht erst neulich davor gewarnt? Vertrauen Sie mir. Dieses Funkeln hab ich schon öfter in ihren Augen gesehen. Zuletzt hatte sie es auf Ronnie Sullivan abgesehen, aber dem hat Dana Sue einen schnellen Riegel vorgeschoben.«

Tom schaute auf. »Teresa, Klatsch interessiert mich nicht.«

Allerdings war ihm Mary Vaughns Interesse keineswegs entgangen. Sie hatte ihn zum Mittagessen eingeladen. Das Angebot, ihm Immobilien zu zeigen, schien ihr erst nachträglich eingefallen zu sein.

Aber er hatte nicht das geringste Interesse, Teresa darin einzuweihen. »Tatsächlich«, behauptete er, »will sie mir lediglich ein Haus verkaufen.«

Teresa verdrehte die Augen. »Männer!«, brummelte sie schnaubend. »Ihr Sandwich liegt auf Ihrem Schreibtisch. Schinken, Käse, Roggenbrot. Ich hab Salat und Tomaten dazugeben lassen, damit Sie sich einreden können, es wäre gesund.«

»Danke. Geben Sie mir fünfzehn Minuten, bevor Sie irgendwelche Anrufe durchstellen, ja?«

»Es ist auch meine Mittagspause. Anrufe lasse ich auf dem Anrufbeantworter landen«, ließ sie ihn wissen.

Noch besser, dachte Tom. Er biss von seinem Sandwich ab und trank einen Schluck von der lauwarmen Limonade, die Teresa dazugestellt hatte. Dann griff er zum Telefon, wählte die Nummer des *Corner Spa* und verlangte Jeanette. Er hatte etwas Legitimes mit ihr zu besprechen und eine neue Strategie, um ihre Mauer ins Wanken zu bringen. Tom freute sich schon darauf, es zu versuchen.

Als sie sich meldete, klang sie gehetzt.

»Viel zu tun?«, erkundigte er sich. »Hier Tom.«

»Ich bin gerade mitten in einer Behandlung. Kann ich Sie zurückrufen?«

»Tun Sie es auch?«

»Natürlich.« Sie hörte sich verschnupft an. »Außer, Sie rufen an, um mich um ein Date zu bitten. In dem Fall sage ich sofort nein und spare uns beiden Zeit.«

Tom lachte. »Ich würde Sie zwar gern um ein Date bitten, bin mir aber nicht sicher, ob mein Ego eine weitere Abfuhr verkraftet. Nein, ich wollte mich mit Ihnen zusammensetzen, um über die Sache mit den Verkaufsständen beim Weihnachtsmarkt zu reden.«

»Wirklich?« Sie klang skeptisch.

»Ich schwör's«, beteuerte er. »Howard wird mir demnächst deswegen auf die Pelle rücken, und dann will ich vorbereitet sein.«

»Sie wollen also ein dienstliches Treffen«, wiederholte sie. »In Ihrem Büro?«

Sie klang zwar immer noch misstrauisch, aber vielleicht auch ein wenig enttäuscht. Genau darauf hatte er gehofft.

»Oder wo auch immer es Ihnen passt«, gab er unbeschwert zurück. »Ich kann auch zu Ihnen kommen. Oder wir können uns irgendwo auf einen Kaffee treffen. Ich denke nicht, dass man das als Date interpretieren könnte. Suchen Sie es sich aus.«

Sie schwieg so lange, dass er schon dachte, die Verbindung wäre vielleicht abgebrochen. »Jeanette?«

»Ich überlege noch«, sagte sie. »Kommen Sie um sechs Uhr her. Wir können auf der Terrasse einen Eistee trinken. Um die Zeit ist es hier ziemlich ruhig.«

»Sie lassen mich ins *Corner Spa?*«, fragte er gespielt erstaunt.

»Nein, tu ich nicht. Sie können den Seiteneingang nehmen und zur Terrasse kommen. Unter meiner Aufsicht schleichen sich keine Männer in den Laden.«

»Verflixt. So knapp dran«, sagte er mit nicht ganz gespielter Enttäuschung. »Wir sehen uns um sechs.«

»Passt«, sagte sie und klang bereits wieder abgelenkt.

»Jeanette«, fügte er hinzu, »ich freue mich schon darauf.«

Er war gerade dabei aufzulegen, als er sie rufen hörte: »Es ist dienstlich!«

»Wie du meinst, Süße«, murmelte er, als er auflegte. »Wie du meinst.«

* * *

»Dienstlich!«, murmelte Jeanette mindestens fünfzig Mal vor sich hin, während der Nachmittag verflog. Wenn Tom sie wirklich rein dienstlich treffen wollte, würde sie eine Dose der teuersten Feuchtigkeitscreme auslöffeln, die sie im *Corner Spa* hatten. Dieser Schuft benutzte die Weihnachtsfeierlichkeiten, um ihre Regel gegen Dates auszuhebeln! Tja, nur durchschaute sie ihn. Wenn er nicht fünf Sekunden nach seiner Ankunft anfinge, über das vorgeschobene Thema zu reden, würde sie ihn rauswerfen. Falls Hand angelegt werden müsste, würde sie vielleicht Elliot um Hilfe bitten, aber verschwinden würde der Kerl auf jeden Fall.

»Du kommst mir gereizt vor«, merkte Maddie an, als sie kurz vor sechs den Kopf in Jeanettes Büro steckte. »Irgendwas, das ich wissen sollte?«

Sie hatte nicht vor, ihr mitzuteilen, dass Tom dienstlich ins *Corner Spa* kommen würde. Maddie würde sich kaputtlachen.

»Nein. Alles unter Kontrolle.«

»Okay, dann geh ich ausnahmsweise mal pünktlich nach Hause. Bis morgen.«

»Schönen Abend.«

»Dir auch. Irgendwelche Pläne?«

»Nur ein dienstliches Treffen«, antwortete Jeanette und hätte sich gleich darauf am liebsten selbst in den Hintern getreten. Obwohl sie den Wellnessbetrieb weitgehend eigenständig leitete, hielt sie Maddie in der Regel über alle anstehenden Entscheidungen oder Termine auf dem Laufenden. Sie hätte dieses dämliche Treffen nicht erwähnen sollen.

Zu ihrer Bestürzung hielt Maddie abrupt inne. »Was für ein dienstliches Treffen?«

»Hat nichts mit dem Spa zu tun«, beteuerte Jeanette. Sie seufzte. Nun konnte sie es genauso gut auch ausspucken. »Es geht um die Weihnachtsfeierlichkeiten.«

Sofort flammte ein verruchtes Funkeln in Maddies Augen auf. Genau deshalb hatte Jeanette nichts davon sagen gewollt. Sie konnte weder Belustigung noch Spekulationen gebrauchen.

»Du triffst dich mit Tom, nicht wahr?«, fragte Maddie mit verschmitzt-zufriedenem Unterton. »Gut. Dann kannst du ja vielleicht neulich Abend wiedergutmachen.«

»Wag es ja nicht, irgendwas darin hineinzuinterpretieren, dass ich mich heute Abend mit ihm treffe«, warnte Jeanette.

»Fiele mir nicht im Traum ein«, behauptete Maddie grinsend. »Du kannst mir morgen alles darüber erzählen.«

Jeanette schaute ihr finster nach, als sie davonging.

Auf dem Weg zur Terrasse holte sie im Café zwei Tees und die letzten beiden Milchbrötchen aus der Vitrine. Wenn Tom nicht pünktlich wäre, würde sie beide essen.

Zum Glück für ihre Kleidergröße kam er um Schlag sechs Uhr um die Seite des Gebäudes. Theatralisch sah er sich um. »Ist es auch sicher? Keine wilden, nackten Frauen in der Nähe?«

»Sie sind so was von unlustig«, kommentierte Jeanette.

»Na ja, Sie müssen schon zugeben, dass der Ausschluss von Männern an einem Ort förmlich zu Spekulationen darüber einlädt, was hier vor sich geht«, erwiderte er, zog sich ihr gegenüber einen Stuhl heraus und setzte sich. »Ist von dem Gebäck etwas für mich? Vorzugsweise das, von dem mehr als drei Krümel übrig sind?«

Widerwillig schob sie es in seine Richtung. »Milchbrötchen mit echten Johannisbeeren, nicht mit Rosinen.«

»Ausgezeichnet.«

Er bedachte sie mit einem gemächlichen, musternden Blick, der ihr Blut in Wallung versetzte.

»Wie war Ihr Tag?«

»Ausgefüllt«, antwortete sie knapp. Dann dachte sie an Maddies Schelte und fügte höflich hinzu: »Und Ihrer?«

»Ausgefüllt«, echote er. »Mary Vaughn hat vorbeigeschaut.«

Unwillkürlich regte sich Verärgerung in Jeanette. »Ach ja? Was wollte sie denn?«

»Teresa sagt, sie hat es auf meinen Körper abgesehen. Was meinen Sie?«

»Ich war nicht dabei. Also kann ich dazu auch nichts sagen«, erwiderte sie gereizter als beabsichtigt. Eigentlich sollte es sie kein bisschen kratzen, was Mary Vaughn und

Tom miteinander anstellten. Und hatte sie nicht erst neulich selbst gedacht, dass die beiden perfekt zueinander passten?

»Ich dachte, sie wäre gekommen, um mir ein Haus zu verkaufen«, sagte er.

»Männer!«, murmelte Jeanette.

Er schmunzelte. »So ziemlich dasselbe hat Teresa gesagt.«

»Warum erzählen Sie mir das?«

»Sie haben nach meinem Tag gefragt.«

»Also ist es kein heimtückischer Versuch, mich eifersüchtig zu machen?«

»Wenn Sie so völlig sicher sind, dass Sie nicht mit mir ausgehen wollen, wie könnte ich Sie dann eifersüchtig machen?« Es gelang ihm doch tatsächlich, die Frage mit einer makellos unschuldigen Miene zu stellen.

»Können Sie nicht«, versicherte sie ihm. »Was noch lange nicht heißt, dass Sie nicht weiterhin versuchen werden, mich umzustimmen.«

»Mein Ego ist viel zu zerbrechlich, um weitere Abfuhren zu riskieren«, erwiderte er.

»Ha!«

»Doch, wirklich«, beharrte er.

»Sie haben mir geschworen, dass Sie dienstlich herkommen«, erinnerte sie ihn. »Legen Sie los.«

»Ich bin mir nicht sicher, ob ich das mit leerem Magen schaffe. Ist es nicht eigentlich Zeit zum Abendessen?«

»Ich hab Ihnen gerade ein Milchbrötchen gegeben. Das sollte für die fünfzehn Minuten reichen, die Sie hier sein werden.«

»Wir haben eine Frist?«

»Ich schon.«

»Sie wissen eh, dass Sie ein ganz schön zäher Brocken sind, oder?«

»Und stolz darauf«, gab sie zurück.

»Wenn das so ist, dann fangen wir mal an.« Er öffnete die Schnallen einer sichtlich teuren Aktentasche aus Leder, holte eine Liste heraus und schob sie über den Tisch.

Jeanette fiel auf, dass seine Hand groß und ein wenig schwielig war – nicht die Hand eines Mannes, der seine gesamte Zeit hinter einem Schreibtisch verbrachte. Unwillkürlich malte sie sich aus, von dieser Hand berührt zu werden. Der Gedanke versetzte ihr Blut prompt erneut in Wallung.

Ohne etwas von ihrer Reaktion zu bemerken, fuhr Tom fort: »Das hab ich in einer Akte gefunden. Es sind die Namen der Standbetreiber der letzten zehn Jahre. Gibt's irgendeinen Grund, den einen oder anderen davon auszusortieren?«

»Nicht dass ich wüsste«, antwortete sie, ein wenig verblüfft darüber, dass er tatsächlich auf sie hörte und dienstlich wurde. Jeanette riss sich zusammen und konzentrierte sich ebenfalls. »Sollen wir eine Anzeige in den örtlichen Zeitungen schalten oder eine Pressemitteilung aussenden, um neue Standbetreiber einzuladen, sich zu bewerben? Sonst könnte der Eindruck entstehen, dass jemand anders sowieso nicht mitmachen kann. Außerdem schadet frisches Blut nie. So bleiben die Dinge in Bewegung. Je mehr Anbieter, desto besser, sage ich immer. Und den Leuten liefert etwas Neues einen Grund, jedes Jahr wiederzukommen und Geld auszugeben.«

Zu jenen Leuten gehörte Jeanette eindeutig nicht. In den drei Jahren, die sie mittlerweile in Serenity lebte, hatte sie die Weihnachtsfeierlichkeiten kein einziges Mal besucht. Dennoch hatte es sich als unmöglich erwiesen, das Gerede darüber vollständig auszublenden, so sehr sie es auch versucht hatte.

»Gute Idee, ein paar neue Gesichter herzuholen«, befand er anerkennend. »Wahrscheinlich müssen wir es mit einer Pressemitteilung versuchen. Ich glaub nämlich nicht, dass Geld für solche Inserate vorhanden ist. Das Werbebudget brauchen wir für Werbung für die Veranstaltung selbst.«

Nach exakt vierzehn Minuten klappte er seine Aktentasche zu und stand auf. »Tja, meine Zeit ist abgelaufen. Danke, dass Sie sich mit mir getroffen haben.«

Das abrupte Ende der Unterhaltung warf Jeanette völlig aus der Bahn, wenngleich sie sich nicht erklären konnte, warum. Immerhin hatte sie das Zeitlimit festgelegt.

»Haben wir alles abgehakt, was Sie besprechen wollten?«, fragte sie.

»So ziemlich. Ich halte Sie über die Reaktionen auf dem Laufenden. Irgendwann müssen wir mit der Planung der Platzzuteilung für die Standbetreiber anfangen, aber das hat noch keine Eile. Obwohl Howard es wahrscheinlich am liebsten gleich morgen erledigt hätte, ist realistisch betrachtet November früh genug. Bis Thanksgiving sollten wir die endgültige Aufstellung aller teilnehmenden Standbetreiber haben.«

»Gut. Dann noch einen schönen Abend.«

»Wünsche ich auch.« Plötzlich sah er ihr tief in die Augen. »Ach, was soll's«, murmelte er, bevor er sich zu ihr bückte und sie küsste – nicht etwa angedeutet auf die Wange, wie sie es erwartet hätte, sondern auf den Mund … und leidenschaftlich.

Bevor sie reagieren und ihm vielleicht eine schallende Ohrfeige verpassen konnte, war er weg. Jeanette stieß ein tiefes Seufzen aus. Wahrscheinlich gut so. Eine Sekunde länger, und sie hätte den Kuss erwidert, als gäbe es kein Morgen. So viel zu ihrer Theorie, sie wäre generell gegen Männer gefeit und insbesondere gegen diesen Mann. Anscheinend gefiel ihren Hormonen die lange Durststrecke ganz und gar nicht.

KAPITEL 6

Seine impulsive Entscheidung, Jeanette zu küssen, war denkbar schlecht gewesen, folgerte Tom, als er das *Corner Spa* verließ. Er fühlte sich rastlos, nervös und hatte keine Möglichkeit, die sexuelle Spannung abzubauen. Da sich seine Kleidung nicht zum Laufen eignete, beschloss er, wenigstens zu Fuß zum *Serenity Inn* zu gehen, bezweifelte allerdings, dass es helfen würde. Es würde ihm eher zu viel Zeit geben, darüber nachzudenken, wie weich sich ihre Lippen unter seinen angefühlt hatten. Oder wie die Frau nach Blumen und Sonnenschein geduftet hatte. Oder wie sich ihr ein Laut entrungen hatte, der bewies, dass sie doch nicht völlig immun gegen ihn war.

»Verdammt«, murmelte er, als sich seine Erregung prompt steigerte. Das war übel. Er hatte Pläne für den Rest seines Lebens, und dazu gehörte nicht, für immer in Serenity zu bleiben. In der Vergangenheit hatte er immer tunlichst auf unverfängliche, unkomplizierte Beziehungen geachtet. An Jeanette schien alles *kompliziert* zu sein.

Bevor er zu aufgewühlt über diese unerwartete Wendung des Schicksals werden konnte, klingelte zum Glück sein Handy und versprach Zerstreuung.

»Hallo?«, meldete er sich und hoffte, nicht so verzweifelt zu klingen, wie er sich gerade fühlte.

»Tom, ich bin's, Cal.«

Um ein Haar hätte er vor Erleichterung über die Ablenkung geseufzt. »Cal, ich wollte Sie ohnehin schon wegen Ihres Vorschlags für die Little League anrufen. Ich wollte Bescheid geben, dass ich noch nicht dazu gekommen bin, mich darum zu kümmern, es aber nicht vergessen habe.«

»Kein Problem«, beruhigte Cal. »Eigentlich rufe ich an, weil ich dachte, Sie hätten vielleicht Lust, heute Abend was mit Ronnie Sullivan – ihn müssten sie aus dem Ausschuss kennen –, Erik Whitney aus dem *Sullivan's* und mir zu unternehmen. Wir wollen im Park ein bisschen den Football werfen und danach vielleicht ein paar Bierchen kippen. Interessiert?«

»Wann?«, fragte Tom erfreut.

»In zwanzig Minuten«, antwortete Cal. »Wir gehen zum Pavillon. Stoßen Sie dort dazu?«

»Gern«, erwiderte Tom. »Ich muss nur eben meine Aktentasche ins Hotel bringen und mich umziehen.«

Dem Himmel sei Dank, dachte er, als er das Handy zurück in die Tasche steckte. Hoffentlich würden die Jungs das Spiel ernst nehmen. Ohne mindestens eine Stunde verschwitzter körperlicher Anstrengung und haufenweise belanglose Männergespräche würde er die Erinnerung an jenen sengend heißen Kuss wohl nicht aus dem Kopf bekommen.

* * *

Zwei Stunden hatte Tom weder Energie noch Gedanken übrig. Diese Jungs legten sich sogar bei einem Vergnügungsmatch derart ins Zeug, dass es ihm einiges abverlangt hatte. Dennoch hatte es so viel Spaß bereitet, dass er freudig das ihm von allen drei Männern angebotene

Du-Wort bereits beim ersten Bier angenommen hatte. Mittlerweile trank er sein zweites, das ihm die Zunge lockerte.

»Sagt mal, was könnt ihr mir über Jeanette erzählen?«, fragte er, ohne über die Konsequenzen nachzudenken, wenn er den Namen gerade bei diesen Männern erwähnte. »Ihr kennt sie doch alle, oder?«

Cal, Ronnie und Erik wechselten belustigte Blicke.

»Ich hab's euch ja gesagt.« Cal streckte den beiden anderen die offene Hand hin. »Her mit den Wettschulden.«

Tom runzelte die Stirn. »Was hast du ihnen gesagt?«

»Dass du was für Jeanette übrig hast und nicht mehr als zwei Biere nötig wären, bis du anfängst, Fragen über sie zu stellen«, antwortete Cal.

»Ihr habt darauf gewettet?«, fragte Tom ungläubig.

»Wir wetten auf alles Mögliche«, sagte Ronnie und reichte Cal fünf Dollar. »Das hält uns auf Trab. Wir sind ein ehrgeiziger Haufen.«

»Ich zahle unter Protest«, verkündete Erik, als er bei Cal seine Schulden beglich. »Du warst klar im Vorteil. Immerhin hast du die zwei zusammen gesehen. Wir nicht.«

»Hör auf zu jammern«, gab Cal zurück und griff sich den Fünf-Dollar-Schein. »Ich weiß genau, dass Helen und oder Dana Sue mit euch darüber geredet haben. Wahrscheinlich beide. Und Ronnie ist im Ausschuss für die Weihnachtsfeierlichkeiten, also hat er sie auch mindestens einmal zusammen gesehen.«

Erik grinste. »Na schön, vielleicht hab ich was gehört. Aber im *Sullivan's* hab ich alle Hände voll zu tun. Ich achte nicht immer auf alles, was Dana Sue in der Küche so von sich gibt.«

»Und deine Frau?«, stichelte Cal. »Blendest du die auch aus?«

»Helen?«, sagte Erik. »Unmöglich! Die sorgt schon dafür, dass ich jedes Wort von ihr höre. Liegt an der Anwältin in ihr.«

Tom hob die Hand. »Kurze Auszeit, ja? Ihr alle und eure Frauen spekuliert also über Jeanette und mich?«

»Ganz genau«, bestätigte Ronnie und klopfte ihm mitfühlend auf den Rücken. »Willkommen in der Welt der süßen Magnolien.«

»Verdammt«, brummelte Tom. »Jeanette hat mir schon gesagt, dass sich die drei gern einmischen, nur hatte ich keine Ahnung, in welchem Ausmaß.«

»Lass dir von uns gesagt sein, dass diese Frauen als Team zusammenarbeiten«, verriet Cal. »Wenn du auch nur das geringste Interesse an Jeanette zeigst, stürzen sie sich darüber wie die Geier.«

»Ich bin mir nicht sicher, ob das gut oder schlecht ist«, meinte Tom. »Jeanette scheint es abzuschrecken. Sie behauptet, null Interesse an Männern allgemein zu haben und insbesondere an mir.«

»Glaub mir, unsere Frauen waren auch alle widerspenstig, als wir in ihr Leben getreten sind«, berichtete Cal. »Bei Maddie und mir war es der Altersunterschied. Sogar mein Job war kurz durch den angeblichen Skandal bedroht, dass sie etwas mit einem jüngeren Mann hatte, noch dazu mit dem Baseballtrainer ihres Sohns. Bei Ronnie und Dana Sue könnte man sagen, dass es eine Vorgeschichte gegeben hat, die er beim zweiten Mal überwinden musste.«

»Harmlos ausgedrückt«, fügte Erik hinzu und knuffte Ronnie freundschaftlich in den Arm.

Cal fuhr fort: »Und Erik, tja, der wollte sich anfangs ebenso wenig auf Helen einlassen wie sie auf ihn. Ronnie und ich hatten mächtig Spaß dabei zu beobachten, wie sie sich trotz allem Widerstand gegenseitig verfallen sind.«

»Und wodurch ist Jeanette so widerspenstig geworden?«, fragte Tom, wahrscheinlich ein wenig übereifrig.

»Keine Ahnung«, gestand Cal. »Sie war schon Single, als sie in die Stadt gezogen ist, und seit wir sie kennen, hat sich daran nichts geändert.«

»Moment«, sagte Ronnie. »Hat sie nicht mit einem Kerl zusammengelebt, bevor sie hergezogen ist? Ich glaub, Dana Sue hat mal erwähnt, sie haben sich getrennt, weil sie für seinen Geschmack zu viel gearbeitet hat und aus Charleston wegwollte.«

»Jeanette hat früher in Charleston gelebt?«, fragte Tom. »Wusste ich gar nicht. Kommt sie von dort?«

»Nein, sie stammt von irgendwo weiter südlich«, sagte Erik. »Aber auch eine Kleinstadt.«

Ronnie schob ihm ein weiteres Bier hin. »Okay, raus mit der Wahrheit, Kumpel. Ist es dir ernst mit ihr, oder bist du nur auf Zerstreuung aus?«

Tom starrte ihn an. Er war noch keinen Monat in der Stadt, kannte Jeanette erst wenige Wochen, und diese Jungs wollten bereits wissen, ob er es ernst mit ihr meinte? »Wie jetzt?«, fragte er. »Was meinst du mit ›ernst‹? Eine Frau zum Heiraten?«

»Ganz genau«, bestätigte Cal.

»Ich kenne sie ja kaum.« Tom zuckte mit den Schultern. »Und wenn's nach ihr geht, wird es auch so bleiben.«

»Wir könnten dir helfen«, bot Cal an, als wäre nichts dabei. »*Wenn* wir überzeugt davon sind, dass du's ernst meinst.«

»Wie helfen?«, hakte Tom nach, in dem sich Argwohn darüber regte, was die drei im Schilde führten. Offensichtlich hatte ihr Angebot den Segen ihrer Ehefrauen, was er als ziemlich beunruhigend empfand.

»Zunächst mal kommen am Sonntag alle zum Essen zu uns, auch Jeanette«, sagte Erik mit bedeutungsvollem Unterton. »Ich könnte dich einladen.«

»Aber nur, wenn ich ehrenhafte Absichten habe«, folgerte Tom.

Alle drei Männer nickten mit ernsten Mienen.

»Sonst tust du ihr weh, und wir müssen dich windelweich prügeln«, erklärte Ronnie, der dabei todernst blieb.

Tom lachte, aber niemand sonst ließ Belustigung erkennen. Er ernüchterte. »Okay, Botschaft angekommen. Auf Jeanette passen drei Männer auf.«

»Und drei taffe Frauen«, fügte Cal hinzu.

»Dana Sue stemmt Gewichte«, warnte Ronnie. »Sie ist inzwischen fit wie selten zuvor.«

Tom schüttelte den Kopf. »Vielleicht sollte ich doch lieber überlegen, mit Mary Vaughn auszugehen.«

Wieder wechselten die drei Männer untereinander Blicke, diesmal mit aufrichtiger Besorgnis in den Augen.

»Ich glaube, wir haben zu dick aufgetragen«, meinte Erik.

»Möglich«, stimmte Cal ihm zu.

Tom starrte sie an. »Also war das im Wesentlichen ein Test«, folgerte er.

»So ähnlich«, gestand Ronnie leicht zerknirscht.

»Hat man uns aufgetragen«, fügte Cal erklärend hinzu.

»Und? Hab ich bestanden?«, fragte Tom, eher neugierig als beleidigt.

»Keine Ahnung«, gestand Cal. »Mir scheinst du in

Ordnung, aber ich glaub nicht, dass meine Meinung zählt.«

»Also, ich denke, du solltest am Sonntag kommen«, schlug Erik vor. »Die Frauen sagen dir dann schon, ob du die Musterung bestanden hast.«

Tom war sich nicht sicher, ob er sein Liebesleben von diesen sogenannten süßen Magnolien unter die Lupe nehmen lassen wollte. Er wusste ja bereits, dass Jeanette darüber alles andere als erfreut war. Aber wenn er die anderen Frauen für sich gewinnen könnte, bestand die Chance, dass sie Jeanette einen kleinen Schubs in seine Richtung geben würden. Das konnte nicht schaden.

»Bin dabei«, entschied er schließlich.

»Mutig«, lobte Cal.

»Damit schreibst du bei mir fett an«, verkündete Ronnie.

Erik grinste nur mitfühlend wie jemand, der mal in denselben Schuhen gesteckt hatte.

Kopfschüttelnd trank Tom den Rest seines Biers aus. Worauf um alles in der Welt hatte er sich nur eingelassen? Nur ein überwältigender Kuss, und schon schien er bis zum Hals in Treibsand zu stecken.

* * *

Die süßen Magnolien veranstalteten einen ihrer zunehmend sporadischer stattfindenden Margarita-Abende. Dabei hatten sie die Gelegenheit, sich in aller Ruhe über den Betrieb im Spa und über das Leben der anderen auszutauschen. Normalerweise liebte Jeanette das zwanglose Plaudern. Aber als sie an jenem Tag durch Helens Tür trat, verriet ihr ein sechster Sinn, dass dieser Abend anders verlaufen würde. Bei ihrer Ankunft verstummte die Unterhaltung.

»Was ist?«, fragte sie.

Die drei anderen Frauen betrachteten sie mit Unschuldsmienen. Dann füllte Helen ein Margarita-Glas randvoll und bot es Jeanette an. Verhalten nahm sie es entgegen, bevor sie sich auf dem Boden niederließ.

»Irgendjemand muss mir sagen, warum ihr alle verstummt seid, als ich reingekommen bin«, verlangte Jeanette.

»Sie hat recht«, sagte Maddie. »Sie sollte es wissen.«

»Natürlich sollte sie das.« Dana Sue wandte sich an Helen. »Du hast das eingefädelt. Also sag du's ihr.«

»Ich hab nichts dergleichen getan«, protestierte Helen.

»Jetzt sag's ihr schon«, befahlen Maddie und Dana Sue unisono.

»Tom kommt am Sonntag zum Essen«, gestand Helen. »Die Jungs haben ihn gestern Abend eingeladen.«

Jeanette musterte ihre Freundinnen nacheinander. Schließlich heftete sie den Blick auf Helen. »Und das war deine Idee?«

»Nicht ganz«, schränkte sie ein und sah die anderen etwas trotzig an. »Wir wollten alle mal sehen, wie ihr beide zusammen rüberkommt. Gut, Maddie nicht. Sie hat das Feuerwerk ja schon aus nächster Nähe miterlebt. Aber Dana Sue und ich nicht.«

»Und wie sind die Männer ihm zufällig über den Weg gelaufen und haben ihn eingeladen?«, fragte Jeanette.

»Ach, du weißt ja, wie Kerle sind«, sagte Dana Sue. »Sie haben sich zum Footballspielen getroffen. Cal hat Tom angerufen. Danach haben sie ein paar Bier zusammen gekippt. Männerkram eben.«

»Sie wollten ihn unter die Lupe nehmen, nicht wahr?«, sagte Jeanette anklagend. »Das war kein harmloses geselliges Beisammensein. Ich weiß, wie ihr vorgeht.«

»Wir wollten nur deine Interessen schützen«, erwiderte Maddie. »Wir wissen, wie du darüber denkst, dich auf jemanden einzulassen. Und wir dachten uns, wenn du endlich wieder so weit bist, muss es jemand sein, dem du vertrauen kannst.«

»Ich hab nicht vor, mich auf Tom einzulassen«, erklärte Jeanette zum x-ten Mal. »Warum hört ihr nicht auf mich?«

»Weil du nicht überzeugend klingst«, antwortete Helen. »Ich bin Anwältin. Ich merke es, wenn man mich belügt … und sich selbst.«

»Okay, verstehe«, sagte Jeanette irritiert. »Ihr wollt also eine unabhängige Überprüfung des neuen Gemeindedirektors vornehmen. Da muss ich nicht dabei sein.«

»Du kannst keinen Rückzieher machen«, protestierte Maddie. »Komm schon. Wir wollen dich doch dabeihaben.«

»Außerdem hab ich dich zuerst eingeladen«, erinnerte Helen sie. »Und du hast zugesagt.«

»Habe ich das wirklich? Ich hab's eher so im Gedächtnis, dass du einfach davon ausgegangen bist, ich würde kommen.«

»Du bringst Tequila mit«, sagte Helen. »Das hab ich mir notiert.«

»Natürlich hast du das«, sagte Maddie und tätschelte ihre Hand. »Du notierst dir alles.«

»Erst recht, seit das Baby da ist«, bestätigte Helen seufzend. »Ich kann mir nichts mehr merken, wenn ich's nicht aufschreibe.«

»Was meinst du, wie's mir mit fünf Kinder geht?«, erwiderte Maddie. »Ich erstelle Listen über meine Listen.«

»Halten wir unter dem Strich fest«, ergriff Helen das Wort und sah Jeanette direkt in die Augen, »dass du kommen musst. Wenn du darauf bestehst, laden wir Tom wieder aus.«

Mit stirnrunzelnder Miene sah Jeanette ihre Freundinnen an. »Das geht nicht, und das wisst ihr genau. Wäre so was von unhöflich, die Einladung an ihn zurückzunehmen. Er ist neu in der Stadt. Wahrscheinlich kennt er bisher kaum Leute. Warum ladet ihr stattdessen nicht noch andere ein? Zum Beispiel Mary Vaughn. Ich weiß aus zuverlässiger Quelle, dass sie an ihm interessiert ist.«

»Dann müsste ich zu Hause bleiben«, erklärte Dana Sue schlicht. »Und Ronnie würde ich bei mir behalten.«

»Ronnie interessiert sich nicht die Bohne für Mary Vaughn«, sagte Maddie ungeduldig. »Hat er nie.«

»Darum geht's nicht«, konterte Dana Sue. »Ich will sie nicht in der Nähe meines Ehemanns haben.« Mit mahnendem Blick sah sie Jeanette an. »Und du solltest sie nicht in der Nähe von Tom haben wollen.«

»Wie oft muss ich noch sagen, dass mir Tom McDonald herzlich egal ist?«

Maddies Gesichtsausdruck wurde nachdenklich, obwohl in ihren Augen Belustigung funkelte. »So oft wie nötig, um uns davon zu überzeugen. Vorerst bist du noch nicht mal nah dran.«

Jeanette schloss den Mund. Es hatte keinen Sinn, darauf einzugehen. Eine solche Diskussion könnte sie unmöglich gewinnen.

Helen strahlte. »Wunderbar, dann sind wir uns einig. Das wird ein toller Abend.«

Jeanette wollte ihre Seifenblase nicht platzen lassen, aber aus ihrer Sicht würde er eher die Hölle werden. Die Erinnerung an Toms Kuss versetzte ihr Blut jedes einzelne Mal in knisternde Wallung. Sie würde gegen den Drang ankämpfen müssen, das Erlebnis zu wiederholen. Und die traurige Wahrheit sah so aus, dass sie nicht sicher war, ob ihre Willenskraft dafür ausreichen würde.

***

Tom hatte gerade einen unheimlich sinnlichen Traum über die so ausweichende Jeanette, als am Sonntagmorgen sein Telefon klingelte.

»Oh, Schatz, ich hab dich doch nicht geweckt, oder?«, fragte seine Mutter.

Er seufzte, als das letzte Bild von Jeanette in seinen Gedanken verblasste. »Passt schon, Mutter. Ich muss sowieso bald aufstehen, wenn ich pünktlich in der Kirche sein will. Was gibt's?«

»Dein Vater und ich haben uns gerade unterhalten. Ich weiß, du erwartest mich erst nächste Woche. Aber unsere Pläne für heute haben sich verschoben. Deshalb dachten wir uns, wir könnten nach Serenity fahren, um mit dir zu Mittag zu essen und uns deine kleine Gemeinde ansehen. Passt dir das?«

Tom verkniff sich ein Stöhnen. Bei ihr hörte es sich an wie ein Ausflug in einen minderen Vergnügungspark. Eigentlich wollte er sich an diesem Vormittag ein paar Häuser ansehen, anschließend das Budget überarbeiten und sich dann vorbereiten, damit er pünktlich um vier Uhr bei Erik und Helen sein würde. Seine Mutter hatte Mittagessen erwähnt. Was bedeutete, sie würden ungefähr um zwölf hier sein. Wahrscheinlich könnte er sie gegen zwei Uhr wieder ihrer Wege schicken. Sollte funktionieren. Und er hätte diesen zu gleichen Teilen erhofften und gefürchteten Besuch hinter sich.

»Sicher, Mutter. Das wäre toll. Wir können im *Sullivan's* essen. Nur müssen wir früh dort sein. Normalerweise ist es gleich nach der Kirche gerammelt voll, und sonntags ist nur bis zwei Uhr geöffnet.«

»Das passt uns. Wir gehen zum Frühgottesdienst und fahren direkt von der Kirche los. Dann sollten wir gegen elf Uhr bei dir sein. So sollte uns genug Zeit für eine Rundfahrt durch den Ort bleiben, bevor wir zu Mittag in dem Restaurant essen.«

»Perfekt«, sagte Tom. »Ich schlage vor, wir treffen uns am Rathaus. Das liegt zentral.«

»Oh, aber wir wollen sehen, wo du wohnst«, protestierte sie.

»Es ist nur eine kleine Herberge, Mutter. Ich hab dort ein Zimmer. Da gibt's nichts zu sehen. Ich hab noch kein Haus gefunden.«

»Ich weiß, dass es eine Herberge ist. Trotzdem würde ich sie gern sehen«, blieb sie hartnäckig. »So hab ich eine Vorstellung davon, wie du dort lebst, auch wenn es nur vorübergehend ist.«

Es gehörte zu ihren Eigenheiten, dass sie die Einzelheiten der Lebensumstände ihrer Kinder kennen wollte. Sie hatte jeden Schlafsaal, jedes Studentenwohnheim und jede Studentenverbindung besucht, jede noch so winzige Wohnung, in der eines ihrer Kinder gelebt hatte. Tom hätte damit rechnen sollen, dass sie auch die Herberge sehen wollen würde.

Dennoch sprach er sich dagegen aus. »Mutter, ihr werdet nicht lange hier sein. Verschwenden wir die Zeit nicht mit einem Besuch meines winzigen, belanglosen Zimmers.«

»Wahrscheinlich hast du recht«, räumte sie zögerlich ein. Dann fügte sie mit mehr Enthusiasmus hinzu: »Vielleicht können wir dir bei der Suche nach einem Haus helfen, wenn wir schon mal da sind.«

»Auf keinen Fall«, entgegnete er schärfer als beabsichtigt. »Ich hab mir schon fast alles angesehen, was auf dem Markt ist. Ich muss es nur noch eingrenzen.«

»Na ja, dabei können wir dir doch helfen«, beharrte sie. »Das macht keine Mühe, Schatz. Ich hatte schon immer ein Auge für das Potenzial von Immobilien. Und wenn du dich für etwas entschieden hast, kann ich mit meinem Raumgestalter vorbeikommen und dir helfen, es aufzupeppen. Du brauchst etwas, das groß genug ist, um Gäste zu empfangen. Und es sollte in der besten Gegend liegen. Immerhin bist du ein öffentlicher Vertreter der Gemeinde.«

»Mama!« Er musste irgendwie zu ihr durchdringen. »Genug jetzt. Ich brauche nichts Pompöses. Und ein bisschen Farbe kann ich bei Bedarf auch selbst an die Wände klatschen. Das Letzte, was ich brauche, ist ein Raumgestalter.«

»Na ja, du wirst doch sicher ein paar der Familienerbstücke haben wollen«, fuhr sie unbeirrt fort. »Die schreckliche Bleibe, die du in der letzten Stadt hattest, war ungeeignet für unbezahlbare Antiquitäten, aber ich bin sicher, du kannst etwas Besseres finden.«

Tom wollte lieber in einem Zelt leben, als sich mit dem unschätzbaren Zierkrempel der McDonalds zu umgeben. »Das besprechen wir, wenn wir uns sehen«, sagte er. Wenn er persönlich Tacheles mit ihr redete, würde er vielleicht zu ihr durchdringen. Andererseits hatte sein Vater mit der Strategie nie Erfolg bei ihr gehabt. Ihn hatte sie während der gesamten vierzig Jahre ihrer Ehe untergebuttert.

* * *

Als Jeanette die Kirche verließ, hielt sie kurz an, um ein paar Worte mit Pastor Drake zu wechseln. Danach wandte sie sich von ihm ab und stieß direkt mit Tom zusammen.

»Sie!«, entfuhr es ihr. Instinktiv wich sie einen Schritt zurück.

War er in der Kirche gewesen? Das würde seinen perfekten, geschneiderten marineblauen Anzug erklären, das strahlend weiße Hemd und die auf Hochglanz polierten italienischen Halbschuhe. Unwillkürlich kam ihr in den Sinn, was Helen über seine Abstammung von altem Geldadel gesagt hatte. Er sah tatsächlich von Kopf bis Fuß wie der Spross einer altehrwürdigen Familie aus Charleston aus. Natürlich ließen ihn das Grübchen in der Wange und das Funkeln in seinen Augen zudem sexy und nahbar wirken. Es war eine anziehende Kombination.

»Na, wenn das nicht eine unerwartete Überraschung ist. Genau dich brauche ich gerade«, sagte er, nahm sie an die Hand und zog sie von der Menschenmenge weg.

Jeanette versuchte, sich zu befreien, aber er hielt sie mit überraschend festem Griff. Seine Hand fühlte sich warm und kraftvoll an. Ein Griff, den Jeanette unter anderen Umständen als beruhigend empfunden hätte.

»Lassen Sie mich wohl los?«, verlangte sie.

»Hörst du mir dann auch zu?«, fragte er.

»Warum sollte ich nicht?«

Er zuckte mit den Schultern. »Weil unsere kurze Vorgeschichte irgendwie das Gefühl vermittelt, dass du nicht allzu scharf darauf bist, Zeit mit mir zu verbringen. Und nebenbei bemerkt, das Siezen können wir uns wohl schenken. Ich finde, darüber sind wir hinaus.«

»Na schön, dann eben so: *Du* willst mich doch hoffentlich nicht schon wieder um ein Date bitten, oder?«

»Nicht ganz.«

»Was soll das heißen?«

»Es heißt, dass meine Eltern in etwa fünfzehn Minuten hier aufschlagen und ich Rückendeckung brauche.«

Verständnislos starrte sie ihn an. »Rückendeckung? Warum?«

»Mein Vater hasst alles daran, dass ich hier Gemeindedirektor bin, und meine Mutter will meine neue Bleibe für mich aussuchen und einrichten«, erklärte er und klang dabei geradezu verzweifelt.

Jeanettes Lippen zuckten. Diese verletzliche Seite an ihm fand sie seltsam anziehend. »Du hast Angst vor Mami und Papi?«

»Wenn du sie erst kennengelernt hast, wirst du's nicht mehr so aussprechen. Mein Vater ist ein Tyrann, meine Mutter eine Naturgewalt.«

»Und nachdem du sie mir so charmant beschrieben hast, willst du, dass ich sie kennenlerne?«

»Okay, das war jetzt nicht besonders gut durchdacht. Tatsache ist, dass sie sich Fremden immer von ihrer besten Seite präsentieren. Ich kann sie bei *Sullivan's* füttern und sie bis zwei wieder los sein, wenn du mir hilfst und mitkommst. Ich schwöre, das ist kein Date. Ich brauche dich nur als Puffer.«

Jeanette ertappte sich dabei, dass ihr sein Unbehagen gefiel. Sie wurde neugierig auf die beiden Menschen, die diesen selbstbewussten Mann derart in Panik versetzten. Und vielleicht wäre es nett, eine andere gestörte Familie aus der Nähe zu erleben. Es könnte beruhigend sein zu sehen, dass sie nicht als Einzige auf der Welt Probleme mit ihren Eltern hatte. Und es verhielt sich ja nicht so, dass sie zusammen waren und es ein bedeutendes Ereignis wäre, seine Eltern kennenzulernen. Wie er gesagt hatte, würde sie nur als Puffer dienen. Nichts weiter.

»Eine Frage drängt sich dabei auf«, sagte sie. »Wie willst du mich vorstellen?«

»Als Freundin«, antwortete er prompt. »Das ist doch wahr, oder? Wir sind Freunde oder zumindest auf dem Weg dahin.«

»Flüchtige Bekannte wäre eigentlich treffender, aber mir ist schon klar, dass du mich als Freundin bezeichnen musst, wenn du mich zu dem Mittagessen mitnimmst.« Nach kurzem Zögern nickte sie. »Na schön, solange es keine Andeutungen gibt …« Sie bedachte ihn mit einem strengen Blick. »Überhaupt keine, verstanden? Ich will nicht die leiseste Andeutung hören, dass wir Freunde mit gewissen Vorzügen sein könnten.«

»Natürlich nicht«, gelobte er feierlich. »Also machst du es?«

»Ich mach's.«

Wieder ergriff er ihre Hand. »Super, dann treffen wir uns in« – er warf einen Blick auf seine Armbanduhr – »knapp zehn Minuten am Rathaus. Warten lassen solltest du sie auf keinen Fall. Bei ihnen ist es wichtig, einen guten ersten Eindruck zu hinterlassen.«

Etwas in seiner Stimme ließ sie erahnen, dass er nicht ganz ehrlich zu ihr war. »Was kümmert's dich, welchen Eindruck ich hinterlasse? Ich bin ja nur als Puffer dabei, mehr nicht. Wäre vielleicht sogar besser, wenn sie mich auf Anhieb nicht leiden können.«

»Möglich«, räumte er ein. »Aber es ist auch nicht nötig, dass wir uns einer zehnminütigen Belehrung darüber aussetzen, was für einen Mangel an Respekt gegenüber anderen Unpünktlichkeit bedeutet.«

»Stimmt«, gab sie ihm belustigt recht.

Ihre unerklärlich gute Laune hielt an, bis sie Mr. und Mrs. McDonald – zweifellos mussten sie es sein – beim Aussteigen aus einem glänzenden schwarzen Auto sah, das beinah so lang wie ein gesamter Häuserblock zu sein schien. Sie hatten auf der anderen Straßenseite vor dem Rathaus geparkt. Dadurch befanden sie sich ein gutes Stück entfernt. Dennoch wusste Jeanette instinktiv, dass sie sich nicht irrte. Den Mann streifte ihr entsetzter Blick nur flüchtig, aber die Frau … sie würde sie überall erkennen. Das Bild dieser makellos blond gefärbten Haare, des blassen Teints und des arroganten Ausdrucks, den das chirurgisch perfektionierte Kinn vermittelte, hatte sich ihr unauslöschlich ins Gedächtnis gebrannt.

»Das sind deine Eltern?«, fragte sie. »Die da drüben gerade aus der Limousine aussteigen?«

Tom warf ihr einen verwirrten Blick zu. »Ja. Warum schaust du so drein? Du bist ja leichenblass.«

»Ich kann mich nicht mit deinen Eltern treffen«, flüsterte sie und versuchte, die Hand aus seinem Griff zu befreien, damit sie die Flucht ergreifen konnte. Warum hatte sie die Verbindung nicht auf Anhieb hergestellt? Immerhin hatte sie seinen Nachnamen gekannt und gewusst, dass er aus Charleston stammte. Sie glaubte nicht an Zufälle, daran lag es. Oder zumindest hatte sie nicht an diesen speziellen Zufall glauben wollen. Der Gedanke wäre zu erschreckend gewesen.

Tom starrte sie immer noch an, als hätte sie den Verstand verloren. »Warum kannst du dich nicht mit meinen Eltern treffen? Jeanette, was ist los? Liegt's am Auto? Sie sind reich. Und wenn schon.«

»Es liegt nicht am Auto«, erwiderte sie mit eigenartig erstickter Stimme. »Glaub mir, das Auto ist das geringste Problem.«

»Was dann? Sag's mir schnell. Sie haben uns nämlich schon gesehen. Ist zu spät für dich, um noch wegzulaufen.«

»Es geht um deine Mutter, Tom«, sagte sie und versuchte immer noch, sich zu befreien. »Ich kenne sie. Und du willst nicht, dass wir uns von Angesicht zu Angesicht begegnen. Das musst du mir einfach glauben.«

Mit ausdrucksloser Miene starrte er sie an. »Du kennst meine Mutter? Woher?«

»Willst du wirklich Zeit damit verschwenden, über die Einzelheiten zu plaudern? Ich muss weg, bevor sie herkommen. Erklären kann ich's dir ein andermal.«

»Nein, sag es mir jetzt«, beharrte er.

»Ich kenne sie aus dem *Chez Bella* in Charleston. Dort hatte sie mal eine Gesichtsbehandlung bei mir.«

Immer noch schaute er verständnislos drein. »Und ist dir das aus irgendeinem Grund peinlich? Muss es nicht sein.«

»Mit peinlich hat es nichts zu tun«, gab Jeanette hitzig

zurück. »Sie hat Bella verklagt. Weil ich angeblich beinah ihre Haut zerstört hätte. Das hätte mich meinen Job und meinen Ruf kosten können. Dazu ist es nur deshalb nicht gekommen, weil Bella gehört hatte, dass sie dasselbe schon mal in einem anderen Spa in der Stadt abgezogen hatte. Sie ist gegen irgendeinen Inhaltsstoff allergisch. Ihr Dermatologe hat es ihr auch erklärt. Aber aus irgendeinem Grund will sie nicht akzeptieren, dass sie nicht die gleichen Behandlungen wie ihre Freundinnen bekommen kann. Also zieht sie von einem Spa zum nächsten und zettelt jedes Mal einen Wirbel an. Sie flippt aus, weil sie unweigerlich einen Ausschlag bekommt. Lässt du mich jetzt gehen, bevor sie und ich hier aneinandergeraten?«

Tom starrte sie ungläubig an. »Meine Mutter hat dich verklagt?«

»Nicht mich, das Spa. Wahrscheinlich erinnert sie sich nicht mal mehr an mich persönlich. Aber ich mich an sie. Und jetzt lass mich los.«

Als sie diesmal von ihm wegzuckte, gab er sie frei. Jeanette wartete nicht ab, ob seine Mutter sie erkannte oder nicht. Sie wollte nur weg, bevor sie der Frau das perfekt frisierte, blond gefärbte Haar an den Wurzeln ausreißen würde.

KAPITEL 7

»Wer war die junge Frau, und warum ist sie weggerannt?«, fragte Toms Mutter sofort, als seine Eltern bei ihm eintrafen. »Sie kommt mir vage bekannt vor.«

Tom hatte nicht vor, den Vorfall im *Chez Bella* zu erwähnen – nicht, bevor er die ganze Geschichte von Jeanette gehört hätte.

Es sähe seiner Mutter ähnlich, einen Hautausschlag zu einem Fall für ein Bundesgericht aufzubauschen, obwohl sie ihn selbst verursacht hatte, weil sie ihre Allergien verheimlichte. Sie hatte die Angewohnheit, alles zu verleugnen, was ihr nicht passte. Ihn überraschte nicht im Geringsten, dass sie die Warnungen ihres Dermatologen in den Wind geschlagen haben könnte, nur um die Gesichtsbehandlungen zu bekommen, von der ihre Freundinnen schwärmten.

Aber wenn es ein so großes Drama gewesen war, warum hatte Jeanette es nicht früher erwähnt? Sie musste sich doch gefragt haben, ob seine Mutter und die Frau, die damals geklagt hatte, zumindest verwandt oder gar ein und dieselbe Person waren. Tom hatte eine Menge Fragen und keine Antworten, also rang er sich vorerst ein Lächeln ab.

»Sie ist nicht weggerannt. Sie ist Mitglied im Ausschuss für die Weihnachtsfeierlichkeiten. Wir haben nur gerade ein paar Kleinigkeiten besprochen. Und sie wollte bei unserem Familientreffen nicht stören. Sie weiß, dass wir nicht viel Zeit haben.«

Seine Mutter sah aus, als würde sie ihm kein Wort davon abkaufen, sein Vater strahlte unverkennbares Desinteresse daran aus.

»Das ist es also?«, fragte der Mann in schneidendem Ton. »Was wir gerade sehen, ist Serenity? Nicht viel dahinter, oder?«

»Wir sind hier im Zentrum«, erwiderte Tom und bemühte sich, nicht defensiv zu klingen. »Die großen Ketten mit ihren Filialen in der Gegend von Charleston haben die kleinen Familienbetriebe hier fast zerstört, aber langsam kommen sie wieder. Die Drogerie hat die schwierigen Zeiten überstanden, der Baumarkt hat unter neuer Leitung wiedereröffnet, und seit ich hier bin, sind zwei weitere Geschäftslokale vermietet worden. In einem eröffnet eine Bekleidungsboutique, im anderen ein Blumenladen. Zu meinen wichtigsten Prioritäten gehört es, weitere Betriebe in die Gegend zu holen. Und die Leute vom örtlichen Gartenverein haben ein Aufwertungsprogramm organisiert. Sie stellen Blumentöpfe für die Eingänge der Geschäfte bereit und pflegen die Pflanzen. Noch ein paar Jahre, dann haben wir die Gegend verjüngt.«

»Zeitverschwendung«, kommentierte sein Vater abfällig. »Solche Schmalspurbetriebe können mit der Konkurrenz nicht mithalten.«

»Können sie unter den richtigen Bedingungen sehr wohl«, widersprach Tom. Bevor sein Vater darauf kontern konnte, hob er die Hand. »Sehen wir uns lieber mal um. Habt ihr Lust auf einen Rundgang durch das Rathaus? Das Gebäude wurde im frühen 19. Jahrhundert errichtet. Es ist im Nationalregister historischer Stätten eingetragen. Irgendjemand in der Stadt war so vernünftig, für seinen Erhalt zu kämpfen. Alle Renovierungsarbeiten im Verlauf der Jahre hat man mit viel Liebe zu den ursprünglichen Details durchgeführt.«

Die Züge seiner Mutter hellten sich auf. »Ich würde es mir liebend gern ansehen.«

»Keine Ahnung, was du dich für einen Haufen alter Ziegel interessierst«, brummte sein Vater. Dennoch folgte er seiner Frau und seinem Sohn. Tom erklärte die Architektur der Kolonialzeit, die als Inspiration für das kleine Backsteingebäude mit den weißen Säulen davor gedient hatte. Es lag an einem Ende des Hauptplatzes mitten im einst blühenden Zentrum von Serenity. Mehrere hochaufragende alte Eichen auf der weitläufigen Rasenfläche spendeten Schatten sowohl für das Gebäude selbst als auch für die mit Bedacht aufgestellten Bänke. Der Gartenverein kümmerte sich um die Blumenbeete ringsum. Erst kürzlich waren die Sommerblumen gegen strahlend gelbe Chrysanthemen ersetzt worden.

Im Rathaus befand sich links ein offener Bereich, in dem die Einwohner ihre Steuerrechnungen begleichen konnten. In dem großen Besprechungsraum rechts fanden die monatlichen Ratssitzungen statt. Eine breite Treppe im hinteren Teil des Gebäudes führte zu den wenigen Büros der Stadtverwaltung, unter anderem zu dem von Toms an einer Ecke mit Blick auf den Hauptplatz. Im Vergleich zu den Verhältnissen in Charleston war es weder riesig noch prunkvoll ausgestattet, trotzdem recht beeindruckend. Der Großteil der sorgfältig ausgewählten Möbel war mindestens ein Jahrhundert alt. Der Schreibtisch versetzte seine Mutter auf Anhieb ins Schwärmen.

»Oh, sieh sich nur einer dieses Holz an«, murmelte sie und strich mit ihrer Hand über die glatte, dunkle Oberfläche. »Ein bemerkenswert guter Zustand nach so vielen Jahren. Bestimmt musst du dabei an all jene denken, die vor dir hier gearbeitet haben, Tom.«

»Keine Ahnung, wie man über ein Möbelstück so aus dem Häuschen geraten kann«, grummelte sein Vater. »Wann gehen wir essen? Ich bin am Verhungern.«

Tom versuchte, sich von der Einstellung seines Vaters nicht die Stimmung vermiesen zu lassen. »Wenn euch ein bisschen Bewegung nichts ausmacht, können wir zu Fuß zum *Sullivan's* gehen«, schlug er seinen Eltern vor. »Lohnt sich gar nicht, dafür das Auto zu nehmen.«

»Wie du meinst«, willigte seine Mutter ein, bevor sie einen letzten anerkennenden Blick durch den Raum wandern ließ. »Weißt du, Schatz, mit neuen Vorhängen wäre es hier drin viel heller. Was hältst du davon? Das würde ich liebend gern für dich übernehmen. Irgendwas Helles, aber natürlich geschmackvoll.«

»Ich bin mir nicht sicher, ob ich das annehmen kann«, erwiderte Tom.

»Du kannst kein Geschenk von deiner eigenen Mutter annehmen? Das ist doch lächerlich. Ist ja nicht so, dass ich dafür irgendeine Sonderbehandlung erwarte. Ich lebe ja nicht mal hier.«

Darüber lächelte er. »Na schön, vielleicht halte ich mich zu pedantisch an die Regeln. Lass mich nur erst nachfragen, ob irgendjemand Einwände gegen neue Vorhänge für das Büro des Gemeindedirektors hat. Ich gebe dir Bescheid.«

Nachdem sie das Rathaus verlassen hatten, traten sie den Weg zum *Sullivan's* an. Sein Vater ging voraus, obwohl er nicht die geringste Ahnung hatte, wohin sie mussten. An der nächsten Ecke blieb er stehen und schaute zurück. »Rechts, links, geradeaus?«

»Geradeaus. Es ist zwei Häuserblocks weiter auf der linken Seite«, ließ Tom ihn wissen.

Sein Vater nickte knapp, bevor er weiterging.

»Keine Ahnung, was in ihn gefahren ist«, kommentierte seine Mutter mit einem bedauernden Kopfschütteln. »Er hat sich auf den Ausflug gefreut, obwohl er es dir gegenüber nie zugeben würde.«

»Würde ich auch nicht erwarten«, erwiderte Tom trocken. Alles unter einer Suite im Bürogebäude des Kongresses in Washington würde seinem Vater keine Anerkennung entlocken.

Seine Mutter verstummte und schaute nachdenklich drein. »Ich werde das Gefühl nicht los, dass ich diese junge Frau schon mal gesehen habe. Komisch. Dabei war ich vorher noch nie in Serenity.« Dann hellten sich ihre Züge auf. »Ach, es wird mir schon irgendwann einfallen.«

Das hoffte Tom nicht. Er wollte nicht, dass seine Mutter eine vorgefasste Meinung von Jeanette hätte, über die sie nicht mehr hinwegkäme. Andererseits stand bereits fest, dass Jeanette eine vorgefasste Meinung von seiner Mutter hatte – und sie war eindeutig nicht gut.

* * *

»Die Frau hat mich praktisch beschuldigt, ich hätte sie absichtlich fürs Leben gezeichnet!«, sagte Jeanette zu Maddie und schäumte dabei immer noch nach dem nur knapp vermiedenen Zusammenstoß mit Toms Mutter.

»Kaum zu glauben, dass Tom der Sohn dieses schrecklichen Frauenzimmers ist!«

»Du wirst ihm doch hoffentlich keinen Vorwurf daraus machen, was seine Mutter getan hat, oder?«, fragte Dana Sue, während sie eine riesige Schüssel mit frischem Obst vorbereitete.

»Nein, natürlich nicht. Aber könnt ihr euch vorstellen, was passiert wäre, wenn sie uns beide zusammen gesehen hätte? Wahrscheinlich hätte sie mich mit dem erstbesten spitzen Gegenstand aus ihrer Handtasche abgestochen.«

»Ich glaub nicht, dass reiche Gesellschaftsdamen aus Charleston spitze Gegenstände mit sich herumschleppen«, merkte Helen ironisch an.

»Du kennst Mrs. McDonald nicht«, brummte Jeanette.

»Tatsächlich doch«, erinnerte Helen sie. »Ich bin ihr vor Jahren bei einer Wohltätigkeitsveranstaltung über den Weg gelaufen.«

Jeanette wischte den Einwand weg. »Ich wette, sie hat in ihrer Gucci-Tasche irgendeine Waffe dabei.« Sie sah ihre Freundinnen nacheinander an. »Ich hoffe, damit ist endgültig Schluss mit euren Verkupplungsversuchen. Es ist völlig ausgeschlossen, dass ich mit der Ausgeburt eines solchen Frauenzimmers ausgehe.«

Helen lachte kurz, dann verstummte sie schuldbewusst. »Tut mir leid. Ist mir herausgerutscht. *Ausgeburt?* Wer sagt so was über einen Mann, vor allem über einen so umwerfenden wie Tom?«

»Du weißt schon, was ich meine«, erwiderte Jeanette. »Ich kann unmöglich mit ihm ausgehen, während ich gleichzeitig seine Mutter am liebsten abstechen würde.«

»Du scheinst ein bisschen besessen von spitzen Gegenständen zu sein«, merkte Maddie an. »Hier, nimm eine Margarita. Danach wirst du dich besser fühlen.«

»Und du wirst lockerer sein, wenn Tom kommt«, fügte Dana Sue hinzu. »Ist wahrscheinlich nicht klug, ihm so aufgebracht unter die Augen zu treten. Schon gar nicht, wenn der Grund dafür seine Mutter ist.«

Jeanette trank einen Schluck von dem ziemlich starken Drink, was jedoch nicht dabei half, ihre Nerven zu beruhigen. Dann kam ihr ein Gedanke, und sie wandte sich an Dana Sue. »Sie haben bei *Sullivan's* zu Mittag gegessen. Du hast heute gearbeitet. Hast du sie gesehen?«

Dana Sue nickte zögerlich. »Tom hat uns vorgestellt.«

»Und?«

Sie zuckte mit den Schultern. »Sie haben vom Essen geschwärmt.«

»Natürlich haben sie über das Essen geschwärmt«, sagte Jeanette. »Es ist ja auch fabelhaft. Aber sieh dich lieber vor. Wenn ihr in den nächsten vierundzwanzig Stunden auch nur eine Spur flau im Magen wird, verklagt sie dich wahrscheinlich.«

Maddie tätschelte ihre Schulter. »Also, noch merkt man nichts davon, dass du lockerer wirst. Trink weiter deine Margarita.«

Jeanette stürzte einen weiteren Schluck des eisigen, herben Drinks hinunter und wartete auf das Einsetzen der Wirkung des Alkohols. »Ich hätte sie zur Rede stellen sollen. Das wäre besser gewesen. Stattdessen bin ich weggerannt wie ein Hasenfuß.«

»Du wolltest nur eine Szene vermeiden, die Tom in Verlegenheit gebracht hätte«, meinte Dana Sue. »Daran ist nichts feige.«

»Außerdem liegt die Klage ja längst hinter dir. Bella

hat zu dir gehalten, und niemand ist zu Schaden gekommen«, sagte Helen. »Natürlich könnte ich für dich wahrscheinlich Klage wegen Rufmord einreichen, wenn du das willst.«

Jeanette starrte sie an. »Ich kann sie verklagen?«

»Na ja, zumindest hättest du es damals gekonnt«, schränkte Helen ein. »Ich müsste erst die Verjährungsfrist prüfen.«

Maddie bedachte Helen mit einem finsteren Blick. »Hörst du wohl auf, Unfrieden zu stiften? Niemand verklagt hier irgendjemanden. Die Sache ist vorbei und gegessen.«

Allmählich spürte Jeanette die Wirkung des Alkohols. Sie seufzte. »Wahrscheinlich hast du recht.«

»Und ob ich recht habe«, sagte Maddie. »Außerdem wäre eine Klage schlechte Werbung für das *Corner Spa*.«

Helen zuckte zusammen. »Daran hätte ich denken sollen. Was ist los mit mir? Ich verbringe wohl zu viel Zeit damit, zu Hause die Mami zu spielen, statt im Gerichtssaal die Bösen zu zerlegen. Mein Geschäftssinn geht allmählich flöten.«

»Wir lieben dein neues, ausgeglicheneres Ich«, beteuerte Maddie. »Endlich hast du echte Harmonie im Leben.«

Wie auf ein Stichwort ertönten Sarah Beths Schreie aus dem Babyfon auf der Arbeitsplatte in der Küche.

»Ich hole sie«, bot Jeanette an und schwankte leicht, als sie aufstand. »Oh Junge, ich brauch dringend Bewegung.«

Ihre Schritte wurden sicherer, als sie durch den Flur zum Kinderzimmer ging, das so verschwenderisch und liebevoll ausgestattet und dekoriert war, wie man es sonst nur aus Zeitschriften kannte. Helen hatte sich für ihr erstes Kind über vierzig Jahre Zeit gelassen, dafür legte sie sich umso mehr ins Zeug, seit Sarah Beth auf der Welt war. Jedes makellose weiße Möbelstück war von erstklassiger Qualität. Jedes rosa Accessoire stammte handverlesen aus den edelsten Boutiquen in Charleston. Designerkleidung, aus der das sechs Monate alte Mädchen in kürzester Zeit herausgewachsen sein würde, füllte eine Kommode. Und wie ihre Mutter besaß sie bereits ein Sortiment an Schuhen für jede Gelegenheit, von Halbschuhen bis zu winzigen Turnschuhen in allen Regenbogenfarben.

Das Baby hatte sich in eine sitzende Haltung gezogen und Tränen in den blauen Augen. Die weiche Lockenpracht erwies sich als zerzaust, die Windel als triefnass. Jeanettes Herz schmolz bei dem mitleiderregenden Anblick dahin.

»Hallo, Engelchen. Sieht so aus, als könntest du eine frische Windel und ein schickes Outfit für die Party gebrauchen«, sagte sie.

Sarah Beth streckte die Ärmchen aus, wollte hochgehoben werden. Ein Lächeln breitete sich in ihrem tränennassen Gesichtchen aus, als Jeanette dem Wunsch nachkam.

Rasch wickelte sie die Kleine und zog ihr das rosa Gingham-Kleid mit Rüschen an, das Helen herausgelegt hatte. Sie fügte Spitzensöckchen und glänzende rosa Schuhe hinzu, dann strich sie mit einer weichen Bürste durch die Löckchen.

Das Zwischenspiel im Kinderzimmer beruhigte ihre Nerven und drängte den Beinahezusammenstoß mit Mrs. McDonald weit in den Hintergrund ihrer Gedanken.

»Also gut, Kleines, lass uns auf die Party gehen«, sagte sie, hob Sarah Beth hoch und hielt sie dicht an sich, um ihren Puderduft einzuatmen. Die kraftvollen Gefühle, die sie jedes Mal durchströmten, wenn sie Sarah Beth, Jessica Lynn oder den kleinen Cole in den Armen hielt, jagten ihr eine Heidenangst ein. Sie wollte das auch. Sehr sogar.

Nur nicht genug, um ihr Herz dafür aufs Spiel zu setzen.

* * *

Tom gelang es erst nach dem Abendessen, Jeanette in der Küche allein zur Rede zu stellen. Bis dahin war sie ihm überaus geschickt ausgewichen, worauf er sie auch ansprach, als sie sich erneut davonstehlen wollte.

»Ich gehe dir doch nicht aus dem Weg«, behauptete sie abwehrend. »Ich will nur Helen und Erik helfen.«

»Der Tisch ist abgewischt, das Geschirr ist in der Spülmaschine, alle haben einen Verdauungsdrink«, sagt er. »Ich denke, sie können dich für ein paar Minuten entbehren.«

»Okay, schon gut. Worüber willst du reden?«

Er bedachte sie mit einem sarkastischen Blick. »Tja, was meinst du wohl? Das Wetter?«

»Ich rede nicht mit dir über deine Mutter.«

»Soll ich die Geschichte lieber aus ihr herauskitzeln?«

»Überrascht mich, dass du ihre Version noch gar nicht gehört hast.«

»Sie hat dich nicht erkannt«, sagte er.

»Natürlich nicht.« Jeanette schnaubte. »Ich war ja auch nur eine unbedeutende Trulla, die angeblich fast ihr Leben ruiniert hätte – zumindest die ein, zwei Tage lang, bis der Ausschlag wieder weg war.«

Toms Lippen zuckten.

»Das war nicht witzig«, betonte Jeanette.

»Stimmt, sie hat es sicher nicht witzig gefunden«, pflichtete er ihr bei.

»Ich hab mich selbst nicht gerade vor Lachen gekringelt. Tom, sie hätte meine Karriere ruinieren können. Auch wenn die Anschuldigungen haltlos waren, Bella hätte mich feuern können. Dann hätte sich herumgesprochen, was passiert war, und kein einziger seriöser Laden hätte es mehr riskiert, mich einzustellen. Frauen tratschen nun mal. Wenn das die Runde gemacht hätte, dann hätte mich schon bald kein Spa im Staat mehr in die Nähe seiner Kundinnen gelassen.«

»Aber nichts davon ist passiert«, erinnerte er sie.

»Darum geht's nicht«, erwiderte sie in unnachgiebigem Ton.

Tom musterte ihren harten Gesichtsausdruck. »Zusammengefasst – wird das ein Problem für uns?«

Darüber runzelte sie die Stirn. »Es gibt kein *Uns.* Und wird es auch nie geben.«

»Wirklich?« Tom bemühte sich, dabei nicht zu lächeln.

»Aber so was von.«

»Ich könnte dir das Gegenteil beweisen«, behauptete er und beobachtete, wie Entrüstung in ihre Augen trat.

»Wirklich?«, äffte sie ihn nach.

Er drängte sie zurück, bis sie zwischen ihm und Eriks Profi-Kühlschrank mit Tiefkühlfunktion festsaß. »Wirklich«, bestätigte er und sah ihr tief in die Augen. »Soll ich dir sagen, wie? Oder soll ich's dir einfach zeigen?«

Sie schluckte schwer, und Besorgnis flammte in ihren dunklen Augen auf. »Tu das nicht«, flüsterte sie.

»Was denn? Das?«, fragte er, bevor er den Mund dicht

über ihren senkte. Er ließ sie noch einmal nervös einatmen, dann drückte er die Lippen auf ihre, schob die Zunge dazwischen hindurch und schmeckte sie, erregte sie. Tom stützte sich mit den Händen zu ihren beiden Seiten ab. Nur ihre Münder berührten sich, während er sie küsste, bis sie sich an ihn schmiegte, die Finger in seine Schultern bohrte und sich mit den Hüften an seine wiegte.

Und dann, als er am wenigsten damit rechnete, schob sie ihn weg. »Nein«, stieß sie hervor und bebte förmlich. »Genug. Das darf nicht passieren.«

Er hob die Hände und trat zurück. »Jeanette, der Kuss hat dich genauso begeistert wie mich.«

»Daran würde mich ein Gentleman nicht erinnern.«

»Süße, ich hab nie behauptet, ein Gentleman zu sein.«

Sie musterte ihn mit verdutzter Miene. »Warum machst du das? Du kennst mich ja kaum.«

»Ich versuche ja, das zu ändern«, hielt er ihr vor Augen.

»Warum?«, fragte sie nach wie vor verwirrt.

Tom überlegte. »Du faszinierst mich«, sagte er schließlich. »Du bist willensstark und stur, intelligent und wunderschön. Bei dir muss ich mich ins Zeug legen.«

»Mit anderen Worten, ich bin eine Herausforderung – vor allem, weil ich dir eine Abfuhr nach der anderen erteile.«

»Das ist nicht das Wesentliche daran«, betonte er. »Ich will einfach alles über dich erfahren. Besser kann ich's nicht erklären.«

»Tja, dann gehst du es völlig falsch an. Bei deinem Versuch, mich ins Bett zu kriegen, dreht es sich um Sex. Menschen, die sich gegenseitig kennenlernen wollen, gehen erst mal miteinander aus.«

Tom bemühte sich redlich, seine Belustigung zu verbergen. »Dagegen hast du dich verwehrt, schon vergessen? Mir ist keine andere Wahl geblieben, als es mit einem neuen Ansatz zu versuchen.«

»Indem du mich verführst?«

»Es war ein Kuss, keine Verführung.«

»Tja, hat sich aber nach mehr als einem Kuss angefühlt«, erwiderte sie.

»Wenn du willst, demonstriere ich dir vollwertige Verführung, damit du den Unterschied merkst«, bot er an.

»Auf keinen Fall!«

Er grinste. »Na ja, den Versuch war's wert. Ich will nur kooperativ sein.«

»Kooperativ?« Unwillkürlich schmunzelte sie. »So könnte man es wohl auch nennen.« Sie schüttelte den Kopf. »Was soll ich nur mit dir machen?«

»Dafür kann ich eine Liste anbieten«, antwortete er. »Zusätzlich hätte ich ziemlich gewagte Ideen im Kopf.«

»Glaub ich dir aufs Wort. Nur wäre ich mit dem Großteil damit wohl kaum einverstanden.«

Darin sah er eine Chance, die ihr vermutlich unbewusst herausgerutscht war. »Großteil? Heißt das, für das eine oder andere davon könnte ich dich vielleicht begeistern?«

»Tom!« Wieder musterte sie ihn mit verwunderter Miene. »Warum lässt du nicht locker? Und diesmal ohne flapsige Antwort. Ich will es wirklich wissen.«

Sofort ernüchterte sein Gesichtsausdruck. Er war sich nicht sicher, ob er es ihr erklären könnte, aber er sah ihr an, dass er es zumindest versuchen musste.

»Weil ich mich vom ersten Moment an zu dir hingezogen gefühlt habe«, begann er. »Und jede Begegnung seither hat mehr Fragen aufgeworfen als beantwortet.« Er berührte ihre Wange mit einem Finger und strich ihr eine dunkelbraune Strähne aus dem Gesicht. »Ich will ehrlich zu dir sein. Eine Frau zu finden hat nicht zu meinen Plänen gehört, als ich nach Serenity gekommen bin. Ich wollte hier ein paar Jahre lang der bestmögliche Gemeindedirektor sein und anschließend weiterziehen.«

Bei den Worten erstarrte sie. »Ich verstehe«, sagte sie steif. »Also hättest du mich gern als praktische Zerstreuung, so lange es dir beliebt zu bleiben, danach gibt's ein fröhliches Winken zum Abschied, und du bist weg? Vielen Dank, ich verzichte.«

»Das hab ich nicht gemeint«, protestierte er.

Sie schob sich an ihm vorbei. »Oh, ich finde, du hast dich klar und deutlich ausgedrückt.«

»Ich bin noch nicht fertig.«

»Glaub mir, das bist du«, sagte sie.

Tom blieb stehen. Er starrte ihr hinterher und versuchte, sich zu erklären, wie diese Begegnung so fürchterlich in die Hose gehen konnte. Als er nach ihr die Küche verließ und zu den anderen zurückkehrte, fehlte von Jeanette jede Spur. Schlimmer noch, sechs anklagende Augenpaare hefteten die Blicke auf ihn, als wäre er plötzlich zu Abschaum verkommen.

»Was ist da drinnen passiert?«, verlangte Helen zu erfahren. »Du hast sie völlig durcheinandergebracht.«

»Nicht absichtlich«, sah sich Tom gezwungen, sich zu verteidigen. »Ich war mittendrin, ihr zu erklären, wie sehr ich mich zu ihr hingezogen fühle und dass ich nicht damit gerechnet hatte, in der Stadt jemanden wie sie kennenzulernen, als sie plötzlich davongerannt ist.«

»Und das ist alles, was du gesagt hast?«, bohrte Helen nach. »Glaub ich nicht. Jeanette überreagiert sonst nie.«

»Tja, diesmal schon.« Tom seufzte. Diese Leute würde er nicht für sich einnehmen können, jedenfalls nicht mehr an diesem Abend. »Ich sollte gehen.«

Wenigstens würde er Jeanette am nächsten Tag bei der Ausschusssitzung sehen. Vielleicht würde ihm bis dahin einfallen, was genau er getan hatte, um sie so zu verärgern, und wie er es wiedergutmachen konnte.

* * *

Am Montagmorgen zählte Jeanette gerade die Tiegel mit Feuchtigkeitscreme, als Maddie ihr Büro betrat.

»Ist heute Morgen nicht eine Ausschusssitzung?«, fragte Maddie.

»Ich gehe nicht hin«, gab Jeanette knapp zurück und mied den Blick ihrer Chefin.

»Du kannst dich nicht einfach vor ihm verstecken«, sagte Maddie. »Keine Ahnung, was genau gestern Abend zwischen euch vorgefallen ist, aber Serenity ist eine Kleinstadt. Ihr werdet euch zwangsläufig über den Weg laufen. Damit wirst du dich abfinden müssen.«

»Ich gehe nächste oder übernächste Woche wieder hin«, versprach Jeanette. »Nur nicht heute.«

»War es so schrecklich, was er gesagt oder getan hat, dass du's nicht mal im selben Raum mit ihm aushältst?«

»Darüber diskutiere ich nicht«, erwiderte Jeanette. »Du bist meine Chefin.«

Maddie schaute drein, als wäre sie geschlagen worden. »Ich bin auch deine Freundin.«

Jeanette seufzte und griff nach ihrer Hand. »Entschuldige. Das weiß ich, aber du kannst mir nicht helfen. Mir ist ja selbst nicht klar, warum ich mich dermaßen aufrege, jedenfalls nicht ganz. Der Mann treibt mich zur Weißglut. Aber ich werd schon darüber hinwegkommen.«

»Ich könnte dir helfen, klarer zu sehen, wenn du nur mit mir redest«, bot Maddie an und drückte mitfühlend ihre Hand.

»Danke, aber ich muss mir über nichts klar werden. Nicht wirklich. Ich hoffe nur, damit sind eure Pläne, mich zu verkuppeln, endgültig abgehakt. Aus Tom und mir wird nichts. Basta.«

»Okay«, sagte Maddie und überraschte sie damit.

»Okay? Einfach so?«

»Du hast dich kristallklar ausgedrückt. Soll ich dir beim Auspacken der Lieferung helfen?«

»Nein. Ich brauch heute Morgen eine hirnlose Tätigkeit, um mich abzulenken.«

»Damit du nicht mehr daran denkst, was gestern Abend passiert ist?«, hakte Maddie nach. »Oder damit du dir nicht Toms Reaktion ausmalst, wenn du heute Morgen nicht auftauchst?«

Jeanette bedachte sie mit einem zerknirschten Blick. »Wahrscheinlich beides.«

»Okay, dann lasse ich dich jetzt in Ruhe. Meine Tür ist immer offen, falls du's dir anders überlegst und doch reden willst.«

»Danke«, sagte Jeannette, bevor sie hinzufügte: »Und Maddie … du bist eine echt tolle Freundin.«

»So toll kann ich nicht sein, wenn du derart unglücklich bist und ich nichts tun kann, um was daran zu ändern.«

»Das kannst du nicht, aber ich weiß zu schätzen, dass du's versuchen willst.«

Nachdem Maddie gegangen war, legte sie die Feuchtigkeitscreme beiseite und ließ sich auf den Stuhl hinter ihrem Schreibtisch plumpsen. Ihre Laune war wirklich lächerlich. Tom war nicht der erste Mann, zu dem sie sich hingezogen fühlte. Auch nicht der erste, bei dem sie auf Anhieb gewusst hatte, dass nichts daraus werden konnte. Aber als er vergangenen Abend rundheraus erklärt hatte, dass er Serenity – und damit auch sie – irgendwann zurücklassen würde, hatte er sie damit heftiger erschüttert, als sie zugeben wollte.

Dabei hatten sich Erinnerungen an zu viele andere Male geregt, die Jeanette ahnungslos nur etwas Kurzfristiges verkörpert hatte. Diesmal wusste sie es wenigstens im Voraus. Wenn sie zuließe, dass sie ihr Herz einem Mann schenkte, der mit einem Fuß bereits in den Startlöchern für seinen Abgang stand, dann ginge der Liebeskummer ganz allein auf ihre Kappe.

Und das würde ihr auf keinen Fall noch einmal passieren.

KAPITEL 8

Mary Vaughn hatte sich das ganze Wochenende auf die Sitzung des Weihnachtsfestausschusses gefreut. Den Umgang mit ihrem ehemaligen Schwiegervater betrachtete sie als geringen Preis für die Gelegenheit, Zeit mit dem neuen Gemeindedirektor zu verbringen, dem zweifellos vielversprechendsten Mann seit Ronnie Sullivans Rückkehr nach Serenity.

Sie hatte an diesem Morgen eine zusätzliche halbe Stunde dafür geopfert, den richtigen Anzug herauszusuchen – ein leichtes, türkisfarbenes Modell aus Wolle, das wunderbar passte, solange die Temperaturen Anfang Oktober nicht unerwartet in die Höhe schossen. Dazu hatte sie die perfekten Accessoires angelegt – silber-türkisfarbene Ohrringe und ein passendes Armband von einer Reise nach New Mexico. Außerdem High Heels mit Riemchen, die ihre wohlgeformten Beine ideal zur Geltung brachten. Ihr Haar hatte sie kunstvoll so zerzaust, dass es andeutete, wie sie aussehen könnte, wenn sie das Bett eines Mannes verließ. Insgesamt vermittelte sie so den Eindruck einer sexy und sinnlichen Powerfrau, ein Look, den man verdammt schwer hinbekam, doch sie hatte ihn schon vor Jahren gemeistert. Nur wenige Männer waren dagegen immun.

Als sie den Besprechungsraum im Rathaus betrat, stieß Ronnie Sullivan einen leisen Pfiff aus und zwinkerte ihr zu.

»Hast du einen neuen Mann im Visier, Süße?«, fragte er dreist.

»Rutsch mir den Buckel runter, Ronnie.« Demonstrativ entschied sie sich für einen Stuhl am gegenüberliegenden Ende des Tischs, obwohl sie dadurch weiter von Toms Platz entfernt saß, als ihr lieb war.

Kaum hatte sie sich niedergelassen, klingelte ihr Smartphone. Mittlerweile hatte sie herausgefunden, wie man es benutzte. Mit deutlich mehr Selbstvertrauen als noch vor einigen Wochen holte sie es aus der Handtasche.

»Hallo, hier Mary Vaughn Lewis«, meldete sie sich mit einstudiert sinnlicher Stimme für den Fall, dass ein Mann am anderen Ende der Leitung wäre.

»Mama, bei mir zieht der Ton nicht«, zog Rory Sue sie auf.

»Oh, tut mir leid, Süße. Ich habe nicht auf die Anruferkennung geschaut. Was gibt's? Ich bin in einer Besprechung, die gleich losgeht«, sagte sie und heftete den Blick auf die Tür, durch die Tom hereinkommen würde. Sorgsam rückte sie ihr Jackett zurecht und öffnete einen weiteren Knopf, um etwas mehr von dem schwarzen Spitzenmieder darunter zu enthüllen. Dann bemerkte sie das belustigte Funkeln in Ronnies Augen und schloss den Knopf wieder.

Ihr wurde bewusst, dass sie die Hälfte der Worte ihrer Tochter verpasst hatte. »Tut mir leid, Schatz, bitte noch mal.«

»Hast du gar nichts davon gehört, was ich gesagt habe?«

»Ich fürchte nein.«

»Warum? Ist da ein Mann bei dir im Raum?«

Mary Vaughn errötete bei der Frage. »Ich hab nur eine Minute«, erinnerte sie Rory Sue und ignorierte die Unverschämtheit ihrer Tochter geflissentlich.

»Ich wollte noch mal mit dir über den Skiurlaub reden«, sagte sie. »Inzwischen hast du ja ein wenig Zeit gehabt, um darüber nachzudenken.«

»Darüber muss ich nicht nachdenken«, erwiderte Mary Vaughn. »Ich hab schon nein gesagt, und daran wird sich nichts ändern.«

»Du willst wirklich, dass ich mich in den Ferien elend fühle? In Serenity langweile ich mich zu Tode.«

»Deine Freundinnen werden zu Hause sein. Ihr könnt hier jede Menge unternehmen. Außerdem weißt du ja, wie gern dein Papa und dein Opa dich über die Feiertage bei sich haben. Darüber veranstalten sie immer so viel Aufhebens.«

»Mit Papa hab ich schon geredet. Er sagt, für ihn ist es in Ordnung, wenn du zustimmst.«

Dieser verdammte Sonny!, ging es Mary Vaughn durch den Kopf. Konnte er sich denn in gar nichts mit ihr einig sein? Wahrscheinlich hatte er gerade ein Auto verkauft und kaum zugehört, als Rory Sue mit ihm geredet hatte. Es sah ihm nicht ähnlich, auf Zeit mit ihrer Tochter zu verzichten. Es sei denn, er wollte seiner Ex-Frau damit eins auswischen. Andererseits hatte er mit der Vergangenheit so restlos abgeschlossen, dass er sich die Mühe wohl kaum machen würde.

»Tja, für mich ist es *nicht* in Ordnung – was dir schon bekannt war, bevor du ihn angerufen hast«, sagte sie zu Rory Sue. »Wir feiern die Feiertage hier, und damit basta. Hör mal, was hältst du davon, eine große Party zu schmeißen, damit du alle deine Freunde wiedersehen kannst, sobald du hier bist? Bei uns zu Hause oder im Club, ganz wie du willst. Dann könnt ihr zusammen Pläne für die Feiertage schmieden. Dein Terminkalender wird so voll sein, dass du gar keine Zeit haben wirst, auch nur ans Skifahren zu denken.«

»*Lang-wei-lig!*«, sang Rory Sue. »Der Club ist viel zu spießig. Und wenn wir's zu Hause machen, flippst du bloß wegen jeder Kleinigkeit aus.«

»Ich halte mich völlig raus«, verhandelte Mary Vaughn. »Du kannst die gesamte Party allein planen. So kannst du dafür sorgen, dass sie nicht langweilig wird.«

»Wie? Darf ich Bier besorgen?«

»Auf keinen Fall. Du und die meisten deiner Freunde sind minderjährig. Kein Alkohol.«

»Und wo bleibt dann der Spaß?«

»Man braucht keinen Alkohol, um Spaß zu haben«, belehrte Mary Vaughn ihre Tochter. »Komm schon, Rory Sue, wir treffen uns in der Mitte. Ich versprech dir, du wirst eine tolle Zeit erleben. Hab ich dir gegenüber schon je ein Versprechen gebrochen?«

»Das wichtigste von allen«, konterte Rory Sue wie aus der Pistole geschossen. »Du hast gesagt, ich würde immer eine Familie haben, auf die ich zählen kann. Das stimmt schon seit Jahren nicht mehr.«

Die Spitze tat weh. Mary Vaughn errötete. Sie wandte sich von Ronnies durchdringendem Blick und der skeptischen Miene ihres ehemaligen Schwiegervaters ab. »Du kannst immer auf mich, deinen Papa und deinen Großvater zählen«, betonte sie mit gedämpfter, aber nachdrücklicher Stimme. »Dein Papa und ich sind vielleicht nicht mehr verheiratet, trotzdem lieben wir dich genauso sehr wie schon immer.«

»Dann würdest du mich Skifahren gehen lassen.«

»Ich muss jetzt auflegen, Rory Sue. Und wag es ja nicht, deinen Vater anzurufen und ihn anzuflehen, mich umzustimmen. Ich werde heute mit ihm reden und ihm klipp und klar sagen, was ich davon halte.« Tatsächlich hätte sie das bereits nach Rory Sues erstem Anruf mit Sonny klären sollen. Nur hatte sie nicht recht gewusst, was sie zu ihm sagen sollte. Nun wusste sie wenigstens genau, womit sie anfangen musste. »Ich mein's ernst, Rory Sue. Die Sache ist ein für alle Mal besprochen.«

»Na schön«, erwiderte Rory Sue schnaubend und beendete den Anruf.

Nur Sekunden später klingelte das Handy ihres Ex-Schwiegervaters. Kaum war Howard rangegangen, hellten sich seine Züge auf. »Ja, Schatz, wie geht's dir denn?«

Mary Vaughn stürmte um den Tisch herum und riss ihm das Telefon aus der Hand. »Zieh deinen Großvater da nicht mit rein!«, schnauzte sie Rory Sue an und gab Howard das Telefon zurück.

»Probleme?«, erkundigte sich Ronnie, als sie zu ihrem Platz zurückkehrte.

»Nichts, womit ich nicht zurechtkäme«, erwiderte sie.

»Ich kenne mich damit aus, wenn ein Kind versucht, die Eltern gegeneinander auszuspielen. Meine Tochter Annie hat das andauernd bei Dana Sue und mir versucht, während sie sich von ihrer Magersucht erholt hat. Bis sie gemerkt hat, dass es kontraproduktiv für ihr eigentliches Ziel war, nämlich uns wieder zusammenzubringen.«

»Wie seid ihr damit umgegangen?«, fragte Mary Vaughn, obwohl sie eigentlich keinen Rat von dem Mann wollte, der ihr zweimal die kalte Schulter gezeigt hatte.

»Dana Sue und ich haben uns abgestimmt. Wir haben eine geeinte Front präsentiert.«

Darüber dachte Mary Vaughn nach. Sonny und sie hatten seit Monaten kein Gespräch mehr geführt. Sie beide waren bei nichts geeint aufgetreten. Tatsächlich verhielten sie sich, als würden sie einander kaum kennen, obwohl sie eine zehnjährige Ehe hinter sich und eine gemeinsame Tochter hatten. Wenn Ronnie recht hatte und sie so weitermachten, würde Rory Sue es sich bei jeder sich bietenden Gelegenheit zunutze machen.

So sehr ihr die Vorstellung widerstrebte, sie würde wohl oder übel mit ihrem Ex-Mann reden und sich mit ihm einen Plan einfallen lassen müssen. Vielleicht könnten sie bei der Gelegenheit auch einen Weg finden, Weihnachten für Rory Sue so unvergesslich zu gestalten, dass sie froh sein würde, nach Hause gekommen zu sein.

»Danke für den Tipp«, sagte sie widerwillig zu Ronnie.

In dem Moment beendete Howard den Anruf am Handy und warf ihr einen mürrischen Blick zu. »Was ist das für ein Streit zwischen dir und Rory Sue, von dem ich nichts wissen soll?«

»Sie hat's dir nicht gesagt?«

»Nachdem du dazwischengefunkt und es ihr verboten hast, nein. Sie hat mir nur erzählt, was sich bei ihr an der Uni tut. Jetzt kannst du mir den Rest erzählen.«

»Sie will über die Feiertage nicht herkommen«, teilte Mary Vaughn ihm mit. »Sie will lieber mit der Familie ihrer Zimmergenossin auf Skiurlaub fahren.«

Howard schaute erschüttert drein. »Sie will über Weihnachten nicht nach Hause? Das geht ja gar nicht. Sie gehört hierher.«

»Dann sind wir ja ausnahmsweise mal einer Meinung.«

»Was sagt Sonny dazu?«

»Er hat zu ihr gesagt, für ihn wäre es in Ordnung, wenn ich einverstanden bin.«

Howard schüttelte den Kopf. »Ich rede mit ihm.«

»Nein«, widersprach Mary Vaughn. »Darum kümmere ich mich. Sonny und ich müssen zur Abwechslung mal eine geeinte Front bilden.«

»Sag ihm, dass es ohne unser kleines Mädchen einfach kein richtiges Weihnachten wäre. Und falls du Unterstützung brauchst, lass es mich wissen.«

Obwohl Howard bei den meisten Themen lieber Dreck fressen würde, als sie zu unterstützen, verwunderte Mary Vaughn sein Rückhalt in dieser Sache nicht völlig. Er liebte Rory Sue abgöttisch. »Danke«, sagte sie aufrichtig. »Würde mir das Herz brechen, sie so weit weg zu wissen.«

»Mir auch«, sagte er und tätschelte ihr die Hand. »Das kriegen wir schon hin, Mary Vaughn. Mach dir deswegen keine Sorgen.«

Seine Zuversicht besserte ihre Laune, allerdings nicht so sehr wie Toms Ankunft. Obwohl er aussah, als wäre er lieber kilometerweit weg, war er der attraktivste Kerl in einem Anzug, den sie seit Langem gesehen hatte.

Und vermutlich würde er ohne noch besser aussehen.

***

Tom gab sich keine Mühe, seine Enttäuschung über Jeanettes Abwesenheit bei der Ausschusssitzung zu verbergen. Er hatte in den letzten zehn Minuten immer wieder in den Raum gelinst und gehofft, er könnte seinen Auftritt und den Beginn hinauszögern, bis sie da wäre. Um neun Uhr fünfzehn musste er sich damit abfinden, dass sie nicht mehr kommen würde und sich die Geduld der anderen dem Ende zuneigte.

»Guten Morgen allerseits«, grüßte er und nahm seinen Platz ein. »Tut mir leid, dass ich zu spät bin.«

»Pünktlichkeit ist ein Zeichen von Respekt«, kam von Howard, der dabei genau wie Toms Eltern unter ähnlichen Umständen klang. »Wir haben alle keine Zeit dafür, hier untätig rumzusitzen.«

»Natürlich nicht«, sagte Tom. »Es kommt nicht wieder vor. Widmen wir uns gleich den Berichten. Mary Vaughn, wo stehen wir bei den Kirchenchören?«

»Wir haben Zusagen von der First Baptist Church und den Methodisten«, antwortete sie. »Ich weiß, dass wir den Chor der Main Street Baptist Church noch nie zum Mitmachen eingeladen haben, aber ich finde, das sollte sich ändern. Wir leben in einer völlig neuen Zeit. Die gesamte Gemeinde sollte vertreten sein.«

Tom nickte zustimmend. »Sehe ich genauso. Howard, sind dabei irgendwelche Probleme zu erwarten?«

Kurz schaute der Bürgermeister verdutzt drein, dann schüttelte er den Kopf. »Um ehrlich zu sein, dachte ich, wir hätten sie schon früher eingeladen und sie hätten bloß abgelehnt.«

»Stimmt nicht, und das weißt du genau«, widersprach Mary Vaughn. »Du und alle anderen haben sich immer davor gedrückt. Die Wahrheit ist, dass niemand das Risiko eingehen wollte, einen Wirbel anzuzetteln. Wenn ihr mich fragt, sollten wir solche Diskriminierungen in Serenity längst hinter uns haben.«

»Der Meinung schließe ich mich an«, kam von Ronnie. »Die haben einen hervorragenden Chor, und sie sollten dabei sein. Das sollte eigentlich außer Frage stehen.«

»Dann wäre das ja geklärt«, sagte Tom. »Mary Vaughn, Sie reden mit der Chorleiterin und geben uns nächste Woche Bescheid, was sie gesagt hat.«

Sie lächelte ihn an. »Ich rufe Sie an oder schaue vorbei und berichte es Ihnen, sobald ich mit ihr gesprochen habe«, erwiderte sie.

»Gut. Ronnie, wie sieht's bei der Dekoration aus?«

Die nächste Stunde lang sahen sie sich Bilder verschiedener Möglichkeiten an, von beleuchteten Schneeflocken bis hin zu Bannern für Lichtmasten. Aus Toms Sicht alles miteinander viel Lärm um nichts, aber Howard und Mary Vaughn legten sich ins Zeug, als hinge der gesamte Erfolg der Feierlichkeiten von der Auswahl der Dekoration ab.

»Nicht das Budget aus den Augen verlieren«, mischte sich Tom schließlich ein. »Ich konnte nur einen sehr bescheidenen Ermessensfonds finden, den wir dafür verwenden können. Wir können es uns nicht leisten, übers Ziel hinauszuschießen.«

»Wenn wir uns für die Schneeflocken entscheiden, kann ich einen Rabatt aushandeln«, bot Ronnie an. »Von dem Lieferanten hab ich viel Ware im Angebot. Ich denke, er wird mir entgegenkommen.«

»Dann steht die Entscheidung für mich fest«, verkündete Howard und wirkte erfreut. »Wir beleuchten die Innenstadt mit den Schneeflocken. Dazu kommen die Lichterketten in den Eichen und Palmen und der große Weihnachtsbaum, den wir vom ersten Abend der Feierlichkeiten an illuminieren. Ronnie, übernehmen Sie die Leitung über ein Team von Gemeindebediensteten, die alles anbringen?«

»Kann ich machen«, willigte Ronnie ein.

Tom handelte seinen Bericht über die Standbetreiber in weniger als einer Minute ab, bevor er die Sitzung vertagte. Als die anderen gehen wollten, bedeutete er Ronnie, ihm in sein Büro zu folgen.

»Wo ist Jeanette?«, fragte Tom.

Ronnie bedachte ihn mit einem mitfühlenden Blick. »Keine Ahnung. Du musst sie gestern Abend ziemlich auf die Palme gebracht haben, dass sie heute nicht aufgetaucht ist. Immerhin hat sie Maddie ihr Wort gegeben, das *Corner Spa* im Ausschuss zu vertreten. Was hast du bloß gemacht?«

»Keine Ahnung. Wie soll ich ein Problem beheben, wenn ich nicht mal weiß, was es ist?« Ihn frustrierte sowohl die Situation als auch der Umstand, dass ihn Jeanettes Verhalten überhaupt kümmerte. Aus genau diesem Grund hatte er all die Jahre darauf geachtet, romantische Verstrickungen zu vermeiden. Sie stellten eine unnötige Ablenkung dar. Und doch konnte er seine Faszination für Jeanette einfach nicht abschütteln. Natürlich spielte dabei Lust auch eine Rolle, doch es steckte mehr dahinter. Sie berührte ihn auf einer Ebene wie noch keine Frau zuvor.

»Du könntest sie einfach fragen«, schlug Ronnie vor. »Oder du kriechst auf Knien bei ihr an und probierst mal, ob das hilft.«

»Ich bin noch nie auf Knien bei jemand angekrochen«, protestierte Tom, bevor er die Arroganz in der Äußerung selbst hörte und zusammenzuckte.

»War schon mal 'ne Frau so stinkwütend auf dich, wie's Jeanette zu sein scheint?«

»Höchstwahrscheinlich«, gestand Tom reumütig. »Nur war es mir noch nie so wichtig.« Er hatte keinerlei Erfahrung mit Frauen, die ihm derart unter die Haut gingen wie diese.

»Also, wenn du meine Meinung hören willst, ist ein Mann nie zu alt, um verschiedene Möglichkeiten zu lernen, sich bei einer Frau zu entschuldigen. Und glaub mir, bei Dana Sue hatte ich reichlich Gelegenheit zum Üben.« Er klopfte Tom auf den Rücken. »Und sieh uns jetzt an. Wir könnten gar nicht glücklicher sein.«

Tom nickte. »Blumen oder Süßigkeiten?«

»Jeanette scheint mir ein harter Brocken zu sein. Da wirst du dir schon mehr einfallen lassen müssen.«

»Ich überlege mir was«, sagte Tom.

***

Den restlichen Vormittag schlug sich Tom einerseits mit dem Gemeindebudget herum, andererseits setzte er sich mit der Frage auseinander, wie er Jeanette versöhnen könnte. Letzteres nahm ihn dermaßen in Anspruch, dass Teresa ihn schließlich darauf ansprach.

»Sie hören mir kein bisschen zu«, warf sie ihm vor und ließ sich ihm gegenüber nieder. »Das an sich ist ja nicht neu, aber würden Sie mir verraten, was so viel wichtiger ist als Ihr Job?«

»Persönliche Angelegenheit«, murmelte Tom.

»Muss wohl mit dem Streit zu tun haben, den Sie und Jeanette gestern Abend bei Helen und Erik hatten.«

Ungläubig starrte er sie an. »Wie um alles in der Welt können Sie davon wissen? Keine ihrer Freundinnen hätte gleich heute Morgen Gerüchte verbreitet.«

Teresa bedachte ihn mit einem geradezu mitfühlenden Blick. »Sie haben über Serenity noch viel zu lernen. Grace

Whartons Cousine wohnt nebenan. Sie hat erst Jeanette rausstürmen sehen und wenig später Sie. Da hat sie zwei und zwei zusammengezählt und es Grace gesteckt. Und die hat es wahrscheinlich jedem unter die Nase gerieben, der heute Morgen bei *Wharton's* frühstücken war.«

»Und Sie haben es von einem dieser Leute?«

»Nein, ich hab's von Grace selbst. Ich esse jeden Morgen bei ihr eine Schüssel Haferflocken, damit ich immer auf dem Laufenden darüber bin, was in der Stadt los ist. Grace und mir entgeht nicht viel.«

»Braucht diese Stadt die Wochenzeitung überhaupt?«

»Nicht wirklich, obwohl ich zugeben muss, dass sich die Reporter dort größtenteils an die Fakten halten, ohne viel hineinzuinterpretieren. Zumindest nicht mehr, seit sie aufbauschen wollten, was sich zwischen Maddie und Cal im Spa abgespielt hat, bevor der Laden eröffnet war. Damit haben sie in ein Hornissennest gestochen, und seither hat sich die Berichterstattung geändert. Ist mittlerweile eine ziemlich langweilige Lektüre.«

»Tja, Gott sei Dank«, murmelte er.

»Das also beschäftigt Sie so?«, fragte Teresa. »Mir scheint, Sie würden nachher viel mehr schaffen, wenn Sie sich jetzt die Zeit nehmen, um rüber ins Spa zu gehen und die Sache mit Jeanette zu klären. Sonst vergeuden Sie den ganzen Tag, nicht nur den Vormittag.«

Er stand auf. »Wissen Sie was, Teresa? Ausnahmsweise sind wir beide uns mal über etwas vollkommen einig. Ich bin in einer Stunde zurück.«

»Ein kluger Mann würde unterwegs bei *Sullivan's* vorbeischauen und etwas von dem Apfel-Brotpudding besorgen, den sie so mag, oder vielleicht eine Auswahl an Gebäck«, riet sie ihm, als er zur Tür hinausging. »Ich rufe

Dana Sue an und sage ihr, dass Sie kommen. Das Restaurant ist noch nicht geöffnet. Stecken Sie einfach den Kopf in die Küche rein, falls vorne niemand ist.«

Tom überlegte, ob er sich gegen Teresas Einmischung sträuben sollte, fand jedoch, dass sie ihm damit einen ausgezeichneten Plan vorschlug. »Danke.«

»Lassen Sie sich ruhig Zeit«, fügte sie hinzu. »Ich habe hier inzwischen alles im Griff.«

»Davon bin ich überzeugt«, erwiderte Tom.

Er hatte es gerade bis zum *Sullivan's* geschafft, als er Mary Vaughn über den Weg lief.

»Meine Güte, zweimal an einem Tag!«, sagte sie und hängte sich spontan bei ihm ein. »Was bin ich denn für ein Glückspilz? Wie ich sehe, wollen Sie zum *Sullivan's*. Essen Sie mit mir zu Mittag? Offiziell öffnet das Restaurant zwar erst in ein paar Minuten, aber bestimmt hat niemand was dagegen, wenn wir früher da sind.«

Oh Mann, dachte Tom. Diesmal versuchte sie nicht, die Einladung zu tarnen, indem sie Immobilien erwähnte. Die Situation erforderte eine diplomatische Lösung. Vielleicht würde er ihr einfach oft genug einen Korb geben müssen, damit sie die Botschaft verstand, ohne dass ihre Gefühle verletzt wurden.

»Ich fürchte, ich kann nicht«, erwiderte er und löste sich dezent von ihr. »Ich hole nur was zum Mitnehmen, das Teresa telefonisch bestellt hat. Ich muss zu einem Meeting.«

»Sie sind eindeutig beschäftigter als jeder Gemeindedirektor, den wir bisher hatten«, brummte sie und machte keinen Hehl aus ihrer Enttäuschung. »Ich muss wohl anrufen und einen Termin vereinbaren, wenn ich Zeit von Ihnen will.«

»Ja, derzeit bin ich wirklich ziemlich eingespannt«, erwiderte er vorsichtig und hoffte, sie damit von weiteren Versuchen abzuhalten, mit ihm anzubandeln. »Bei einem neuen Job muss man immer erst eine Lernkurve bewältigen.« Er sah demonstrativ auf die Armbanduhr. »Tut mir leid, Mary Vaughn. Ich muss mich echt beeilen.«

Wie von Teresa befohlen, betrat er das Lokal, steuerte direkt zur Küche, holte die Tüte ab, die Dana Sue für ihn bereithielt, bezahlte und schaute dann zur Hintertür. »Wär's möglich, dass ich da rausgehe?«

»Versteckst du dich vor jemandem?«, erkundigte sie sich.

»Mary Vaughn«, gestand er leise.

»Kein weiteres Wort nötig«, sagte sie und deutete auf die Tür. »Die Gasse verläuft parallel zur Hauptstraße. Wenn du ihr bis zum Ende folgst, führt sie dich sogar geradewegs zur Palmetto.«

Er bedachte sie mit einem scharfen Blick. »Ach ja?«

»Na, die Bestellung ist doch für Jeanette, oder? Ronnie hat mir erzählt, dass du dir überlegen willst, wie du dich mit ihr versöhnen kannst. Als Teresa angerufen hat, musste ich einfach nur noch zwei und zwei zusammenzählen.«

»Beherrscht die Art von Mathematik jeder in der Stadt?«, fragte er gereizt.

Sie strahlte ihn an. »So ziemlich. Viel Glück übrigens. Jeanette ist eine wunderbare Frau, nur erzählt sie nicht viel von sich. Wir sind seit drei Jahren mit ihr befreundet, und keine von uns hat je ihre Familie kennengelernt oder auch nur viel über sie erfahren. So viel Zeit, wie sie im Spa verbringt, habe ich den Eindruck, sie ist eine kleine Einzelgängerin.«

»Und meinst du, dafür gibt's einen bestimmten Grund?«

»Normalerweise ja schon, oder?«, erwiderte Dana Sue. »Ich glaube, sie hat ziemlich dicke Mauern um ihr Herz errichtet. Versuch nicht, sie einzureißen, wenn das nur ein Spiel für dich ist.«

Er hörte die Warnung und verstand sie. »Ich kann's zwar nicht mit hundertprozentiger Sicherheit sagen, aber ich hab das Gefühl, es ist viel mehr für mich.«

»Vielleicht solltest du dir erst ganz sicher sein«, riet Dana Sue.

»Wie kann ich das, wenn ich nie nah genug an sie herankomme, um herauszufinden, wie gut wir zueinander passen?«

»Auch wieder wahr«, räumte Dana Sue ein, obwohl sie nicht allzu glücklich darüber wirkte.

Tom verließ das *Sullivan's*, ging die Gasse bis zur Palmetto hinunter und stieß zufällig auf einen Blumenladen. Spontan holte er einen großen Strauß Sommerblumen als Ergänzung seines Geschenks für Jeanette, bevor er weiter zur Kreuzung mit der Hauptstraße ging, wo das *Corner Spa* lag. Ihm fiel der volle Parkplatz hinter dem Gebäude auf, als er außen herum zum Vordereingang marschierte.

Verspätet fiel ihm die Regel ein, dass keine Männer den Laden betreten durften. Würde einer der Personal Trainer versuchen, ihn hochkant rauszuwerfen, bevor er es zu Jeanette schaffen könnte? Das würde er wohl einfach riskieren müssen. Im Augenblick war er so fest entschlossen, bei ihr Wiedergutmachung zu leisten, dass er sich gern mit jedem anlegen würde, der es verhindern wollte.

Mit stur geradeaus gerichtetem Blick trat er ein und steuerte auf einen Bereich zu, der nach Büros aussah. Er hatte etwa zehn Schritte durch die verbotene Zone geschafft, als sich ihm Maddie in den Weg stellte. Obwohl sie sichtlich versuchte, streng zu wirken, umspielte ein Lächeln ihre Lippen.

»Du weißt genau, dass du nicht hier rein darfst«, schimpfte sie.

Er drückte ihr die Blumen in die Hände. »Kannst du die Regeln nur zehn Minuten für mich lockern?«, bat er.

»Du glaubst, du kannst Jeanette in zehn Minuten erobern?«

»Ich habe zumindest vor, mein Bestes zu geben. Hat sie gerade eine Kundin?«

Maddie schüttelte den Kopf. »Sie macht auf der Terrasse eine Pause. Ich glaub nicht, dass sich jemand allzu sehr aufregt, wenn du dich da draußen mit ihr triffst.« Sie grinste. »Abgesehen von Jeanette natürlich. Für sie kann ich nicht sprechen. Sie scheint ziemlich verärgert über dich zu sein.«

»Glaub mir, das hab ich mitgekriegt.« Er bückte sich und drückte ihr einen Kuss auf die Wange. »Danke.«

»Gern geschehen«, erwiderte sie und gab ihm die Blumen zurück. »Mein Bauchgefühl sagt mir, dass du die und noch viel mehr brauchen wirst. Viel Glück.«

»Wer braucht schon Glück?«, erwiderte er unbeschwert. »Ich habe Blumen, Gebäck und Brotpudding.«

Draußen traf er Jeanette beim Lesen eines eselsohrigen Liebesromans an. Das fand Tom ermutigend. Offenbar war sie nicht völlig immun gegen Romantik, auch wenn sie die fiktive Variante bevorzugte.

»Kriegt der Mann am Ende die Frau?«, erkundigte er sich und ließ sich neben ihr nieder.

Sie schaute vom Buch auf und blinzelte. »Was machst du denn hier?«

»Ich wollte zu dir.«

»Ich meine im Spa. Während der regulären Öffnungszeiten. Maddie wird einen Anfall kriegen.«

»Tatsächlich bin ich mit ihrem Segen hier«, erwiderte er. Als er ihr die Blumen überreichen wollte, ignorierte Jeanette sie. Er legte sie stattdessen auf den Tisch. »Ich hab auch Brotpudding und Gebäck für dich dabei.«

Sie kniff die Augen zusammen. »Von *Sullivan's?*«

»Natürlich.«

»Wessen Idee war das?«

»Darin waren sich mehrere Leute einig«, sagte er.

»Soll heißen?«

»Ronnie hat vorschlagen, ich soll's mit Kriechen versuchen. Teresa hat den Brotpudding und das Gebäck erwähnt. Dana Sue hat auch ihren Senf dazugegeben, als ich die Bestellung bei ihr abgeholt habe. Die Blumen hab ich unterwegs entdeckt. Eigentlich wollte ich sie Maddie als Bestechung geben, aber sie hat gemeint, ich würde sie wohl dringender für dich brauchen.« Hoffnungsvoll sah er sie an. »Funktioniert irgendwas davon?«

Eine kurze Weile gelang es ihr noch, unnachgiebig dreinzuschauen, dann jedoch fiel ihr Blick auf die Tüte, die er auf dem Tisch abgestellt hatte. »Hast du an das Eis auf dem Pudding gedacht?«

»Dürfte mittlerweile geschmolzen sein, aber ich glaube, es ist drauf.«

»Na schön.« Freudig griff sie nach der Tüte. Als Jeanette sie öffnete, atmete sie tief ein, bevor sie wohlig seufzte. »Gibt's was Schöneres als den Duft von Zimt oder frischem Gebäck?«

»Ich finde den Duft schöner, den du trägst«, erwiderte er freimütig.

Das Kompliment schien sie zu überraschen. »Lavendel?«

»Das ist es also? Ich weiß nur, dass ich in letzter Zeit eine Vorliebe dafür entwickelt habe.«

»Tom, du musst aufhören, so was zu sagen«, verlangte sie.

»Warum? Ist doch nur die Wahrheit.«

»Du hast es ziemlich mit Offenheit und Ehrlichkeit, was?«

»Ich versuch's zumindest.«

»Deshalb hast du mich gestern Abend auch vorgewarnt, dass dein Aufenthalt in Serenity nur vorübergehend ist.«

Ihr vorwurfsvoller Unterton brachte ihn zum Blinzeln. »Bist du deshalb so davongestürmt?«, fragte er ungläubig.

Sie nickte. »Ich habe ausnahmsweise mal vor, nichts anzufangen, was nur schlecht enden kann.«

»Vielleicht muss es gar nicht enden«, entgegnete er. »Das könnten wir nur herausfinden, indem wir Zeit miteinander verbringen.«

»Aber wir wissen es doch schon!«, konterte sie. »Du hast ja bereits gesagt, dass du wieder wegziehst. Vielleicht nicht morgen oder nächste Woche, aber irgendwann.«

»Und wenn's so weit ist, was hindert dich dann daran mitzukommen?«, fragte er verdattert über ihre Haltung.

»So funktioniert das nicht«, sagte sie. »Das weißt du genau.«

Er hob die Hand. »Jetzt mal langsam, meine Liebe.

Wir greifen hier viel zu weit vor. Wie wär's, wenn wir erst mal ein richtiges Date hätten, bevor wir über eine Trennung reden?«

»Davon halte ich nichts, weil ich den vorbestimmten Weg sehen kann und ihn nicht beschreiten will«, blieb sie stur. »Wenn du befreundet sein willst, gern, damit komme ich klar. Alles andere kannst du vergessen.«

»Ich denke, die Küsse haben bewiesen, dass da mehr als Freundschaft zwischen uns ist.«

»Komm schon, Tom. Wir sind beide erwachsen. Wir wissen beide, wie Chemie funktioniert. Vielleicht könnten wir ein paar Wochen lang ein Feuerwerk abfackeln, aber letztlich würde es erlöschen. Und jemand von uns würde dabei verbrannt werden, höchstwahrscheinlich ich.«

»Du bist ohne jeden Zweifel die pessimistischste Frau, die ich je zu einem Date zu überreden versucht habe.«

»Aus gutem Grund.«

»Also kriege ich die Schuld dafür, dass dich in der Vergangenheit jemand schlecht behandelt hat?«

»Überhaupt nicht. Betrachte mich einfach als Frau, die endlich ihre Lektion gelernt hat.«

Er lehnte sich zurück. »Du wirst nicht einknicken, oder?«

»Nein«, bestätigte sie und klang dabei stolz auf sich. »Ausnahmsweise nicht.«

Er fragte sich, ob sie auch nur ansatzweise ahnte, wie verführerisch er ihre Behauptung fand. »Klingt verdammt nach einer Herausforderung«, meinte er und zwinkerte ihr zu. »Ich hab dich schon gewarnt, mach's aber gern noch mal. Vor einer Herausforderung hab ich mich noch nie gescheut. Ich melde mich wieder, Süße.«

Kurz sah er einen Anflug von Beunruhigung in ihren Augen aufflackern, dann stand er auf und ging. *Gut*, dachte er. Sie wusste Bescheid. Sie umzustimmen, war gerade zu seiner persönlichen Mission geworden. Tom hatte im Gespür, dass er bei dem Unterfangen mehr Spaß als seit Jahren haben würde.

KAPITEL 9

Jeanette lauschte Mary Vaughn, die gerade aufzählte, welche Versuche sie schon unternommen hatte, den neuen Gemeindedirektor auf sich aufmerksam zu machen. Alle waren gescheitert. Unwillkürlich freute sich Jeanette darüber, dass er den nicht zu verachtenden Reizen der Frau nicht erlag.

Vielleicht hatte er ja doch aufrichtiges Interesse an ihr. Sie beschloss, dass sie darüber noch ausführlicher nachdenken müsste, als sie Mary Vaughn zum Abschluss der Behandlung warme Handtücher aufs Gesicht legte.

»Meinst du, er ist schwul?«, fragte Mary Vaughn. Die Handtücher dämpften ihre Stimme. »Das würde eine Menge erklären, nicht wahr?«

Obwohl Mary Vaughn nichts sehen konnte, wandte Jeanette das Gesicht ab und unterdrückte ein Lachen. Tom mochte nicht der Richtige für sie sein, aber er war durch und durch hetero. Daran bestand keinerlei Zweifel. Das bestätigten allein seine bemerkenswerten Küsse. Vielleicht sollte sie Mary Vaughn eine detaillierte Beschreibung davon liefern, um sie in der Hinsicht zu beruhigen.

Schlechte Idee, sagte sie sich sofort. Die Neuigkeit würde die Gerüchteküche in Serenity für mindestens eine Woche befeuern.

Offenbar jedoch hatte sie zu lange geschwiegen, denn

Mary Vaughn interpretierte es als Zustimmung. »Du denkst das auch, nicht wahr?«

»Nein, ganz und gar nicht«, entgegnete Jeanette. »Ich überlege nur gerade, wie du auf die verrückte Idee kommst. Du kannst nicht einfach rumlaufen und solche Behauptungen über den Mann aufstellen, Mary Vaughn. Wer weiß, was für Ärger du ihm damit einbrocken könntest. Immerhin leben wir in einer ziemlich konservativen Stadt.«

»Ach, Quatsch!«, erwiderte Mary Vaughn. »Ist ja nicht so, es wäre irgendwas falsch daran, schwul zu sein.«

»Manche Leute könnten das anders sehen, vielleicht auch Tom. Ich will damit sagen, dass du mit kaum einer Grundlage zu dem Schluss gekommen bist. Du kennst ihn ja kaum.«

»Bei Männern hab ich gute Instinkte«, behauptete Mary Vaughn. »Außerdem hab ich dir ja gerade erzählt, dass ich ihn mehrmals zum Essen, auf einen Kaffee oder einen Drink eingeladen habe, und er hat mich jedes Mal abblitzen lassen. Er hat immer eine Ausrede parat.« Sie zog das Handtuch beiseite und begegnete Jeanettes Blick im Spiegel. »Ach, jetzt sieh mich nicht so an. Ich weiß, wir Frauen sollten darauf warten, dass Männer den ersten Schritt machen. Nur verbringen wir dann viel zu viele Nächte allein zu Hause. Und ich hab von dem Mann ja nicht verlangt, mich zu heiraten, um Himmels willen.«

»Weißt du überhaupt, ob er zu haben ist?«

»Natürlich weiß ich das. Ich hab eine Freundin in der Verwaltung gebeten, einen Blick in die Unterlagen zu werfen, die er am ersten Arbeitstag abgegeben hat. Derzeit ist er definitiv nicht verheiratet. Und soweit ich durch Rumfragen erfahren habe, war er es auch noch nie.«

»Vielleicht hat er eine Verlobte oder eine Freundin in Charleston oder dort, wo er zuletzt gearbeitet hat«, improvisierte Jeanette, da sie nicht andeuten wollte, er könnte in Serenity an einer anderen Frau interessiert sein. »Er könnte genauso gut jeden Freitagnachmittag wegfahren, um das Wochenende mit einer Frau zu verbringen, die er heiraten will.«

»Wäre wohl möglich«, räumte Mary Vaughn mit nachdenklicher Miene ein. Dann wischte sie den Vorschlag weg. »Komm schon, Jeanette, er ist Mitte dreißig und war noch nie verheiratet. Findest du das nicht seltsam?«

»Ich war auch nie verheiratet«, antwortete Jeanette. »Ist *das* seltsam?«

Auch das wischte Mary Vaughn weg. »Um Himmels willen, nein, Süße. Ich merke doch, dass du bloß wählerisch bist. Du gibst dich nicht einfach mit dem erstbesten Kerl zufrieden, und warum auch? Bei deinem Aussehen könntest du jeden haben, den du willst.«

»Wenn's nur so wäre«, kommentierte Jeanette trocken. Keine einzige ihrer vermeintlich ernsten Beziehungen hatte zu einer Ehe geführt. Sie hatte immer die zweite Geige hinter anderen Frauen, Sport, Karriere und in einem verhängnisvollen Fall der Mutter des Mannes gespielt. Jeanette hatte sich fest vorgenommen, dieses Muster endlich zu durchbrechen und sich nie wieder mit der zweiten Reihe zu begnügen. Wenn ein Mann nicht sie an die erste Stelle setzte, dann wollte sie ihn nicht. Und da Tom Pläne hatte weiterzuziehen – ganz zu schweigen von seiner unerfreulichen Verbindung zu einer Frau, von der Jeanette um ein Haar ruiniert worden wäre –, erschien ihr eine Beziehung mit ihm nicht ratsam.

Sie beschloss, das Thema zu wechseln, und brachte das

warme Handtuch wieder auf Mary Vaughns Gesicht an. »Lass das liegen«, wies sie ihre Kundin an. »Ich bin gleich wieder da. Entspann dich inzwischen und lass die Feuchtigkeitscreme ihre Wirkung entfalten.«

Mary Vaughn murmelte etwas, das Jeanette nicht verstand. War vermutlich auch besser so. Meistens mochte sie Mary Vaughn recht gern. Aber irgendwann würde die Frau eine gehässige Bemerkung über jemanden fallen lassen, den Jeanette mochte. Und dann könnte sie die Beherrschung verlieren und ihr das Handtuch in den Hals stecken!

* * *

Tom schaute von einem Stapel Anforderungsformularen auf seinem Schreibtisch auf und erblickte seine Mutter an der Tür, die Arme mit Stoffmustern beladen. Ihr Gesichtsausdruck wirkte verunsichert.

»Mutter, was um alles in der Welt machst du denn hier?«, fragte er und eilte los, um ihr die Last abzunehmen.

»Ich habe dir ja gesagt, dass ich neue Vorhänge für dein Büro kaufen will«, erwiderte sie mit einem Hauch von Ungeduld in der Stimme. »Also habe ich Muster mitgebracht, damit du dir aussuchen kannst, was dir gefällt.«

Tom hatte das Angebot ebenso vergessen wie sein Versprechen nachzufragen, ob auch niemand etwas dagegen hätte. »Ich fürchte, die Fahrt war umsonst«, sagte er zu ihr und lud die Stoffe auf einen Stuhl ab. »Ich hab noch nicht mit dem Bürgermeister darüber geredet, ob es in Ordnung wäre.«

»Tja, wo ist der Mann? Fragen wir ihn jetzt gleich. Es kann doch niemand was dagegen haben, wenn deine eigene Mutter die Vorhänge bezahlt.«

Würde wohl auch niemand, nur Tom war völlig schnuppe, welches Vorhangmaterial die Fenster seines Büros zierte. Ironischerweise glaubte er auch nicht, dass es seine Mutter groß kümmerte, ungeachtet ihrer augenscheinlichen Begeisterung für das Projekt.

»Setz dich«, forderte er sie auf. »Rede mit mir. Worum geht's hier wirklich? Normalerweise bist du so beschäftigt, dass ich wochenlang nichts von dir höre. Und auf einmal konzentrierst du dich nur noch auf meine Vorhänge. Das versteh ich nicht. Ist dir langweilig, Mutter?«

»Himmel, nein. Ich habe so viele Verpflichtungen, dass ich manchmal gar nicht alle schaffe.« Trotz ihres überzeugenden Tonfalls wich sie seinem Blick aus.

»Warum vergeudest du dann Zeit mit neuen Vorhängen für mein Büro?«

Unbehaglich wetzte sie auf dem Stuhl hin und her. »Weil du nie da bist und du mir fehlst«, gab sie schließlich zu. »Ich weiß, dass du deinem Vater und seiner ständigen Kritik aus dem Weg gehst. Aber dadurch verbringst du auch keine Zeit mehr mit mir. Du bist mein Jüngster und mein einziger Sohn.«

Er grinste sie an. »Und dein Liebling«, zog er sie auf.

»Komm mir nicht so, junger Mann. Mütter haben keine Lieblinge.«

»Warum reicht es dir dann nicht, dass meine Schwestern und ihre Familien gleich bei dir um die Ecke sind?«

»Weil sie älter und häuslich geworden sind. Sie haben gute Ehen und füllen ihre Zimmer mit Kindern. Du bist allein. Ich mache mir Sorgen um dich. Immerhin werde ich nicht ewig da sein. Du brauchst auch jemanden im Leben, eine anständige Frau, die dich zugleich herausfordert und sich um deine Bedürfnisse kümmert.«

Tom konnte sich nur mühsam ein Seufzen verkneifen. »Nicht das schon wieder, Mutter. Ich heirate dann, wenn ich die richtige Frau dafür gefunden habe.« Ihm fiel ihre beiläufige Bemerkung darüber ein, dass sie nicht ewig da sein würde. »Du bist doch nicht etwa krank, oder?«

»Natürlich nicht«, antwortete sie sofort. »Du hast nur in Charleston etwas gesagt, das angedeutet hat, du könntest die richtige Frau schon getroffen haben«, erinnerte sie ihn. »Aber als dein Vater und ich hier waren, habe ich gehofft, wenigstens einen flüchtigen Blick auf sie zu erhaschen. Stattdessen habe ich nur eine Frau gesehen, und die ist davongehuscht, ohne dass du sie uns vorgestellt hast.«

»Ich habe dir ja gesagt, dass …«

»Ich weiß. Dass sie mit dir in irgendeinem Ausschuss ist«, fiel seine Mutter ihm ins Wort, sichtlich von ihm genervt. »Aber ist sie diejenige?«

»Mutter, du greifst viel zu weit vor. Ich schwöre dir, wenn es mir mit jemandem ernst wird, erfährst du es als Erste.« Tom ging zu ihr und drückte ihr einen Kuss auf die Stirn. »Und jetzt will ich nichts mehr darüber hören, dass du nicht ewig da sein wirst. Du bist noch nicht mal sechzig, um Himmels willen. Du wirst uns allen noch viele Jahre auf die Nerven gehen.«

Sie schenkte ihm ein mattes Lächeln. »Das hoffe ich.«

Er bückte sich und hob die Muster auf. »Was hältst du davon, wenn ich dir den ganzen Stoff zum Auto trage und dann mit dir im *Sullivan's* essen gehe?«

Ihre Augen leuchteten auf. »Hast du Zeit dafür? Das Essen dort war erstaunlich gut. Ich habe mehreren meiner Freundinnen davon erzählt.«

»Ich bin sicher, Dana Sue freut sich darüber«, erwiderte er ironisch, denn wie er wusste, war das Restaurant so schon an den meisten Abenden ausgebucht.

Sie fuhren mit dem silbernen Cadillac seiner Mutter hin. Auf dem Parkplatz strotzte es bereits vor Autos. Dana Sue begrüßte sie an der Tür und wirkte gehetzt.

»Du gehörst ja offensichtlich nicht zu dieser Invasion der *Red Hat Society*, die wir gerade haben«, sagte sie zu Tom. »Hallo, Mrs. McDonald. Wie schön, Sie wieder bei uns begrüßen zu dürfen. Wir sind zwar gerade ziemlich voll, aber wenn Sie zwei Minuten warten, lasse ich einen Tisch im Barbereich für Sie herrichten. Wäre das in Ordnung?«

»Ist es«, versicherte Tom ihr. »Danke, Dana Sue.«

Seine Mutter ließ den Blick durch den gerammelt vollen Gastraum wandern. »Von den Frauen dieser *Red Hat Society* habe ich schon gehört«, sagte sie. »Sieht so aus, als hätten sie Spaß, oder? Und mir gefallen diese roten Hüte und lila Accessoires. Ein bisschen schrill vielleicht, aber zugleich sehr lebendig.«

»Sie klingen auch sehr lebendig«, merkte Tom an und lauschte dem schallenden Gelächter.

»In Charleston sind mir schon mehrere solcher Gruppen in verschiedenen Restaurants aufgefallen«, sagte seine Mutter. »Die meisten Frauen scheinen in meinem Alter oder älter zu sein. Ich frage mich, was sie machen.«

»Vielleicht kann Dana Sue es dir sagen«, meinte er, als die Restaurantchefin zurückkam und sie zu einem weit vom ärgsten Tumult entfernten Tisch führte. »Dana Sue, weißt du irgendwas darüber, was genau diese *Red Hat Society* macht?«

»Mir wäre noch nicht aufgefallen, dass diese Frauen was Bestimmtes machen«, antwortete Dana Sue. »Ich weiß nur, dass sie einmal im Monat zum Mittagessen herkommen und sich dabei prächtig zu amüsieren scheinen. Ich war schon immer der Meinung, dass sich jeder gelegentlich so eine Auszeit vom hektischen Alltag nehmen sollte – sich einfach mit Freunden treffen, plaudern und zusammen lachen. Helen, Maddie, Jeanette und ich machen das auch von Zeit zu Zeit, nur zuletzt nicht mehr annähernd oft genug.«

Eine junge Kellnerin kam herbeigeeilt. »Dana Sue, Krise in der Küche!«

»Komme sofort«, versicherte Dana Sue ihr. »Ich muss mich leider entschuldigen. Es kommt gleich jemand und nimmt die Bestellung auf.«

»Geh nur, wir haben es nicht eilig«, sagte Tom.

An der Stelle sah er Jeanette durch die Eingangstür hereinkommen. Als sie Tom bemerkte, lächelte sie – dann bemerkte sie seine Mutter. Blankes Entsetzen trat in ihre Augen, und sie ergriff die Flucht.

»Mutter, ich bin gleich wieder da«, sagte er und eilte hinter Jeanette her, die in Richtung Küche raste.

Tom betrat den Raum dicht hinter ihr und fand ein Chaos vor. Dana Sue, Erik und ihre Souschefin hatten sichtlich zu kämpfen, den Ansturm der Bestellungen zu bewältigen. Dana Sue bemerkte zuerst Jeanette, dann Tom.

»Falls ihr ein ruhiges Plätzchen zum Reden sucht, hier ist es nicht«, sagte sie, während sie Hühnersalat mit Walnüssen und Weintrauben auf eine Reihe von Tellern verteilte. »Geht in mein Büro.«

»Ich bin nur hier, um Maddies Bestellung für das Café abzuholen«, sagte Jeanette und ignorierte Tom. »Sie sitzt in einer Besprechung mit einem Anbieter fest.«

»Fünf Minuten«, sagte Dana Sue. »Und raus aus meiner Küche, alle beide.«

Tom kam der Aufforderung sofort nach und hielt Jeanette die Tür auf. »Da du sowieso warten musst, bietet sich die Gelegenheit an, meine Mutter zu begrüßen. Vielleicht könnt ihr beide den bedauerlichen Zwischenfall von damals ein für alle Mal hinter euch lassen.«

Jeanette runzelte die Stirn. »Bedauerlicher Zwischenfall?«, sagte sie mit leiser Stimme. »Bitte. Ich lasse nicht zu, dass du herunterspielst, was bei *Chez Bella* passiert ist, Tom. Deine Mutter wollte mich ruinieren. Hätte ich für jemand anderen als Bella gearbeitet, wäre es ihr vielleicht gelungen.«

Tom wollte sie gerade auffordern, es nicht zu überdramatisieren, als plötzlich seine Mutter neben ihn trat.

»Ist alles in Ordnung?«, fragte sie. Die Worte richtete sie an ihn, ihr Blick jedoch heftete sich auf Jeanette.

Tom bemerkte den exakten Moment, in dem seine Mutter sie erkannte. Plötzlich schaute sie drein, als hätte sie auf eine Zitrone gebissen.

»Sie!«, entfuhr es ihr. Sie bebte förmlich vor Empörung. »Überrascht mich ja nicht wirklich, Sie in dieser unbedeutenden Kleinstadt anzutreffen. Bella wird Sie ja wohl hoffentlich aus Charleston verjagt haben.«

Grellrote Flecke verdunkelten Jeanettes Wangen. Sie warf Tom einen entschuldigenden Blick zu, bevor sie die Schultern straffte, um seiner Mutter die Stirn zu bieten. Das würde nicht gut ausgehen. Tom ahnte es, noch bevor sie den Mund aufmachte. Da er sich nicht entscheiden konnte, welche der Frauen er wegziehen sollte, konnte er den Dingen nur ihren Lauf lassen.

»Tatsächlich hat Bella mich hundertprozentig unterstützt«, ließ Jeanette seine Mutter wissen. »Ich bin in Serenity, weil sich mir hier die Gelegenheit geboten hat, den Wellnessbetrieb in einem außergewöhnlichen neuen Spa zu leiten. Ich bin seit drei Jahren hier. Wir haben begeisterte Kritiken, sowohl in den Medien als auch von Kundinnen.« Sie starrte seine Mutter eindringlich an. »Soll ich Ihnen etwas Verblüffendes verraten? Noch keine einzige Kundin hat sich über ihre Hautpflege bei uns beschwert. Wissen Sie, was mir das sagt? Dass ich meinen Beruf verdammt gut beherrsche. Und wenn sich bei jemandem ein Problem durch eine Behandlung ergeben hat, dann vielleicht nur deshalb, weil mir nie etwas von einer Allergie gegen bestimmte Inhaltsstoffe gesagt wurde.«

Unbeeindruckt von Jeanettes Andeutung bedachte Toms Mutter sie mit ihrem herablassendsten Blick. »Sie sind eine überaus unhöfliche junge Frau«, verkündete sie. »Und inkompetent. Ich hätte nicht übel Lust, Ihre derzeitige Chefin anzurufen und ihr davon zu berichten, was Sie mir angetan haben.«

»Mutter«, protestierte Tom. »Du weißt seit Jahren von deinen Allergien.«

»Darum geht es nicht!« Seine Mutter schnaubte.

»Doch, ganz genau darum geht es«, widersprach Jeanette. »Sie haben gewusst, dass Sie im Unrecht waren. Trotzdem haben Sie versucht, mich feuern zu lassen. Was bilden Sie sich eigentlich ein, so mit jemandes Leben zu spielen? Glauben Sie etwa, das stünde Ihnen zu, nur weil Sie reich sind? Leute wie Sie widern mich an.«

Tom zuckte zusammen. Offensichtlich war Jeanettes Geduldsfaden gerissen, und sie war weit darüber hinaus, die Konsequenzen ihrer Worte zu bedenken. Er geriet in Versuchung, ihr die Hand auf den Mund zu klatschten, doch in ihrer derzeitigen Stimmung würde sie ihn wahrscheinlich beißen.

»Sie können sich den Versuch abschminken, mir wieder Ärger einzubrocken«, fuhr Jeanette fort. »Meine derzeitige Chefin hat von mir alles über Sie gehört, und glauben Sie mir, nichts davon war schmeichelhaft. Nebenbei bemerkt, Ihre Verbreitung dieser Lügen läuft auf Rufmord hinaus. Tatsächlich hat meine Anwältin mir geraten, sie zu verklagen.«

Ihre Mutter starrte sie schockiert an. »Das wagen Sie nicht!«

Rechtschaffene Wut blitzte in Jeanettes Augen. »Lassen Sie's doch drauf ankommen«, erwiderte sie, lenkte keinen Millimeter ein.

Seine Mutter blinzelte heftig, bevor sie auf dem Absatz kehrtmachte. »Tom, mir ist der Appetit vergangen. Wir gehen.«

»Ich komme gleich, Mutter.« Er begegnete Jeanettes Blick. Sie wirkte ein wenig erschüttert. »War das wirklich nötig?«, fragte er sanft.

Sie zuckte zusammen. »Was meinst du? Dass ich für mich eingetreten bin? Ja, ich denke, das war nötig. Ich hätte es schon vor vier Jahren tun sollen, als sich der *bedauerliche Zwischenfall* ereignet hat.«

Er schüttelte den Kopf, bevor er ihr einen schnellen Kuss gab. »Nur, damit du's weißt – du warst beeindruckend. Ich rufe dich später an.«

Dann ging er, um seine Mutter zu beschwichtigen,

nicht für Jeanette, sondern seinetwegen. Wahrscheinlich hätte er sie verteidigen sollen. Allerdings war er so verblüfft und, ja, beeindruckt von Jeanettes Tirade gewesen, dass er es nicht über sich gebracht hatte, sie zu unterbrechen. Die Frau war unglaublich … und ein klein bisschen furchteinflößend!

* * *

Draußen fand er seine Mutter auf dem Beifahrersitz ihres Autos vor, immer noch förmlich bebend vor Entrüstung. »Wie gut kennst du diese kleine Trulle?«, wollte sie wissen.

»Vorsichtig, Mutter«, warnte Tom, als er hinter dem Lenkrad Platz nahm. »Jeanette ist eine Freundin.«

Seine Mutter schaute entsetzt drein. »Das verbiete ich!«, erklärte sie.

Tom lachte. »Ich bin kein kleiner Junge mehr, dem du die Spielkameraden vorschreiben kannst.«

»Ich sage dir, diese Frau ist eine Bedrohung. Mir egal, was sie sagt, ich rufe ihre Chefin an und melde sie.«

Schlagartig ernüchterte Toms Gesichtsausdruck. »Nein, Mutter, das wirst du nicht.«

»Und ob ich das werde. Und ich denke, ich werde außerdem die Zulassungsbehörde anrufen – oder welche Stelle auch immer für diese Branche zuständig ist.«

»Wenn du das tust, sind wir beide fertig miteinander«, warnte er sie leise.

Einen Moment lang schaute sie verdattert drein, dann verengte sie die Augen zu Schlitzen. »Warum stört dich das so? Du solltest dankbar sein, dass ich mich darum kümmere, bevor sie schlechte Publicity für einen der Betriebe in der Stadt hier verursacht. Es sei denn, die Frau bedeutet dir mehr, als du zugibst.«

»Lass meine Freundschaft mit Jeanette aus dem Spiel«, sagte er. »Meinst du nicht, es wird für schlechte Publicity sorgen, wenn du versuchst, sie feuern zu lassen? Gib's zu, Mutter, genau das willst du erreichen. Du willst sie öffentlich demütigen, obwohl du die wahre Schuldige bist.«

Sie legte die Hand an die Wange. »Wenn du nur gesehen hättest, was sie mir angetan hat«, sagte sie mit kläglicher Miene. »Mein Gesicht war von riesigen roten Flecken übersät. An dem Abend musste ich zu einer wichtigen Veranstaltung. Ich musste dabei so viel Make-up auftragen, es kommt einem Wunder gleich, dass mein Gesicht keine Sprünge bekommen hat.«

»Du hättest einfach zu Hause bleiben können«, schlug Tom vor. »Du hattest schon mal einen Ausschlag, als du eine neue Hautlotion mit einem Inhaltsstoff ausprobiert hast, auf den du allergisch reagierst. Damit hatte Jeanette völlig recht. Du hättest ihr von deiner Allergie erzählen sollen.«

Seine Mutter starrte ihn entgeistert an. »Warum stellst du dich gegen deine eigene Mutter auf ihre Seite?«, fragte sie schließlich. Dann schnappte sie nach Luft. »Sie ist es, oder? Die Frau, für die du dich so interessierst.«

Tom spielte mit dem Gedanken, ihr ausweichend zu antworten, aber was hätte das für einen Sinn? Er konnte es genauso gut gleich hinter sich bringen. »Ja, ist sie. Und ich würde es als persönlichen Gefallen betrachten, wenn du die ganze lächerliche Angelegenheit fallen lassen könntest. Die Schuld daran trifft dich selbst, und das weißt du auch.«

»Thomas Winston McDonald, denk nicht mal daran,

dich mit dieser Frau einzulassen!«, sagte sie im Befehlston. »Abgesehen von meinen Problemen mit ihr ist sie unter deiner Würde. Sie macht Gesichtsbehandlungen, um Himmels willen. Du brauchst eine gesellschaftlich gleichwertige Frau, kein dahergelaufenes Flittchen, das wahrscheinlich nicht mal die Highschool abgeschlossen hat.«

Tom bedachte sie mit einem bedauernden Blick. »Ich habe dich gewarnt, Mutter«, sagte er leise, öffnete die Tür und stieg aus dem Auto. »Wir sind hier fertig.«

»Thomas, steig sofort wieder ein«, verlangte sie.

Er schloss die Tür und ging davon. Doch Tom wusste, dass es damit nicht erledigt sein würde. Bis zum Anbruch des Abends würde sein Vater erfahren haben, auf welche unmögliche Frau Tom ein Auge geworfen hatte, und dann würde der Teufel los sein. An Tagen wie diesen wünschte er, seine Eltern würden ihn einfach abschreiben und sich aus seinem Leben heraushalten.

* * *

Als Jeanette in die Küche zurückkehrte, um Maddies Bestellung abzuholen, war ihr speiübel. Noch nie zuvor im Leben hatte sie mit jemandem so gesprochen wie mit Mrs. McDonald. Einerseits fand sie es erhebend, dass sie endlich das Wort gegen eine Frau erhoben hatte, die sich kaum besser verhielt als eine Tyrannin. Andererseits handelte es sich bei der Frau um die Mutter eines Mannes, zu dem sie sich unbestreitbar hingezogen fühlte.

Sie schlängelte sich durch das Chaos in der Küche, suchte sich einen Hocker und setzte sich in einen Winkel, in dem sie niemandem im Weg war. Seufzend schnappte sie sich einen der riesigen, glasierten Zuckerkekse in Form eines roten Huts, die Erik als Dessert für die Gruppe draußen gebacken hatte, und biss hinein.

»Lass dich von Erik nicht dabei erwischen«, murmelte Dana Sue, die mit mehreren Kartons Backwaren für das Spa in den Armen neben ihr stehen blieb. Sie stellte die Ladung ab. »Alles gut? Du siehst mir ein bisschen gerötet aus.«

»Ich hab Toms Mutter die Meinung gesagt«, gestand sie.

»Oh Mann.« Dana Sue bedachte sie mit einem mitfühlenden Blick. »Und wie ist es gelaufen?«

»Sagen wir mal, ich glaub nicht, dass sie und ich je Busenfreundinnen werden«, antwortete Jeanette sarkastisch.

»Was ist mit Tom? Auf wessen Seite hat er sich gestellt?«

»Ich glaube, er war zu fassungslos, um viel zu sagen. Aber wütend schien er nicht auf mich zu sein.« Plötzlich grinste sie trotz ihrer Laune. »Um ehrlich zu sein, ich glaube, er war auf meiner Seite. Er hat gesagt, er würde mich später anrufen.«

»Hat er gut gemacht«, lobte Dana Sue. »Manche Männer tun sich schwer damit, ihre Herzensdame der eigenen Mutter vorzuziehen.«

»Kenne ich aus eigener Erfahrung«, bestätigte Jeanette. »Rechne ich Tom hoch an, dass er sie nicht sofort in Schutz genommen hat, sondern unvoreingenommen geblieben ist.«

»Hoch genug, um mit ihm auszugehen?«

Jeanette seufzte. »Ich weiß nicht. Vielleicht.«

Dana Sue zog sich einen Hocker neben sie. »Na schön, ich hab ungefähr zwei Minuten Zeit. Reden wir darüber. Du fühlst dich zu ihm hingezogen, stimmt's?«

Jeanette nickte.

»Was hält dich dann zurück?«

»Dass ich jetzt schon weiß, wie es enden würde.«

Dana Sues Augenbrauen schossen in die Höhe. »Wirklich? Sagst du auch anderen Leuten die Zukunft voraus?«

Jeanette schmunzelte über das gespielte Erstaunen ihrer Freundin. »Ach, hör auf. Du weißt genau, was ich meine. Sieh dir doch nur an, aus was für einer Familie er stammt. Mal ganz davon abgesehen, dass er mir unverhohlen gesagt hat, wie seine Pläne aussehen. Der Job hier ist für ihn nur ein Sprungbrett, kein endgültiges Ziel.«

»Hast du ein Problem damit, dass er reich und ehrgeizig ist?«

So ausgedrückt, klang es lächerlich. »Natürlich nicht. Aber komm schon, Dana Sue, wir reden hier über seine Familie und seine Zukunft. Zu beidem passe ich nicht wirklich. Meine kleine Explosion seiner Mutter gegenüber hat das überdeutlich gemacht.«

»Du passt sehr wohl zu beidem, wenn er es will«, entgegnete Dana Sue. »Wie kommst du auf die verrückte Idee, du wärst eines anständigen Mannes in deinem Leben nicht würdig?«

Jeanette dachte an ihre Vorgeschichte, die genau das bewiesen hatte. Aber sie änderte sich ja – oder versuchte es zumindest. Allmählich lernte sie zu schätzen, wer sie war und was sie zu bieten hatte. Und genau deshalb wollte sie niemanden in ihrem Leben, der nicht sie an die erste Stelle setzte.

»Heute mag Tom mich seiner Mutter vorgezogen haben. Aber ich kann mich nicht darauf verlassen, dass es immer so sein wird.«

»Immer nicht, nein«, gestand Dana Sue ihr zu. »Weißt du, niemand kann dir versprechen, dass es nicht schlecht enden wird. Aber herausfinden kannst du es nur, indem du der Sache eine Chance gibst. Anständige Männer laufen einem nicht jeden Tag über den Weg. Noch liegen zwar nicht alle Beweise vor, aber Tom könnte durchaus einer davon sein. Überlass ihn nicht jemandem wie Mary Vaughn, die nur zu gern die Krallen in ihn schlagen würde.«

»Mary Vaughn hält ihn für schwul«, verriet Jeanette.

Dana Sue starrte sie mit vor Verblüffung offenem Mund an. Dann kicherten sie bei der absurden Vorstellung beide drauflos.

»Bestimmt, weil er nicht mit ihr ausgehen will«, sagte Dana Sue, als sie sich wieder ausreichend gefangen hatte.

»Volltreffer«, bestätigte Jeanette.

»Tja, ich finde, du hast die moralische Verpflichtung, der Welt das Gegenteil zu beweisen«, erklärte Dana Sue mit gespieltem Ernst. »Am besten fängst du damit an, öffentlich an jeder Straßenecke der Stadt mit ihm zu knutschen. Das schuldest du ihm dafür, dass er seiner Mutter für dich die Stirn geboten hat.«

»Oh, ja, das wäre großartig für seinen Ruf«, meinte Jeanette.

»Schaden kann es nicht«, betonte Dana Sue augenzwinkernd. »Und es könnte zugleich unheimlich schön sein.«

Jeanette dachte an ihre Erfahrungen mit Toms Küssen und musste zugeben, dass ihre Freundin recht hatte. Es könnte unglaublich schön werden.

Und es würde zugleich eine Menge Ärger lostreten.

KAPITEL 10

Obwohl er Jeanette gesagt hatte, er würde sie anrufen, hatte Tom hundert Ausreden gefunden, es nicht zu tun. Dabei hatte sein Zögern nichts mit den Wünschen seiner Mutter zu tun. Vielmehr erschütterte ihn, wie heftig er auf ihren Angriff gegen eine ihm kaum bekannte Frau reagiert hatte. Tom war stinksauer gewesen. Er hatte den überwältigenden Drang verspürt, Jeanette zu beschützen, ihr zu Hilfe zu eilen. So hatte er noch nie zuvor bei einer Frau empfunden.

Nicht dass Jeanette seinen Schutz gebraucht hätte. Sie mochte wie ein verletzliches Waisenmädchen aussehen, hatte sich aber gegen eine Frau, die viele reiche und mächtige Menschen als imposant empfanden, mehr als nur behauptet. Allerdings war er nicht ganz sicher, ob sich Jeanette der möglichen Folgen bewusst war. Seine Mutter hatte einen breit gefächerten Freundeskreis und eine unschöne rachsüchtige Ader. Bei dem Vorfall im *Chez Bella* mochte sie im Unrecht gewesen sein, dennoch hatte er ihre Eitelkeit verletzt. Und das würde sie Jeanette in die Schuhe schieben, ganz gleich, wie lächerlich und haltlos die Behauptung war.

Tom glaubte zwar, seiner Mutter mit seiner Drohung die Hände ein wenig gebunden zu haben, aber das würde sie nicht ewig davon abhalten, Unruhe zu stiften. Erst recht nicht, wenn sie seinen Vater mit hineinzog. Zusammen wussten die beiden, wie man jemandem das Leben zur Hölle macht – das konnte er aus eigener Erfahrung bestätigen.

Aber der wahre Grund für seine Scheu vor dem Anruf bei ihr ... war Angst. Wenn Jeanette ihn mit jenen großen braunen Augen ansah, verlagerte sich etwas in ihm. Er verlor die Konzentration, was ihm in seinen fünfunddreißig Lebensjahren noch nie passiert war. Das jagte ihm eine Heidenangst ein.

Indem er sich stets konsequent von heiratswilligen Gesellschaftsdamen ferngehalten hatte, war er frei und ungebunden geblieben. Stattdessen war er immer mit aggressiven, selbstsicheren Frauen wie Mary Vaughn ausgegangen – die eigentlich ein bisschen zu alt für ihn war, aber offensichtlich bereit, sich mit einer Affäre zu begnügen. Allmählich gingen ihm die Ausreden aus, um ihre Einladungen auszuschlagen. Zudem fand er es seltsam beunruhigend, dass er überhaupt das Gefühl hatte, sie ausschlagen zu *müssen*. Tom wusste, dass es an seinen Gefühlen für Jeanette lag. In der Vergangenheit hatte er sich nie an eine Frau binden lassen – schon gar nicht an eine, die behauptete, keinerlei Interesse an ihm zu haben. Mit kultivierten, aber anspruchslosen Frauen gestaltete es sich erheblich einfacher, der Karriere oberste Priorität einzuräumen.

Er hatte Jeanette bereits gesagt, dass er nicht vorhatte, den Rest seines Lebens in Serenity zu verbringen. Die Stadt war für ihn zu klein, zu provinziell. Aber der Posten des Gemeindedirektors stand zwei Stufen über dem davor im Bau- und Planungsamt einer Ortschaft, die kaum groß genug für eine Ampel war. Auch eine deutliche Stufe über dem des Finanzleiters, den er in einer anderen winzigen Gemeinde bekleidet hatte. Tom betrachtete Serenity lediglich als weiteres Sprungbrett.

Zwei, höchstens drei Jahre, dann wäre er bereit für eine größere Stadt, vielleicht sogar für Charleston – was seine Eltern wohl vorzeitig ins Grab treiben würde. Sie waren immer noch erschüttert von seiner Entscheidung, eine Karriere in Kommunalverwaltungen anzustreben. Wenn er sich darauf versteifte, direkt vor ihren Nasen zu arbeiten, würden sie sich wahrscheinlich in Grund und Boden dafür schämen, dass sich ihr Sohn als Beamter verdingte, unabhängig davon, wie hoch seine Position wäre. Insbesondere sein Vater wollte für ihn die vermeintliche Macht, die mit einem gewählten Amt einherging.

»Kein McDonald hat je für einen Hungerlohn unter der Fuchtel eines planlosen Rats von Landeiern gearbeitet«, hatte sein Vater bei mehr als einer Gelegenheit geäußert. Und er war unerbittlich bei seinem beißenden Spott geblieben.

»Dann bin ich eben der Erste«, hatte Tom erwidert, fest entschlossen, sich nicht verbiegen zu lassen. »Mein Leben. Meine Entscheidung.«

»Tja, dann komm bloß nicht bei mir angekrochen, wenn du später mal arm wie eine Kirchenmaus endest«, hatte sein Vater erwidert.

»Fiele mir nicht im Traum ein.« Tom hatte bei den Worten ein Triumphgefühl darüber empfunden, dass er sich treu geblieben war, obwohl es so viel einfacher gewesen wäre, den Forderungen seines Vaters nachzugeben.

Bei solchen Gelegenheiten fragte er sich wirklich, ob er seine Laufbahn nicht doch nur aus Trotz gegenüber seiner Familie gewählt hatte. Tatsächlich jedoch gefiel es ihm, einer Gemeinde dabei zu helfen, sich neu zu definieren oder zu erfinden. Er hatte klare Vorstellungen davon, wie Wachstum und Entwicklung in Gemeinden verantwortungsbewusst gesteuert werden sollten.

Serenity hatte ihn angesprochen, weil der Ort an der Schwelle zu großen Veränderungen stand. Bisher hatte er sich seinen Kleinstadtcharme bewahrt. Dank unternehmerischer Visionäre wie den Frauen, die das *Corner Spa* eröffnet hatten, und Ronnie Sullivan, der mit seinem Baumarkt zur Wiederbelebung der Innenstadt beitrug, probierte Serenity Neues aus. Der Ort war nicht in Verzweiflung versunken wie so viele andere Kleinstädte, in denen das Wachstum aus dem Ruder lief und große Ketten die örtlichen Geschäfte in den Ruin trieben.

Ihm entging nicht die Ironie daran, dass ausgerechnet einer der Reize des Kleinstadtlebens in Serenity – die Weihnachtsfeierlichkeiten – derzeit das größte Ärgernis in seinem Leben darstellten. Und daran, dass eine Frau, die fast genauso wenig Interesse daran erkennen ließ wie er, seine ausgefeilten Pläne aus der Bahn werfen könnte.

»Verdammt«, murmelte er und warf seinen Stift quer durch den Raum. Wie immer überanalysierte er alles. Wenn er den Abend mit Jeanette verbringen wollte, vergeudete er Zeit, indem er sich in seinem Büro verschanzte. Mittlerweile war sie wahrscheinlich zu dem Schluss gelangt, er hätte es sich anders überlegt und sich auf die Seite seiner Mutter geschlagen. Und er wusste, dass ihr das überhaupt nicht schmecken würde.

Als er im *Corner Spa* anrief, war sie leider schon nach Hause gegangen. Ein Blick ins Telefonbuch förderte keine private Telefonnummer zutage. Was bedeutete, dass sie bewusst auf einen Eintrag verzichtet hatte. Er könnte eine ihrer Freundinnen anrufen und sie danach fragen.

Nur würde er sich damit vermutlich eine Reihe ungebetener Ratschläge von den Frauen einhandeln, die Cal und jeder sonst im Ort die süßen Magnolien nannten. *Süß*, dachte er. *Aufdringlich* wäre treffender.

Dennoch blieb er fest entschlossen, Jeanette aufzuspüren und den Abend mit ihr zu verbringen. Zu den Vorteilen seiner Tätigkeit im Rathaus gehörte, dass er Zugang zu digitalen Immobilienaufzeichnungen hatte. Er gab ihren Namen ein, erzielte jedoch keinen Treffer. Demnach musste sie zur Miete wohnen. Zwar gab es in Serenity kaum Wohnanlagen, aber sie konnte sich in praktisch jedem Haus eingemietet haben. Frustriert schaltete er den Computer aus. Was nun?

Es gab im Ort nur eine Handvoll Lokale, in denen sich die Leute am Freitagabend die Zeit vertrieben. Das *Sullivan's* gehörte dazu. *Rosalina's* ebenfalls. Es wäre kein großer Aufwand, in beiden nachzusehen.

Aber als er das Rathaus verließ, drangen Geräusche an seine Ohren, die wie ein leises Rumoren klangen. Als er in den Oktoberhimmel aufschaute, erblickte er in der Ferne helle Lichter. Football! An der Highschool musste gerade ein Spiel stattfinden. Da Cal als Trainer an der Highschool arbeitete – wenn auch für Baseball, nicht Football –, vermutete Tom, dass er dort nicht nur Cal und Maddie, sondern auch ihre Freunde antreffen könnte, vielleicht einschließlich Jeanette.

Kurzentschlossen fuhr er zur Highschool, musste jedoch mehrfach um den Block kreisen, bis er einen Parkplatz fand. Eine Mischung aus Jubel und Buhrufen begrüßte ihn, als er zurück zum Stadion eilte. Drinnen kaufte er sich einen Hotdog und eine Limonade, bevor er die Tribüne nach bekannten Gesichtern absuchte.

»He, Tom, hier oben!«

Er schaute auf und sah Cal winken. Maddie saß zusammen mit allen Kindern neben ihm, sogar mit dem Baby. Jeanette hatte am Ende der Reihe Jessica Lynn auf dem Schoß. Sie schaute bewusst nicht mal in seine Richtung. Beinah hätte Tom darüber gelächelt. Demnach war ihr durchaus aufgefallen, dass er sich nicht gemeldet hatte, und sie hatte die falschen Schlüsse daraus gezogen. Das bedeutete, ihr musste etwas an ihm liegen, zumindest ein bisschen. Damit würde er sich vorerst begnügen.

Tom eilte die Stufen hinauf und zwängte sich vor Cal, Maddie und den Kindern vorbei, damit er sich neben Jeanette setzen konnte.

»Ich dachte mir, dass ich dich hier finden könnte«, sagte er. Jessica Lynn griff dabei nach dem Würstchen in seinem Hotdog, packte es mit den kleinen Fäustchen und bekleckerte sich mit Senf.

Jeanette nahm es ihr ab und steckte es zurück in das Brötchen. »Den willst du vielleicht lieber nicht mehr essen«, meinte sie, während sie dem kleinen Mädchen die Hände und das Gesicht abwischte. Allerdings konnte sie gegen den Senf auf dem rosa T-Shirt nichts unternehmen.

Tom zuckte mit den Schultern, wickelte den Hotdog ein und legte ihn zu seinen Füßen ab.

»Ich hole mir später noch einen. Sind wir am Gewinnen?«

»Die Anzeigetafel ist da drüben«, gab sie barsch zurück und deutete mit dem Kopf zum Ende des Spielfelds.

»Bist du sauer auf mich?«

»Warum sollte ich sauer sein?«, fragte sie und mied seinen Blick.

»Weil ich gesagt habe, ich würde anrufen, und mich doch nicht gemeldet habe.«

»Ich hab nicht erwartungsvoll aufs Telefon gestarrt, falls du das denkst«, erwiderte sie.

»Das glaub ich sofort«, sagte er. »Trotzdem tut's mir leid. Ich hatte eine Menge im Kopf.«

»Zum Beispiel, ob du mit einer Frau gesehen werden willst, die deine Mutter von Angesicht zu Angesicht beleidigt hat?«

Er grinste. »Nein, das hatte nichts damit zu tun.«

Endlich begegnete sie seinem Blick. »Was dann?«

»Ich hab mich gefragt, ob du anfängst, mir zu viel zu bedeuten«, gestand er offenherzig. *Und da*, dachte er, als ihn ein Anflug von Hitze durchzuckte, *haben wir das Problem*. Ein Blick in ihre Augen, und er geriet völlig aus der Spur. So sehr ihm das Gefühl widerstrebte, er schien nicht verhindern zu können, dass er immer wiederkam und sich mehr davon holte. »Können wir irgendwohin gehen und reden?«

»Ich bin mit Freunden bei einem Footballspiel«, wies sie ihn auf das Offensichtliche hin.

»Und doch hast du nicht mal gewusst, wie es steht«, konterte er und konnte sich kaum ein Lachen verkneifen. So hartnäckig sie sich gegen ihn sträubte, er war überzeugt davon, dass sie sich von ihm ebenso angezogen fühlte wie er sich von ihr. Am Ende würde sie davor genauso kapitulieren müssen, wie er es bereits getan hatte.

»Ich hab sehr wohl gewusst, wie es steht«, widersprach sie. »Ich wollte es dir bloß nicht sagen. Tatsächlich war ich mir nicht sicher, ob ich überhaupt mit dir reden wollte.«

»Und jetzt?«

»Mit der Bemerkung, dass ich dir vielleicht zu viel bedeute, hast du fast die Kurve gekriegt.«

»Fast? Was willst du denn noch hören?«

»Dass deine Mutter nach Sibirien abgeschoben worden ist«, schlug sie vor.

Er grinste. »Dazu ist es nicht gekommen. Aber ich hab ihr gesagt, dass ich mir von ihr kein weiteres Wort gegen dich anhöre.«

Darüber wirkte Jeanette überrascht. »Wirklich? Und hast du's ernst gemeint?«

»Ich bin davongegangen und hab sie auf dem Parkplatz vom *Sullivan's* sitzen gelassen, als sie das letzte Wort haben wollte.«

Jeanettes Züge hellten sich auf. »Danke.«

»Gern geschehen. Können wir jetzt irgendwohin gehen und reden?«

Ein beunruhigendes Funkeln trat in ihre Augen. »Na schön, aber vorher muss ich noch was machen.«

»Ach ja?«

Zu seiner Verblüffung legte sie ihm eine Hand in den Nacken und drückte ihm einen Kuss auf den Mund, der seinen Puls in die Höhe schnellen ließ und in seinem Kopf mehr Feuerwerkskörper explodieren ließ, als bei einem Sieg der Serenity High gezündet wurden.

Als sie sich schließlich zurückzog, starrte er sie benommen an. »Wofür war das?«

Sie musterte ihn mit einem selbstgefälligen Lächeln. »Erklär ich dir irgendwann«, versprach sie. Dann setzte sie ein schelmisches Grinsen auf. »Oder auch nicht.«

An der Stelle bemerkte Tom, dass Cal, Maddie und die Hälfte der Leute auf der Tribüne wie gebannt zu Jeanette und ihm starrten. So schnell, wie sich die Mühlen der

Gerüchteküche Serenitys drehten, würde bereits morgen früh die ganze Stadt über diesen Kuss und darüber reden, wie Jeanette in aller Öffentlichkeit ihren Anspruch auf ihn erhoben hatte. Ihn verblüffte, dass Jeanette dazu bereit gewesen war.

»Ich glaube, es sehen gerade mehr Leute uns zu als dem Spiel«, meinte er zu ihr und achtete aufmerksam auf ihre Reaktion.

»Genau«, erwiderte sie und wirkte dabei überraschend zufrieden. »Jetzt können wir gehen.«

Tom hatte immer noch keine Ahnung, was sie damit bezweckt hatte, aber vielleicht spielte es keine Rolle. Warum einen Kuss in Frage stellen, der seine Welt gerade so herrlich auf den Kopf gestellt hatte? Er stand auf und folgte ihr.

Im Vorbeigehen übergab sie Jessica Lynn an Cal. »Gute Nacht«, verabschiedete sie sich. »Danke für die Einladung.«

»War schön, dass du kommen konntest«, gab Cal mit einem breiten Grinsen im Gesicht zurück.

Maddie starrte ihre Freundin nur mit einem Blick an, der erahnen ließ, dass sie gleich am Samstagmorgen eine Menge Fragen an Jeanette haben würde.

Tom wusste nicht wirklich, was gerade passiert war. Aber was auch immer in Jeanettes Kopf vorging, es war vielversprechender als alles, was sie bisher gesagt oder getan hatte. Früher mal hätte dieser kleine Sieg vielleicht gereicht, um ihn zufriedenzustellen, sein Ego zu reparieren und ihn weiterziehen zu lassen. Bei Jeanette konnte er es stattdessen kaum erwarten zu sehen, wohin dieser Kuss noch führen würde.

* * *

Obwohl es vermutlich völlig daneben gewesen war, verspürte Jeanette immense Befriedigung über die öffentliche Bekundung ihrer Zuneigung zu Tom. Das sollte Mary Vaughn den Wind aus den Segeln nehmen und etwaige Gerüchte über Toms Sexualität im Keim ersticken. Jeanette fand, es war das Mindeste, was sie für einen Mann tun konnte, der sich für sie gegen seine eigene Mutter gestellt hatte. Davon fühlte sie sich immer noch ein wenig überwältigt. Es konnte ihm nicht leichtgefallen sein.

»Wohin möchtest du gern?«, erkundigte er sich, während er zu seinem Auto vorausging.

»Ich weiß ja nicht, wie's bei dir aussieht, aber ich bin am Verhungern«, erwiderte sie.

»*Sullivan's?*«

Sie schüttelte den Kopf. »Da sind Dana Sue und Erik«, sagte sie bedeutungsvoll.

»Stimmt.« Tom begriff auf Anhieb. »Aufdringlich.«

»Genau.«

»Wie wär's mit *Rosalina's?*«

»Viel besser. Und wir werden vor den Zuschauern vom Spiel dort sein. Also dürfen wir das Lokal so ziemlich für uns allein haben.«

»Ach was. Willst du ungestört sein, weil du vorhast, mich noch mal zu küssen?«

»Nein, weil du gesagt hast, dass du reden willst.«

»Küssen klingt interessanter.«

»Ich hab schon befürchtet, dass ich dir damit einen falschen Eindruck vermitteln könnte«, sagte sie.

»Welchen falschen Eindruck genau könnte ein Kuss

denn vermitteln, der heiß genug war, um ein ganzes Dorf in Alaska zu wärmen?«

Jeanette versuchte zu verbergen, wie sehr seine Einschätzung sie freute. »Der falsche Eindruck in dem Fall ist, dass es regelmäßig mehr davon geben wird.«

Er seufzte dramatisch. »Ich hab schon befürchtet, dass du das meinst. Das wirft natürlich die Frage auf, warum du es bei all den möglichen Folgen überhaupt gemacht hast. Also, dass ich eine falsche Vorstellung kriegen könnte, dass die Leute reden könnten und so weiter.«

»Ist wahrscheinlich am besten, wenn wir das nicht vertiefen«, erwiderte sie und dachte dabei erneut an Mary Vaughns irrige Einschätzung. Vielleicht würde er das genauso lachhaft finden wie sie, vielleicht aber auch nicht. Jedenfalls wollte sie nicht für mögliches böses Blut zwischen den beiden verantwortlich sein. Schließlich würden sie in ihren jeweiligen Eigenschaften als Gemeindedirektor und Präsidentin der Handelskammer auch künftig zusammenarbeiten müssen.

Als Jeanette und Tom bei *Rosalina's* eintrafen, hatten sie das kleine, familiengeführte italienische Restaurant tatsächlich für sich allein. Jeanette liebte die Gerüche – Knoblauch, Tomaten, Teig. Die Aromen empfand sie als genauso beruhigend wie einige der Kräuterdüfte, die sie im Spa verwendete.

»Eine große Pizza mit Champignons, Oliven und grünem Paprika?«, fragte Tom, nachdem sie sich hingesetzt hatten.

Überrascht musterte sie ihn. »Das weißt du noch von damals, als wir mit Maddie und Cal hier waren?«

»Ich achte auf wichtige Kleinigkeiten, Jeanette«, erklärte er feierlich.

Sie war beeindruckt. »Was glaubst du, noch über mich zu wissen?«

»Lass uns bestellen, dann erzähl ich's dir«, schlug er vor, winkte die Kellnerin heran und bestellte die Pizza und die Getränke. Er sah Jeanette an. »Keinen Salat, richtig?«

»Das Gemüse auf der Pizza reicht«, erwiderte sie.

»Ich komme gleich mit den Getränken zurück«, kündigte Kristi Marcella an, die hübsche, dunkelhaarige Tochter der Besitzer. Mittlerweile besuchte Kristi das Community College, trotzdem half sie an den Wochenenden nach wie vor im Restaurant aus. »Die Pizza dauert ungefähr fünfzehn Minuten.«

»Danke«, sagte Jeanette, bevor sie Tom mit einem neugierigen Blick bedachte. »Okay, schieß los.«

Sein Gesichtsausdruck wurde nachdenklich. »Mal sehen … Du riechst nach Lavendel. Du bist verrückt nach Orangen-Preiselbeer-Milchbrötchen und dem Apfel-Brotpudding vom *Sullivan's*. Meist bist du zurückhaltend und umgänglich, aber du kannst ganz schön abgehen, wenn dir jemand Unrecht tut. Und davon, dich mit mir einzulassen, hält dich irgendwas ab, das du noch nicht mal deinen besten Freundinnen erklärt hast.«

Den letzten Eindruck wollte sie korrigieren, aber er legte ihr einen Finger an die Lippen.

»Ich weiß, was du gesagt hast. Aber es geht nicht darum, dass ich angekündigt habe, ich würde irgendwann von hier weggehen«, sagte er. »Es reicht tiefer als das.«

Erschüttert von seiner Erkenntnis lehnte sie sich auf dem Stuhl zurück.

»Wie war das?«, fragte er.

»Ziemlich gut«, gestand sie ihm zu. »Vor allem für jemanden, der mich kaum kennt.«

»Das finde ich übrigens faszinierend«, sagte er. »Sogar Menschen, die dir nahestehen und dich viel länger kennen als ich, wissen nur, was du sie sehen lassen willst. Einen Teil deiner Vergangenheit versteckst du, und offensichtlich enthält er etwas Bedeutendes. Etwas, das geprägt hat, wer du bist.«

Jeanette wusste nicht recht, was sie davon halten sollte, wie gut er sie zu deuten vermochte. »Nicht so, wie du es meinst«, argumentierte sie. »Es gibt einfach Dinge, über die ich nicht gern rede, an die ich mich nicht gern erinnere.«

»Wenn es dir zu schwer fällt, darüber zu reden, und sie zu verstörend sind, um sich daran zu erinnern, dann sind sie wichtig«, sagte er. »Ich bin mir nicht sicher, ob es gesund ist, solche Dinge in sich hineinzufressen. Die Last wird leichter, wenn man sie mit jemandem teilt. Und dafür hättest du ja einige ziemlich gute Freundinnen.«

»Wo ist Ihre Couch, Dr. McDonald?«, fragte sie zynisch. »Ich hatte ja keine Ahnung, dass ich heute Abend psychoanalysiert werde.«

Zu ihrer Erleichterung steckte er sofort zurück. Seine Lippen verzogen sich zu einem Lächeln.

»Keine Couch«, sagte er übertrieben bedauernd. »Und kein Haus, in das ich sie stellen könnte.«

Jeanette war dankbar für den Themenwechsel und die Ankunft der Kellnerin mit dem Essen. Sie nutzte den Moment, um die Gedanken zu sammeln, bevor sie fragte: »Wo wohnst du eigentlich? Immer noch im *Serenity Inn?*«

Tom nickte.

»Die Zimmer dort sind winzig. Ich hab dort auch gewohnt, als ich ursprünglich hergezogen bin, aber ich konnte es kaum erwarten, eine größere Bleibe zu finden.«

Sie legte ein Stück der dampfenden Pizza auf ihren Teller, atmete tief und genüsslich ein, dann pustete sie zum Abkühlen darauf.

Toms Blick schien auf ihren Mund geheftet zu sein. Die Intensität seiner Faszination von ihren Lippen fühlte sich beunruhigend an.

»Tom«, sagte sie erst leise, dann mit mehr Nachdruck: »Tom!«

»Hm?« Er schüttelte den Kopf. »Tut mir leid. Hab mich ablenken lassen.«

»Ist mir aufgefallen«, erwiderte sie belustigt.

»Worüber haben wir gerade geredet?«

»Du hast gesagt, dass du im *Serenity Inn* wohnst, und ich hab darauf erwidert, dass ich dort auch untergeschlüpft war, als ich hergezogen bin«, erinnerte sie ihn. »Hast du vor, dort zu bleiben? Immerhin hast du deutlich zum Ausdruck gebracht, dass du nicht vorhast, allzu lange in Serenity zu leben. Warum also mühsam ein Haus suchen?«

Er runzelte die Stirn. »Tatsächlich suche ich sehr wohl nach einem Haus.«

»Mary Vaughn würde dir bestimmt nur zu gern dabei helfen«, sagte Jeanette.

»Hat sie mir schon angeboten«, erwiderte er in einem Ton, der durchklingen ließ, dass ihm nicht gefiel, was sie ihm sonst noch bieten wollte. »Aber ich denke, ich finde allein etwas.« Nach einer kurzen Pause fügte er hinzu: »Es sei denn, du möchtest mir helfen.«

Zu ihrer Überraschung ertappte sie sich dabei zu antworten: »Morgen am späten Nachmittag hätte ich ein paar Stunden Zeit, wenn du wirklich eine zweite Meinung willst.«

Er wirkte über das Angebot genauso verblüfft, wie sie es selbst war. »Bist du sicher?«

»Ja. Warum nicht?«, sagte sie unbekümmert. Was konnten ein paar Stunden schon schaden? Sie würden ja durch Serenity fahren, nicht irgendwo für ein langes, intimes Gespräch parken. Außerdem spielte sie selbst mit dem Gedanken, aus ihrer Mietwohnung auszuziehen und ein Haus zu kaufen. Es wäre die perfekte Gelegenheit, sich anzusehen, was der Markt zu bieten hatte.

»Soll ich dich im Spa abholen?«, fragte er.

»Ja. Spart Zeit, wenn ich nach der Arbeit nicht vorher nach Hause muss.«

»Wann soll ich dort sein?«

»Meine letzte Kundin wird um Viertel vor vier fertig. Ich kann um vier Uhr bereit sein. Allzu viel Zeit bleibt uns dann zwar nicht, trotzdem sollten wir uns zumindest ein paar verfügbare Häuser ansehen können.«

»Ich sehe mir die Unterlagen an und suche die interessantesten heraus«, sagte er. »Das spart auch Zeit.«

»Gute Idee.«

»Okay, dann haben wir ein Date«, meinte er.

Jeanette spürte, dass er das Wort bewusst gewählt hatte, ließ es ihm aber durchgehen.

»Da wir gerade vom Wohnen reden«, fuhr Tom fort. »Mir ist heute Abend klar geworden, dass ich keine Ahnung habe, wo du wohnst und wie ich dich erreichen kann, außer im *Corner Spa*. Weil ich deine Nummer im Telefonbuch nicht finden konnte, hab ich mein Glück einfach bei dem Footballspiel versucht.«

Jeanette ignorierte die unausgesprochene Frage nach ihrer Adresse und Telefonnummer. »Du warst tatsächlich dort, weil du nach mir gesucht hast? Ich dachte, Cal hätte dich vielleicht eingeladen, weil Maddie ihn dazu gezwungen hat. Bei so was kann sie unheimlich verschlagen sein.«

»Habe ich schon gemerkt, aber nein. War eine spontane Entscheidung, nachdem ich dich bei der Arbeit nicht mehr erreichen konnte.« Er musterte sie. »Gibst du mir deine Nummer zu Hause oder deine Handynummer? Oder hast du vor zu tun, was du kannst, um die Geheimnisvolle zu bleiben?«

Sie wog die Frage ab, dann grinste sie. »Die Geheimnisvolle zu geben scheint für mich ja recht gut zu funktionieren, wenn du durch die Stadt hetzt, um mich zu finden«, meinte sie.

»Ein Anruf wäre schneller und lohnender«, argumentierte er.

»Für dich vielleicht. Aber mir gefällt irgendwie das Wissen, dass du dir mehr Mühe geben musst.«

»Deine perverse Ader ist eine echte Herausforderung«, meinte er.

»Ohne Herausforderungen im Leben würdest du dich im Nu langweilen«, mutmaßte sie. »Die meisten Frauen verfallen dir wahrscheinlich gleich bei der ersten Begegnung. Immerhin bist du attraktiv, witzig, reich. Insgesamt ein ziemlich guter Fang.«

»Aber du bist nicht interessiert?«, folgerte er mit einem schelmischen Funkeln in den Augen.

»Interessiert vielleicht«, räumte sie ein. »Aber am Haken? Nein. Du wirst dir schon mehr Mühe geben müssen, um mich an Land zu ziehen.«

»Vorsicht, Jeanette«, warnte er. »Ich hab dir schon mal gesagt, dass ich bei Herausforderungen und Mutproben gern ein bisschen übermütig werde. Bist du sicher, dass du dafür gewappnet bist?«

Etwas in seinem Ton und in dem elektrisierenden Knistern in der Luft um sie beide herum ließ Jeanette unbesonnen werden. Sie sah ihm unverwandt ins Gesicht. »Zeig ruhig, was du draufhast.«

Kaum hatten die Worte ihren Mund verlassen, trat ein gefährliches Funkeln in seine Augen. Da wusste sie, dass sie die Grenze von der Sicherheit ihrer Komfortzone zu einer von Risiken gespickten Lage überschritten hatte. Und dennoch verspürte sie kein Bedauern darüber.

Dieses berauschende Schwindelgefühl im Kopf und das Flattern im Magen hatten ihr gefehlt. Jeanette wollte, dass es noch ein wenig länger anhielt. Dana Sue hatte recht. Mit Vorsicht blieb sie vielleicht in Sicherheit, aber es war kein richtiges Leben. Es lag viel zu lange zurück, dass sie sich zuletzt so gefühlt hatte, weil ein Mann sie so ansah wie Tom gerade. Gut, es wäre nicht für die Ewigkeit – na und? Sie hatte schon öfter ein gebrochenes Herz überlebt, als sie zählen wollte. Daher wusste sie, dass sie es konnte.

Als Tom nach ihrer Hand griff, sie an seine Lippen hob und ihre Knöchel wie ein Gentleman in einem der alten Schwarz-Weiß-Filme küsste, die sie so liebte, seufzte sie und ließ zu, dass sie sich ein klein wenig verliebte. Jeanette schlug alle Warnungen vor einer drohenden Katastrophe in den Wind – darunter das beunruhigende Bild von seiner Mutter, dem alten Drachen. In Gedanken betete sie, dass es diesmal gut gehen und ihr Herz intakt bleiben würde.

KAPITEL 11

Es widerstrebte Mary Vaughn zutiefst, ihren Ex-Mann um irgendetwas zu bitten. Aber sie brauchte Sonny, wenn ihr Plan mit einem traditionellen, für Rory Sue unvergesslichen Weihnachtsfest klappen sollte. Ihre Tochter zeterte immer noch darüber, dass sie nicht nach Aspen fahren durfte. Also musste Mary Vaughn ihr Versprechen einlösen, dass die Feiertage so magisch wie in Rory Sues Kindheit werden würden. Außerdem musste sie Sonny unmissverständlich klarmachen, dass sie als Team zusammenarbeiten mussten und es Rory Sue nicht gestatten durften, sie gegeneinander auszuspielen. Howard hatte zwar versprochen, es ihr zu überlassen, die Sache mit Sonny zu klären, aber wenn sie das Gespräch zu lange vor sich herschob, würde er trotzdem die Nase hineinstecken. Ihrem ehemaligen Schwiegervater fiel es immer schwer, sich aus irgendetwas herauszuhalten.

Sie konnte den Anruf genauso gut erledigen, während sie auf Interessenten für das Haus wartete, das sie an diesem Tag präsentierte. Selbst ein Gespräch mit Sonny wäre besser, als herumzusitzen und sich zu Tode zu langweilen. Über den Tag verteilt hatten sich gerade mal sechs Leute das Haus angesehen, und niemand hatte großes Interesse daran bekundet. Am Vorabend hatte sie es einem jungen Paar gezeigt, das sich seither auch nicht wie versprochen bei ihr gemeldet hatte.

Sie wählte Sonnys Nummer. Zu ihrer Überraschung ging beim Klang seiner Stimme ein leichter Ruck durch sie.

Eigenartig. Während ihrer Ehe hatte zwischen Sonny und ihr nie eine besondere Chemie geherrscht. Sie hielt es für unwahrscheinlich, dass sich daran im Nachhinein etwas geändert haben könnte.

Wie sein Vater war Sonny im Grunde ein lebensfroher, herzensguter Mensch. Die Scheidung war einvernehmlich verlaufen, auch wenn sie es dabei demonstrativ vermieden hatte, ihn öfter als nötig zu Gesicht zu bekommen. Sie fühlte sich immer noch gedemütigt, weil sich Sonny von ihr getrennt hatte und nicht umgekehrt.

»Was gibt's, Schatz?«, fragte er. »Hat unser kleines Mädchen Probleme?«

»Rory Sue geht's gut«, versicherte sie ihm. »Trotzdem rufe ich ihretwegen an.«

»Ach ja. Wieso das?« Sonny murmelte etwas zu jemand anderem. »Entschuldige, Schatz. Gib mir nur eine Minute, ja?«

Mary Vaughn tappte mit dem Fuß, während sie auf seine ungeteilte Aufmerksamkeit wartete. Früher einmal war er sehr gut darin gewesen, sie ihr zu schenken. Deshalb hatte sie sich schon damals in der Highschool an ihn gewandt, nachdem Ronnie Sullivan ihr eine Abfuhr erteilt hatte. Sonny war da gewesen und hatte auf sie gewartet wie ein freudiges Hündchen. Es schockierte sie, festzustellen, dass dem nicht mehr so zu sein schien. Obwohl sie seit mittlerweile neun Jahren geschieden waren, hatte sie immer geglaubt, sie könnte ihn mit einem Fingerschnippen zurückhaben, wenn sie wollte. Stattdessen schien sie sich seine Aufmerksamkeit nicht mal für die

Dauer eines Telefonats sichern zu können. Durch die Erkenntnis wurde sie noch aufgekratzter.

»Tut mir leid«, sagte er, als er sich endlich wieder meldete. »Heute ist schon den ganzen Tag der Teufel los. Anscheinend braucht plötzlich alle Welt einen neuen Pick-up, und alle wollen ihn sofort. Ich schwöre dir, so viel Geschäft hatte ich nicht, seit ich das Autohaus vor fünfundzwanzig Jahren eröffnet habe. Also sag schnell, worum geht's?«

»Wir müssen reden«, erklärte sie.

»Wir reden doch.«

»Persönlich.« Allmählich wurde sie irritiert.

»Geht's um die Sache mit dem Skiausflug? Ich hab Rory Sue gesagt, dass die Entscheidung bei dir liegt.«

»Und ich hatte ihr davor schon gesagt, dass sie nicht darf. Schönen Dank auch für die Rückendeckung«, sagte sie beißend.

»Schatz, jetzt reiß mir doch nicht gleich den Kopf ab«, gab er gereizt zurück. »Rory Sue hat nie erwähnt, dass sie schon mit dir darüber geredet hatte.«

»Na ja, natürlich nicht«, erwiderte Mary Vaughn. »Sonny Lewis, hast du sie immer noch nicht durchschaut? Schon als Kleinkind ist sie jedes Mal zu dir gerannt, wenn ich zu etwas nein gesagt hatte. Neulich hat sie sogar versucht, deinen Vater mit reinzuziehen, aber dem hab ich einen Riegel vorgeschoben. Ausnahmsweise ist Howard tatsächlich auf meiner Seite. Weihnachten ohne Rory Sue bei uns ist schlichtweg inakzeptabel. Mich überrascht, dass du so was überhaupt in Erwägung ziehst.«

»Um ehrlich zu sein, hat sie mich zu einem ungünstigen Zeitpunkt überrumpelt. Ich hab ihr nur halb zugehört«, gab er zu. »Und nachdem ich mit Vorbehalt zugesagt hatte, konnte ich nicht mehr gut umschwenken, nur weil ich's nachher bereut habe.«

Also war es genauso abgelaufen, wie Mary Vaughn vermutet hatte. Nur verspürte sie diesmal keine Befriedigung darüber, dass sie recht gehabt hatte. »Ich wette, sie hat dich absichtlich mitten in deiner wöchentlichen Verkaufsbesprechung angerufen, stimmt's? Würde ihr ähnlich sehen.«

»Und tatsächlich hast du recht«, bestätigte er. »Das Mädchen ist raffinierter, als ich dachte. Darauf muss ich künftig mehr achten.«

»Können wir uns am Dienstagabend im *Sullivan's* zum Essen treffen, um uns zusammen zu überlegen, wie wir die Feiertage gestalten wollen? Geht natürlich auf mich.« Sie war stolz darauf, genauso erfolgreich wie er zu sein. Deshalb hatte sie für sich selbst keinen Cent von ihm angenommen, nur Unterhalt für Rory Sue und die Hälfte ihrer Studiengebühren.

»Du willst mit mir essen?«, fragte er.

Seinen verblüfften Ton fand sie ärgerlich. »Ich werd schon nicht über dich herfallen, um Himmels willen.«

Er lachte. »Hätte ich auch nicht gedacht. Okay, dann essen wir am Dienstag zusammen, wenn du willst. Nenn mir die Uhrzeit, und ich werde da sein.«

»Passt es dir um sieben? Um sechs muss ich Kunden noch ein Haus zeigen.«

»Was bedeutet, es wird halb acht«, erwiderte er trocken. »Aber ich werd trotzdem pünktlich um sieben Uhr da sein.«

»Wenn's dir nicht zu viele Umstände bereitet«, schnauzte sie, als ihr der Geduldsfaden riss.

Wie konnte sie nur glauben, Sonny und sie würden lang genug miteinander auskommen, um zusammen zu essen, geschweige denn die gesamten Weihnachtsfeiertage für ihre Tochter friedlich zu überstehen?

So sehr sie sich über Sonny ärgerte, es war nichts im Vergleich dazu, als sie zufällig aus dem Fenster schaute und Tom und Jeanette erblickte. Die beiden steuerten direkt auf das von Mary Vaughn präsentierte Haus zu.

Sie hatte es nicht geglaubt, obwohl ihr drei verschiedene Leute erzählt hatten, die zwei hätten beim Footballspiel am Vorabend einen öffentlichen Lippentanz aufgeführt. Nun tauchten sie zusammen an einem Samstagnachmittag auf, um sich das Haus anzusehen. Kein Wunder, dass Jeanette damals so reagiert hatte, als Mary Vaughn angedeutet hatte, Tom könnte schwul sein. Sie wusste es besser. Offensichtlich hatte sie sich heimlich mit ihm getroffen. Was nur bewies, dass selbst eine so gewitzte Frau wie Mary Vaughn nicht immer vorhersah, wer sich als hinterhältiges kleines Miststück entpuppen könnte.

***

Jeanette erkannte Mary Vaughns Auto vor dem kleinen Bungalow, der auf Toms Liste verfügbarer Immobilien stand. Die Eingangstür war angelehnt, im Vorgarten hingen bunte Luftballons an einem Schild, das zur freien Besichtigung einlud. Es war alles Mögliche unternommen worden, um das Haus attraktiv zu gestalten. Neben den Stufen blühten gelbe und goldene Herbstblumen in Töpfen, der Rasen war dicht und grün, die Fensterläden hatte man unlängst in einem glänzenden Weiß gestrichen, das einen wunderbaren Kontrast zur Vinylverkleidung bildete.

Doch so schön das Haus sein mochte, in Jeanettes Magengrube nistete sich Beklommenheit ein.

»Das ist ein Objekt von Mary Vaughn«, sagte sie zu Tom. »Sie ist drinnen.«

»Ist das ein Problem?«

»Für mich nicht. Aber wir wissen beide, dass sie ein Auge auf dich geworfen hat. Sie geht vielleicht nicht gut damit um, uns zusammen zu sehen.« Und vermutlich umso weniger, falls sie von ihrem Kuss beim Footballspiel am vergangenen Abend gehört hatte.

Er grinste. »Machst du dir Sorgen, Süße?«

»Nein, aber du solltest das vielleicht. Sie ist keine gute Verliererin.«

Wie zum Beweis, dass sie sich irrte, erschien in dem Moment Mary Vaughn mit einem Lächeln im Gesicht. »Na, wen haben wir denn da!«, rief sie fröhlich. »Ich hätte nicht erwartet, euch beide zusammen zu sehen, schon gar nicht bei einer meiner Hausbesichtigungen.«

»Hat sich spontan so ergeben«, behauptete Tom, was nicht ganz der Wahrheit entsprach. »Jeanette war einverstanden, mich zu begleiten, während ich mir ein paar Immobilien anschaue.«

Vor ihren Augen verwandelte sich Mary Vaughn in eine vollblütige Immobilienmaklerin, zückte ein Datenblatt über das Haus und reichte es Tom. »Ich denke, Sie werden begeistert sein – oder wollen wir uns bei der Gelegenheit duzen? Jeanette und ich sind auch schon lange per du, so wäre es einfacher.« Als Tom dazu nickte und mit einem »Gern« sein Einverständnis erklärte, fuhr Mary Vaughn nahtlos fort. »Das Haus ist perfekt für einen alleinstehenden Mann«, sagte sie. Mit einem pointierten Blick zu Jeanette fügte sie hinzu: »Oder für ein junges Paar, das eine Familie gründen möchte. Die Zimmer sind gemütlich und einladend.«

Ihr Auftreten blieb beschwingt und freundlich, während sie ihnen das Erdgeschoss zeigte – zwei Schlafzimmer, ein Bad, eine große Küche und ein mit zu vielen Möbeln vollgestopftes Wohnzimmer. Die Ausstattung wies derzeit so viel Chintz auf, dass Tom leicht das Gesicht verzog. Jeanette jedoch sah etwas anderes – das Potenzial für etwas so Gemütliches und Einladendes, wie Mary Vaughn es angepriesen hatte.

»Oben ist noch ein Schlafzimmer mit angeschlossenem Bad. Macht im Moment nicht viel her, aber mit ein bisschen Arbeit könnte es ein bezauberndes Elternschlafzimmer werden«, sagte sie, während sie die schmale Treppe hinauf vorausging.

Jeanette trabte hinterher. Offensichtlich dachte Mary Vaughn, sie könnte aus der peinlichen Begegnung wenigstens einen Verkauf herausschlagen, wenn sie Tom schon nicht haben konnte.

»Gefällt mir recht gut«, verkündete Tom, nachdem er sich oben bestenfalls halbherzig umgesehen hatte. »Nur der Preis erscheint mir ein wenig hoch. Ist er verhandelbar?«

Mary Vaughn warf ihm einen verschwörerischen Blick zu. »Du weißt, dass ich für die Verkäuferin arbeite, Tom, aber unter uns gesagt ist das Haus zu dem Preis ein Schnäppchen.«

»Mag sein«, warf Jeanette ein. »Aber ich kenne Nancy Yates. Sie will so schnell wie möglich verkaufen, damit sie dauerhaft nach Florida in die Nähe ihrer Kinder ziehen kann. Ich wette, sie würde ein angemessenes Angebot annehmen.«

Mary Vaughn schleuderte ihr einen verärgerten Blick zu.

Jeanette zuckte mit den Schultern. »Tut mir leid. Das weiß ich halt zufällig.«

Mary Vaughn erlangte schnell die Fassung wieder. »Natürlich will Tom dabei bestmöglich abschneiden, aber ich muss auch Nancys Interessen wahren.«

Nach dem Rundgang oben kehrten sie ins Erdgeschoss zurück und betraten den Garten hinter dem Haus, der vor Blumen strotzte und in einer Ecke sogar einen kleinen Wasserfall besaß. An der Stelle verliebte sich Jeanette in das Haus. Die Ruhe und Beschaulichkeit dieses Gartens sprachen sie auf eine Weise an, die sie selbst im Traum nicht für möglich gehalten hätte. Wenn Tom das Haus wollte, würde er gegen sie darum bieten müssen.

»Nancy ist begeisterte Hobbygärtnerin«, erklärte Mary Vaughn. »Seit ihrem Ruhestand hat sie viel Zeit hier draußen verbracht. Einen gepflegteren Garten findet man nirgendwo in ganz Serenity.« Mit strahlender Miene sah sie Tom an. »Ich wette, du grillst gern, nicht wahr?«

»Gelegentlich«, antwortete er. »Aber mir gefällt vor allem die Atmosphäre hier draußen. Es ist echt friedlich.« Er sah Jeanette an. »Was meinst du?«

Sie zögerte. Eigentlich sollte sie auf keinen Fall etwas sagen, um ihm das Haus schmackhaft zu machen. Zugleich jedoch konnte sie nicht lügen. »Ich bin begeistert. Es erinnert mich an den Terrassenbereich im *Corner Spa*.«

»Also, ich bin mir nicht sicher, ob mein Daumen grün genug ist, um es so aufrechtzuerhalten«, sagte Tom.

»Dafür stellt man Gärtner ein«, merkte Mary Vaughn an. »Ich kann dir welche empfehlen. So müsstest du hier keinen Finger rühren. Du könntest einfach abends nach draußen gehen und dich entspannt mit einem Drink hinsetzen.«

Tom drehte sich Jeanette zu. »Und einer Freundin«, fügte er hinzu.

Jeanette fiel auf, wie Mary Vaughn die Augen bei der Anspielung zu Schlitzen verengte. Sie mochte souverän mit der Situation umgehen, doch erfreut war sie sichtlich nicht darüber.

Mary Vaughn sah aus, als wollte sie dazu unbedingt einen Kommentar abgeben, wurde jedoch durch die Ankunft eines anderen Paares daran gehindert. »Ah, Sie sind zurück«, rief sie den beiden mit verzückter Miene zu. Obwohl man ihr anmerkte, dass sie am liebsten sofort losgerannt wäre, wandte sie sich zuerst an Tom. »Kommst ihr kurz allein zurecht?«

»Auf jeden Fall«, versicherte er ihr.

Nachdem sie gegangen war, um das junge Paar zu begrüßen, wandte er sich an Jeanette. »Okay, sag mir die Wahrheit. Was hältst du wirklich davon?«

»Ich finde es gemütlich, wie sie gesagt hat«, räumte sie verhalten ein.

»Was verschweigst du?«, hakte er nach. »Hast du irgendwo Schimmel entdeckt? Oder Flecken an der Decke, die auf ein undichtes Dach schließen lassen?«

Sie schüttelte den Kopf. »Es ist perfekt.«

»Warum klingst du dann nicht enthusiastischer? Wo liegt das Problem?«

Sie sah ihm ins Gesicht und entschied sich für Ehrlichkeit. »Ich will dieses Haus. Ich hab mich in dem Moment darin verliebt, als wir in den Garten gegangen sind. Außerdem hat es genau die richtige Größe für mich. Eines der Zimmer unten würde ich in ein Arbeitszimmer umwandeln, im anderen würde ich vorübergehend schlafen, während ich das oben zum Hauptschlafzimmer ausbaue, wie es Mary Vaughn vorgeschlagen hat. Dort ist genug Platz für eine große Badewanne und eine begehbare Dusche. Ich würde auch ein Oberlicht einbauen.« Sie ließ ihrer Fantasie freien Lauf. »Und ein extragroßes Bett mit Unmengen von Kissen. Dazu ein Sofa, auf dem ich mich zum Lesen kuscheln kann.« Sie seufzte. »Das wäre spitze.«

Als sie einen Blick zu Tom wagte, musterte er sie eingehend. »Ist dabei auch irgendwo Platz für mich? Vielleicht in dem extragroßen Bett?«

Sie schluckte schwer. »Rein hypothetisch?«

Seine Lippen krümmten sich leicht. »Wenn's sein muss.«

»Dann wäre vielleicht Platz für dich.«

»Warum hast du nicht erwähnt, dass du selbst nach einem Haus suchst?«

»Weil ich das heute eigentlich gar nicht vorhatte. Ich hab nur schon länger im Hinterkopf, dass ich was Dauerhaftes möchte. Ich dachte, ich könnte ein paar Ideen sammeln, während wir uns umsehen. Dass ich dabei auf das ideale Haus für mich stoßen würde, hätte ich nie gedacht. Aber kaum sind wir in diesen Garten gegangen, wusste ich, dass ich genau das hier will.« Bedauernd sah sie ihn an. »Tut mir leid.«

»Muss es nicht«, sagte er und berührte ihre Wange. »Ich merke dir an, wie viel es dir bedeutet. Und ich kann mir dich hier draußen wunderbar vorstellen.« Er grinste. »Natürlich sehe ich dabei auch mich bei dir.«

»Was machen wir jetzt? Kommt es zu einem Bieterkrieg zwischen uns?«

Er lachte. »Darüber würde sich Mary Vaughn sicher immens freuen, aber nein. Da du glaubst, die Eigentümerin könnte verhandlungsbereit sein, schwebt dir eine Zahl vor? Bist du bereit, ein Angebot zu unterbreiten?«

Beim Gedanken, sich für die nächsten dreißig Jahre an eine Hypothek zu binden, wurden ihre Handflächen feucht. Dann stellte sie sich vor, wie sie draußen mit den süßen Magnolien bei einem Krug voller Margaritas saß und wurde sofort ruhiger.

»Bist du sicher?«, fragte sie. »Du bist derjenige, der eher früher als später eine Bleibe braucht. Du kannst nicht ewig im *Serenity Inn* wohnen.«

»Wenn du wirklich so besorgt um mein Wohlergehen bist, könntest du das Haus ja mit mir teilen.«

Jeanette lachte. »Hast du immer Hintergedanken? Du bist so ein Schlitzohr.«

»Das ist kein Scherz«, beteuerte er. »Jedenfalls nicht ganz. Ich könnte dir beim Renovieren helfen. Und das Zimmer, das du als Arbeitszimmer nutzen willst, könnte vorübergehend ich nehmen. Ich zahle dir Miete. Das würde dir bei der Hypothek helfen. Scheint mir eine Win-win-Situation zu sein.«

Jeanette war sich nicht sicher, ob er es ernst meinte oder sie nur auf die Probe testen wollte, aber sie schüttelte den Kopf. »Lieber nicht.«

»Du solltest das Angebot nicht vorschnell ausschlagen. Ich weiß gut mit einem Hammer umzugehen.«

»Ist dir klar, was für Gerede das auslösen würde? Es würde keinen Monat dauern, bis dein Job wackeln würde.«

»Nur weil wir eine legitime Beziehung zwischen Vermieterin und Mieter hätten?«

Sie verdrehte die Augen. »Was glaubst du wohl, wie lange das so bleiben würde?«

Er zuckte mit einer Unschuldsmiene die Schultern. »Das liegt ganz bei dir.«

»Wenn ich der Meinung wäre, du könntest dich wirklich damit begnügen, würde ich die Idee vielleicht in Betracht ziehen. Aber wir wissen es beide besser. Du würdest jede freie Sekunde versuchen, mich zu verführen.«

Er sparte sich die Mühe, es zu leugnen. Stattdessen erwiderte er grinsend: »Aber du bist nicht leicht zu verführen, oder?«

»In der Regel nicht«, bestätigte sie. »Aber ich in deiner Nähe traue ich mir selbst nicht. Du hast eine unberechenbare Wirkung auf mich. Ich fürchte, du könntest mich zu allem Möglichen überreden, das ich gar nicht vorhabe.«

Erfolglos versuchte er, ein selbstgefälliges Lächeln zu verbergen. »Das ist das Ermutigendste, was ich seit einer Ewigkeit gehört habe. Geh und gib ein Angebot für das Haus ab. Die Einzelheiten unserer Vereinbarung klären wir später.«

»Wir haben keine Vereinbarung«, entgegnete sie.

»Später«, sagte er und winkte sie weg. »Jetzt geh, bevor dieses Paar ein Angebot abgibt und die Sache sowieso hinfällig wird.«

Jeanette zögerte. Konnte sie das wirklich tun? Konnte sie impulsiv auf ein Haus bieten, das sie vor wenigen Minuten zum ersten Mal gesehen hatte? Sie war immer sparsam mit ihrem Geld umgegangen. Die Anzahlung hatte sie auf ihrem Sparkonto. Natürlich hatte sie keine Ahnung, wie hoch genau die Hypothek und die Steuern wären, aber sie wusste, sie könnte es bewältigen. Sie verdiente im *Corner Spa* gut und gab außer für Lebensmittel und Miete sehr wenig aus.

»Soll ich etwas für dich rechnen?«, bot Tom an, der offenbar den Grund für ihr Zögern erahnte. »Ich hab einen Taschenrechner dabei.«

»Nein. Ich bin nur nervös. Das wäre schon eine enorme Verpflichtung.«

»Na schön, schlüsseln wir es auf. Hast du in absehbarer Zeit vor, deinen Job zu kündigen und woandershin zu ziehen?«

Sie schüttelte den Kopf. »Nein. Mir gefällt's hier.«

»Hast du genug für eine Anzahlung, damit die Hypothek dich nicht überbelastet?«

»Ja.«

»Dann ist es finanziell sinnvoll. Und wenn man nach dem Glanz in dienen Augen geht, wohl auch emotional.«

Ein Lächeln zupfte an ihren Lippen, bevor es sich ausbreitete. »Ja, ist es wirklich, oder?«

»Aus jedem Blickwinkel, der mir einfällt.«

Impulsiv ergriff sie seine Hand und drückte sie. »Danke.« Dann öffnete sie die Schiebetür zur Küche und ging hinein. »Mary Vaughn!«

»Im Wohnzimmer«, rief die Maklerin.

Jeanette fand sie dort am Tisch gegenüber dem kurz zuvor eingetroffenen Paar. Auf dem Tisch lagen Unterlagen ausgebreitet. Anscheinend standen die beiden knapp davor, ein eigenes Angebot zu unterbreiten.

»Mary Vaughn, kann ich kurz mit dir reden?«, fragte Jeanette. »Unter vier Augen.« Die Maklerin lächelte das Paar an. »Tut mir leid wegen der Unterbrechung.«

Mary Vaughn witterte offenbar einen Bieterkrieg, entschuldigte sich und folgte Jeanette in die Küche. »Was gibt's? Hat Tom beschlossen, dass er ein Angebot abgeben will? Dieses junge Paar ist nämlich auch gerade dabei.«

Jeanette holte einen Zettel aus der Handtasche und kritzelte eine Zahl darauf. »Das ist mein Angebot. Wenn ich ein richtiges Formular ausfüllen soll, kann ich das gern tun.«

Mary Vaughn starrte sie an, ohne auch nur einen Blick auf den Zettel zu werfen. »Das ist *dein* Angebot?«

»Mein Angebot«, bestätigte Jeanette.

»Und Tom?«

»Wir haben uns geeinigt. Er sucht weiter.« Oder er würde sie weiter bedrängen, hier einzuziehen. Aber das sollte sie Mary Vaughn wohl lieber nicht anvertrauen. Zumindest nicht, wenn sie eine Chance auf das Haus haben wollte.

Mary Vaughn mochte gezwungen sein, für die Verkäuferin das höhere Angebot anzunehmen, aber Jeanette traute ihr zu, dafür zu sorgen, dass dieses junge Pärchen ein paar Cent mehr bieten würde, nur damit Jeanette nicht mit Tom hier einziehen könnte.

Schließlich warf Mary Vaughn einen Blick auf das von Jeanette gekritzelte Angebot und zuckte mit den Schultern. »Ich hole die Unterlagen, damit du ein offizielles Angebot abgeben kannst.«

»Ist es hoch genug, um das Pärchen zu überbieten?«, fragte Jeanette.

»Ich trage Nancy dein Angebot und ihres vor«, antwortete Mary Vaughn ausweichend. »Sie trifft die Entscheidung.«

»Liegen wir in derselben Größenordnung?«, hakte Jeanette hartnäckig nach. »Ich will dieses Haus, Mary Vaughn.«

Kaum hatten die Worte ihren Mund verlassen, erkannte sie ihren Fehler. Damit wusste Mary Vaughn, dass Jeanette ihr Angebot gegebenenfalls erhöhen würde.

»Ich rufe Nancy an, sobald ich die Unterlagen von dir und ihnen habe.«

Sie ging ins Wohnzimmer, kam mit mehreren Formularen zurück und wartete, während Jeanette sie ausfüllte.

»Ich versuche jetzt, Nancy zu erreichen«, kündigte Mary Vaughn an. »Sie hat mir gesagt, sie bleibt während der Besichtigungszeiten zu Hause oder zumindest in der Nähe, falls jemand ein Angebot abgibt. Du kannst gern warten, obwohl sie vielleicht Zeit zum Nachdenken braucht.«

Jeanette nickte. »Ich warte. Ich bin dann mit Tom im Garten.«

Er saß auf den Stufen, die von der Flügeltür im Esszimmer auf die Terrasse führten. Als sie sich näherte, stand er auf. »Und?«

»Ich hab ein Angebot abgegeben. Genau wie das Paar, das gerade gekommen ist. Anscheinend sind die beiden schon zum zweiten Mal hier.«

»Informiert Mary Vaughn die Verkäuferin über beide Angebote?«

Jeanette nickte mit verdrossener Miene. »Ich glaube, wenn sie es irgendwie rechtfertigen kann, wird sie dafür sorgen, dass Nancy *deren* Angebot annimmt.«

»Warum?«

»Weil es sie ärgert, dass ich mit dir hier bin.«

»Ach, hör doch auf. Die Frau ist ein Profi. Sie wird sich von persönlichen Gefühlen nicht davon abhalten lassen, das Bestmögliche für ihre Kundin herauszuschlagen.«

»Du bist doch nicht wirklich so naiv, oder? Na ja, vielleicht liegt's daran, dass du Mary Vaughn noch nicht so gut kennst.«

»Stimmt schon, ich kenne sie nicht gut. Aber sie wäre wohl kaum so erfolgreich, wie man mir erzählt, wenn sie nicht durch und durch integer wäre.«

Jeanette dachte daran, wie die Frau Ronnie nachgestellt hatte. Allerdings war das nichts Berufliches, sondern etwas rein Persönliches gewesen. »Na gut, kann sein, dass sie sich bei der Arbeit an gewisse Standards hält«, räumte sie ein.

»Klingt nicht gerade überschwänglich«, bemerkte Tom. »Habt ihr zwei eine Vorgeschichte?«

»Wir nicht. Die Vorgeschichte hat sie mit Dana Sue. Als Ronnie in die Stadt zurückgekommen ist, hat sich Mary Vaughn an ihn rangemacht, obwohl er zu dem Zeitpunkt versucht hat, sich mit Dana Sue zu versöhnen. Sie hat nie einen Hehl daraus gemacht, dass sie ihn wollte. Es wurde recht heikel. Dana Sue kann sie nicht ausstehen.«

»Und du deshalb auch nicht?«, fragte Tom.

»Wider Erwarten doch. Wir sind immer gut miteinander ausgekommen. Sie ist eine Kundin von mir und hat mich dazu ermutigt, beim Ausschuss für die Weihnachtsfeierlichkeiten mitzumachen. Aber das war, bevor sie dich zu Gesicht bekommen hat. Mein Gefühl sagt mir, dass sie mich inzwischen als Konkurrentin betrachtet.«

Tom sah ihr in die Augen und berührte sie lächelnd an

der Wange. »Du kannst keine Konkurrentin sein, weil es keinen Wettbewerb gibt. Ich will dich, Jeanette. Nur dich.«

Die Intensität in seiner Stimme ließ sie erschaudern. Dann zwang sie sich, den Blick von ihm abzuwenden. »Hör auf, so was zu sagen.«

»Obwohl es stimmt?«

»Kann es gar nicht. Auf die verrückte Idee bist du nur gekommen, weil ich unerreichbar bin. Manche Männer ticken so. Sie wollen nur, was sie nicht haben können.«

»Aber ich kann dich haben«, argumentierte er so selbstbewusst, dass sie in Versuchung geriet, ihn zu ohrfeigen.

»Wohl kaum«, beharrte sie und wich außer Reichweite zurück. Es hätte ein Dutzend verschiedene Möglichkeiten gegeben, um ihr mit einer einzigen Berührung das Gegenteil zu beweisen, und sie wussten es beide. Nur hatte Jeanette nicht die Absicht, es zuzugeben.

Schließlich öffnet sich die Schiebetür zur Küche ein Stück, und Mary Vaughn trat heraus. »Jeanette, kommst du bitte rein?«

Nervös ging Jeanette in die Küche. Als sie sich umsah, stellte sie fest, dass jenes junge Pärchen verschwunden war. Bedeutete das, was sie hoffte? Oder würde Mary Vaughn ihr gleich mitteilen, dass ihr Angebot abgelehnt worden war?

Die Maklerin schenkte ihr ein halbherziges Lächeln und hielt ihr ein Handy hin. »Ich hab Nancy am Apparat. Sie möchte mit dir reden.«

Mit rasendem Herzen nahm Jeanette das Telefon entgegen. »Hi, Nancy, wie geht's Ihnen?«, erkundigte sie sich. »Wie ist es in Florida?«

»Einfach nur wunderbar«, antwortete Nancy und klang glücklicher als seit Monaten. »Es ist herrlich, so nah am Strand und bei den Kindern zu sein.«

»Das freut mich«, sagte Jeanette aufrichtig. »Ich weiß ja, wie einsam Sie sich hier nach Garretts Tod gefühlt haben.«

»Stimmt. Trotzdem war ich mir bis vor ein paar Minuten nicht sicher, ob ich mich von dem Haus und all den Erinnerungen trennen soll, damit ich hierbleiben kann. Dann hat Mary Vaughn mit zwei Angeboten angerufen. Sie hat erwähnt, dass eines von Ihnen stammt. Mehr musste ich nicht hören, um mit meiner Entscheidung zufrieden zu sein.« Sie lachte. »Gott sei Dank war Ihr Gebot das höchste und sogar mehr, als ich mir erhofft hatte. Meine Kinder hätten mir ewig damit in den Ohren gelegen, wenn ich meine Emotionen über gesunden Menschenverstand gestellt hätte.«

»Ich hab mich sofort in das Haus verliebt, als ich den Garten betreten habe«, schilderte Jeanette ehrlich und konnte ihre Aufregung kaum bändigen.

»Wir beide haben uns ein paar Mal übers Gärtnern unterhalten, wenn wir Gelegenheit hatten, auf der Terrasse im *Corner Spa* zu plaudern«, erinnerte sich Nancy. »Deshalb weiß ich, dass Sie sich gut darum kümmern werden. Aus meiner Sicht sind wir uns einig, Jeanette. Um die Einzelheiten können Sie sich mit Mary Vaughn und der Bank kümmern, und wenn alles glattgeht, gehört das Haus Ihnen. Aber ich möchte, dass Sie mir etwas versprechen.«

»Alles«, erwiderte Jeanette sofort.

»Darf ich zu Besuch vorbeikommen, wenn ich in der Gegend bin?«

»Sie sind jederzeit willkommen.« Jeanette hatte schwer zu kämpfen, um einen Freudenschrei zurückzuhalten, der Nancy die Trommelfelle zerreißen würde. »Vielen, vielen Dank. Ich kann Ihnen gar nicht sagen, was das für mich bedeutet. Ich bin so aufgeregt, dass ich zittere.«

»Ich hoffe nur, Sie werden dort genauso glücklich sein, wie ich es war.«

»Davon bin ich überzeugt. Auf Wiedersehen, Nancy, und danke noch mal.«

Als sie den Anruf beendete, drehte sie sich um. Tom sah sie mit einem Grinsen im Gesicht an.

»Und? Gehört es dir?«

»Es gehört mir. Oder wird es, sobald die Bank meinen Kredit genehmigt hat und wir den Vertrag abschließen können«, sagte sie. Spontan hob er sie von den Beinen und wirbelte sie im Kreis. Als er sie wieder auf die Füße stellte, erhaschte sie einen flüchtigen Blick auf etwas, das in Mary Vaughns Augen aufblitzte – nur was? Traurigkeit? Gleich darauf jedoch rang sich die Maklerin ihr charakteristisches Lächeln ab.

»Herzlichen Glückwunsch«, sagte Mary Vaughn zu ihr. »Was haltet ihr beide zur Feier des Tages von einem gepflegten Essen und Champagner? Ich lade euch ins *Sullivan's* ein.«

Tom warf Jeanette einen fragenden Blick zu. »Was denkst du? Hast du Zeit?«

Sie fand, dass sich Mary Vaughn unter den gegebenen Umständen geradezu bewundernswert verhielt. Vielleicht wollte sie der Welt auch nur zeigen, dass sie nicht immer eine so schlechte Verliererin war wie damals, als Ronnie zum zweiten Mal Dana Sue den Vorzug gegeben hatte. Nachdem Jeanette kurz über die Einladung nachgedacht hatte, nickte sie. Warum sollte sie der Frau nicht die Chance geben, das Gesicht zu wahren?

»Sehr gern, Mary Vaughn«, sagte sie. »Und was auch immer du gesagt hast, um Nancy zu überreden, mein Angebot anzunehmen – danke dafür.«

»Ach, Süße, dafür war keine Überredung nötig. Die Dollars und Cents haben für dich gesprochen – und dass du dir Zeit genommen hast, nett zu ihr zu sein, als sie nach Garretts Tod so gelitten hat. Was wieder mal ein Beweis dafür ist, dass man irgendwann erntet, was man sät.« Sie seufzte hörbar, bevor sie mehr zu sich selbst murmelte: »Wahrscheinlich eine Lektion, die ich mal lernen sollte.«

Jeanette griff ihre Worte auf. »Mary Vaughn, ist alles in Ordnung?«

Das gekünstelte Lächeln, das die Maklerin perfektioniert hatte, kehrte so schnell zurück, dass Jeanette beinah dachte, sie hätte sich die erschöpfte Resignation in der Stimme der Frau nur eingebildet. »Alles wunderbar, meine Liebe, aber ich könnte jetzt wirklich ein Glas Champagner vertragen. Wir treffen uns in einer Viertelstunde bei *Sullivan's*. Ich schließe hier noch ab und bringe draußen ein ›Verkauft‹-Schild an.«

»Okay, dann bis gleich«, sagte Jeanette.

Sie hatte den deutlichen Eindruck, dass Mary Vaughn die Zeit brauchte, um sich auf ihren Auftritt im *Sullivan's* vorzubereiten. Anscheinend wollte sie Serenity damit vor Augen führen, dass sie sich nicht davon unterkriegen ließ, was zwischen Jeanette und Tom vor sich ging. Unwillkürlich bewunderte Jeanette die Frau. Sie an ihrer Stelle würde sich nach Hause trollen, um sich dort mit literweise Erdbeer-Vanille-Eis zu trösten.

KAPITEL 12

Tom konnte sich an keine Gelegenheit in seinem Leben erinnern, an dem ein Abend unangenehmer zu werden versprach. Er ahnte, dass sich alle Blicke auf sie drei heften würden, sobald sie das *Sullivan's* betraten. Die Einheimischen würden gespannt darauf warten, wann der Zoff zwischen Mary Vaughn und Jeanette ausbrechen würde.

Immerhin hatte Mary Vaughn kaum ein Geheimnis aus ihrem Interesse an ihm gemacht. Und Jeanette hatte beim Footballspiel am vergangenen Abend auf der Tribüne in aller Öffentlichkeit gleichsam Anspruch auf ihn erhoben – auch wenn sie behauptete, ihn nicht wirklich zu wollen, jedenfalls nicht so wie er sie. Er vermutete, dass sie sich Illusionen über die eigenen Gefühle hingab, konnte es aber nicht beweisen. Zumindest noch nicht.

Natürlich konnte er hoffen, die Menschen in Serenity würden die Nasen nicht in die Angelegenheiten anderer stecken. Nur sprach alles, was er bisher beobachtet hatte, entschieden dagegen. Dafür musste er sich nur die süßen Magnolien, deren Ehemänner und seine eigene Sekretärin ansehen.

»Du scheinst dich nicht gerade auf das Essen zu freuen«, bemerkte Jeanette, als sie zum *Sullivan's* fuhren.

»Wie kommst du nur darauf?«, fragte er.

»Weil du keine zwei Worte mehr von dir gegeben hast, seit wir Mary Vaughn zurückgelassen haben.«

»Meinst du nicht, das wird unheimlich schräg werden?«

»Doch«, antwortete sie, ohne zu zögern. »Aber das sind wir ihr schuldig.«

Verwirrt starrte er sie an. Wie der Verstand dieser Frau funktionierte, gab ihm Rätsel auf. »Wieso das?«

»Sie will damit das Gesicht wahren und beweisen, wie wenig es sie stört, dass du sie zurückgewiesen und dich für mich entschieden hast. Was du natürlich nicht hast.«

»Oh doch«, widersprach er deutlich, damit kein Missverständnis aufkam. »Und ganz gleich, welche Absicht du gestern Abend verfolgt hast, dein Kuss im Stadion hat aller Welt gezeigt, dass du dich umgekehrt für mich entschieden hast.«

Sie errötete leicht. »Für den Kuss hatte ich meine Gründe. Interpretier nicht zu viel hinein.«

Er warf ihr einen unverhohlenen, skeptischen Blick zu, bevor er sich wieder auf die Straße konzentrierte. »Möchtest du mir das vielleicht erklären?«

»Nicht wirklich.«

»In dem Fall will ich einfach glauben, dass du Ansprüche geltend machen wolltest.«

»Ja, das würde deinem Ego so passen.«

»Wie sollte ich ohne gegenteiligen Beweis zu einem anderen Schluss kommen?«

»Weil ich dir was anderes gesagt habe.«

»Worte«, sagte er ihn höhnischem Tonfall. »Nichts als Worte.«

Jeanette sah ihn stirnrunzelnd an. »Weißt du, Tom, du musst nicht mit uns essen. Setz mich einfach beim *Sulli-*

van's ab. Mary Vaughn und ich können auch gut ohne dich feiern.«

»Aber das würde wohl kaum beweisen, was für einen Blödsinn sie zu beweisen versucht, oder?«

»Nicht so deutlich, stimmt. Uns drei zusammen zu sehen würde Serenity vor Augen führen, dass es zwischen uns kein böses Blut gibt.«

»Dann ist es meine Pflicht mitzuspielen«, erklärte er feierlich. »Niemand soll behaupten, meine Mutter hätte mich nicht zu einem waschechten Gentleman erzogen. Ich bin bereit zu tun, was immer nötig ist, um die Ehre einer Dame zu schützen.«

»Du musst nicht gleich so übertreiben«, sagte Jeanette.

»Anscheinend schon.« Und sein Bauchgefühl warnte ihn, dass er es noch bereuen würde.

Im *Sullivan's* ließ Jeanette ihn sitzen, sobald sie zu einem Tisch geführt worden waren. Nachdenklich starrte er ihr hinterher, als sie geradewegs auf die Küche zusteuerte. Vielleicht wollte sie nur die Neuigkeit verkündeten, dass sie einen Vorvertrag für einen Hauskauf unterschrieben hatte. Aber er vermutete, dass sie ihren Freunden zusätzlich die eine oder andere Kleinigkeit mitteilen würde.

Ihn beschlich zunehmend das Gefühl, er könnte die nächsten fünfzig Jahre mit ihr verbringen und sie trotzdem nie völlig verstehen. Ihre Geheimnisse zu lüften würde ihm etwas bieten, worauf er sich freuen könnte. Und seine Vorfreude darauf fühlte sich erfrischend neu an. Noch nie zuvor hatte er eine Frau so faszinierend gefunden, dass er sich vorstellen konnte, mit ihr alt zu werden.

* * *

Mary Vaughn saß auf dem Parkplatz des *Sullivan's* im Auto, peppte ihr bereits tadelloses Make-up auf und versuchte, den Mut zum Hineingehen zusammenzukratzen. Kaum hatte sie die Einladung an Jeanette und Tom ausgesprochen, hatte sie es schon bereut. Wenngleich sie reichlich Erfahrung darin hatte, so zu tun, als wäre ihre Welt in bester Ordnung, obwohl sie in Wirklichkeit um sie herum bröckelte, war sie nicht sicher, ob sie den für diesen Abend geplanten Auftritt über die Bühne bringen könnte. Dieser jüngste Rückschlag saß ihr noch ein wenig zu frisch in den Knochen.

»Mir bleibt wohl nichts anderes übrig«, murmelte sie und stieg aus dem Auto. Sie würde keine Seele in Serenity merken lassen, wie sie sich dabei fühlte, dass ihr ein weiterer Mann vor der Nase weggeschnappt wurde. Natürlich hatte Tom ihr nie gehört, aber sie hatte ihn gewollt. Das wusste wahrscheinlich die ganze verdammte Stadt. Genau, wie immer alle gewusst hatten, was sich bei ihren Eltern abgespielt hatte. Und nie hatte jemand ein Wort darüber verloren, geschweige denn, dass jemand eingeschritten wäre, um ihre Mutter oder sie zu beschützen.

Als Einzelkind hatte Mary Vaughn von einer Meisterin gelernt, über ihre Probleme zu schweigen. Ihre Mutter hatte jahrelang wüste Beschimpfungen und körperliche Misshandlungen durch ihren alkoholkranken Ehemann ertragen, ohne je um Hilfe zu bitten. Als Mary Vaughn alt genug gewesen war, um sie darauf anzusprechen, hatte die Frau geleugnet, dass es irgendein Problem gab. Blaue Flecke hatte sie, weil sie tollpatschig war. Die erhobenen Stimmen »diskutierten« lediglich. Weil sich ihre Mutter standhaft weigerte anzuerkennen, was vor sich ging, musste auch Mary Vaughn darüber schweigen.

Sie redete sich immer ein, es wäre anders gelaufen, wenn ihr Vater jemals sie angegriffen hätte. Dann wäre ihre Mutter ihr zu Hilfe geeilt und hätte sie aus dem grauenhaften Umfeld herausgeholt. Tief in ihrem Inneren jedoch zweifelte sie daran. Zum Glück wurde die Theorie nie auf die Probe gestellt. Ihr Vater begnügte sich immer damit, seine Wut an Mary Vaughns Mutter auszulassen.

Sie selbst ging mit erhobenem Kinn zur Schule und ignorierte das Getuschel der Nachbarskinder, die regelmäßig sahen, wie ihr Vater von Serenitys verrufenster Kneipe nach Hause torkelte, bevor das unvermeidliche Geschrei nach seiner Ankunft folgte. Wenn mitfühlende, besorgte Betreuer helfen wollten, leugnete sie die Misshandlungen. Sie wurde genauso meisterhaft wie ihre Mutter darin, eine Lüge zu leben.

In Ronnie Sullivan verliebte sie sich nicht zuletzt deshalb, weil er neu in der Stadt war und sie nicht so mitleidig ansah wie andere in der Schule. Sonny heiratete sie, weil er sie trotz ihres schwierigen Hintergrunds liebte. Er behauptet sogar, sie dafür zu bewundern, dass sie sich über ihre Umstände erhob und fest entschlossen ihren eigenen Weg in der Welt finden wollte.

Zu dem Zeitpunkt waren ihre Eltern bereits verstorben – ihr Vater an Leberzirrhose, ihre Mutter an einem Herzinfarkt. Mary Vaughn trauerte um beide nicht wirklich. Eher um die Familie, die sie nie hatte.

Und so wurde Sonny, der Sohn des angesehensten Bürgers der Stadt, erst allein ihre Familie, danach mit Rory Sue. Auch wenn es in ihrer Ehe mit Sonny an Leidenschaft mangelte, sie würde bei ihm immer sicher sein und seinen Respekt genießen, das hatte sie von Anfang an gewusst. Und durch seine Familie auch den Respekt der gesamten Stadt, obwohl sie verdammt hart dafür gearbeitet hatte, ihn sich aus eigener Kraft zu verdienen. Sie hatte sich damals gesagt, dass ihr Sicherheit und gegenseitiger Respekt mehr als genug wären. Und so war es für sie auch gewesen. Sonny hatte am Ende mehr gewollt.

Als er sie verlassen hatte, war sie wieder mal gezwungen gewesen, mit hoch erhobenem Kinn das Getuschel zu ignorieren. Aus dieser Erfahrung schöpfte sie, um wacker das *Sullivan's* zu betreten und niemanden merken zu lassen, wie sehr ihr Herz schmerzte. Sie kam, um den Verkauf einer Immobilie zu feiern, und bei Gott, niemand würde einen anderen Eindruck erlangen.

Kein verräterischer Ton in ihrer Stimme und kein Stocken ihres Lächelns deuteten etwas anderes als reine Freude für Jeanette an, weil sie das Haus ihrer Träume bekommen hatte … und vielleicht auch den Mann, den Mary Vaughn gewollt hatte.

Als der Champagner eintraf, erhob sie das Glas. »Auf eine wunderbare Zukunft im neuen Zuhause«, toastete sie, bevor sie mit Jeanette und Tom anstieß. »Ich hoffe, ihr werdet dort glücklich.«

»Du weißt schon, dass es mein Haus ist, oder?«, merkte Jeanette ironisch an. »Tom sucht noch. Vielleicht fällt dir ja etwas ein, das ihm gefallen könnte.«

»Aber natürlich«, erwiderte Mary Vaughn und freute sich insgeheim. Was auch immer sich zwischen den beiden anbahnte, es war noch nicht so weit gediehen, dass sie zusammenziehen würden. Mit strahlender Miene sah sie Tom an. »Hat dir das Haus heute vom Stil her gefallen?

Oder hättest du lieber was Neueres, Moderneres? Vielleicht etwas Beeindruckenderes, das deiner Stellung als Gemeindedirektor und als McDonald gerecht wird? Bestimmt bist du an ein großes Haus gewöhnt.«

»Eigentlich bin ich eher etwas gewöhnt, das kaum größer ist als mein Zimmer im *Serenity Inn*«, erwiderte Tom. »Ich verbringe so viel Zeit bei der Arbeit, dass ich zu Hause nur ein Zimmer zum Entspannen, einen Kühlschrank für das Nötigste und ein Schlafzimmer brauche.«

»Ich denke, wir finden schon mehr als das«, sagte Mary Vaughn. »Weißt du, ich wollte es vorhin nicht erwähnen, aber neulich hat mich deine Mutter angerufen.«

Toms Miene verfinsterte sich. »Ach ja?«, sagte er mit plötzlich frostiger Stimme.

»Anscheinend hat sie bei ihrem letzten Besuch eine meiner Broschüren mitgenommen und ein paar Häuser gesehen, die ihrer Meinung nach für dich geeignet sein könnten. Sie hat gesagt, sie würde sich nächste Woche melden und einen Termin vereinbaren, um sie sich anzusehen.«

»Wohl kaum«, entgegnete Tom. »Wenn sie noch mal anruft, sagst du ihr, dass du für mich arbeitest, nicht für sie.«

Mary Vaughn zuckte zusammen. Sie hatte bereits am Telefon gemerkt, dass Clarisse McDonald ihren eigenen Willen hatte. Die Frau würde sich nicht ohne Weiteres abspeisen lassen. »Ich glaube, sie will dir damit nur eine Last abnehmen«, meinte sie und hoffte, Tom so zu beschwichtigen. »Immerhin bist du unglaublich beschäftigt damit, dich bei deinem neuen Job einzuarbeiten. Und die Vorbereitungen der Weihnachtsfeierlichkeiten spannen dich zusätzlich ein.«

Er beugte sich vor. »Mary Vaughn, ich wäre dir sehr verbunden, wenn du meiner Mutter in Serenity keine Häuser zeigst. Außer sie hat vor, selbst in eines einzuziehen. Ich treffe meine eigene Entscheidung, wenn es so weit ist. Falls du damit ein Problem hast, suche ich mir einen anderen Makler. Dann kannst du meiner Mutter nach Herzenslust zeigen, was immer du willst.«

Offensichtlich war sie mitten in eine Familiendynamik hineingeraten, die sie nicht verstand. »Natürlich hab ich kein Problem damit, Tom«, steckte sie sofort zurück. Es wäre ein Volltreffer gewesen, jemanden von Clarisse McDonalds gesellschaftlicher Stellung als Kundin zu gewinnen, doch eine gute Beziehung zu Tom war ihr wichtiger. »Keine Sorge. Wenn sie wieder anruft, lasse ich mir eine Ausrede einfallen, um sie abzuwimmeln.«

»Danke.«

Mary Vaughn wandte sich an Jeanette. »Hast du schon jemanden für die Renovierungsarbeiten im Sinn, sobald das Haus offiziell dir gehört?«

Jeanette zuckte mit den Schultern. »Ich bin noch ganz benommen davon, dass ich heute tatsächlich einen Kaufvertrag für ein Haus unterschrieben habe. Ich denke, ich werde mit Ronnie reden. Er kennt die meisten Handwerker in der Stadt.«

»Und natürlich hab auch ich versprochen, ihr zu helfen«, warf Tom mit einem bedeutungsvollen Blick zu Jeanette ein.

»Ich meine, mich zu erinnern, dass ich dein Angebot abgelehnt habe«, konterte sie mit einem belustigten Blick. »Es hatte zu viele Haken und Ösen.«

»Über die können wir noch verhandeln«, sagte Tom. »Könnte unterhaltsam werden.«

Mary Vaughn lehnte sich zurück und konnte sich ein Seufzen kaum verkneifen. Gut, sie mochten nicht zusammenziehen, dennoch war da unbestreitbar etwas zwischen den beiden. Das Knistern in der Luft versengte sie förmlich.

Was stimmte nicht mit ihr? Im Vergleich zu Jeanette passte sie doch viel besser zu einem Mann wie Tom McDonald. Sie verstand etwas von Stil. Sie besaß Geld und gesellschaftliches Ansehen. Sie hatte hart dafür gearbeitet, sich ein Leben als gediegene, gebildete, erfolgreiche Frau aufzubauen, damit sie nie in einer miserablen Ehe gefangen sein würde wie ihre Mutter. Mary Vaughn war fest entschlossen gewesen, sich Möglichkeiten zu schaffen. Sonny mochte nicht ihre erste Wahl gewesen sein, aber er war ein anständiger Mann aus guter Familie. Er hatte sie einst vergöttert, trotzdem hatte er sie am Ende verlassen. In mancher Weise hatte Mary Vaughn das schwerer verkraftet als die erste Abfuhr von Ronnie Sullivan.

Offensichtlich war sie in Hinblick auf Männer mit einem fatalen Makel behaftet, konnte sich jedoch beim besten Willen nicht erklären, mit welchem. War sie zu forsch, zu selbstbewusst, zu unabhängig? Oder traf das Gegenteil zu? Empfand man sie als zu bedürftig?

Ironischerweise hatte sie sich immer so sehr auf Beziehungen mit Männern konzentriert, dass sie kaum Freundschaften mit Frauen pflegte. Deshalb gab es niemanden, den sie fragen konnte, was sie falsch anstellte. Bis zu diesem Tag hätte sie vielleicht mit dem Gedanken gespielt, Jeanette darauf anzusprechen, was nun natürlich nicht mehr in Frage kam. Es wäre zu demütigend, sich damit ausgerechnet an die Frau zu wenden, der Tom sichtlich verfallen war.

Aber eher früher als später würde sie es irgendwie herausfinden müssen, denn sie hatte es satt, die Abende zu Hause allein zu verbringen. Alles Geld und aller Erfolg der Welt konnten nicht aufwiegen, dass sie niemand Besonderen im Leben hatte, abgesehen von einer Tochter, die zu oft nicht gut auf sie zu sprechen war.

Nach einem weiteren Schluck Champagner bremste sich Mary Vaughn. Das Letzte, was sie brauchte, war Alkohol, der sie noch tiefer in Trübsinn versinken lassen würde. Unattraktiver als eine schlechte Verliererin war nur eine Verliererin, die sich in Selbstmitleid suhlte. Eine solche Frau wollte Mary Vaughn nicht sein. Sie war eine Überlebenskünstlerin, verdammt! Ganz gleich, was geschehen mochte, sie würde sich nicht gestatten, das je zu vergessen.

* * *

Jeanette, Tom und Mary Vaughn aßen gerade die letzten Bissen eines Stücks Schokoladenkuchen, das sie sich geteilt hatten, als Helen und Maddie mit ihren Ehemännern und Kindern eintrafen. Gleichzeitig kam Dana Sue mit einer weiteren Flasche Champagner, einer Flasche Kindersekt und Gläsern für alle aus der Küche. Erik und Karen folgten ihr dicht auf den Fuß. Nur Minuten danach schneite Elliot mit Karens Kindern herein.

»Was ist denn hier los?«, fragte Jeanette und starrte verdattert in die Runde. »Was machst ihr alle hier?«

»Du hast ein Haus gekauft!«, rief Maddie aus. »Das ist ein Grund zum Feiern. Nicht nur für dich, auch für uns. Immerhin bedeutet es, dass du uns nicht verlässt.«

»Woher wisst ihr von dem Haus?«, fragte Jeanette.

»Hast du echt gedacht, Dana Sue würde uns nicht sofort anrufen, als du ihr erzählt hast, das Nancy Yates dein Angebot angenommen hat?«, fragte Helen ironisch. »Sie, Maddie und ich hatten eine Heidenangst, du könntest eines Tages die Koffer packen und Serenity verlassen. Immerhin hast du vorher in Charleston und sogar mal in Paris gelebt. Wir dachten uns, Serenity würde dich nicht ewig halten können.«

»Aber es ist ja noch gar nichts endgültig«, protestierte Jeanette. »Ich hab bisher nicht mal den Kredit beantragt. Das kann ich erst am Montag.«

»Oh bitte, natürlich bekommst du den Kredit«, sagte Helen. »Nenn einfach uns alle als Referenz. Ich kann dir jetzt schon sagen, dass der Kredit so gut wie unter Dach und Fach ist.«

»Also qualifiziert es sich eindeutig als große Neuigkeit«, rechtfertigte sich Dana Sue. »So was muss man Freundinnen mitteilen.« Bei den Worten bedachte sie Mary Vaughn mit einem Blick, der sehr knapp an der Andeutung vorbeischrammte, sie wäre ein unerwünschter Eindringling.

Jeanette sah das kurze Aufblitzen von Schmerz in Mary Vaughns Augen, bezweifelte jedoch, dass es sonst irgendjemandem auffiel – dafür überspielte sie es zu schnell. Die Maklerin stand mit ihrem einstudierten Lächeln im Gesicht auf.

»Dann lasse ich euch jetzt mal feiern«, verkündete Mary Vaughn und griff nach ihrer Handtasche.

»Nein«, sagte Jeanette mit einem warnenden Blick zu Dana Sue. »Du musst bleiben. Zumindest für ein Glas Champagner.«

»Ich weiß nicht recht.« Mary Vaughn warf ihrerseits einen zweifelnden Blick zu Dana Sue.

»Bleib«, sagte Dana Sue, die Jeanettes Wink offenbar verstanden hatte. Das Wort mochte nicht übertrieben warmherzig ausgesprochen worden sein, dennoch genügte es, damit sich Mary Vaughn wieder setzte. Obwohl sie sich diesmal auf der Stuhlkante niederließ und fluchtbereit wirkte.

Die meisten anderen Gäste hatten das Lokal bereits verlassen, und Ronnie half Dana Sue, ein paar Tische zusammenzustellen. Maddies Kinder Kyle und Katie erhielten den Auftrag zu verhindern, dass Jessica Lynn und Karens Sohn das Restaurant verwüsteten. Die Babys schliefen friedlich in ihren Schalen.

»Okay, jetzt erzähl uns, wie's dazu gekommen ist«, verlangte Maddie von Jeanette. »Ich hatte ja keine Ahnung, dass du dir überhaupt Häuser ansiehst.«

»Hab ich eigentlich auch nicht«, erwiderte Jeanette. »Tom war auf der Suche. Ich hab ihn heute nach der Arbeit nur dabei begleitet. Und das Haus hab ich ihm direkt vor der Nase weggeschnappt.«

»Hat mir das Herz gebrochen«, behauptete er mit einem theatralischen Seufzen. »Dabei war ich so verliebt in das Haus.«

Jeanette warf ihm einen strengen Blick zu. »Ach was, warst du nicht. Ich hab dein Gesicht bemerkt, als du den ganzen Chintz im Wohnzimmer gesehen hast.«

Er grinste. »Na ja, all die Blumen waren schon ein wenig überwältigend, aber die Möbel kommen ja raus.« Er wandte sich an Mary Vaughn. »Sie kommen doch raus, oder?«

»Was interessiert's dich?«, fragte Jeanette. »Du musst doch nicht damit leben.«

»He«, protestierte er. »Ich dachte, wir hätten eine Abmachung.«

Helen bedachte ihn mit einem vernichtenden Blick. »Was für eine Abmachung?« Sie drehte sich zu Jeanette. »Bitte sag, dass du keine Vereinbarung mit ihm geschlossen hast, ohne mich vorher drüberschauen zu lassen. Ich bin noch ein bisschen irritiert, dass du den Vertrag für das Haus nicht vor der Unterschrift mit mir besprochen hast.«

»Beim Haus musste ich schnell handeln«, erklärte Jeanette. »Es hat noch andere Bieter gegeben. Um den endgültigen Abschluss kannst du dich für mich kümmern, versprochen. Von jetzt an überlasse ich dir jedes Detail. Von solchen Dingen hab ich eh keine Ahnung.«

»Aber was ist mit dieser Abmachung, von der Tom redet?«, hakte Helen hartnäckig nach. »Worum geht's da?«

Jeanette warf ihm einen mürrischen Blick zu. »Er hält sich für unterhaltsam. Tom hat die verrückte Idee, ein Zimmer bei mir zu mieten. Im Gegenzug will er mir beim Renovieren helfen.«

»Ist ein guter Deal«, betonte Tom.

Ronnie sah ihn mit einem Blick an, aus dem Belustigung und vielleicht ein Hauch von Bewunderung für seinen Einfallsreichtum sprach. »Netter Plan, aber ich muss einfach fragen. Weißt du überhaupt, wie man einen Hammer hält?«

»Ich kann viel, das im Haus nützlich wäre«, sagte Tom.

»Aber auch irgendetwas, das mit Renovieren zu tun hat?«, fragte Cal und handelte sich dafür einen kräftigen Rempler in die Rippen von Maddie ein. Fragend sah er sie an. »Was hab ich denn gesagt?«

»Du bringst Tom und Jeanette in Verlegenheit«, klärte Maddie ihn auf.

»War doch eine berechtigte Frage«, protestierte er und

schaute hilfesuchend zu Ronnie, Elliot und Erik. »Oder nicht?«

»Auf jeden Fall«, stärkte Ronnie ihm den Rücken. »Nur nicht besonders geschickt.«

Tom wandte sich an Ronnie. »Kannst dich gern davon überzeugen. Lass mich einfach mit ein paar deiner Werkzeuge loslegen.«

Jeanette verdrehte die Augen. »Mir egal, ob du die Zustimmung der Jungs hier kriegst oder mir ein Diplom von der Berufsschule zeigst, du ziehst nicht bei mir ein. Ich hab vor, einen qualifizierten Handwerker zu beauftragen. Ronnie, kannst du mir jemanden empfehlen?«

»Nenn mir eine Zeit, dann komme ich vorbei, schaue mir an, was du brauchst, und helfe dir, den richtigen dafür zu finden«, antwortete er.

»Verräter«, raunte Tom.

Ronnie grinste. »Ich geh mit einer der Frauen hier nach Hause. Wenn's hart auf hart kommt, halte ich mich an sie.«

»Was ist nur daraus geworden, dass Männer immer zusammenhalten?«, klagte Tom.

»Solche Männer sind offensichtlich nicht mit süßen Magnolien verheiratet«, sagte Cal, der sich immer noch die Stelle rieb, an der Maddie ihn gestupst hatte.

Jeanette beobachtete während des Wortwechsels Mary Vaughn und bemerkte den wehmütigen Ausdruck in ihren Augen. Ausnahmsweise schien er nicht speziell Ronnie zu gelten, sondern der gesamten Gruppe. Jeanette war froh, darauf bestanden zu haben, dass sie mit einbezogen wurde. Nicht zum ersten Mal drängte sich ihr der Eindruck auf, dass sich Mary Vaughn trotz all ihres Erfolgs einsam fühlte. Jeanette spürte, dass sie unbedingt dazugehören wollte, aber nicht recht wusste, wie sie es anstellen sollte, vor allem angesichts ihrer Vorgeschichte mit Dana Sue und Ronnie.

Die frischgebackene Hausbesitzerin ließ den Blick in die Runde wandern. »Das ist so nett von euch allen. Ich glaube, ich lebe vor allem deshalb so gern in Serenity, weil ich hier so gute Freunde gefunden habe. Es ist, als wäre man von einer Familie umgeben.«

»Familie kann überbewertet sein«, kommentierte Mary Vaughn verbittert. Dann schaute sie überrascht und verlegen über die eigene Wortmeldung drein.

»Amen«, sagte Tom und warf ihr einen mitfühlenden Blick zu. »Wie heißt es so schön? Freunde sucht man sich aus, die Familie nicht.«

»Genau deshalb schätze ich mich glücklich, dass ich euch alle gefunden habe«, sagte Jeanette. »Ich denke, wir sollten noch mal anstoßen, diesmal auf die Freundschaft.«

»Darauf trinke ich gern«, sagte Maddie.

»Ganz meine Rede«, stimmte Helen ihr zu, genau wie Dana Sue, Karen und sogar die Männer.

Karens Augen wirkten feucht. »Ich kann bezeugen, wie wichtig ihr alle in meinem Leben seid. Ihr habt mir geholfen, es in den Griff zu kriegen.« Ihr Blick heftete sich auf Elliot. »Ihr und natürlich Elliot.«

»Natürlich«, kam von Maddie. »Habt ihr zwei eigentlich schon einen Hochzeitstermin?«

»Ich dränge ja darauf durchzubrennen«, sagte Elliot. »Aber Karen und meine Familie scheinen sich eine große kirchliche Trauung zu wünschen. Dafür müssen wir warten, bis Karens erste Ehe annulliert ist. Der Priester sagt, das könnte ein paar Monate dauern. Ich übe mich in Geduld.«

»Was nicht seine Stärke ist«, kommentierte Karen und verschränkte die Finger mit seinen. »Aber ich will diesmal alles richtig machen. Es soll ja für immer sein.«

Jeanette konnte sich nur mühsam ein Seufzen verkneifen. Es war herzergreifend gewesen, die sich entwickelnde Romanze zwischen den beiden zu beobachten. Elliot hatte sich praktisch vom ersten Treffen an voll und ganz auf sie eingelassen. Nur hatten Karens Vergangenheit mit einem Mann, der sie und ihre Kinder sitzen gelassen hatte, und die Vorbehalte von Elliots Familie gegen eine Geschiedene die Situation verkompliziert. Aber er hatte sich von den Hindernissen nie beirren lassen. Endlich fanden die beiden zu dem Glück, das sie verdienten.

Tom schien Jeanettes unterschwelligen Neid zu spüren. Er griff unter dem Tisch nach ihrer Hand und drückte sie. Sie sah ihm in die Augen und erkannte darin ein tiefes Verständnis, das ihr elektrisierend durch den Leib fuhr. Erschrocken zuckte sie zurück. Damit hatte er bereits zum zweiten Mal dieses warme, wohlige Gefühl in ihr ausgelöst. Anziehungskraft war eine Sache, aber sie durfte sich nicht gestatten, sich in ihn zu verlieben, nicht mal ein bisschen. Das würde sie nicht. Trotz des Flirtens, trotz des unbestreitbaren Knisterns zwischen ihnen – oder vielleicht gerade *deswegen* – durfte sie weder ihm noch sich selbst trauen.

Es spielte keine Rolle, wie gut er mit ihren Freunden auskam. Es spielte keine Rolle, dass er einfühlsam und freundlich war. Es zählte nur, dass er am Ende seine Karriere über sie stellen und sie verlassen würde. Das hatte er selbst gesagt.

Er schien zu spüren, dass sich ihr Rückzug nicht nur

darauf beschränkte, die Hand von seiner zu lösen, und sah ihr in die Augen. »Alles in Ordnung?«

Jeanette rang sich ein Lächeln ab. »Es ist nur gerade knapp geworden«, antwortete sie. »Aber jetzt geht's mir wieder gut.«

»Sollte ich wissen, was das bedeutet?«

Sie schüttelte den Kopf, dann stand sie auf. »Vielen Dank euch allen, dass ihr heute Abend hergekommen seid«, sagte sie und mied Toms Blick. »Aber ich glaube, für mich wird es jetzt Zeit. Ich bin geschlaucht. Mary Vaughn, wie sieht's aus? Kannst du mich nach Hause fahren?«

Tom runzelte die Stirn. »Das kann ich machen.«

Zu Jeanettes Erleichterung stand Mary Vaughn sofort wieder auf den Beinen. »Ich fahre dich, Jeanette. Unterwegs können wir noch ein paar Dinge besprechen, okay?«

»Gern. Gute Nacht allerseits.«

Damit verließ sie fluchtartig das *Sullivan's* und traf eine volle Minute vor Mary Vaughn beim Auto ein.

»Verrätst du mir, was das sollte?«, fragte Mary Vaughn, als sie das Fahrzeug entriegelte.

Jeanette schüttelte den Kopf.

»Da drin sind haufenweise Leute, die dich gern nach Hause gefahren hätten. Warum ich?«

»Weil ich dachte, du bist vielleicht die Einzige, die mich nicht mit tausend Fragen bombardiert«, gestand Jeanette reumütig. »Hab ich mich geirrt?«

Mary Vaughn schmunzelte. »Oh, ich hab schon Fragen«, erwiderte sie. »Aber ich kann sie für mich behalten.«

»Das wüsste ich sehr zu schätzen«, sagte Jeanette und lehnte sich seufzend auf dem Sitz zurück. »Übrigens, wie geht's dir? Es war doch nicht zu unangenehm für dich, oder? Also nicht nur das Essen, sondern der gesamte Abend, meine ich.«

»Tatsächlich war es nicht halb so schlimm, wie ich befürchtet hatte«, antwortete Mary Vaughn. »Weißt du eigentlich, wie glücklich du dich schätzen kannst, solche Freunde zu haben?«

Jeanette nickte. »Weiß ich. Und ich danke Gott jeden Tag dafür.«

Als sie vor der kleinen Wohnanlage anhielten, in der Mary Vaughn schon einmal außerhalb der Öffnungszeiten des *Corner Spa* eine Hautcreme abgeholt hatte, drehte sie sich Jeanette zu. »Meinst du … wir könnten vielleicht mal zusammen Mittagessen gehen? Oder ins Kino? Schon klar, es kommt dir wahrscheinlich komisch vor, weil du ja weißt, dass ich an Tom interessiert war, aber der Zug ist eindeutig abgefahren. Du sollst nur wissen, dass zwischen uns kein böses Blut herrscht. Ich wäre gern deine Freundin, sofern es dich in keine unangenehme Lage mit Dana Sue und den anderen bringt.«

Jeanette dachte an den wehmütigen Ausdruck in Mary Vaughns Augen vorhin zurück. Mit Einsamkeit kannte sie sich nur zu gut aus. »Es kann wohl kaum jemand was dagegen haben, wenn wir mal zusammen zu Mittag essen. Ich hab meinen Terminkalender nicht in der Handtasche. Was hältst du davon, wenn wir bei deinem nächsten Besuch im Spa etwas ausmachen?«

»Das wäre toll«, sagte Mary Vaughn. »Danke für den Kauf heute. Falls irgendwelche Fragen auftauchen, wenn du bei der Bank den Kredit beantragst, gib einfach Bescheid. Sonst sehen wir uns irgendwann die Woche im Spa. Und ich erledige den Papierkram im Eiltempo, damit das Haus so schnell wie möglich endgültig dir gehört.«

Impulsiv beugte sich Jeanette zu ihr und umarmte sie kurz. »Gute Nacht. Bis bald.«

Der leichte Schimmer von Tränen, den sie in Mary Vaughns Augen sah, überraschte sie. Der Anblick verriet ihr, dass die Entscheidung richtig gewesen war, die Maklerin an dem Abend in die Gruppe einzubeziehen. Jeanette spürte, dass Mary Vaughn unter dem polierten Äußeren und dem forschen, so entschlossenen Auftreten genauso viele Unsicherheiten plagten wie alle anderen. Was sie vor diesem Abend nie vermutet hätte.

KAPITEL 13

Den gesamten Sonntag über klingelte Jeanettes Telefon in unregelmäßigen Abständen immer wieder, doch sie bemühte sich, es zu ignorieren. Schließlich entschied sie sich für einen ausgedehnten Spaziergang, um der Versuchung zu entfliehen ranzugehen. Durch die Anruferkennung wusste sie, dass die meisten Anrufe von Tom stammten, ein paar jedoch auch von Maddie, Helen und Dana Sue. Zweifellos wurden sie alle zunehmend frustrierter darüber, dass sie nicht in Erfahrung bringen konnten, warum sie Tom am Abend zuvor einfach so sitzen gelassen hatte.

Erst spät am Sonntagabend, als die Anrufe schließlich endeten, wurde ihr klar, dass sie das Unvermeidliche nur hinausgezögert hatte. Am nächsten Morgen würde sie sich Tom bei der Ausschusssitzung für die Weihnachtsfeierlichkeiten stellen müssen. Noch einmal konnte sie nicht schwänzen. Das wäre ein Maß an Feigheit, das sogar sie als inakzeptabel empfand.

Bevor sie zu Bett ging, legte sie als Schub für ihr Selbstvertrauen eines ihrer Lieblingsoutfits bereit. Sie redete sich ein, der knallrote Pullover wäre passend. In Wirklichkeit hatte sie ihn ausgewählt, weil er ihrem Teint schmeichelte. Sie kombinierte ihn mit einer grauen Hose und roten Schuhen, zu deren Kauf Helen sie überredet hatte. Obwohl es sich um keine der von Helen bevorzugten, sündteuren High Heels handelte, hatten sie mehr gekostet, als Jeanette normalerweise für ein gesamtes Outfit ausgab. Der Kauf der dazu passenden Handtasche hatte ihr Sodbrennen verursacht.

Als sie den Besprechungsraum im Rathaus betrat, fühlte sie sich selbstbewusst und sexy. Aber als sie das anerkennende Leuchten in Toms Augen bemerkte, wurde ihr klar, dass sie sich wohl besser für etwas Altbackenes hätte entscheiden sollen. Ihre Aufmachung brachte ihn eindeutig auf Ideen. Sie schluckte schwer, rang sich ein Lächeln für Tom ab und entschied sich für einen Platz auf der anderen Seite bei Ronnie.

»Du kannst dich nicht ewig vor ihm verstecken, Süße«, flüsterte Ronnie ihr ins Ohr. »Den Mann hat's schwer erwischt.«

»Nein, hat es nicht«, widersprach sie mit Nachdruck. »Ich bin für ihn bloß eine Herausforderung, mehr nicht.«

Ronnie schmunzelte. »Wunschdenken. Hast du was gegen attraktive reiche Männer?«

»Überhaupt nicht«, versicherte sie ihm.

»Warum gehst du ihm dann aus dem Weg?«, fragte er.

»Tu ich doch gar nicht«, behauptete Jeanette.

»Sein halbes Dutzend zunehmend besorgterer Anrufe bei mir zu Hause gestern lässt was anderes vermuten.«

»Er hat bei euch angerufen?«, entfuhr es ihr bestürzt. »Tut mir so leid.«

»Er war völlig durcheinander, weil er dich nicht erreichen konnte. Und dass du bei Dana Sue auch nicht rangegangen bist, war wenig hilfreich. Ich musste mich ganz schön ins Zeug legen, um die beiden davon abzuhalten, nicht zu dir zu fahren und nach dir zu sehen. Aber ich kann dir sagen, wärst du nicht gerade hier reingekommen, wäre noch vor Mittag eine Suchmannschaft losgezogen, um dich aufzuspüren.«

»Tut mir leid«, wiederholte sie. »Ich wollte nie jemanden in mein Drama hineinziehen.« Nicht dass es ein großes Drama gab. Tatsächlich versuchte sie ja mühsam, eines zu *verhindern.*

»Dir muss nichts leidtun«, versicherte Ronnie ihr. »Ich hab ihnen gesagt, du brauchst wahrscheinlich nur Zeit zum Verarbeiten, dass du einen so großen Schritt gewagt hast. Der erste Hauskauf kann ganz schön beängstigend sein. Ist doch dein erster, oder?«

Jeanette nickte. »Und es ist so schnell gegangen, dass ich eine Heidenangst habe, es könnte ein Fehler gewesen sein. Heute Morgen hab ich bei der Bank angerufen, um einen Termin für die Kreditbeantragung zu vereinbaren. Aber ich hab aufgelegt, noch bevor sich jemand gemeldet hat.«

»Käuferreue, kalte Füße, wie man es auch nennen mag, das ist vollkommen normal«, beteuerte Ronnie. »Darüber kommst du hinweg. Und falls du irgendwas brauchst, hast du uns alle als Unterstützung.«

»Danke.«

Er musterte sie eingehend. »Ist abgesehen von der Angst vor einer Hypothek mit dreißig Jahren Laufzeit alles in Ordnung?«

Sie schenkte ihm ihr strahlendstes Lächeln. »Alles bestens.«

»Na schön, für mich ist das gut genug.« Er grinste. »Aber sei gewarnt. Tom oder meiner Frau könnte deine Zusicherung allein nicht reichen.«

Jeanette spähte zu Tom, der ihre Unterhaltung mit Ronnie aufmerksam beobachtete. »Ja, das ist mir bewusst.«

Einen Moment später rief Tom die Sitzung zur Ordnung und ging in Rekordzeit die Tagesordnung durch. Offensichtlich wollte er die Besprechung schnellstmöglich hinter sich bringen, sehr zu Howards Verdruss.

»Wo brennt's denn, junger Mann?«, verlangte Howard zu erfahren, als Tom seinen Bericht abkürzte und eine Vertagung beantragte. »Ich dachte, wir könnten besprechen, wo wir dieses Jahr den Weihnachtsbaum für die Stadt herbekommen.«

Tom konnte sich nur mühsam ein Seufzen verkneifen. »Wo kommt er denn normalerweise her?«

»Meistens haben wir in der Umgebung einen gefunden«, antwortete Howard. »Bis vor kurzem hatten wir in der Nähe jede Menge Waldland. Aber allmählich machen sich die vielen Bauprojekte bemerkbar.« An der Stelle warf er Ronnie einen harten Blick zu, als wäre er allein für den Bauboom verantwortlich. »Ich denke, dieses Jahr müssen wir uns was anderes überlegen. In der Nähe von Columbia gibt's eine Farm, die Weihnachtsbäume züchtet. Ich denke, wir sollten hinfahren und uns dort mal umsehen. Wird uns wahrscheinlich ein bisschen mehr kosten, dafür dürften wir dort eine bessere Auswahl vorfinden.«

»Okay, dann teile ich Sie dafür ein«, verkündete Tom. Als er die Sitzung damit für beendet erklären wollte, ergriff Howard erneut das Wort.

»Das ist eine Entscheidung für den gesamten Ausschuss«, protestierte Howard. Begeistert fügte er hinzu: »Ich sage, wir fahren alle nächstes Wochenende hin. Liegt zwar noch keine Kälte in der Luft, aber wir hören uns im Auto Weihnachtslieder an und nehmen heiße Schokolade mit, um in die richtige Stimmung zu kommen.« Mit strahlender Miene ließ er den Blick durch die Runde wandern. »Wir machen uns einen schönen Tag daraus.«

Jeanette und Tom stöhnten fast gleichzeitig auf.

»Am Samstag kann ich nicht«, sagte sie. »Da hab ich im Spa immer am meisten zu tun.«

»Mir passt der Samstag auch nicht«, meldete sich Mary Vaughn zu Wort. »An dem Tag hab ich in der Regel offene Hauspräsentationen. Und wenn nicht, bin ich zu Einzelterminen unterwegs. Dasselbe gilt für Sonntag.«

Howard sah Ronnie mit gerunzelter Stirn an. »Wahrscheinlich kriege ich jetzt gleich zu hören, dass am Samstag auch im Baumarkt zu viel Betrieb herrscht und Sie nicht wegkönnen.«

Ronnie zuckte mit den Schultern. »Tatsächlich ja.«

Howard schüttelte den Kopf. »Okay, dann eben an einem Wochentag. Passt es allen nächsten Dienstag? Das ist morgen in einer Woche, es ist also genügend Vorlaufzeit. Jeanette, können Sie das einrichten?«

Da sie wusste, dass ein Tag so schlecht wie der andere für etwas wäre, das sie so gar nicht tun wollte, nickte sie einfach. »Ich plane meine Termine um. Am Dienstag ist normalerweise nicht allzu viel Andrang.«

»Gut«, sagte Howard zufrieden. Er wandte sich an Tom. »Und hier spielt sich an einem Dienstag auch nicht viel ab, richtig? Keine großen Sitzungen.«

»Richtig«, räumte Tom sichtlich widerwillig ein.

»Dann also Dienstag«, hielt Howard erfreut fest. »Wir fahren um sieben Uhr morgens los. Dafür können wir das reguläre Treffen am Montag ausfallen lassen. Damit sollten dann alle glücklich sein.« Er wandte sich an Tom. »*Jetzt* können sie die Sitzung beenden, wenn Sie wollen.«

»Danke«, sagte Tom. »Sitzung vertagt. Jeanette, könntest du noch kurz bleiben, damit wir über die Verkaufsstandbetreiber reden können?«

»Ich muss ins *Corner Spa*«, entgegnete sie, weil sie unter keinen Umständen mit ihm allein sein wollte.

»Nur zehn Minuten«, drängte er.

»Na schön«, gab sie sich geschlagen und folgte ihm in sein Büro.

Tom schloss die Tür hinter ihnen und verriegelte sie. Er deutete auf einen Stuhl, aber Jeanette blieb stehen. Er zuckte mit den Schultern.

»Alles in Ordnung mit dir?«, erkundigte er sich sanft.

»Alles gut.«

»Du bist nicht aus irgendeinem Grund wütend auf mich?«

»Überhaupt nicht.«

Verwundert sah er sie an. »Könntest du mir dann vielleicht erklären, was am Samstagabend passiert ist? Und warum du gestern nicht auf meine Anrufe reagiert hast?«

Sofort ging Jeanette in die Defensive. »Ich bin am Samstagabend aufgebrochen, weil ich müde war. Und ans Telefon bin ich gestern nicht gegangen, weil ich mit niemandem reden wollte. Ich hatte eine Menge im Kopf.«

»Den Hauskauf?«

»Größtenteils.«

»Und der Rest? Hatte der etwas mit mir zu tun?«

»Warum gehst du automatisch davon aus, dass ich überhaupt an dich denke?«

Er zog eine Augenbraue hoch.

»Na gut, ja«, gab sie widerwillig zu. »Du warst ein Teil davon.« Sie begegnete seinem Blick. »Tom, du scheinst viel mehr zu wollen, als ich geben kann. Wir kennen uns kaum, und du willst dir ein Haus mit mir teilen. Vielleicht scherzt du nur …«

»Tu ich nicht«, fiel er ihr ruhig ins Wort.

Jeanette schauderte leicht. Wenn er solche Dinge von sich gab, verlor sie beinah den letzten Rest ihrer Entschlossenheit, auf Abstand zu bleiben. Sie hob die Hand, als wollte sie ihn zurückhalten. »Genau das meine ich. Es ist zu viel und zu früh.«

Darüber runzelte er die Stirn. »Würdest du dich wohl setzen, damit wir eine richtige Unterhaltung führen können? Ich hab das Gefühl, du bist schon mit einem Fuß zur Tür hinaus.«

»Ich hab dir doch gesagt, dass ich zur Arbeit muss.«

Er seufzte frustriert. »Dann geh mit mir essen. Reden wir in Ruhe darüber. Ich will nicht, dass du dich unwohl fühlst. Ist nur so, dass ich halt ein sehr entschlossener Mensch bin. Ich sehe keinen Sinn darin, Zeit zu verschwenden, wenn ich weiß, was ich will.«

»Und du willst mich?«, fragte sie ungläubig. »Komm schon. Das ist verrückt.«

Tom nickte. »Ich bin selbst ein wenig überrumpelt davon.«

»Was dich aber nicht bremst.«

Er zuckte mit den Schultern. »Dazu sehe ich keinen Grund. Ich habe mir immer Ziele gesetzt und mich dann ins Zeug gelegt, um sie zu verwirklichen. Von Hindernissen lasse ich mich dabei nicht aufhalten.«

»Also sind meine Gefühle für dich bloß ein Hindernis, das du überwinden musst?«

Er zuckte zusammen. »In gewisser Weise.«

»Tja, sag Bescheid, wenn du anerkennst, dass meine Gefühle ihre Berechtigung haben könnten, und du verstehst, dass ich's ernst meine, wenn ich dir sage, dass ich Zeit brauche. Dann haben wir vielleicht etwas, worüber wir reden können.«

Damit ging sie zur unverschlossenen Tür zwischen seinem Büro und dem von Teresa und riss sie auf. Sie hatte es fast nach draußen geschafft, als Tom sie herumwirbelte und küsste – so heiß und leidenschaftlich, dass er ihr damit wacklige Knie bescheren und den Atem verschlagen wollte. Und das tat er auch.

»Ich hole dich zu Mittag im *Corner Spa* ab«, sagte er leise und ignorierte Teresa, die mit offenem Mund herüberstarrte. »Wir reden beim Mittagessen weiter.«

Jeanette sah ihn voll schierer Verzweiflung an. »Hast du auch nur ein Wort davon gehört, was ich gesagt habe?«

»Jedes einzelne«, versicherte er ihr. »Und der Kuss hat gerade dem meisten davon widersprochen. Den Rest klären wir, wenn wir uns später sehen. Und denk nicht mal dran, mich zu versetzen, denn ich finde dich auf jeden Fall, und wir werden dieses Gespräch führen.«

Bevor Jeanette die Fassung zurückerlangen konnte, kehrte er in sein Büro zurück und schloss die Tür.

»Puh!«, murmelte Teresa und fächelte sich mit dem Protokoll der letzten Ratssitzung Luft zu. »Ich hatte ja von dem Feuerwerk zwischen euch beiden beim Spiel am Freitagabend gehört – das hat schon am Samstagmorgen in der Stadt die Runde gemacht. Aber ich hatte ja keine Ahnung …« Sie schüttelte den Kopf.

»Teresa, ich flehe Sie an, erzählen Sie Grace Wharton nichts davon«, sagte Jeanette, weil sie genau wusste, dass Teresa in wenigen Stunden dort sein würde. Früher, wenn sie eine Kaffeepause einlegte. »Das würde nur Öl ins Feuer gießen. Mir ist klar, dass ich es angezettelt habe, indem ich ihn am Freitagabend beim Spiel geküsst habe. Aber das … na ja, das war impulsiv. Normalerweise mache ich so was nicht.«

»Schätzchen, niemand macht dir irgendwelche Vorwürfe«, beschwichtigte Teresa.

Jeanette schaute finster drein. »Das meine ich damit nicht. Ich hatte meine Gründe für den Kuss, aber er war ein Fehler. Ein *gewaltiger* Fehler! Mittlerweile ist mir klar, dass ich nicht Gegenstand der Gerüchteküche in der Stadt sein will. Und Tom scheint es zwar nicht zu scheren, trotzdem ist es auch für ihn nicht gut.«

Teresa bedachte sie mit einem enttäuschten Blick. »Du willst also, dass ich den Kuss, den ich gerade gesehen habe, für mich behalte?«

Jeanette nickte. »Bitte. Dafür kriegen Sie auch eine kostenlose Gesichtsbehandlung«, bot sie an.

»Du musst mein Schweigen ja echt sehr dringend wollen«, meinte Teresa mit wachsender Belustigung.

»Ich packe noch eine Massage drauf«, fügte Jeanette hinzu, der es nicht gelang, einen Hauch von Verzweiflung aus der Stimme herauszuhalten.

Teresa konnte nicht aufhören zu grinsen. Daraus folgerte Jeanette, dass sie ihren ursprünglichen Fehler nur noch verschlimmerte, indem sie diesen neuesten Kuss so groß aufbauschte.

»Also, Tom würde mir wohl das Fell über die Ohren ziehen, wenn ich eine so großzügige Bestechung von dir annehme. Also lehne ich die Gesichtsbehandlung und die Massage ab. Aber dass du es überhaupt angeboten hast …« Ihr Grinsen wurde breiter. »Das beweist mir, dass die Beziehung zwischen euch beiden allmählich richtig interessant wird. Ich behalte vorerst für mich, was ich gerade gesehen habe. Mein Bauchgefühl sagt mir, dass es sowieso nicht lange dauern wird, bis die ganze Stadt mitbekommt, was zwischen euch läuft. Solche Leidenschaft ist schwer zu verbergen.«

Genau davor fürchtete sich Jeanette. Es fiel ihr selbst zunehmend schwerer, sie zu leugnen.

* * *

Tom war recht zufrieden mit sich, als es an der Tür zum Besprechungsraum klopfte. Er öffnete sie und sah sich Ronnie gegenüber.

»Haben du und Jeanette euer Gespräch beendet?«, fragte er.

Tom nickte.

»Dann hast du ja vielleicht Zeit, dir einen Rat von jemandem anzuhören, der in Hinblick auf Frauen mehr als nur einen Fehler begangen hat.«

Da sein aktueller Plan bisher weniger Erfolg als erwartet erzielte, bedeutete er Ronnie, sich zu setzen. »Ich höre mir gern eine zweite Meinung an.«

»Nimm dich zurück«, sagte Ronnie kurz und bündig. »Ich hab vor der Sitzung mit Jeanette geredet. Sie hat zwar nicht viel darüber ausgepackt, was zwischen euch beiden läuft, aber etwas ist mir aufgefallen.«

»Ach ja?«

»Sie hat eine Heidenangst davor, was sie für dich empfindet.«

»Wenn ich ihr Freiraum lasse, zerdenkt sie alles nur hoffnungslos«, argumentierte Tom.

»Wenn du's nicht tust, verlierst du sie«, konterte Ronnie. »Sie fühlt sich unter Druck gesetzt. Als ich Dana

Sue zurückerobern wollte, hab ich sie auch heftig bedrängt. Damit hab ich nur erreicht, dass sie sich umso heftiger dagegen gewehrt hat. Sobald ich mit der Eröffnung meines Betriebs eingespannt war, hatte sie plötzlich Zeit. Da hat sie angefangen, mich zu vermissen. Sie hat die Füße zurück auf den Boden bekommen, hatte das Gefühl, wieder die Kontrolle zu haben. Manche Frauen brauchen das. Es macht ihnen Angst, wenn sie denken, sie hätten sie nicht. Vor allem, wenn sie in der Vergangenheit verletzt worden sind.«

Darin konnte Tom durchaus Weisheit erkennen. Natürlich kam ein Rückzug auch einem Zeitverlust gleich, und er hatte nicht ewig, um Jeanette davon zu überzeugen, dass zwischen ihnen etwas Besonderes entstand. Ein Teil von ihm wollte keine einzige Minute vergeuden.

»Wie lange?«, fragte er Ronnie.

Sein Freund schmunzelte über seine offensichtliche Ungeduld. »So lange es eben dauert.«

»Muss ich damit sofort anfangen? Ich soll sie in ein paar Stunden zum Mittagessen abholen.«

»Liegt ganz bei dir«, erwiderte Ronnie. »Aber es könnte gut sein abzusagen.«

Tom schüttelte den Kopf. »Und du hattest es bei Dana Sue auch so schwer?«

»Schwerer«, sagte Ronnie. »Ich hatte eine ganze Menge wiedergutzumachen. Und glaub mir, leicht hat sie es mir nicht gemacht. Ich kann dir versichern, dass ich persönlich erlebt habe, wie wertvoll Geduld und Beharrlichkeit sind.«

»Geduld und Beharrlichkeit?«, echote Tom nachdenklich. Mit Beharrlichkeit konnte er etwas anfangen. Geduld? Eher nicht seine Stärke. »Ich denke darüber nach.«

»Hoffentlich nimmst du's mir nicht übel, dass ich mich eingemischt habe«, sagte Ronnie. »Und wenn dir die Decke auf den Kopf fällt, kannst du jederzeit Erik, Cal oder mich anrufen. Dann treffen wir uns zum Footballspielen, und du kannst Dampf ablassen. Dafür gibt's nichts Besseres, als erst ordentlich zu schwitzen und danach ein paar Bier zu kippen.«

»Stimmt«, pflichtete Tom ihm bei. Außer vielleicht einen leidenschaftlichen Akt der Liebe mit der Frau, die ihm so unter die Haut gegangen war.

* * *

Mary Vaughn war überraschend nervös wegen des bevorstehenden Essens mit Sonny. Es hing viel davon ab, wie dieser Abend verlaufen würde. Wenn ihnen kein richtig guter Plan einfiele, würde es schwer werden, Rory Sue weiterhin die Bitte abzuschlagen, die Feiertage in Aspen verbringen zu dürfen. Noch schlimmer, als ihre Tochter nicht zu Hause zu haben, wäre es, wenn sie die ganze Zeit nur Trübsal bliese, als hätte ihre Mutter ihr Leben ruiniert.

Sonnys Spitze darüber, dass sie bei der Arbeit oft die Zeit übersah und sich verspätete, hatte sie sich zu Herzen genommen. Da sie ihm unbedingt beweisen wollte, dass sie auch pünktlich sein konnte, hatte sie ihren Termin abgesagt und traf bereits fünfzehn Minuten früher im *Sullivan's* ein. Seine Verblüffung, als er hereinkam und sie bereits am Tisch sitzen sah, erfüllte sie mit großer Befriedigung.

Dann bückte er sich und drückte ihr einen flüchtigen Kuss auf die Wange. »Nun, wenn das mal nicht eine erfreuliche Überraschung ist«, kommentierte er. »Hat dein Termin abgesagt?«

Kurz ärgerte sie die Andeutung, dass sie sonst nicht pünktlich gewesen wäre, dann jedoch zuckte sie reumütig mit den Schultern. »Ich habe selbst abgesagt. Weil ich dir was beweisen wollte.«

»Schatz, du musst mir nichts beweisen. Du bist, wie du bist. Das habe ich schon vor langer Zeit akzeptiert.«

Sie lauschte aufmerksam, ob in seinem Tonfall ein Hauch von Gehässigkeit mitschwang, aber er klang eher amüsiert oder resigniert als sonst etwas.

»Tja, ich bin dabei, ein neues Kapitel aufzuschlagen«, ließ sie ihn wissen. »Ich habe vor, künftig mehr Rücksicht auf die Zeit anderer zu nehmen.«

Davon wirkte Sonny nicht restlos überzeugt. Er sah sich nach einer Kellnerin um. »Willst du einen Drink, Mary Vaughn? Vielleicht Wein?«

»Nur ein Glas«, sagte sie. »Hier haben sie einen feinen roten Zinfandel.«

Als die Kellnerin kam, bestellte er den Wein für sie und ein Bier für sich selbst. Mary Vaughn schüttelte den Kopf. So sehr sie sich bemüht hatte, ihn auf den Geschmack von Wein zu bringen, Sonny hatte immer Bier bevorzugt. In gewisser Weise fand sie bewundernswert, dass er daran festhielt, was er wirklich mochte – statt wie sie Eindruck zu schinden versuchte, indem er sich edlen Wein bestellte. Wie alle Jugendlichen hatte früher auch sie Bier probiert, doch sie hatte seit Jahren keines mehr getrunken. Ihre Abneigung dagegen rührte von ihrem Vater her, der entschieden zu viel davon in sich hineingeschüttet hatte.

Sie musterte Sonny aufmerksam, als er sich mit der

Kellnerin unterhielt, der Tochter eines seiner Verkäufer. Er war braungebrannt. Um die Winkel seiner dunkelblauen Augen breiteten sich strahlenkranzförmig feine Linien aus. Im hellbraunen Haar prangten mehr silbrige Strähnen als bei ihrer letzten Begegnung. Er trug eine marineblaue Hose, ein hellblaues Seidenhemd mit hochgekrempelten Ärmeln und eine gelockerte Designerkrawatte. Die Krawatte kannte sie, weil sie Rory Sue letztes Jahr zu Weihnachten geholfen hatte, sie auszusuchen. Mary Vaughn fragte sich, ob Sonny sie deshalb an diesem Tag trug, oder ob er sich überhaupt daran erinnerte, woher er sie hatte. Wie dem auch sein mochte, insgesamt sah er gut aus. Besser als im letzten Jahr ihrer Ehe. Da hatte er durch die ständige Anspannung die meiste Zeit gehetzt und unglücklich gewirkt. Was Mary Vaughn damals viel zu spät erkannt hatte.

»Gib uns noch ein paar Minuten«, sagte er zur Kellnerin. »Wir müssen erst in die Speisekarte schauen.« Er wandte sich an Mary Vaughn. »Oder hast du's eilig?«

»Nein, gar nicht«, erwiderte sie und entspannte sich letztlich. Halb hatte sie nämlich befürchtet, er würde darauf drängen, zur Sache zu kommen, damit er so schnell wie möglich zurück zum Autohaus könnte. Sie lächelte ihn an. »Du siehst gut aus, Sonny. Ausgeruht. Spielst du viel Golf?«

»Ein paar Mal die Woche«, erwiderte er. Dann musterte er sie. »Was ist mit dir? Arbeitest du immer noch zu viel?«

»Meistens schon. Vor allem, da Rory Sue ja weg ist.«

»Gibt's einen neuen Mann in deinem Leben?«, fragte er. Sie schüttelte den Kopf.

»Ich dachte, zwischen dir und dem neuen Gemeindedirektor könnte sich was anbahnen«, sagte er. »Zumindest war das vor kurzem ein heißes Gerücht bei *Wharton's*.«

»Falsch informiert«, erwiderte sie knapp. »Was ist mit dir? Gehst du mit jemandem aus?«

Er schmunzelte. »Sieh uns nur an. Stellen uns gegenseitig zivilisierte Fragen über das Liebesleben des anderen. Wer hätte gedacht, dass wir je an dem Punkt landen würden?«

Sie begegnete seinem Blick. »Bevor wir irgendetwas anderes geworden sind, waren wir Freunde«, erinnerte sie ihn. Dann fügte sie wehmütig hinzu: »Manchmal fehlt mir das mehr als alles andere – wie wir stundenlang über alles Mögliche in unserem Leben geredet haben.«

Überrascht sah er sie an. »Wirklich?«

Sie nickte. »Verrückt, oder?«

Er legte die Hand auf ihre. »Gar nicht. Mir fehlt das auch, Mary Vaughn. Das Problem ist nur, dass damit eine Menge Gepäck einhergeht. Meist ist es schwer, daran vorbeizusehen, wie es geendet hat.«

»Ich weiß«, gestand sie. Weil es nichts brachte, in der Vergangenheit zu schwelgen, fragte sie: »Was machen wir jetzt mit Weihnachten?«

»Feiern?«, gab er mit einem verwirrten Blick zurück.

Leicht genervt schüttelte sie den Kopf. »Wieso dachte ich nur, du könntest dabei eine Hilfe sein?«

»Komm schon, Mary Vaughn. In so was bin ich nicht gut. Die Feiertage hast immer du gestaltet. Ich war nur mit an Bord. Was wäre deiner Meinung nach nötig, um Rory Sue glücklich zu machen? Ich könnte ihr endlich das neue Cabrio schenken, das sie sich schon lange wünscht.«

»Auf keinen Fall«, entgegnete Mary Vaughn sofort. »Hier geht's nicht darum, sie zu bestechen. Wir haben vereinbart, dass sie das Cabrio bekommt, wenn sie das College abschließt. Bis dahin reicht das Auto, das sie hat.«

Er zuckte mit den Schultern, widersprach jedoch nicht. »Dann bin ich ratlos.«

»Ich weiß, was sie sich mehr als alles andere wünscht«, überwand sich Mary Vaughn zu sagen. »Sie will, dass wir alle so zusammen sind wie früher.«

Sonny runzelte die Stirn. »Was um alles in der Welt willst du damit andeuten, Mary Vaughn? Dass wir wieder heiraten sollen, nur um unsere Tochter glücklich zu machen, obwohl wir uns dabei elend fühlen würden?«

Seine spontane und beleidigende Reaktion brachte sie zum Erröten. »Nein, natürlich nicht«, erwiderte sie abwehrend. »Ich will damit nur sagen, wir könnten vielleicht unsere Differenzen beiseiteschieben und über die Feiertage etwas gemeinsam unternehmen.«

Sein Gesichtsausdruck entspannte sich. »Was zum Beispiel?«

Ihr kam der Plan des Ausschusses in den Sinn, einen Weihnachtsbaum für die Stadt zu besorgen. »Wir könnten zusammen losziehen und einen Weihnachtsbaum fällen«, schlug sie vor. »Weißt du noch, wie sehr Rory Sue das immer geliebt hat? Für sie war es das Schönste an Weihnachten.«

»Schon möglich«, meinte er zweifelnd. »Meinst du, das reicht?«

»Nein, natürlich nicht«, sagte sie ungeduldig. »Aber es wäre ein Anfang. An einem Tag könnten wir zum Shoppen nach Charleston fahren. Die Geschäfte werden alle festlich geschmückt sein.«

»Und überfüllt«, prophezeite Sonny düster.

»Ach, jetzt sei nicht so ein Miesepeter. Das gehört mit dazu. Auf dem Heimweg könnten wir für heiße Schokolade und Kekse bei Lydias Bäckerei anhalten. Wie früher, als Rory Sue noch klein war.« Sie bedachte ihn mit einem wehmütigen Blick. »Wünschst du dir nicht auch, sie wäre noch jung genug, um an den Weihnachtsmann zu glauben? Manchmal hole ich all die Fotos von ihr von damals heraus. Sie war das hübscheste kleine Mädchen auf der Welt, oder?«

»Das war sie«, pflichtete Sonny ihr bei. »Ist sie übrigens immer noch.«

Da er allmählich nostalgischer und zugänglicher klang, lächelte sie ihn an. »Wenn du mit zum Shoppen kommst, kannst du die Tüten tragen, und ich bezahle. Klingt das fair?«

Er schüttelte den Kopf. »Du hast eine seltsame Vorstellung davon, was fair ist. Das weißt du schon, oder?«, meinte er mit nachgiebiger Belustigung in den Augen. »Sonst noch große Ideen?«

Sie dachte an vergangene Weihnachtsfeiertage und daran zurück, was sie zu etwas Besonderem gemacht hatte. »Wir sollten wie früher an Heiligabend zusammen die Kirche besuchen, bei mir zu Hause ein großes Essen veranstalten und dann drüben im Pflegeheim Weihnachtslieder singen. Lässt sich das mit deinen Plänen vereinbaren?«

»Ja«, räumte er ein, klang jedoch nicht begeistert von dem Plan. »Ist mein Vater dabei auch vorgesehen?«

»Natürlich. Rory Sue würde ihn unbedingt dabeihaben wollen. Da deine Mutter nicht mehr lebt und deine Brüder übers Land verstreut sind, würde es ihm auch guttun, mal wieder ein richtiges Familienweihnachten zu erleben. Findest du nicht?«

»Denke schon«, sagte Sonny. Er bedachte sie mit einem skeptischen Blick. »Und du glaubst wirklich, es wird Rory Sue glücklich machen, wenn wir ein paar Tage vortäuschen, dass wir miteinander auskommen?«

»Wir müssen nichts vortäuschen«, gab sie zurück. »Wir hatten früher immer viel Spaß zusammen, Sonny. Ich kann mich gut daran erinnern, dass wir ständig gelacht haben. Das kriegen wir doch sicher noch mal für ein paar Tage zusammen hin.«

»Ich weiß nicht recht, Mary Vaughn.« Seine Miene wirkte besorgt. »Was, wenn Rory Sue dadurch einen falschen Eindruck bekommt? Du weißt ja, wie sie ist. Jedes Mal, wenn ich sie sehe, fragt sie mich, wann ich dir noch eine Chance gebe. Was, wenn sie das glaubt und sich Hoffnungen macht?«

»Ich erkläre ihr, dass wir es tun, um ihr ein schönes Weihnachtsfest zu ermöglichen«, versprach Mary Vaughn. »Vielleicht sollten wir auch einen Tag der offenen Tür einplanen. Das war eine unserer Traditionen.« Plötzlich verfiel sie in Nostalgie. »Das habe ich geliebt. Das Haus hat dabei immer nach Tannengrün und Keksen geduftet, die Lichter haben drinnen wie draußen gefunkelt, und alle unsere Bekannten haben vorbeigeschaut. Das fehlt mir.«

Überrascht sah er sie an. »Warum hast du damit aufgehört?«

»Ohne dich wäre es nicht dasselbe gewesen«, gab sie zu. Außerdem hatte sie eine Heidenangst gehabt, es würde niemand kommen, weil sich die meisten Leute nach der Scheidung auf Sonnys Seite gestellt hätten.

Viele hatten gedacht, sie hätte die Ehe beendet, und Sonny hatte sie in dem Glauben gelassen. Vermutlich wollte er sie so galant das Gesicht wahren lassen. Nur hatte es ironischerweise viele Leute, die zu Sonny hielten, gegen sie aufgebracht. Mary Vaughn fragte sich, ob es anders gewesen wäre, wenn sie die Wahrheit gekannt hätten – dass er sie verlassen hatte.

Als sie aufschaute, stellte sie fest, dass Sonny sie mit skeptischer Miene musterte.

»Mary Vaughn, du bist glücklich, oder?«

»Natürlich bin ich das«, log sie wie gedruckt. Weil sie nicht auf die deprimierende Einsamkeit ihres Lebens eingehen wollte, strahlte sie ihn an. »Nur bin ich am Verhungern. Lass uns bestellen. Ich denke, ich nehme die Schweinekoteletts. Was ist mit dir?«

»Schweinekoteletts klingen gut«, sagte er, hörte sich dabei jedoch seltsam zerstreut an. »Ich winke Becky wieder her.« Er gab der Kellnerin ein Zeichen und bestellte dann bei ihr. »Außerdem nehme ich noch ein Bier.« Er warf einen Blick auf Mary Vaughns halbvolles Weinglas. »Willst du noch eins?«

Sie schüttelte den Kopf und beschloss, ausnahmsweise auf jeglichen Schein zu verzichten. »Weißt du was? Bring mir auch ein Bier.«

Sonny starrte sie an, als Becky davonging. »Du willst ein Bier?«

Sie nickte, dann beugte sie sich vor. »Kann ich dir ein Geheimnis anvertrauen?«

»Sicher.« Er wirkte neugierig.

»Ich hab Wein nie wirklich gemocht.«

Verdattert sah er sie an. »Wieso in Herrgottsnamen hast du dann immer demonstrativ Wein getrunken?«

Sie zuckte mit den Schultern. »Weil ich dachte, ich sollte es«, gestand sie. »Ich dachte, ich wirke dadurch kultivierter, weltgewandter.«

Sonny schüttelte den Kopf. »Schatz, für mich bist du immer die kultivierteste Frau gewesen, die ich kenne. Dafür hat es keinen Wein gebraucht.« Sein Gesichtsausdruck wurde nachdenklich. »Es hat an deinem Vater gelegen, nicht wahr? Er hat Bier getrunken, und du wolltest nie irgendwas tun, das den Eindruck erweckt hätte, ihr könntet euch ähnlich sein.«

Bei seiner Erkenntnis wurden ihre Augen feucht. »Verdammt, Sonny Lewis«, flüsterte sie mit erstickter Stimme. »Du hast mich schon immer besser gekannt als irgendjemand sonst.«

Abrupt stand sie auf und eilte zur Damentoilette, bevor jemand mitbekommen konnte, wie sie sich die Augen aus dem Kopf heulte.

Sie brauchte zehn Minuten, um die Fassung zurückzuerlangen und den von ihren Tränen angerichteten Schaden zu beheben.

Als sie die Toiletten verließ, stand Sonny wartend davor.

»Noch eine Minute, dann wäre ich zu dir reingekommen«, sagte er. »Geht's dir gut? Ich wollte dich nicht so aufregen.«

»Es hat nicht daran gelegen, was du gesagt hast«, erwiderte sie offenherzig. »Sondern daran, dass du gewusst hast, was in mir vorgeht.« Sie begegnete seinem Blick. »Das fehlt mir, Sonny. Ich schwöre bei Gott.«

Einen Augenblick schien er zu erstarren. Dann warnte er sie: »Du solltest echt aufhören, so was zu sagen, Süße. Sonst verdrehst du mir noch den Kopf.«

»Und wäre das so schrecklich?«, fragte sie, bevor sie sich bremsen konnte.

Er ergriff ihre Hand und drückte sie. »Die Antwort kennst du«, erwiderte er. Als sie ihm in die Augen sah, erkannte sie darin Bedauern.

Der Anblick erfüllte sie mit Gram darüber, dass sie einst so sorglos mit dem Herzen dieses Mannes umgegangen war. Und er ließ sie den Entschluss fassen, alles in ihrer Macht Stehende zu tun, um Wiedergutmachung zu leisten. Für ihre Ehe mochte es zu spät sein, aber vielleicht könnten sie noch irgendwie die Freundschaft retten, die einst zwischen ihnen bestanden hatte.

KAPITEL 14

Fast eine Woche lang hatte Jeanette nur die Routine im *Corner Spa* heruntergespult. Sie war seit Tagen gereizt, schnauzte ihre Freundinnen an und brachte nur mühsam ein Mindestmaß an Höflichkeit für ihre Kundinnen auf. Das Schlimmste an ihrer untypischen Stimmung war, dass sie keine Ahnung hatte, was sie ausgelöst hatte. Normalerweise betrachtete sie sich als eine der ausgeglichensten Frauen, die sie kannte.

In einem Pullover gegen die Kälte in der Luft saß sie auf der Terrasse des *Corner Spa* und starrte missmutig in ein Glas Tee, das sie eigentlich gar nicht wollte, als Maddie, Helen und Dana Sue zu ihr kamen.

»Oh, oh«, murmelte sie und betrachtete die drei besorgt. »Stecke ich in Schwierigkeiten?«

»Sag du es uns«, erwiderte Maddie. »Du bist schon die ganze Woche nicht du selbst. Heute hast du sogar Emily Blanton beleidigt.«

Jeanette starrte Maddie entsetzt an. »Nein, hab ich nicht.« Sie rief sich das Gespräch mit Emily ins Gedächtnis. Dabei kam ihr nichts auch nur annähernd Beleidigendes in den Sinn. »Ehrlich, Maddie, ich bin mir sicher.«

»Du hast zu ihr gesagt, es macht nicht den geringsten Unterschied, welches Produkt sie kauft.« Maddies Lippen zuckten belustigt.

»Das ist keine Beleidigung.« Nach Rückhalt suchend sah Jeanette die anderen an. »Oder?«

Dana Sue kicherte. »Ist es schon, wenn man es so deutet, dass bei ihr rein gar nichts helfen kann.«

»Und natürlich hat sie es genau so aufgefasst«, sagte Maddie und setzte ein vollwertiges Grinsen auf.

Helen bedachte Jeanette mit einem mitfühlenden Blick. »Natürlich ist die Wahrheit wohl deine beste Verteidigung. Der Haut dieser Frau kann wirklich *nichts* helfen. Fünfzig Jahre lang hat sie sich in der Sonne förmlich gebraten, und jetzt hofft sie, dass irgendeine Creme Wunder wirkt.«

»Aber Emily ist ein Goldschatz«, sagte Jeanette. »Ich würde nie absichtlich ihre Gefühle verletzen.« Sie vergrub das Gesicht in den Händen. »Ich weiß nicht, was mit mir los ist. Echt nicht.«

»Wann hast du Tom zuletzt gesehen?«, erkundigte sich Dana Sue mit einer Unschuldsmiene.

»Heute vor einer Woche«, antwortete Jeanette und wusste nicht recht, worauf ihre Freundin hinauswollte. »Bei der Ausschusssitzung für Weihnachten. Danach waren wir eigentlich zum Mittagessen verabredet, aber Teresa hat angerufen und abgesagt.«

»Und seitdem hast du ihn nicht mehr gesehen und nicht mehr mit ihm geredet?«, ließ Dana Sue nicht locker.

Jeanette schüttelte den Kopf.

»Na also, da haben wir's schon«, sagte Maddie. »Tom hat dich verwirrt. Du bist total durcheinander.«

»Ich bin doch nicht wegen Tom McDonald durcheinander«, protestierte Jeanette, verärgert über die Andeutung, irgendein Mann könnte ihre Stimmung beeinträchtigen. Und schon gar nicht Tom. »Das kann gar nicht sein.«

Helen sah sie verwirrt an. »Warum kann es nicht sein?«

»Ist einfach so, und basta«, beharrte Jeanette.

»Das haben wir alle schon erlebt«, sagte Helen. »Sogar ich. Das muss dir nicht peinlich sein.«

»Es ist mir nicht peinlich, und ich bin nicht durcheinander, nur weil mich ein Mann nicht anruft«, entgegnete Jeanette.

»Okay, gehen wir einen Schritt zurück«, schlug Maddie vor. »Warum wär's so schlimm, wenn Tom dir unter die Haut gegangen wäre? Soweit wir das beurteilen können, ist er doch ein toller Kerl.« Sie drehte sich den anderen zu. »Richtig?«

»Auf jeden Fall«, bestätigte Dana Sue. »Ronnie mag ihn auch. Er hält ihn für einen verlässlichen, aufrechten Mann.«

»Cal auch«, fügte Maddie hinzu.

»Na also«, sagte Helen. »Ein Gütesiegel von den süßen Magnolien und deren Männern!«

»Sollte nicht meine Meinung die sein, die zählt?«, konterte Jeanette gereizt.

»Na ja, sicher«, räumte Maddie ein. »Aber du müssest uns schon erklären, was das Problem ist, damit wir es verstehen. Du weißt, dass wir dir den Rücken stärken.«

Jeanette fand zwar nicht, dass sie verpflichtet war, irgendetwas zu erklären, aber da es sich um ihre Freundinnen handelte, versuchte sie es. »In Kurzzusammenfassung geht's darum, dass ich am Ende hinter seiner Karriere die zweite Geige spielen würde. Sobald er die Chance auf einen besseren Job in einer größeren Stadt bekommt, ist er weg. Offensichtlich ist er endlich zur Vernunft gekommen und sieht wie ich ein, dass es sinnlos ist, etwas anzufangen, das absolut keine Zukunft hat.« Sie runzelte die Stirn, bevor sie hinzufügte: »Nebenbei ist da natürlich auch die Kleinigkeit, dass seine Mutter mich nicht ausstehen kann.«

Maddie schmunzelte. »Tom kommt mir nicht wie ein Mann vor, der seine Mutter entscheiden lässt, mit wem er zusammen sein darf und mit wem nicht.«

»Ja, das dachte ich auch«, erwiderte Jeanette grimmig. »Bis er ein Mittagessen abgesagt hat, um das er mich praktisch angefleht hatte.«

»Ruf ihn an«, riet Helen. »Bitte du ihn um ein Date.«

»Ganz sicher nicht«, protestierte Jeanette. »Es ist so am besten.«

»Dann erklär uns, warum du so unglücklich bist«, forderte Dana Sue sie auf.

Jeanette zögerte, bevor sie antwortete: »Es geht um das neue Haus. Der Papierkram für das Darlehen ist überwältigend. Ich hab das Gefühl, mich auf etwas einzulassen, ohne zu wissen, ob es klappen wird.«

»Fast wie bei einer Ehe«, kommentierte Maddie. »Im Leben gibt's keine Garantien, Süße, weder bei Beziehungen noch bei Häusern. Man kann sich nur bemühen, eine fundierte Entscheidung zu treffen.«

Jeanette beugte sich vor und sah ihre Freundinnen eindringlich an. »Versteht ihr denn nicht? Das ist es ja gerade. Ich hab keine fundierte Entscheidung getroffen. Ich bin in diesen Garten gegangen und hab spontan beschlossen, dass ich ihn haben muss. Das Haus selbst war fast zweitrangig. Ich hab dieses Angebot total impulsiv abgegeben. Sonst mache ich *nie* etwas rein Impulsives.«

»Dann war es ohnehin längst überfällig«, meinte Maddie

zu ihr. »Hör mal, wir alle kennen das Haus. Als Kinder sind wir dort ein und aus gegangen. Niemand von uns glaubt, dass du einen Fehler begangen hast. Wenn du deinen eigenen Instinkten nicht trauen kannst, dann vertrau unseren. Das Haus ist perfekt für dich.«

»Ihr wollt doch nur die Sicherheit, dass ich nicht aus dem *Corner Spa* abhaue«, entgegnete Jeanette. »Wenn's darum geht, kann man euch nicht ganz trauen.«

»He.« Helen klang unüberhörbar gekränkt. »Wann sind wir je nicht ehrlich zu dir gewesen, auch wenn's nicht in unserem Interesse war?«

Jeanette zuckte zusammen. »Tut mir leid. Da haben wir's wieder. Ich platze neuerdings einfach mit allem heraus, was mir gerade in den Sinn kommt. Ihr seid die wunderbarsten, besten Freundinnen, die ich mir je wünschen könnte. Wirklich.«

»Na schön«, sagte Helen. »Bringen wir es auf den Punkt. Ich empfehle dir, Tom anzurufen und dich so bald wie möglich mit ihm zu treffen. Schlaf mit ihm. Das wird deine Stimmung heben, ganz zu schweigen davon, dass du danach wieder strahlen wirst.«

Jeanette lächelte trotz ihrer gedrückten Laune. »Sex als Therapie? Wenn du das verbreitest, macht es das Geschäft hier kaputt. Im Moment verlassen sich die Frauen auf uns, damit wir ihrer Haut einen jugendlichen, taufrischen Glanz verleihen. Wenn sie rausfinden, dass sie dieselbe Wirkung mit Sex erzielen, wer weiß, wann sie wiederkommen.«

Helen lachte. »Okay, dann behalten wir's lieber für uns. An meiner Empfehlung für dich ändert das aber nichts. Und jetzt muss ich nach Hause zu meinem Mann. Das Gerede über Sex hat mich auf Gedanken gebracht.«

»Mich auch.« Dana Sue stand auf. »Vielleicht versuche ich, Ronnie im Lagerraum bei ihm im Laden zu überraschen. Wenn wir die Tür unversperrt lassen, kommt noch ein verruchter Risikofaktor dazu, der ganz schön antörnend sein kann.«

Maddie seufzte. »Cal und ich müssen dafür neuerdings Termine vereinbaren. Anders geht's bei den vielen Kindern nicht mehr.« Sie errötete. »Wir schleichen uns dafür nachmittags ins *Serenity Inn* davon.«

Helen, Dana Sue und Jeanette starrten sie an, dann wurde Helens Miene nachdenklich.

»Ich frage mich, was Erik davon halten würde«, dachte sie laut nach. Sie sah Dana Sue an. »Wie viel Zeit hat er zwischen dem Ende des Mittagsansturms und dem Beginn der Vorbereitungen fürs Abendessen im Restaurant? So ungefähr eine Stunde?«

Sichtlich amüsiert nickte Dana Sue.

»Okay«, sagte Helen. »Das könnte uns morgen den Nachmittag versüßen.«

Maddie verzog das Gesicht. »Wir müssen einen Zeitplan ausarbeiten. Cal rastet aus, wenn wir auf dem Parkplatz beim *Serenity Inn* jemanden treffen, den wir kennen!«

»Lauft nur nicht Tom über den Weg und bringt ihn auf dumme Gedanken«, sagte Jeanette. »Davon hat er selbst genug. Oder hatte er.«

»Ruf ihn an«, wiederholte Helen.

»Heute noch«, fügte Maddie hinzu. »Und entschuldige dich bei Emily Blanton.«

Jeanette nickte wortlos. Sie hielt es für das Beste, wenn die anderen nicht wussten, was genau sie damit zustimmte. Mit Emily Blanton zu reden konnte sie verkraften. Tom anzurufen kam nicht in Frage. Außerdem würde sie ihn ja morgen früh bei dem Ausflug zur Beschaffung des Weihnachtsbaums für Serenity sehen. Dann könnte sie vielleicht herausfinden, was mit ihm los war, ohne dabei ihr Herz aufs Spiel zu setzen.

* * *

Tom drehte ein klein wenig am Rad, während er sich immer wieder fragte, ob Jeanette seine Abwesenheit überhaupt bemerkte. Er hatte beschlossen, Ronnies Rat eine Woche lang auszuprobieren. Die Woche war am Vortag abgelaufen.

Im Augenblick lief er auf dem Parkplatz vor dem Rathaus auf und ab, während er auf die Ankunft der übrigen Ausschussmitglieder wartete. Howard war für die Fahrt zu der Baumzucht vor ein paar Minuten mit einem nagelneuen Minivan aufgetaucht, der noch die Aufkleber des Händlers aufwies. Er war mit heruntergelassenen Fenstern eingetroffen und spielte in voller Lautstärke eine Weihnachts-CD ab. Tom graute beim Gedanken, mehrere Stunden mit all der Weihnachtsstimmung eingepfercht zu verbringen.

»Steigen Sie ein«, forderte Howard ihn vergnügt auf. »Sie können vorn bei mir mitfahren. Dann machen Sie den DJ und sorgen dafür, dass die Musik am Laufen bleibt. Ich hab ein Dutzend Weihnachts-CDs dabei. Damit sollten wir auskommen. Außerdem ein paar Thermoskannen mit heißer Schokolade und Becher. Bedienen Sie sich ruhig.«

Tom hielt den Kaffeebecher hoch, den er sich zuvor bei *Wharton's* geholt hatte. »Ich hab's nicht so mit heißer Schokolade. Ich hab Kaffee.«

Howard wirkte zwar enttäuscht, ritt aber nicht darauf herum. Als er Mary Vaughn auf den Parkplatz einbiegen sah, strahlte er übers ganze Gesicht. »Und die Nächste ist da. Hoffentlich kommen Ronnie und Jeanette auch bald, damit wir loskönnen. Ich freue mich schon riesig darauf.«

Tom entdeckte Jeanette, die mit schleppenden Schritten in ihre Richtung kam. Offensichtlich freute sie sich genauso wenig auf den Ausflug wie er. Ronnie schloss zu ihr auf und sagte zu ihr etwas, das sie zum Lachen brachte. Eifersucht durchzuckte Tom mit einer Intensität, die ihn verblüffte. Für den Bruchteil einer Sekunde fragte er sich, ob Ronnie Hintergedanken dabei hatte, ihm zu Zurückhaltung zu raten. Dann verwarf er den Gedanken als absurd. Ronnie war unsterblich in seine Frau verliebt. Das merkte jeder, der die beiden zusammen sah.

»Mary Vaughn, setz du dich doch nach vorn zu Howard«, schlug Tom vor, drehte sich um und half Jeanette, hinten einzusteigen. Er bedeutete Ronnie, die hinterste Rückbank zu nehmen, bevor er sich neben Jeanette setzte, die ihn misstrauisch beäugte.

Tom wartete, bis sie unterwegs waren und die Weihnachtsmusik wieder lauter dröhnte, bevor er sich an sie wandte. »Wie geht's dir?«

»Okay. Dir?«

»Gut. War 'ne verrückte Woche.«

»Ja, für mich auch.«

Tom verkniff sich nur mühsam ein Seufzen. Das lief nicht gut. Sie ließ keinerlei Anzeichen erkennen, dass sie ihn vermisst hatte. Stattdessen wirkte sie eher distanzierter als je zuvor. An der Stelle beschloss er, Ronnies Rat zu verwerfen.

Er beugte sich zu ihr. »Du hast mir gefehlt«, sagte er mit leiser Stimme.

Röte stieg ihr in die Wangen, aber sie starrte weiter geradeaus.

»Ich dir auch?«, fragte er.

Damit erntete er zumindest einen Blick. »Nicht besonders«, behauptete sie, doch die zunehmende Röte ihrer Wangen strafte die Worte Lügen.

Von hinten hörte Tom ein kaum unterdrücktes leises Lachen. Er drehte sich um und bedachte Ronnie mit einem mürrischen Blick. »Hast du was gesagt?«

»Kein Wort«, heuchelte Ronnie Unschuld. »Ich dachte mir nur gerade, dass die Zeit schneller vergeht, wenn wir Weihnachtslieder singen.«

Vom Sitzgurt eingeschränkt drehte sich Jeanette unbeholfen um. »Bist du verrückt?«, fragte sie in vielsagendem Unterton.

»Tolle Idee!«, lobte Howard. »Genau das Richtige, um in Stimmung zu kommen. Mary Vaughn, sei so gut und sieh auf der CD-Hülle nach, welches Lied als Nächstes kommt, damit wir bereit sind.«

Tom stöhnte.

»›White Christmas‹«, verkündete Mary Vaughn beschwingt.

»Tja, ich bin sicher, den Text kennen wir alle«, sagte Howard. Als das Lied begann, stimmte er mit ein. Mit kurzer Verzögerung schlossen sich ihm erst Mary Vaughn und dann Ronnie an.

Tom und Jeanette wechselten einen Blick geteilten Leids.

»Kommt schon, ihr zwei«, sagte Howard mit einem Blick in den Innenspiegel. »Macht mit. Ich glaube, wir haben hier drin das Zeug zu einem netten kleinen Chor. Mary Vaughn hat mir erzählt, dass wir unsere Familientradition wiederaufleben lassen und am ersten Weihnachtsfeiertag zum Singen in ein Pflegeheim gehen. Vielleicht habt ihr ja alle Lust mitzukommen.«

»Da friert eher die Hölle zu«, murmelte Tom.

»Und Serenity auch«, fügte Jeanette so inbrünstig hinzu, dass er laut lachen musste.

»Tolle Idee, Howard«, sagte Ronnie enthusiastisch, wenngleich nur, um die beiden vor ihm zu ärgern. »Und vergesst nicht, dass wir euch alle im *Sullivan's* zum Weihnachtsessen erwarten. Howard, geben Sie dieses Jahr wieder den Weihnachtsmann?«

»Na, und ob«, antwortete der Bürgermeister. »Das steht ganz oben auf meiner Liste für die Feiertage. Gleich nach meinem Auftritt als Weihnachtsmann am Eröffnungsabend der Feierlichkeiten.«

Jeanette rutschte auf dem Sitz tiefer. Tom griff nach ihrer Hand. Zum Teil, weil er sie einfach unbedingt berühren musste und es ihm die einzige angemessene Geste zu sein schien, teils als Solidaritätsbekundung. Zu seiner Erleichterung zog sie sich nicht zurück. Stattdessen seufzte sie kaum hörbar und begegnete seinem Blick. Er spürte, wie sein Herz beim Anblick des Verlangens in ihren Augen einen Schlag aussetzte.

Vielleicht hatte Ronnies alberner Plan ja doch funktioniert, folgerte er. Wenn er Jeanette dazu gebracht hatte, ihn auch nur für eine Minute zu vermissen und sich auch nur ein einziges Mal zu fragen, ob er das Interesse an ihr verloren hatte, dann war es die Folter einer ganzen Woche wert gewesen.

* * *

Eigentlich hätte sich die Weihnachtsbaumfarm als Jeanettes schlimmster Alptraum erweisen müssen. Aber nach den ersten paar Minuten atmete sie tief den Tannenduft ein und erinnerte sich plötzlich an all die wundervollen Weihnachten ihrer Kindheit. Damals hatte es Plätzchen und Zuckerstangen gegeben, dazu einen hell erleuchteten Baum, verziert mit Weihnachtsschmuck und Popcornketten, beides von ihrem Bruder und ihr gebastelt.

Die Luft wurde doch noch gerade kalt genug, dass es sich nach Weihnachten anfühlte, und jeder Schritt über den Tannennadelteppich verströmte einen frischen, winterlichen Duft.

»Ist dir kalt?«, fragte Tom, näherte sich ihr von hinten und schloss die Arme um ihre Taille.

Jeanette gestattete sich einen kurzen Moment, in dem sie sich an ihn lehnte, bevor sie sich zurückzog. »Nein, das ist belebend.« Sie schaute zu ihm auf. »Riecht es hier draußen nicht wunderbar?«

»Es riecht nach dem Reinigungsmittel im Rathaus«, erwiderte er.

»Gar nicht. Es riecht genau so, wie es am Weihnachtsmorgen riechen sollte.«

Tom zuckte mit den Schultern. »Bei mir zu Hause hatten wir immer künstliche Bäume. Weil sie wochenlang halten mussten. Lebende waren dafür zu aufwändig, ganz zu schweigen von der Brandgefahr.«

Ungläubig starrte sie ihn an. »Ihr habt zu Hause nie einen lebenden Baum gehabt?«

Er schüttelte den Kopf. »Nicht dass ich mich erinnern

könnte. Die Dekorateure haben darauf bestanden, dass künstliche viel praktischer sind.«

»Dekorateure? Habt ihr den Baum nicht selbst aufgestellt?«

»Bäume«, korrigierte er. »In der Regel hatten wir ein halbes Dutzend, einen in jedem Zimmer unten. Zusätzlich natürlich immergrüne Zweige, auch künstlich. Die Dekorateure haben jedes Mal mehrere Wochen daran gearbeitet und unser Haus in eine Art Weihnachtsfreizeitpark verwandelt.«

»Das kann ich mir überhaupt nicht vorstellen. Was ist mit Weihnachtsschmuck? Hast du je welchen gebastelt?«

»Hin und wieder in der Schule. Ist aber nie auf einem unserer Bäume gelandet. Ich glaube, die Haushälterin hat den einen oder anderen aufbewahrt. Aber meine Mutter hat darauf bestanden, dass die offiziellen Bäume ein einheitliches Motiv haben müssen. Jedes Jahr ein anderes. Meine Schwestern und ich wurden davor gewarnt, Glasschmuck zu zerbrechen, sonst mussten wir ihn von unserem Taschengeld bezahlen.«

»Wie grauenhaft«, befand Jeanette. Das bestätigte von vorn bis hinten ihre Einschätzung von Mrs. McDonald als schwierige, fordernde Frau und Snob. »Hattet ihr keine besonderen Familientraditionen?«

»Nicht viele, abgesehen vom Kirchgang an Heiligabend. Ach ja, und den Reigen der Partys, der gleich nach Thanksgiving begonnen hat. Bei den meisten durften meine Schwestern und ich erst dabei sein, als wir älter waren und man sich darauf verlassen konnte, dass wir uns in Gesellschaft zivilisiert verhalten würden.«

»Aber Weihnachten sollte doch eine magische Zeit sein, gerade für Kinder«, protestierte Jeanette und bedauerte Tom. Auf einmal verstand sie seine ablehnende Haltung so viel besser. Ihre ging auf eine Tragödie zurück, die ihr eine geliebte Tradition entrissen hatte. Und Tom hatte nie erlebt, wie schön die Weihnachtsfeiertage sein konnten. Sie war sich nicht sicher, was schlimmer war.

Tom tat ihr Mitgefühl mit einem Schulterzucken ab. »So war es bei uns nun mal. Ich habe nie was anderes gekannt.«

»Jetzt ist mir klar, warum dir Weihnachtsfeiern nichts bedeuten«, sagte sie zu ihm.

»Was ist mit dir? Waren sie bei euch immer idyllisch?«

Jeanette zögerte, bevor sie antwortete. Dann wurde sie von Nostalgie beinah überwältigt und sagte leise: »Das waren sie, als ich klein war.«

Tom ging sofort auf ihre Formulierung ein. »Was ist passiert, dass es sich geändert hat?«

Sie öffnete den Mund ... und schloss ihn wieder. Wenn sie die Worte ausspräche, würde die Freude verfliegen, die sie gerade inmitten all der wunderschönen Bäume empfand.

»Jeanette, was ist passiert?«, bohrte Tom nach.

Sie seufzte schwer, bevor sie stockend begann. »Ich ... hatte einen älteren Bruder. Benjamin. Er war der Beste.« Jeanette schloss die Augen und stellte sich vor, er stünde groß und stolz in seinem Footballtrikot vor ihr, an jedem Arm eine bewundernde junge Frau. Die Worte flossen schneller aus ihr. »Er hatte sich für ein Sportstipendium an der University of South Carolina qualifiziert. Meine Eltern waren so stolz auf ihn. Beide hatten nie die Möglichkeit, ein College zu besuchen. Mein Vater ist Farmer. Er arbeitet heute noch auf demselben Hof wie sein Vater und Großvater vor ihm. Für Ben wollte er mehr.«

Tom nickte nur und lauschte, ohne sie zu unterbrechen.

Tränen quollen hervor und kullerten ihr über die Wangen. »Passiert ist es an Heiligabend«, sagte sie und verlor sich in der Erinnerung, die ihr Leben verändert hatte. »Ich war fünfzehn, Ben war gerade achtzehn geworden. Wir waren alle in der Kirche, aber Ben war mit dem eigenen Auto gefahren. Auf dem Weg zur Mitternachtsmette hatte er seine Freundin abgeholt. Als sie nach dem Gottesdienst gegangen sind, hat er noch zu uns gesagt, wir würden uns zu Hause sehen …« Sie verstummte und schluckte schwer unter der Flut der Erinnerungen an jene grauenhafte Nacht.

Tom berührte ihre Wange und sah sie mit sanftem, mitfühlendem Blick an. »Was ist passiert?«

»Er ist nie zu Hause angekommen«, antwortete sie. Wieder verstummte sie und atmete durch. Es dauerte einen Moment, bis sie fortfahren konnte. »Nachdem er seine Freundin abgesetzt hatte, ist er mit dem Auto auf Glatteis geraten. Die Polizei hat gesagt, er wäre wahrscheinlich zu schnell unterwegs gewesen. Jedenfalls ist der Wagen außer Kontrolle geraten und gegen einen Baum geprallt. Man hat uns gesagt, er wäre auf der Stelle tot gewesen.«

»Oh mein Gott, Jeanette, es tut mir so leid«, sagte Tom und wischte ihr die Tränen von den Wangen. »Ich kann mir gar nicht vorstellen, wie das für euch alle gewesen sein muss.«

»Wir haben danach nie wieder Weihnachten gefeiert.« Ein neuer Anflug von Bedauern fegte durch Jeanette hindurch. »Als ich im nächsten Jahr den Schmuck herausholen wollte, ist meine Mutter zusammengebrochen. Mein

Vater hat ihn zurück auf den Dachboden gebracht. Ich habe es nie wieder versucht.«

»Kein Wunder, dass du die Weihnachtsfeiertage hasst«, sagte er. »Du hast so schreckliche Erinnerungen daran.«

»Ironischerweise hasse ich die Feiertage nicht, weil ich traurig bin«, startete sie einen Erklärungsversuch. »Jedenfalls nicht ganz. Eher deshalb, weil Bens Tod meine Eltern völlig verändert hat. Davor waren sie warmherzig, großzügig und aufgeschlossen. Mein Vater hatte hohe Erwartungen an meinen Bruder, aber mich hat er abgöttisch geliebt und verhätschelt. Danach war es so, als gäbe es mich gar nicht mehr. Ich hätte genauso gut zusammen mit Ben sterben können, denn egal, was ich getan habe, es hat sie alles völlig kalt gelassen.« Sie begegnete Toms Blick. »Du kannst dir nicht vorstellen, wie einsam und abgekapselt man sich vorkommen kann, wenn man den Menschen, für die man eigentlich wichtig sein sollte, vollkommen egal ist.«

»Meine Eltern haben sich immer *zu sehr* in mein Leben eingemischt. Ich habe mich von ihnen erdrückt gefühlt. Sie haben mir all diese Erwartungen aufgebürdet, die rein gar nichts damit zu tun hatten, was ich wollte. Es hat nicht gereicht, dass ich in der Schule generell gut war, ich musste mich in den Fächern auszeichnen, die ich nach Meinung meines Vaters belegen sollte. Außerdem musste ich Zeit mit Mädchen verbringen, die meine Mutter geeignet für mich fand. Bis zu meinem Abschluss an der juristischen Fakultät habe ich mitgespielt. Danach habe ich mich auf die Füße gestellt. Von da an hat es nur noch Streit gegeben.« Er schüttelte den Kopf. »Also nein, ich weiß nicht, wie es sich anfühlt, ignoriert zu werden. Aber es muss furchtbar wehgetan haben.«

»Tut es immer noch.«

Entsetzen breitete sich in seinem Gesicht aus. »Ihr habt immer noch nicht Frieden geschlossen? Wie viele Jahre ist das jetzt her?«

»Fast zwanzig, aber geändert hat sich nichts. Vor ein paar Wochen habe ich zu Hause angerufen. Meine Mutter hat kaum meine Stimme erkannt. Als ich mit Papa reden wollte, hat sie mir als Ausrede aufgetischt, er wäre draußen. Sie hat nicht angeboten, ihn zurückrufen zu lassen. Ich weiß nicht mal, ob sie ihm ausgerichtet hat, dass ich angerufen habe. So ist das jedes Mal, wenn ich mich bei ihnen melde. Trotzdem versuche ich es immer wieder. Ich hoffe, sie werden sich irgendwann daran erinnern, dass sie ein zweites Kind haben, das noch lebt und sie braucht.«

Jeanette schauderte. Tom zog seine Jacke aus und wickelte sie darin ein. Sie versuchte gar nicht erst, ihm zu erklären, dass nichts eine Kälte vertreiben konnte, die tief aus ihrem Inneren stammte. Stattdessen ließ sie die äußere Wärme in ihren Körper sickern und atmete den Zitrusduft seines Rasierwassers ein. Das reichte zwar nicht, um die Erinnerungen loszuwerden, trotzdem empfand sie es als tröstlich.

* * *

Tom hätte Jeanettes Eltern am liebsten aufgesucht und zur Vernunft geschüttelt. Trotz aller Trauer hätten sie erkennen müssen, wie sehr ihre Tochter sie brauchte.

So durchwachsen die Beziehung zu seinen eigenen Eltern auch sein mochte, sie hatten wenigstens Kontakt. Und obwohl sie ständig zankten, wusste er, dass sie ihn liebten. Selbst dann, wenn er sich maßlos über sie ärgerte wie zuletzt über seine Mutter wegen ihres Verhaltens gegenüber Jeanette, konnte er sich nicht vorstellen, sie für immer aus seinem Leben zu streichen.

Wie konnten Jeanettes Eltern damit leben, dass sie ihre Tochter derart im Stich gelassen hatten? Da er keine Antworten hatte, begnügte er sich damit, sie den Rest des Tages aufmerksam im Auge zu behalten. Außerdem versuchte er, ihr immer wieder mal mit einer Geste oder einer Berührung zu vermitteln, dass es jemanden gab, dem etwas an ihr lag und der sie schätzte.

Tom glaubte, sie nun wesentlich besser zu verstehen. Er konnte nachvollziehen, warum sie so empfindlich auf jede Andeutung reagierte, sie könnte bei ihm nicht an erster Stelle stehen. Allerdings hatte er noch keine Ahnung, wie er den Eindruck ändern sollte, den er ihr vermittelt hatte. Irgendwann *würde* er Serenity verlassen. So sah sein Plan aus, und daran hatte er sich seit dem Tag gehalten, an dem er ihn gefasst hatte. Sich zu verlieben war darin nicht vorgesehen, jedenfalls nicht in den nächsten paar Jahren. Er hatte sich vorgestellt, sich dann eine Frau zu suchen, wenn er sein Ziel erreicht hätte, ein leitendes Amt in einer großen Stadt zu bekleiden. Dann wollte er sich Zeit für mehr als nur Arbeit nehmen, obwohl er sich noch nicht überlegt hatte, wie er es anstellen würde.

Doch aus heiterem Himmel war ihm Jeanette dazwischengekommen, eine Frau, die ihn in ihren Bann zog, in ihm den Wunsch erweckte, sie zu beschützen, und ihn vor lauter Lust ein wenig um den Verstand brachte. Wie um alles in der Welt sollte er damit umgehen, vor allem angesichts ihrer Probleme?

Im Augenblick stand sie vor dem Baum, den Howard für den Stadtpark ausgesucht hatte. Neben der hochaufragenden Kiefer nahm sie sich winzig aus. Sie schaute zur Spitze hinauf, so ehrfürchtig, als wäre es der erste Weihnachtsbaum, den sie zu Gesicht bekam. Vielleicht war er das in gewisser Weise auch. Nicht der allererste, aber der erste seit jenem schrecklichen Weihnachtstag, an dem ihre Welt mit dem Tod ihres Bruders in Scherben zersplittert war.

Tom stellte sich neben sie und ergriff ihre Hand. »Ist ja unheimlich groß«, meinte er kritisch.

»Nein, er ist perfekt«, widersprach Jeanette. »Howard hat recht. Das ist der richtige. So einen hab ich noch nie gesehen. Ich kann ihn mir jetzt schon mit Hunderten von funkelnden Lichtern vorstellen. Das wird unglaublich.«

»Kostet bestimmt ein Vermögen«, malte er nach wie vor den Teufel an die Wand.

Jeanette sah ihn stirnrunzelnd an. »Dann treib das Geld dafür auf«, sagte sie in einem Ton, der geradezu gruselig an den von Howard erinnerte. »Tom, wir *müssen* diesen Baum haben.«

Er sah ihr in die Augen. »So viel bedeutet dir das?«

Sie streckte die Hand aus und berührte ehrfürchtig die dicken Zweige. »Ja.«

»Dann kratzen wir das Geld dafür irgendwie zusammen. Aber wenn sich die Leute darüber beschweren, dass Schlaglöcher nicht aufgefüllt werden, schicke ich sie zu dir und Howard.«

In dem Moment kam Howard zurück, gefolgt von Ronnie und Mary Vaughn. Der Bürgermeister schaute verdrossen drein. »Der Mann will einen Wucherpreis dafür«, klagte er. »Wir müssen uns vielleicht mit einem kleineren begnügen.«

»Nein«, protestierte Jeanette. »Haben Sie ihm gesagt, dass er für den Hauptplatz am Stadtpark ist?«

»Natürlich«, erwiderte Howard. »Ich hab ihm sogar von den Chören, den Kindern und dem Weihnachtsmann erzählt. Aber unter dem Strich ist er ein beinharter Geschäftsmann. Daraus kann ich ihm jetzt nicht wirklich einen Vorwurf machen, trotzdem ist es enttäuschend.«

»Wir kriegen diesen Baum«, verkündete Tom entschlossen.

Ungläubig sah Howard ihn an. »Sie haben doch das Preislimit festgelegt.«

Tom zuckte mit den Schultern. »Ich kratze irgendwo ein paar Dollar mehr zusammen.«

»Wir reden hier nicht von ein paar Dollar mehr«, warf Ronnie ein. »Eher ein paar Hundert.«

Tom ließ den Blick über die Runde der tristen Mienen wandern. »Sind sich alle einig, dass wir genau diesen Baum wollen?«

»Ja«, sagte Mary Vaughn mit demselben Funkeln in den Augen wie Jeanette. »So einen prächtigen hatten wir noch nie.«

»Dann genehmige ich den Kauf«, sagte Tom. »Herr Bürgermeister, sind wir uns einig?«

»Sie können das Geld im Budget auftreiben?«

»Ich werde das Geld auftreiben«, bestätigte Tom. Notfalls aus eigener Tasche. Was auch immer dieses Strahlen zurück in Jeanettes Augen zaubern konnte, war ihm jeden Cent wert. Und damit es darin bliebe, würde er sich vielleicht sogar dazu überreden lassen, persönlich beim Schmücken dieses Monstrums mitzuhelfen –

wenngleich er sich schwor, schon aus Prinzip darüber zu murren.

Jeanette warf die Arme um ihn und drückte ihm überschwänglich einen Kuss auf die Wange.

Tom grinste. Kein übler Anreiz, fand er. »Wo ist der Besitzer?«, fragte er. »Lassen wir ein ›Verkauft‹-Schild an den Baum pappen und vereinbaren wir die Lieferung.«

»Ich kümmere mich darum«, bot Howard mit strahlender Miene an. »Ich wusste doch, dass Sie nicht der Grinch sind, als der Sie sich ausgeben.«

»Doch, bin ich!«, rief Tom ihm hinterher.

»Ach, gib's auf«, sagte Jeanette. »Das kauft dir jetzt keiner mehr ab. Du hast nachgegeben und den perfekten Baum gekauft.«

»Kein Baum ist perfekt. Wahrscheinlich ist er asymmetrisch«, brummelte Tom zum Versuch, seinen Ruf als Grinch wiederherzustellen. »Und der Stamm ist vermutlich so krumm wie ein alter Spazierstock. Hat das irgendjemand überprüft?«

Ronnie lachte. »Zu spät, Kumpel. Du bist der Held des Tages, ob du willst oder nicht.«

»Meiner jedenfalls«, pflichtete Jeanette ihm bei und sah Tom mit überraschender Leidenschaft in den Augen an.

Wer hätte das gedacht?, ging es Tom durch den Kopf. Er hatte sich auf gestohlene Küsse verlassen, um ihre Aufmerksamkeit zu erlangen. Dabei wäre dafür nur ein sündteurer Weihnachtsbaum nötig gewesen.

KAPITEL 15

Nach zwei Monaten im Amt hatte Tom eine Art Routine entwickelt. Jeden Morgen auf dem Weg ins Büro hielt er bei *Wharton's* an, um sich Kaffee zu holen und den neuesten Klatsch zu erfahren. Zu Mittag aß er am Schreibtisch. Nach Feierabend ging er joggen, um etwas von der unverbrauchten Energie durch das lange Sitzen während des Tages abzubauen. Er hatte sich bei *Dexter's Gym* eingeschrieben. Aber wie ihn alle gewarnt hatten, fand er die Atmosphäre so deprimierend, dass er selten mehr als ein, zwei Mal die Woche dort trainierte.

Seine Arbeit erwies sich als überraschend anspruchsvoll. Durch die rege Bautätigkeit in und um Serenity wurden zahlreiche Pläne eingereicht, die detailliert geprüft werden mussten. Niemand sonst im Rathaus besaß Toms Kenntnisse bei der Beurteilung potenzieller Probleme und der Auswirkungen neuer Bauprojekte auf die Schulen und andere Einrichtungen von Serenity.

Außerdem bemühte er sich aktiv um die Ansiedelung neuer Betriebe in der Innenstadt. Er arbeitete mit den Eigentümern der leerstehenden Immobilien an der Hauptstraße zusammen, um willigen Geschäftsgründern ein Jahr lang bei der Miete entgegenzukommen. Durch geringere Fixkosten zu Beginn wollte er Neueröffnungen fördern und zur Chance verhelfen, das Geschäft zum Laufen zu bringen. Bislang hatte er zwei Unternehmer, die gleich nach dem Jahreswechsel eröffnen würden. Drei weitere überlegten, im Frühjahr einen Mietvertrag abzuschließen. Darüber würde er bei der nächsten Ratsversammlung berichten.

Außerdem hatte Tom eine gründliche, systematische Überprüfung der Infrastruktur der Stadt angeordnet, was zu lange vernachlässigt worden war. Über einen Nebenarm des Great Pee Dee spannte sich eine schmale Brücke, die ihm Sorgen bereitete, obwohl die technischen Berichte eine vorerst gesunde Bausubstanz bescheinigten. Er wollte präventiv dafür sorgen, dass es so blieb. Wasser- und Kanalisationsleitungen mussten erneuert werden. Tatsächlich bedurfte die gesamte Wasseraufbereitungsanlage wegen des erhöhten Bedarfs durch die neuen Bauprojekte einer Aufrüstung. Er hatte einen Vorschlag ausgearbeitet, um einen Großteil der Kosten dafür durch Anschlussgebühren und andere von den Bauherren zu entrichtende Abgaben zu decken.

Und er hatte das Startkapital für Cals Little-League-Projekt bereitgestellt. Mit dem Segen des Stadtrats hat er es dem Budget der Abteilung für Parks und Freizeit zugeteilt. Außerdem hatte er versprochen, die zweite Mannschaft zu trainieren.

Alles in allem hatte er trotz der kurzen Zeit das Gefühl, bereits etwas in Serenity bewirkt zu haben. Nur hatte er bei so vielen Eisen im Feuer kaum Zeit, sich ein Haus zu suchen oder Jeanette so zu umwerben, wie er es wollte. Das stresste ihn zusätzlich, wodurch die abendlichen Läufe umso notwendiger wurden. Für gewöhnlich joggte er quer durch die Stadt und umrundete dann den See, den Azaleen säumten, die der Landschaft im Frühjahr vermutlich einen farbenfrohen Anstrich verleihen würden. In der Regel saß eine Gruppe von Frauen im Pavillon und plauderte im schwindenden Abendlicht. Mittlerweile hatte er sich so daran gewöhnt, sie dort zu sehen, dass er sie immer grüßte, obwohl er keine davon kannte. Tom wusste, dass sie bei Einbruch der Dunkelheit ebenso verschwunden sein würden wie die letzten im Park spazierenden Pärchen.

Er rang sich gerade eine letzte Runde um den See ab, als sein Handy klingelte. Kurz geriet er in Versuchung, den Anruf zu ignorieren. Allerdings hatten sowohl die Polizei als auch die Feuerwehr seine Nummer für Notfälle. Deshalb blieb er stehen, beugte sich zum Verschnaufen vor und warf einen Blick auf die Anruferkennung. Seine Mutter. Ihr fünfter Anruf an diesem Tag. Die anderen hatte er sich erspart, aber sie hatte eindeutig nicht die Absicht aufzugeben.

»Hallo, Mutter«, meldete er sich, als er schließlich nachgab.

»Was ist mit dir?«, fragte sie. »Du klingst, als wärst du außer Atem.« Sie hörte sich eher irritiert als besorgt an.

»Du hast mich mitten beim Joggen erwischt. Was hast du auf dem Herzen?«

»Hast du schon ein Haus gefunden?«

»Ich hatte noch keine Zeit zum Suchen«, antwortete er.

»Genau deshalb wollte ich es für dich tun«, gab sie hörbar verschnupft zurück. »Aber mir wurde unmissverständlich mitgeteilt, dass ich mich raushalten soll.«

»Ich bezweifle stark, dass Mary Vaughn es so formuliert hat«, sagte er.

»Nein, natürlich nicht. Sie ist eine bezaubernde Frau. Und zu haben, glaube ich.«

Subtilität gehörte nicht zu den Stärken seiner Mutter. »Ist mir bekannt«, teilte er ihr mit.

»Hast du sie schon um ein Date gebeten?«

»Mutter«, sagte er in warnendem Ton.

»Na ja, du wirst doch nicht ernsthaft mit dieser kleinen Schnepfe ausgehen wollen, dieser Jeanette So-und-so.«

»Okay, das reicht«, sagte Tom. »Wir hören uns.«

Als er die Verbindung gerade beenden wollte, hörte er, wie sie eindringlich seinen Namen rief. Er lenkte ein und hob sich das Telefon wieder ans Ohr. »Ja?«

»Schon gut, ich wollte dich nicht verärgern. Ich weiß ja, wie verkehrt das ist. Nach all den Jahren, die ich dich und deinen Vater schon beobachte, sollte man meinen, ich wüsste es besser. Du bist wie ein Kind. Du würdest schon aus Trotz das Gegenteil davon machen, wozu ich dir rate.«

»Sollte das eine Entschuldigung sein?«

Sie seufzte dramatisch. »Es tut mir leid«, sagte sie ohne große Aufrichtigkeit. »Ich habe nicht deswegen angerufen.«

»Warum dann?«

»Die Vorhänge für dein Büro sind fertig. Ich würde sie gern morgen vorbeibringen. Da dachte ich mir, vielleicht haben wir danach Zeit, uns ein paar Häuser anzusehen.«

Diesmal seufzte er so dramatisch wie sie. »Bring die Vorhänge ruhig vorbei, wenn du willst, aber für die Wohnungssuche hab ich morgen keine Zeit«, sagte er.

»Aber doch bestimmt zumindest für ein Mittagessen«, gab sie zurück.

Tom dachte darüber nach. Früher oder später würde er Zeit mit seiner Mutter verbringen müssen. Sie war keine Frau, die sich ewig von jemandem abwimmeln ließ, schon gar nicht von einem ihrer Kinder. Obwohl sie in diesen

Beziehungen manchmal selbst ihr schlimmster Feind war, bemühte sie sich, auf die einzige ihr bekannte Weise eine gute Mutter zu sein. Er hatte fünfunddreißig Jahre gebraucht, um das zu erkennen.

»Essen können wir gehen«, räumte er ein. »Unter einer Bedingung.«

»Und die wäre?«, fragte sie argwöhnisch.

»Wir nehmen Jeanette mit, und du versprichst, dich ihr gegenüber zivilisiert aufzuführen.«

»Auf keinen Fall«, antwortete seine Mutter prompt.

»Gut, dann nicht.«

»Thomas McDonald, dein Erpressungsversuch gefällt mir gar nicht. Ich kann die Frau nicht ausstehen.«

»Du kennst sie ja kaum.«

»Und ich habe keine Lust, sie besser kennenzulernen«, erwiderte sie stur.

Er wusste, dass sie mehr aus Eitelkeit und Stolz auf Abstand zu Jeanette bleiben wollte, weniger aus Hochmut. Zweifellos schämte sie sich für das von ihr verursachte Fiasko im *Chez Bella*. Zumindest wollte er das glauben.

»Und zählt für dich gar nicht, dass sie mir wichtig ist?«, fragte er leise.

Sie schnappte nach Luft. »Wie wichtig?«

»Da bin ich mir noch nicht hundertprozentig sicher, aber im Moment würde ich sagen, sehr wichtig. Und ich würde es begrüßen, wenn du ihr zumindest eine Chance gibst. Komm schon, Mutter, es wäre für dich nicht das erste Mal, dass du höflich zu jemandem sein musst, den du nicht magst. Für die eine oder andere Wohltätigkeitsorganisation machst du das ständig. Kannst du es nicht auch für mich tun?«

»Also, wenn du es so ausdrückst, habe ich wohl keine andere Wahl«, räumte sie widerwillig ein. »Ich bin um halb zwölf in deinem Büro und bringe die Vorhänge. Du kannst für Mittag einen Tisch reservieren. Sag deiner kleinen Freundin, sie soll sich nicht verspäten.«

»Ja, Ma'am«, sagte er und verbarg seine Belustigung über ihr diktatorisches Verhalten. Er erkannte darin ihren Versuch, sich wenigstens *etwas* Kontrolle zu sichern.

Er legte auf und freute sich darüber, einen Waffenstillstand zwischen Jeanette und seiner Mutter angeleiert zu haben. Leider hatte bisher nur eine Seite dem Treffen zugestimmt. Sein Bauchgefühl warnte ihn, dass es sehr viel schwieriger werden würde, Jeanette dazu zu überreden.

* * *

»Oh, nein, auf keinen Fall!« Jeanette starrte Tom an, als wäre ihm ein zweiter Kopf gewachsen oder als hätte er zumindest den sonst so intelligenten Verstand verloren. »Ich esse nicht mit deiner Mutter zu Mittag! Nicht für eine Million Dollar.«

»Nicht mal als Dank dafür, dass die Stadt durch mich den Weihnachtsbaum bekommen hat, den du wolltest?«, versuchte er es.

»Nicht mal dafür«, entgegnete sie schlicht.

Hätte sie gewusst, warum er unverhofft mit einer Pizza und einer Flasche teurem Wein bei ihr zu Hause aufgetaucht war, sie hätte seinen sexy Hintern sofort wieder hinausgeworfen. Aber da der verführerische Duft der Pizza bereits ihre Geschmacksnerven köderte, war es zu spät, ihn noch wegzuschicken. Was nicht bedeutete, dass sie seinem absurden Plan zustimmen musste.

»Deine Mutter wird mir nach dem ersten Blick auf mich ein Glas Eiswasser ins Gesicht schütten«, prophezeite sie.

»Ich habe ihr Wort darauf, dass es dazu nicht kommen wird«, sagte er.

»Was hast du gemacht? Eine Liste mit Regeln aufgestellt, an die sie sich halten muss?«

»Keine Liste. Ich habe sie nur daran erinnert, dass sie sich selbst unter den unerfreulichsten Umständen zivilisiert zu benehmen weiß und ich es auch unter diesen Umständen von ihr erwarte.«

»Na, da wird mir doch gleich ganz warm ums Herz«, sagte Jeanette sarkastisch und griff nach einem Stück Pizza mit schwarzen Oliven und Champignons. Genau, wie sie es mochte. Sie wollte sich wenigstens ein Stück genehmigen, bevor das Gespräch ausufern würde – was vorprogrammiert zu sein schien.

»Nimm etwas Wein«, schlug Tom vor und füllte ihr Glas voll.

»Ich mache dabei nicht mit, und wenn du mich noch so abfüllst«, sagte sie, dennoch probierte sie einen Schluck von dem Wein. Er schmeckte ausgezeichnet. Den hatte Tom bestimmt nicht aus Serenity, es sei denn, es war ihm gelungen, ihn Dana Sue aus dem Weinkeller des *Sullivan's* abzuschwatzen.

»Hör mal, ich weiß, dass meine Mutter bei eurer ersten Begegnung Mist gebaut hat, aber im Grunde ist sie eine nette Frau.«

»Nett?«, wiederholte Jeanette skeptisch. »Reden wir von derselben Frau, die sich bei unserer letzten Begegnung so danebenbenommen hat, dass sogar du dich von ihr abgewandt hast?«

Er schaute verdrossen drein. »Ja.«

»Und doch hältst du's für eine gute Idee, dass wir drei zusammen essen gehen«, meinte sie nachdenklich, bevor sie ihm einen durchdringenden Blick zuwarf. »Bist du wahnhaft?«

»Gut möglich«, räumte er ein. »Trotzdem könnten wir es ja versuchen. Ich habe ihr Wort, dass sie sich benehmen wird. Wenn du dich auch dazu durchringen kannst, sollte es nicht so schlimm werden.«

Sie schüttelte den Kopf. »Hörst du dir eigentlich selbst zu? Du lädst mich zu einem Mittagessen ein, das ›nicht so schlimm werden sollte‹. Nicht wirklich verlockend. Warum willst du das überhaupt versuchen?«

»Weil sie trotz all ihrer Fehler meine Mutter ist. Und weil du mir wichtig bist. Es würde mir viel bedeuten, wenn ihr beide miteinander auskommen könntet.«

»Du meinst, besser als *ihr* beide miteinander?«, fragte sie.

Er zuckte zusammen. Dann beugte er sich näher, als könnte er fühlen, dass sie ins Wanken geriet. »Ich wäre dir sehr, sehr dankbar.«

Sie bedachte ihn mit einem verkniffenen Blick. »Wie dankbar?«

»Sehr.«

»Genug, um mir beim Umziehen zu helfen, wenn es so weit ist?«

Er grinste. »Das hatte ich sowieso vor.«

»Wirklich? Spitze. Wärst du dankbar genug, um mir zu helfen, das Wohnzimmer und die Schlafzimmer unten zu streichen?«

Sein Lächeln wurde breiter. »Dazu würde ich mich überreden lassen.«

»Reparierst du auch jeden undichten Wasserhahn im Haus?«

Er wirkte zögerlich. »Kann ich versuchen, aber vielleicht wärst du besser damit bedient, Ronnie darum zu bitten. Oder einen Klempner zu beauftragen.« Seine Züge hellten sich auf. »Ja, auf jeden Fall einen Klempner. Ich beauftrage einen für dich.«

»Und einen Elektriker? Ich denke, es sollten neue Deckenventilatoren eingebaut werden.«

»Geht klar«, willigte er ein.

»Und ein neues Dach?«

Dabei klappte sein Mund derart verdutzt auf, dass sie unwillkürlich lachen musste. »Nur ein Scherz. Das Dach ist in erstklassigem Zustand. Ich wollte nur sehen, wie weit du gehen würdest.«

Er zuckte mit den Schultern. »Ziemlich weit. Niemand weiß besser als ich, wie unmöglich meine Mutter sein kann. Aber falls es dich tröstet, sie hat sich bei den Ehemännern meiner Schwestern genauso schwierig angestellt – und die hatten alle ein Treuhandvermögen und einen Stammbaum, den sie bis zur *Mayflower* zurückverfolgen konnte. Das liegt nur an der Glucke in ihr.«

»Nur haben wir beide nicht vor zu heiraten«, erinnerte Jeanette ihn.

»Sprich mal nur für dich selbst«, konterte er.

Womit er unerwartet den Einsatz erhöhte, dachte sie und wartete auf das Einsetzen einer Panik, die ausblieb.

Schließlich gestattete sie sich, Toms Blick und dem ernsten Flehen darin zu begegnen. Tapfer kämpfte sie gegen die Flutwelle der Emotionen an, die er damit in ihr auslöste. Aber wie vorherzusehen, verlor sie. »Na schön.

Nur sag nachher nicht, ich hätte dich nicht gewarnt. Es ist eine schlechte Idee.«

»Nein, ist es nicht«, widersprach er zuversichtlich. »Du wirst sie mit deinem Charme umhauen.«

Jeanette wäre schon zufrieden damit, das Essen hinter sich zu bringen, ohne die Frau zu erwürgen.

* * *

Stotternd rollte Mary Vaughns Auto fünfzehn Kilometer außerhalb von Serenity am Straßenrand aus. Sie hatte den blöden Spritfresser gekauft, weil er angeblich zuverlässig war. Und um Sonny eins auszuwischen, der kein Fahrzeug billigte, das nicht aus seinem Autohaus stammte.

Leider lag die nächste Werkstatt für den Wagen eine Stunde entfernt. Die meisten Mechaniker in Serenity wollten es nicht mal anfassen. Sie brauchte einen Abschleppwagen und eine Mitfahrgelegenheit nach Hause.

Zähneknirschend tippte sie Sonnys Nummer ins Handy und wappnete sich für einen Vortrag darüber, was für einen Fehler sie mit der Anschaffung des Autos begangen hatte.

Als Sonny ranging, erklärte sie: »Ich bin unterwegs liegen geblieben. Und bitte keinen Vortrag. Ich brauche Hilfe.«

»Reifenpanne?«

»Nein, das blöde Ding ist einfach abgestorben. Ich hatte Glück, dass kein Verkehr war und ich auf den Seitenstreifen ausrollen konnte, ohne dass mich jemand gerammt hat.«

»Wo bist du genau?«

Sie beschrieb es ihm.

»Stell dich auf keinen Fall an den Straßenrand«, wies er an. »Bleib im Auto. Hilfe ist unterwegs.«

Ausnahmsweise war sie dankbar für sein effektives, nüchternes Vorgehen in einer Notlage. Sie konnte sich an viele Gelegenheiten erinnern, bei denen sie sich Mitgefühl gewünscht, es dringend gebraucht hatte, und stattdessen praktische Ratschläge und konkrete Lösungen bekommen hatte. Damals hatte sie das als Unzulänglichkeit empfunden. An diesem Tag fand sie es beruhigend.

»Danke, Sonny.«

»Kein Problem, Schatz. Du hältst einfach die Füße still.«

Zwanzig Minuten später traf ein Abschleppwagen ein, gefolgt von Sonny.

»Ich dachte mir, du würdest den Wagen zur Werkstatt bringen lassen wollen«, sagte er. »Und dass du jemanden brauchst, der dich nach Hause fährt.«

Sie beäugte ihn misstrauisch, als er tatsächlich ausstieg und ihr die Tür aufhielt, was kaum noch andere Männer taten, die sie kennengelernt hatte.

»Und es gibt dir Zeit, deine Schadenfreude über mich auszuschütten«, sagte sie, als sie sich auf dem luxuriösen Ledersitz niederließ, der sich bequemer anfühlte als ihr eigener, wie sie zugeben musste.

Er grinste. »Hatte ich zwar nicht vor, kann ich aber machen, wenn's dir dann besser geht.«

»Nein, bitte nicht«, erwiderte sie.

Nachdem er mit dem Fahrer des Abschleppwagens gesprochen hatte, nahm er wieder hinter dem Lenkrad seines Wagens Platz. »Alles in Ordnung?«

»Ich bin nur verärgert«, sagte sie. »Keine Ahnung, wie lange es dauern wird, bis das Auto repariert ist.«

»Kein Problem, du kannst von mir einen Leihwagen haben«, bot Sonny an.

Mary Vaughn musterte ihn mit skeptischer Miene. »Warum bist du so nett zu mir?«

Er runzelte die Stirn über die Frage. »Warum nicht?«

»Kommt mir bei allem, was zwischen uns vorgefallen ist, nur komisch vor. Ich meine, schon klar, wir haben vereinbart, miteinander auszukommen, während Rory Sue über Weihnachten zu Hause ist. Aber das hier geht weit darüber hinaus.«

Er sah ihr in die Augen. »Warum hast du mich angerufen, wenn du von mir nur Kummer erwartest?«

Eine Weile wand sie sich unbehaglich auf dem Sitz, bevor sie gestand: »Weil ich wusste, dass ich auf dich zählen kann.«

»Na, da haben wir's ja«, kommentierte er. »Der gute alte Sonny Lewis, wie üblich der Retter in der Not.«

Mary Vaughn hörte einen unerwartet verbitterten Unterton in seiner Stimme. Sie hatte ihn verärgert. Das hatte sie als Allerletztes beabsichtigt. Eigentlich hatte sie es als Kompliment gedacht. Sie streckte die Hand aus und legte sie auf seine, die das Lenkrad zu fest umklammerte. »Es tut mir leid.«

»Was?«

Sie dachte darüber nach. »Ich weiß nicht. Vielleicht alles, was ich dir zugemutet habe.«

»Nicht«, sagte er barsch und schüttelte ihre Hand ab. »Entschuldige dich nicht, wenn du nicht mal weißt, wofür.«

Mary Vaughn lehnte sich zurück und starrte geradeaus.

Ihr Magen krampfte sich zusammen, als ihr klar wurde, dass sie ihn schon wieder unabsichtlich verletzt hatte. Alle paar Minuten warf sie einen verstohlenen Seitenblick zu ihm. Seine Kieferpartie wirkte verbissen, seine Mundwinkel hingen nach unten.

»Es tut mir wirklich leid«, flüsterte sie.

Er murmelte einen leisen Fluch, bevor er in ihre Richtung sah. »Mach dich deswegen nicht fertig. Weißt du, ich denke mir gern, ich hab die Scherben in meinem Leben gekittet und habe es wirklich gut. Dann wird mir klar, dass du immer noch die Macht besitzt, mir unter die Haut zu gehen. Das gefällt mir nicht, Mary Vaughn. Mir gefällt nicht, was das über mich aussagt.«

»Es sagt mehr über mich aus«, erwiderte sie sanft. »Nämlich, dass ich immer wieder etwas tue, das dich verletzt, obwohl du unser Leben lang nur wunderbar zu mir gewesen bist. Mir gefällt es auch nicht, mich so gedankenlos und egoistisch zu fühlen.«

Er erwiderte nichts, widersprach ihr nicht prompt damit, dass sie weder gedankenlos noch egoistisch war, wie er es früher vielleicht getan hätte. Stattdessen ließ er die Worte unbestritten stehen. Das tat weh, aber Mary Vaughn konnte nicht leugnen, dass sie stimmten – und er wollte es offensichtlich auch nicht mehr abstreiten.

»Denkst du, es ist möglich, sich zu ändern?«, fragte sie schließlich. »Ich meine, glaubst du, dass man auch in unserem Alter schlechte Gewohnheiten noch ablegen kann?«

»Sicher«, antwortete er sofort. »Zumindest möchte ich glauben, dass es möglich ist.«

»Ich auch.«

Er bog auf den Parkplatz seines Autohauses ein. Die Verärgerung und Verletzlichkeit verschwanden hinter seiner vertrauteren, lächelnden Fassade, zweifellos für Mitarbeiter und Kunden. »Komm mit rein, dann treibe ich dir den Leihwagen auf.«

»Das musst du nicht tun«, sagte sie.

Seine finstere Miene kehrte zurück. »Jetzt stell dich nicht so an. Du brauchst ein Auto. Ich habe Autos. So einfach ist das. Es muss nicht kompliziert werden.«

»Na schön«, gab sie forsch zurück. »Natürlich bezahle ich dafür.«

Seine Miene wurde noch finsterer. »Du stellst meine Geduld auf die Probe, Mary Vaughn.«

»Mittagessen?«, schlug sie stattdessen vor. »Abendessen? Kann ich wenigstens das tun?«

Kurz schien er mit sich zu ringen, schließlich jedoch seufzte er und nickte. »Mittagessen wäre toll.«

»Morgen?«

»Gut, warum nicht?«

Sie grinste über sein augenscheinliches Zögern. »Ich versprech dir, es wird nicht wehtun«, sagte sie unbeschwert.

»Versprich nichts, was du nicht halten kannst, Süße. Dann sehen wir uns also morgen Mittag. *Sullivan's?* Oder willst du lieber zu dem Restaurant fahren, das du früher wegen der bodenständigen Südstaatenküche so gemocht hast?«

»Du würdest wahrscheinlich lieber einen Burger bei *Wharton's* essen«, sagte sie.

»Unter anderen Umständen, ja«, räumte er ein.

»Aber nicht mit mir, meinst du.«

»Wenn wir zusammen ins Wharton's gehen, würden in der ganzen Stadt Spekulationen ausbrechen, das musst du zugeben. Auch bei meinem Vater.«

»Wäre nicht das erste Mal, dass ich die Gerüchteküche anheize«, erinnerte sie ihn. »Ich kann damit umgehen, wenn du es kannst.«

Kurz musterte er sie abwägend, bevor er mit den Schultern zuckte. »Gut. Dann zu *Wharton's*.«

Zufrieden gab Mary Vaughn ihm impulsiv einen Kuss auf die Wange, bevor sie ging. Sie war sich nicht völlig sicher, was sich gerade zwischen Sonny und ihr abgespielt hatte, aber es fühlte sich unverhofft nach wesentlich mehr als einem Dankesessen an.

* * *

Am nächsten Tag holte Mary Vaughn tief Luft, bevor sie das *Wharton's* betrat und geradewegs zu einem der besten Plätze direkt am Fenster marschierte. Wenn Sonny und sie sich schon in der Klatschzentrale der Stadt trafen, dann am besten gleich unübersehbar. Sich irgendwo hinten im Lokal zu verstecken würde nur noch wildere Spekulationen heraufbeschwören.

Kaum hatte Mary Vaughn Platz genommen, traf Grace Wharton am Tisch ein und musterte sie unverhohlen neugierig. »Du lässt dich ja nicht mehr oft zu Mittag hier blicken, und schon gar nicht allein«, merkte sie an, als sie eine Speisekarte auf die kunststoffbeschichtete Tischplatte legte.

»Es kommt noch jemand.« Mary Vaughn verspürte ein eigenartiges Zögern zu erwähnen, dass es Sonny sein würde. Obwohl sie behauptet hatte, sich nicht um möglichen Klatsch zu scheren, fragte sie sich plötzlich, ob das Treffen nicht doch eine schlechte Idee war. Sonny hatte sie daran erinnert, dass Howard regelmäßig mit Freunden zum Mittagessen herkam. Im *Sullivan's* handelte es sich bei den meisten Mittagsgästen um Tagesausflügler, die in irgendeiner Regionalzeitschrift etwas über das Restaurant gelesen hatten. Und wenn sie zu dem anderen von ihm erwähnten Lokal gefahren wären, hätten sie vermutlich überhaupt keine Bekannten getroffen.

»Wohl ein Kunde, richtig?« Grace legte eine weitere Speisekarte auf den Platz gegenüber.

Mary Vaughn hob das Kinn und begegnete Grace' Blick. Die Frau brüstete sich stolz damit, über alles Bescheid zu wissen, was in der Stadt vor sich ging. Was daran lag, dass sie einerseits aufmerksam zuhörte und andererseits aufdringliche Fragen stellte. Erstaunlicherweise nahm es ihr niemand in der Stadt krumm. Was noch lange nicht bedeutete, dass Mary Vaughn mitspielen musste.

»Ich hätte bitte gern ein Glas süßen Tee«, sagte sie zu Grace. »Und du kannst auch gleich zuckerfreie Limo für meinen Freund mitbringen.«

Normalerweise hätte ein so offensichtliches Ablenkungsmanöver Grace' Neugier so sehr geschürt, dass sie weitere Fragen abgefeuert hätte. Doch diesmal eilte sie aus irgendeinem Grund nur davon, um die Bestellung zu holen.

Als Grace keine zwei Minuten später die Getränke zum Tisch brachte, kam Sonny herein. Er nahm die Sonnenbrille ab und verharrte kurz, während sich seine Augen an die neuen Lichtverhältnisse anpassten. Sein leicht wirres Haar verriet Mary Vaughn, dass er sich für die Fahrt ein Cabrio genommen hatte. Sie hatte immer gefunden, dass er mit zerzaustem Haar, hochgekrempelten Ärmeln und am Kragen offenem Hemd wie in diesem

Augenblick unheimlich sexy aussah. Wieder ging ein eigenartiger kleiner Ruck durch ihr Bewusstsein, und plötzlich fühlte sie sich verlegen gegenüber einem Mann, den sie schon fast ihr Leben lang kannte.

»Na, sieh mal einer an, wer da hereingeschneit ist«, sagte Grace und schaute von ihm zu Mary Vaughn. »Wahrscheinlich trifft er sich hier mit seinem Vater.«

Mary Vaughn erwiderte nichts. Nicht zuletzt, weil sie durch den unverhofften Kloß im Hals ohnehin kein Wort herausgebracht hätte. Verdammt, sah er gut aus. Das hatte sie zwar immer gewusst, doch es hatte ihren Herzschlag noch nie so in die Höhe katapultiert wie an diesem Tag.

Als Sonny direkt auf Mary Vaughns Tisch am Fenster zusteuerte, schnappte Grace scharf nach Luft und murmelte: »Ja, gibt's denn das?« Dann wirbelte sie herum und wieselte davon, zweifellos, um die Neuigkeit zu verbreiten, dass Mary Vaughn und Sonny Lewis miteinander essen würden und sich vorerst vollkommen zivilisiert dabei verhielten. In der nächsten halben Stunde würde das *Wharton's* gerammelt voll mit Leuten sein, die einen Blick auf sie beide werfen wollten. Und noch vor Tagesende würden Wetten darüber kursieren, was das zu bedeuten hatte. Mary Vaughn seufzte.

»Du hattest recht. Es war wohl keine gute Idee«, meinte sie zu Sonny.

Er zuckte nur mit den Schultern, wirkte so unbekümmert wie sie am vergangenen Abend. »Wir sind hier in Serenity, Schatz. Hier reden die Leute nun mal.«

»Aber willst du wirklich, dass sie ausgerechnet über uns reden?«

»Ist ja nichts Neues«, erinnerte er sie. »Können wir bestellen? Ich muss dann zurück zu meiner Verkaufsbesprechung.«

Mary Vaughn fühlte sich zu unbehaglich, um auch nur einen Blick auf die Kreidetafel mit den Tagesangeboten zu werfen. »Ich nehme dasselbe wie du.«

»Cheeseburger mit Pommes?«, fragte er und klang überrascht.

Normalerweise begnügte sie sich mittags mit Joghurt oder einem Salat, außer wenn sie mit Kunden essen ging. Ihren letzten Burger hatte sie sich vor einem Jahr gegönnt.

»Klingt perfekt«, schlug sie alle Vorsicht in den Wind. Es schien der richtige Tag dafür zu sein.

»Und Pommes?«, hakte Sonny nach, als könnte er seinen Ohren nicht trauen.

»Und Pommes.«

Ein Lächeln breitete sich auf seinem Gesicht aus. »Weißt du noch, dass wir gestern darüber geredet haben, ob sich Menschen ändern können?«

»Natürlich.«

»Schatz, wenn du jetzt noch einen Milchshake bestellst, machst du einen wahren Gläubigen aus mir.«

Sie runzelte die Stirn über seine scherzhafte Bemerkung. »Das ist ein Mittagessen, keine Bekehrung.«

»Nachdem ich dich den Großteil unseres Lebens als Erwachsene nur Salatblätter kauen gesehen habe, finde ich das schon bemerkenswert«, betonte er.

»Du wärst nicht mehr so erfreut darüber, wenn meine Hüften aussähen, als hätte ich mir zwei Wassermelonen in die Hose gestopft.«

»Weißt du, Mary Vaughn, das ist auch etwas, das du nie richtig verstanden hast. Du bist eine wunderschöne

Frau, keine Frage. Aber ich habe immer geliebt, wer du bist, nicht wie du aussiehst.«

Sie musterte ihn mit skeptischer Miene. Bevor sie darüber mit ihm diskutieren konnte, betrat Howard das *Wharton's*. Kaum hatte er sie zusammen erblickt, wurden seine Augen tellergroß.

»Also, ich hätte nie erwartet, euch zwei hier so gemütlich sitzen zu sehen«, sagte er schließlich. »Habt ihr euch getroffen, um unsere Weihnachtspläne mit Rory Sue zu besprechen?«

Mary Vaughn überließ Sonny die Erklärung.

»Nein«, sagte er zu seinem Vater. »Wir haben ein Date.«

Obwohl Mary Vaughns Herz bei der lächerlichen Behauptung einen unerwarteten Freudensprung machte, bedachte sie ihren Ex-Mann mit einem finsteren Blick. »Haben wir nicht.«

Er grinste. »Wie würdest du es denn nennen?«

»Einen Fehler«, konterte sie trocken.

Howard strahlte sie beide an. »Tja, was auch immer es sein mag, es ist schön, euch zwei zusammen zu sehen. Rory Sue würde sich unheimlich darüber freuen.«

»Sag bloß kein Wort zu ihr«, entfuhr es Mary Vaughn.

»Genau, Papa«, betonte auch Sonny. »Behalt es für dich. Wir wollen nicht, dass sie auf falsche Gedanken kommt. Sonst ist sie am Ende nur enttäuscht.«

Howard musterte seinen Sohn mit einem eindringlichen Blick. »Bist du dir da so sicher? Ich hab ja nie verstanden, warum ihr zwei euch überhaupt getrennt habt. Du hast mir nie eine wenigstens ansatzweise sinnvolle Erklärung dafür geliefert.«

»Weil es dich nichts angeht«, sagte Sonny rundheraus.

»Jetzt geh zu deinen Freunden, Papa. Denen fallen vor lauter Herüberstarren schon fast die Augen aus dem Kopf. Du könntest sie ja darüber aufklären, was wir beide hier zusammen machen.«

Howard bedachte ihn mit einem frustrierten Blick. »Ich *weiß* es doch gar nicht.«

Mary Vaughn setzte ihr süßestes Lächeln auf. »Dann hast du ihnen darüber nicht allzu viel zu sagen, richtig? Ihr könnt also gleich zu anderen, interessanteren Themen übergehen.«

»Du bist immer noch nicht auf den Mund gefallen, was?« Ausnahmsweise klang Howards Tonfall geradezu bewundernd.

»Ich gebe mir Mühe«, erwiderte sie.

»Tja, was immer ihr hier treibt, amüsiert euch dabei.« Damit entfernte sich Howard zu seinen Freunden.

»Das war jetzt peinlich«, sagte Mary Vaughn.

In Sonnys Augen trat jedoch Belustigung. »Du musst zugeben, dass es irgendwie lustig war, ihn auf die Folter zu spannen, oder? Er kann's nicht leiden, über irgendwas in der Familie nicht Bescheid zu wissen. Und jetzt ist er überzeugt davon, dass wir ihm was verheimlichen.«

»Interessante Sichtweise«, räumte Mary Vaughn ein. »Ich muss zugeben, nachdem dein Vater so oft alles Mögliche an mir auszusetzen hatte und sogar dagegen war, dass wir überhaupt geheiratet haben, fühlt es sich befriedigend an, dass er jetzt hofft, wir finden wieder zueinander. Ich dachte immer, er würde sein Lebtag lang dem Herrgott für unsere Scheidung danken.«

Für einen Moment wirkte Sonny verblüfft. »Glaubst du, das würde er wollen? Dass wir wieder zusammenkommen?«

»Ich glaube, er will, dass seine Enkeltochter glücklich ist. Und *sie* will auf jeden Fall, dass wir wieder zusammenkommen.«

»Oh, oh«, murmelte Sonny und schaute beunruhigt drein.

Mary Vaughn lachte über seinen Gesichtsausdruck. »Hast du Angst, dein Vater könnte sich einmischen?«

»Ist ihm durchaus zuzutrauen«, prophezeite Sonny düster. »Ich an deiner Stelle wäre zurückhaltender mit Belustigung. Mein Vater erreicht so gut wie immer, was er sich den Kopf setzt.«

Mary Vaughn spürte, wie ihr ein zarter Schauder über den Rücken lief. Allerdings wusste sie nicht, ob er von Angst herrührte … oder von freudiger Erwartung.

KAPITEL 16

Jeanette stahl sich durch die Hintertür in die Küche des *Sullivan's*, durchquerte sie mit schnellen Schritten und spähte in den Gastraum, um nachzusehen, ob Tom und seine furchtbare Mutter bereits an einem Tisch saßen.

»Also, ich sehe dich ja immer gern«, merkte Erik an. »Aber verrätst du mir, warum du in meiner Küche bist statt draußen bei den anderen Gästen?«

»Toms Mutter«, antwortete Jeanette leise.

»Willst du sie dir erst ansehen?«, fragte er mit verwirrter Miene.

»Nicht nötig«, erwiderte Jeanette. »Ich kenne den alten Drachen schon.«

Eriks Mundwinkel zuckten. »Weiß Tom, was für eine hohe Meinung du von seiner Mutter hast?«

»Ja.« Jeanette zog einen Hocker zu sich und nahm darauf Platz. »Und er will trotzdem, dass wir zusammen zu Mittag essen. Ist das zu fassen?«

Erik versuchte nicht mal, sich ein Schmunzeln zu verkneifen. Er deutete zum Gastraum. »Raus aus meiner Küche. Da will ich nicht reingezogen werden.«

»Dana Sue würde mich bleiben lassen«, sagte sie.

»Dana Sue ist nicht hier. Also hab ich das Sagen.«

Jeanette bedachte ihn mit einem skeptischen Blick. »Wirst du immer so gemein, wenn du das Sagen hast?«

»Das musst du Karen oder Dana Sue fragen. Oder vielleicht Helen. Allerdings ist in ihrem Fall die Küche hier der einzige Ort, an dem sie sich von mir herumkommandieren lässt.« Er seufzte dramatisch. »Seit wir verheiratet sind, hört sie überhaupt nicht mehr auf mich.«

»Wenn ich Zeit hätte, würde ich wirklich versuchen, ein bisschen Mitleid für dich aufzubringen«, konterte Jeanette. »Aber ich hab hier meine eigene Mitleidsparty.«

»Nein«, stellte er richtig. »Die hast du gefälligst da draußen. Meine Küche ist dafür tabu. Geh.«

»Wie du willst. Aber nur zur Warnung, lass uns das Essen lieber nicht mit euren besten Tellern bringen. Es könnte zu Bruch gehen, bevor wir fertig sind.«

»Gib unbedingt Bescheid, bevor ihr anfangt, mit Sachen zu werfen. Ich würde die anderen Gäste gern rechtzeitig evakuieren.« Sein Gesichtsausdruck wurde verschmitzt. »Oder sie zumindest für die Show bezahlen lassen. Und jetzt raus.«

»Du bist kein besonders mitfühlender Mensch«, warf Jeanette ihm vor. Widerwillig verließ sie die Küche und steuerte auf den Tisch zu, an dem Tom und seine Mutter gerade Platz nahmen.

Toms Miene hellte sich bei ihrem Anblick sofort auf. Vermutlich würde das für sie der Höhepunkt des Essens bleiben. Sobald seine Mutter sie zu Gesicht bekommen hätte, konnte es praktisch nur noch bergab gehen.

»Wo kommst du denn her?«, fragte Tom und zog einen Stuhl für sie heraus.

»Ich hab auf ein Wort mit Erik in der Küche vorbeigeschaut«, flunkerte sie.

Mrs. McDonald bedachte sie mit einem mürrischen Blick. »Wohl, um ihm zu sagen, er soll mir Arsen ins Essen machen«, murmelte sie.

»Mutter!«, schimpfte Tom.

Jeanette bedachte sie mit einem heiteren Lächeln. »Warum bin ich darauf bloß nicht selbst gekommen?«

Tom sah sie stirnrunzelnd an. »Jeanette!«

Überraschenderweise verzogen sich die Lippen seiner Mutter beinah zu einem Lächeln, was sie hastig verbarg, indem sie einen Schluck Wasser trank. Das winzige Aufflackern von Anerkennung verlieh Jeanette einen Funken Hoffnung. Vielleicht gehörte Mrs. McDonald zu den perversen Frauen, die gern austeilten, es aber schätzten, wenn jemand zurückschlug, statt nur einzustecken. Sie hielt es durchaus für möglich, dass sie Frauen mit Mumm in den Knochen bewunderte. Tja, den hatte Jeanette.

»Erik hat heute eine wunderbare Brokkoli-Quiche gemacht«, teilte sie Mutter und Sohn mit. »Er hat gerade eine aus dem Ofen geholt, als ich in der Küche war.«

»Ich habe nie verstanden, was die Leute an einer Quiche finden«, merkte Mrs. McDonald an.

»Der Hackbraten ist sehr beliebt.« Jeanette bemühte sich redlich, unbekümmert zu bleiben. »Und natürlich gibt's weit und breit keinen besseren Fisch.«

»Sie hat recht«, sagte Tom. »Ich hatte schon beides und kann es sehr empfehlen. Soweit ich weiß, ist die Tagesspezialität gedünsteter Seebarsch mit Julienne-Gemüse. Das nehme ich. Mutter, was findest du ansprechend?«

»Ich nehme nur einen Teller Suppe«, sagte sie, ohne einen Blick in die Speisekarte zu werfen.

»Die Gazpacho ist ausgezeichnet«, empfahl Jeanette.

»Zu scharf«, entgegnete Toms Mutter.

»Die Hühnersuppe servieren sie hier mit selbstgemachten Nudeln.« Tom klang allmählich ein wenig verzweifelt.

»Ich bin doch nicht krank«, gab seine Mutter mürrisch zurück. »Ich denke, ich probiere die Linsensuppe.«

Tom wirkte erleichtert. »Ich winke die Kellnerin her«, kündigte er an. Offensichtlich war seine Begeisterung für dieses Abenteuer bereits erloschen, und er wollte das Essen nur noch genauso schnell hinter sich bringen wie Jeanette.

Tom bestellte für sich und für seine Mutter, Jeanette für sich selbst. Dann lehnte sich Tom zurück und betrachtete die beiden Frauen erwartungsvoll. Seine Mutter schwieg eisern. Jeanette tat es ihr gleich. Unter dem Tisch legte Tom die Hand auf ihren Oberschenkel und warf ihr einen geradezu flehentlichen Blick zu. Da lenkte sie ein. Sie konnte sich zumindest bemühen. Wenn es nach hinten losginge … Nun, sie hatte Tom ja vor zu hohen Erwartungen gewarnt.

»Mrs. McDonald, wie ich höre, engagieren Sie sich bei einer ganzen Reihe von Wohltätigkeitsveranstaltungen. Arbeiten Sie gerade an etwas?«

Tom strahlte sie dankbar an. Seine Mutter wirkte zunächst, als wollte sie die Frage ignorieren, doch als sie einen finsteren Blick von ihrem Sohn erntete, lenkte sie ihrerseits ein.

»Der Ball für die Krebsgesellschaft steht vor der Tür«, sagte sie widerwillig.

»Das ist immer eine der erfolgreichsten Veranstaltungen in Charleston gewesen«, sagte Jeanette. Dann fügte sie hinzu: »In den Tagen davor hatten wir immer viel Kundschaft. Alle wollten dafür so gut wie möglich aussehen.«

Kaum hatten die Worte ihren Mund verlassen, wusste sie, dass sie das Falsche gesagt hatte. Damit hatte sie Mrs. McDonald gerade daran erinnert, womit sie sich den Lebensunterhalt verdiente und wo sie früher gearbeitet hatte. Schlimmer noch, wenn sie sich recht erinnerte, war Mrs. McDonald selbst vor dem Krebsball ins *Chez Bella* zu jener verhängnisvollen Behandlung gekommen, die zu so viel ungerechtfertigter Feindseligkeit geführt hatte.

Die ältere Frau warf ihr einen süffisanten Blick zu. »Siehst du, Tom, genau das habe ich dir immer gesagt. Solche Veranstaltungen sind keine unnötige Zeitverschwendung der Reichen. Viele Menschen verlassen sich darauf, um Geld zu verdienen.« Sie drehte sich Jeanette zu. »Bestimmt sind Sie auch auf Trinkgeld angewiesen, um über die Runden zu kommen, nicht wahr? Selbst in den weniger noblen Vierteln von Charleston ist das Wohnen teuer.«

Jeanette ließ sich nicht ködern. »Bella hat mich gut bezahlt, aber auch meine Kundinnen waren immer sehr großzügig. Genau wie hier. Vermutlich, weil ich ihnen einen hervorragenden Service biete.« Und nicht, weil sie sicherstellen wollten, dass sie sich ein Dach über dem Kopf leisten konnte, wie Mrs. McDonald zu unterstellen versuchte. Sie rang sich ein Lächeln ab. »Aber mir ist es nie ums Geld gegangen. Ich liebe meine Arbeit. Und es ist sehr erfüllend, ein völlig neues Spa aufzubauen und bei einer ganz neuen Kundschaft gefragt zu sein. Viele der Frauen hätten nie daran gedacht, sich eine Behandlung zu gönnen, bevor wir hier eröffnet haben.«

»Also sind die Behandlungspreise für die breite Masse ausgelegt?«, fragte Mrs. McDonald abfällig. »Ich bin immer der Ansicht gewesen, dass man das bekommt, wofür man bezahlt.«

Jeanettes Geduld neigte sich rasant dem Ende zu. Ihre Beherrschung hing nur noch an einem seidenen Faden. Tom spürte es offenbar.

»Mutter, warum erzählst du Jeanette nicht von der Kreuzfahrt, die du und Papa im Januar planen?«

Seine Mutter lächelte ihn mit liebevollem Blick an. Sogar Jeanette, so voreingenommen sie sein mochte, konnte die Gefühle für ihren Sohn in ihren Augen schimmern sehen. Vielleicht war die Frau doch nicht durch und durch abscheulich. Wenn sich Jeanette wirklich Mühe gäbe, könnte sie bei Mrs. McDonald vielleicht im Zweifel für die Angeklagte entscheiden. Das schuldete sie Tom.

»Überrascht mich, dass du dich trotz des vielen Stresses bei der Arbeit überhaupt daran erinnerst«, sagte seine Mutter.

Wahrscheinlich freute er sich darauf, dass sie weg sein würde. Aber natürlich konnte Jeanette das nicht aussprechen. Immerhin hatte sie seit eben erst den Vorsatz gefasst, aufgeschlossener zu sein.

Mrs. McDonald wandte sich an sie. »Wir unternehmen eine zweiwöchige Kreuzfahrt in der Karibik«, erklärte sie. Dann fügte sie pointiert hinzu: »Alles erste Klasse. Mit Luxus-Wellnessbereich.«

»Welche Kreuzfahrtgesellschaft?«, erkundigte sich Jeanette.

Als Toms Mutter ihr in stolzem Ton den Namen nannte, nickte Jeanette. »Laine Walker kenne ich gut. Sie leitet den Wellnessbereich.«

Mrs. McDonald wirkte verblüfft. »Sie kennen Laine?«

Jeanette nickte. »Sie war mit mir zur Ausbildung in Paris.«

Zu ihrer Befriedigung klappte Mrs. McDonald die Kinnlade auf. »*Sie* haben in Paris gelernt?«, wiederholte sie ungläubig.

»Mehrere Jahre lang«, bestätigte Jeanette und verspürte ein Triumphgefühl darüber, dass sie die ältere Frau so völlig überrascht hatte. »Dort hat Bella mich gefunden. Ich habe in einem der exklusivsten Wellnessbetriebe der Stadt gearbeitet, als sie mich überredet hat, nach Charleston zu kommen. Mir hat die Heimat gefehlt, deshalb habe ich ihr äußerst großzügiges Angebot angenommen.«

»Ich hatte ja keine Ahnung«, murmelte Mrs. McDonald, bevor sie verstummte.

Der Rest des Essens verlief reibungslos. Tom hielt dabei das Gespräch am Laufen und bemühte sich, beide Frauen einzubeziehen. Er blieb bei sicheren, neutralen Themen – das Essen, das Wetter, beliebte Restaurants in Charleston.

Als diese Themen erschöpft waren, schaute Jeanette auf die Armbanduhr und stand auf. »Tut mir leid, dass ich gehen muss, aber ich muss zurück zur Arbeit. Mein Nachmittag ist voll von Terminen mit Kundinnen.«

»Ich begleite dich noch raus«, sagte Tom. »Mutter, schau doch schon mal in die Dessertkarte, ja?«

»Auf Wiedersehen, Mrs. McDonald«, sagte Jeanette. Sie konnte sich nicht dazu durchringen hinzuzufügen, dass es ihr eine Freude gewesen wäre. Dafür war die Begegnung zu steif und unterkühlt verlaufen.

Draußen seufzte Tom vor Erleichterung hörbar auf. »War doch gar nicht so schlimm, oder?«

»Verglichen mit Folter?«

»Komm schon«, beschwichtigte er. »Wenigstens hat sie es versucht.«

»Nein, wenigstens hat sie mir ihr Essen nicht auf den Schoß gekippt«, korrigierte Jeanette. »Wollte sie aber. Das konnte ich in ihren Augen sehen.«

»Höchstens, bevor du deine Ausbildung in Paris erwähnt hast. Damit hast du ihr den Wind aus den Segeln genommen. Warum hab ich nichts von Paris gewusst?«

»Du hast nie gefragt«, erwiderte Jeanette schlicht. »Und deine Mutter dürfte Paris jetzt wohl mit völlig neuen Augen betrachten, nachdem die Stadt durch jemanden wie mich besudelt worden ist.«

»Kannst du ihr nicht bitte eine kleine Chance geben?«

»Hab ich doch gerade«, erinnerte sie ihn. »Immerhin bin ich nicht mittendrin aufgestanden und gegangen.«

»Findest du wirklich, dass es nicht gut gelaufen ist?«

Verblüfft musterte sie ihn. »Warst du nicht dabei?«

»Doch, natürlich. Es wurde weder Wasser verschüttet noch Essen geworfen oder Blut vergossen. Das werte ich als Erfolg.«

»Dann hast du ja offensichtlich ziemlich niedrige Erwartungen«, erwiderte Jeanette.

Er zuckte mit den Schultern. »Kannst du mir einen Vorwurf daraus machen? Damals in Charleston hattet ihr zwei einen denkbar schlechten Start. Ihretwegen«, fügte er hastig hinzu. »Da stellt sich Frieden nicht über Nacht ein. Aber irgendwann werdet ihr beide darüber lachen können, was passiert ist.«

Sie schüttelte den Kopf. »Bitte, bitte, bitte verlang so was nie wieder von mir. Sie ist deine Mutter, und ich will weder sie noch dich beleidigen, aber ich kann sie nicht leiden. Und sie mich nicht. Belassen wir es einfach dabei.«

»Ich glaube nicht, dass ich das kann«, erwiderte Tom.

»Warum nicht?«

»Weil's bei der Hochzeit verdammt unangenehm wäre«, antwortete er, küsste sie innig und ging davon.

Jeanette starrte ihm mit vor Verblüffung offenem Mund nach. Hochzeit? Hatte er den Verstand verloren? Damit hatte er bereits zum zweiten Mal darauf angespielt. Und obwohl sie sich geschmeichelt und vielleicht sogar ein wenig versucht fühlte, wusste sie mit hundertprozentiger Sicherheit, dass sie in eine Familie wie seine nicht einheiraten konnte. Sie *konnte* Tom nicht heiraten. Tatsächlich war sie ja noch nicht mal so weit, dass sie mit ihm ausgehen wollte.

Sie rieb sich die noch kribbelnden Lippen. Aber mit ihm im Bett zu landen hielt sie für durchaus möglich.

* * *

Bei der Rückkehr ins Büro pfiff Tom vergnügt vor sich hin, was ihm unverhohlene Neugier von Teresa einbrachte.

»Sie haben ja gute Laune«, stellte sie fest. »Hat es was mit dem Mittagessen bei *Sullivan's* mit Jeanette zu tun, von wo Sie gerade kommen?«

»Mit Jeanette *und* meiner Mutter, wie Ihnen durchaus bekannt ist«, erinnerte er sie. »Ich weiß, dass Sie mittlerweile jeden Tag in meinen Kalender schauen, damit ich ja nichts einplane, von dem Sie nichts wissen.«

»Ich würde meine Pflichten vernachlässigen, wenn ich nicht wüsste, was Sie während der Bürozeiten treiben.« Sie lächelte. »Und? Ist das Essen gut gelaufen?« Sie klang zweifelnd.

»Um ehrlich zu sein, war die Atmosphäre ein bisschen

angespannt«, gestand er. »Aber ich habe große Hoffnungen für heute Abend.«

»Ich nehme mal an, Sie meinen einen Abend mit Jeanette, nicht mit Ihrer Mutter«, sagte Teresa.

»Natürlich. Stellen Sie keine Anrufe durch. Ich muss Pläne schmieden.«

Teresa folgte ihm in sein Büro. »Was haben Sie vor?«

»Geht Sie nichts an«, erwiderte er.

»Sie haben eine merkwürdige Art, einer Frau den Hof zu machen, wenn ich mir die Bemerkung gestatten darf.«

»Ich wiederhole, das geht Sie nichts an.«

Teresa ließ sich nicht beirren. »Wollen Sie Jeanette jetzt oder nicht?«

Seufzend ließ er sich hinter seinem Schreibtisch nieder und schaute zu ihr auf. Er hätte wissen müssen, dass seine Sekretärin eine Meinung dazu haben würde. »Offensichtlich finden Sie, dass ich es völlig falsch angehe.«

»Na ja, sicher! Ich meine, Sie schleppen die arme Frau zu einem Essen mit Ihrer *Mutter.* Soweit ich gehört habe, kann Jeanette sie nicht ausstehen.« Sie bedachte ihn mit einem sarkastischen Blick. »Und wir beide wissen, dass ich ziemlich viel höre.«

»Stimmt«, räumte er ein.

»Und trotzdem glauben Sie, Jeanette wäre scharf drauf, einen romantischen Abend mit Ihnen zu verbringen?« Sie schüttelte den Kopf. »Wohl kaum. Eher packt sie gerade ihre Sachen, um die Stadt fluchtartig zu verlassen.«

»Warum sollte sie?«

»Lesen Sie's mir von den Lippen ab. Weil Sie ihr eine Stunde mit Ihrer Mutter zugemutet haben, die sie nicht leiden kann. Und nach den Erfahrungen, die ich bei dem Vorhangprojekt mit der Frau gemacht habe, kann ich es ihr nicht verdenken«, fügte Teresa hinzu. »Wenn mir die Bemerkung gestattet ist.«

Tom wischte die Entschuldigung weg. Ihm fiel kein Gegenargument ein.

»Ich hab lediglich versucht, die Kluft zwischen den beiden zu überbrücken, Frieden zu stiften, Kommunikation zu ermöglichen.«

»Ha! Wahrscheinlich haben Sie die beiden nur daran erinnert, dass sie sich gegenseitig nicht riechen können. Glauben Sie mir, das hat Ihnen keine Pluspunkte eingebracht.«

»Warum führe ich dieses Gespräch überhaupt mit Ihnen?«, brummelte er. »Das ist vollkommen unangemessen.«

»Sie brauchen meine Hilfe«, erwiderte Teresa. »Wie die meisten Männer sind Sie ahnungslos, wenn's um Frauen geht. Vor allem bei Jeanette. Seit sie vor drei Jahren nach Serenity gezogen ist, hatte sie keine einzige Verabredung. Sie hat eine feste Regel für Dates. Wenn Sie von ihr erwarten, dass sie dagegen verstößt, müssen Sie ihr schon mehr bieten als einen garantierten Konflikt mit Ihrer Mutter.«

»Wissen Sie, manche Leute halten mich für einen recht guten Fang«, sagte er zu Teresa.

»Sind Sie vielleicht auch. Das Urteil darüber steht hier bei uns noch aus. Jedenfalls will ich damit nur darauf hinaus, dass Sie schon zeigen müssen, was Sie draufhaben, wenn Sie Jeanette wollen.«

Er starrte sie an. »Zeigen, was ich draufhabe? Was soll das denn bedeuten?«

»Zeigen Sie ihr, was für ein Mann Sie sind. Behandeln Sie Jeanette mit Würde und Respekt. Werben Sie um sie.

Und lassen Sie um Himmels willen Ihre Mutter aus dem Spiel.«

Das würde er nur zu gern, aber sie verkörperte bereits einen Zankapfel. Er bezweifelte stark, dass sie so tun könnten, als wäre es anders.

»Na schön, Fräulein Besserwisserin, was soll ich als Nächstes tun? Ich kann Jeanette nicht ständig Gebäck und Brotpudding schicken oder mit ihrer Lieblingspizza bei ihr aufkreuzen.«

Mit nachdenklicher Miene setzte sich Teresa. »Wie viel Geld haben Sie?«

Die Frage verschlug Tom beinah die Sprache. »Wie bitte?«

»Ich will keinen Kontoauszug sehen«, beruhigte sie ihn. »Ich frage mich nur, ob Sie genug für etwas total Außergewöhnliches haben.«

»Was zum Beispiel?«

»Ein Flug nach Paris zu einem romantischen Abendessen«, schlug sie mit verträumter Miene vor. »Einem Mann, der so was für sie tun würde, könnte Jeanette bestimmt nicht widerstehen. Sie hat das Leben in Paris geliebt.«

Kurz dachte Tom tatsächlich über die Idee nach, bevor er sie verwarf. Er bezweifelte, dass er Jeanette auch nur zu einem gemeinsamen Tagesausflug nach Savannah überreden könnte, geschweige denn zu einem Flug nach Paris.

»Paris lassen wir vorläufig eher weg«, erwiderte er.

»Tja, mit ihr zum Bowling zu gehen wird nicht reichen«, merkte Teresa an.

Tom schwirrte allmählich der Kopf. »Wer hat denn was von Bowling gesagt?«

»In Serenity gibt's sonst nicht viel.«

»Ich glaub kaum, dass Jeanette wegen des aufregenden Nachtlebens hergezogen ist«, sagte Tom. »Teresa, ich weiß Ihre Vorschläge wirklich zu schätzen, aber ich denke, ich verlasse mich lieber auf meine Instinkte.« Er begegnete ihrem Blick. »Und damit war das die letzte Unterhaltung, die wir über mein Liebesleben geführt haben, okay?«

»Soll mir recht sein.« Die Sekretärin stand auf und trat den Weg in ihr eigenes Büro an. Unterwegs schaute sie über die Schulter zurück. »Aber nur so nebenbei, soweit ich das beurteilen kann, haben Sie kein Liebesleben.«

Sichtlich verschnupft ging sie und schloss die Tür hinter sich etwas wuchtiger als nötig.

»Schönen Dank auch für den Hinweis!«, rief Tom ihr nach.

»Gern geschehen!«, rief sie zurück.

Tom schüttelte den Kopf. Noch vor wenigen Wochen war sein Leben in geordneten, geradezu beschaulichen Bahnen verlaufen. In der kurzen Zeit seither hatte er es geschafft, sich mit einer missbilligenden Mutter herumschlagen zu müssen, einer sich einmischenden Sekretärin und einer faszinierenden Frau, die behauptete, dass sie nichts mit ihm zu tun haben wollte. Offenbar hatte das Schicksal seine helle Freude daran, Späßchen mit ihm zu treiben.

* * *

Jeanette ermahnte sich in Gedanken streng, während sie wieder in ihre Arbeitskleidung schlüpfte. Sie würde nicht zulassen, dass dieses lächerliche Mittagessen mit Mrs. McDonald ihr unter die Haut ging. Und ganz sicher würde sie ihre Frustration nicht an ihren Kundinnen auslassen. Und wenn es sie umbrächte, sie würde den gesamten Nachmittag freundlich sein. Vor allem würde sie unter keinen wie auch immer gearteten Umständen an den Kuss denken, den Tom ihr auf dem Bürgersteig vor dem *Sullivan's* gegeben hatte. Oder daran, dass er schon wieder eine Hochzeit erwähnt hatte.

Von dem Kuss hatte inzwischen vermutlich die halbe Stadt erfahren. Maddie wusste Bescheid, davon war Jeanette überzeugt. Sie hatte beim Betreten des *Corner Spa* das belustigte Funkeln in den Augen ihrer Chefin gesehen. Jeanette hatte sich rasch in eine Kabine der Damentoilette verdrückt, um ein Kreuzverhör von Maddie über jenen Kuss zu umschiffen.

Aber so einfach es gewesen war, ihr aus dem Weg zu gehen, es reichte nicht. Jeanette hatte vergessen, wie schnell sich Gerüchte in Serenity allgemein verbreiteten.

»Was läuft denn da zwischen Ihnen und dem neuen Gemeindedirektor?«, erkundigte sich Drew Ann Smith, als Jeanette mit ihrer Gesichtsbehandlung begann. »Alle reden darüber.«

»Keine Ahnung, warum«, behauptete Jeanette ausweichend.

Ihre Antwort brachte Drew Ann zum Lachen. »Sie haben den Mann öffentlich bei einem Footballspiel geküsst. Alle haben es für ein Wunder gehalten, dass die Träger der Tribüne nicht geschmolzen sind.«

»Damit wollte ich nur etwas beweisen«, wiegelte Jeanette ab.

»Und haben Sie das?«, hakte Drew Ann nach. »Etwas bewiesen?«

Jeanette dachte darüber nach. »Ja, da bin ich mir ziemlich sicher.« Leider hatte sie damit auch in ein Wespennest gestochen, weil sie feststellen musste, dass es Suchtpotenzial hatte, Tom zu küssen und von ihm geküsst zu werden.

»Ich hab gehört, dass ihr es heute vor dem *Sullivan's* schon wieder getan habt«, sagte Drew Ann. Das von Jeanette auf ihrem Gesicht platzierte Handtuch dämpfte die Stimme der Frau – ein fruchtloser Versuch, sie zum Schweigen zu bringen.

»Warum interessieren sich alle so sehr dafür, was zwischen Tom und mir läuft?«, klagte sie.

Drew Ann kicherte. »Wir sind in Serenity. Ein Großteil des Lebens hier ist Routine und langweilig. Also vertreiben wir uns die Zeit mit einem regen Austausch über heiße Romanzen in der Stadt.«

»Tom und ich haben keine heiße Romanze.«

Mit einem Ruck entfernte Drew Ann das Handtuch und starrte Jeanette an. »Sind Sie verrückt? Wenn ein Mann, der so aussieht und so küsst, mich wollte, müsste er nicht zweimal fragen.«

»Ich könnte mir vorstellen, dass Wendell damit nicht einverstanden wäre.« Jeanette meinte Drew Anns Ehemann, der eine der beiden Versicherungsagenturen der Stadt betrieb.

Drew Ann schmunzelte. »Wendell wäre wahrscheinlich sogar erleichtert über eine Auszeit.«

Jeanette starrte die Frau mit großen Augen an. »Drew Ann!«

»Tja, ist so. Seit ich in den Wechseljahren bin, hab ich ständig Sex im Kopf. Liegt vielleicht daran, dass ich nicht mehr fürchten muss, ich könnte schwanger werden.«

Jeanette vermochte nicht zu sagen, was sie als unangenehmer empfand – ein Gespräch über ihre eigene Beziehung oder über die von Drew Ann. Allerdings gehörte es zum Job, Kundinnen zuzuhören. Also ließ sie Drew Ann weiterreden, streute an den richtigen Stellen zustimmende Laute ein und bemühte sich, das Bild von Drew Ann und Wendell beim Rammeln wie Karnickel aus dem Kopf zu bekommen.

Als sie in ihr Büro zurückkehrte, musste sie sich Luft zufächeln, um sich nach all dem Gerede über Sex abzukühlen. Sie trank von ihrem Tee und wollte gerade los zu ihrer nächsten Kundin, als das Telefon klingelte. Jeanette ging ran, weil sie wusste, dass die Empfangsdame es nicht durchgestellt hätte, wenn es nicht wichtig wäre.

»Jeanette?« Die zittrige Stimme ihrer Mutter.

»Mama? Ist alles in Ordnung?« Jeanettes Magen krampfte sich beklommen zusammen. Natürlich war *nicht* alles in Ordnung. Ihre Mutter rief sie sonst nie an. Nur ein Notfall konnte sie dazu veranlasst haben.

»Es geht um deinen Vater«, sagte sie. »Er ist im Krankenhaus. Ich dachte, du solltest es wissen.«

Jeanette ließ sich schwerfällig auf den Stuhl plumpsen. »Was ist passiert?«

»Ein Unfall mit dem Traktor. Er ist damit in einen Graben geraten. Der Traktor ist umgekippt und auf ihm gelandet. Es war vor ungefähr einer Woche, und …«

»Vor einer Woche? Und du rufst erst jetzt an, um es mir zu sagen?«

»Wir wollten dich nicht beunruhigen«, rechtfertigte sich ihre Mutter. »Aber jetzt hat er eine Lungenentzündung und eine Staphylokokkeninfektion, wie man sie sich manchmal im Krankenhaus einfängt. Der Arzt hat gesagt, es könnte ernst sein, und ich sollte dich vielleicht anrufen.«

»Welches Krankenhaus, Mama?«

Ihre Mutter nannte ihr eines in Charleston, das Jeanette kannte. Dorthin hätte man ihn nicht von dem kleinen Regionalkrankenhaus in der Nähe ihrer Eltern verlegt, wenn sein Zustand nicht äußerst ernst wäre.

»Ich komme, sobald ich hier wegkann.«

»Du musst dich nicht beeilen«, protestierte ihre Mutter.

»Wenn Papa krank ist, muss ich zu ihm.« Jeanette musste sich zusammenreißen, um vor lauter Frustration nicht zu schreien. Eine Woche? Er hatte vor einer Woche einen Traktorunfall, und sie erfuhr erst jetzt davon? Was sagte das über ihre Familie aus? »Ich bin in einer Stunde da. Höchstens zwei.«

Damit legte sie auf und drängte einen wüsten Fluch zurück. Wieder war sie außen vor gelassen worden. Hätte ihr Vater keine Komplikationen entwickelt und hätte der Arzt ihre Mutter nicht zu einem Anruf gedrängt, Jeanette hätte vielleicht nie von dem Unfall erfahren. Wahrscheinlich bereute ihre Mutter bereits, den Rat befolgt zu haben.

Jeanette eilte den Flur hinunter zu Maddies Büro, um ihrer Chefin rasch die Lage zu erklären. »Ich kann noch Maxines Behandlung übernehmen, aber danach muss ich wirklich los. Kann jemand anrufen und meine letzten beiden Termine heute absagen?«

»Das übernehme ich«, erwiderte Maddie. »Wenn du Maxine auch absagen willst, dann gib ihr einfach Bescheid, dass du einen Notfall in der Familie hast.«

»Sie ist schon hier. Und sie hat fast eine Stunde Anreise. Den Termin schaffe ich noch«, sagte Jeanette. Dann wurde ihr bewusst, dass sie zitterte und Tränen in den

Augen hatte. Im Nu kam Maddie um den Schreibtisch herum.

»Setz dich«, befahl sie. »Und denk nicht mal daran, irgendwohin zu gehen, bevor ich zurück bin. Ich rede mit Maxine und sorge dafür, dass deine anderen Termine abgesagt werden. Wenn du willst, kannst du Maxine ja mit einer kostenlosen Gesichtsbehandlung für die vergebliche Anfahrt entschädigen, sobald du wieder da bist.«

»Ja, bitte. Schlag ihr das vor«, sagte Jeanette.

Nachdem Maddie gegangen war, ließ sie die Tränen hemmungslos fließen. Einige galten ihrem Vater. Wer wusste schon, wie ernst sein Zustand wirklich sein mochte? Ihre Mutter neigte nämlich generell dazu, alles herunterzuspielen. Die meisten Tränen jedoch vergoss sie um eine Familie, die es nicht mehr zu geben schien – die liebevolle Familie ihrer Kindheit, in der so viel miteinander geteilt und gelacht worden war.

Als sich die Tür zu Maddies Büro öffnete, tupfte sie sich mit einem Taschentuch die Augen ab, schaute auf … und erblickte Tom.

»Maddie hat mich angerufen«, sagte er. »Ich fahre dich nach Charleston.«

»Nein«, widersprach sie vehement. Mit ihm konnte sie sich im Augenblick beim besten Willen nicht auseinandersetzen.

»Du bist nicht in der Verfassung, selbst zu fahren. Alle anderen sind beschäftigt, also bleibe nur ich. Keine Widerrede. Du weißt, dass du auf verlorenem Posten stehst – gegen mich und erst recht gegen Maddie.«

»Na schön, meinetwegen«, murmelte sie und drängte ein Schluchzen zurück. »Was stimmt bloß nicht mit mir? Ich kann einfach nicht aufhören zu weinen.«

»Du hast Angst um deinen Vater«, sagte er. »Du wirst dich besser fühlen, wenn du ihn gesehen und dich selbst davon überzeugt hast, wie es ihm geht. Komm jetzt.«

»Es liegt nicht nur an Angst um meinen Vater«, entgegnete Jeanette. »Ich bin auch stinkwütend auf meine Mutter. Sie hat es mir vorenthalten. Ihrer Meinung nach musste ich nichts davon wissen, dass er einen Unfall hatte und der Traktor auf ihn gerollt ist. Er hätte sterben können!« Ihre Stimme schwoll an, doch sie schien es nicht verhindern zu können. »Mir hat sie erst jetzt und nicht mal aus eigenem Antrieb Bescheid gegeben.«

Tom ging neben ihr in die Hocke und ergriff ihre Hände. »Er ist nicht gestorben. Konzentrier dich darauf. Die Infektion und die Lungenentzündung sind bloß Rückschläge, mehr nicht.«

Sie schüttelte den Kopf. »Und ich dachte, deine Mutter wäre schrecklich«, sagte sie müde. »Dabei staubt in Wirklichkeit meine den ersten Preis ab.«

»Willst du jetzt wirklich darüber diskutieren, welche Mutter gestörter ist?«, fragte er. »Lass uns einfach zum Krankenhaus fahren.«

»Wehe, er stirbt, bevor ich dort bin«, sagte Jeanette wütend. »Ich schwöre, wenn er das wagt, rede ich mit beiden nie wieder ein Wort.«

Tom schwieg. Er sah sie nur mit hochgezogener Augenbraue an. Jeanette kicherte. »Okay, jetzt musst du denken, dass ich endgültig durchgedreht bin.« Ihre Wut verflachte ein wenig.

Sanft zog er sie vom Stuhl hoch. »Nein, tu ich nicht. Deine Reaktion ist völlig verständlich.« Er legte ihr beruhigend den Arm um die Schultern und führte sie durch die Hintertür aus dem *Corner Spa*.

»Ich will nicht«, sagte sie und schleppte sich schwerfällig vorwärts.

Er grinste. »Auch verständlich.«

Er schob sie weiter, bis sie sein Auto erreichten, einen schnittigen kleinen Zweisitzer, den Jeanette nur von Anzeigen in Luxusmagazinen kannte. Es war nicht das Auto, in dem sie zuvor mitgefahren war. »Du bist wirklich reich, oder?«

»Meine Eltern sind es«, korrigierte er. »Das Auto war ein Geschenk zum Abschluss meines Studiums. Damals hatten sie noch große Hoffnungen in mich.«

»Darf ich fahren?«

»Nicht in deinem derzeitigen Gemütszustand«, erwiderte er und öffnete die Beifahrertür.

»Wie schnell ist es?«

»Ziemlich schnell«, sagte er und betrachtete sie mit einem belustigten Blick. »Hast du vor, von zu Hause durchzubrennen?«

Sie lächelte wieder. »Können wir?«

Tom grinste. »Frag mich noch mal, nachdem du deinen Vater gesehen hast. Gut möglich, dass ich dabei bin.«

Jeanettes Lächeln verblasste. »Tom, meinst du, man kann wirklich von zu Hause durchbrennen, wenn man nicht mal mehr weiß, wo das Zuhause ist?«

Auch Toms Miene ernüchterte. »Das weiß ich ehrlich nicht so recht«, sagte er zu ihr. »Ich denke, die Diskussion heben wir uns besser für ein andermal auf.«

»Ja, du hast recht«, pflichtete sie ihm bei.

Sie lehnte sich auf dem Sitz zurück und schloss die Augen. Am liebsten hätte sie den Verstand einfach abgeschaltet. Leider schien das nicht möglich zu sein. Während der gesamten Fahrt nach Charleston liefen unablässig Erinnerungen in ihrem Kopf ab. In den meisten erschien ihr Vater so, wie sie ihn in von früher kannte – vernarrt in sie, allzeit bereit, sie zu trösten, ihr eine Geschichte vorzulesen oder sie zum Lachen zu bringen. Er war immer so stolz auf Ben und sie gewesen. Und er selbst war der beständige Ruhepol gewesen, der Leim, der sie alle zusammengehalten hatte. Jeanette war es nie gelungen, jenen Mann mit dem unter einen Hut zu bringen, der sich nach Bens Tod von allen und vom Leben selbst zurückgezogen hatte.

An diesem Abend wollte sie die Arme um den Vater schließen, den sie aus ihrer Kindheit kannte. Ihre größte Angst war, dass sie im Krankenhausbett stattdessen den anderen Mann vorfinden würde, der kaum noch Notiz von ihr nahm.

KAPITEL 17

Jeanette hasste den Desinfektionsmittelgeruch im Krankenhaus. Ebenso hasste sie die quietschenden Geräusche der Schuhe des Pflegepersonals, das in den Gängen hin und her eilte. Und beim ständigen Piepen der Maschinen, die Atmung und Herzschlag überwachten, zog sich ihr innerlich alles zusammen. Hätte Tom ihre Hand nicht mit festem Griff gehalten, sie hätte womöglich die Flucht ergriffen.

Vor dem Eingang zur Intensivstation zögerte sie. »Vielleicht sollte ich zuerst meine Mutter suchen. Wahrscheinlich ist sie im Warteraum.«

»Wie du willst«, erwiderte Tom. »Ich glaube, der ist gleich den Flur runter.«

Hin- und hergerissen zwischen zwei unerfreulichen Möglichkeiten stand sie da. »Nein, ich bin noch zu wütend auf meine Mutter«, entschied sie schließlich. »Ich will nicht gleich mit ihr zum Streiten kommen.«

»Okay, dann geh rein und verbring ein paar Minuten bei deinem Vater. Ich besorge uns inzwischen Kaffee.« Er musterte sie mit besorgter Miene. »Oder soll ich lieber mitkommen? Ich bleibe natürlich im Hintergrund. Dein Vater würde mich gar nicht bemerken.«

»Auf dem Schild steht, dass nur Angehörige reindürfen«, sagte sie und zeigte auf die ausführliche Liste der Regeln an der Tür.

Jeanette sah ihm nach, als er davonging. Sie musste dabei gegen den Drang ankämpfen, ihm nachzulaufen. Wie hatte er sich plötzlich in jemanden verwandelt, auf den sie zählen konnte? Jemand, von dem sie sich vertrauensvoll durch diese Krise helfen ließ? Sie hatte keine Ahnung.

Schließlich holte sie tief Luft, drückte den Knopf, der die Türen aufschwingen ließ, und betrat die Abteilung. Wie sich herausstellte, bestand sie aus sechs kleinen, mit modernster Technik vollgestopften Geräten um eine Schwesternstation in der Mitte herum. Jeanette hielt eine vorbeigehende Pflegerin an.

»Ich suche Michael Brioche.«

»Gehören Sie zur Familie?«

»Ich bin seine Tochter.«

»Hier entlang«, forderte die Krankenpflegerin sie mit einem mitfühlenden Blick auf. Auf ihrem Namensschild stand Patsy Lou. »Es hat ihn zwar ganz schön schwer erwischt, aber wir hoffen, dass die Antibiotika wirken. Lassen Sie sich von den vielen Schläuchen und dem Beatmungsgerät nicht erschrecken. Das soll ihm alles nur helfen, gesund zu werden.«

Jeanette schluckte schwer. »Er atmet nicht selbstständig?«

»Keine Panik«, beruhigte Patsy Lou. »Wir sind schon dabei, ihn nach und nach wieder von der Maschine zu nehmen. Das war nur eine vorübergehende Unterstützung, während seine Lunge Mühe hatte, genug Sauerstoff zu bekommen.«

»Ist er wach?«

»Immer wieder mal, aber er bekommt die meiste Zeit starke Beruhigungsmittel, damit er sich nicht gegen das Beatmungsgerät wehrt.«

Als Jeanette den kleinen, verglasten Raum betrat, schnappte sie nach Luft. Beide Beine ihres Vaters steckten in einem Gips, eines bis zum Knie, das andere bis zur Hüfte. Seine blasse Haut wirkte wächsern. Das dichte Haar, einst so dunkel wie ihres, war fast völlig weiß geworden. Jeanette konnte in ihm kaum den strammen, kräftigen Mann erkennen, den sie vor einem Jahr bei ihrem letzten unerfreulichen Besuch zu Hause gesehen hatte.

Langsam näherte sie sich dem Bett und zog einen Stuhl daneben. Sie hatte so damit zu tun, den Anblick des bewegungsunfähigen Mannes vor ihr mit ihrem stets vor Tatendrang strotzenden Vater in Einklang zu bringen, dass sie kaum mitbekam, wie die Krankenschwester ging und sie im Zimmer zurückließ.

»Papa«, flüsterte Jeanette und berührte seine auf dem Laken liegende Hand. Sie schien als Einziges von ihm nicht an Drähte oder Schläuche angeschlossen zu sein. Die Finger fühlten sich so warm und schwielig an, wie Jeanette es in Erinnerung hatte. Sein Unterarm und seine Hand waren von der Arbeit im Freien gebräunt. Nur an der Stelle des Eherings zeichnete sich deutlich ein Streifen weißer Haut ab. Dass er ihn nicht anhatte, ließ ihn noch verletzlicher wirken. Sie fädelte die Finger zwischen seine.

»Ach, Papa, was machst du für Sachen?«, fragte sie mit Tränen in den Augen.

Zu ihrem Schrecken rührte er sich leicht, beinah so, als hätte er sie gehört.

»Nicht bewegen«, sagte sie ihm. »Du musst dich ausruhen und zu Kräften kommen. Ich bleibe hier, bis es dir wieder besser geht.«

Vielleicht lag es nur am Beatmungsgerät, aber bei ihren Worten schien ein stockendes Seufzen durch seinen Körper zu gehen. Sie wollte glauben, dass er ihre Anwesenheit wahrnahm und sich darüber freute. Wahrscheinlich nur Wunschdenken.

Aber das spielte keine Rolle. Sie hatte nicht vor zu gehen, bevor er außer Lebensgefahr wäre und ihr selbst sagen könnte, dass sie verschwinden sollte. Vielleicht jedoch würde er sie stattdessen ausnahmsweise bitten zu bleiben.

* * *

Als Tom mit drei Becher Kaffee aus der Cafeteria zurückkam, entdeckte er Jeanettes Mutter im Wartezimmer. Unverwechselbar. Sie hatte dieselben dunklen Augen wie ihre Tochter, wenngleich sie tief in den Höhlen lagen und Besorgnis aus ihnen sprach. Ihr Gesicht wies dieselben jungenhaften Züge auf, nur wirkten sie bei ihr abgehärmt. Ihr geblümtes Baumwollkleid war ausgebleicht vom oftmaligen Waschen, aber ordentlich gebügelt. Und die Frau besaß immer noch dieselbe zierliche Gestalt wie ihre Tochter. Sie ließ einen Rosenkranz durch die Finger gleiten, während sich ihre Lippen leise bewegten.

Tom trat an sie heran, unterbrach sie jedoch nicht. Er ließ sich in der Nähe nieder und wartete, bis sie aufschaute.

»Mrs. Brioche?«

Nach kurzer Verwirrung trat blankes Entsetzen in ihre Augen. »Geht es um Michael? Ist alles in Ordnung mit ihm? Ist etwas passiert?«

»Soweit ich weiß, ist alles in Ordnung. Tut mir leid, wenn ich Sie erschreckt habe. Ich bin kein Arzt. Ich bin ein Freund von Jeanette. Ich habe sie hergebracht.«

Sie sah sich im Warteraum um. »Sie ist hier?«

»Sie ist gerade bei Ihrem Mann. Ich hab Kaffee geholt. Möchten Sie welchen?« Er bot ihr einen der Becher an. Sie nahm ihn entgegen, trank aber nicht. Stattdessen hielt sie ihn in beiden Händen, als wärmte sie die Finger damit.

»Ich bin übrigens Tom McDonald«, stellte er sich vor. »Gemeindedirektor von Serenity.«

»Ich verstehe«, sagte sie zerstreut und stand auf. »Ich sollte Jeanette wohl holen. Man will hier nicht, dass wir zu lange drin bleiben.«

»Ich bin sicher, sie kommt bald«, erwiderte er. »Nutzen Sie die Gelegenheit für eine Pause. Möchten Sie etwas essen? Ich gehe gern noch mal in die Cafeteria und hole Ihnen eine Suppe oder ein Sandwich.«

Sie schüttelte den Kopf. »Sehr freundlich, aber nein. Ich bin nicht hungrig.« Ihr Blick wanderte zum Eingang der Intensivstation. »Wenn Jeanette bei ihrem Vater ist, gehe ich inzwischen in die Kapelle. Ich wollte nicht zu weit weg, solange niemand sonst hier war. Sie wissen schon, falls sich irgendetwas getan hätte.«

»Dann gehen Sie jetzt«, ermutigte Tom sie. »Ich richte Jeanette aus, wo Sie sind.«

»Sie fahren nicht gleich wieder, wenn sie herauskommt?«

»Ich denke nicht.«

»Na schön.«

Tom sah ihr nach, dann trank er einen Schluck von seinem Kaffee. Bitter, aber heiß. Während er sich die Begegnung mit Mrs. Brioche durch den Kopf gehen ließ, wusste er nicht recht, was er davon halten sollte. Natürlich sorgte sie sich um ihren Mann, aber sie hatte kaum einen Gedanken an Jeanette und daran verschwendet, wie es ihrer Tochter gehen mochte. Allmählich bekam er einen Eindruck davon, was Jeanette mit der Distanz in ihrer Familie gemeint hatte. Im Vergleich dazu schien seine eigene Familie geradezu vorbildlich zu sein. Trotz des lächerlichen Werts, den seine Eltern auf ihren gesellschaftlichen Status legten, trotz der häufigen und heftigen Meinungsverschiedenheiten über die Entscheidungen ihres Sohnes und ihrer Töchter und trotz ihrer unerwünschten Aufdringlichkeit hatte für ihn nie ein Zweifel daran bestanden, dass seine Schwestern und er geliebt wurden. Eher zu sehr. Als er sich beim Baseball am College verletzt hatte, war die gesamte Familie innerhalb weniger Stunden im Krankenhaus versammelt und trieb die Ärzte und das Pflegepersonal mit ihren Fragen in den Wahnsinn. Sein Vater wollte damals Spezialisten einfliegen, seine Mutter einen Caterer engagieren, um Tom angemessen verpflegt zu wissen. Wie so viele Südstaatenfrauen ihrer Generation setzte sie Essen sowohl mit Gastfreundschaft als auch mit Krisen gleich.

Als Tom aufschaute, sah er Jeanette langsam auf sich zukommen. Ihre Wangen glänzten feucht vor Tränen. Sofort sprang er auf. »Alles in Ordnung?«

Mit stumpfem Blick nickte sie. »Er atmet nicht mal mehr selbst«, brachte sie mit erstickter Stimme hervor. »Er ist an ein Beatmungsgerät angeschlossen, und beide Beine sind eingegipst. Es ist furchtbar.« Sie sah sich im Warteraum um. »Ich dachte, meine Mutter wäre hier.«

»War sie. Ich hab vor ein paar Minuten mit ihr geredet.

Sie ist in die Kapelle gegangen. Bestimmt kommt sie bald zurück. Oder du könntest hingehen, wenn du willst, und vielleicht für deinen Vater beten.«

»Lass mich raten: Sie hat ihren Rosenkranz bearbeitet.«

»Stimmt.«

Jeanette seufzte. »Vor Bens Tod sind wir kaum je in die Kirche gegangen, außer an Feiertagen wie Weihnachten und Ostern. Es war nicht so, dass wir nicht religiös gewesen wären. Glaub ich jedenfalls nicht. Nur musste mein Vater die meiste Zeit im Jahr sieben Tage die Woche arbeiten, um die Farm über Wasser zu halten. Meine Mutter hat ihm auf den Feldern geholfen, und als wir alt genug waren, auch Ben und ich.«

Sie nippte an ihrem Kaffee und schloss die Augen. Ein Lächeln umspielte ihre Lippen. »So hart wir damals gearbeitet haben und so erschöpft wir abends immer waren, das waren schöne Zeiten«, sagte sie leise. »Nach Bens Tod ist alles zerbrochen. Mein Vater ist noch länger auf den Feldern geblieben. Wenn er dann reingekommen ist, hat er gegessen und ist danach ohne ein Wort zu meiner Mutter oder mir ins Bett gegangen. Mama hat sich auf einmal der Kirche zugewandt. Sie ist jeden Tag hingegangen, hat Kuchen für die Basare und für die sonntägliche Sozialstunde gebacken. Ich bin mir nicht sicher, ob sie Bens oder ihre eigene Seele retten oder einfach nur der tristen Atmosphäre zu Hause entfliehen wollte.«

»Wenn es ihr Trost gespendet hat …«, begann Tom.

»Hat es nicht«, widersprach Jeanette. »Wenn einen etwas tröstet, sollte es einen aufmuntern, findest du nicht? Stattdessen hat sie sich dadurch von allem anderen zurückgezogen. Mein Vater hat gearbeitet, sie ging in die

Kirche. Offensichtlich immer noch.« Jeanette blinzelte frische Tränen weg. »Mir ist gerade klar geworden, dass mein Vater durch seine Verletzungen lange nicht arbeiten können wird. Wie wird er so zurechtkommen?«

»Eine Sorge nach der anderen«, riet Tom. »Sehen wir erst mal zu, dass er sich erholt.«

Während er sprach, schaute er durch den Warteraum und entdeckte Jeanettes Mutter, die zögernd an der Tür stand. So sehr ihn störte, dass sie Jeanette offenbar völlig aus ihrem Leben ausgeschlossen hatte, so leid tat sie ihm auch. Sie wirkte entsetzlich verloren und allein. Seine guten Manieren setzten ein.

»Mrs. Brioche«, sagte er und stand auf.

Abrupt schaute Jeanette auf. »Mama!«

»Hallo, Jeanette«, grüßte ihre Mutter zurückhaltend.

Tom blickte zwischen den Frauen hin und her. Er sah Sehnsucht und Anspannung in Jeanettes Gesicht, Unsicherheit in dem ihrer Mutter. Und noch etwas … Er bückte sich und flüsterte Jeanette ins Ohr: »Sie braucht dich genauso sehr wie du sie. Ich gehe jetzt ein bisschen spazieren, damit ihr allein sein könnt.« Er legte ihr die Hand auf die Wange. »Okay?«

Einen Moment lang dachte er, sie würde widersprechen, dann jedoch nickte sie. »Aber bitte nicht zu lange.«

»Nur ein paar Minuten, versprochen.«

Als er an Mrs. Brioche vorbeiging, drückte er tröstend ihre Hand, dann ließ er die beiden allein. Er fragte sich, ob ein paar Minuten – oder sogar ein paar Tage – reichen würden, damit sie wieder zueinanderfinden könnten.

* * *

Trotz ihrer Wut von vorhin regte sich in Jeanette ein Anflug von Mitgefühl für ihre Mutter. Sie sah so verängstigt aus, so verloren. Der Anblick erinnerte sie nur allzu lebhaft daran, wie sie nach Bens Tod monatelang den Eindruck vermittelt hatte, dass sie keinen Sinn mehr in irgendetwas fand.

»Mama, bitte setz dich«, sagte sie schließlich, als ihre Mutter weiter an der Tür verharrte. »Außer, du willst gleich zu Papa.«

»Nein, das ist noch zu früh. Du bist gerade herausgekommen. Er muss sich zwischen den Besuchen ausruhen.«

»Dann setz dich.« Sie bemerkte die Erschöpfung, die aus den Augen ihrer Mutter sprach. »Hast du in letzter Zeit überhaupt geschlafen?«

Ihre Mutter zuckte mit den Schultern, als sie sich neben Jeanette setzte. »Eigentlich wollte ich abends immer nach Hause. Aber seit man ihn wegen der Lungenentzündung auf die Intensivstation verlegt hat, bin ich hiergeblieben. Hin und wieder gelingt es mir, ein bisschen zu dösen.«

»Was hältst du davon, wenn du Papa jetzt noch kurz besuchst und dann nach Hause fährst, um ein paar Stunden richtig zu schlafen? Wenn du dabei auch duschst und dich umziehst, wirst du dich viel besser fühlen. Ich bleibe hier, bis du zurückkommst.«

»Dein Freund, dieser Mr. McDonald, hat gesagt, dass er dich hergefahren hat. Muss er nicht zurück?«

»Kann er ja. Irgendjemand holt mich schon ab, wenn ich bereit zum Gehen bin.« Obwohl Maddie, Helen oder Dana Sue sofort herkommen würden, wusste sie, dass es nicht nötig sein würde. Tom würde nirgendwohin fahren.

Ihr war der sture Ausdruck in seiner Kieferpartie aufgefallen, als er ursprünglich angekündigt hatte, sie herzufahren. Sie hatte vor ihm noch nie einen Mann gekannt, der nicht beim ersten Anzeichen einer emotionalen Schieflage das Weite gesucht hatte. Sobald diese Krise ausgestanden wäre, würde sie darüber nachdenken müssen.

»Seid ihr … Ist er dir wichtig?«, erkundigte sich ihre Mutter so zögerlich, als wüsste sie nicht recht, ob es ihr zustand, die Frage zu stellen.

»Er ist ein Freund«, sagte Jeanette.

Einen Moment lang flackerte ein wenig Leben in den Augen ihrer Mutter auf. »Das kann heutzutage alles Mögliche heißen«, sagte sie. »Ich sehe fern. Ich weiß alles über ›Freundschaft plus‹.«

Verblüfft schmunzelte Jeanette. »Mama!«

»Na ja, ist nun mal so.« Wie sich ihre Lippen dabei verzogen, erinnerte Jeanette daran, dass ihre Mutter früher mal einen verruchten Sinn für Humor besessen hatte.

»So ein Freund ist Tom nicht«, sagte Jeanette und errötete heftig. »Bei uns gibt es kein Plus.« *Was aber nicht an mangelndem Verlangen liegt*, ging es ihr durch den Kopf. Sie wusste, dass sich ihre Beziehung schlagartig ändern könnte, wenn sie es zuließe.

»Ich bin trotzdem froh, dass du jemanden in deinem Leben hast, auf den du zählen kannst«, meinte ihre Mutter. Sie sah aus, als wollte sie noch mehr dazu sagen. Stattdessen verstummte sie und starrte auf ihre Hände. Jeanette hatte das Gefühl, dass ein wichtiger und seltener Moment der Verständigung zwischen ihnen gerade zerronnen war.

Als ihre Mutter ihr wieder in die Augen sah, fragte sie: »Wie hat dein Vater gewirkt, als du bei ihm warst?«

»So still«, antwortete Jeanette. »Überhaupt nicht wie Papa.«

»Ich weiß. Es ist kaum zu ertragen, neben ihm zu sitzen«, gestand ihre Mutter. »Obwohl er in den letzten Jahren so still und zurückgezogen war, hat er immer so viel Kraft und Vitalität ausgestrahlt.« Ihre Lippen verzogen sich leicht, ihr Gesichtsausdruck wurde nostalgisch. »Habe ich dir je davon erzählt, wie ich ihm zum ersten Mal begegnet bin?«

»Ich glaub nicht«, antwortete Jeanette. Sie war gerade in das Alter gekommen, in dem ihre Mutter ihr alles Mögliche hätte anvertrauen können – und sie zugehört hätte –, als Ben gestorben war … und mit ihm jede Chance auf intime, offenherzige Gespräche.

»Es war ein glühend heißer Sommertag, und ich bin mit meinem Vater zur Farm gefahren. Hat eine Stunde oder länger gedauert. Er wollte mit Michaels Vater über irgendwas reden, ich wollte mich eigentlich nur vor der Arbeit zu Hause drücken. Michael hat auf einem großen alten Traktor gesessen. Er hatte eine ausgebleichte Jeans und ein enges weißes T-Shirt an, und ich dachte, mir würde bei seinem Anblick das Herz stehen bleiben. Er hat mir direkt in die Augen gesehen, ist vom Traktor gesprungen, auf mich zugekommen und hat mich angelächelt. Obwohl er etwas Großspuriges an sich hatte, sein Lächeln war so herzlich und süß, dass es mir den Atem verschlagen hat. Und weißt du, was er zu mir gesagt hat? Er hat gesagt, ich wäre das hübscheste Mädchen, das er je gesehen hätte, und dass er mich heiraten würde. Gleich bei der ersten Begegnung. Einfach so. Kannst du dir das vorstellen?«

»Kann ich tatsächlich«, sagte Jeanette lächelnd. Sie

dachte daran, wie oft Tom schon etwas ähnlich Unerhörtes zu ihr gesagt hatte. »Was hast du erwidert?«

»Dass er schon mehr als schöne Worte braucht, wenn er will, dass ich mich mit ihm abgebe«, antwortete ihre Mutter. »Aber in Wirklichkeit war ich ihm von Anfang an verfallen, und das haben wir beide gewusst.«

»Wie lange hat's gedauert, bis du nachgegeben und ihn geheiratet hast?« Jeanette fragte sich, ob es sich mit ihrer eigenen Situation vergleichen ließ und sie daraus Schlüsse ziehen könnte, was die Zukunft für sie bereithalten mochte.

»Also, die Antwort hat zwei Seiten«, erwiderte ihre Mutter. »Nachgegeben hab ich sehr viel früher, als ich eingewilligt habe, ihn zu heiraten.«

Jeanette konnte kaum glauben, was sie hörte. Ihre Augen wurden tellergroß. »Mutter!«

»Na ja, die Hochzeit musste warten. Ich war noch kaum achtzehn. Meine Eltern hätten nicht zugelassen, dass ich aus einer Laune heraus einfach so heirate. Natürlich hätten wir durchbrennen können. Aber ich wollte eine richtige Hochzeit, und dein Papa konnte mir nichts abschlagen, was ich von Herzen wollte. Also haben wir gewartet. Wir haben auf den Tag genau ein Jahr nach unserer ersten Begegnung geheiratet. Das Datum hat dein Vater ausgesucht. Das hat mir bewiesen, wie romantisch er ist. Er hat die Bedeutung dieses Tags nie vergessen.«

»Hast du es je bereut?«

»Nicht eine Minute«, antwortete ihre Mutter sofort. »Weißt du, ich steige an unserem Hochzeitstag noch heute zu ihm auf den Traktor, und wir drehen eine Runde um die Farm.«

Jeanette dachte zurück. »Daran erinnere ich mich.« Erstaunen breitete sich in ihr aus. »Nur hab ich bisher nie verstanden, was es bedeutet hat. Das restliche Jahr konnte Papa dich nie auch nur in die Nähe des Traktors kriegen.«

»Ich hatte schon immer einen gesunden Respekt vor landwirtschaftlichen Maschinen. Das Ding ist groß und gefährlich, wenn man nicht richtig damit umgeht. Sieh nur, was deinem Vater passiert ist. Ich schätze mich glücklich, dass es nicht noch schlimmer gekommen ist.«

»Mama, warum hast du mir nicht schon letzte Woche Bescheid gesagt, als es passiert ist?« Es gelang Jeanette nicht, einen vorwurfsvollen Unterton aus der Stimme herauszuhalten.

Auf die Frage folgte eine beträchtliche Pause. »Du bist schon so lange weg«, sagte ihre Mutter schließlich. »Dein Vater und ich haben uns wohl daran gewöhnt, alles allein zu regeln.«

Jeanette spürte, wie sich ihr Temperament regte. »Du sagst das so, als hätte ich euch im Stich gelassen«, stieß sie hitzig hervor und konnte sich plötzlich nicht mehr bremsen. »Du und Papa, ihr habt mich ausgeschlossen. Deshalb bin ich gegangen. Ich hab keinen Grund gesehen zu bleiben. Sogar, als ich vor zwei Monaten erwähnt habe, ich würde euch zu Hause besuchen kommen, hast du den Eindruck vermittelt, als wolltest du es gar nicht.«

Ihre Mutter ließ den Kopf sinken. Nach einigen Herzschlägen schaute sie wieder auf und sah Jeanette in die Augen. »Es tut mir leid. Ich weiß ehrlich nicht, wie alles so verkorkst geworden ist. Nach Bens Tod hab ich mich so verloren gefühlt. Ich bin mit nichts mehr zurechtgekommen. Und was ich an spärlicher Kraft hatte …« Sie zuckte mit den Schultern. »Na ja, dein Vater hat mich gebraucht.«

»*Ich* hätte dich auch gebraucht«, sagte Jeanette.

Aus dem Gesicht ihrer Mutter sprach aufrichtige Bestürzung, als sie nach Jeanettes Hand griff. »Ich weiß. Jedes Mal, wenn ich dich angesehen habe, konnte ich den Schmerz in deinen Augen sehen. Nur hatte ich keine Ahnung, was ich dagegen tun sollte. Nach Bens Tod haben dein Vater und ich dich im Stich gelassen. Daran besteht wohl kein Zweifel. Wir konnten uns anscheinend beide nicht anders verhalten, aber es tut mir leid. Ich bereue, wie wir mit der Situation umgegangen sind. Wirklich.«

Der Hinweis darauf, dass ihre Mutter ihren Schmerz zumindest *erkannt* hatte, milderte Jeanettes Haltung. »Papa und du habt getrauert. Das konnte ich verstehen.«

»Du hast auch getrauert«, sagte ihre Mutter. In ihrer Stimme schwangen erbarmungslose Selbstvorwürfe mit. »Keine Ahnung, wie wir uns vormachen konnten, es wäre anders. Vielleicht, weil du immer so selbständig gewesen bist, so …« Abrupt verstummte sie, bevor sie fortfuhr. »Nein, das ist keine Entschuldigung. Wie wir uns verhalten haben, war falsch.«

Obwohl diese Worte ihrer Mutter so lange auf sich hatten warten lassen, linderten sie die tiefsitzenden Qualen in Jeanettes Herz. Eine Heilung lag zwar noch in weiter Ferne, aber ein erster Schritt war getan.

»Vielleicht hätte ich mir mehr Mühe geben und öfter nach Hause kommen sollen, statt einfach aufzugeben.« Jeanette war bereit, zumindest einen Teil der Schuld auf sich zu laden.

Ihre Mutter drückte ihre Hand. »Jetzt bist du ja hier.

Dein Papa wird sich so freuen, wenn er aufwacht und dich sieht. Du hast ihm gefehlt. Er ist zu stolz, um es dir zu sagen, aber ich weiß, dass es so ist.« Sie seufzte. »Vielleicht wird es ja ab jetzt anders. Vielleicht ist der Silberstreif am Horizont dieses Unwetters, dass wir wieder zueinanderfinden können.«

Das wünschte sich Jeanette. Sehr sogar. Sie war sich nur nicht sicher, ob sich die Lage so einfach ändern würde.

* * *

Jeanette verbrachte den Großteil der nächsten Woche im Krankenhaus. Ihrem Vater ging es bald besser, und wie ihre Mutter prophezeit hatte, freute er sich sichtlich darüber, sie an seinem Bett vorzufinden. Nur leider zog er sich nach einem ersten tränenreichen Wortwechsel wieder in Stille zurück.

»Ich glaube, das sind Depressionen«, sagte Maddie, als Jeanette es ihr beschrieb. Die süßen Magnolien wechselten sich dabei ab, Jeanette in den seltenen Zeiten, wenn Tom nicht an ihrer Seite war, im Krankenhaus Gesellschaft zu leisten.

»Du solltest mit seinem Arzt darüber reden«, empfahl Maddie. »Oder ihn zu einer Therapie überreden.«

»Daraus wird nichts«, erwiderte Jeanette müde. »Er hält Psychiater und Psychologen für Zeit- und Geldverschwendung. Auch Medikamenten kann er nichts abgewinnen.«

»Das ist doch verrückt«, protestierte Maddie.

Jeanette zog nur eine Augenbraue hoch.

»Irgendeine Möglichkeit muss es doch geben«, sagte

Maddie. »Vielleicht kann man ihm ja Antidepressiva unterjubeln, solange er noch im Krankenhaus oder bei der Reha ist.«

»Ich glaub kaum, dass es für Ärzte ethisch vertretbar ist, ihren Patienten etwas gegen ihren Willen unterzuschieben«, sagte Jeanette. »Aber vielleicht hat sein Arzt mehr Glück als ich dabei, mit meinem Vater zu reden.«

»Manchmal kann ein objektiver Außenstehender wahre Wunder bewirken«, meinte Maddie. »Vor allem, wenn er einen weißen Kittel trägt.«

Jeanette hoffte, dass es so einfach sein würde, denn irgendwie spürte sie, dass Maddie mit ihrer Diagnose richtig liegen könnte. Sie warf ihrer Freundin einen anerkennenden Blick zu. »Danke, dass ihr mich alle so unterstützt. Aber ihr müsst wirklich nicht ständig herfahren«, sagte sie zu ihr. »Ich bleibe nur noch ein paar Tage, bis mein Vater in der Reha-Einrichtung ist, dann komme ich zurück zur Arbeit. Ich bin dir auch dankbar, dass du mir die ganze Zeit frei gegeben hast. Ich weiß, dass der Wellnessbetrieb darunter gelitten haben muss.«

»Darüber muss ich tatsächlich mit dir reden«, sagte Maddie. »Eigentlich wollte ich damit warten, bis du zurück bist. Aber da du es schon angesprochen hast … Dana Sue, Helen und ich denken, wir müssen noch jemanden für den Wellnessbereich einstellen.«

Jeanette sah sie erschrocken an. »Ich kann auch früher zurückkommen, wenn du mich brauchst.«

»Darum geht's nicht«, entgegnete Maddie. »Es liegt nicht nur daran, dass du ein paar Tage Urlaub gebraucht hast. Das Wellnessgeschäft boomt. Wir müssen Kundinnen abweisen. Es ist an der Zeit zu expandieren. Und Helen findet, wir sollten vielleicht eine Filiale eröffnen.

Wenn wir das durchziehen, sollst du es beaufsichtigen. Du wirst alle Hände voll zu tun haben.«

»Ich hatte ja keine Ahnung, dass ihr an eine Filiale denkt. Wisst ihr schon, wo?«

»Nein, darüber haben wir uns noch keine Gedanken gemacht, und wir wollten ohnehin deine Meinung dazu hören. Wir müssen uns alle zusammensetzen und es gründlich durchsprechen. Das Für und Wider muss genau abgewogen werden. Das machen wir, wenn du wieder da bist. Ich hab mich nur gefragt, ob du jemanden kennst, den du gern einstellen würdest. Oder willst du inserieren? Du musst es mir nicht gleich sagen, aber lass es uns bald in Angriff nehmen, okay?«

»Ja, sicher.« Ihr schwirrte der Kopf.

Maddie musste ihre Reaktion bemerkt haben. »Jeanette, alles in Ordnung? Das sind alles gute Neuigkeiten, das weißt du schon, oder?«

Ja, das wusste sie. Dennoch fühlte es sich an, als würde ihr ein wenig der Boden unter den Füßen weggezogen. In Serenity hatte sie die Stabilität gefunden, die sie sich gewünscht hatte. Ein Zuhause. Freundinnen. Maddie hatte vorher nie etwas von einer Filiale erwähnt, die Jeanette leiten sollte.

Sie war verwirrt. Dabei hatten sich alle so gefreut, als sie das Haus gekauft hatte, weil es bedeutete, dass sie vorhatte, in Serenity zu bleiben. Und nun …

Sie sah Maddie an. »Ich will nicht umziehen«, platzte sie heraus.

Maddie wirkte verdattert. »Süße, du ziehst nirgendwohin. Das hab ich damit nicht gemeint. Das sollte nur heißen, dass wir bei der Planung auf deine Unterstützung zählen. Vielleicht musst du ein bisschen reisen, aber wir lassen dich nicht weg, weder vom *Corner Spa* noch von uns. Ich dachte, das hätten wir deutlich rübergebracht, als wir deinen Hauskauf gefeiert haben.«

Erleichterung durchströmte Jeanette. »Tut mir leid. Da hab ich wohl voreilige Schlüsse gezogen. Ich denke momentan nicht besonders klar. Es passiert grade so viel, dass ich Mühe habe, mit allem Schritt zu halten.«

»Und genau deshalb kannst du dich auf unsern Rückhalt verlassen, wenn du ihn brauchst«, sagte Maddie. »Und auf Tom wohl auch«, fügte sie hinzu. »Er scheint sich sehr für dich aufzuopfern.«

»Tut er wirklich«, bestätigte Jeanette. Sie dachte an all die Stunden, die er bei ihr im Krankenhaus verbrachte, an die Freundlichkeit, die er ihrer Mutter entgegenbrachte, an das Essen, das er vom *Sullivan's* und einigen der besten Restaurants in Charleston für sie holte. Vermutlich stand Howard kurz vor einem Anfall darüber, wie oft Tom im Rathaus fehlte, aber sofern er deswegen Druck ausübte, ließ Tom es sich Jeanette gegenüber nie anmerken.

»Nicht jeder Mann geht mit Krisen so gut um«, merkte Maddie an. »Auch etwas, worüber man nachdenken sollte, findest du nicht?«

Jeanette schmunzelte über den kruden Wink mit dem Zaunpfahl. »Ja, Maddie, dafür kriegt er Pluspunkte.«

»Fette Pluspunkte, hoffe ich doch.«

»Ich führe nicht Buch«, erwiderte Jeanette sarkastisch.

Maddie bückte sich und gab ihr einen Schmatz auf die Wange. »Solltest du vielleicht«, riet sie. »Wir sehen uns in ein paar Tagen. Ruf an, wenn du irgendwas brauchst.«

»Danke.«

»Vergiss nicht, dass Thanksgiving vor der Tür steht und du bei mir zu Hause erwartet wirst«, erinnerte

Maddie sie. »Tom auch, sofern er da nicht bei seiner Familie ist. Die Einladung überlasse ich dir.«

Jeanette lachte. »Da du uns so dringend zusammenbringen willst, überrascht mich, dass du es mir überlässt.«

»Ich kann dein Leben nicht für dich führen. Ich kann dir nur den einen oder anderen Schubs geben«, erwiderte Maddie.

»Und das bringt dich förmlich um, oder?«, stichelte Jeanette.

»Du hast ja keine Ahnung.«

Jeanette schmunzelte nach wie vor, als sie ihrer Freundin nachschaute. Erst, als sie weg war, ernüchterte sie und ging für ein paar Minuten zu ihrem Vater hinein, der endlich in ein gewöhnliches Zimmer verlegt worden war. Durch diesen Beweis dafür, dass es ihm wirklich besser ging, hatte sich ihre Mutter überreden lassen, den ganzen Tag auf der Farm zu verbringen, statt nur für die Nacht nach Hause zu fahren.

Als Jeanette eintrat, starrte ihr Vater mit teilnahmsloser Miene auf den Fernseher. Es lief irgendeine Nachmittagstalkshow, die er sich zu Hause bestimmt nie ansah.

»Hallo, Papa«, grüßte sie ihn vergnügt und zog sich einen Stuhl neben das Bett.

Er erübrigte kaum Aufmerksamkeit für sie, bevor er den Blick wieder auf den Fernseher richtete.

Sie versuchte, sich von der ernüchternden Begrüßung seinerseits nicht entmutigen zu lassen. Ihr fiel auf, dass er mehr Farbe im Gesicht und sich sogar bemüht hatte, sich zu kämmen. Jemand hatte ihn auch rasiert, denn auf den eingefallenen Wangen prangte kein stoppeliger Bartschatten mehr.

»Der Arzt sagt, es geht dir schon viel besser. Wahrscheinlich kannst du in ein, zwei Tagen zur Reha. Dort bringen sie dich wieder auf die Beine.«

Das erregte seine Aufmerksamkeit. Er drehte sich ihr mit finsterer Miene zu. »Ich gehe in keine Reha-Einrichtung. Deine Mutter kann sich sehr gut zu Hause um mich kümmern.«

»Nicht, wenn du nicht aus eigener Kraft gehen kannst«, widersprach Jeanette vehement. Auch mit ihrer Mutter war darüber eine harte Diskussion nötig gewesen, aber sie war fest entschlossen, nicht lockerzulassen. Der Arzt war darin ihrer Meinung. »Das schafft sie nicht, Papa. Sie ist nicht stark genug, um dich aufzuheben, wenn du fällst, oder um dir ins Bad zu helfen, geschweige denn, dich mehrmals am Tag die Treppe rauf und runter zu bringen.«

»Passt schon«, brummelte er. Dann huschte Wut über seine Züge, und er schlug mit der Faust auf einen seiner Gipse. »Das hätte nie passieren dürfen.«

»Wie konnte es das eigentlich?«, fragte sie. »Du bist sonst immer so vorsichtig.«

»Ich war mit den Gedanken woanders, das ist alles«, antwortete er abwehrend. »Höchstens ein paar Sekunden, und auf einmal war ich unten im Entwässerungsgraben an der Landstraße, mit dem Traktor auf mir.« Seine Augen wurden feucht. »Wahrscheinlich ist es bei Ben auch so gewesen. Inzwischen ist mir das klar. Ein winziger Moment kann ein Leben für immer verändern. Oder beenden.«

Als Jeanette nach seiner Hand griff, zog er sie weg. »Ich brauch dein Mitleid nicht.«

»Papa, ich bemitleide dich doch nicht«, gab sie empört

zurück. »Ich hab dich lieb. Und es tut mir weh, dass du so leidest.«

»Ich hab keine Schmerzen«, sagte er schroff.

Obwohl sie ihm auch das nicht abkaufte, hatte sie nicht auf körperliche Schmerzen angespielt. »Ich meine damit, dass du immer noch so um Ben trauerst.«

»Na ja, klar tu ich das«, erwiderte er gereizt. »Er war mein Sohn.«

»Und du machst dir Vorwürfe, weil du ihn in der Nacht hast fahren lassen und die Straßen vereist waren«, sagte sie, als sie es plötzlich begriff. Warum war ihr der Gedanke vorher nie gekommen? »Papa, was passiert ist, war nicht deine Schuld. Die Straßen waren noch in Ordnung, als wir von zu Hause zur Kirche gefahren sind. Wir waren schon bei der Mitternachtsmette, als sie vereist sind.«

»Aber die Stufen waren rutschig, als wir die Kirche verlassen haben. Mir hätte klar sein müssen, dass die Straßen tückisch sein würden und dein Bruder nicht genug Erfahrung hatte, um damit zurechtzukommen. Ich hätte darauf bestehen müssen, dass er sein Auto bei der Kirche lässt und mit uns nach Hause fährt.«

»Papa, hör auf!« Dann erinnerte sie ihn: »Ben war schon weg, als wir draußen angekommen sind. Du hättest nichts tun können. Gar nichts!«

»Ich war sein Vater«, argumentierte er und wurde zunehmend aufgewühlter. »Es war meine Aufgabe, ihn zu beschützen.«

Diesmal schnappte sie sich seine Hand und hielt sie so fest, dass er sich nicht losreißen konnte. »Papa, du warst der beste Vater, den man haben konnte. Es war genauso ein Unfall wie deiner. Du musst damit abschließen.«

Betroffen schaute er zu ihr auf und sah ihr in die Augen. »Deine Mutter gibt immer noch mir die Schuld daran.«

»Nein, tut sie nicht«, widersprach Jeanette, bevor sie sich fragte, ob es stimmen könnte. War es möglich, dass ihre Mutter insgeheim all die Jahre die Schuld bei ihrem Vater gesehen hatte? Und dass er es gespürt hatte? War das mit ein Grund für die angespannte Atmosphäre zu Hause gewesen?

Ihr Vater wandte sich ab. »Du weißt gar nichts darüber.«

»Etwas weiß ich sehr wohl«, konterte sie leise. »Selbst wenn du auch nur ansatzweise verantwortlich dafür wärst, was Ben passiert ist – was ich absolut nicht glaube –, hast du den Preis dafür längst bezahlt. Du musst dir verzeihen. Und falls Mama die Schuld tatsächlich bei dir sieht, muss auch sie endlich nach vorn schauen.«

Ihre Worte wurden mit Schweigen quittiert. Schließlich jedoch fragte er kaum lauter als im Flüsterton: »Was ist mit dir?«

Verblüfft starrte sie ihn an. »Papa, ich hab nie die Schuld bei dir gesehen. Kein einziges Mal.«

Skeptisch musterte er sie. »Aber du bist so wütend gewesen. Du hältst dich seit Jahren von uns fern, abgesehen von Besuchen, bei denen du wie ein Kolibri hereinschneist und gleich wieder weg bist, so schnell, dass man kaum einen Blick auf dich erhascht.«

Jeanette hatte nicht damit gerechnet, in ein solches Gespräch hineingezogen zu werden, erst recht nicht zu diesem Zeitpunkt. Aber ihr Vater hatte eine seit Jahren fest verschlossene Tür geöffnet. »Ich hab mich ferngehalten, weil du und Mama so getan habt, als wäre ich nicht mehr wichtig. Euch hat nicht gereicht, dass ihr mich noch hattet. Für euch hat sich alles nur um den verlorenen Sohn gedreht.« Sie sah ihm in die Augen. »Und wag es keine Sekunde lang zu glauben, ich hätte Ben nicht geliebt. Es hat mir das Herz gebrochen, als er gestorben ist. Ich hätte genauso sehr Trost gebraucht wie du und Mama, nur war von euch niemand für mich da. Das hab ich auch verstanden, am Anfang jedenfalls. Nur hat es sich nie gebessert.«

Es schien unmöglich zu sein, die Verbitterung aus ihrer Stimme zu verbannen. »Weißt du noch, wie wir jeden Geburtstag gefeiert und zu Weihnachten immer ein bisschen übertrieben haben, als Ben noch am Leben war?«

Ihr Vater nickte, hörte ihr ausnahmsweise wirklich zu.

»Nach Bens Tod hat's für mich nie wieder auch nur eine Geburtstagstorte gegeben«, sagte sie. Mittlerweile liefen ihr Tränen über die Wangen. Zornig wischte Jeanette sie weg. »Ihr habt mir nicht mehr erlaubt, einen Weihnachtsbaum aufzustellen, geschweige denn Weihnachtsmusik im Haus zu spielen. Im ersten Jahr konnte ich das verstehen. Wirklich. Aber es ist so weitergegangen, Jahr für Jahr, bis ich die Highschool abgeschlossen habe. Nicht mal das haben wir gefeiert. Es hat sich angefühlt, als wäre ich unsichtbar – als wäre ich zusammen mit Ben gestorben.«

Die Tränen strömten unkontrolliert, und sie vergrub das Gesicht in den Händen. »Es tut mir leid. Ich hätte das nicht gerade jetzt herauslassen dürfen. Du sollst dich doch erholen.«

Sie spürte, wie die Hand ihres Vaters ihr Haar streichelte. Zuerst so zart, dass sie dachte, sie würde es sich nur einbilden.

»Ich hatte keine Ahnung«, flüsterte er mit erstickter Stimme. »Überhaupt keine. Ich war so in meinen Schmerz versunken, dass ich nie einen Gedanken daran verloren habe, was ich dir und deiner Mutter damit angetan habe.«

Jeanette spürte, dass sich ihr gerade eine Gelegenheit bot, die sich vielleicht nicht wiederholen würde. Sie schaute auf und sah ihm in die Augen. »Papa, kannst du was für mich tun? Nur eine Sache?«

»Was immer du willst.«

»Sag dem Arzt, wie du dich seit Bens Tod fühlst, damit er dir helfen kann.«

Argwöhnisch verengte er die Augen zu Schlitzen. »Mir wie helfen?«

»Keine Ahnung, was er empfehlen wird«, gestand sie. »Aber was immer es ist, du musst mir versprechen, dass du es machst. Nicht nur mir zuliebe, auch für dich selbst. Versprich es mir, ja?«

Sturheit und Stolz traten in seine Züge. Eine gefühlte Ewigkeit dachte sie, er würde sich sträuben. Dann jedoch streichelte er wieder ihr Haar, und sein Blick wurde traurig. »Ich rede mit ihm«, sagte er.

Ein Zugeständnis, aber sie brauchte mehr. Halbe Sachen reichten dabei nicht. »Und wirst du auch auf ihn hören?«, bohrte sie nach.

Er wandte sich von ihr ab und griff nach dem Wasserkrug auf dem Nachttisch neben dem Bett. Als er sich ein Glas einschenkte, zitterte seine Hand.

»Papa«, sagte sie. »Bitte.«

Er trank einen Schluck Wasser, bevor er sie mit verkniffener Miene ansah. »Willst du mir damit in den Ohren liegen, bis ich ja sage?«

»Und ob«, bestätigte sie.

»Na schön, ich werde ihm zuhören«, sagte er.

Diesmal war sie skeptisch. Sie spürte, dass sie ihm versehentlich ein Schlupfloch gelassen hatte. »Lass es mich umformulieren.« Plötzlich fühlte sich ihr Herz leichter. »Du wirst tun, was er sagt.«

»Ich werde ihm zuhören«, wiederholte er.

»Papa!«

»Schon gut«, lenkte er schließlich ein. »Dir zuliebe werd ich seinen Rat befolgen.«

Jeanette bückte sich und bettete den Kopf auf seine Brust. »Danke, Papa.«

Unbeholfen legte er die Arme um sie. »Ich hab dich lieb, mein Schatz. Hab ich wirklich. Und es tut mir so leid, dass ich's nicht annähernd oft genug gesagt habe.«

»Jetzt hast du's ja gesagt«, flüsterte sie mit überquellendem Herzen.

KAPITEL 18

Tom war krank vor Sorge um Jeanette. Jedes Mal, wenn er mit ihr sprach, kam sie ihm erschöpfter vor. Zu seiner Erleichterung würde sie an diesem Tag endlich nach Hause zurückkehren, diesmal dauerhaft. Zu Thanksgiving hatte sie ein paar Stunden in Serenity verbracht. Danach war sie prompt wieder nach Charleston aufgebrochen, um die Reha ihres Vaters zu überwachen, bis er sich sowohl körperlich als auch seelisch zu ihrer Zufriedenheit erholt hätte.

An diesem Morgen war Maddie losgefahren, um sie abzuholen, weil er nicht wegkonnte. Howard wollte den gesamten Ausschuss auf dem Hauptplatz haben, während die Weihnachtsdekoration angebracht wurde, obwohl die eigentliche Arbeit von Stadtbediensteten unter Ronnies Aufsicht durchgeführt wurde.

»Ich hab noch nie im Leben einen Baum geschmückt«, hatte Tom vergeblich versucht, sich davor zu drücken. »Und erst recht hab ich noch nie beleuchtete Schneeflocken auf Laternenmasten angebracht.«

Seine Worte fielen auf taube Ohren.

»Sie haben in einem Haus gewohnt, das jedes Jahr ein Bestandteil der Weihnachtstour in Charleston war«, hatte Howard ihm vor Augen gehalten. »Ich hab Fotos davon in der Zeitung gesehen. Irgendwas von der Erfahrung muss doch hängen geblieben sein.«

»Nein«, hatte Tom widersprochen.

»Was, wenn irgendein Problem auftritt? Als Gemeindedirektor ist es Ihre Pflicht, morgen dabei zu sein und sich darum zu kümmern, also basta«, hatte Howard entschieden. »Der Baum wird gleich morgen früh geliefert. Ich will Sie auf dem Hauptplatz haben, wenn er abgeladen wird.«

Und so stand Tom pünktlich um 7:00 Uhr draußen. Es war ein ungewöhnlich kalter Morgen, der eher an New York als an South Carolina erinnerte. Er konnte Atemwölkchen in der Luft sehen, und nicht mal sein dickster Pullover und schwerster Mantel konnten die Kälte von seinen Knochen fernhalten. Zum Glück hatte Ronnie eine riesige Thermoskanne mit Kaffee vom *Sullivan's* mitgebracht. Der half ein wenig. Erik war extra früher ins Restaurant gefahren, um ihn für sie zu brauen.

»Siehst du so elend aus, weil du nicht hier sein willst, weil dir kalt ist oder weil du Jeanette vermisst?«, fragte Ronnie, als der Baum vom Lastwagen gehievt und in der Mitte des Platzes aufgestellt wurde. Als das Netz weggeschnitten wurde, entfalteten sich die Äste in voller üppiger Pracht. Ein beeindruckender Anblick, keine Frage. Zwar nicht wie der Baum vor dem Rockefeller Center oder im Weißen Haus, aber er würde in kein Gebäude der Stadt passen, so viel stand fest.

»Alles davon«, antwortete Tom. »Eigentlich hätte ich Jeanette heute Morgen abholen sollen.«

»Maddie ist durchaus in der Lage, sie wohlbehalten nach Hause zu bringen.«

»Darum geht's doch nicht«, brummelte Tom.

Ronnie grinste. »Hast du gehofft, weitere Pluspunkte

einzuheimsen? Ich weiß aus zuverlässiger Quelle, dass dein Kontostand eh schon recht gut aussieht.«

Tom runzelte die Stirn. »Auch darum geht's nicht.«

»Wie lang genau ist es her, dass du sie zuletzt gesehen hast?«

»Vier Tage«, erwiderte Tom. »Nach Thanksgiving bin ich an ein paar Tagen zur Reha-Klinik gefahren, aber seither hält mich Howard an der kurzen Leine. Man könnte meinen, Weihnachten in Serenity hängt davon ab, dass ich persönlich jede Kleinigkeit beaufsichtige. Eigentlich sollte ihm mehr daran liegen, dass die Schlaglöcher aufgefüllt werden und die Brücke nicht einstürzt.«

»Du bist der Gemeindedirektor«, erinnerte Ronnie ihn mit belustigter Miene. »Er hat dich, damit du dich um all das kümmerst … und um das hier.«

Tom ignorierte die Bemerkung und konzentrierte sich auf den riesigen Baum, der bedenklich schwankte. »Wie um alles in der Welt soll das Ding sicher fixiert werden? Ich seh schon vor mir, wie unsere Haftpflichtprämie in die Höhe schießt, wenn der Baum umkippt und auf einen Haufen Kinder kracht.«

»Was für ein erbaulicher Gedanke«, merkte Ronnie sarkastisch an. »Du bist genau, was man für Weihnachtsfeierlichkeiten braucht – ein waschechter Grinch.«

»Glaub mir, das wiegen du, Howard und Mary Vaughn mehr als auf. Irgendjemand muss ja auch praktisch denken.«

Ronnie gab sich keine Mühe, seine Belustigung zu verbergen. »Und das von dem Mann, der aus eigener Tasche einen Weihnachtsbaum gekauft hat, weil sich Jeanette so darin verliebt hatte.«

Tom runzelte die Stirn. »Woher weißt du das?«

»Teresa hat mir erzählt, dass du dem Baumzüchter einen persönlichen Scheck ausgestellt hast, als die Rechnung eingetrudelt ist.«

»Die Frau hat ein entschieden zu loses Mundwerk. Ich sollte sie feuern.«

»Wirst du aber nicht«, prophezeite Ronnie. »Dafür erledigt sie ihren Job zu gut.«

»Stimmt«, räumte Tom ein, als sein Handy klingelte. Ein Blick auf die Anruferkennung offenbarte Jeanettes Nummer. Tom spürte, wie sich seine Schultern zum ersten Mal an diesem Morgen lockerten. »Hi«, meldete er sich leise. »Bist du schon unterwegs nach Hause?«

»Maddie holt mich in ein paar Minuten ab. Ich sollte in ungefähr einer Stunde da sein.«

»Essen wir zu Mittag zusammen?«

»Ich sollte wohl lieber direkt zur Arbeit.«

»Nicht, bevor du gegessen hast«, widersprach Tom. »Ich weiß, dass du dich lausig ernährst, seit du im Krankenhaus gewesen bist, und daran dürfte sich wohl kaum was geändert haben, seit dein Vater in der Reha ist.«

»Ich hab alles gegessen, was du mir gebracht hast«, rechtfertigte sie sich.

»Eine Mahlzeit alle paar Tage macht nicht viel her. Wir gehen ins *Sullivan's* und lassen dich von Dana Sue aufpäppeln.«

»Bist du nicht dafür eingeteilt, die Installation der Weihnachtsdekoration zu beaufsichtigen?«

»Sogar Sträflingen steht eine Mittagspause zu«, erwiderte Tom. »Aber komm auf den Hauptplatz, sobald du hier bist. Dann kannst du mir sagen, was du von allem hier hältst. Eine Meinung mehr schadet nicht.«

»Ist der Baum da?«

»Er schwankt in diesem Augenblick vor sich hin«, bestätigte Tom.

»Ist er schön?«, fragte sie mit einer plötzlich sanften, wehmütigen Note in der Stimme.

»Der perfekte Baum«, sagte Tom. »Du musst ihn mit eigenen Augen sehen.«

»Ich bin bald da.«

Nach dem Ende des Telefonats steckte Tom das Handy weg und bemerkte den selbstgefälligen Ausdruck in Ronnies Gesicht. »Was?«, fragte er.

»Du bist hoffnungslos verloren«, sagte Ronnie. »Seit du hier bist, meckerst du ununterbrochen rum. Aber keine zwei Minuten am Telefon mit Jeanette, und schon wirst du weich.«

»Ich bin überhaupt nicht weich geworden«, protestierte Tom.

»*Butterweich*«, betonte Ronnie grinsend. »Ist schön zu sehen. Du bist jetzt offiziell Mitglied im Club.«

»Club?«

»Der Männer, die süße Magnolien lieben«, erklärte Ronnie. »Ein ziemlich exklusiver Haufen. Und lauter Glückspilze.«

Tom dachte darüber nach, welche Empfindungen Jeanette in ihm auslöste. Vielleicht war er ja doch ein wenig weich geworden. Um wenn er vollkommen ehrlich sein wollte, fühlte es sich zu seinem Erstaunen gar nicht mal so schlecht an.

* * *

Dana Sue umsorgte Jeanette, als wäre sie ein Jahr weg gewesen statt knapp drei Wochen. Jeanette hatte zwar nur einen Salat bestellt, doch Dana Sue hatte zusätzlich Hackbraten und Kartoffelpüree gebracht und darauf bestanden, dass sie jeden Bissen davon aß.

»Du hast Gewicht verloren, das zu verlieren du dir gar nicht leisten konntest«, argumentierte Dana Sue. »Schon klar, seit Annies Magersucht achte ich zwanghaft auf die Essgewohnheiten der Leute. Aber ohne ein bisschen mehr Fleisch auf den Knochen weht dich noch eine steife Brise davon.«

Jeanette drückte mitfühlend ihre Hand. Alle wussten, was sie mit ihrer Tochter durchgemacht hatte. Zum Glück studierte Annie mittlerweile und hatte ihre Essstörung im Griff. Das stand mit Sicherheit fest, weil die Betreuer im Wohnheim die Anweisung hatten, mit Argusaugen darauf zu achten, und Dana Sue fragte regelmäßig bei ihnen nach. Annie wusste, dass sie beobachtet wurde. Und obwohl sie gelegentlich über den Eingriff in ihre Privatsphäre grummelte, verstand sie zugleich, warum er nötig war – sowohl für ihre Gesundheit als auch für den Seelenfrieden ihrer Eltern.

»Dana Sue, hör auf, dir Sorgen zu machen. Ich hab nur ein paar Mahlzeiten verpasst«, beruhigte Jeanette sie. »Jetzt kehre ich ja zu meiner Routine zurück und werd in Nullkommanichts wieder zunehmen.«

»Wofür ich sorgen werde«, fügte Tom hinzu.

Dana Sue strahlte ihn an. »Gut. Ich sehe mal nach, ob Erik den Apfelkuchen schon aus dem Ofen geholt hat. Falls er fertig ist, bringe ich dir ein Stück mit Eiscreme obendrauf.«

»Dana Sue, ich bekomme keinen Bissen mehr runter«, protestierte Jeanette.

»Tom hilft dir. Oder?«, wandte sich Dana Sue an ihn.

»Auf jeden Fall.«

Jeanette drehte sich Tom zu, als die Restaurantbesitzerin in Richtung der Küche verschwand. »Wieso hast du zugesagt? Ich glaub, ich kann wirklich nicht mehr.«

»Willst du, dass sie sich Sorgen um dich macht?«

»Nein.«

»Na siehst du. Und ich kann's auch nicht brauchen, mich um dich sorgen zu müssen. Immerhin habe ich eine Kleinstadt zu schmücken. Dabei kann ich mir keine Ablenkung durch die Angst leisten, der Wind könnte dich in den nächsten Bezirk verwehen.«

»So viel hab ich wohl kaum abgenommen«, gab Jeanette irritiert zurück.

Er berührte ihre Wange. »Nicht ganz, aber fast«, beharrte er mit ernster Miene. »Du hast mir gefehlt. Ich bin froh, dass du zurück bist.«

Sein eindringlicher, leidenschaftlicher Blick brachte sie schwer zum Schlucken. »Ich bin auch froh, zurück zu sein.«

»Läuft's mit deinem Vater in der Reha gut?«

»Zumindest ist er heute Vormittag nicht gleich abgehauen, aber mehr kann ich vorläufig nicht sagen. Er ist immer noch unglücklich darüber, dort zu sein.«

»Wie steht's zwischen euch beiden? Und zwischen dir und deiner Mutter?«

»Besser«, antwortete sie. »Der Arzt konnte meinen Vater tatsächlich davon überzeugen, es mit einem Antidepressivum zu versuchen. Man hätte meinen können, dass er gezwungen wird, Gift zu schlucken. Trotzdem hat er's getan. Ist noch zu früh, um zu sagen, ob es etwas bewirken kann, aber ich halte die Daumen gedrückt. Der Arzt hat gesagt, dass vielleicht mehrere Medikamente ausprobiert werden müssen, um das beste für meinen Vater zu finden.« Sie schüttelte den Kopf. »So viel Zeit vergeudet. Er hätte schon viel früher Hilfe bekommen können. Aber weder meine Mutter noch ich haben erkannt, dass sein Kummer die Grenze zu Depressionen überschritten hatte.«

»Du warst noch ein Kind, als es angefangen hat«, hielt Tom ihr vor Augen. »Und zuletzt warst du ja nicht mehr zu Hause. Deine Mutter wiederum ist sicher nicht die Erste, die nicht wusste, wie sie mit Depressionen eines geliebten Menschen umgehen soll. Vor allem konnte man sie ja so viel leichter auf Kummer schieben. Damit konnte sie was anfangen, weil sie es selbst durchgemacht hat.«

Jeanette lächelte darüber, wie er ihre Mutter in Schutz nahm. »Weißt du, sie mag dich. Das merke ich ihr an. Sie hat es bewundernswert gefunden, dass du immer wieder mit Essen aufgetaucht und bei mir geblieben bist.« Und das war nicht bloß ihre Interpretation der Reaktion ihrer Mutter. Nach den meisten von Toms Besuchen hatten sie über ihn geredet. Jeanette bedachte ihn mit einem Seitenblick. »Sie meint, du bist jemand für was Dauerhaftes.«

Er grinste. »Wirklich? Was ist mit dir? Was denkst du?«

»Ich denke, ich hab dich deutlich mehr vermisst, als ich für möglich gehalten hätte«, antwortete sie und sah ihm in die Augen. »*Viel* mehr.«

Er wirkte zögerlich. »Okay«, sagte er langsam. »Von wie viel sehr reden wir?«

Sie ließ den Blick fest auf ihn gerichtet, als sie verwegen sagte: »Du hast mich noch gar nicht geküsst.«

»Das lässt sich leicht beheben«, erwiderte er, nahm ihren Kopf in die Hände und senkte den Mund auf ihren.

Was als sanfter, zärtlicher Kuss begann, steigerte sich rasant zu einem atemlosen Zungentanz.

»Heiliger …«, murmelte er und löste sich mit benommenem Gesichtsausdruck von ihr. »Was ist in dich gefahren?«

Ihre Mundwinkel verzogen sich zu einem Grinsen. »Du, glaub ich.«

Sein Handy klingelte, aber er ignorierte es.

»Solltest du nicht rangehen?«, fragte sie, sichtlich belustigt von seinem benebelten Blick.

»Du machst dich gerade an mich ran«, erwiderte er und sah sie hoffnungsvoll an. »Glaube ich jedenfalls.«

»So ist es.«

»Und du willst, dass ich ans Telefon gehe?«

»Das wäre verantwortungsbewusst«, erinnerte sie ihn. »Immerhin bist du der Gemeindedirektor und heute für Weihnachten zuständig. Das ist wichtig.«

»Nicht im Vergleich zu dir«, erwiderte er und ließ das Telefon weiterhin klingeln.

Jeanette griff in seine Tasche und holte das Handy heraus. »Geh ran.«

Er nahm es ihr ab und schaltete es aus. »Also, worüber haben wir gerade geredet?«

»Weihnachten«, erwiderte sie.

»Verführung«, stellte er richtig.

»Ah ja«, sagte Jeanette. Dann seufzte sie. »Aber ich muss zur Arbeit.«

Tom wirkte verdutzt. »Arbeit? Du willst *jetzt* zur Arbeit?«

»Wollen trifft es nicht ganz, aber ich kann es nicht länger aufschieben.«

»Könntest du schon«, warf Dana Sue ein. Sie stand am

Ende des Tischs mit einer Portion Kuchen in der Hand und beobachtete Tom und Jeanette amüsiert.

Jeanette sah sie mit stirnrunzelnder Miene an. »Wie lange bist du schon hier?«

Dana Sue grinste und hielt ihr den Teller mit Apfelkuchen hin. »Lang genug, dass der Kuchen allmählich kalt wird und das Eis zerrinnt«, sagte sie. »Mir hingegen ist bei eurem Anblick eher ein bisschen warm geworden.« Sie sah Jeanette in die Augen. »Ich kann Maddie anrufen und ihr sagen, dass du nach Hause musstest, um dich auszuruhen. Ach was, dass ich dir *verordnet* habe, nach Hause zu gehen und dich auszuruhen.«

»Mach das«, sagte Tom, ohne den Blick von Jeanette zu lösen.

»Aber …«, begann Jeanette.

»Tu's«, betonte Tom.

Dana Sue sah Jeanette erwartungsvoll an. »Es liegt bei dir.«

Jeanette spürte, wie Toms Hand unter dem Tisch langsam ihren Oberschenkel hinaufwanderte. Sie schluckte schwer, als Hitze durch ihren Körper schoss. »Tu es«, murmelte sie, erhob sich vom Tisch und schleifte ihren Mantel hinter sich her. Im Augenblick war ihr so warm, dass sie nicht glaubte, ihn zu brauchen.

Dana Sue fächelte sich mit einer Stoffserviette Luft zu. »Tja, verdammt«, murmelte sie, als sie davongingen.

Jeanette warf einen grinsenden Blick über die Schulter. »Ruf unbedingt an, *bevor* du dich auf die Suche nach Ronnie machst.«

Dana Sue errötete. »Woher weißt du das?«

»Ich glaub, da liegt was in der Luft«, antwortete Jeanette. Was immer es sein mochte, ihr wurde davon geradezu schwindlig vor Vorfreude. Eines Tages würde sie darüber nachdenken müssen, warum sie so bereit war, mit einem Mann zu schlafen, mit dem sie wochenlang nicht mal ausgehen wollte. Vorerst wusste sie nur, dass es sich in dem Moment so richtig anfühlte, als wäre es unvermeidlich gewesen. Mit dem Rest ihrer widersprüchlichen Gefühle würde sie sich später auseinandersetzen.

* * *

Tom warf immer wieder Seitenblicke zu Jeanette, während er durch die Straßen von Serenity in Richtung ihrer Wohnung brauste. »Du überlegst es dir doch nicht anders, oder?«

Sie erwiderte seinen Blick mit ernster Miene. »Ich denke nicht.«

»Sei dir sicher«, bat er. »Sonst muss ich unter die kalte Dusche springen oder vielleicht in den See.«

»Im See würdest du dir eine Lungenentzündung holen«, sagte sie. »Das können wir nicht zulassen.«

Als er auf dem Parkplatz vor ihrem Haus zum Stehen kam, schaltete er den Motor aus und drehte sich ihr zu. »Jeanette, was hat sich geändert? Jedes Mal, wenn ich dich gebeten habe, mit mir auszugehen, hattest du irgendeine Ausrede. Und jetzt bist du auf einmal bereit, den Schritt ganz zu überspringen.«

Sie schmunzelte. »Willst du das jetzt echt hinterfragen?«

»Ich will nicht, aber ich hab das Gefühl, dass ich es muss. Liegt's an Dankbarkeit, weil ich dir beigestanden habe, als dein Vater im Krankenhaus war?«

»Dafür war ich dir sogar sehr dankbar«, pflichtete sie ihm bei. »Aber nicht genug, um mit dir zu schlafen.«

Immer noch war er verwirrt. »Warum dann? Noch vor ein paar Wochen hast du behauptet, du würdest dich nicht mit mir einlassen.«

»Ich glaube, wir wissen beide, dass der Plan von vornherein zum Scheitern verurteilt war«, erwiderte sie augenzwinkernd.

»Wirklich? Ich dachte, du wärst fest entschlossen, mich auf Abstand zu halten.«

»War ich auch«, räumte sie ein. »Nur hat dich das nie abgehalten.« Sie begegnete seinem Blick. »Du küsst unheimlich gut. Hat dir das schon mal jemand gesagt?«

»Gelegentlich«, antwortete Tom. Er hatte keine Ahnung, warum er das Bedürfnis verspürte, es zu Tode zu diskutieren, aber ein Bauchgefühl warnte ihn, dass sie aus den falschen Gründen hier waren und es am Ende nach hinten losgehen würde, wenn er die Stimmung ausnutzte, in der sie sich gerade befand. »Darum also geht's? Dir gefällt, wie ich küsse?«

Langsam breitete sich ein Lächeln in ihren Zügen aus. »Oh, ja.«

Aus irgendeinem idiotischen Grund fand Tom das ärgerlich. »Ich glaube, ich muss dich beim *Corner Spa* absetzen und zurück zum Hauptplatz.«

Verwirrt starrte sie ihn an. »Warum? Was hab ich denn gesagt? Ich hab dir gerade ein Kompliment gemacht.«

»Nein, du hast mir gesagt, dass dich die Aussicht darauf anmacht, mit mir zu schlafen.«

»Das *ist* ein Kompliment«, betonte sie.

Er sah sie mit verkniffener Miene an, als er den Zündschlüssel drehte und den Motor startete. »Wie würdest du dich fühlen, wenn ich dir sage, dass mich an dir nur dein Körper interessiert?«

Mit vor Bestürzung offenem Mund starrte sie ihn an. »Das hab ich doch nicht gesagt«, protestierte sie.

»Wirklich nicht?«

Sie zögerte so lange, dass er praktisch sehen konnte, wie sich die Rädchen in ihrem Kopf drehten. »Ich dachte, du würdest dich freuen«, murmelte sie. »Weil du bekommen würdest, was du willst.«

Er verengte die Augen zu Schlitzen. »Was genau denkst du denn, dass ich will?«

»Sex. Etwas Zwangloses, um dir die Zeit zu vertreiben, während du in Serenity lebst.«

Ihre Worte ernüchterten ihn eiskalt. »Verdammt, Jeanette, glaubst du wirklich, dass ich so wenig von dir halte? Gott weiß, dass ich mit dir schlafen möchte. Wollte ich schon, als ich dich das erste Mal gesehen habe. Aber ich hab bereits damals gewusst, dass es zwischen uns um mehr gehen würde.«

Verwirrt musterte sie ihn. »Du hast gesagt … Ich dachte … Tom, du wirst hier nicht bleiben. Das hast du selbst gesagt. Es hat eine Weile gedauert, bis ich das akzeptieren konnte, aber jetzt habe ich es. Ich kann damit umgehen.«

Ihre Bereitschaft, sich mit so wenig zu begnügen, ließ ihn noch wütender werden – auf sie, auf ihn selbst, er wusste es nicht genau. »Du kannst also mit etwas Zwanglosem leben?«

Sie nickte, obwohl sie dabei elend aussah.

»Wenn du das glaubst, kennst du nicht nur mich nicht, sondern nicht mal dich selbst«, sagte er und legte den Rückwärtsgang ein. Er musste weg von ihr, bevor sein

Verlangen nach ihr sein Anstandsempfinden überwältigen könnte.

Bis er vor dem *Corner Spa* anhielt, sagte er kein Wort mehr. Dann drehte er sich ihr zu. »Für mich geht's hier nicht nur um Sex, Jeanette. Gott steh mir bei, ich bin dabei, mich in dich zu verlieben. Sag Bescheid, wenn du auch dort ankommst.«

Einen Moment lang starrte sie ihn fassungslos an, dann flüchtete sie förmlich aus dem Auto. Er schaute ihr nach, bevor er seufzte. *Na, das ist ja mal gut gelaufen*, dachte er sarkastisch. Und als Nächstes musste er sich mit einem Haufen fröhlicher Weihnachtsfanatiker herumschlagen. *Ho ho ho.*

* * *

Jeanette schwirrte noch der Kopf von Toms Worten, als sie sich auf Autopilot den Weg ins Spa bahnte. Sie steckte den Kopf in Maddies Büro.

»Margaritas heute Abend bei mir, okay?«, sagte sie mit einem geradezu verzweifelten Unterton.

»Warum bist du hier?«, fragte Maddie und musterte sie besorgt. »Egal. Soll ich die anderen anrufen?«

Jeanette nickte. »Bitte.« Sie glaubte nicht, dass sie im Augenblick all die zu erwartenden Fragen verkraften könnte – vor allem von Dana Sue. Wenn sie den Nachmittag überstehen wollte, ohne zusammenzubrechen, musste sie sich das ersparen.

»Willst du jetzt gleich reden?«, fragte Maddie.

Jeanette schüttelte den Kopf. »Heute Abend, okay?«

»Wir sind um sieben Uhr da«, versprach Maddie.

So handhabten die süßen Magnolien das. Wenn es

einer von ihnen schlecht ging, eilten die anderen zu Hilfe. Sie boten dann ein offenes Ohr, Rat und Unterstützung, unabhängig davon, ob darum gebeten wurde oder nicht. Jeanette freute sich auf ihre unaufgeforderten Meinungen, weil sie im Moment keine eigene hatte. Sie stand noch unter Schock. Tom glaubte, sie zu lieben? Er hatte es ausgesprochen. Tatsächlich hatte er es ihr praktisch ins Gesicht geschleudert.

Ihre erste Kundin arbeitete sie routinemäßig ab, nickte an den richtigen Stellen, streute gelegentlich eine Frage ein, war jedoch nicht wirklich bei der Sache. Der Termin verlief einigermaßen gut, da die Kundin neu war und nicht mehr als eine gute Gesichtsbehandlung erwartete. Die Frau ging glücklich, mit strahlender Haut und einer Einkaufstüte voller teurer Produkte.

Leider hatte sie Mary Vaughn als Nächste. Sie warf einen Blick auf Jeanette und runzelte die Stirn.

»Du siehst furchtbar aus«, sagte sie taktlos.

Trotz ihrer Stimmung lächelte Jeanette. »Oh, schönen Dank auch.«

»Tut mir leid«, entschuldigte sich Mary Vaughn. »Ist wohl verständlich nach allem, was du mit deinem Vater durchgemacht hast. Aber ich hab gehört, es geht ihm inzwischen besser.«

»Ja, danke.«

Jeanette konzentrierte sich darauf, mit einem Reiniger sämtliche Spuren von Make-up aus Mary Vaughns Gesicht zu entfernen.

»Hattest du Gelegenheit zu sehen, wie die Dekoration angebracht wird?«, fragte Mary Vaughn.

»Ich hab einen kurzen Blick darauf geworfen, bevor ich zum Mittagessen gegangen bin.«

»Mit Tom.« Mary Vaughn begegnete im Spiegel Jeanettes Blick. »Ich hab euch beide zusammen weggehen gesehen. Und ich muss sagen, dabei hast du wesentlich glücklicher gewirkt als jetzt. Ist etwas passiert? Ihr habt euch doch nicht etwa gestritten, oder?«

»Zwischen Tom und mir ist alles gut«, erwiderte Jeanette und hoffte, damit nicht hoffnungslos zu lügen. Sie hatten vielleicht so unterschiedliche Vorstellungen, dass sie genauso gut in getrennten Welten leben könnten, davon abgesehen jedoch war alles in Ordnung. Wirklich. »Erzähl mir, wie es mit den Vorbereitungen für die Festlichkeiten vorangeht. Ist schon alles so weit?«

Mary Vaughn schien zwar lieber das Thema von Jeanettes und Toms Beziehung vertiefen zu wollen, schließlich jedoch lenkte sie ein. »Die Chöre waren sich eine Zeit lang uneinig. Alle wollten ›Stille Nacht‹ singen, aber ich glaube, es ist mir gelungen, die Chorleiter davon zu überzeugen, dass es noch viele andere bekannte Weihnachtslieder zur Auswahl gibt. Ehrlich, es war, als müsste man sich mit Superstar-Diven herumschlagen. Am liebsten hätte ich ihnen gesagt, sie sollen einfach ihre blöden Gesangbücher herausholen und etwas aussuchen, bevor ich es für sie tue.«

»Das hätte die weihnachtliche Gesinnung von gutem Willen und Miteinander aber ziemlich ruiniert«, meinte Jeanette belustigt.

»Du sagst es.«

»Wie läuft es mit Sonny? Rauft ihr zwei euch für Rory Sue über die Feiertage zusammen?«

Ein feuchter Glanz trat in Mary Vaughns Augen, und Jeanette erkannte, dass sie kurz vor dem Weinen stand. »Was ist? Hab ich was Falsches gesagt?«, fragte sie.

Mary Vaughn winkte die Frage ab. »Nein, hast du nicht. Es ist nur so, dass wir uns gerade richtig gut verstehen.«

»Und ist das schlecht?«

»Schon, wenn man geschieden ist und der Ex-Mann ein neues Kapitel aufgeschlagen hat.«

»Ein neues Kapitel? Du meinst, er ist mit einer anderen zusammen?«

Mit elender Miene nickte Mary Vaughn. »Ich hatte auch keine Ahnung, bis ich die beiden gestern Abend im *Sullivan's* zusammen gesehen habe«, vertraute sie Jeanette an. »Sie arbeitet für ihn. Früher als Buchhalterin oder Sekretärin oder so, aber vor kurzem ist sie in den Verkauf befördert worden. So, wie Sonny sie angesehen hat, glaube ich zu wissen, wie sie für die Beförderung gesorgt hat.«

»Mary Vaughn!«

»Na ja, genau so gehen manche Frauen vor«, erwiderte die Immobilienmaklerin.

Jeanette musterte sie eingehend. »Warum stört dich das eigentlich? Ihr zwei seid doch schon lange geschieden.«

»Ich weiß.« Mary Vaughn seufzte. »Aber seit wir neuerdings wieder miteinander reden und Zeit miteinander verbringen, frage ich mich, ob das nicht vielleicht ein Fehler war. Die Scheidung, meine ich.«

»Du hast Gefühle für Sonny?«, fragte Jeanette ungläubig.

»Ja«, gestand Mary Vaughn. »Ist das nicht ein Schocker? Und bitte erzähl niemandem was davon. Das wäre zu demütigend. Jahrelang waren wir erst zusammen, dann geheiratet. Und auf einmal, nachdem wir eine gefühlte

Ewigkeit geschieden sind, wird mir klar, was für ein toller Kerl er ist. Ich meine, ich hab immer gewusst, dass er großartig ist. Nur merke ich gerade, wie gut wir zusammenpassen. Wir haben unsere gemeinsame Vorgeschichte, deshalb müssen wir nicht jede Kleinigkeit erklären. Er versteht mich. Er versteht wirklich alles an mir. Weißt du, wie selten das ist?«

Jeanette bedachte sie mit einem eindringlichen Blick. »Weißt du es?«

»Jetzt schon. Keine Ahnung, warum ich so lang gebraucht habe, um es herauszufinden. Vielleicht musste ich ihn erst verlieren – nicht durch die Scheidung, sondern an eine andere Frau –, bevor ich es erkennen konnte.«

»Willst du ihn zurück?«

Mary Vaughn nickte. »Ich glaube, das will ich.«

Jeanette hörte Unsicherheit in ihrer Stimme und ging darauf ein. »Hör mal, ich bin wohl die Letzte, die jemandem Beziehungsratschläge erteilen sollte, vor allem heute. Aber du klingst mir nicht hundertprozentig sicher, ob du Sonny zurückhaben willst. Bis du das nicht bist, solltest du nicht versuchen, diese neue Beziehung zu zerbrechen, die er deiner Meinung nach hat. Versuch nicht, selbst etwas mit ihm anzufangen.«

»Ich weiß, dass du recht hast. Ich hab ihm öfter wehgetan, als du dir vorstellen kannst. Das darf ich nicht noch mal.« Sie drehte den Kopf und sah Jeanette an. »Aber wie soll ich es mit Sicherheit wissen, wenn wir es nicht noch mal versuchen?«

»Vielleicht liefert dir die Zeit, die ihr über die Feiertage miteinander verbringt, die Antworten, die du brauchst«, schlug Jeanette vor.

»Mich zurückzulehnen und abzuwarten, ist nicht mein

Stil«, entgegnete Mary Vaughn. »Ich bevorzuge den direkten Ansatz.«

»Ist natürlich deine Entscheidung«, sagte Jeanette. Dabei dachte sie daran, wie gut der direkte Ansatz bei ihr vorhin funktioniert hatte. Katastrophal. »Aber riskieren solltest du es nur, wenn du für eine Abfuhr gewappnet bist.«

»Süße, ich bin schon öfter abgewiesen worden, als du dir vorstellen kannst. Ist für mich praktisch ein Lebensstil.«

»Dann ist es vielleicht an der Zeit, einen anderen Weg einzuschlagen«, meinte Jeanette. »Versuch doch mal den Ansatz mit Abwarten.«

»Ich werd drüber nachdenken«, versprach Mary Vaughn. Dann trat ein besorgniserregendes Funkeln in ihre Augen. »Aber ich lasse nicht zu, dass mir dieses kleine Flittchen in der Zwischenzeit den Mann wegnimmt.«

Bei der leidenschaftlichen Erklärung ihrer Freundin musste sich Jeanette ein Lächeln verkneifen. Welche Beziehung Sonny zu dieser anderen Frau auch unterhielt, sie war zum Scheitern verurteilt.

KAPITEL 19

Jeanette schenkte in ihrer Küche gerade eiskalte Margaritas in Gläser, als Dana Sue ihre Wohnung betrat, ohne anzuklopfen.

»Was zum Geier ist passiert?«, fragte sie, als sie eine große Schüssel Guacamole und eine Tüte Chips auf dem Tisch ablud. »Als du heute Nachmittag aus dem Restaurant weg bist, haben Tom und du praktisch Dampf im Lokal zurückgelassen.«

»Ich weiß«, erwiderte Jeanette. In dem Moment kam Maddie mit einem Teller voller dicker, dekadenter Brownies herein.

»Sag nichts, bis Helen hier ist«, riet Maddie und griff sich einen Drink. »Sonst musst du noch mal von vorn anfangen.«

»Ich bin hier«, verkündete Helen. Sie holte verschiedene Käsesorten und Cracker heraus und legte sie auf die Teller, die Jeanette aus dem für ihren bevorstehenden Umzug vorbereiteten Karton geholt hatte. »Kann mir jetzt jemand sagen, warum?«

Überwältigt vor Dankbarkeit, weil alle gekommen waren und sie sich zum ersten Mal wirklich als süße Magnolie fühlte, sah Jeanette nacheinander ihre drei Freundinnen an, bevor sie in Tränen ausbrach.

»Ach, verdammt«, entfuhr es Helen, die sich nach ihr streckte. Die vielleicht zurückhaltendste der Gruppe tätschelte ihr unbeholfen den Rücken und reichte sie dann an Maddie weiter.

Dana Sue hielt ihr eine Handvoll Taschentücher entgegen. »Gehen wir nach nebenan und setzen wir uns. Dann nimmst du mal einen kräftigen Schluck von deinem Drink und fängst ganz von vorn an.«

Jede griff sich ein paar Snacks, und ausgerechnet Jeanette folgte den anderen mit dem großen Krug Margaritas, was wahrscheinlich ein Fehler war. Sie fühlte sich wackelig auf den Beinen, ganz zu schweigen davon, dass Tränen ihre Sicht trübten.

»Na schön«, begann Dana Sue, nachdem sie Platz genommen hatten. »Als ich dich zuletzt gesehen habe, wolltest du mit Tom auf direktem Weg ins Bett.«

»Du und Tom wolltet miteinander schlafen?« Maddie klang verblüfft. »Heute? Wie konnte mir das entgehen? Ich dachte, ihr würdet nur zu Mittag essen. Dann hat Dana Sue angerufen und gesagt, du müsstest nach Hause, dich ausruhen und … Oh, verstehe.«

Dana Sue grinste, und da Jeanette nichts herauszubringen schien, fügte sie hinzu: »Genau. Eins hat zum anderen geführt.«

»Offensichtlich«, erwiderte Maddie. »Muss ja ein heißes Mittagessen gewesen sein.«

»Was ist passiert?«, bohrte Helen. »War er nicht gut?«

Jeanette drängte ein Lachen zurück, vielleicht auch ein Schluchzen. »Ich weiß es nicht«, gestand sie. »Er … Ach, es ist so demütigend.«

»Er hat was?«, verlangte Helen ungeduldig zu erfahren und verfiel automatisch in ihren Verhörton, der bei Zeugen hervorragend wirkte, bei Freundinnen hingegen fehl am Platz war.

»Jetzt lass sie reden«, befahl Maddie und stupste Helen in die Rippen.

»Er hat mich abgewiesen«, beichtete Jeanette verlegen. »Und dann hat er gesagt, dass er mich liebt. Glaube ich jedenfalls. Oder zumindest etwas in der Art. Zu dem Zeitpunkt bin ich vor Scham zu tief im Boden versunken, um genauer auf seine Worte zu achten.«

»Der Mann hat gesagt, dass er dich liebt, und du hast nicht auf die Einzelheiten geachtet?«, fragte Dana Sue ungläubig.

»*Nachdem* er sich geweigert hatte, mit mir zu schlafen«, erinnerte Jeanette sie.

»Okay«, ergriff Maddie beschwichtigend das Wort. »Hat er auch gesagt, warum er nicht mit dir schlafen will? Er muss ja einen Grund gehabt haben. Jeder in der Stadt weiß, dass er dich rumkriegen will, seit er hier ist.«

Helen nickte. »Bei *Wharton's* kursieren Wetten darüber, wann du nachgeben würdest.«

Jeanette bedachte sie mit einem bestürzten Blick, obwohl sie nicht recht wusste, warum eigentlich. Bei *Wharton's* wurde auf alles Mögliche gewettet. Eine Wette lautete darauf, ob sie mit ihm ausgehen würde oder nicht. Warum sollte es dann nicht auch eine darüber geben, ob sie mit dem Mann schlafen würde oder nicht?

Maddie warf Helen einen missbilligenden Blick zu. »Musst du das ausgerechnet jetzt erwähnen? Ist wohl kaum der richtige Zeitpunkt.«

»Ich berichte nur Fakten«, brummelte Helen.

Maddie drückte Jeanettes Hand. »Beachte sie gar nicht. Wenn sie auf Klatsch hört, dann hat sie neuerdings eindeutig zu viel Zeit. Also, was hat Tom zu dir gesagt?«

Jeanette stürzte den Rest ihrer Margarita hinunter, dann platzte sie heraus: »Er … er hat mir vorgeworfen, ich würde nur seinen Körper wollen.«

Die anderen drei Frauen starrten erst sie an, bevor sie sich gegenseitig ansahen. Maddie kapitulierte als Erste vor dem vergeblich unterdrückten, in ihr aufsteigenden Lachen. Dann lachten alle drei über Jeanette … oder vielleicht eher mit ihr. Es war irgendwie schwer zu sagen, da sie schließlich selbst den Humor darin erkannte und mit einstimmte. Sie lachte, bis ihr Bauch schmerzte.

»Ich glaub, ich bin ein bisschen beschwipst«, murmelte sie schließlich.

»Nicht von einer Margarita!«, sagte Helen. »Auch wenn sie stark genug sind, um Tote wiederauferstehen zu lassen.«

»Ich glaube, dir ist das Wichtigste daran entgangen, was heute Nachmittag passiert ist«, meinte Maddie, als auch ihr Lachen letztlich versiegte. »Tom hat gesagt, dass er dich liebt. Sollte nicht eigentlich das zählen?«

Jeanette schenkte sich eine weitere Margarita ein, dann seufzte sie. »Ich wollte wirklich, wirklich mit ihm schlafen, obwohl er eine Mutter aus den Tiefen der Hölle hat.« Sie schenkte ihren Freundinnen ein brüchiges Lächeln. »Hab ich euch schon erzählt, dass meine Mutter ihn mag und er sie? Das ist so viel besser, als dass ich seine Mutter nicht ausstehen kann.«

»Vielleicht ist sie ja doch betrunken«, murmelte Helen. »Ist das deine zweite Margarita, Jeanette?«

»Nein, ich glaub, ich hatte schon ein, zwei, bevor ihr gekommen seid.«

Helen verdrehte die Augen. »Dann ist dieses Gespräch wahrscheinlich sinnlos. Du solltest ins Bett gehen. Wir können es morgen noch mal versuchen.«

»Aber ich brauche jetzt einen Rat«, argumentierte Jeanette.

»Warum? Ist Tom unterwegs, um hier zu übernachten?«, fragte Helen.

»Nein, aber …«

Die anderen sahen sie erwartungsvoll an.

»Ich weiß nicht, warum«, gestand Jeanette schließlich.

»Das war's.« Helen stand auf. »Geh duschen und dann ins Bett.«

»Ich bleibe«, bot Dana Sue an. »Nur, um sicherzustellen, dass sie nicht ertrinkt. Immerhin ist das zum Teil meine Schuld. Ich hab sie ja heute Nachmittag praktisch mit meinem Segen und meiner Empfehlung auf den Weg geschickt.«

Jeanette ließ den wirren Kopf an die Rückenlehne des Sofas sinken, während Maddie und Helen die Snacks wegräumten, bevor sie sich mit einem Kuss auf die Wange von ihr verabschiedeten.

»Okay, gehen wir«, sagte Dana Sue und zog an ihrem Arm.

»Wohin?«

»Erst duschen, dann ins Bett.«

Jeanette sträubte sich. »Ich will doch nicht mit dir schlafen«, murmelte sie.

»Gott bewahre«, erwiderte Dana Sue.

Jeanette seufzte. »Nur mit Tom«, fügte sie hinzu, als sie unter das eiskalte Wasser trat, das Dana Sue aufgedreht hatte. Sofort sprang sie wieder heraus. »Das ist kalt«, protestierte sie und schauderte.

Dana Sue drückte sie wieder unter den frostigen Strahl. »Morgen früh wirst du mir dankbar dafür sein.«

Ein paar Minuten später kroch sie in einem zu großen

T-Shirt ins Bett und nahm das Aspirin an, das Dana Sue ihr hinhielt.

Ihre Freundin legte ihr die Hand auf die Wange. »Tom und du, ihr kriegt das schon hin«, versprach sie.

»Ich weiß nicht, wie.«

»Ihr werdet reden. Und eure Signale richtig setzen.«

»Dasselbe wollen«, murmelte Jeanette schläfrig und schloss die Augen. Sie mussten sich eigentlich nur einig werden und dasselbe wollen. Und hätte sie nicht solche Kopfschmerzen, wüsste sie vielleicht,was es war.

* * *

Tom saß hinter seinem Schreibtisch und starrte trübsinnig auf einen Bericht über die marode Infrastruktur der Stadt, als Cal, Ronnie und Erik mit verkniffenen Mienen hereinkamen.

»Was ist euch denn über die Leber gelaufen? Ist was passiert?«, fragte er.

»Du hast Jeanette wehgetan«, erklärte Cal.

Sein düsterer Ton brachte Tom zum Blinzeln. »Und was jetzt? Müsst ihr mir wehtun?«

Ronnie grinste. »So ungefähr. Wir sollen ein ernstes Gespräch mit dir führen.«

»Obwohl ich mir beim besten Willen nicht erklären kann, warum irgendwas davon deine Schuld sein soll«, räumte Erik ein. »Du hast ihr doch gesagt, dass du sie liebst, nicht wahr?«

»Ja.« Tom überraschte nicht im Geringsten, dass seine Freunde davon wussten. Allmählich verstand er, wie die Gerüchteküche in Serenity funktionierte. Auch das Internet war langsamer.

Er bedachte die drei mit einem herausfordernden Blick. »Und warum geht das euch was an?« Kaum hatte er die Worte ausgesprochen, winkte er ab. »Vergesst es. Dumme Frage. Zusammenhalt der süßen Magnolien oder so ähnlich.«

»Genau«, bestätigte Cal. »Anscheinend ist gestern Abend bei Jeanette eine ziemliche Party gestiegen. Mit Margaritas und allem, was sonst noch dazugehört. Jeanette hat geweint. Das hat schon gereicht, um dich in Schwierigkeiten zu bringen, mein Freund.«

»Jeanette hat geweint?«, echote Tom.

»So hab ich's auch gehört«, bestätigte Erik.

»Und was passiert jetzt?«, fragte Tom. »Teer und Federn?« Er scherzte nur halb. Diese Männer selbst kamen ihm zwar recht vernünftig vor, aber ihre Frauen jagten ihm zusammengenommen einen Heidenrespekt ein.

»Keine Ahnung«, gestand Ronnie. »Ich glaube, wir sollen dafür sorgen, dass du's nicht noch mal machst.«

»Reicht mein Versprechen?«, fragte Tom.

Erik zuckte mit den Schultern. »Mir schon.«

»Mir auch«, fügte Cal hinzu.

»Na schön.« Ronnie klang damit ebenfalls zufrieden. »Ich muss zur Arbeit.«

»Ich auch«, sagte Cal.

Erik seufzte schwer. »Dann bleibt's wohl an mir hängen zu berichten, dass der Auftrag ausgeführt ist, was? Ihr wisst aber schon, dass Helen die Königin der Skepsis ist, oder?«

»Du könntest es auch einfach Dana Sue sagen, wenn du sie bei der Arbeit siehst«, schlug Ronnie vor. »Soll sie es doch weitergeben.«

»Damit ich es mir einen Monat lang von meiner Frau

vorhalten lassen kann?«, entgegnete Erik. »Wohl kaum. Ich sag's Helen.« Er bedachte Tom mit einem warnenden Blick. »Wenn sie damit nicht zufrieden ist, kann's leicht sein, dass sie bei dir auf der Matte steht, bevor der Tag rum ist. Mach dich darauf gefasst. Diese Frau kann verhören, dagegen nimmt sich die Inquisition handzahm aus.«

»Ist vermerkt«, erwiderte Tom. »Was haltet ihr davon, heute Abend ein paar Körbe zu werfen? Seid ihr dabei?«

»Solltest du heute Abend nicht lieber für Versöhnung sorgen?«, schlug Cal vor.

Tom dachte darüber nach. »Bevor ich das versuche, sollte ich vielleicht abwarten, wie der restliche Tag verläuft. Eine Runde Basketball geht sich trotzdem aus.«

»Bin dabei«, kam von Ronnie.

»Ich auch«, sagte Cal zu. Er sah Erik an. »Hast du heute Abend frei?«

Erik nickte. »Ich komme, sofern Helen mir nicht den Hals umdreht, weil ihr die überbrachte Botschaft nicht passt.« Er grinste Tom an. »Was dagegen, wenn ich es ein bisschen ausschmücke, indem ich ihr sage, du hast elend ausgesehen und bist bereit, vor Jeanette auf die Knie zu fallen?«

»Nur zu«, willigte Tom ein. Was immer Erik erzählen mochte, es würde wahrscheinlich nicht weit von der Wahrheit entfernt sein. Sobald seine Wut verraucht war, hatte er sich albern und schlecht gefühlt. Er hatte die Chance gehabt, mit der Frau ins Bett zu gehen, in die er sich verliebt hatte, und er hatte sie vermasselt. Gut, dafür zeichneten sein angeborener Sinn für Anstand und der Wunsch verantwortlich, dass sie seine Gefühle erwiderte. Sein Körper war trotzdem stinksauer.

»Und wir können immer noch darauf zählen, dass du Jeanette am Samstag beim Umzug hilfst, oder?«, fragte Cal. »Da sie jetzt zurück ist, wurde der Abschluss auf Freitag vorverlegt, und am Samstag ist der große Tag.«

»Natürlich«, versicherte Tom ihm.

Erik nickte. »Das sage ich Helen auch. Du brauchst jeden Pluspunkt, den du kriegen kannst.«

»Ich dachte, davon hätte ich schon haufenweise gesammelt.«

Cal bedachte ihn mit einem mitleidigen Blick. »Mann, du hast sie zum Weinen gebracht. Es gibt nicht genug Punkte auf der Welt, um das auszugleichen.«

Tom schüttelte den Kopf. Obwohl er sich eigentlich immer gut auf den Umgang mit Frauen verstanden hatte, musste er offenbar noch eine Menge lernen, wenn die Frau eine süße Magnolie war.

* * *

Jeanette hatte von dem Gespräch gehört, das die Ehemänner ihrer Freundinnen mit Tom geführt hatten. Sie hatte zwar keine Ahnung, was man ihnen erzählt hatte, um sie dazu anzustiften, oder was sie zu Tom gesagt hatten, dennoch schien es nur ein weiterer demütigender Moment in einer ganzen Reihe davon zu sein, die sie in letzter Zeit erlebte. Zum Glück blieb ihr nicht viel Zeit, um darüber zu grübeln. Wenn sie nicht bei der Arbeit war, packte sie in ihrer Wohnung für den Umzug in ihr neues Haus.

Der Abschluss am Vortag war reibungslos über die Bühne gegangen, der Umzug stand an diesem Morgen an. Alle Männer packten mit an. Obwohl Maddie ihr versichert hatte, dass Tom trotz allem mithelfen wollte, war Jeanette nicht überzeugt, dass er auftauchen würde. Ebenso wenig war sie sicher, ob sie es überhaupt wollte. Tatsächlich vermochte sie im Moment nicht zu sagen, ob sie ihn jemals wiedersehen wollte, guter Küsser hin, guter Küsser her. Dass er dachte, er würde sich in sie verlieben, verwirrte sie zutiefst.

Schließlich hörte sie das Brummen des gemieteten Umzugswagens, schaute nach draußen und sah, wie Cal und Erik ausstiegen. Von Ronnie und Tom fehlte jede Spur.

»Ich wusste es«, murmelte sie und konnte sich ein enttäuschtes Seufzen nicht verkneifen.

Da sie sich vor den beiden Männern nichts anmerken lassen wollte, lächelte sie strahlend, als sie hereinkamen.

»Ich habe Kaffee und Gebäck in der Küche«, teilte sie ihnen mit. »Ich bin euch so dankbar fürs Helfen. Es müsste alles recht gut verpackt sein, also sollte es hoffentlich nicht lange dauern. Ich hab die Kartons nicht zu schwer gemacht, also kann ich sie runtertragen, wenn ihr euch um die Möbel kümmert.«

Cal warf ihr einen tadelnden Blick zu. »Du trägst gar nichts. Dafür sind wir ja hier. Eigentlich solltest du besser voraus zum Haus fahren und dir schon mal überlegen, wo du was haben willst, sobald wir nachkommen.«

»Ich hab die Kartons beschriftet«, teilte sie ihm mit.

Erik schüttelte den Kopf. »Aber du willst bestimmt nicht stapelweise Kartons in jedem Raum. Glaub mir, das ist überwältigend. Such dir ein Zimmer aus und lass uns dort alle reinstellen. Wir können sie danach sortiert stapeln, wo sie am Ende hinsollen. Dann kannst du einen Karton nach dem anderen dorthin bringen, wo er hingehört, und ihn auspacken. So fühlen sich neunundneunzig Prozent vom Haus bewohnbar an.«

Sie strahlte ihn an. »Hervorragende Idee. Ich wünschte, ich hätte es schon bei anderen Umzügen so gemacht.«

»Okay, dann fahr los und such ein Zimmer dafür aus. Wahrscheinlich musst du sowieso auch die anderen beaufsichtigen.«

Verständnislos sah sie ihn an. »Die anderen?«

»Helen, Maddie und Dana Sue schrubben gerade, Ronnie und Tom streichen. Sie helfen uns beim Ausladen, sobald wir dort sind.«

»Aber ...« Jeanette hatte keine Ahnung davon gehabt. Sie hatte nur mit ein bisschen Muskelkraft fürs Tragen der schweren Teile gerechnet. »Sie putzen und streichen?«

»In diesem Augenblick«, bestätigte Cal. »Und Tom wollte unbedingt eins der Schlafzimmer marineblau streichen. Ich bin mir zwar nicht sicher, ob das auch in deinem Sinn ist, aber er hat gesagt, ihm gefällt's so.«

»Was um alles in der Welt ...« Dann fiel ihr sein hartnäckiger Plan ein, sich das Haus mit ihr zu teilen. Sie war überzeugt gewesen, dass er die Idee schon vor Wochen ad acta gelegt hatte. Spätestens ihr Verführungsversuch und seine Reaktion darauf hätten das endgültige Aus dafür sein müssen. Offenbar hatte sie sich geirrt.

Sie schnappte sich ihre Handtasche vom Esszimmertisch. »Seid ihr sicher, dass ihr mich hier nicht braucht?«

Erik grinste. »Nicht so sehr, wie du dort gebraucht wirst«, gab er zurück.

»Wir haben alles im Griff«, versicherte Cal ihr.

Sie war schon fast zur Tür hinaus, als Cal nach ihr rief. »He, Jeanette. Falls du ihn erwürgen willst, warte damit, bis wir da sind, ja?«

»Damit ihr ihn beschützen könnt?«

Cal schüttelte den Kopf. »Nein, damit wir zusehen können.«

»Genau. Ist irgendwie erfreulich, wenn man zur Abwechslung mal nicht selbst das Opfer ist«, fügte Erik hinzu. »Wir haben's schon hinter uns. Warum soll's ihm anders gehen?«

Jeanette schüttelte den Kopf. »Wem wollt ihr hier was vormachen? Eure Frauen lieben euch heiß und innig.«

»Das bedeutet aber noch lange nicht, dass wir sie nicht hin und wieder auf die Palme treiben«, sagte Cal. »Das solltest du dir vielleicht merken.«

»Was meinst du damit?«

»Dass ein gelegentlicher Streit nun mal dazugehört«, erklärte Erik. »Liebe ist kompliziert.«

»Und steinig«, ergänzte Cal.

»Niemand hat was von Liebe gesagt«, konterte Jeanette.

Cal grinste. »Doch, schon. Hab ich zumindest gehört.«

»Ich auch«, bestätigte Erik.

»Eure Frauen haben zu lose Mundwerke«, sagte Jeanette.

Erik lachte. »Erzähl uns lieber was Neues. Trotzdem muss man sie einfach lieben.«

Jeanette seufzte. »Ja, ich weiß.«

Anscheinend hatten sie vor, Jeanettes Interessen um jeden Preis so zu schützen, wie es die jeweilige Lage ihrer Meinung nach erforderte. Auch wenn dabei all ihre demütigenden Geheimnisse preisgegeben wurden.

* * *

Tom hatte bereits eine Schicht marineblaue Farbe auf die Wände im unteren Gästezimmer aufgetragen, als Jeanette hereinstürmte. Mit großen Augen und entrüsteter Miene bremste sie abrupt ab.

»Was soll das werden?«, verlangte sie eine Erklärung.

»Ist das nicht offensichtlich?«

»Marineblau? Wer will in einem so dunklen Zimmer schlafen?«

»Na ich«, erwiderte er.

»Du schläfst weder in diesem Zimmer noch sonst irgendwo in diesem Haus.«

»Neulich hast du was anderes vorgeschlagen«, erinnerte er sie.

»Ein Gentleman würde das nicht mal erwähnen.«

»Dann wissen wir wohl beide, was ich bin«, antwortete er und malte unbeirrt weiter.

»Ein widerwärtiges Schwein«, schlug sie zuckersüß vor.

Tom verkniff sich ein Lächeln. Wenigstens redete sie mit ihm. Er war sich nicht sicher gewesen, ob sie das würde.

Sie stapfte auf ihn zu und starrte ihn eindringlich an. »Lächelst du etwa? Bitte sag, dass du nicht lächelst.«

»Ich lächle nicht«, sagte er, obwohl seine Lippen weiterhin zuckten.

»Tom McDonald, das ist kein bisschen witzig. Ich will nicht, dass du auf dumme Gedanken über mich oder dieses Zimmer kommst.«

»Zu spät«, erwiderte er. »Davon hab ich schon jede Menge. Die meisten hast du mir in den Kopf gesetzt.«

»Tja, dann werd sie wieder los.«

»Tut mir leid, Süße, das geht nicht. Schon gar nicht,

während du feuerspeiend direkt vor mir stehst. Irgendwie weckt das in mir den Wunsch, dich zu küssen.«

Mit erschrockener Miene wich sie einen Schritt zurück. »Kein Küssen.«

Mit ernstem Gesichtsausdruck sah er sie an. »Du scheinst in letzter Zeit Schwierigkeiten zu haben, dich für etwas zu entscheiden.«

»Ach, scher dich doch zur Hölle«, herrschte sie ihn an und fegte hinaus.

Diesmal konnte er das Grinsen endgültig nicht unterdrücken, das sich in seinem Gesicht ausbreitete. Er versuchte es nicht mal. Das war gut gelaufen. Besser als erwartet.

Er hatte in den letzten Tagen viel über seine Dummheit nachgedacht. Wenn sie ihm das nächste Mal ein Angebot unterbreitete, würde er es nicht ablehnen. Natürlich konnte es angesichts des Ausgangs beim letzten Mal eine Weile dauern, bis es ihm gelingen würde, ihr ein weiteres Angebot zu entlocken. Und da er kein besonders geduldiger Mensch war, musste er alles in seiner Macht Stehende tun, um die Sache zu beschleunigen. Sie von Zeit zu Zeit zu reizen, damit ihr Blut in Wallung kam, schien vielversprechend zu sein. Gerade eben hatte sie ausgesehen, als wäre sie nur ein Sticheln von einem weiteren denkwürdigen Zungentanz entfernt gewesen.

* * *

Jeanette hatte zwar nicht annähernd genug Möbel, um das Haus zu füllen, aber was sie hatte, befand sich an seinem Platz und glänzte vor Politur. Die Parkettböden schimmerten, und die Zimmer im Erdgeschoss waren alle frisch gestrichen, auch das lächerlich marineblaue Gästezimmer. Tatsächlich sah es in Kombination mit dem glänzenden weißen Holz ziemlich gut aus, wenngleich sie es keiner anderen Menschenseele gegenüber zugegeben hätte. Sie hatte sogar absichtlich diesen Raum zum Lagern der Kartons ausgewählt. Tom sollte ruhig merken, dass sie ihn nicht darin einziehen lassen wollte. Es war beinah unmöglich, sich durch die Tür hineinzuquetschen.

Die leeren Pizzakartons und Bierflaschen waren zusammen mit einer vollen Ladung Müll und dem ersten Schwung leerer Verpackungskartons beseitigt worden. Mittlerweile befand sich Jeanette allein in ihrem neuen Haus. Während sie sich umsah, traten ihr Tränen in die Augen. Die Erkenntnis, dass all das wirklich ihr gehörte, fühlte sich überwältigend an. Sie hatte tatsächlich ein gemütliches Zuhause, in dem sie sich das Leben aufbauen konnte, das sie sich wünschte.

Als die letzte CD verstummte, kehrte Stille ein. Nach so vielen Jahren in beengten Wohnungen mit Nachbarn nur ein paar Rigipswände entfernt fühlte es sich ein wenig unheimlich an, so vollkommen allein zu sein. Als jemand leise an die Haustür klopfte, zuckte sie nervös zusammen.

Sie zog den Spitzenvorhang an der Tür beiseite und spähte durch die Scheibe hinaus. Tom stand auf der Veranda, in einer Hand eine Flasche Champagner, in der anderen einen Blumenstrauß. Bei dem Anblick schlug ihr das Herz bis in den Hals. Er sollte nicht zurück sein, schon gar nicht ausgerechnet, wenn sie sich ein bisschen zu allein und verletzlich fühlte.

Jeanette öffnete die Tür einen Spalt. »Was willst du hier?«

»Dir helfen, dein neues Zuhause zu feiern.«

»Du warst hier, als wir vorhin angestoßen haben. Das muss reichen.«

»Ich dachte mir, dass eine etwas intimere Feier angebracht wäre.«

Jeanette konnte den Blick nicht von dem hoffnungsvollen Schimmer in seinen Augen lösen. »Du verwirrst mich«, murmelte sie.

Sein Mund verzog sich. »Gleichfalls.«

Kurz dachte sie über ihre Möglichkeiten nach. Schließlich trat sie beiseite und ließ ihn herein. »Du kannst ein paar Minuten bleiben. Gerade lang genug für ein Glas Champagner.«

»Okay«, willigte er mit ernster Miene ein.

»Was ist in der Tüte?«

»Champagnergläser. War mir nicht sicher, ob du welche hast oder ob sie schon ausgepackt sind.« Er holte zwei elegante Kristallflöten hervor. Ein Bauchgefühl sagte ihr, dass sie alt und wertvoll waren.

»Hast du den Porzellanschrank deiner Mutter geplündert?«

Er lachte. »So ungefähr.«

Sie entdeckte unten das Waterford-Zeichen. »Guter Geschmack.«

»Freut mich, dass sie dir gefallen«, sagte er, öffnete den Korken des Champagners und schenkte die Gläser randvoll. Er grinste über ihre Reaktion. »Da du es auf ein Glas beschränkt hast, will ich das Beste daraus machen.«

Er reichte ihr eine Champagnerflöte und erhob die eigene. »Mögest du in deinem neuen Zuhause alles Glück finden, das du verdienst.«

»Danke«, sagte sie, stieß mit ihm an und nippte am Champagner.

Schließlich wagte sie einen Blick in seine Augen und stellte die Frage, die sie schon den ganzen Tag beschäftigte. »Was willst du wirklich hier? Und ich meine den ganzen Tag, nicht nur jetzt.«

»Ist das nicht offensichtlich?«

»Nicht für mich.«

»Ich versuche, mich zu entschuldigen.«

»Wofür?«

»Dafür, dass ich dich habe abblitzen lassen. Dafür, dass ich dich in Verlegenheit gebracht habe. Dafür, dass ich dir den völlig falschen Eindruck vermittelt habe, ich würde dich nicht wollen.« Er begegnete ihrem Blick. »Wie stelle ich mich an?«

»Das ist ein guter Anfang. Mach weiter.«

Mit ernster Miene beugte er sich vor. »Du hast mich überrumpelt. Ich hatte mich so lange nach dir gesehnt, und auf einmal warst du so begierig, so willig. Da habe ich unwillkürlich deine Motive in Frage gestellt. Das war dumm.«

Sie seufzte. »Nein, war es eigentlich nicht. Du hattest schon recht damit, sie zu hinterfragen. Und du hattest auch recht damit, dass ich es am Ende bereuen würde, wenn es nichts bedeutet hätte.«

»Es *hätte* etwas bedeutet«, betonte er mit Nachdruck. »Etwas anderes wäre gar nicht möglich, nicht zwischen uns.«

»Aber es hätte nicht das bedeutet, was es sollte«, argumentierte sie. »Es wäre keine Verpflichtung gewesen. Das wäre nicht der erste Schritt zu etwas Dauerhaftem gewesen.«

»Du klingst dir ziemlich sicher.«

»Ich bin mir sicher. Du bist ein ehrgeiziger Mann. Du

hast deine gesamte Zukunft vorausgeplant. Und das bewundere ich, ehrlich. Mir scheint nur, für mich ist darin kein Platz.«

Halb rechnete sie damit, dass er widersprechen würde, doch das tat er nicht. Stattdessen nickte er, womit er ihre Befürchtungen bestätigte.

»Vor ein paar Wochen hab ich noch nicht verstanden, wie du zu dem Schluss kommen kannst«, sagte er. »Ich glaube, jetzt verstehe ich es.«

»Ach ja?«

»Du hast mir ja erzählt, was nach dem Tod deines Bruders passiert ist«, sagte er schlicht. »Ich weiß, wie dich deine Eltern in ihrer Trauer verdrängt und dir das Gefühl gegeben haben, du wärst unwichtig. Das muss entsetzlich wehgetan haben.«

»Du hast ja keine Ahnung, wie sehr«, bestätigte sie.

»Ein solcher Schmerz hinterlässt Narben«, fuhr er fort. »Er härtet einen ab. Du willst nicht zulassen, dass dir das irgendjemand noch mal antut. Du willst dich nie wieder weniger wichtig fühlen, als du es verdienst.«

»Du irrst dich«, erwiderte sie. »Lange Zeit dachte ich, dass ich genau das verdient hätte. Ich habe mich in Beziehungen gestürzt, die von Anfang an zum Scheitern verurteilt waren, und ich wusste es. Natürlich ist es dann jedes Mal genau so gekommen. Ich war zweitrangig hinter der Karriere, einer anderen Frau, alles Möglichem. Als ich nach einer weiteren katastrophalen Beziehung hergezogen bin, hab ich mir geschworen, dass ich damit fertig bin.«

»Also hast du beschlossen, niemanden mehr an dich ranzulassen, um dich zu schützen«, folgerte er. »Vor allem nicht jemand so Riskanten wie mich.«

»Genau.«

»Was, wenn ich dir beweisen kann, dass ich kein so großes Risiko bin, wie du denkst?«

»Ich glaub nicht, dass du das kannst. Du hast mir deine Zukunftspläne ja schon erklärt. Das kannst du nicht zurücknehmen.«

»Lässt du es mich versuchen?«

»Ich wüsste nicht, wie du das ungesagt machen willst. Deine Pläne sind nun mal deine Pläne«, sagte sie kläglich.

»Pläne können sich ändern«, erwiderte er schlicht.

»Nicht über Nacht.«

»Stimmt«, räumte er ein. »Es könnte einige Zeit dauern, dich davon zu überzeugen, dass es zwischen uns funktionieren kann.«

»Aber verstehst du denn nicht? Genau das haben wir nicht – Zeit. Du ziehst weiter. Vielleicht nicht morgen oder nächsten Monat oder sogar nächstes Jahr, aber irgendwann. Ich hingegen habe den Ort gefunden, an dem ich für immer bleiben möchte.«

Einen Moment lang wirkte er von ihren Worten entmutigt. Dann jedoch ergriff er ihre Hände. »Was, wenn ich dir beweisen kann, dass der Ort, wo du für immer sein willst, in Wirklichkeit mein Herz ist? Wenn mir das gelingt, würde es keine Rolle mehr spielen, wo wir wohnen würden.«

Die Süße seiner Worte verlockte Jeanette genauso sehr wie die Aufrichtigkeit in seinem Gesicht. Dennoch flimmerte vor ihren Augen neonrot das Risiko. Diesen Sprung ins Ungewisse hatte sie schon zu oft gewagt. Dabei hatte sie immer auf ihr Herz vertraut und die Fakten ignoriert. Diesmal konnte sie das nicht.

»Es geht nicht nur um ein Haus oder eine Stadt«, erklärte sie ihm.

»Ich weiß. Es geht darum, dass du mir wichtiger sein willst als alles andere«, erwiderte er. »Und ich sage dir, dass ich glaube, das bist du. Um es mit Sicherheit herauszufinden, gibt es nur eine Möglichkeit, und die heißt Zeit.«

»Da sind so viele Hindernisse im Weg«, entgegnete Jeanette.

»Nenn mir eines.«

»Deine Mutter.«

»Ein Ärgernis, kein Hindernis.« Er machte eine auffordernde Geste. »Was noch?«

»Du bist ein Weihnachtsmuffel.«

Darüber lachte er. »Du doch auch.«

Sie schüttelte den Kopf. »Nicht mehr. Zum ersten Mal seit Jahren erinnere ich mich wieder daran, wie sehr ich Weihnachten geliebt habe, als ich klein war. Ich glaube, der Baum war ein Wendepunkt für mich. Ein Hauch von jenem Duft, ein Blick auf diesen prächtigen Baum, und alles ist wieder über mich hereingebrochen.«

»Na schön, wenn Weihnachten dir so wichtig ist – es sind ja nur ein paar Wochen im Jahr. Da kann ich Begeisterung vortäuschen.«

»Erinnere mich daran, den Spruch bei dir zu bringen, falls wir je zusammen im Bett landen«, konterte sie sarkastisch.

Ihre Worte schienen ihn zum Nachdenken zu bringen. Nach einigen Herzschlägen fuhr er fort. »Wie wär's damit? Von jetzt bis Neujahr verhalten wir uns wie ein Paar. Wir machen den ganzen Feiertagszauber so, wie du es willst. Wir verbringen Zeit miteinander und mit unseren Familien. Wir treffen uns mit Freunden. Ich ringe mich sogar dazu durch, Weihnachtslieder singen zu gehen, wenn du darauf bestehst.«

»Na, was für ein edles Opfer«, sagte Jeanette. »Ich muss nett zu deiner Mutter sein, und du musst dafür in der Öffentlichkeit singen. Inwiefern soll das fair sein?«

»Ich packe noch haufenweise Frohsinn bei der Eröffnung der Festlichkeiten dazu«, erhöhte er den Einsatz. »Ich werde ein Musterbeispiel an Weihnachtsstimmung sein.«

Die Vorstellung mitzuerleben, wie er versuchte, seine Aversion gegen das Fest zu überwinden, war zu verlockend. Zumindest zog Jeanette das als Ausrede dafür heran, dass sie einlenkte.

»Na schön«, willigte sie schließlich ein.

Seine Züge hellten sich auf. »Kann ich einziehen?«

»Ich kann mich nicht erinnern, dass Sex oder mein Gästezimmer bei den Verhandlungen vorgekommen wären«, gab sie zurück.

»Bist du sicher? Ich dachte, das wäre stillschweigend enthalten.«

Sie bedachte ihn mit einem sarkastischen Blick. »Du bist ein erfahrener Verhandler. Ich bezweifle stark, dass du sonst irgendetwas offen für Interpretationen lässt. Kein Sex, kein Zimmer.«

»Ganz sicher, dass du unseren mündlichen Vertrag nicht ändern oder ergänzen willst?«

»Hundertprozentig«, beteuerte sie. »Aber du kannst ja von Zeit zu Zeit wieder nachfragen.«

Während sie sein verführerisches Grinsen und die Lust in seinen Augen auf sich wirken ließ, ahnte sie bereits, dass sie es ihm viel zu leicht machen würde, sie umzustimmen.

KAPITEL 20

Der Ausschuss für die Weihnachtsfestlichkeiten traf sich am Montag im Rathaus im Besprechungsraum zur letzten Sitzung vor der feierlichen Eröffnung, die am zweiten Samstag im Dezember stattfinden würde. Howard war voll in seinem Element und freute sich wie ein Kind auf das Einschalten der Lichter des Weihnachtsbaums. Der Marktplatz würde sich mit Ständen füllen, die gesamte Innenstadt von Serenity würde ununterbrochen mit Weihnachtsmusik beschallt werden. Mit seiner pingeligen, hartnäckigen Detailverliebtheit trieb er Tom sichtlich in den Wahnsinn.

Während Mary Vaughn lauschte, wie ihr ehemaliger Schwiegervater unaufhörlich vor sich hin plapperte, wurde ihr klar, warum sie ihn nie als besonders einschüchternd empfunden hatte. Er war bloß wie ein zu groß geratenes Kind.

»Hat schon irgendjemand nachgesehen, wann genau es derzeit dunkel wird?«, feuerte Howard eine weitere Frage in Toms Richtung ab. »Der Zeitpunkt muss exakt geplant werden. Wir wollen die Beleuchtung am Baum und alle anderen Lichter genau dann einschalten und keine Minute zu früh. Nur so erzielen wir die maximale Wirkung. Immerhin wollen wir die anwesenden Menschen ja vom Hocker reißen.«

Bevor Tom antworten konnte, wandte sich Howard an

Mary Vaughn. »Kommt Rory Sue dieses Wochenende nach Hause? Sie hat es immer geliebt, dabei zu sein, wenn die Lichter am Baum eingeschaltet werden.«

»Sie sagt, sie muss noch für die letzten beiden Prüfungen vor den Feiertagen lernen«, antwortete Mary Vaughn. »Die sind nächste Woche. Gleich danach kommt sie nach Hause.«

Howard gab sich keine Mühe, seine Enttäuschung zu verbergen. »Tja, daran führt wohl kein Weg vorbei«, brummte er. »Trotzdem schade. Wäre ein toller Start in die Weihnachtszeit gewesen, sie hier zu haben.«

Allmählich beschlichen Mary Vaughn ernste Zweifel, ob schöne Weihnachtsfeiertage überhaupt möglich sein würden. Rory Sue hatte sich bislang geweigert, sich den Skiurlaub aus dem Kopf zu schlagen. Jedes Gespräch mit ihr artete in ein Gefecht aus. Keiner der Pläne, die Mary Vaughn und Sonny geschmiedet hatten, schien ihr zu gefallen. Mary Vaughn fürchtete langsam, ihre Tochter würde sich aus reinem Trotz weigern, sich zu amüsieren.

»Das ist so lahm«, zählte zu ihren häufigsten Kommentaren. Mittlerweile hatte Mary Vaughn das so oft gehört, dass sie sich jedes Mal auf die Zunge beißen musste, um von Rory Sue nicht in scharfem Ton zu verlangen, ihre Einstellung zu ändern. Welche Konsequenzen sollte sie ihr schon androhen? Deshalb schwieg sie dazu. Sie konnte ihr ja schlecht Hausarrest aufbrummen. Und wenn sie ihrer Tochter stattdessen sagte, sie könnte sich die Mühe sparen, mit einer solchen Laune nach Hause zu kommen, würde Rory Sue höchstens vor Freude jubeln und mit ihrer Freundin schnurstracks nach Colorado reisen.

Je länger die Sitzung dauerte, desto tiefer versank Mary Vaughn selbst in Unmut. Sie hatte sich aufrichtig gewünscht, dass dieses Weihnachtsfest für ihre Tochter, ja für die gesamte Familie etwas Besonderes würde. Im Verlauf der Wochen, die Sonny und sie Pläne für ein altmodisches Weihnachtsfest voller Nostalgie und Traditionen geschmiedet hatten, war in ihr zunehmende Freude darauf erwacht, etwas wiederaufleben zu lassen, was früher für sie alle eine so besondere Zeit im Jahr gewesen war. Zum ersten Mal seit Jahren würden sie ein richtiges Familienfest feiern. Bis vor kurzem war ihr nicht bewusst gewesen, wie sehr ihr das gefehlt hatte. Ebenso wenig hatte sie bemerkt, wie unheimlich sie es vermisst hatte, etwas mit Sonny zu planen, der sich ihre Ideen tatsächlich anhörte und ihr eine Freude bereiten wollte.

Während ihrer Ehe hatte sie so viel als selbstverständlich betrachtet. Nach dem Ende hatte sie sich eingeredet, es hätte keine Rolle gespielt und sie wäre durchaus in der Lage, allein für sich und Rory Sue zu sorgen. Was sie auch war. Finanziell ging es ihr mehr als gut. Nur fühlte sie sich verdammt einsam.

Als die Sitzung endlich vorbei war, drehte sich Jeanette zu ihr um. »Was ist los?«, fragte sie. »Du siehst elend aus.«

Mary Vaughn hatte sich so sehr daran gewöhnt, ihre Gefühle zu verbergen, dass sie es beinah geleugnet hätte. Stattdessen seufzte sie. »So fühle ich mich auch.«

»Komm mit«, forderte Jeanette sie auf. »Gehen wir ins *Corner Spa* und trinken wir einen Tee. Dabei kannst du mir erzählen, was los ist.«

»Warum?«, fragte Mary Vaughn, verwirrt von dem Angebot.

»Weil du aussiehst, als könntest du eine Freundin gebrauchen«, antwortete Jeanette schlicht.

Völlig unerwartet traten Mary Vaughn Tränen in die

Augen. Eine Freundin? Das war sogar genau, was sie brauchte. Nachdem sie zu viele Jahre lang ihre Energie in die Suche nach einem Mann gesteckt hatte, wurde ihr wieder einmal bewusst, wie verzweifelt sie sich nach einer Freundin sehnte. Nach jemandem, von dem man einen ehrlichen Rat erhalten, dem man Vertrauen schenken und mit dem man gemeinsam lachen konnte. Wie bei den süßen Magnolien untereinander.

»Du musst nicht so tun, als wärst du meine Freundin«, sagte sie aus Gewohnheit zu Jeanette. Immerhin hatte sich Mary Vaughn ihr Leben lang bemüht, niemanden ihre Bedürftigkeit erkennen zu lassen.

»Ich tue nicht nur so«, gab Jeanette ungeduldig zurück. »Ich dachte, das hätten wir längst geklärt. Nur weil wir noch keine Zeit für einen Kinobesuch oder ein gemeinsames Mittagessen gefunden haben, heißt das doch nicht, dass wir keine Freundinnen sind. Jetzt lass uns verschwinden, bevor jemand – insbesondere dein ehemaliger Schwiegervater – dich weinen sieht und Fragen stellt, die du nicht beantworten willst.«

»Ich weine nicht«, protestierte Mary Vaughn schniefend und wischte sich Tränen von den Wangen, die ihre Worte Lügen straften.

Auf dem Weg vom Rathaus zum *Corner Spa* legte Jeanette ein forsches Tempo vor. Dann ging sie außen um das Gebäudes herum voraus bis zur Terrasse und zeigte dort auf einen Tisch. »Setz dich. Ist zwar ein bisschen kühl draußen, aber hier werden wir nicht gestört. Ich hole unsere Getränke und bin gleich wieder da.«

Mary Vaughn ließ sich an dem schmiedeeisernen Tisch nieder und wartete. Jeanette kam mit zwei Gläsern süßem Tee und zwei Blaubeer-Muffins zurück.

»Das kann ich nicht essen«, protestierte Mary Vaughn automatisch.

Jeanette stellte den Muffin trotzdem vor sie hin. »Trostessen«, erklärte sie kurz und bündig. »Jetzt sag mir, was los ist. Hat es was mit Rory Sue zu tun?«

Einerseits ja … andererseits auch nicht. Mary Vaughn überlegte, wie sie es am besten erklären sollte. Gedankenverloren brach sie ein Stück von dem Muffin ab. Während sie es kaute, seufzte sie praktisch über die saftig-weiche Konsistenz und die Geschmacksexplosion von Blaubeeren.

»Angefangen hat es mit Rory Sue«, begann sie schließlich. »Sie wollte in den Ferien verreisen.«

»Zum Skifahren«, erinnerte sich Jeanette.

»Genau«, bestätigte Mary Vaughn und steckte sich zerstreut mehr von dem Muffin in den Mund. »Und da ich es ihr nicht erlauben wollte, habe ich mich mit Sonny zusammengetan. Wir haben alle möglichen Pläne geschmiedet. Du weißt schon, damit es für Rory Sue trotzdem das beste Weihnachten aller Zeiten wird.«

Jeanette nickte. »Okay. So weit kann ich dir folgen. Ist das nicht so gelaufen, wie du es wolltest? Macht Sonny nicht mit? Du hast mir nämlich erzählt, anfangs hätte er das.«

»Sonny ist toll gewesen.« Mit Nachdruck fügte sie hinzu: »Richtig, *richtig* toll.«

Jeanettes Augen wurden groß. »Schläfst du mit ihm?«

»Nein«, antwortete sie und spürte, wie ihr Hitze in die Wangen stieg. Sie senkte ihre Stimme, obwohl sich niemand sonst auf der Terrasse befand. »Aber ich möchte es. Plötzlich will ich meinen Ex-Mann zurück. Wie schräg ist das denn?«

»Komm schon, Mary Vaughn, daran ist gar nichts schräg. Hast du mich schockiert erlebt, als du mir neulich gesagt hast, dass du ihn zurückhaben willst? Er ist attraktiv, erfolgreich, witzig«, sagte Jeanette. Sie klang nicht annähernd so entsetzt, wie Mary Vaughn erwartet hatte. »Dass du dich zu ihm hingezogen fühlst, sollte keine so riesige Überraschung für dich sein.«

»Aber als wir verheiratet waren, habe ich mich nicht so hingezogen zu ihm gefühlt«, gestand Mary Vaughn, bevor sie einen weiteren Bissen des Blaubeer-Muffins runterschluckte. »Ich habe ihn nicht zu schätzen gewusst. Er war einfach nur Sonny, der Kerl, der mich immer geliebt hatte, mein sicherer Hafen.«

»Und jetzt?«

»Er ist sexy. Er bringt mich zum Lachen. Und weißt du, er versteht mich. Er kennt meine gesamte Geschichte. Früher hab ich das für einen Nachteil gehalten. Aber jetzt gefällt es mir sehr, dass ich mich nicht erklären oder meine Gefühle verbergen muss. Ihm gegenüber kann ich völlig offen sein, weil ich weiß, dass er nie über mich urteilen wird.« Sie vergrub das Gesicht in den Händen. »Das hab ich dir alles schon mal erzählt, oder? Bestimmt bist du's längst leid, mir zuzuhören. Es ist nur so, dass ich mit sonst niemandem darüber reden kann, um mir klar über alles zu werden, verstehst du? Manchmal muss man Dinge laut aussprechen, um zu merken, was man dabei empfindet. Zu Hause herumzulaufen und Selbstgespräche zu führen, bringt nichts. Das ist einfach nicht dasselbe.«

»Ich weiß«, erwiderte Jeanette beruhigend. »Für mich klingt das so, als wärst du erwachsen geworden und hättest dich verliebt.«

Mary Vaughn seufzte schwer. »Ja, das fürchte ich auch.«

»Du fürchtest es? Warum?«

»Weil Sonny mit der Vergangenheit abgeschlossen hat. Ich habe dir doch erzählt, dass ich ihn mit einer Frau gesehen habe, nicht wahr? Aber ich weiß immer noch nicht genau, was zwischen den beiden läuft. Ich hab versucht, es herauszufinden. Aber niemand, bei dem ich nachgefragt habe, scheint etwas darüber zu wissen. Mit Sicherheit weiß ich nur, dass er *mich* nicht mehr will. Was immer er einst für mich empfunden hat, ich habe es abgetötet.«

»Wie kannst du dir so sicher sein, wenn du ihm nicht gesagt hast, was du fühlst?«, fragte Jeanette vernünftig.

»Ich weiß es einfach, okay?«, sagte Mary Vaughn. »Er reagiert auf kein einziges meiner Signale.«

»Und was für welche sind das? Rauchsignale?«, scherzte Jeanette. »Komm schon. Er ist ein Mann. Da musst du direkt sein.«

Mary Vaughn schüttelte den Kopf. »Weißt du, ich habe ihn gefragt, ob er die Scheidung je für einen Fehler gehalten hat. Das hat er verneint. Erzwingen kann ich also nichts. Und ich lasse nicht zu, dass er mir ins Gesicht lacht.«

»Da ihr inzwischen so viel Zeit miteinander verbracht habt, wird er vielleicht nicht mehr lachen«, konterte Jeanette. »Beziehungen entwickeln sich weiter. Menschen ändern sich. Mit der Zeit sehen sie die Dinge anders. Was früher mal gestimmt hat, gilt vielleicht nicht mehr. Mit Sicherheit erfährst du es nur, wenn du ein ernsthaftes Gespräch mit ihm darüber führst.«

Mary Vaughn wünschte, sie könnte das glauben. Sie

griff nach mehr von dem Muffin und stellte fest, dass nur noch Krümel auf dem Teller lagen. »Ich sage dir, er ist fertig mit mir«, meinte sie trostlos. »Immerhin hat er die Scheidung gewollt. Ich weiß, dass alle in der Stadt dachten, ich hätte ihn abserviert, aber so war es nicht. Er hat mich verlassen.«

»Hat er denn je wieder geheiratet?«

»Natürlich nicht«, erwiderte Mary Vaughn. »Ich würde mich nie an einen verheirateten Mann ranmachen.« Sie runzelte die Stirn über Jeanettes zweifelnden Blick. »Ronnie Sullivan war *nicht* mit Dana Sue verheiratet, als ich es bei ihm versucht habe. Warum wird das immer wieder vergessen? Sie waren zu dem Zeitpunkt geschieden.«

»Okay, aber darum geht's ja auch nicht«, sagte Jeanette. »Bleiben wir bei dir und Sonny. Du glaubst also, dass er fest mit jemandem zusammen ist …«

»Bei der Frau von der Arbeit bin ich mir nicht hundertprozentig sicher. Vielleicht.«

»Und doch verbringt er über die Feiertage so viel Zeit mit dir«, merkte Jeanette an. »Falls sie wirklich ein paar Dates hatten – was soll's? Ich dachte, du wärst fest entschlossen, um ihn zu kämpfen. Und so ernst kann es ihm mit ihr nicht sein, wenn er die Feiertage mit dir verbringt. Sonst würde die Frau das nicht dulden. Das sagt mir, dass er sich nicht auf etwas Neues eingelassen hat, jedenfalls nicht unwiderruflich. Wenn du ihn wirklich zurückhaben willst, wenn du eure Scheidung wirklich für einen Fehler hältst, wirst du das Risiko eingehen und deine Gefühle aufs Spiel setzen müssen. Es ist noch nicht lange her, da warst du dazu bereit.«

Obwohl Mary Vaughn im Geschäftsleben sehr direkt sein konnte, hatte sie im Privatleben mit solchen Risiken wenig Erfahrung. Na ja, abgesehen von Ronnie. Und das war ja nicht so gut gelaufen. Die gesamte Stadt hatte hinter ihrem Rücken über sie gelacht.

»Hast du das schon mal gemacht?«, fragte sie Jeanette.

Die jüngere Frau grinste verlegen. »Tatsächlich erst vor kurzem.«

»Wie ist es gelaufen?«

»Nicht so gut, um ehrlich zu sein.«

Mary Vaughn sah sie bestürzt an. »Das ist jetzt nicht die Ermutigung, die ich mir erhofft hatte.«

»Ja, für mich war's auch nicht so toll. Aber immerhin hat es zu einer Verständigung geführt. Und es hat mich an etwas erinnert, das meine Mutter oft zu mir gesagt hat: Alles Lohnenswerte ist es auch wert, darum zu kämpfen.«

Die vertrauten Worte schlugen eine Saite in Mary Vaughn an. Wie oft hatte sie sich vor Jahren dasselbe gesagt, als sie sich abgerackert hatte, um sich nach der Hölle ihrer Kindheit ein eigenes Leben aufzubauen? Im Verlauf der Zeit hatte sie immer wieder um Dinge gekämpft, die sie wollte. Aber ausgerechnet beim wichtigsten Ziel hatte sie diese Botschaft irgendwie aus den Augen verloren. Sie hatte sich ausgeredet, darum zu kämpfen, weil sie Angst davor hatte zu verlieren.

Mary Vaughn trank ihren Tee aus, stand auf und umarmte Jeanette innig. »Vielen Dank.«

»Ich hab nur zugehört.«

»Nein, du warst mir eine Freundin, als ich wirklich eine gebraucht habe«, erwiderte Mary Vaughn. »Ich kann dir gar nicht sagen, was mir das bedeutet. Nach dem Einschalten der Baumbeleuchtung ist bei mir zu Hause Tag der offenen Tür. Ich hoffe, du kommst. Bring Tom mit.«

»Sehr gern«, antwortete Jeanette. »Ich rede mit ihm darüber und melde mich dann bei dir.«

»Nicht nötig. Kommt einfach, wenn ihr könnt.«

»Wird Sonny da sein?«

»Das ist der Plan«, sagte Mary Vaughn. Und sie wusste, dass sie sich darauf verlassen konnte, denn er war der zuverlässigste Mann, den sie je gekannt hatte.

Wenn sie ihm anvertraute, was sie in letzter Zeit empfand, bestand natürlich durchaus die Möglichkeit, dass er sich aus dem Staub machen und die Feiertage weit weg von Serenity – und vor allem ihr – verbringen würde.

* * *

Die dicke Einladung traf mit der Nachmittagspost ein. Tom starrte auf die förmliche Schrift und wusste ohne einen Blick auf den Absender, dass der Brief von seinen Eltern stammte. Sie läuteten Weihnachten immer am zweiten Samstag im Dezember mit einer großen Party ein, deren Besuch von ihm erwartet wurde. Da das Datum mit dem Eröffnungsabend der Weihnachtsfestlichkeiten von Serenity zusammenfiel, würde er dieses Jahr absagen müssen. Vermutlich mit unschönen Folgen. Am besten brachte er es sofort hinter sich.

Er griff zum Telefon und wählte die Privatnummer seiner Mutter. Während dieser gesellschaftlich regen Zeit beschäftigte sie eine Sekretärin, die das Telefon zu Hause beantwortete und ihren Terminplan überwachte.

»Hallo, Mutter«, grüßte er, als sie auf Anhieb ranging.

»Schatz, wie geht es dir?«, erkundigte sie sich. Sie klang zufrieden. »Ich habe damit gerechnet, heute von dir zu hören. Hast du die Einladung bekommen?«

»Ist gerade gekommen.«

»Und natürlich wirst du hier sein. Bringst du jemanden mit?«, fragte sie. »Oder soll ich eine Tischnachbarin für dich arrangieren?« Bei dem Vorschlag schwang in ihrer Stimme ein unverkennbar hoffnungsvoller Ton mit.

»Es tut mir echt leid, Mutter, aber ich kann dieses Jahr nicht.«

Verblüfftes Schweigen folgte auf seine Ankündigung. Dann sagte sie: »Was um alles in der Welt meinst du damit, dass du nicht kannst? Wir veranstalten diese Party jedes Jahr am selben Samstag. Ist ja nicht so, als hätte ich das Datum aus dem Hut gezogen. Natürlich kommst du. Was auch immer du stattdessen vorhast, es kann unmöglich wichtiger sein. Sag es einfach ab.«

»Das kann ich nicht, Mutter. Dies ist eine dienstliche Verpflichtung. An dem Abend beginnen die Weihnachtsfestlichkeiten der Stadt. Ich muss hier sein.«

»Um was zu tun? Dafür zu sorgen, dass die Lichter am Baum angehen?«, fragte sie spöttisch.

»Tatsächlich ja. Und um mich darum zu kümmern, dass die Standbetreiber alles haben, was sie brauchen, und alles reibungslos läuft.«

»Das ist doch absurd. Dafür musst du nicht persönlich dort sein. Delegier es. Lass das deine kleine Freundin machen.«

»Falls du Jeanette meinst, die hat an dem Abend eigene Verpflichtungen. Sie kann meine nicht übernehmen.«

»Thomas McDonald, ich kann nicht glauben, dass du irgendeiner lächerlichen Zeremonie in diesem Nichts von einer Kleinstadt mehr Bedeutung beimisst als deiner eigenen Mutter.«

Er hatte mit dem Vorwurf gerechnet, trotzdem musste

er tief durchatmen, bevor er antwortete. Ihm persönlich lag nichts an solchen gesellschaftlichen Verpflichtungen, seiner Mutter jedoch umso mehr. »Das ist kein Wettbewerb. Hier geht es um meinen Job«, betonte er. »Wenn ich kommen könnte, würde ich, weil ich weiß, wie wichtig es dir ist.«

»Warte, bis das dein Vater erfährt«, lamentierte sie. »Er wird dazu das eine oder andere zu sagen haben.«

»Da bin ich mir sicher«, murmelte Tom. Sein Vater fungierte schon als ihr inoffizieller Vollstrecker, so lange sich Tom zurückerinnern konnte. Er hat die Dynamik ihrer Ehe nie ganz verstanden. Ebenso wenig konnte er sich erklären, warum sich sein sonst so starker Vater allzeit bereitwillig den Wünschen seiner Frau fügte.

»Was hast du gesagt?«, fragte seine Mutter gereizt.

»Nichts, Mutter. Hör mal, der Terminkonflikt tut mir leid, aber mir sind die Hände gebunden. Wir sehen uns ein andermal.«

»Am Wochenende darauf«, stürzte sie sich sofort auf die Gelegenheit. »An dem Freitag veranstalte ich eine weitere Dinnerparty. Im kleineren Rahmen. Es kommen nur ein paar Geschäftspartner deines Vaters. Das wollte ich mit dir besprechen, wenn wir uns gesehen hätten. Aber da du die Tage ja offensichtlich so beschäftigt bist, trage ich es dir besser gleich in den Kalender ein.«

Tom wollte diese Einladung genauso wenig annehmen wie die erste, war jedoch schlau genug, nicht erneut eine Ausrede vorzubringen. Wenn er wollte, dass seine Mutter respektierte, was ihm wichtig war, musste er ihr dieselbe Höflichkeit entgegenbringen. Zumindest oft genug, um den Frieden zu wahren.

»Wir werden da sein«, ließ er sie wissen.

»Wir?«, hakte sie misstrauisch nach.

»Jeanette und ich.«

»Tom, das ist vollkommen unangebracht.«

»Unangebracht?«, wiederholte er in frostigem Ton. Damit verflog der letzte Rest seiner guten Laune. »Wenn Jeanette in deinem Haus nicht willkommen ist, sollte ich vielleicht überdenken, ob ich noch dorthin gehöre.«

»Ach, um Himmels willen, dann bring sie eben mit«, erwiderte sie unwirsch. »Aber mach mir keine Vorwürfe, wenn sie nicht in die Runde passt.«

»Ich werde dir Vorwürfe machen, wenn du nicht tust, was immer du kannst, damit sie sich willkommen fühlt«, warnte er. »Bitte Mutter, tu das für mich.«

»Viel kann ich nicht tun«, behauptete sie, klang jedoch mittlerweile deutlich weniger ablehnend.

»Mutter, wir wissen beide, dass sich deine Gäste an dir orientieren. Sieh zu, dass du die richtigen Signale sendest. Sonst kannst du mich für den Rest der Feiertage vergessen.«

»Du bist ein unglaublich sturer, eigensinniger junger Mann«, warf sie ihm vor, allerdings steckte nicht mehr viel hinter den Worten.

»Ich habe von zwei Meistern gelernt«, konterte er. »Grüß Papa von mir, ja?«

»Gern. Aber ich erwähne lieber nicht, wie dickköpfig du gewesen bist.«

Tom lachte. »Natürlich wirst du das. Du wirst nicht widerstehen können. Hab dich lieb, Mutter.«

Sie seufzte dramatisch. »Ich dich auch«, erwiderte sie.

Trotz ihrer Worte ließ sich nicht überhören, dass er diese Liebe auf die Probe gestellt hatte. Er ahnte, dass es noch etliche weitere solche Prüfungen geben würde, solange Jeanette in seinem Leben wäre. Obwohl er sich nicht erklären konnte, warum seine Mutter eine derartige Abneigung gegen sie hegte. Sein Bauchgefühl verriet ihm, dass es über den lächerlichen Vorfall im *Chez Bella* hinausging. Hinzu kam der eigenartige Eindruck, dass es sich nicht mal um Jeanette persönlich drehte, sondern darum, was sie repräsentierte.

An der Stelle legte er auf. Was könnte seine Beziehung mit Jeanette mit seinen Eltern zu tun haben? Sahen sie in ihr eine Art Bedrohung für seine Verbindung zu ihnen? Das würde nur passieren, wenn sie sich weiterhin auf ihr feindseliges Verhalten ihr gegenüber versteiften.

Wenn sich die Dinge mit Jeanette so entwickelten, wie er es sich erhoffte, würde er sich mit seiner Mutter und seinem Vater zusammensetzen und ein klärendes Gespräch führen müssen. Er wollte, dass die beiden sie so schätzten wie er. Noch wollte er nicht daran denken, was es bedeuten würde, falls sie das nicht könnten. Die Brücke würde er dann überqueren, wenn es so weit wäre.

***

Jeanette beendete gerade einen riesigen Stapel Papierkram in ihrem Büro. Als sie aufschaute, erblickte sie an der Tür einen Mann, der ihr vage bekannt vorkam. Er erinnerte sie an eine ältere Version von Tom, was sie völlig verblüffte. Selbst wenn sie ihn nicht schon vor Wochen aus der Ferne gesehen hätte, sie hätte Toms Vater erkannt. Nur hatte sie keine Ahnung, was er hier wollte.

»Mr. McDonald, was kann ich für Sie tun?«

Er schien überrascht zu sein, dass sie erraten hatte, wer er war. »Sie wissen, wer ich bin?«

»Sie und Ihr Sohn sehen sich sehr ähnlich. Und bei Ihrem ersten Besuch in Serenity wären wir uns beinah begegnet. Möchten Sie hereinkommen und sich setzen? Wir könnten auch auf die Terrasse gehen, wenn Ihnen das lieber ist.«

»Hier ist es gut«, erwiderte er und betrat das kleine Büro, wodurch es sich noch beengter anfühlte.

Er ließ sich auf der Kante eines Stuhls ihr gegenüber nieder und musterte sie unverhohlen neugierig. »Ich kann nachvollziehen, was mein Sohn in Ihnen sieht«, sagte er schließlich. »Sie besitzen eine gewisse elfenhafte Ausstrahlung.«

Jeanette wusste nicht, wie sie die Äußerung auffassen sollte, und erwiderte nichts.

»Sie sind die völlig Falsche für ihn.«

»Noch vor ein paar Wochen hätte ich dasselbe gesagt«, gab sie zurück.

»Wirklich?« Er klang verdutzt über ihre Offenheit.

»Unsere Welten liegen ziemlich weit auseinander«, fuhr sie fort. »Aber Tom hat mich fast überzeugt, dass wir die Kluft überbrücken können.«

Er griff ihre Wortwahl auf. »Fast?«

»Er kann ziemlich überzeugend sein.«

Es ließ sich nicht übersehen, dass ihre Bemerkung ihm nicht passte. Er verengte die Augen zu Schlitzen. »Was wäre nötig, damit Sie es sich anders überlegen?«, fragte er.

»Wie bitte?« Bestimmt hatte sie ihn falsch verstanden. Oder zumindest meinte er nicht, was die Frage erahnen ließ.

»Meine Frau hat mir erzählt, dass Sie in Paris gelebt haben. Also sind Sie nicht bloß eine Landpomeranze, die naiv glaubt, Liebe könnte alles erobern, richtig? Sie wissen, wie es auf der Welt läuft.«

»Das würde ich gern glauben«, erwiderte sie vorsichtig.

»Also, was wäre nötig, damit Sie mit meinem Sohn Schluss machen?«

»Was nötig wäre?«, echote sie. »Bieten Sie mir gerade tatsächlich Geld an, damit ich mich nicht mehr mit Tom treffe?«

»Geld, einen Job in einer anderen Stadt, was immer nötig ist«, bestätigte er. »Mein Sohn hat eine strahlende Zukunft vor sich, sobald er sich diese verrückte Idee aus dem Kopf geschlagen hat, für Kommunalverwaltungen zu arbeiten. Damit er sein volles Potenzial ausschöpfen kann, braucht er die richtige Frau an der Seite, jemanden mit gesellschaftlichem Ansehen.«

Jeanette war bis dahin so verblüfft von seinem unverhofften Besuch gewesen, dass sie noch keine Zeit gehabt hatte, sich ernsthaft beleidigt zu fühlen. Aber Thomas McDonald überschritt rasant eine Grenze. Sie stand auf.

»Ich denke, Sie gehen jetzt besser«, sagte sie zu ihm.

»Nicht, bevor wir eine Vereinbarung haben.«

»Dann werden Sie hier ziemlich lange allein sitzen«, gab Jeanette zurück. »Ich habe nämlich nicht die Absicht, mir das noch länger anzuhören. Es ist nicht nur beleidigend für mich, sondern auch für Ihren Sohn. Für mich ist offensichtlich, dass Sie nicht respektieren, was für ein freundlicher, anständiger, hart arbeitender Mann er ist. Er liebt, was er tut, und es ist wichtig.«

»Er plant Weihnachtsfeierlichkeiten«, kam verächtlich von dem Mann. »Jemand wie Tom sollte Gesetze verabschieden und die Welt verbessern, statt sich um die Dekoration eines lächerlichen Baums zu kümmern.«

»Weil Sie und Ihre Frau für solche niederen Tätigkeiten jemanden bezahlen?«, schoss Jeanette zurück. »Ich hab von dem Spektakel gehört, das Sie zu Hause um Weihnachten veranstalten, also muss es jemandem wichtig sein. Ihrer Frau vielleicht? Obwohl sie natürlich nicht ein einziges Schmuckstück selbst aufhängt. Dafür gibt es ja Tagelöhner.«

»Der springende Punkt ist …«

»Der springende Punkt ist, dass Sie ein Snob sind, Mr. McDonald. Und ich höre mir kein weiteres Wort an, das Sie über mich oder Ihren Sohn zu sagen haben. Was zwischen Tom und mir läuft, geht Sie nichts an.«

»Da irren Sie sich«, entgegnete er hitzig. »Ich lasse nicht zu, dass er sein Leben für jemanden wie Sie wegwirft.«

»Sie kennen mich ja nicht mal«, konterte Jeanette. »Und jetzt raus.«

»Ich werde meinem Sohn erzählen, wie unhöflich und respektlos Sie sich mir gegenüber verhalten haben«, kündigte er hochmütig an.

Darüber lächelte Jeanette. »Und ich werde ihm erzählen, wie beleidigend und rüpelhaft Sie sich mir gegenüber verhalten haben. Was meinen Sie wohl, worüber er wütender sein wird?«

Er schaute überrascht drein. »Mumm haben Sie, das muss ich Ihnen lassen«, gestand er ihr widerwillig zu.

»Vielleicht sollten Sie das im Hinterkopf behalten«, sagte sie.

»Ich habe Clarisse gesagt, dass es eine schlechte Idee ist«, brummelte er und wirkte niedergeschlagen.

Zu erfahren, dass seine Frau hinter dem Besuch steckte, überraschte Jeanette weniger, als es vielleicht sollte. Es ließ sich ja nicht leugnen, dass sie beide sich nicht grün waren. Sie wusste nur nicht, was die Frau veranlasst hatte, ihren Mann für den Versuch herzuschicken, sie auszubezahlen.

»Zumindest darin sind wir uns einig«, sagte sie. »Es war eine miese Idee.«

In seinen Augen flackerte ein Anflug von Respekt auf. »Unter anderen Umständen …«, begann er, verstummte jedoch abrupt.

»Was?«, hakte sie nach.

»Das böse Blut zwischen Ihnen und meiner Frau sitzt tief«, meinte er.

»Sagen Sie mir lieber etwas, das ich nicht weiß. Zum Beispiel, warum, das ist mir nämlich immer noch nicht völlig klar. Oder was Sie dazu bewogen hat, herzukommen und zu versuchen, mich aus Toms Leben zu kaufen. Es geht doch nicht nur darum, was im *Chez Bella* passiert ist, oder?«

Mr. McDonald schüttelte den Kopf. Er schien abzuwägen, ob er ihr ausführlich antworten sollte, also wartete Jeanette einfach.

»Sie wissen, dass mein Sohn und ich uns seit langem uneins über seine Zukunft sind«, sagte er schließlich.

»Hat er erwähnt«, erwiderte sie.

»Es geht nicht darum, dass ich ihn kontrollieren will. Nicht mal darum, dass mich die gesellschaftliche Stellung oder dergleichen schert.«

»Aber Ihre Frau offensichtlich sehr wohl«, merkte Jeanette an.

Er bedachte sie mit einem reumütigen Blick. »Sie sagen das genauso abschätzig wie mein Sohn. Weder er noch Sie verstehen, wie wichtig der Status in bestimmten

Kreisen ist. Clarisse stammt von Geldadel ab. Ihre Familie hatte einen ausgezeichneten Ruf, was ich von meiner nicht behaupten kann. Wir hatten zwar mal Geld und gesellschaftliches Ansehen, aber bis ich erwachsen wurde, hatte mein Vater sowohl das Vermögen als auch unseren Ruf so ziemlich in den Sand gesetzt. Er hat schlechte Geschäftsentscheidungen getroffen, hat gespielt. Und er hatte Affären. Das trifft zwar auf viele Männer zu, aber die meisten sind dabei wesentlich diskreter als mein Vater. Jeder in Charleston wusste Bescheid. Er hat meine Mutter gedemütigt. An meinem Bruder und mir blieb es hängen, darum zu kämpfen, dass die Familie nicht alles verliert.«

»Das muss schwer gewesen sein«, meinte Jeanette leise. Sie glaubte, allmählich zu verstehen.

»Man kann es sich nicht vorstellen, wenn man es nicht miterlebt hat. Ich war ein junger Mann mit guten Verbindungen, aber praktisch mittellos, als ich diese erstaunliche Frau kennengelernt habe, die jeden hätte heiraten können. Clarisses Eltern wussten um die wirtschaftlichen Verhältnisse meiner Familie. Ganz zu schweigen von den Geschichten über meinen Vater. Sie haben darauf bestanden, dass es keine Hochzeit geben würde.«

Sein Gesichtsausdruck wurde nostalgisch. »Clarisse war schon damals überaus imposant. Ein Nein hat sie als Antwort schlichtweg nicht akzeptiert. Sie hat mich geliebt und an mich geglaubt. Sie hat unsere mögliche Zukunft schon gesehen, als ich noch alles andere als überzeugt davon war. Als ihre Eltern nicht einlenken wollten, sind wir durchgebrannt. So viel Vertrauen hatte sie in mich.« Er begegnete Jeanettes Blick. »Vielleicht verstehen Sie jetzt, warum ich alles für sie tun würde.«

»Ich denke, das tue ich«, bestätigte sie. »Und ich kann auch nachvollziehen, warum sie jemanden wie mich als Bedrohung für alles ansieht, was sie sich für Ihre Familie wünscht. Sie will, dass Tom eine Frau heiratet, die ihm das Leben erleichtert. Nicht eine, die er vielleicht ständig verteidigen muss, weil sie nicht in seine Welt passt.«

Er wirkte überrascht. »Ich finde es sehr großmütig, dass Sie versuchen, ihren Standpunkt zu verstehen. Vor allem, nachdem ich mich heute so danebenbenommen habe«, gestand er. »Das tut mir übrigens aufrichtig leid.«

Jeanette glaubte ihm. »Haben Sie je Tom etwas davon erzählt?«

»Nein. Als er und seine Schwestern klein waren, wollten wir sie damit nicht unnötig belasten. Wir wollten, dass sie die glückliche, normale Kindheit haben, die ihnen als McDonalds zugestanden hat.«

»Es könnte hilfreich sein, wenn er wüsste, was damals passiert ist.«

»Wahrscheinlich haben Sie recht. Clarisse und ich reden uns gern ein, wir hätten diese Zeit endgültig hinter uns gelassen. Aber offensichtlich ist sie nicht so tief vergraben, wie wir gehofft haben. Sie beeinflusst immer noch, wie wir auf bestimmte Dinge reagieren.«

»Erzählen Sie es ihm«, legte Jeanette ihm nahe.

»Ich tue es, wenn Sie etwas für mich tun«, feilschte er.

»Ich breche den Kontakt zu Ihrem Sohn nicht ab«, warnte sie ihn.

Er lächelte. »Natürlich nicht. Nur bitte geben Sie meiner Frau etwas Zeit, sich an die Vorstellung zu gewöhnen. Ich denke, wenn Clarisse Sie erst besser kennenlernt, wird sie begreifen, dass Sie genau die Richtige für unseren Sohn sind. Sie besitzen echte Integrität. Das schätzt sie sehr.«

»Danke, dass Sie das sagen.«

Hoffnungsvoll sah er sie an. »Können wir diesen Besuch einfach vergessen?«

»Ich denke nicht, dass ich alles davon vergessen will«, entgegnete Jeanette. »Sie haben mir eine Perspektive gegeben, die ich dringend gebraucht habe.«

»Also hat sich sogar noch etwas Gutes daraus ergeben?«

Sie lächelte. »Ein bisschen.«

»Das ist schön. Also, kommen Sie mit ihm zu der Dinnerparty? Es wäre wichtig, dass er dabei ist. Und meine Frau hat den Eindruck, dass er ohne Sie nicht kommen wird.«

Jeanette wollte nicht zugeben, dass Tom nichts von irgendeiner Dinnerparty erwähnt hatte, also nickte sie nur. »Wenn er mich mitnehmen möchte.«

Sein Vater schüttelte über ihre Antwort mit einem verhaltenen Lächeln auf den Lippen den Kopf. »Sie erinnern mich an jemanden.«

»Ach ja?«

»Eigentlich ist es ironisch, aber Sie sind meiner Frau sehr ähnlich.«

Jeanette runzelte die Stirn. »Wahrscheinlich verstehen wir uns deshalb so gut«, erwiderte sie sarkastisch.

Er lachte. »Nein, wirklich. Sie sind genauso stur wie sie, genauso eigensinnig. Und wenn Sie lieben, dann mit allem, was in Ihnen steckt, ohne Rücksicht auf die Konsequenzen. Kein Wunder, dass mein Sohn so vernarrt in Sie ist. Er tut mir fast leid.«

»Wie bitte?«

»Glauben Sie einem Mann, der seit vierzig Jahren mit einer solchen Frau verheiratet ist. So bleibt das Leben interessant. Anspruchsvoll, aber interessant.«

Damit ging er an ihr vorbei hinaus und ließ sie mit offenem Mund zurück. Die Begegnung hatte Jeanette die Augen geöffnet. Hätte ihr jemand vor einer Stunde gesagt, sie würde einen Mann sympathisch finden, der gerade versucht hatte, sie zu kaufen, sie hätte darüber gelacht. Und doch hatte Mr. McDonald sie mit seiner Offenheit irgendwie für sich eingenommen. Jeanette glaubte, es könnte auch ihr gelungen sein, sich seinen Respekt zu verdienen. Es blieb nur abzuwarten, ob sich dadurch etwas am weiteren Verlauf der Dinge änderte.

KAPITEL 21

Tom versuchte seit Stunden, Jeanette am Handy zu erreichen, aber sie ging nicht ran. Frustriert marschierte er zum *Corner Spa* und stellte fest, dass in ihrem Büro noch Licht brannte. Er klopfte an die Eingangstür. Als niemand öffnete, ging er außen herum und tippte an ihr Bürofenster. Sie hielt eine Fünf-Kilo-Hantel drohend erhoben in der Hand, als sie die Jalousie zurückzog und nach draußen spähte.

»Du!«, entfuhr es ihr. Sie ließ die Hantel sinken und legte sie auf einen Stuhl. »Willst du mich zu Tode erschrecken?«

Tom deutete zur Vorderseite des Gebäudes. »Lass mich rein.«

Sie runzelte über die Bitte nur die Stirn. »Ich hab zu tun.«

»Fünf Minuten«, bat er. »Wir müssen reden.«

»Ich muss arbeiten«, entgegnete sie. »Maddie braucht diese Berichte morgen früh auf ihrem Schreibtisch. Außerdem muss ich Nachschub bestellen. Da hat sich viel angesammelt, während ich bei meinem Vater gewesen bin.«

»Nichts davon ist so wichtig, wie dass wir reden.«

»Na schön«, lenkte sie schließlich ein. »Ich kann fünf Minuten für dich erübrigen. Komm zur Veranda.«

Da sie bei ihrer letzten Begegnung deutlich empfänglicher gewirkt hatte, fragte er sich unwillkürlich, was in der Zwischenzeit passiert sein mochte. Was es auch war, es konnte nicht gut gewesen sein.

Sie schloss die Eingangstür auf und blieb drinnen stehen, versperrte ihm den Weg hinein. »Was hast du auf dem Herzen?«

»Das ist ja wie beim Domino«, erwiderte er. »Eigentlich bin ich hergekommen, um über was anderes zu reden. Aber jetzt scheint mir, wir sollten uns darüber unterhalten, warum du so schmollst.«

Empört starrte sie ihn an. »Ich schmolle doch nicht.«

»Wirklich nicht?«

Sie strich sich mit der Hand durchs Haar, wodurch es zerzaust abstand. So wirkte sie noch jünger und verführerischer. Tom wollte diese lächerliche Unstimmigkeit, die zwischen ihnen zu bestehen schien, unbedingt aus dem Weg räumen und sie küssen. Allerdings würde er sich in ihrer derzeitigen Stimmung dafür vielleicht eine Ohrfeige einhandeln. Aber da sie die Hantel nicht mehr bei sich hatte, könnte es das Risiko wert sein.

»Du, ich hab wirklich viel zu tun«, betonte sie. »Lass uns das auf ein andermal verschieben.«

Tom ignorierte den Vorschlag und versuchte, das Heft an sich zu reißen. »Hast du schon gegessen?«, fragte er. »Vielleicht bist du durch niedrigen Blutzucker so schlecht drauf.«

»Nein, hab ich nicht. Ich mache mir etwas, wenn ich zu Hause bin.«

Wie er vermutet hatte. Das mochte nicht die ganze Erklärung sein, aber zumindest etwas, woran er einhaken konnte. Er schüttelte den Kopf. »Nein, das Abendessen kann nicht warten. Du brauchst sofort etwas. Komm mit.«

»Wenn wir schon bei Launen sind«, brummte sie, »wann bist du so herrisch geworden?«

»Ungefähr zwei Minuten nach meiner Ankunft hier«, konterte er. »Schließ hier ab, dann gehen wir ins *Sullivan's*. Vielleicht können wir bei einer ordentlichen Mahlzeit ein vernünftiges Gespräch führen. Und falls du danach noch arbeiten musst, bringe ich dich hierher zurück.«

Sie schaute finster drein. »Vernünftig? Was willst du damit andeuten?«

»Jeanette, verrätst du mir bitte einfach, warum du so verärgert bist? Offensichtlich willst du unbedingt einen Streit anzetteln.«

»Und wenn's so wäre? Dann will ich es auf keinen Fall im *Sullivan's*, wo Dana Sue die Nase in unsere Angelegenheiten stecken würde.«

»Na schön«, lenkte er mit strapazierter Geduld ein. »Dann holen wir von dort etwas zum Mitnehmen. Wir können bei dir essen. Und wenn dir das auch nicht passt, können wir eine Pizza bestellen.«

»Warum bist du so versessen drauf, mich zu füttern?«

Obwohl Tom selbst zunehmend irritierter wurde, behielt er sich im Griff, weil er nicht wollte, dass dieser wirklich dumme Streit eskalierte. Trotzdem wählte er die nächsten Worte nicht sorgfältig genug. »Ich hoffe, dass sich deine Laune bessert, bevor ich dich das frage, wofür ich eigentlich hergekommen bin.«

Sie kniff die Augen zusammen. »Meine Laune ist bestens. Zumindest wäre sie es, wenn du aufhören könntest, darauf herumzureiten. Geht's um die Dinnerparty bei deinen Eltern?«

Tom sah sie bestürzt an. Plötzlich fügten sich die Teile

zu einem klareren Bild davon zusammen, was los war. Ihm fiel nur eine Möglichkeit ein, wie sie von der Dinnerparty erfahren haben konnte. Und die hätte Jeanette im Handumdrehen in diese Stimmung versetzt.

»Hat sich meine Mutter bei dir gemeldet? Was hat sie gesagt? Hat sie dich so aufgebracht? Hat sie von dir verlangt, du sollst mich abservieren? Führst du dich deshalb so auf?«

Schuldbewusst errötete sie. »Ich hab nicht mit deiner Mutter geredet.«

»Woher um alles in der Welt weißt du dann von der Dinnerparty?«, fragte er, bevor er auf das Offensichtliche kam. Immerhin wusste er genau, wie seine Mutter vorging. Wenn sie nicht selbst eingreifen konnte, ohne Toms Zorn zu erregen, würde sie es an seinen Vater delegieren. Natürlich.

Er wandte sich von ihr ab und begann, rastlos auf und ab zu laufen. Sein Zorn drohte, aus ihm hervorzubrechen. Als er glaubte, ihn gebändigt zu haben, blieb er vor Jeanette stehen, fest entschlossen, der Sache auf den Grund zu gehen. »Sie hat meinen Vater hergeschickt, nicht wahr? Bitte sag, dass mein Vater nicht hier reingepflügt ist und dir zugesetzt hat.«

»Tom, ist schon gut. Lass es.« In ihrer Stimme schwang ein flehentlicher Unterton mit.

Das fasste Tom als Bestätigung auf. »Wie könnte ich das? Ich lasse nicht zu, dass sie sich in mein Leben einmischen oder dich einzuschüchtern versuchen. Es ist höchste Zeit, dass ein für alle Mal zu klären.«

»Mit deinem Vater bin ich fertig geworden«, berichtete sie mit einem Anflug von Stolz. »Tatsächlich glaube ich, er und ich verstehen uns jetzt sogar.«

Tom schauderte allein bei der Vorstellung, wie sich die Begegnung abgespielt haben musste. »Bist du mit ihm so ähnlich *fertig geworden* wie mit meiner Mutter?«

Zum ersten Mal seit seiner Ankunft lächelte sie. »Ich war ein bisschen diplomatischer. Er übrigens auch – gegen Ende hin jedenfalls.«

»Was hat er zu dir gesagt?«

»Spielt keine Rolle. Und deine Reaktion eben ist genau der Grund, warum ich ihm versprochen habe, dir nichts von dem Besuch zu erzählen.« Sie wirkte aufgebracht. »Ich dachte, ich hätte mehr Zeit, um mir zu überlegen, wie ich verhindern kann, dass mir etwas herausrutscht. Und jetzt hab ich mein Wort an ihn gebrochen.«

»Das hättest du ihm gar nie geben sollen.« Zornig holte Tom das Handy aus der Tasche und begann, eine Nummer einzugeben.

»Was hast du vor?«

»Na, ich rufe ihn natürlich an.«

Jeanette riss ihm das Telefon aus der Hand. »Nein, das darfst du nicht. Er und ich haben Frieden geschlossen … mehr oder weniger. Wenn du ihn anrufst, ist der Waffenstillstand beim Teufel. Dann vertraut er mir nie wieder.«

Tom konnte ihre Argumentation zwar nachvollziehen, trotzdem behagte sie ihm nicht. Überhaupt nicht.

»Na schön«, lenkte er widerwillig ein. »Aber offensichtlich können wir jetzt nicht mehr zu der Dinnerparty gehen.«

»Doch, können wir«, sagte sie leise. »Auch darauf hab ich ihm mein Wort gegeben. Ich will Frieden mit deinen Eltern schließen, Tom. Das will ich wirklich. Sein Besuch heute war ein großer Schritt in die Richtung.«

Verwirrt sah Tom sie an. Woher kam diese versöhnliche Haltung? »Auch mit meiner Mutter?«

Sie nickte. »Ich verstehe sie jetzt viel besser.«

»Wirklich? Wieso?«

»Dein Vater und ich hatten ein echt gutes Gespräch. Da ist viel, das du nicht weißt.«

»Über meine eigene Familie?«, fragte er ungläubig.

»Ja. Du musst dich mit ihnen zusammensetzen. Ihr müsst offen darüber reden. Das ist längst überfällig. Ich denke, das würde viel daran verändern, wie ihr miteinander auskommt.«

»Warum klärst nicht einfach du mich auf?«

»Weil es mir nicht zusteht. Das ist etwas, das ihr drei unter euch klären müsst.«

»Ein ziemlicher Sinneswandel«, merkte er an und wusste nicht recht, was er davon halten sollte. Könnte Frieden wirklich so einfach zu erzielen sein, wie Jeanette andeutete? Das bezweifelte er zwar, aber er war bereit, es zu versuchen. »Bist du dir sicher?«

»Ja.« Sie sah ihn mit ernster Miene an. »Tom, ich werde mich nicht zwischen dich und deine Eltern stellen. Ich weiß, wie es ist, wenn die eigene Familie durch Zwietracht auseinandergerissen wird. Und ich will nicht bei deiner die Ursache dafür sein. Falls aus uns je irgendetwas werden soll, müssen wir versuchen, mit deinen Eltern auszukommen.« Sie hob die Hand und legte sie ihm auf die Wange. »Außerdem hast du's versprochen.«

Die schlichte Berührung ließ ihn praktisch vergessen, worüber sie gerade diskutierten. Und erst recht wusste er nicht mehr, was er ihr anscheinend vor einiger Zeit zugesichert hatte. »Was hab ich denn versprochen?«

»Dass die Feiertage dieses Jahr anders werden. Dass du

dir aufrichtig Mühe gibst, in eine weihnachtliche Gesinnung von Frieden und Freude zu kommen.«

»Da konnte ich ja auch nicht damit rechnen, dass so was daherkommen würde«, brummte er.

»Klar konntest du. Immerhin reden wir hier von deinen Eltern. Du musst gewusst haben, dass es nicht einfach sein würde. Wenn ich ihnen eine Chance geben kann, dann kannst du es wohl erst recht.«

Er schüttelte den Kopf. »Ich weiß echt nicht, ob du verrückt bist oder eine Heilige.«

»Weder noch.« Sie lächelte. »Aber am Verhungern, also lass uns zu *Rosalina's* gehen und dort eine Pizza essen.«

Ihre Bereitschaft, den Vorfall mit seinem Vater hinter sich zu lassen, verblüffte Tom. Zu sehr, um es auf nüchternen Magen zu verarbeiten. »Und der ganze Papierkram, der dir vorhin so viel Kopfzerbrechen bereitet hat?«

Sie zuckte mit den Schultern. »Der kann warten.«

Er sah ihr in die Augen. »Wenn das so ist, darf ich einen Vorschlag unterbreiten?«

»Sicher.«

»Wenn wir uns die Pizza zu dir nach Hause liefern lassen, könnte ich ein Feuer anzünden und eine Flasche Wein aufmachen«, meinte er hoffnungsvoll. »Wie klingt das?«

Jeanette zögerte, obwohl sie entzückt wirkte. »Romantisch«, gab sie schließlich mit belegter Stimme zu.

»Und?«

»Du ziehst trotzdem nicht ein.«

»Natürlich nicht.« Damit senkte er den Kopf und drückte den Mund so lange auf ihren, bis sie seufzte.

»Aber vielleicht könnten wir über eine Übernachtung verhandeln. Nur für heute.«

Ihre Lippen krümmten sich leicht unter seinen. »Wir sind keine zwölf mehr.«

Er lachte. »Glaub mir, das weiß ich.«

»Ach, du willst *so* eine Übernachtung«, zog sie ihn auf.

Er strich mit dem Daumen über ihre Unterlippe. »Was denkst du?«

»Ich denke, wir verschwenden gerade Zeit damit, darüber zu reden, während wir längst auf dem Weg zu mir sein könnten.«

Tom grinste. »Als Gemeindedirektor kann ich dir sagen, wie ich deine Effizienz zu schätzen weiß.«

»Ich wusste doch, dass mir der Charakterzug noch mal zugutekommen würde«, sagte sie. Dann eilte sie los in ihr Büro, um ihre Handtasche und ihre Schlüssel zu holen. Nachdem sie die Tür hinter ihnen abgeschlossen hatte, sah sie ihm in die Augen und fragte: »Gehen wir zu Fuß? Es ist ein so schöner Abend.«

Verloren in den Tiefen ihrer dunkelbraunen Augen murmelte er: »Mein Auto ist schneller.«

»Dann nehmen wir doch lieber das«, willigte sie etwas atemlos ein. Sie musterte ihn argwöhnisch. »Du überlegst es dir doch nicht wieder anders, oder?«

»Nein. Ich bemühe mich, meine Fehler nicht zu wiederholen.«

Jeanette wirkte erleichtert. »Gut zu wissen.«

* * *

Jeanette bestellte die Pizza, während sie die kurze Strecke zu ihrem Haus fuhren. Sie musste wohl leicht verzweifelt geklungen haben, denn sie traf nur wenige Minuten nach ihnen ein. Normalerweise ging es bei *Rosalina's* entschieden langsamer zu.

Als sie ankam, hatte Tom bereits ein Feuer und alle Kerzen im Wohnzimmer angezündet und eine Flasche roten Zinfandel geköpft, die Jeanette für einen besonderen Anlass aufbewahrt hatte. *Das qualifiziert sich auf jeden Fall dafür*, dachte sie voller Vorfreude. Außerdem hatte er sämtliche Kissen vom Sofa auf dem Boden vor dem Kamin aufgeschichtet. Offensichtlich hatte er einiges an Erfahrung mit romantischer Verführung. Irgendwann würde sie ihn darüber noch verhören. Aber nicht jetzt. Vorerst würde sie sich einfach mit dem Strom treiben lassen.

»Sieht gemütlich aus«, befand sie, als sie den Pizzakarton, Teller und Servietten zu ihm brachte.

»Ich hab eigentlich auf romantisch abgezielt«, erklärte er und zog sie neben sich auf den Boden.

Jeanette schauderte unter der Intensität seines Blicks. »Das auch.«

»Jeanette …« Er verstummte, als hätte er den Faden verloren.

»Was?«, murmelte sie, als er ihr eine Hand in den Nacken legte und sich vorbeugte, um sie zu küssen. Die gemächliche, sinnliche Berührung ihrer Lippen vertrieb alle Gedanken an Essen und Sonstiges.

Als Tom sich zurückzog, sah er so benommen aus, wie sie sich fühlte. Er griff nach dem Wein und schenkte zwei Gläser ein. Dabei fiel ihr auf, dass seine Hand zitterte. Tom hielt ihr ein Glas hin. Sie nahm es entgegen, nippte daran und stellte es beiseite.

»Tom …«, begann sie, den Blick auf seine Lippen geheftet.

Er musterte sie aufmerksam, als wäre er nicht völlig sicher, welche Signale sie aussandte. »Ich dachte, du wärst am Verhungern.«

»Meine Prioritäten haben sich verschoben.«

Er wirkte hoffnungsvoller. »Wirklich?«

»Oh, ja.«

»Also kann das Essen warten?«

Sie nickte. Essen könnte sie jederzeit, aber auf diesen Moment hatte sie viel zu lange gewartet. »Ich denke, das sollte es. Die Pizza riecht zwar verführerisch, aber bestimmt kannst du mich davon ablenken, wenn du dir Mühe gibst.«

Seine Mundwinkel verzogen sich langsam zu einem durch und durch männlichen Lächeln. »Ich werde mein Bestes geben«, versprach er, bevor er den Mund erneut auf ihren senkte.

Jeanette ließ sich von dem Kuss mitreißen. Zum ersten Mal schüttelte sie alle Zweifel an der Zukunft und alle Erinnerungen an die Vergangenheit ab und gestattete sich, nur im Augenblick zu leben. Und es war ein schöner Augenblick. Hitze fegte durch ihren Körper, gefolgt von einem so intensiven Verlangen, dass es sie beinah überwältigte. Sie hatte gewusst, dass er hervorragend küsste, aber nicht, wie erfinderisch er sein konnte, wenn er sich ins Zeug legte. Tatsächlich hatte sie keine Ahnung gehabt, dass es so viele Nuancen bei einem so schlichten Akt zwischen einem Mann und einer Frau geben konnte.

In einem Moment fühlten sich seine Lippen sanft verlangend an, im nächsten schien er sie verschlingen zu wollen, und seine Zunge eroberte sie so sinnlich, dass sich ihr Inneres in geschmolzene Lava verwandelte. Und als er ihre Stirn und ihren Hals mit zarten kleinen Küssen übersäte, wurden ihr die Knie weich.

Wieso in Herrgottsnamen hab ich mich diesen Freuden verweigert?, fragte sie sich, als seine Finger ins Spiel kamen, die Knöpfe ihrer Bluse anvisierten, über ihre nackte Haut streichelten.

Während er sie berührte und erforschte – mit einer zarten Liebkosung hier, einer intimeren Streicheleinheit da –, behielt er sie im Auge, als versuchte er abzuschätzen, was sie wollte, was sie brauchte, um es ihr dann zu erfüllen.

Zwischendurch ließ er sie ein wenig zappeln, zögerte etwas hinaus, bis sie sich nach mehr verging – einem innigeren Kuss, einer intimeren Berührung, irgendetwas. Als sie schließlich kurz davorstand, seine Hände wegzuschieben und die restlichen Knöpfe selbst zu öffnen, schnippte er den letzten auf und drückte einen zärtlichen Kuss auf die entblößte Haut. Was er an jedem nackten Quadratzentimeter wiederholte, als ihre Bluse von den Schultern glitt. Mit abgesehen von ihrem Spitzen-BH splitternacktem Oberkörper bebte sie unter seinem sinnlichen Blick.

Dann beugte er sich vor und stülpte den Mund über ihre Brust, leckte durch den Stoff am Nippel, bis Jeanette spürte, wie sich Feuchtigkeit einstellte und sich ihre Hüften vom Boden hoben, ihm entgegen. Der Moment, der so lange auf sich hatte warten lassen, konnte ihr nicht mehr schnell genug kommen. Sie wollte alles, wollte ihn in sich haben, wollte das einzigartige Erlebnis ihrer Vereinigung.

Leider hatte Tom es damit nicht eilig. Er schien fest entschlossen zu sein, jede Sekunde auszukosten, und zog es derart in die Länge, dass sie unter seinen Berührungen erzitterte.

»Du bist so wunderschön, wenn der Feuerschein über deine Haut tänzelt«, murmelte er. Seine Finger folgten dem Licht, tauchten in die Schatten ab, bis sie glaubte, allein durch die Ehrfurcht in seinem Blick und seine herrlichen Liebkosungen zu kommen. Und er schien begierig darauf zu sein, ihr genau diese Befriedigung zu verschaffen. Aber nun wollte sie genießen.

»Warte«, flüsterte sie und hielt seine Hand auf ihrem Oberschenkel fest. »Lass mich machen.«

Kurzerhand knöpfte sie sein Hemd auf und warf es beiseite, dann hob sie ihm das T-Shirt über den Kopf und legte seine muskulöse Brust und straffe Bauchmuskeln frei, die sich unter ihren begierigen Fingern warm und hart anfühlten. Er stöhnte leise, als sie ihn erforschte, dann schnappte er nach Luft, als sie seinen Gürtel öffnete und tiefer fasste, die Hand um seine beeindruckende Erektion legte. Rastlos bewegte er sich – endlich wurde seine Ungeduld der ihren ebenbürtig. Das hatte sie gewollt – was seiner Ansicht nach vor nicht allzu langer Zeit gefehlt hatte: Einigkeit.

Rasch entledigten sich beide der Hosen und kehrten zurück zueinander, Haut an Haut. Lust traf auf Lust, als ihrer beider Hände und Lippen überall forschten, erkundeten, liebkosten, bis sie beide atemlos und hungrig vor Verlangen waren.

»Jetzt«, bat sie. »Darauf hab ich so lange gewartet.« Was war sie für eine Idiotin gewesen, dass sie es so endlos vor sich her geschoben hatte! Gleichzeitig jedoch wusste sie, dass es vor wenigen Wochen noch nicht so gewesen wäre wie in diesem Augenblick – ein intimes Erlebnis zweier Menschen, die auf so vielen Ebenen miteinander harmonierten. Damals wäre es nur Sex gewesen. Nun war es vielleicht, *vielleicht* Liebe.

Jeanette erschauderte, als Tom das spärliche Etwas entfernte, das sich als Slip ausgab, bevor er seine Boxershorts abstreifte und beiseitewarf. Dann schob er sich über sie und sah ihr tief in die Augen, während er in sie eindrang, sie ausfüllte, sich langsam zurückzog und wieder in sie tauchte. Der Rhythmus entwickelte ein Eigenleben, steigerte sich zu einer süßen, herrlichen Dringlichkeit, die Jeanette höher und höher schraubte, bis sie die Ekstase in durch sie rasenden Wellen entlud, die Wärme und Befriedigung zurückließen.

Kaum hatte sie sich davon erholt, setzte sich Tom wieder in Bewegung, katapultierte sie in völlig neue Sphären, bevor ihn der eigene Höhepunkt überkam und sie zu einem weiteren mitnahm, wie sie es noch nie zuvor erlebt hatte. Zwei Menschen, zu einem vereint, wie sie es sich immer vorgestellt hatte. Es fühlte sich zum Weinen überwältigend an.

Dass sie tatsächlich eine Träne vergossen hatte, wurde ihr erst bewusst, als sie mitbekam, dass er sie besorgt ansah.

»Weinst du etwa?«

»Nein«, entgegnete sie, obwohl weitere Tränen auf seine Brust fielen.

»Was ist los?«

»Nichts. Alles perfekt.«

»Bist du sicher? Du hast nicht viel gesagt.«

»Hätte ich nicht gekonnt«, antwortete sie. »Mein Verstand ist weg.«

Darüber grinste er selbstgefällig. »Ist das ein Kompliment?«

Sie stupste ihn mit dem Ellbogen in die Rippen. »Musst man dir alles detailliert sagen? Reicht es nicht, dass ich mich kaum rühren kann und völlig außer Atem bin?«

»Wollte mich nur vergewissern. Und falls du dich fragst, du warst auch ziemlich beeindruckend.«

»Hab ich mich nicht gefragt«, versicherte sie ihm keck. »Ich weiß, dass ich's draufhabe.«

Er lachte. »Selbstvertrauen hat zu den ersten Dingen gehört, die mir an dir aufgefallen sind.«

»Und ich dachte, es wäre mein Körper gewesen.«

»Der war das Zweite«, erwiderte er. »Gleich, nachdem du mich vom *Corner Spa* verbannt hattest.«

Ohne sich zu bedecken, stützte sich Jeanette auf die Ellbogen und sah ihn an. »Was noch?«

»Was noch?«, echote er mit verständnisloser Miene.

»Warum fühlst du dich zu mir hingezogen? Und bitte nenn mir nicht als Grund, dass deine Eltern mit mir nicht einverstanden sind.«

»Das ist irrelevant«, betonte er. Sein lustvoller Blick verweilte auf ihr. »Glaub mir, du hast so viel, das für dich spricht. Ich mag es, wie du denkst. Ich mag deinen Sinn für Humor. Du bist nicht beeindruckt von mir, was einerseits ärgerlich, andererseits eine Herausforderung ist. Und dass du mich heute Nacht bei dir schlafen lässt, finde ich spitze.«

Sie zwinkerte ihm zu. »Wenn du deine Karten richtig ausspielst, wird heute Nacht nicht viel geschlafen.«

Er täuschte Entsetzen vor. »Wenn das so ist, brauche ich jetzt Pizza.«

Jeanette setzte sich auf und griff nach dem Karton. »Ausdauer ist jetzt definitiv gefragt«, sagte sie, nahm sich ein Stück und reichte ihm den Rest.

Mittlerweile war die Pizza eiskalt, dennoch hatte es sich mehr als gelohnt, mit dem Essen zu warten.

* * *

Mary Vaughn saß an jenem Abend erneut mit Sonny zum Essen beisammen. Diesmal jedoch war der Vorschlag von ihm gekommen. Zwar hatte sie keine Ahnung, was ihn zu der Einladung bewogen hatte, aber sie freute sich darauf. Vielleicht würde sie tatsächlich den Mut aufbringen, ihre Gefühle zu offenbaren, wie Jeanette es vorgeschlagen hatte. Dafür würde sie improvisieren und erst abwarten müssen, was Sonny vorschwebte. Um Weihnachten jedenfalls konnte es nicht gehen. Ihre Pläne für die Feiertage hatten sie so gründlich besprochen, dass kein Detail offengeblieben war.

Natürlich könnte er ihr mitteilen wollen, dass es mit jener anderen Frau ernst wurde, mit der aus seinem Autohaus. Vielleicht würde er sogar darauf bestehen, sie in ihre Feiertagspläne einzubeziehen. Bei dem Gedanken wurde Mary Vaughn hibbelig.

Sie musterte ihn über den Tisch hinweg. Er war immer noch ein gutaussehender Mann, daran bestand keinerlei Zweifel. Und ihr war endlich klar geworden, dass einem Männer wie Sonny Lewis nur alle Jubeljahre einmal über den Weg liefen. Wenn sie das nur schon vor der Scheidung erkannt hätte.

Tja, vielleicht war es noch nicht zu spät. Die einzige Möglichkeit, es herauszufinden, bestand darin, die Karten auf den Tisch zu legen. Das verruchte Funkeln in seinen Augen, während er sie ansah, verlieh ihr Mut.

»Sonny, ich hab mir Gedanken über etwas gemacht«,

begann sie langsam, suchte noch nach dem richtigen Ansatz.

»Ach ja?«

Ihre sonst so schlagfertigen Worte mussten diesmal wohlüberlegt sein, wenn Aussicht darauf bestehen sollte, dass es wie von ihr gewünscht verliefe. »Hast du je bereut …« Die Stimme versagte ihr kurz den Dienst. »Ich meine, findest du, wir waren mit der Scheidung zu voreilig?«

Er starrte sie mit offenem Mund an, auf der Gabel ein Stück Steak. »Sag das noch mal.«

»Du hast mich schon verstanden«, sagte sie mit einem Anflug von Ungeduld. »War unsere Scheidung ein Fehler?«

»Nein«, erwiderte er mit solcher Endgültigkeit in der Stimme, dass sie erbleichte.

»Ah. Verstehe.« Sie spürte, wie ihr vor Demütigung heiße Röte in den Hals stieg. »Ist mir nur so durch den Kopf gegangen.« Sie nahm einen Bissen von ihrer Mahlzeit, die plötzlich nach gar nichts mehr schmeckte, und murmelte: »Das Steak ist gut, nicht wahr?«

Irritiert musterte er sie. »Ich will nicht über das verdammte Steak reden. Warum fragst du so was?«, verlangte er zu erfahren.

»Hätte ich nicht tun sollen«, lenkte sie schnell ein. »Vergiss, dass ich es erwähnt habe.«

Er tat so, als hätte sie nichts gesagt. »Als ich dir vor Jahren mitgeteilt habe, dass ich die Scheidung will, hast du dir nie die Mühe gemacht, mir groß Fragen darüber zu stellen«, erinnerte er sie. »Du hast so getan, als hättest du ohnehin damit gerechnet.«

Mary Vaughn verkniff sich ein Seufzen. Die bittere

Suppe hatte sie sich selbst eingebrockt. Ihr blieb keine andere Wahl, als sie auszulöffeln. »Damit hast du wohl recht«, gab sie zu. »Ich war nie gut genug für dich. Ich dachte immer, dass du es früher oder später herausfinden wirst.«

»Blödsinn!«, sagte er. »Mary Vaughn, es hat dir nie an Selbstwertgefühl gefehlt, obwohl du weiß Gott allen Grund dazu gehabt hättest, wenn man deine Kindheit bedenkt. Jemand ohne deine Stärke wäre daran zerbrochen, so aufzuwachsen.«

»Wenn du mich so bewundert hast, warum bist du dann gegangen?«

»Die Antwort darauf kennst du. Aber wenn du willst, erklär ich's dir gern noch mal. Nur will ich vorher wissen, warum du gerade jetzt mit dem Thema anfängst. Bist du heute Morgen aufgewacht und hast beschlossen, in der Vergangenheit zu kramen, um irgendetwas aufzuwühlen?«

Mary Vaughn wollte darauf nicht antworten, wollte keine weitere Peinlichkeit riskieren. Aber er musterte sie mit echter Neugier, also erwiderte sie schließlich: »So war es nicht. Nur weißt du, wir haben uns in letzter Zeit gut verstanden, uns in der Gesellschaft des anderen wohlgefühlt. Wir haben diese lange gemeinsame Geschichte, eine gemeinsame Tochter. Das hat mich zum Nachdenken gebracht. Und da hat sich mir der Eindruck aufgedrängt, wir hätten uns das zu leicht entgleiten lassen.«

Sonny nickte. »Ja, genau das hast *du*.«

Verdattert sah sie ihn an. »Ich? Wie kommst du darauf? Ich hab nicht die Scheidung verlangt.«

»Richtig, aber du hast auch nicht abgelehnt. Du hast

kaum mit der Wimper gezuckt und mir dann angeboten, mir beim Packen meiner Sachen zu helfen.«

Seine Reaktion verwirrte sie. »Hättest du gewollt, dass ich versucht hätte, dich aufzuhalten?«

»Tatsächlich habe ich genau darauf gehofft. Ich habe gehofft, du würdest aufwachen, mich zum ersten Mal richtig sehen und vielleicht das Leben schätzen können, das wir hatten. Mir war immer bewusst, dass du in Ronnie verliebt warst, aber ich habe dich genug geliebt, um darüber hinwegzusehen. Ich dachte, ich liebe dich genug, um uns eine echte Chance auf Glück zu verschaffen. Aber als sich nach ein paar Jahren immer noch nichts geändert hatte, wurde ich es leid, der Trostpreis zu sein. Wäre ich geblieben, hätte ich weiterhin meinen Stolz runterschlucken und so tun müssen, als wäre es mir egal. Das konnte ich nicht länger.«

»Es tut mir leid«, flüsterte sie, als sie ihr gemeinsames Leben zum ersten Mal aus seiner Perspektive sah. Zwar hatte sie ihn nie betrogen, aber sie hatte ihm auch nicht ihr Herz geschenkt. Sie war mit dem Stand der Dinge zufrieden, ja beinah glücklich gewesen. Und sie hatte gedacht, für ihn hätte dasselbe gegolten. Wie hatte sie sich nur so lange selbst belügen können? »Es tut mir so, so leid.«

»Mir auch.«

»Ich würde gern versuchen, das zu ändern, wenn du mich lässt«, wagte sie sich in das Risiko einer weiteren demütigenden Zurückweisung. »Ich will damit nicht sagen, dass wir uns Hals über Kopf in irgendwas stürzen sollen. Wir könnten uns einfach weiterhin treffen und sehen, ob wir einen Neuanfang hinbekommen. Und falls es hilft, mir ist inzwischen klar, was für eine Idiotin ich damals gewesen bin.«

Sonnys Gesichtsausdruck war nicht wirklich ermutigend. »Ich weiß nicht recht, Mary Vaughn. Es hat lang gedauert, bis ich über dich hinweg war. Ich bin mir nicht sicher, ob ich zurück zu dieser emotionalen Achterbahnfahrt will.«

»Nicht *zurück* zu irgendwas«, stellte sie richtig. »Vorwärts zu etwas Neuem. Wir könnten auf dem aufbauen, was gut war, und den Rest nicht wiederholen.«

Er schaute skeptisch drein. »Ist nicht so einfach, die Vergangenheit zu vergessen.«

»Nein, natürlich nicht. Tatsächlich ist es sogar wichtig, sich daran zu erinnern, damit sich die Fehler nicht wiederholen.« Mary Vaughn begegnete seinem Blick und fasste den Entschluss, etwas zu tun, das sie sich geschworen hatte, niemals zu tun. Sie würde um diese Chance betteln, die sie zwar nicht verdiente, aber geradezu verzweifelt wollte. »Bitte, Sonny. Alles, worum ich dich bitte, ist eine zweite Chance. Lass mich beweisen, dass ich mich geändert habe – dass ich dich so lieben kann, wie du geliebt werden solltest. Ich denke, ich bin endlich reif genug, um den Mann schätzen zu können, der du bist – der du schon immer warst.«

»Ich weiß nicht recht«, wiederholte er und musterte sie nach wie vor zweifelnd.

»Zögerst du, weil du dich mit jemand anderem triffst?«

»Verdammt, es geht nicht um jemand anderen, Mary Vaughn. Gott sei's geklagt, du bist für mich immer die einzige Frau gewesen.«

Sie legte die Hand auf seine. »Dann ergreif diese Chance«, sagte sie, bevor sie schlicht hinzufügte: »Bitte.«

Er drehte ihre Hand um, fädelte die Finger zwischen ihre und starrte auf ihre vereinten Hände, bevor er sie mit hin- und hergerissener Miene ansah. »Diesmal müsste es anders sein«, sagte er leise.

Mary Vaughn stürzte sich auf den dünnen Strohhalm. »Das wird es. Versprochen.«

»Lass mich ausreden«, sagte er. »Ich werd mich nicht noch mal nur zufriedengeben, Mary Vaughn. Das mache ich nicht.«

Mit der einfachen Erklärung, der Weigerung, sich mit weniger als dem zufriedenzugeben, was er verdiente, errang er nicht nur ihren Respekt, sondern auch das Herz, das sie ihm einst vorenthalten hatte.

Leider würde es nach so vielen – größtenteils von ihr – begangenen Fehlern nicht einfach werden, ihm zu beweisen, dass sie ihn von ganzem Herzen liebte. Zum Glück hatten sie die Jahre abgehärtet, in denen sie mit Zähnen und Klauen um alles gekämpft hatte, was sie wollte. Sie *würde* ihn zurückgewinnen. Davon war sie genauso überzeugt wie davon, dass sich der Kampf lohnen würde.

KAPITEL 22

Wenn Howard noch ein einziges Mal in sein Büro stürmte, um zu fragen, ob alles für die Eröffnung der Festlichkeiten an diesem Abend bereit war, würde Tom den Kopf des Bürgermeisters in einen Bottich mit Eierpunsch tauchen. Dafür müsste er nicht mal weit gehen. Vor wenigen Stunden war nämlich eine üppige Ladung davon vor dem Rathaus eingetroffen, besorgt von Howard. Dem Mann schien nicht bewusst zu sein, wie unangemessen der Ausschank eines alkoholischen Getränks durch die Gemeinde war, auch wenn darauf geachtet wurde, keine Minderjährigen zu bedienen. Sein Erklärungsversuch war auf taube Ohren gefallen.

»Das ist Tradition«, hatte Howard ihm mitgeteilt. »Finden Sie sich damit ab. Außerdem ist da so wenig Alkohol drin, dass er kaum zählt. Fragen Sie den Sheriff. Niemand ist je betrunken gefahren, nachdem er mit ein bisschen Eierpunsch angestoßen hat. Sehen Sie sich die Größe der Becher an. Passt ja kaum ’ne Fingerhutfüllung rein.«

Jeanette kam herein, als Howard gerade ging. Sie warf einen Blick auf Toms Miene und fragte: »Was hat unser illustrer Bürgermeister jetzt wieder gemacht?«

»Eierpunsch«, antwortete Tom knapp.

Sie grinste. »Ja, das ist Tradition.«

»Hat er mir erklärt. Und es ist keine gute. Nicht auszudenken, was für einen Prozess wir am Hals haben könnten, wenn jemand auf dem Heimweg in einen Unfall verwickelt wird.«

»Darüber ist schon früher diskutiert worden. Der Lieferant schwenkt kaum die Schnapsflasche über dem Punsch. Davon ist noch niemand betrunken geworden. Dafür müsste man schon literweise davon trinken, und ich persönlich finde den Punsch viel zu widerlich, als daran auch nur zu denken. Minderjährige bekommen sowieso nichts davon. Du regst dich umsonst auf.«

»Es ist meine Aufgabe, die Gemeinde zu schützen«, erinnerte er sie.

Jeanette schlang die Arme um seine Taille. »Und wir alle wissen deine Bemühungen zu schätzen.« Sie stellte sich auf die Zehenspitzen und drückte die Lippen auf seine.

Schlagartig verflog seine miese Laune. Als sie mit der Zunge seine Lippen nachfuhr, vergaß er, worüber sie gerade gesprochen hatten.

»Du schmeckst gut«, sagte er.

»Hab eine Zuckerstange geschleckt, bevor ich hereingekommen bin«, verriet sie.

Er zuckte zusammen. »Jemand verteilt Zuckerstangen? Sind sie einzeln verpackt? Hab ich davon gewusst?«

»Molly Flint verschenkt seit siebzig Jahren während der Festlichkeiten Zuckerstangen. Davon ist noch nie jemandem schlecht geworden. Und ja, du Glucke, sie sind einzeln verpackt und erfüllen alle Gesundheitsvorschriften. Da bin ich mir ganz sicher. Sie kauft sie im Supermarkt.« Jeanette schüttelte ihn sanft. »Jetzt entspann dich.«

»Kann ich nicht. Dafür ist noch viel zu viel ungeklärt. Die Standbetreiber …«

»Registrieren sich gerade«, versicherte Jeanette ihm. »Dana Sue zeigt ihnen in diesem Augenblick die zugeteilten Plätze. Bis vier heute Nachmittag haben sie ihre Stände aufgebaut, mindestens eine Stunde vor dem Beginn der Festlichkeiten um fünf. Sonst noch was?«

»Die Chöre …«

»Mary Vaughn hat den Zeitplan. Sie hat bei allen Chorleiterinnen und Chorleitern noch mal nachgefragt. Niemand hat irgendwelche Stolpersteine erwähnt. Tully McBride spielt wie immer das Klavier. Das Instrument ist frisch gestimmt und steht vor der Bühne bereit. Tully haut gerade in die Tasten, um es noch mal zu überprüfen. Die Programme sind gedruckt, und Sonny ist um halb fünf hier, um sie zu verteilen.«

Tom fuhr sich mit der Hand durchs Haar. »Ich hasse das«, murmelte er. »Hab ich schon mal erwähnt, wie ich so was hasse?«

»Mehr als einmal«, sagte sie ihm. »Es wird allmählich ermüdend. Alles wird wunderbar laufen. Die Dekoration ist die schönste aller Zeiten. Ronnie hat sämtliche elektrischen Anschlüsse und Schalter überprüft. Der Baum wird pünktlich erstrahlen. Das weißt du alles. Warum also hast du solche Panik?«

»Keine Panik. Es ist nur ärgerlich, dass ich mich mit all dem herumschlagen muss. Ich bin ja nicht eingestellt worden, um Weihnachten zu organisieren, sondern um eine Kleinstadt zu leiten.«

Jeanette bedachte ihn mit einem stirnrunzelnden Blick. »Tja, in Serenity gehört Weihnachten nun mal dazu.«

»Was nicht heißt, dass es mir gefallen muss. Ich zerbreche mir den Kopf über dieselben Dinge wie meine Mutter – über unwichtige Belanglosigkeiten.«

»Für die Kinder ist das wichtig. Tatsächlich für die gesamte Gemeinde«, erinnerte sie ihn. »Deshalb muss es dir auch am Herzen liegen. Und was deine Mutter angeht, vielleicht solltest du sie mal fragen, warum ihr das alles so wichtig ist. Ich glaube, du wärst überrascht.«

»Tja, für mich ist und bleibt es belanglos.« Er runzelte die Stirn. »Wann hast du dich eigentlich in so eine Weihnachtsfürsprecherin verwandelt? Mal ganz davon zu schweigen, dass du meine Mutter verteidigst.«

»Ich glaube, seit dem Gespräch mit deinem Vater verstehe ich sie ein bisschen besser«, erwiderte Jeanette.

Die Antwort erinnerte ihn an noch etwas, das ihm nach wie vor unter den Nägeln brannte. Bevor er es ansprechen konnte, wurde ihr Gesichtsausdruck nostalgisch.

»Weißt du, ich hab auf einmal wirklich eine völlig neue Einstellung zur Weihnachtszeit«, sagte sie. »Der Wandel hat wohl eingesetzt, als ich mich endlich mit meinen Eltern versöhnt habe. Da hat sich auch der Rest meiner Abneigung verflüchtigt. Mir ist klar geworden, dass ich mich über die Feiertage nicht elend fühlen muss, um dafür zu büßen, dass ich noch lebe, während mein Bruder tot ist. Der Tag, an dem wir den Baum gekauft haben, hat auch geholfen. Auf der Farm hat es so gut gerochen. Und dann hast du obendrein zugestimmt, den perfekten Baum für die Festlichkeiten zu kaufen.« Sie seufzte selig. »Das war ein so wunderschöner Tag.«

Als Tom sie musterte, geriet ihm zu Bewusstsein, wie idiotisch er sich verhielt. »Es tut mir leid. Ich lamentiere über einen Haufen Nichtigkeiten vor mich hin und verderbe dir die Freude.«

»Tust du nicht, glaub mir. Noch vor ein paar Wochen wäre ich genauso mürrisch gewesen wie du«, gestand sie. »Bei der Vorstellung, an den Festlichkeiten mitzuarbeiten, ist mir buchstäblich schlecht geworden. Aber ich weiß auch nicht, jetzt vermittelt es mir ein Gefühl von Hoffnung. Als würde ich etwas Besonderes zurückbekommen, das mir lange Zeit abhandengekommen war.«

Sie bedachte ihn mit einem besorgten Blick. »Ich wünschte nur, du könntest dich entspannen und auch in die richtige Gesinnung finden. Du hast mir versprochen, dass du's versuchst.«

»Stimmt, habe ich. Lass mich noch die nächsten Stunden überstehen, dann schwöre ich dir, dass ich zum fröhlichsten Mann mutiere, dem du je begegnet bist.«

»Weil dann offiziell die Weihnachtszeit begonnen hat, oder weil deine Rolle bei den Festlichkeiten damit beendet ist?«

Er grinste. »Muss ich darauf antworten?«

Diesmal klang ihr Seufzen eher frustriert. »Dachte ich mir. Wir sehen uns draußen.«

»Heb mir Eierpunsch auf«, sagte er, als sie ging.

Damit wollte er sie eigentlich zum Lächeln bringen. Stattdessen ging sie mit trauriger Miene davon, als hätte er ihre Weihnachtsblase gerade zum Platzen gebracht. Er würde sich etwas einfallen lassen müssen, um es wiedergutzumachen …

* * *

Die riesigen Schneeflocken auf den Laternenmasten in der Innenstadt von Serenity funkelten. Stände, die Kunsthandwerk, Quilts, Schmuck und selbstgemachte Marmeladen verkauften, säumten die Straßen. Kinder verdrückten Zuckerwatte und Hotdogs, während sie aufgeregt auf die Ankunft des Weihnachtsmanns warteten. Der würde jede Minute auf dem Feuerwehrauto der Stadt eintreffen. Einer der Chöre würde dazu »Here Comes Santa Claus« singen. Die Lichter am Baum auf dem Hauptplatz würden angezündet werden, und damit wären die Weihnachtsfestlichkeiten offiziell eröffnet.

Neben Jeanette grinste Maddie und drückte ihre Hand. »Hast du gut gemacht! Alles ist so wunderschön, und wir haben mehr Marktstände als je zuvor. Ich kann's kaum erwarten, dass die Chöre zu singen anfangen. Das ist mein Lieblingsteil. Und die Kinder können's kaum erwarten, den Weihnachtsmann zu sehen. Jessica Lynn zumindest. Und Katie tut ihrer Schwester zuliebe so, als würde sie noch an ihn glauben. Kyle ist zu alt dafür, Cole zu jung. Aber es ist schön, dass wenigstens ein Kind noch an den Weihnachtsmann glaubt.«

»Wo ist Helen?«, fragte Jeanette. »Ich dachte, sie würde inzwischen mit Sarah Beth hier sein.«

»Zuletzt hab ich sie in der Küche bei *Sullivan's* gesehen. Dort hat sie Erik gesagt, wie er die Weihnachtsplätzchen verzieren soll, die er für den Weihnachtsmann zum Verschenken herbringt.«

Jeanette schmunzelte. »Wie ist das gelaufen?«

»Ach, Erik blendet sie einfach aus und macht es so, wie er es für richtig hält.«

»Wirklich?«

»Ach ja, ich hab vergessen zu erwähnen, dass er ihr Glasur in die Hand gedrückt und gesagt hat, damit kann sie machen, was sie will. Danach hab ich noch mitbekommen, wie er versucht hat, roten Zuckerguss aus dem Haar zu bekommen.« Maddie drehte sich ihr zu, und ihre Miene ernüchterte. »Wir zwei hatten in letzter Zeit nicht viel Gelegenheit zum Reden. Gleich zu Jahresbeginn müssen wir uns ernsthaft mit der Expansion des *Corner Spa* auseinandersetzen. Aber vorerst: Wie sieht's bei Tom und dir aus? Wir wetten darauf, ob er dir zu Weihnachten oder bis spätestens zum Valentinstag einen Ring schenkt. Ich weiß, es mag schnell erscheinen, aber er kommt niemandem von uns wie ein Mann vor, der lange fackelt. Und er hat schon gesagt, dass er dich liebt.«

Jeanette fühlte sich nicht so überzeugt wie Maddie, dass Tom und sie für eine derart bedeutende Verpflichtung bereit waren. Sie hatten schon einen großen Schritt hingelegt, indem sie miteinander geschlafen hatten. Ein noch größerer Sprung war ihr Gespräch mit seinem Vater gewesen. Aber Heirat? Oder auch nur Verlobung? Um darüber zu reden, war es noch zu früh.

»Ich finde, ihr seid alle zu voreilig«, sagte sie zu Maddie.

»Komm schon. Ich hab euch beide doch zusammen gesehen. Da passt alles.«

Jeanette widerstand mühsam dem Drang, erneut zu seufzen. »Ja, stimmt, oder?«

»Was ist dann das Problem?«

»Ob du's glaubst oder nicht, ausgerechnet Weihnachten. Die schlimmsten Erinnerungen meines Lebens sind alle mit den Feiertagen verknüpft. Mir ist es endlich gelungen, das zu überwinden und Weihnachten wieder so zu lieben wie früher als Kind. Er hingegen ist unverändert zynisch, abgestumpft, und das treibt mich in den Wahnsinn. Du hättest ihn vor ein paar Stunden hören sollen, wie er vor sich hin geschimpft hat. Als wäre die gesamte Weihnachtszeit eigens dafür erfunden worden, um ihn zu ärgern.«

»Vielleicht ist er einfach nur detailversessen und gestresst von den unzähligen Kleinigkeiten, die gestemmt werden müssen, damit die Veranstaltung reibungslos über die Bühne geht.«

Jeanette schüttelte den Kopf. »Da steckt mehr dahinter. Es hat mit dem künstlichen Aufwand zu tun, den seine Mutter betreibt. Aber bitte, das ist wohl nichts im Vergleich dazu, was ich durchgemacht habe.«

»Das hast du mir nie erzählt«, hielt Maddie ihr vor Augen. »Ich hab immer gehofft, du würdest es, aber ich habe mir geschworen, dich nicht damit zu bedrängen.«

Der fromme Ton in ihrer Stimme brachte Jeanette unwillkürlich zum Grinsen. »Das muss dich fast umgebracht haben.«

»Du hast ja keine Ahnung«, gab Maddie zurück, als Cole zu weinen begann. »Warte kurz. Wag es ja nicht wegzugehen«, befahl sie Jeanette und streckte sich nach ihrem Sohn. »Gib mir nur eine Minute, um Cal in dem Menschenmeer zu finden, damit ich ihm unseren Kleinen übergeben kann. Danach können du und ich reden.«

»Maddie, das ist nicht der beste Zeitpunkt«, protestierte Jeanette. »Es würde dich nur runterziehen. Verdammt, darüber zu reden würde *mich* runterziehen, dabei bin ich gerade in halbwegs guter Stimmung.«

»Bist du nicht, wenn du glaubst, dass es für dich und Tom keine Zukunft gibt, weil ihr uneins über Weihnachten seid«, widersprach Maddie. Dann wandte sie sich an Kyle. »Nimm deinen Bruder.« Damit drückte sie dem entsetzten Teenager das Baby in die Arme.

»Mama!«, klagte Kyle, obwohl er sich den Kleinen geübt an die Brust drückte, sichtlich daran gewöhnt, sich um seine neuen Geschwister zu kümmern.

»Such Cal«, befahl Maddie. Sie ließ kein Mitgefühl für ihn erkennen. »Er kann dich ablösen.«

»Unfair«, brummelte Kyle, bevor er sich auf die Suche nach seinem Stiefvater machte.

»Du schränkst das Sozialleben deines Sohns ganz schön ein«, meinte Jeanette zu Maddie, die darüber nur grinste.

»Lass dich nicht täuschen. Er zieht die Mädchen an wie ein Magnet, wenn er babysittet. Obwohl er nicht zugeben will, wie sehr es ihm gefällt, wenn sie Cole und ihn anhimmeln.«

»Also ist eigentlich das Baby ein Frauenmagnet?«

»Genau«, bestätigte Maddie. »Als Ty zuletzt zu Hause war, hat er förmlich darum gebettelt, das Baby zum Spazieren im Park mitnehmen zu dürfen. Zuerst dachte ich, er wollte nur die Bindung zu seinem neuen Bruder stärken, aber dann hat Kyle mich aufgeklärt.«

»Moment mal«, sagte Jeanette. »Ist Ty nicht mit Annie zusammen? Ich dachte, sie wären ein Paar.«

»Irgendetwas geht zwischen den beiden vor sich, aber ich versuche, mich rauszuhalten. Dana Sue auch. Eine Zeit lang sind die beiden wie Pech und Schwefel gewesen. Aber zu Thanksgiving haben sie nicht mal miteinander geredet. Keine Ahnung, ob sie sich gestritten oder getrennt haben oder so.«

»Ist wahrscheinlich schwer, nicht am selben College zu sein und eine Beziehung aufrechtzuerhalten«, meinte Jeanette nachdenklich.

»Davor haben wir sie alle gewarnt, aber Ty hat gesagt, sie würden es hinkriegen. Annie ist praktisch immer in ihn vernarrt gewesen, und er war so toll zu ihr, als sie mit ihrer Essstörung zu kämpfen hatte. Deshalb haben wir uns zurückgehalten. Was immer zwischen ihnen vorgeht, das müssen sie selbst regeln. Es würde nicht helfen, wenn Dana Sue oder ich uns einmischen.«

»Muss aber frustrierend für dich sein«, meinte Jeanette.

»Ist es. Und da ich ihre Probleme nicht lösen kann, kümmern wir uns um deine«, sagte Maddie. »Warum hast du so abweisend reagiert, als ich dich ursprünglich gebeten habe, im Ausschuss für die Festlichkeiten mitzuarbeiten? Und was hat es damit zu tun, was jetzt zwischen dir und Tom läuft?«

Da Maddie hartnäckig wie ein Pitbull sein konnte, gab Jeanette ihr die Kurzfassung des Unfalls ihres Bruders an Heiligabend und der Folgen.

Tränen traten Maddie in die Augen. »Ach, Süße, ich hatte ja keine Ahnung. Ich hätte dich nie zu all dem gedrängt, wenn ich gewusst hätte, warum du so dagegen warst. Du hättest es mir gleich sagen sollen.«

»So ist es tatsächlich besser gelaufen«, gab Jeanette zu. »Ich musste mich der Vergangenheit stellen, damit ich den ganzen aufgestauten Schmerz loslassen konnte. Ich glaub sogar, dieses Jahr kann ich mit offenem Herzen an Heiligabend in die Kirche gehen. Ich wünschte nur, Tom hätte dieselbe Gesinnung.«

»Komm schon, Süße. Das ist jetzt kein Weltuntergang. Ihr kriegt das hin. Zwischen euch stimmt zu viel, um nicht über Differenzen wegen Weihnachten hinwegzukommen«, meinte Maddie mit Nachdruck.

Jeanette versuchte, eine für Maddie einleuchtende Erklärung für ihr Bauchgefühl zu finden. »Es geht nicht um Weihnachten an sich«, sagte sie schließlich. »Eher darum, dass ich das Gefühl habe, nicht mit jemandem zusammen sein zu können, der so negativ eingestellt ist.«

Das kaufte Maddie ihr sichtlich nicht ab. Sie bedachte Jeanette mit einem wissenden Blick. »Du erfindest gerade Ausflüchte, Jeanette. Hier geht's weder um Weihnachten noch um eine negative Einstellung. Was hält dich *wirklich* davon ab, dich darauf zu stürzen, was ihr beide miteinander gefunden habt?«

Jeanette überraschte nicht sonderlich, dass Maddie sie durchschaute. Ihre Freundin und Chefin war eine sehr intuitive Frau. Das Problem war nur, dass Jeanette keine einfache Antwort auf Lager hatte. »Es ist nicht nur eine Sache«, sagte sie schließlich. »Ich könnte dir eine ganze Liste von Gründen nennen, warum wir nicht zusammengehören.«

»Angefangen mit?«

»Seine Mutter und ich kommen nicht miteinander aus.« Jeanette beschloss, nicht zu erwähnen, dass Mrs. McDonald versucht hatte, sie für immer aus Toms Leben zu entfernen, indem sie ihren Mann geschickt hatte, um sie auszubezahlen. Es hatte ja nicht geklappt, und da sie mittlerweile verstand, warum es überhaupt dazu gekommen war, konnte sie den fehlgeleiteten Vorfall verzeihen. Maddie würde das vielleicht nicht können.

»Hast du vor, mit der Frau zusammenzuleben?«, fragte Maddie sarkastisch.

»Nein, aber selbst wenn sie und ich einen Weg finden, Frieden zu schließen, sie ist nicht der Typ, der sich aus unserem Leben heraushalten würde. Will ich mich wirklich für immer mit ihr herumschlagen müssen?«

»Meinst du nicht, das wäre es wert, wenn du dafür einen so großartigen Mann wie Tom kriegst?«

Jeanette dachte daran, wie sie sich bei Tom fühlte, wenn sie allein waren, und grinste. »Wenn du's so ausdrückst, vielleicht schon. Vorerst hab ich mal ganz in weihnachtlicher Gesinnung zugesagt, Tom nächstes Wochenende zu einer schicken Dinnerparty bei seinen Eltern zu begleiten.«

»Und womit genau bestrafst du dich damit?«, fragte Maddie sarkastisch.

»Das ist mein kläglicher Versuch eines Friedensangebots«, sagte Jeanette.

»Hab Geduld. Früher oder später werden sie dich als die wunderbare Frau schätzen lernen, die du bist«, versicherte Maddie ihr.

»Du bist eine unverbesserliche Optimistin.«

»Natürlich bin ich das. Als Richard mich vor ein paar Jahren verlassen hatte, dachte ich, nie wieder glücklich zu werden. Dann ist Cal aufgetaucht, und sieh dir mein Leben jetzt an. Es ist besser als je zuvor. Ich hab zwei kleine Kinder, von denen ich nie und nimmer gedacht hätte, dass ich sie in dieser Phase meines Lebens haben würde. Dazu noch einen Ehemann, der mich vergöttert. Einen Sohn, der sich am College auszeichnet und für den vorprogrammiert ist, dass er mal Baseballprofi wird. Zwei weitere Kinder, die jeden Tag klüger und reifer werden. Einen Job, der mir Freude bereitet, und Freundinnen, die mich unterstützen und zum Lachen bringen. Das alles kannst du auch haben. Du musst nur zugreifen und dir nehmen, was du willst.«

»Dürfte schwierig werden, über Nacht zu fünf Kindern zu kommen. Aber ich weiß schon, was du meinst«, sagte Jeanette. »Ich sollte mich glücklich darüber schätzen, was ich habe.«

»Und dazu könnte auch Tom gehören, wenn du ihm dein Herz öffnest«, hielt Maddie ihr vor Augen. »Lass dir was einfallen, Süße. Ich weiß, dass du es willst.«

»Ja, will ich wirklich«, gestand Jeanette und ließ den Blick über den überfüllten Platz wandern, bis sie Tom in der Nähe der Bühne entdeckte. Er und der Weihnachtsmann – Howard – diskutierten wieder mal. Dann stülpte Howard eine zusätzliche Weihnachtsmannmütze auf Toms Kopf, und Jeanette musste über sein offensichtliches Unbehagen kichern.

Maddie stupste sie mit dem Ellbogen. »Einen Mann mit Weihnachtsmannmütze muss man einfach lieben.«

Jeanette seufzte. »Ja, da hast du wohl recht.«

Aber das schien sie nicht davon abzuhalten, sich zu fragen, ob sie es später einmal bereuen würde.

* * *

Tom sah sich auf dem Hauptplatz um und schüttelte den Kopf über die ehrfürchtigen Gesichter der Kinder. Vielleicht konnte nur jemand im Alter unter zwölf Jahren Weihnachten wirklich genießen, dachte er.

Er drehte sich zu Jeanette um, um ihr seine Gedanken mitzuteilen, und bemerkte, dass sie mit demselben ehrfürchtigen Ausdruck die Lichter ringsum betrachtete. Tom runzelte die Stirn.

»Du bist wirklich voll auf den Geschmack gekommen, nicht wahr?«

»Lass es nicht wie einen Vorwurf klingen«, erwiderte sie. »Ja, ich bin auf den Geschmack gekommen. Sieh dir nur all die Menschen an, Tom. Sieh dir an, wie glücklich die Kinder sind. Und Howard ist da oben voll in seinem

Element, verteilt Zuckerstangen und Eriks Kekse und lässt sich von den Kindern ihre Weihnachtswünsche ins Ohr flüstern.«

»Und wie werden sie sich am Weihnachtsmorgen fühlen, wenn sie nicht das kriegen, was sie sich gewünscht haben?«

Sie wirbelte zu ihm herum. »Lässt du es dann auch mal gut sein? Sieh dich um – die ganze Stadt ist für das Ereignis zusammengekommen. Das ist gut. Mach dich endlich locker, ja?«

»Weißt du, ich versteh dich wirklich nicht mehr«, sagte er aufrichtig verblüfft über ihren Sinneswandel.

»Gleichfalls«, gab sie zurück und stapfte davon.

Da Toms Eltern die Weihnachtszeit hauptsächlich genutzt hatten, um ihre gesellschaftlichen Kontakte zu pflegen, und nie in irgendeiner Weise dafür gesorgt hatten, dass ihre Kinder sie genießen konnten, hatte Tom früh gelernt, unabhängig zu werden und sich für sein Glück auf niemanden zu verlassen. An diesem Abend jedoch fühlte er sich zum ersten Mal so richtig allein. Der Gedanke, Jeanette könnte das als weiteren Grund vorschieben, um die Weiterentwicklung ihrer Beziehung zu verhindern, jagte ihm Angst ein. In letzter Zeit war es so gut gelaufen. Und nun schien er alles zu ruinieren. Er musste sich zusammenreißen und sich vor Augen halten, was wirklich zählte.

»Du siehst aus, als hätte dir jemand die Weihnachtsgeschenke geklaut«, merkte Ronnie an, der sich zu ihm gesellte. »Wo ist Jeanette?«

»Keine Ahnung.«

Ronnie bedachte ihn mit einem wissenden Blick. »Habt ihr zwei euch gestritten?«

»Offensichtlich«, sagte er.

Ronnie nickte mit ernster Miene. »Ah, einer von denen. Der Umgang damit ist am schwierigsten. Hat sie dir irgendwelche Hinweise geliefert?«

»Hat was mit meiner weihnachtsfeindlichen Einstellung zu tun.«

Ronnie grinste. »Ja, daran musst du echt arbeiten. Die ganze Stadt redet darüber, was für ein Griesgram du bist. Verheißt wahrscheinlich nichts Gutes für deine Zukunft als Gemeindedirektor.«

Ungläubig starrte Tom ihn an. »Du glaubst, ich könnte gefeuert werden, weil mich keine Weihnachtsstimmung erfüllt?«

»Serenity hat bestimmte Erwartungen an seine Beamten«, erklärte Ronnie feierlich.

»Das kann nicht dein Ernst sein!«

Ronnie schmunzelte. »Na schön, war nur Spaß. Dein Job ist wohl eher nicht gefährdet. Trotzdem sollte deine Einstellung zu Weihnachten ein bisschen lockerer werden.«

Tom seufzte. »Ich weiß.«

»Dann kriegst du von mir einen Hinweis«, schlug Ronnie vor. »Such dir einen Mistelzweig, schleif Jeanette darunter und küss sie, als gäb's kein Morgen.«

»Und du meinst, das bringt alles in Ordnung?«

»Wahrscheinlich nicht, aber es könnte ein guter Anfang sein.«

»So, wie sie gerade drauf ist, würde sie mich wahrscheinlich ohrfeigen.«

»Dafür haben wir Sanitäter in Bereitschaft«, erwiderte Ronnie trocken.

»Ich dachte, die wären dafür da, falls jemand an einem Hotdog zu ersticken droht«, murmelte Tom.

»Sie schaffen beides«, versicherte Ronnie ihm. »Such die Frau und küss sie, bevor die Sache aus dem Ruder läuft.«

»Küssen kann dieses Problem nicht lösen«, erwiderte Tom.

»Das vielleicht nicht, aber es kann euch beide daran erinnern, dass es sich lohnt, dafür zu kämpfen, was ihr habt.«

Tom bedachte ihn mit einem neidischen Blick. »Wie bist du so weise geworden?«

»Indem ich meine Ehe an die Wand gefahren habe und wie ein Berserker darum kämpfen musste, sie zurückzubekommen«, antwortete Ronnie. »Glaub mir, es ist schlauer, das wertzuschätzen, was man hat, bevor es weg ist.«

Jeanette *wertzuschätzen* war nicht das Problem. Das bestand eher darin, sie *zu verstehen.* Aber mit etwas hatte Ronnie schon recht. Tom wollte sie nicht verlieren und das Risiko eingehen, den Rest seines Lebens ohne sie verbringen zu müssen.

* * *

Jeanette stand allein unter einem Baum und beobachtete Mary Vaughn und Sonny. Sie hatten vor der Bühne Stühle nebeneinander aufgestellt und lauschten scheinbar dem Konzert der Chöre der Stadt. Aber soweit Jeanette es beurteilen konnte, hatten beide die letzte halbe Stunde keinen einzigen Blick zur Bühne geworfen. Stattdessen gingen beide vollkommen ineinander auf. Jeanette beneidete sie.

»Wie stehen die Wetten bei *Wharton's*, dass die beiden

wieder zusammenkommen?«, fragte Tom, als er sich neben sie stellte.

»Wahrscheinlich besser als die Wetten, die man auf uns abschließt«, erwiderte sie mürrisch.

Er drehte sie zu sich herum. »Tut mir leid wegen vorhin. Zu viele Jahre lang hat allein der Klang von Weihnachtsmusik gereicht, um mich in miese Stimmung zu versetzen. Du hast ja keine Ahnung, wie viel Heuchelei es bei mir zu Hause gegeben hat. Unsere Feier hatte nie etwas mit Liebe oder Güte zu tun. Es war alles extrem materialistisch. Am Weihnachtsmorgen hat es Berge von Geschenken gegeben, nur hatten sie wenig damit zu tun, was meine Schwestern oder ich uns gewünscht haben. Stattdessen haben meine Eltern gekauft, was wir ihrer Meinung nach haben sollten. Sie konnten dann vor ihren Freunden damit angeben, dass sie das neueste, kaum zu bekommende Spielzeug oder technische Gerät ergattert hatten. Man hätte meinen können, Weihnachten wäre eigens erfunden worden, um die persönlichen gesellschaftlichen Pläne meiner Mutter zu fördern.«

»Hast du nie überlegt, warum ihr das so wichtig war?«, fragte Jeannette.

Tom musterte sie verwirrt. »Und schon wieder deutest du an, dass mir irgendein tiefes, dunkles Geheimnis nicht bekannt ist. Wenn du was weißt, dann sag es mir.«

»Steht mir nicht zu.«

»Dann entschuldige bitte, wenn ich Weihnachten weiterhin nicht leiden kann.«

»Okay, du warst der klassische arme kleine reiche Junge«, sagte sie. »Soll ich etwa Mitleid mit dir haben?«

Tom zuckte zusammen. »Nein. Ich will nur, dass du mich verstehst.«

»Das tue ich. Wir haben alle Dinge in unserer Vergangenheit, die wir lieber vergessen würden. Dinge, die nicht so gelaufen sind, wie wir es unserer Meinung nach verdient hätten oder wie wir es gehofft hätten. Werd erwachsen. Komm darüber hinweg.«

»Die Selbstgerechtigkeit der kürzlich Bekehrten«, kommentierte Tom.

Verdattert starrte Jeanette ihn an. »Was soll *das* jetzt heißen?«

»Bis vor nicht allzu langer Zeit hast auch du dein Leben von der Vergangenheit bestimmen lassen«, erinnerte er sie. »Jetzt hast du einen Weg gefunden, dich mit deinen Eltern zu versöhnen und Weihnachten aus einer neuen Perspektive zu sehen. Und das ist großartig. Ist es wirklich. Ich freue mich riesig für dich. Nur gib anderen ein bisschen Zeit, um zu dir aufzuholen.«

»Ich wollte nie …« Sie verstummte.

Was wollte sie nie? Vielleicht urteilte sie *wirklich* zu hart über ihn, weil er sich nicht so schnell wie sie anpasste und freuen konnte – vor allem, da sie ja wusste, warum seine Mutter im Gegensatz zu ihm solchen Wert auf den Status der Familie legte. Unwillkürlich fragte sich Jeanette, was mit ihr nicht stimmte. Gerade sie wusste doch, wie individuell Schmerz und Kummer waren. Sie hatte etwas völlig anderes als das erlebt, was ihr Vater und ihre Mutter empfunden hatten. Der Kummer ihrer Eltern hatte die beiden dazu getrieben, ihre Tochter zu vernachlässigen, die darunter auf ihre eigene Weise gelitten hatte.

Tom mochte keinen so tragischen Verlust erfahren haben wie Jeanette und ihre Familie, aber sie wusste nur zu gut, wie sehr Distanz zu geliebten Menschen schmerzen konnte. Vermutlich war das Verhältnis zu seiner Familie das ganze Jahr über schwierig. Höchstwahrscheinlich fühlte sich das während der Weihnachtsfeiertage, wenn andere Familien zusammen feierten, noch tausendmal schlimmer an. Sie hatte kein Recht, irgendetwas davon herunterzuspielen.

»Es tut mir leid«, flüsterte sie. »Ich wollte nur, dass wir den Zauber von Weihnachten teilen und gemeinsam genießen können.«

»Das werden wir«, versprach er. »Ich komme dafür noch in die richtige Stimmung. Vielleicht nicht, bevor uns heute Abend der Eierpunsch ausgeht, aber ich kriege das hin.«

Jeanette zog seinen Kopf zu sich herab und küsste ihn langsam. Dabei spürte sie, wie sich die Anspannung in seinen Schultern lockerte. Sie atmete seinen Duft ein, der sich mit dem Geruch von Kiefern in der Luft vermischte.

»Weißt du«, sagte er leise mit den Lippen an ihren, »ich glaube, etwas vom weihnachtlichen Zauber färbt doch auf mich ab.«

* * *

Mary Vaughn kam sich vor, als hätte sie noch nie in ihrem Leben eine Party veranstaltet. Seit einer Stunde hetzte sie durchs Haus und überprüfte noch einmal jede Kleinigkeit. Sie wollte sich vergewissern, dass der Caterer das Büfett richtig angeordnet hatte, dass kein Staubkorn den Kronleuchter im Esszimmer verunzierte und dass kein einziges Lämpchen der zig Lichterketten am riesigen Baum im Wohnzimmer ausgefallen war.

»Würdest du dich wohl beruhigen?«, redete Sonny auf sie ein, der ihr auf wunderbar vertraute Weise folgte. »Es ist alles perfekt.«

»Was, wenn niemand kommt?«

»Mach dich nicht lächerlich. Deine Partys sind um die Zeit immer ein Höhepunkt. Und jeder, mit dem wir heute Abend bei der Eröffnungsfeier geredet haben, wollte vorbeischauen.«

»Ich weiß, aber die Leute könnten müde werden. Sie werden denken, es wird eh gerammelt voll sein, und niemandem würde es auffallen, wenn sie nicht kommen.«

Er hielt sie auf, als sie zum zweiten Mal die Stoffservietten zählen wollte. Sonny legte die Hände auf ihre Schultern, hielt sie fest und sah ihr in die Augen. »Warum bist du so nervös?«

»Weil …«, begann sie und konnte sich nicht dazu durchringen, den Satz zu Ende zu sprechen.

»Weil die Leute mitbekommen werden, dass wir wieder zusammen sind?«, fragte er. »Liegt es daran?«

Sie nickte. »Ich will, dass du stolz auf mich bist.«

»Du hast mich immer stolz gemacht.«

»Aber die Leute sollen sehen, dass ich endlich begriffen habe, was für ein toller Mann du bist.«

Er neigte ihr Kinn nach oben. »Der Einzige, der das glauben muss, bin ich.«

»Und wohl auch dein Vater«, meinte sie reumütig. »Er dürfte nicht allzu begeistert davon sein, dass wir wieder zusammenkommen wollen.«

»Da irrst du dich. Das wünscht er sich schon lange.«

»Aber er hat mich nie gemocht«, protestierte Mary Vaughn.

»Stimmt nicht. Ihm hat nur nie gefallen, dass du mich nicht so geliebt hast, wie du es seiner Meinung nach hättest sollen. Er war nicht blind, Mary Vaughn, und wir leben in einer Kleinstadt. Er hat gewusst, dass du nie über Ronnie hinweggekommen bist.«

»Weißt du, inzwischen bin ich das«, beteuerte sie und sah ihm direkt in die Augen. »Du bist der einzige Mann, den ich will.«

»Allmählich fange ich tatsächlich an, das zu glauben«, erwiderte er. »Ich hab sogar ein verfrühtes Weihnachtsgeschenk für dich.«

Er griff in die Tasche und holte ein kleines Päckchen daraus hervor. »Es ist kein Ring«, warnte er, als er es ihr überreichte. »Nur, damit du nicht enttäuscht bist. Für eine solche Verpflichtung ist es noch zu früh. Trotzdem wollte ich, dass du weißt, was ich für dich empfinde. Ich habe Vertrauen in das, was zwischen uns gerade passiert.«

Sie klappte das Etui auf und fand darin ein Schmuckstück vor, ein Medaillon. Mit zitternden Fingern öffnete sie es. Auf einer Seite enthielt es einen Schnappschuss von Sonny und Rory Sue. Auf der anderen stand etwas eingraviert: *Für immer.*

»Das will ich für uns, Mary Vaughn. Diesmal soll es für immer sein.«

»Oh Sonny, das will ich auch«, flüsterte sie an seiner Wange. »Und wie.«

»Soll ich es dir anlegen?«, bot er an.

Sie nickte und hob ihr Haar aus dem Gesicht, während er am zierlichen Verschluss fingerte. Als seine Finger dabei über ihren Nacken strichen, schauderte sie vorfreudig.

Zum ersten Mal war sie froh, dass Rory Sue noch nicht vom College zurück war und erst in ein paar Tagen kommen würde. Dadurch würden Sonny und sie das Haus für sich allein haben, sobald die Party vorbei wäre. Und wenn es nach ihr ginge, würden sie dann so viele Zimmer himmlisch nutzen, wie sie nur konnten. Der Gedanke brachte sie zum Lächeln.

KAPITEL 23

Jeanette hatte zwar zugesagt, Tom zu der Dinnerparty im Haus seiner Eltern in der Woche nach dem Beginn der Weihnachtsfestlichkeiten zu begleiten, war jedoch nicht restlos davon überzeugt, wie klug es war. Auch Tom wirkte gereizt, was sie selbst nur noch nervöser werden ließ. Es gab locker fünf, sechs Möglichkeiten, wie der Abend als Katastrophe enden könnte.

Als Tom das Auto in der mit Ziegelsteinen gepflasterten, runden Einfahrt parkte, suchte sie nach einer Ausrede, um zu kneifen und die Flucht anzutreten. Dem mit seinem Vater geschlossenen Waffenstillstand traute sie nicht recht, seine Mutter war entschieden zu unberechenbar.

»Das ist eine schlechte Idee«, murmelte sie.

»Zu dem Schluss kommst du erst jetzt?«, gab Tom zurück. Er klang selbst ziemlich gedämpft.

»Du könntest allein reingehen«, schlug sie vor.

»Während du was machst? Dich im Gebüsch verstecken?«

»Du könntest mich an einem Restaurant absetzen und später wieder abholen.«

»Keine Chance. Du wirst erwartet. Und muss ich dich daran erinnern, dass es zu unserer Abmachung gehört? Ich überwinde meine miese Einstellung, und du versuchst, mit meinen Eltern auszukommen.«

»Meinetwegen«, brummte sie, längst nicht mehr so begeistert von der Idee, als sie tatsächlich so weit war.

»Meine Eltern müssen sich an den Gedanken gewöhnen, dass wir eine feste Beziehung haben. Gehen wir einfach rein und ziehen es durch«, sagte er.

»Langsam!«, protestierte sie. »Wir sind nicht fest zusammen. Wir schlafen miteinander. Das ist nicht dasselbe.«

Toms Miene verfinsterte sich. »Wir sind auf jeden Fall fest zusammen. Willst du echt hier draußen darüber diskutieren, obwohl wir beide wissen, dass ich dir das Gegenteil beweisen könnte, wenn ich es wirklich wollte?«

Durch seine selbstsicheren Worte wurde sie ein wenig verwegen … oder vielleicht lag es auch an dem Wissen, dass sie sich praktisch unter den wachsamen Augen seiner Eltern befanden. Sie begegnete seinem Blick. »Ach ja?«, sagte sie herausfordernd.

Er blinzelte. Dann jedoch wurde der Ausdruck in seinen Augen sinnlich und gefährlich. »Bist du sicher, dass du mich damit ausgerechnet jetzt auf die Probe stellen willst?«

»Ich denke schon«, erwiderte sie. Dabei lief ihr ein vorfreudiger Schauder über den Rücken.

Im Nu war er aus dem Auto ausgestiegen und tauchte an ihrer Seite auf. Mit einem Ruck öffnete er die Tür und ergriff ihre Hand. »Gehen wir.«

Da erkannte Jeanette, dass sie ihn womöglich ein bisschen zu weit getrieben hatte. »Wohin?«

»Hinten ist ein Gästehaus. Darin wohnt niemand.« Er lief so schnell, dass sie rennen musste, um mit ihm Schritt zu halten.

»Tom, warte«, protestierte Jeanette.

»Darauf warte ich schon, seit ich dich heute Abend zum ersten Mal in dem Kleid gesehen habe.«

»Wir können uns nicht heimlich ins Gästehaus deiner Eltern schleichen und dort unanständig und verschwitzt werden, während sie uns zum Abendessen erwarten. Das wäre unhöflich.« Ganz zu schweigen davon, dass es eine Katastrophe geradezu heraufbeschwor. Jeanette bewegte sich bei seinen Eltern so schon auf äußerst dünnem Eis.

Er lachte. »Willst du jetzt wirklich über Etikette diskutieren?«

»Deine Mutter hat bereits eine außerordentlich schlechte Meinung von mir. Ich will es nicht noch schlimmer machen.«

»Meine Meinung sollte hier die sein, die zählt«, erinnerte er sie. Aber er wurde langsamer und drängte sie gegen einen schmiedeeisernen Zaun. Er ergriff zu beiden Seiten ihres Kopfs zwei Streben, stützte sich daran ab, beugte sich vor und senkte den Mund auf ihren.

Jeanette schnappte nach Luft, als er die Zunge zwischen ihre Lippen schob. Und da gleichzeitig seine heiße, sehr männliche Härte gegen sie presste, vergaß sie, warum es eine so schlechte Idee war. Ihre Hände hielten sein Gesicht fest, um dafür zu sorgen, dass der Kuss nicht endete. Seine Hüften rieben an ihren. Tom fasste nach unten, hob den Saum ihres Kleids an und ließ die Hand an ihrem nackten Oberschenkel höher gleiten, bis er ihre feuchte Mitte erreichte. Bei der intimen Berührung zuckte sie zusammen und hätte sich um ein Haar auf der Stelle entladen.

»Hör auf«, murmelte sie, gefolgt von: »Nein, hör nicht auf. Nicht … Tom?« Seine geschickten Finger tauchten in sie, und dann kam sie tatsächlich. Mit weit aufgerissenen Augen und flachen Atemstößen begegnete sie seinem Blick. »Das sollte nicht passieren. Es … wir sollten das nicht tun.« Sie vergrub den Kopf an seiner Schulter. »Tom, wie kann ich jetzt noch reingehen? Alle werden merken, was wir gemacht haben.«

Er berührte ihre Wange mit einem Finger und strich ihr eine verirrte Strähne zurück. »Im Gästehaus ist ein Badezimmer. Dort kannst du dich vor dem Spiegel zurechtmachen. Obwohl ich finde, dass du so zerzaust und strahlend einfach fantastisch aussiehst.«

Sofort riss sie die Hand ans Haar, das sich wild kräuselte, obwohl sie sich zu Hause solche Mühe gegeben hatte, es zu bändigen. »Oh, nein.«

»Hör auf«, verlangte er. »Der Look steht dir. Bitte richte es nicht.«

»Mal sehen«, sagte sie. »Wo ist dieses Gästehaus?«

Er führte sie zu einem ehemaligen Pförtnerhäuschen an der Hauptzufahrt zu dem großen Anwesen. Es war kaum kleiner als Jeanettes neues Haus. Die Inneneinrichtung wies mit burgunderroten und marineblauen Schattierungen und beigen Akzenten einen maskulinen Touch auf. Jeanette ließ den Gesamteindruck auf sich wirken, dann drehte sie sich Tom zu. »Deine Mutter hat das für dich eingerichtet, nicht wahr?«

Er nickte. »Meine Eltern hatten die verrückte Idee, ich würde zurück nach Hause ziehen, wenn ich auf dem Grundstück ein eigenes Haus hätte. Zumindest so lang, bis ich heirate und mit dem Leben häuslich werde, das sie sich für mich vorstellen.«

»Und hast du je hier gewohnt?«

Er schüttelte den Kopf. »Aber sie haben die Hoffnung nicht aufgegeben. Ich sage ihnen immer wieder, sie sollen es vermieten. Machen sie einfach nicht. Mein Vater meint, ich müsste ja eines nahen Tages zur Vernunft kommen und zurück nach Charleston ziehen, wo eine gute Adresse unheimlich wichtig ist.«

In dem Moment fiel Jeanettes Blick auf die Uhr am Kaminsims, und sie stellte fest, dass sie sich verspäteten. »Schau mal, wie spät es ist. Deine Mutter wird uns umbringen … oder mich zumindest. Sie wird mir die Schuld geben.«

»Ich erkläre ihr, dass es meine Schuld war«, versprach Tom.

»Nur zwei Minuten«, kündigte Jeanette an und hetzte ins Bad.

Tom hatte recht gehabt. Ihre Wangen glühten, ihr Haar war zerzaust, allerdings auf eine Weise, für die manche Frauen gutes Geld bezahlten. Sie rückte ihr Kleid zurecht, wusch sich und erneuerte den von Toms Küssen in Mitleidenschaft gezogenen Lippenstift. Nach genau zwei Minuten kehrte sie ins Wohnzimmer zurück.

»Geht das so?«

»Du bist wunderschön«, versicherte er ihr.

Sie verdrehte die Augen über sein voreingenommenes Urteil. »Danke, aber du überlegst dir besser eine Erklärung für unsere Verspätung, die rein gar nichts damit zu tun hat, was wirklich passiert ist.«

»Kein Problem. Ich sage einfach, wir sind ein bisschen zu spät losgefahren und im Verkehr hängen geblieben.« Tom führte sie einen Weg entlang zum hell erleuchteten Hauptgebäude.

Es war ein für die Jahreszeit seltener warmer Abend. Durch die offenen Fenster und Flügeltüren zur Terrasse drangen Musik und Gelächter heraus. Zusammen huschten sie durch die Tür hinein.

»Da seid ihr ja!«, rief seine Mutter und steuerte schnurstracks auf sie zu. »Ich dachte schon, du hättest den Weg nach Hause vergessen, Tom.« Zwar runzelte sie die Stirn, als sie Jeanette betrachtete, begrüßte sie aber recht höflich.

»Danke, dass Sie mich miteingeladen haben«, sagte Jeanette, obwohl Mrs. McDonald dreinschaute, als hätte sie auf eine Zitrone gebissen. Der Gesichtsausdruck wurde allmählich allzu vertraut.

»Tom, du musst deinen Vater suchen. Er will dir jemanden vorstellen.«

»Okay«, erwiderte Tom. Als er Jeanettes Hand ergreifen wollte, schob sich seine Mutter in den Weg.

»Jeanette ist bei mir gut aufgehoben. Ich stelle ihr die Leute vor, obwohl ich mir denken könnte, dass sie einige der Stammkundinnen im *Chez Bella* schon kennt.«

Tom erstarrte. »Mutter, wenn du absichtlich etwas machst, damit sich Jeanette unwohl fühlt …«

»Sie ist ein Gast in meinem Haus«, erklärte seine Mutter steif. »McDonalds bringen ihre Gäste nicht in Verlegenheit.«

Er bedachte sie mit einem harten Blick, dann nickte er. »Ich verlasse mich auf dein Wort.«

Jeanette schaute ihm bestürzt hinterher, aber da sie keine andere Wahl hatte, straffte sie die Schultern, setzte ein Lächeln auf und sagte: »Ihre Dekoration ist wunderschön, Mrs. McDonald. Das Nussknacker-Motiv ist genial. Bestimmt haben Sie wochenlang daran gearbeitet.«

Damit übertrieb sie nicht. Der Raum erstrahlte vor glitzernden, bunten Lichtern. Es duftete nach Immergrün, obwohl Tom ihr erzählt hatte, dass es sich beim Dekor um künstliche Zweige handelte. Das Nussknacker-Motiv war mit sichtlichem Enthusiasmus umgesetzt worden. Hunderte kleine Nussknacker zierten den Baum, größere den Kaminsims und lebensgroß den Eingang zu dem Raum.

Auf der anderen Seite des Flurs bestand die Dekoration – soweit Jeanette es flüchtig erkennen konnte – aus der Zuckerfee mit durch die Zweige geflochtenen hellrosa, violetten und silbernen Bändern sowie Tausenden winzigen weißen Lichtern.

Jeanette war schon in Kaufhäusern gewesen, die zu Weihnachten mit weniger Liebe zum Detail geschmückt gewesen waren.

»Dieses Haus ist zu Weihnachten immer ein Musterbeispiel gewesen«, erklärte Mrs. McDonald stolz. »Das ist eine Tradition, die ich mit Freuden fortsetze.«

»Sind Ihre Töchter hier? Ich würde sie zu gern kennenlernen«, sagte Jeanette.

»Heute Abend nicht. Diesmal ist es ein Geschäftsessen, keine Familienfeier«, erwiderte die Frau pointiert.

Der Hinweis auf den Unterschied und die nicht gerade subtile Andeutung, dass sie für eine Familienfeier nicht eingeladen worden wäre, ließen Jeanette innerlich zusammenzucken.

Die nächste halbe Stunde lang ertrug sie neugierige Blicke und kühle Begrüßungen von Frauen, die ihr früher einige ihrer intimsten Geheimnisse anvertraut hatten. Sie waren es nicht gewohnt, jemandem wie Jeanette auf Augenhöhe zu begegnen. Es war allen sichtlich unangenehm. Obwohl sich keine der feinen Damen unverhohlen unhöflich verhielt. Sie wussten einfach nicht, was sie von Jeanettes Anwesenheit halten sollten, vor allem ohne Tom an ihrer Seite. Und vielleicht hatten sie auch noch die Gerüchte über die Klage in den Ohren, mit der Mrs. McDonald ihr damals gedroht hatte.

Jeanette hielt den Kopf hoch erhoben, plauderte kurz und begab sich dann an die Bar, wo sie um ein Glas Wein bat. Sie wollte damit auf die Terrasse und dort nur kurz verweilen, um sich zu sammeln, als sie aus einem anderen Raum erhobene Stimmen hörte. Da eine davon Tom gehörte, schwenkte sie stattdessen in diese Richtung.

***

»Dad, wie oft muss ich dir noch sagen, dass ich nicht in eine Anwaltskanzlei in Charleston einsteige?«, fragte Tom hitzig. »Ist dir eigentlich klar, wie peinlich dieses Gespräch für Dwight Mitchell und für mich war?«

»Und ist dir klar, wie dumm es von dir war, ihn abzuweisen? *Mitchell & McLaughlin* ist eine der ältesten und renommiertesten Kanzleien in Charleston. Tatsächlich im gesamten Staat. Wenn du dort unterkommst, hast du es geschafft – nicht nur finanziell, du hättest auch ein ideales Sprungbrett für jede politische Karriere, die dir vorschwebt.«

»Ich habe weder vor, als Anwalt zu arbeiten, noch für irgendein Amt zu kandidieren«, entgegnete Tom vehement. »Keine Ahnung, wie ich es noch deutlicher sagen soll.«

»Wann hörst du endlich auf, Entscheidungen zu treffen, nur um mir zu trotzen?«, erwiderte sein Vater.

»Papa, meine Entscheidungen haben nichts mit dir zu tun. Ich habe einen Job, den ich liebe. Bitte akzeptier das endlich, damit wir dieses Gespräch nicht immer wieder führen müssen.«

»Und gilt dasselbe für Jeanette? Liegt dir wirklich etwas an ihr?«

»Das weißt du genau. Ich möchte, dass du und Mutter sie kennenlernt. Sie ist mir sehr wichtig. Das seid ihr auch, ob du's glaubst oder nicht. Deshalb liegt es mir am Herzen, dass wir alle miteinander auskommen.«

Sein Vater seufzte schwer. »Das will ich ja auch. Ich hatte nur so große Hoffnungen für deine Zukunft. Genau wie deine Mutter.«

»Papa, ich arbeite an der Zukunft, die ich mir wünsche. Und die ist absolut respektabel, auch wenn es nicht die ist, die du für mich ausgesucht hättest. Außerdem bin ich mit einer Frau zusammen, die ich liebe, einer Frau, die mich glücklich macht.«

»Obwohl sie keine von uns ist?«

Tom lachte. »Weil sie ihre Vorfahren nicht bis zum englischen Königshaus zurückverfolgen kann? Oder was auch immer Mutters Kriterien sind. Komm schon, Papa. Sie ist von jeher ein bisschen versnobt gewesen, aber doch nicht du.«

Einen Moment lang herrschte Schweigen, dann ergriff Mr. McDonald das Wort. Er klang müde. »Du hast recht. Ich sollte in der Hinsicht lieber still sein. Meine Vorfahren haben hart dafür gearbeitet, was sie erreicht haben. Und mein Vater hätte mit seiner Trinkerei, seiner Spielsucht und seinen Affären um ein Haar alles verprasst. Ich habe mein Leben mit dem Versuch verbracht wiederherzustellen, was wir durch ihn beinah verloren hätten. Damit meine ich nicht nur Geld, sondern vor allem unseren Ruf. Das ist alles, woran mir etwas liegt, Tom. Ich will, dass unser guter Name fortgeführt wird und in Charleston die bedeutende Stellung einnimmt, die er einmal hatte. Deine Mutter ist ein gewaltiges Risiko eingegangen, indem sie mich nach dem skandalösen Verhalten meines Vaters geheiratet hat. Ich habe ihr damals versprochen, dass sie es nie bereuen würde. In letzter Zeit schämt sie sich zu sehr, um sich irgendwo zu zeigen.«

»Bei all den Partys, die ihr zwei über die Weihnachtszeit veranstaltet, kann sie sich so sehr nicht schämen«, entgegnete Tom. Dann zögerte er kurz. »Papa, Jeanette hat angedeutet, dass du und Mutter mir etwas verheimlicht, das erklären würde, warum euch das alles so viel bedeutet. Geht es darum? Um Großvater?«

»Er hätte uns beinah ruiniert, nicht nur wirtschaftlich, sondern auch unseren Ruf«, sagte sein Vater. »Ich weiß, dass du alles, was deiner Mutter so am Herzen liegt, für albern und unnötig hältst. Aber für uns ist es wichtig, weil wir hart darum kämpfen mussten, es zurückzubekommen.«

»Ich verstehe.«

»Tust du das wirklich, Sohn?«

»Ich glaube, ich fange an, es zu begreifen.«

»Komm deiner Mutter ein wenig entgegen, ja?«

»Wenn ihr beide *uns* ein wenig entgegenkommt«, verhandelte Tom. »Ich liebe Jeanette. Ich habe vor, sie zu heiraten, wenn sie mich will.«

»Bitte tu das nicht, Tom. Es würde deine Mutter umbringen.«

»Nur dann, wenn sie sich nicht die Zeit nimmt, Jeanette kennenzulernen. Damit würde sie uns am Ende vertreiben«, sagte Tom. »Das kann ich dir garantieren. Papa, es tut mir leid zu hören, was Großvater angerichtet hat, aber es kann sich nicht auf mich auswirken. Das war in der Vergangenheit. Ich bin sicher, die Leute haben es längst vergessen. Jedenfalls hab ich noch nie ein schlechtes Wort über ihn gehört.«

»Weil deine Mutter und ich nicht wollten, dass du oder deine Schwestern davon erfahren. Wir haben getan, was nötig war, um das von meinem Vater angerichtete Chaos zu beseitigen. Und letztlich haben es die Leute tatsächlich vergessen oder uns zumindest gestattet, es hinter uns zu lassen. Du hast ein Erbe, auf das du stolz sein kannst. Das ist zum Großteil das Verdienst deiner Mutter, die mir eine Chance gegeben hat.«

»Papa, ich bin immer stolz auf dich gewesen. Ich bin zwar oft nicht deiner Meinung und kann mein Leben nicht nach deinen Erwartungen ausrichten. Aber das ändert nichts daran, was ich für dich empfinde.«

Die Miene seines Vaters wirkte müde, als er durch den Raum deutete. »Das alles sollte dir gehören.«

»Ich brauche es nicht«, erwiderte Tom sanft. »Ich hab schon gefunden, was ich brauche. Einen Job, der mir Freude bereitet, eine Frau, die ich liebe.«

»Und du wirst es dir nicht anders überlegen?«

Tom schüttelte den Kopf. »Nein. Das ist das Leben, das ich will. Kannst du das bitte akzeptieren?«

»Ich werde es versuchen.« Sein Vater klang niedergeschlagen. »Jetzt geh zurück zur Party. Es gibt bald Essen. Sag deiner Mutter, dass ich gleich rauskomme.«

»Papa, es tut mir leid, wenn ich dich verletzt habe. Ehrlich.«

»Muss es nicht. Ich weiß besser als die meisten, dass ein Mann den Weg wählen muss, den er für richtig hält.

Mein Leben lang habe ich versucht, *nicht* den meines Vaters einzuschlagen.«

Zögerlich stand Tom neben ihm. »Bist du sicher, dass es dir gut geht?«

Sein Vater lächelte reumütig. »Ich hab schon schlimmere Rückschläge als den überstanden. Jetzt geh. Ich komme gleich nach.«

Als Tom die Tür erreichte, rief sein Vater ihm hinterher. »Sohn?«

»Ja?«

»Nur, damit du's weißt, ich mag deine junge Frau. Ich hatte gehofft, du findest hier in Charleston jemanden, und ich hatte das Gefühl, ich müsste zumindest versuchen, dafür zu sorgen. Aber letztendlich ist es deine Entscheidung. Jeanette hat Rückgrat. Falls ihr wirklich entscheidet zu heiraten, hoffe ich, ihr werdet zusammen genauso glücklich wie deine Mutter und ich.«

Als Tom das Zimmer verließ, sah er Jeanette, die gerade in den anderen Raum zurückkehren wollte. Er folgte ihr hastig und holte sie ein, bevor sie sich davonstehlen konnte.

»Du hast alles gehört, oder?«, fragte er.

Sie nickte. »Ich wollte nicht lauschen. Eigentlich wollte ich nach draußen, um frische Luft zu schnappen, da hab ich laute Stimmen gehört.«

»Ein paar der Dinge, die mein Vater gesagt hat, tun mir leid.« Er lächelte. »Aber du hast auch gehört, dass er dich mag, richtig?«

»Hab ich. Und es bedeutet mir viel, weil es ihm unheimlich schwergefallen sein muss, das auszusprechen.« Sie lächelte strahlend. »Jetzt muss ich nur noch deine Mutter für mich gewinnen.«

»Das könnten wir an einem anderen Abend machen«, schlug er vor. Er sah ihr tief in die Augen. »Wollen wir von hier verschwinden? Mir kommt das Haus auf einmal unerträglich stickig und überfüllt vor.«

Jeanette geriet in Versuchung, doch der Anstand gebot, dass sie noch blieben. »Würde ich gern, aber ich finde, das wäre nicht gut. Deine Mutter wäre gekränkt. Damit würde ich keine Pluspunkte bei ihr machen.«

»Eigentlich wäre sie wahrscheinlich erleichtert. Das Abendessen wäre ohne uns viel entspannter.«

Jeanette schüttelte den Kopf. »Netter Versuch, aber wir bleiben.«

Tom bückte sich und stahl ihr einen Kuss. »Was ich nicht alles für dich auf mich nehme«, murmelte er. »Zuerst die Weihnachtsfestlichkeiten, und jetzt das.«

»Wenn das alles ist, was du je für mich tun musst, kommst du noch glimpflich davon.«

An der Stelle kündigte ein Dienstmädchen das Essen an. Im Speisesaal mit dem glitzernden Kronleuchter, dem polierten Silber und dem funkelnden Kristall schimmerten weiße Kerzen zwischen sattgrünen Winterbeerenzweigen. Das Essen verlief überraschend gut. Mrs. McDonald verhielt sich makellos höflich, und Mr. McDonald bemühte sich sogar aufrichtig, Jeanette in die Konversation einzubeziehen.

Vielleicht lag es am Wein in Verbindung mit dem hervorragenden Lamm und dem dekadenten Schokoladendessert, jedenfalls wurde viel gelacht. Als der Kaffee serviert wurde, schienen alle rundum zufrieden zu sein.

Auf dem Weg ins Wohnzimmer beugte sich Tom zu Jeanette. »Können wir uns jetzt entschuldigen? Es wird allmählich spät, und wir müssen morgen ja wirklich früh bei den Festlichkeiten sein.«

»Du klingst überraschend froh darüber«, merkte Jeanette an.

»Erstaunlicherweise bin ich das wirklich.«

Mit strahlender Miene sah sie ihn an. »Das hört man gern. Verabschieden wir uns von deiner Mutter.«

Sie schlängelten sich durch die Menge zu ihr und stellten fest, dass sie hocherfreut über den Erfolg der Party wirkte.

»Mutter, ich muss mich entschuldigen«, verkündete Tom. »Wir müssen los.«

»Es war ein bezaubernder Abend«, sagte Jeanette aufrichtig. »Nochmals vielen Dank, dass ich mit eingeladen wurde. Tut mir leid, dass wir schon gehen, aber unsere Weihnachtsveranstaltung geht morgen früh weiter, und wir müssen beide anwesend sein.«

»Ich dachte, das war letztes Wochenende«, sagte Toms Mutter und drehte sich ihm mit einem Blick zu, als hätte sie ihn bei einer Lüge ertappt.

»Letztes Wochenende war die offizielle Eröffnung«, erklärte er.

»Die Festlichkeiten dauern zwei Wochen und gehören zu den größten Veranstaltungen der Stadt«, fügte Jeanette hinzu und ignorierte Tom, der sie wenig subtil in die Rippen stupste. »Sie sollten hinfahren. Den ganzen Tag lang haben jede Menge Stände geöffnet. Kirchenchöre treten auf. Der Baum auf dem Marktplatz leuchtet bereits, die Geschäfte sind festlich geschmückt, und abends ist es besonders schön.«

»Das klingt bezaubernd.«

Jeanette lauschte aufmerksam auf einen abfälligen

Unterton, aber es klang aufrichtig. »Sie sollten wirklich kommen«, betonte sie. »Tom hat hart daran gearbeitet, und der Baum ist unglaublich.«

»Vielleicht machen wir das«, meinte Mrs. McDonald schließlich. Abermals sah sie ihren Sohn an. Diesmal wirkte sie seltsam zögerlich. »Wäre das für dich in Ordnung?«

Tom setzte ein Lächeln auf. »Natürlich. Jeanette und ich werden irgendwo dort sein. Haltet unbedingt nach uns Ausschau.«

»Und nochmals vielen Dank für heute Abend«, sagte Jeanette.

Seine Mutter zögerte erneut, als suchte sie nach den richtigen Worten. »Ich freue mich, dass ihr kommen konntet«, sagte sie schließlich. Es klang etwas verlegen, schien aber aufrichtig gemeint zu sein. Dann stellte sie sich auf die Zehenspitzen und küsste Tom auf die Wange. »Ich erzähle deinem Vater von den Festlichkeiten. Hoffentlich sehen wir uns morgen.«

»Gute Nacht, Mutter.«

Draußen seufzte Jeanette erleichtert. »Ich kann wieder atmen.«

»Ich auch«, sagte Tom und lockerte seine Krawatte.

»War gar nicht so schrecklich, wie ich befürchtet hatte«, gab sie zu.

»Ich glaube, meine Eltern haben sich wirklich Mühe gegeben.«

Sie griff nach seiner Hand. »Glaub ich auch.« Sie musterte aufmerksam seine Züge, bevor sie fragte: »Hast du ernst gemeint, was du zu deinem Vater gesagt hast? Darüber, dass du mich heiraten willst?«

Er grinste. »Ah, das hast du also auch gehört.«

»Ist ja nicht so, als hättest du's ihm ins Ohr geflüstert. Und?«

»Mein Plan sieht es definitiv vor«, bestätigte er. »Nur wenn ich dir einen Antrag mache, dann nicht in der Einfahrt meiner Eltern. Sondern in einem romantischen Umfeld.«

Ein Lächeln umspielte ihre Lippen. »Gut zu wissen.«

* * *

Als Dana Sue Hilfe dabei brauchte, das *Sullivan's* weihnachtlich zu schmücken, bot sich Jeanette als Erste dafür an. Als Maddie erwähnte, sie sollten im *Corner Spa* eine Weihnachtsfeier für ihre Kundinnen veranstalten, meldete sich Jeanette freiwillig für die Planung. Dann beschloss sie, eine eigene Weihnachtsparty zu geben, die erste in ihrem neuen Zuhause. Sie kaufte edle Einladungen, holte alle ihre Kochbücher heraus, um die festlichsten Rezepte zu finden, und kaufte einen Baum, der mit Müh und Not in ihr Wohnzimmer passte. Tom schleppte ihn sogar klaglos für sie ins Zimmer, wenngleich er sich mit einer Ausrede verdrückte, als es Zeit zum Schmücken des Baums wurde.

Am Montag nach dem Verschicken der Einladungen nahm Maddie sie beiseite. »Trinken wir ein Tässchen Tee«, schlug sie vor und führte Jeanette auf die Terrasse, wo die Sonne ein warmes Fleckchen geschaffen hatte und sie so ungestört waren, wie Maddie es offensichtlich wollte.

»Okay, was ist los mit dir?«, fragte Maddie. »Ich hab die Einladung zu deiner Party gekriegt.«

»Du kommst doch, oder? Mit Cal und den Kindern.«

»Natürlich kommen wir, aber Süße, findest du nicht, dass du es allmählich mit Weihnachten ein bisschen übertreibst? Du hast zwei Tage lang deine ganze Freizeit damit verbracht, Dana Sue bei der Dekoration im *Sullivan's* zu helfen. Du hast unsere Party geplant, die ein großer Erfolg war. Und jetzt willst du auch noch deine eigene Party veranstalten. Geht's hier darum, verlorene Zeit aufzuholen? Oder soll das so was wie ein Test für Tom sein?«

Die Frage ließ Jeanette verdutzt blinzeln. »Das ist doch verrückt. Warum sollte ich Tom testen wollen?«

»Sag du es mir.«

Jeanette nippte an ihrem Tee und dachte über Maddies Frage nach. Übertrieb sie es? Wollte sie Tom auf die Probe stellen? Sie glaubte nicht. »Bei Tom und mir läuft es gut, seit wir bei seinen Eltern waren. Ich hab endlich das Gefühl, wir könnten eine echte Chance haben.«

»Okay, weißt du, was ich in dem Fall denke?«, sagte Maddie. »Ich denke, du versuchst, eine Leere zu füllen. In Wirklichkeit willst du, was du früher mit deinen Eltern hattest. Kann das sein?«

Der Gedanke war Jeanette nie gekommen, aber nun, da Maddie ihn äußerte, wurde ihr klar, dass sie genau das tat. Nach so vielen Jahren hatte sie endlich ihre Liebe zu Weihnachten zurückerlangt, aber sie wollte mehr. Sie wollte, dass alles wieder so wurde, wie es einst gewesen war. Das war natürlich nicht möglich, also versuchte sie, mit all den anderen Aktivitäten das zu ersetzen, was ihr während der Feiertage fehlen würde – ihre Familie.

»Mit meinen Eltern läuft es inzwischen viel besser«, sagte sie langsam. »Wir reden mindestens einmal die Woche miteinander. Aber über Weihnachten haben sie bisher kein Wort verloren. Ich glaube, sie sind noch nicht bereit, sich damit auseinanderzusetzen.«

»Hast du sie gefragt? Sie vielleicht zu dir eingeladen?«, hakte Maddie nach. »An einem neuen Ort, an dem sie völlig neue Erinnerungen schaffen können, fällt es ihnen vielleicht leichter, sich wieder auf Weihnachten einzustellen. Du weißt, dass sie am ersten Weihnachtsfeiertag herzlich im *Sullivan's* bei uns anderen eingeladen sind.«

»Ich könnte sie wohl zumindest fragen«, meinte Jeanette.

»Und falls sie ablehnen, denk dran, dass es nichts mit dir zu tun hat. Es geht nur darum, was sie verkraften können.«

»Du hast recht.« Jeanette nickte. »Ich schaffe das. Wenn ich mich sogar Toms Eltern angenähert habe, sollte ich wohl in der Lage sein, die Verbindung zu meinen eigenen zu stärken.«

Maddie grinste. »Das ist nicht dasselbe. Bei seinen Eltern hattest du sehr niedrige Erwartungen. Soweit ich von Tom gehört habe, war es praktisch ein Wunder, dass sie letzten Samstag tatsächlich zu den Festlichkeiten hergekommen sind. Bei deinen Eltern scheinen mir Wunder mit so viel emotionalem Ballast noch schwieriger zu sein.«

»Stimmt, aber ich bin es ihnen und mir selbst schuldig, es zu versuchen«, sagte Jeanette entschlossen. »Ich gehe jetzt rein und rufe sie gleich an.«

»Viel Glück«, rief Maddie ihr nach. »Und egal, was passiert, denk dran, dass du hier Menschen hast, die dich lieben und dich als Familie betrachten.«

»Danke.« Jeanettes Augen wurden feucht. Das Wissen, dass Maddie jedes Wort aufrichtig meinte, verlieh ihr den

Mut, sich bei ihren Eltern zu melden. Bei jedem anderen Anlass wäre das Risiko gering, Weihnachten jedoch barg etliche Fallstricke. Aber vielleicht würden ihre Eltern nach so langer Zeit endlich bereit sein, den mit den Feiertagen verknüpften Kummer hinter sich zu lassen.

KAPITEL 24

Mit Maddies Unterstützung noch im Ohr griff Jeanette in ihrem Büro zum Telefon und rief ihre Eltern an. Wie immer klang ihre Mutter überrascht, ihre Stimme zu hören.

»Jeanette«, sagte sie. »Bist du das?«

»Ja, Mama.«

»Stimmt was nicht?«

»Doch, alles gut. Wie geht's Papa?«

»Von Tag zu Tag besser. Dieses Medikament wirkt wahre Wunder. Er ist wie ein völlig neuer Mensch.« Kurz verstummte sie. »Nein, das nehme ich zurück. Er ist wieder wie der Mann, den ich geheiratet habe.«

»Das freut mich unheimlich, Mama. Was ist mit dir? Findest du auch zurück zur Routine?« Bei ihrem letzten Gespräch hatte ihre Mutter erwähnt, dass sie vorhatte, sich wieder mehr in der Frauengruppe ihrer Kirche zu engagieren, was sie nach dem Unfall ihres Ehemanns aufgegeben hatte. Jeanette hatte es als Anzeichen für eine Verbesserung zu Hause gedeutet, dass sie die Nähe der Freundinnen suchen wollte, die ihr einst so wichtig gewesen waren.

»Ich war letzte Woche beim Mittwochstreffen in der Kirche«, ließ sie Jeanette wissen.

»Und wie war es, wieder dort zu sein?«

»Es war wundervoll, alle wiederzusehen. Wenn ich

sie beim Gottesdienst gesehen habe, war danach nie Zeit zum Plaudern. Ich kann dir sagen, obwohl ich die Treffen nur für ein paar Monate verpasst habe, hat inzwischen die Hälfte der Frauen Enkelkinder, von denen ich noch nichts wusste. Wir haben so viel geredet, dass wir an Arbeit rein gar nichts geschafft haben. Ich backe gerade einen Schokoladenkuchen mit Karamellglasur für die Kaffeestunde nach dem Gottesdienst am Sonntag. Alle haben gesagt, wie sehr ihnen das gefehlt hat.«

»Das ist wunderbar, Mama. Du hörst dich gut an.«

»Es geht mir auch gut. Besser als seit langem. Jetzt erzähl mir von dir«, forderte ihre Mutter sie auf. »Was ist mit deinem jungen Freund?«

»Tom geht's gut.«

»Und bei der Arbeit läuft es auch gut?«

»Ja. Wir hatten neulich eine Weihnachtsfeier im *Corner Spa*. Ich habe sie geplant, und sie war ein voller Erfolg. Jetzt bereite ich eine eigene Feier für Heiligabend bei mir zu Hause vor. Tatsächlich rufe ich deshalb an. Ich würde mich freuen, wenn Papa und du zu Weihnachten nach Serenity kommt. Mein neues Haus hat ein Gästezimmer. Ihr könntet ein paar Tage bleiben und alle meine Freunde kennenlernen.«

Das Schweigen, das auf die Einladung folgte, überraschte Jeanette nicht, trotzdem schmerzte es.

»Du weißt, dass wir Weihnachten nicht feiern«, sagte ihre Mutter schließlich. »Nicht mehr seit dem Tod deines Bruders.«

Fest entschlossen, sich von dem alten Argument nicht beirren zu lassen, setzte Jeanette nach. »Das ist Jahre her, Mama. Mir fehlt er auch, aber er würde nicht wollen, dass es so für uns ist. Ben hat Weihnachten geliebt. Wir sollten als Familie feiern. Ihr müsst keinen Finger rühren, um bei der Feier hier zu helfen. Das habe ich alles im Griff. Und Freunde haben uns zum Weihnachtsessen eingeladen, also fällt auch kein Aufwand fürs Kochen an. Ich möchte nur, dass du und Papa die Menschen kennenlernt, die mir wichtig sind. Bitte. Tom wird dabei sein. Ihn kennst du ja schon. Ich wünsche mir so, dass wir Weihnachten wieder als Familie feiern.«

Das Zögern ihrer Mutter schien sich endlos auszudehnen. »Na ja, ich kann deinen Vater mal fragen. Aber verlass dich lieber nicht darauf.«

»Sag ihm, wie viel es mir bedeuten würde«, fügte Jeanette hinzu und betete, es würde genug Zeit vergangen sein, dass diese Worte etwas bewirken könnten. Vielleicht könnte sie mit ein bisschen Weihnachtsgesinnung als Unterstützung ihren rechtmäßigen Platz in der Familie zurückerobern, und sie könnten endlich gemeinsam mit der Vergangenheit abschließen.

»Ich rufe dich morgen wieder an, okay?«, sagte sie zu ihrer Mutter. »Rede heute Abend mit Papa darüber, dann besprechen wir es morgen weiter.«

»Ist dir das wirklich so wichtig?«, fragte ihre Mutter.

»Ist es. Ich bin hier glücklich, Mama. Ich hab tolle Freunde. Serenity ist eine wunderbare Stadt. Und derzeit ist alles weihnachtlich geschmückt und sieht noch schöner aus als sonst. Das *Corner Spa* ist fantastisch, und wir haben auch dort alles festlich hergerichtet. Mein Haus ist gemütlich und einladend. Wie man das hinkriegt, habe ich von dir gelernt. Das alles möchte ich so gern mit euch teilen. Ich möchte, dass ihr wieder an meinem Leben teilhabt.«

»Dann bemühe ich mich, deinen Vater zu überreden«, versprach ihre Mutter.

Jeanette atmete erleichtert durch. »Danke, Mama. Hab dich lieb.«

»Wir dich auch«, erwiderte ihre Mutter. »Ich weiß, es hat nicht immer so ausgesehen, aber es stimmt.«

Dass ihre Mutter die Worte laut aussprach, war ein besseres Geschenk, als Jeanette je erwartet hätte. Selbst wenn ihre Eltern die Einladung für dieses Jahr ausschlügen, reichten allein die Worte, um es Jeanette weiterhin versuchen zu lassen. Vielleicht würde sie am Ende die Familie zurückgewinnen, die sie so lange für verloren gehalten hatte.

* * *

Allmählich begann Tom, sich für das Konzept von Weihnachten zu erwärmen. Er war sich ziemlich sicher, dass Jeanettes Begeisterung auf ihn abfärbte. Vielleicht lag es auch daran, dass alle in der Stadt in Weihnachtsstimmung zu sein schienen. Er hatte sich sogar dabei ertappt, dass er auf dem Heimweg am Hauptplatz stehen geblieben war, um den Baum zu bewundern und sich an den Weihnachtsliedern zu erfreuen, die aus Lautsprechern an Ronnies Laden ertönten.

Tom wollte das Büro gerade verlassen, als Teresa den Kopf mit missbilligender Miene hereinsteckte und Besuch ankündigte. »Er hat keinen Termin, sagt aber, es wäre wichtig. Soll ich ihm sagen, er soll anrufen und einen Termin für einen günstigeren Zeitpunkt vereinbaren?« Teresa hörte sich an, als wollte sie genau das tun. Sie konnte Unterbrechungen ihrer Routine genauso wenig leiden wie Tom in der Regel. An diesem Tag jedoch hatte er so gute Laune, dass er keinen Grund sah, nur wegen eines spontanen Termins zickig zu sein. Ein paar Minuten konnte er erübrigen.

»Nein, schon gut. Schicken Sie ihn rein. Hat er Ihnen einen Namen genannt?«

»Dwight Mitchell.«

Prompt wünschte Tom, er hätte nicht so vorschnell entschieden. Dwight Mitchell war der Letzte, den er gerade sehen wollte. Aber er setzte ein höfliches Lächeln auf und streckte dem renommierten Anwalt aus Charleston die Hand entgegen, als er sein Büro betrat.

»Was führt Sie so weit her nach Serenity?«, fragte Tom und deutete auf einen Stuhl.

»Sie natürlich. Ich dachte mir, wir sollten uns nach dem so kurzen Gespräch mit Ihrem Vater noch einmal unterhalten.«

Tom runzelte die Stirn. »Ich weiß aufrichtig zu schätzen, dass Sie sich die Zeit genommen haben, eigens herzukommen. Aber ich denke, ich habe meinen Standpunkt klargemacht. Ich habe kein Interesse daran, als Anwalt zu arbeiten.«

Dwight grinste. »Ja, das haben Sie deutlich zum Ausdruck gebracht. Ich muss sagen, es war interessant, Ihren Vater ausnahmsweise mal aufgebracht zu erleben. Ich dachte schon, das wäre überhaupt nicht möglich.«

»Wenn Ihnen bewusst ist, dass ich weder in Charleston noch sonst wo als Anwalt arbeiten will, warum sind Sie dann hier?«

»Tatsächlich leite ich ein Team, das mit der Suche eines neuen Finanzverwalters für Charleston beauftragt ist. Ich weiß, dass Sie diese Position vor nicht allzu langer

Zeit in einer anderen Stadt hatten. Und als Gemeindedirektor hier haben Sie inzwischen noch mehr Erfahrung im Bereich des öffentlichen Diensts gesammelt. Da Sie mir sehr engagiert für Arbeit dieser Art vorkommen, denke ich, Sie könnten genau der Mann sein, den wir suchen. Also dachte ich mir, ich melde mich bei Ihnen und frage Sie, was Sie davon halten, wenn ich Sie für den Job empfehle. Sind Sie interessiert?«

Ausnahmsweise musste Tom keinen Enthusiasmus vortäuschen. Dass ihm eine solche Gelegenheit einfach in den Schoß fiel, war verblüffend. Der Gedanke an Jeanettes wahrscheinliche Reaktion dämpfte seine erste Begeisterung zwar, doch er konnte nicht leugnen, dass er interessiert war. Bestimmt wäre es sinnvoll, die Möglichkeit zumindest zu prüfen. Das wäre nur vernünftig, oder? Er verdrängte das Gefühl, dass Jeanette es nicht so sehen würde, und sah Dwight ins Gesicht. »Ich bin interessiert«, verkündete er.

»Das freut mich zu hören.«

»Ich habe gehofft, irgendwann genau einen solchen Schritt nach vorn zu machen.«

»Tja, dann ist früher besser als später, finden Sie nicht auch? Das hier scheint mir zwar eine nette kleine Gemeinde zu sein, aber richtig zur Sache geht es nur in einer größeren Stadt.«

Dasselbe hatte auch Tom immer gedacht. Dass Dwight Mitchell gekommen war, um sein Interesse auszuloten, bedeutete natürlich längst nicht, dass er den Job in der Tasche hatte. Dennoch fand Tom, er wäre es sich – und Jeanette und ihrer Zukunft – schuldig, die Möglichkeit zu prüfen. Die Position wäre eindeutig eine weitere Sprosse auf der Leiter zu dem verantwortungsvollen Job, den er letzten Endes in einer Großstadt wollte. Tom zuckte innerlich zusammen, als ihm klar wurde, dass er gerade versuchte, gedanklich etwas zu rechtfertigen, das Jeanette zwangsläufig widerstreben würde.

»Aber sagen Sie mir eins«, fügte er hinzu, als ihm plötzlich ein Gedanke kam. »Hat mein Vater irgendetwas damit zu tun?«

»Nichts«, versicherte Dwight ihm. »Ich vermute stark, er weiß nicht mal, dass ich in dem Suchausschuss bin. Bisher haben wir uns ziemlich bedeckt gehalten. John Davis scheidet erst im Februar aus dem Amt aus, wir haben also noch etwas Zeit, um geeignete Nachfolgekandidaten zu finden. Sie würden auf meiner Liste ganz oben stehen.«

»Das weiß ich sehr zu schätzen«, sagte Tom. »Und ja, ich möchte auf jeden Fall berücksichtigt werden.«

»Dann sollten wir ein Vorstellungsgespräch vereinbaren. Wie wär's mit übermorgen? Können Sie nach Charleston kommen? Mir ist klar, dass es eine hektische Zeit im Jahr ist, aber ich würde damit ungern bis nach den Feiertagen warten.«

Tom warf einen Blick auf den Kalender und stellte fest, dass an dem Tag Jeanettes Eltern eintreffen würden. Nur zwei Tage vor Weihnachten. Sie hatte ihn gebeten, beim Abendessen dabei zu sein. Aber höchstwahrscheinlich könnte er rechtzeitig dafür zurück sein.

»Um wie viel Uhr?«, fragte er.

»Sagen wir um zwei Uhr«, schlug Dwight vor. »Sie sind der Erste, mit dem wir reden. Wenn Sie den Eindruck hinterlassen, den ich vermute, können wir die Sache gleich an Ort und Stelle in trockene Tücher packen. Dann könnten Sie den Leuten hier rechtzeitig Bescheid geben, dass Sie gehen.«

Mit zwei Uhr würde es zwar knapp werden, aber das Vorstellungsgespräch würde wohl kaum mehr als eine, höchstens zwei Stunden dauern. Dann könnte er es immer noch rechtzeitig zum Abendessen zurück nach Serenity schaffen. Wenn alles gut lief, könnte er sich danach mit Jeanette zusammensetzen und ihr davon berichten. Die endgültige Entscheidung könnten sie gemeinsam treffen. Es würde nichts bringen, sie schon vorher damit zu belasten.

»Ich werde da sein«, teilte er Dwight mit. »Und nochmals danke, dass Sie an mich gedacht haben.«

Sobald er Dwight zu dessen Auto begleitet hatte, spielte er mit dem Gedanken, Jeanette doch sofort anzurufen und mit ihr über den möglichen Job zu sprechen. Aber irgendetwas hielt ihn davon ab. Vielleicht die hundertprozentige Gewissheit, dass sie nicht annähernd so erfreut darüber sein würde wie er. Sie war völlig in die Pläne für die offene Weihnachtsfeier bei ihr zu Hause vertieft. Warum sollte er sie runterziehen, wenn die Möglichkeit bestand, dass gar nichts aus der Sache würde?

Eine fadenscheinige Ausrede, das wusste er. In Wirklichkeit brauchte er Zeit, um sich ein überwältigend triftiges Argument einfallen zu lassen, warum es für sie beide gut wäre, wenn er diesen Job bekäme.

Tom seufzte. Er belog sich gerade selbst. Jeanette würde stinkwütend sein – und verletzt, weil er nicht sofort mit ihr darüber gesprochen hatte.

Ach, jetzt komm schon, warf der Feigling in ihm ein. Er würde das Gespräch ja nicht ewig aufschieben. Nur für ein paar Tage. Erst dann würde er alle Fakten kennen. Und vielleicht würden seine Überzeugungskünste bis dahin die richtigen Worte ausspucken, die er brauchte, um Jeanette auf seine Seite zu ziehen.

* * *

Jeanette glich einem nervösen Wrack, während sie durchs Fenster spähte und der Ankunft ihrer Eltern harrte. Dass sie zugestimmt hatten zu kommen, betrachtete sie als Weihnachtswunder, auf das sie nicht zu hoffen gewagt hatte. Dass sie den Moment nicht mit Tom teilen konnte, fand sie zwar enttäuschend, jedoch trübte es ihre Vorfreude nur ein wenig. Er würde ja später beim Abendessen dabei sein, am nächsten Tag bei der offenen Feier und beim Weihnachtsessen im *Sullivan's*.

Sie sah sich erneut im Haus um und vergewisserte sich, dass nirgendwo ein Staubkörnchen zu entdecken war, sämtliche Lichter am Baum leuchteten und die streunende Katze, die sie vor ein paar Tagen bei sich aufgenommen hatte, keinen weiteren Schmuck zu Boden geworfen hatte. Der orangefarbene Kater – sie hatte ihn Marmalade getauft – schaute zu ihr auf, als wollte er sie dafür tadeln, auch nur zu denken, er könnte etwas so Unzivilisiertes anstellen. Sogar sein Miauen vermittelte Empörung.

»Schon gut, schon gut, du zeigst dich ja wirklich von der besten Seite«, sagte Jeanette. »Ich bin einfach nervös.«

Diesmal klang das Miauen verständnisvoller. Der Kater humpelte mit seiner verletzten Pfote näher, rieb sich an Jeanette und leckte ihr dann die Hand. Danach ließ sich Marmalade auf dem hellgrünen Weihnachtskissen am Sofa nieder, als wäre es für ihn bestimmt. Sein zufriedenes Schnurren brachte Jeanette zum Lächeln. Jahrelang hatte sie sich ein Haustier gewünscht, doch ihr Lebensstil hatte es nicht zugelassen. Marmalades Ankunft nur wenige Tage vor Weihnachten betrachtete Jeanette als weiteres Zeichen dafür, dass sich ihr Leben genau so entwickelte, wie sie es sich immer gewünscht hatte.

Unverändert aufgekratzt ging sie in die Küche, um nach dem Kaffee zu sehen, den sie für ihren Vater aufgesetzt hatte, und nach dem bereits für Tee für ihre Mutter und sie selbst gefüllten Wasserkocher. Sie richtete einen Teller mit Weihnachtsplätzchen, die sie nach dem Lieblingsrezept ihrer Mutter zubereitet hatte. Den Großteil hatte sie zwar bereits vor einigen Tagen gebacken, dennoch hatte sie an diesem Morgen noch eine letzte Ladung hinzugefügt, damit der Duft von warmen Keksen das Haus erfüllte.

Als sie ins Wohnzimmer zurückkehrte und wieder durchs Fenster schaute, sah sie ihre Eltern gerade in die Einfahrt einbiegen. Jeanette öffnete die Tür und eilte hinaus, um sie zu begrüßen.

»Mama, Papa, ich freu mich ja so, dass ihr gekommen seid«, sagte sie und umarmte die beiden. »Bringen wir eure Sachen rein, damit ihr euch ein bisschen ausruhen könnt.«

Ihr Vater schüttelte den Kopf. »Wir sind ja keine Tage unterwegs gewesen. Die Fahrt hat nur zwei Stunden gedauert. Und selbst das nur, weil wir die Route genommen haben, die deine Mutter wollte. Über die Autobahn hätten wir es auch in neunzig Minuten schaffen können.« Während er sprach, drückte er liebevoll die Hand ihrer Mutter.

»Überrascht mich, dass du Mama ans Steuer gelassen hast«, merkte Jeanette an.

»Mein Bein macht mir immer noch zu schaffen«, gab er zu. »Und allmählich gefällt es mir, herumchauffiert zu werden.«

»Tja, gewöhn dich lieber nicht zu sehr daran, alter Mann«, zog ihre Mutter ihn auf. »Der Service endet, sobald du wieder hundertprozentig fit bist.«

»Scheint mir ein Anreiz zu sein, mir Zeit zu lassen«, meinte er und lachte.

Jeanette lauschte geradezu erstaunt. Es klang genau wie die vergnügten, scherzhaften Wortwechsel von früher bei ihnen zu Hause. Und es fühlte sich wundervoll an.

Drinnen zeigten sie sich begeistert vom Haus, sogar vom marineblauen Gästezimmer.

»Also, das nenne ich mal ein Zimmer, in dem sich ein Mann wohlfühlen kann«, erklärte ihr Vater. »Nichts von dem ganzen Schnickschnack, den deine Mama so mag.«

»Tom hat die Farbe ausgesucht«, gestand Jeanette. »Anfangs hatte ich Zweifel darüber, aber es sieht tatsächlich gut aus.«

Ihr Vater bedachte sie mit einem neugierigen Blick. »Wie ernst ist die Sache zwischen euch? Wenn du ihn schon bei den Farben in deinem Haus mitreden lässt, steckt offenbar mehr dahinter. Muss ich ihn nach seinen Absichten fragen?«

»Himmel, nein!«, entfuhr es Jeanette. »Aber im Moment läuft es zwischen uns gut. Er kommt später zum Abendessen. Ich freue mich, dass ihr ein bisschen Zeit mit ihm verbringen werdet.«

Sie zeigte ihren Eltern, wo sie sich zusätzliche Handtücher holen konnten, dann ließ sie die beiden in Ruhe auspacken. »Kommt einfach in die Küche, wenn ihr so weit seid. Ich hab Tee, Kaffee und Kekse.«

»Riecht nach den Zuckerplätzchen deiner Mutter«, merkte ihr Vater an.

»Genau.«

Ihre Mutter schaute resigniert drein. »Dann muss ich wohl alleine auspacken. Meinen Zuckerplätzchen konnte dein Vater noch nie widerstehen, schon gar nicht, wenn sie frisch aus dem Ofen sind.«

Er schmunzelte. »Ich bin dann bei Jeanette in der Küche, falls du mich brauchst.«

Sobald sie allein waren und Jeanette ihm den Kaffee eingeschenkt hatte, sah sie ihm in die Augen. »Papa, ich kann dir gar nicht sagen, wie froh ich bin, dass ihr gekommen seid.«

»Das hätten wir schon vor langer Zeit tun sollen«, erwiderte er und sah sie mit echtem Bedauern im Blick an. »Wir haben zu viel Zeit verstreichen lassen, ohne uns für dein Leben zu interessieren.«

Sie drückte ihm einen Kuss auf die Wange. »Jetzt seid ihr ja hier. Das ist alles, was zählt.«

Er biss von einem Plätzchen ab und lächelte. »Den Verstand hast du vielleicht von mir, aber das Talent zum Backen eindeutig von deiner Mutter.«

Jeanette lachte. »Lass sie das bloß nicht hören. Sie ist genauso schlau wie du.«

»Das stimmt«, pflichtete er ihr bei und wurde ernst. »Und ich danke meinem Glücksstern jeden Tag, dass sie all die Jahre bei mir geblieben ist. Kann nicht leicht für sie gewesen sein. Oder für dich.«

»Wir haben dich beide lieb«, erklärte Jeanette schlicht.

Und unter dem Strich zählte nur das.

* * *

Als Jeanette um sechs Uhr den Braten aus dem Ofen holte, fehlte von Tom immer noch jede Spur. Auch angerufen hatte er nicht. Sie fühlte sich hin- und hergerissen zwischen Besorgnis und Irritation. Jeanette versuchte, sich nicht anmerken zu lassen, wie verärgert sie war. Als sie das restliche Essen auf den Tisch stellte, setzte sie ein strahlendes Lächeln auf.

»Ich denke, wir sollten schon mal anfangen«, meinte sie zu ihren Eltern. »Tom ist offensichtlich aufgehalten worden.«

»Wir können ruhig noch warten, wenn du willst.« Ihre Mutter musterte sie besorgt.

»Nein«, sagte Jeanette schärfer als beabsichtigt. »Es schmeckt nicht mehr, wenn wir warten.«

Der Blick ihrer Mutter wurde mitfühlend. »Schatz, es wird trotzdem wunderbar schmecken. Der Braten kann noch eine Weile im Ofen bleiben, wenn du ihn auf Warmhalten einstellst. Alles andere kann man in der Mikrowelle aufwärmen.«

»Nein«, entgegnete Jeanette stur. »Er hat gewusst, wann wir essen. Er sollte längst hier sein.«

»Du könntest ihn anrufen«, schlug ihre Mutter vor. »Er hat doch ein Handy, oder?«

Jeanette überlegte kurz hin und her, entschied jedoch, es wäre lächerlich, nicht anzurufen. Sie begann im Büro, obwohl es bereits nach Feierabend war. Teresa ging trotzdem noch ran.

»Teresa, ich bin's, Jeanette. Ich suche Tom. Ist er noch da?«

»Nein, er war den ganzen Nachmittag nicht hier«, antwortete Teresa. »Er hatte irgendein Treffen in Charleston.«

»Charleston?«, echote Jeanette, der man ihre Verblüffung anhörte.

»Hat er dir nichts davon gesagt?«

»Nein, davon hat er nichts erwähnt.« Ein flaues Gefühl nistete sich in ihrer Magengrube ein. »Trotzdem danke. Ich rufe ihn auf dem Handy an.«

»Ich lege ihm eine Nachricht auf den Schreibtisch, dass du angerufen hast, falls er noch mal hier vorbeikommt«, versprach Teresa.

»Danke.«

Jeanette legte auf und wählte Toms Handynummer. Als er ranging, herrschte am anderen Ende der Leitung so viel Lärm, dass sie ihn kaum verstehen konnte.

»Tom, ich bin's. Wo steckst du?«

Er murmelte eine Verwünschung, bevor er fragte: »Wie spät ist es?«

»Nach sechs«, antwortete sie knapp. »Wo bist du?«

»Ich hatte ein Treffen in Charleston. Es hat länger als erwartet gedauert, und danach sind wir noch auf einen schnellen Drink ausgegangen. Dabei hab ich die Zeit übersehen.«

»Das merke ich«, sagte sie. »Und wenn du getrunken hast, solltest du nicht fahren. Also solltest du vielleicht überlegen, heute bei deinen Eltern zu übernachten.«

»Aber deine Eltern …«

»Vergiss es«, fiel sie ihm ins Wort. »Dann siehst du sie eben morgen. Das heißt, falls du dich davon losreißen kannst, was auch immer sich in Charleston abspielt.«

»Aber ich will dir alles darüber erzählen«, erwiderte er. »Warte, bis du hörst, was passiert ist.«

Jeanette verstummte und tat genau das – sie wartete.

»Jeanette, bist du noch dran?«

»Ja.«

»Man hat mir einen Job angeboten. Genau den, auf den ich gehofft habe. Ich hätte nur nie damit gerechnet, dass es so schnell gehen könnte. Ich kann's kaum erwarten, dir davon zu erzählen.«

»Man hat dir einen Job angeboten«, wiederholte sie stumpf. »In Charleston?«

»Ja.«

»Und hast du zugesagt? Ohne es mit mir zu besprechen?«

»Nicht offiziell. Ich wollte heute Abend mit dir darüber reden und erst danach Bescheid geben. Das ist die Chance, die ich immer wollte.«

Jeanette hörte es zwischen den Zeilen heraus. Er würde zusagen.

»Herzlichen Glückwunsch.« Es kostete sie Überwindung, die Worte herauszubringen. Alles, was sie befürchtet hatte, bewahrheitete sich gerade. Er gab etwas anderem den Vorzug vor ihr. »Übrigens, spar dir die Mühe, morgen hierher zu hetzen. Ist nicht nötig, dass du deine Zeit mit meiner Feier verschwendest.«

»He, jetzt warte mal. Lädst du mich ernsthaft gerade aus?«, fragte er ungläubig.

»Ganz genau. Ich will dich hier nicht haben.«

»Wegen dieses Jobs, nicht wahr? Verdammt, ich wusste, ich hätte nicht so mit der Neuigkeit herausplatzen sollen.«

»Wie intuitiv«, merkte sie sarkastisch an. »Ich kann total verstehen, warum man unbedingt dich einstellen will.«

Die Hintergrundgeräusche wurden leiser, als er offenbar an einen ruhigeren Ort ging. »Komm schon, Jeanette. Hör dir wenigstens an, was ich zu sagen habe. Das wird großartig für uns beide.«

»Nein danke«, entgegnete sie. »Hättest du etwas davon erwähnt, bevor du nach Charleston gefahren bist, dann hätten wir vielleicht etwas, das wir besprechen könnten. Hast du aber nicht. Also kann ich nur davon ausgehen, dass meine Meinung ohnehin nicht zählt. Du hast von Anfang an gewusst, was ich davon halte, hintangestellt zu werden. Und ich dachte wirklich, du hättest es verstanden.«

»Das habe ich. Ehrlich. Komm schon, du weißt, dass ich deine Meinung schätze. Ich wollte nur alle Einzelheiten kennen, bevor wir darüber reden.«

»Es gibt ja wohl kaum etwas zu bereden, wenn du deine Entscheidung eh schon getroffen hast, nicht wahr? Ehrlich, Tom, ich wünsche dir alles Gute, aber das war's für mich.«

Damit legte sie auf, bevor er noch etwas erwidern konnte. Dann stellte sie trotz des beharrlich klingelnden Telefons das Abendessen wieder auf den Tisch. Es gelang ihr sogar, ihre Portion hinunterzuwürgen, ohne vor ihren Eltern in Tränen auszubrechen. Sie rechnete ihnen hoch an, dass sie beide kein Wort über Toms Abwesenheit verloren. Als sie die Mahlzeit beendet hatten, scheuchte ihre Mutter sie weg.

»Lass mich für dich aufräumen«, sagte sie zu Jeanette. »Vielleicht gehst du dann endlich ans Telefon, das schon den ganzen Abend immer wieder klingelt.«

»Auf keinen Fall«, erwiderte Jeanette und umarmte sie. »Aber danke, dass du keine Fragen stellst.«

»Um mich musst du dir da keine Sorgen machen. Aber falls dein Vater diesem Tom in nächster Zeit über den Weg läuft, kannst du dir sicher sein, dass es Fragen geben wird.«

Jeanettes Lippen zuckten leicht. »Sag Papa, er kann ihn gern hauen, wenn er will.«

Ihre Mutter täuschte Entsetzen vor. »Auf keinen Fall werde ich ihn auf dumme Gedanken bringen. Er würde nichts lieber tun, als dem Mann eine reinzuhauen, der dich verletzt hat.«

»Ich bin nicht verletzt«, erklärte Jeanette. »Ich bin stinkwütend.«

Ihre Mutter tätschelte ihre Hand. »Manchmal ist es echt schwer, den Unterschied zu erkennen.«

***

Als Tom am ersten Weihnachtstag das *Sullivan's* betrat, wusste er nicht, was ihn erwarten würde. Dana Sue hatte angerufen und die Einladung wiederholt, sogar seine Eltern darin einbezogen, aber es stand außer Frage, dass Jeanette dabei sein würde. Ebenso stand außer Frage, dass sie immer noch nicht mit ihm redete. In den vergangenen zwei Tagen war sie nur ein einziges Mal ans Telefon gegangen und hatte aufgelegt, sobald sie seine Stimme gehört hatte.

Er wusste, dass er es vermasselt hatte, indem er ihr nicht im Voraus von dem Vorstellungsgespräch erzählt hatte. Tatsächlich hatten ja auch Alarmglocken in seinem Kopf geläutet, nur hatte er sie ignoriert. Er fragte sich, ob eine Versöhnung möglich wäre oder ob sie endgültig nichts mehr mit ihm zu tun haben wollte. Tom hatte einen Ring in der Tasche und hoffte, er könnte sie damit überzeugen, ihm noch eine Chance zu geben. Falls das nicht klappte, zählte er darauf, dass die Ankunft der schweren Geschütze – seiner Eltern – etwas bewirken würde. Es war ihm endlich gelungen, ihnen klarzumachen, dass Jeanette ihm alles bedeutete. Hoffentlich würde ihr Versprechen, an der Feier heute teilzunehmen, Jeanette davon überzeugen können, dass es ihm ernst mit ihrer gemeinsamen Zukunft war und seine Eltern ihrem Glück nicht im Weg stehen würden.

Das wahre Problem stellte natürlich der Job in Charleston dar, und er glaubte nicht, dass er darüber irgendetwas sagen könnte, was sie beschwichtigen würde. Die Chance abzulehnen würde vielleicht helfen, doch dazu konnte er sich noch nicht durchringen. Das behielt er als letztes Ass im Ärmel, um zu beweisen, dass sie ihm mehr bedeutete als jeder Job, sogar als sein Traumjob.

»Was willst du hier?«

Die frostige Frage ertönte hinter ihm. Anscheinend war ihre Wut noch kein bisschen verraucht.

»Dana Sue hat darauf bestanden, dass ich komme«, erwiderte er, drehte sich um und ließ ihren Anblick auf sich wirken. Obwohl sie immer noch zornig wirkte, verrieten ihm die dunklen Ringe unter ihren Augen, dass sie wohl nicht besser geschlafen hatte als er.

»Noch jemand, der mich betreffende Entscheidungen trifft, ohne sie vorher mit mir zu besprechen«, sagte sie verbittert. »Ich hätte ihr gesagt, dass ich dich nicht hier haben will.«

»Offenbar ist Dana Sue ein bisschen großmütiger.«

»Hör mal, du kannst bleiben oder gehen, liegt ganz bei dir. Aber bleib nicht meinetwegen und auch nicht, wenn du es für alle verdirbst.«

»Das ist definitiv nicht meine Absicht«, erwiderte er. »Eigentlich hab ich auf eine Minute unter vier Augen mit dir gehofft.«

»Warum?«, fragte sie in nach wie vor unnachgiebigem Ton.

»Ich hab ein Geschenk für dich«, sagte er.

Einen Moment lang wirkte sie verdattert. »Ich hab nichts für dich besorgt. Na ja, hatte ich eigentlich schon, aber ich hab's gestern zurückgebracht.«

»Tatsächlich hast du mir bereits was geschenkt«, sagte er zu ihr. »Du hast etwas in mein Leben gebracht, womit ich nie gerechnet hätte. Hör mal, ich weiß, dass ich's total vermasselt habe. Aber ich schwöre, ich wollte die Sache mit dem Job mit dir besprechen, sobald ich an dem Abend nach Hause gekommen wäre. Weil ich dachte, ich könnte dich davon überzeugen, was für ein tolles Angebot es ist.«

»Ja, den Teil hab ich verstanden. Du hast vielleicht nicht zugesagt, aber es war nicht zu überhören, dass du es vorhattest.«

»Ich *wollte* es«, korrigierte er. »Das ist ein Unterschied. Bitte sag, dass du weißt, dass du mir wichtiger bist als jeder Job«, forderte er sie auf.

Jeanette schüttelte den Kopf. »Tut mir leid, das spüre ich nicht. Worte sind einfach. Deine Handlungen sprechen Bände.«

»Was ist mit dieser Handlung?«, fragte er, griff in die Tasche und holte ein in Folie gewickeltes Päckchen mit knallroter Schleife hervor. »Kann dich das überzeugen?«

Sie wich einen Schritt zurück, obwohl sich ihr Blick gebannt auf das Päckchen heftete. »Tom?«

»Ja, Jeanette?«, erwiderte er ernst.

»Was hat das zu bedeuten?«

Er schmunzelte. »Ich denke, wenn du's aufmachst, wird die Bedeutung klarer.«

Sie verengte die Augen zu Schlitzen. »Willst du den Job in Charleston immer noch?«

»Ja, aber das ist verhandelbar.«

Das brachte sie zum Blinzeln. »Wirklich?«

»Du bist mir wichtiger als jeder Job. Schau, ich weiß ja, dass ich Mist gebaut habe. Ich hätte dir vor dem Vorstellungsgespräch davon erzählen und mit dir besprechen sollen, was es bedeuten könnte. Aber es ist alles so schnell gegangen. Es tut mir leid.«

»Also hast du mich stattdessen einfach damit überrumpelt«, warf sie ihm vor.

»Ich entschuldige mich noch mal.«

»Wenn wir zusammen sein wollen, müssen wir miteinander reden und wichtige Entscheidungen gemeinsam treffen.«

»Ich weiß. Und wenn du mich dir von dem Job erzählen lässt und danach immer noch dagegen bist, weil du meinst, es kann so nicht funktionieren, dann sage ich dir jetzt schon, dass ich das Angebot ablehnen werde.«

»Aber du willst den Job«, sagte sie und klang resigniert. »Stimmt doch, oder?«

»Ja.«

»Wie könnte ich dir das dann ruinieren?«

»Du bist mir wichtiger.« Er schob einen Finger unter ihr Kinn und zwang sie, ihn anzusehen. »Ich mein's ernst, Jeanette. Du bist mir wichtiger!«

Die Vehemenz in seinen Worten schien sie zu erschüttern. »Na schön. Nehmen wir mal an, wir klären das irgendwie. Was ist mit deinen Eltern? Wir haben zwar ein paar kleine Fortschritte erzielt, aber …«

»Sie werden bald für weitere Fortschritte da sein.«

Jeanettes Augen wurden groß. »Deine Eltern kommen her?«

Er sah auf die Armbanduhr. »In etwa fünfzehn Minuten.«

»Weiß Dana Sue, dass du sie eingeladen hast?«

»Es war ihre Idee«, gestand er. »Ich war weder so schlau noch so mutig, selbst daran zu denken.«

»Ich verstehe.«

»Wirklich? Wir können dafür sorgen, dass es funktioniert, Jeanette. Daran glaube ich mit allem, was in mir steckt.«

Sie wirkte immer noch zweifelnd. »Ich gehe nicht aus Serenity weg«, verkündete sie.

»Hab ich dich darum etwa gebeten?«

»Die Stelle, die du willst, ist in Charleston. Da wäre es nur sinnvoll umzuziehen.«

»Aber nicht zwingend nötig. Ich kann pendeln. Oder wir können es so organisieren, dass wir unsere Zeit zwischen hier und dort aufteilen. In Charleston hätten wir das Gästehaus bei meinen Eltern, hier können wir dein Haus behalten.«

»Du hast dir das schon richtig gut überlegt, was?«

Er nickte. »Die Dinge aus allen Blickwinkeln zu betrachten gehört schließlich zu meinen Fähigkeiten als Manager.«

»Könnte bei einem potenziellen Ehemann eine nervige Eigenschaft sein«, merkte Jeanette an.

»Dann ändere ich mich«, bot er an. »Ich kann auch schier unausstehlich engstirnig werden, wenn dir das lieber ist.«

»Wohl kaum.«

»Dann sag mir, *was* du willst.«

»Ich will alles«, gestand sie. »Dich, Serenity, mein Haus und für dich das, was dich glücklich macht.«

»*Du* machst mich glücklich.«

»Aber du brauchst auch eine Arbeit, die dich erfüllt«, räumte sie ein und seufzte. »Ich schätze, Pendeln wäre wohl eine Möglichkeit, über die wir reden können.«

»Danke. Müssen wir sonst noch was aushandeln, bevor du meinen Antrag annimmst?«

Mit nachdenklicher Miene ließ sie sich die Frage durch den Kopf gehen. »Wirst du nie wieder über Weihnachten meckern?«

»Nie wieder«, gelobte er, bevor er einschränkte: »Außer, ich muss mich mit Howard herumschlagen, wenn du mich als freiwilligen Helfer für die Festlichkeiten vergatterst.«

»Akzeptabel«, entschied sie.

»Bist du jetzt bereit, dein Geschenk aufzumachen?«, fragte er hoffnungsvoll.

Sie bedachte ihn mit einem schelmischen Blick. »Noch nicht. Mein Vater ist hier irgendwo. Ich finde, ihr zwei solltet euch erst unterhalten.«

»Du willst, dass ich deinen Vater um seinen Segen bitte?«

»Nein, ich will, dass du mit einem Mann redest, der gerade erst die Bedeutung von Weihnachten wiederentdeckt hat. Er steckt im Weihnachtsmannkostüm.«

»Aber ich dachte …«

Sie grinste. »Ich weiß. Allzu begeistert war er von der Idee nicht. Aber Howard hat beschlossen, Mary Vaughn, Rory Sue und Sonny nach Aspen einzuladen, um zu feiern, dass Sonny und Mary Vaughn auf dem Weg zur Versöhnung sind. Also musste jemand für ihn einspringen.«

»Und du hast ausgerechnet deinen Vater dazu überredet?«

Jeanette schüttelte den Kopf. »Ich habe mir dafür Hilfe ins Boot geholt.«

»Ach ja?«

»Maddie, Dana Sue und Helen. Kaum war er durch die Tür hereingekommen, haben sie sich auf ihn gestürzt. Sie haben ihm eindringlich beschrieben, wie enttäuscht die Kinder sein würden, wenn kein Weihnachtsmann da wäre und Geschenke verteilt.«

Jeanette zuckte mit den Schultern und schaute zu ihrem Vater, den etliche Kinder umringten, von denen viele zu ihren besten Freundinnen gehörten. Zwei junge Leute im Studentenalter – wahrscheinlich Maddies Sohn Ty und Dana Sues Tochter Annie, von der Tom schon viel gehört hatte – versuchten gerade, die Kleinen in eine Reihe zu ordnen, ohne sich dabei auch nur anzusehen.

Tom zeigte auf die beiden. »Ty und Annie, richtig?«

Jeanette folgte der Richtung seines Blicks. »Ja.«

»Sieht so aus, als hätten die ihre eigenen Probleme zu lösen«, merkte er an.

»Ich weiß«, pflichtete Jeanette ihm bei. »Weder Maddie noch Dana Sue haben eine Ahnung, was zwischen den beiden abgeht. Sie wissen nur, dass sie nicht miteinander reden.«

»Vielleicht wirkt der Weihnachtszauber ja auch bei ihnen«, sagte Tom.

Jeanette warf ihm einen überraschten Blick zu. »Meinst du das ernst?«

Er nickte. »Übrigens scheint dein Vater voll in seinem Element zu sein.«

»Er hatte immer eine Schwäche für Kinder und für

Weihnachten. Sie war nur eine Zeit lang begraben.« Jeanette setzte ein Grinsen auf. »Übrigens solltest du ihm ziemlich dankbar sein. Du wärst die zweite Wahl gewesen, um als Weihnachtsmann einzuspringen.«

»Dann werde ich mich später artig bei ihm dafür bedanken, dass er mich davor bewahrt hat«, kündigte Tom an. Obwohl er die Vorstellung als nicht annähernd so abstoßend empfand, wie sie es früher mal gewesen wäre.

Er strich Jeanette eine verirrte Strähne von der Wange. »Klingt für mich, als hätten wir eine Menge zu feiern«, sagte er.

Sie stellte sich auf die Zehenspitzen und küsste ihn. »Spürst du schon die Weihnachtsstimmung?«

Tom lachte. »Also, etwas spüre ich auf jeden Fall.«

»He, reiß dich zusammen. Wir haben Weihnachten. Das ist ein jugendfreies Familienfest. Ganz zu schweigen davon, dass ich mich auf keinen Fall von deinen Eltern dabei erwischen lassen will, wie wir hier knutschen.«

»Dann eben später«, erwiderte er pflichtbewusst.

»Später unbedingt. Frohe Weihnachten, Tom.«

»Die fröhlichsten überhaupt, Schatz.«